李世民

从玄武门到天下长安

层层解读玄武门风云突变的疑点细节，
条条理析李世民名垂千古的曲折历程，
领略千古一帝先发制人的决断
和心怀天下的胸襟。

董哲 著
（老克）

人民日报出版社

图书在版编目（CIP）数据

李世民：从玄武门到天下长安 / 董哲著 . -- 北京：人民日报出版社，2018.3

ISBN 978-7-5115-5017-0

Ⅰ. ①李… Ⅱ. ①董… Ⅲ. ①长篇历史小说—中国—当代 Ⅳ. ① I247.5

中国版本图书馆 CIP 数据核字（2018）第 039013 号

书　　名	李世民：从玄武门到天下长安
作　　者	董　哲
出 版 人	董　伟
责任编辑	林　薇
特邀编辑	汪超毅　沈　骏
封面设计	陈艳丽　诸心宇
出版发行	人民日报出版社
出版社地址	北京金台西路 2 号
邮政编码	100733
发行热线	（010）65369527 65369512 65369509 65369510
邮购热线	（010）65369530
编辑热线	（010）65369526
网　　址	www.peopledailypress.com
经　　销	新华书店
印　　刷	三河市吉祥印务有限公司
开　　本	710mm x 1000mm 1/16
字　　数	403 千
印　　张	26
印　　次	2018 年 3 月第 1 版　2018 年 5 月第 2 次印刷
书　　号	ISBN 978-7-5115-5017-0
定　　价	59.90 元

目 录

读客® 这本史书真好看文库

轻松有趣，扎实有力

本书人物表

（按出场顺序排列）

李渊：唐高祖，唐朝开国皇帝。

李世民：唐高祖李渊的二子，战功卓著，唐朝建立后封为秦王、天策上将。后成为唐朝第二任皇帝，开创了著名的“贞观之治”。

李建成：唐高祖李渊长子，唐朝建立后被立为皇太子，与齐王李元吉一起反对秦王李世民。

李艺：原名罗艺，被赐李姓，唐初将领，封为燕郡王。

封德彝：名伦，字德彝，以字行。隋朝重要大臣，唐朝初年宰相，封密国公。

魏徵：字玄成，太子李建成的重要谋臣，后辅佐唐太宗共同创建“贞观之治”的大业。

裴寂：字玄真，唐初宰相，封魏国公。在唐初的政治斗争中倾向太子李建成。

陈叔达：字子聪，出身于陈朝皇室，为唐初宰相，拜江国公。

萧瑀：字时文，南朝梁明帝的第七子，出身显贵。唐初宰相，封宋国公，支持李世民继位，后列为凌烟阁二十四功臣之一。

李神通：名寿，字神通，以字行。唐高祖李渊堂弟，封淮安郡王。

王珪：字叔玠，任东宫太子中允，太子李建成的心腹，后因杨文干事件被流放。

秦琼：字叔宝，唐朝开国将领，李世民手下悍将，后列为凌烟阁二十四功臣之一。

程知节：原名咬金，后更名知节。唐朝开国将领，后列为凌烟阁二十四功臣之一。

尉迟恭：名恭，字敬德。唐初名将，后列为凌烟阁二十四功臣之一。

杜如晦：字克明，李世民夺取政权、开创贞观之治中的主要谋臣之一，后列为凌烟阁二十四功臣。

侯君集：唐初名将，在天策府里常为李世民出谋划策，后列为凌烟阁二十四功臣之一。

张亮：唐初名将，天策府车骑将军，在太子和秦王的斗争中受命密结山东豪杰，后列为凌烟阁二十四功臣之一。

李元吉：唐高祖李渊的四子，唐朝建立后封为齐王。在唐初的政治斗争中，支持太子李建成，反对李世民。

李靖：字药师，唐初文武兼备的名将，突厥来袭时反击突厥的主要将领之一，后列为凌烟阁二十四功臣。

李孝恭：唐朝宗室名将，唐高祖李渊的堂侄，封赵郡王，后改封河间郡王，列为凌烟阁二十四功臣之一。

李道宗：唐高祖李渊的堂侄，唐朝初期重要将领，长期守边，封任城王。

李世勣：原名徐世勣，字懋功。唐高祖李渊赐其姓李，后避唐太宗李世民讳改名为李勣。唐初名将，与李靖并称，功勋卓著，后列为凌烟阁二十四功臣之一。

宇文士及：字仁人，原隋朝驸马，唐朝建立后出任宰相。

常何：太极宫禁军统领，与敬君弘同领兵驻守玄武门。

薛万彻：唐代名将，入太子东宫幕府，为李建成一派的主要将领之一。

谢叔方：唐代将领，齐王李元吉的得力部将。

长孙无忌：字辅机，李世民的心腹谋臣，李世民王妃长孙氏的同母兄。后为凌烟阁二十四功臣之首。

马周：字宾王，曾出任州助教，后辞官西入长安，投入常何门下为门客。

房玄龄：名乔，字玄龄，以字行。李世民的得力谋士，与杜如晦人称“房谋杜断”，深受李世民的重用，后列为凌烟阁二十四功臣之一。

柴绍：唐初将领，唐朝建立后封为霍国公，反击突厥的主要将领之一，后列为凌烟阁二十四功臣。

颉利可汗：突厥族，姓阿史那氏，名咄苾，东突厥可汗，长年侵扰唐的边地。

高士廉：名俭，字士廉，以字行。长孙氏的舅父，协助李世民发动玄武门之变，后列为凌烟阁二十四功臣之一。

杨恭仁：名纶，又名温，字恭仁，以字行。唐高祖在位时任宰相。

屈突通：唐初名将。原为隋末将领，降唐后久经战阵，封蒋国公，后列为凌烟阁二十四功臣之一。

张公谨：字弘慎，唐初将领，秦王府幕僚，辅助李世民发动玄武门之变，后列为凌烟阁二十四功臣之一。

序　章

“知道么？杨文干反了！”

大唐武德七年五月，一个令人惊骇莫名的消息在位于铜川县北的玉华山中悄悄传播开来。

杨文干是否造反，怎么造反，原本也没什么干碍，毕竟自大业十一年以来这近十年里天下到处都有人造反。这些人拉家带口建国称制，哪个没有几十万人马的身家？最后还不是一个个被大唐收拾得服服帖帖？这样的情势下，就算再怎么凑巧，杨文干也不至于成为传闻的主角——毕竟在如今的大唐，比他抢眼球的主角实在是太多了。但是当皇帝陛下“凑巧”在玉华山仁智宫摇着蒲扇敞着胸怀乘凉的时候杨文干要造反，问题可就严重多了。

况且传闻当中还有更加可怕的内容，据说杨文干此次造反的幕后主使来头颇大，竟然是如今坐镇京城监国摄政的太子殿下。

据说，这件事情便是被东宫两名卫率统军率先揭破的。这两名下级武官一个叫乔公山，一个叫尔朱焕。东宫左卫率韦挺命他们给庆州的杨文干运送一批甲仗军器，他们却径直跑来了仁智宫，向皇帝奏报了此事。

谣言在不经意间传播着，然而却在一步步得到证实。

六月初一，皇帝突然将整个仁智宫防务委诸秦王负责，自己带着身边的嫔妃和近臣在一卫宫兵的护卫下进入玉华山深处“行猎”，说是行猎，但看宫里的女官内侍们那副匆忙惊慌的样子，怎么看怎么像逃难。四天以后皇帝才在秦王的劝说下回到行宫，打了几天的猎，猎物没猎到几只，皇帝的白头发倒是一下子多了不少。

六月初五，皇帝敕使飞马驰回长安。三天后，原本应该在京城监国的皇太子李建成素服免冠，面色苍白地出现在仁智宫。

据内侍称，皇帝此次动了真怒，在行宫大殿当中怒责太子忤逆不孝。太子建成惶恐不能自辩，在御前以头触地连连请罪，额头磕得一片鲜血淋漓。皇帝最终命将太子暂留封号拘于别殿，每日仅以粗粮清水供给。

翌日，前任庆州刺史司农寺卿宇文颖衔敕离宫，据说是带着太子的手令去招降杨文干。

然而宇文颖这一去便没了消息，仿佛世间自始至终便没有出现过这么个人般。

六月廿四日，更加令人惊惧的消息传来：杨文干终于在庆州正式起兵造反。据派出去的斥候回来禀报说，杨文干在庆州向附近州郡发出檄文，称皇帝无道，太子却是有德的明君，要发兵扶太子正位，号召天下有德有识之士景从响应。

据说太子前年在山东任命的那一大堆刺史太守，如今一个个都在蠢蠢欲动……

行宫内的秩序勉强还在，但人心却越来越不安，毕竟谁也不知道杨文干是否真的会来攻击皇帝的御驾。

所以当行宫里多嘴的内官泄漏出消息说陛下紧急召见秦王的时候，仁智宫上下没有一个感觉到惊讶的。这是再自然不过的事情了——动刀动枪的事情，除了秦王，陛下还能倚仗谁呢？

“天策上将军、尚书令、左右十二卫大将军、雍州牧秦王殿下奉敕觐见——”

尽管自己从大唐立国以来便拥有了自由出入宫禁行走御前的特权，李世民这一次还是郑重地等到值日的殿中省官员将自己几个比较重要的职务一一唱毕，才正正衣冠走进了行宫大殿。

“儿臣叩见父皇！”

李世民从容不迫地跪了下来，却没有急着磕头——他知道不必的。

果然，他的生身父亲，那个坐在大唐皇帝位子上，用“武德”两个字作为自家年号的六旬老人摆了摆手，说道：“起来吧，平日都不叙这个礼的，何必偏要在今日装腔作势？”

皇帝的口气当中带着几许调侃的笑意，词锋依旧锋利若斯。向来睿智英明的他，此刻大约也一眼便识破了次子那隐藏在谦恭外貌下的几分兴奋，只是话语之中无论如何讥讽，宠溺无奈的味道总觉得更浓一些。

然而谢过皇帝恩典的秦王李世民自己却十分明白，今日的事情已经绝不再是一个父子间的玩笑。即便他自家能将此事当作玩笑，那些在身后幕中对他殷殷期盼着的人们却万难再将此事当作一个纯粹的玩笑。他们流了太多的血，流了太多的汗，他们已经等待了太久。

“益州那地方，你觉得怎么样？”皇帝在沉默了不长的一段时间后终于开口了，问出的却是一句风马牛不相及的话。

李世民愕然，他曾在心中设想了无数种问对方略，却万万没有料到坐在丹墀上的皇帝天子李渊一张嘴，居然问出这么一句与庆州和杨文干没有任何关系的话来。好在他虽没真正去过益州，那里的大体情形也还算心中有数，不至于在老父面前张口结舌答不上来。

“益州号称物阜民丰沃野千里，实则言过其实。孔明在《隆中对》中奢谈那地方如何如何丰硕膏腴，据儿臣看不过是想当然的书生之见罢了。他是从《史记》和《汉书》里看来的，实际上益州的发达繁茂是秦末时候的事情了。然而自汉以降，均轻视益州民生，到三国时那里已是一片凋零景象。其后两晋南北朝以来地户亩虽有所恢复，然则数百年未经战乱，百姓两手只能握锄头，不复能操戈矣。故而父皇初据长安，蜀地便传檄而定，实在不是地方高门惧怕我李家的威势，而是益州兵弱，无力与我争雄！”

李渊凝视着自己这个名震宇内令天下豪杰胆寒的次子，心中百味杂陈，一时间竟然说不出话来。良久，他才开口问道：“庆州的杨文干反了，你知道了吧？”

李世民略微沉吟了一下，便知道这时候只能实话实说，便沉着答道：“儿臣前日也派出了斥候，通往庆州和铜川两个方向的驿道已经被封锁，马岭水浮桥两侧也放了警戒线，看来杨文干这次确实是不想活了。”

“今早彭原尉杜凤举急叩行宫，说的是同一件事情，庆州总管府的骑兵已经出现在宁州境内，这事情看起来似乎确实假不了了。朕意你领一府卫军出木波堡警跸，防文干进犯行宫。这些年多大的疑难局面你都一一化解了，如今这点小阵仗，想必不会捉襟见肘吧？”

李世民深吸了一口气，知道今日成败便在自己的应答上了，他面带微笑地抬起头，对皇帝道：“文干不过一无能竖子，如今竟敢为此大逆不道之事，父皇随便遣一将军讨之便可，何必如此张皇？儿臣总天下兵马，若建旌持钺出于庆州，只怕天下都要震动，刘贼（指刘黑闼）灭后，人心安定未久，恐怕不宜再如此大动干戈！”

是啊，秦王一出，天下震动……听着自己这个一向狂妄自大的儿子以自己独有的模式表现着他所谓的“谦退”，皇帝心中暗自苦笑。究竟从什么时候开始，这个一听到鼓角争鸣便浑身亢奋，被诸侯反王们蔑称为“唐童”的小子居然对攻伐兵戈毫无兴致了呢？或者换句话说，他现在又开始对什么东西有兴趣了呢？又或者，是自己现在又该赏赐他一点什么新的东西了呢？

自己赏赐他的，应该是他感兴趣的东西吧！

或者，是如今局面下，他对什么感兴趣，自己就必须赏赐他什么吧！

“若仅仅是一个杨文干，你说得或许不错，然则……”李渊略带无奈地开口道。

话锋一转，皇帝的思绪逐渐清晰起来，语气也转为流利：“然则此番文干作乱，背后牵扯着建成，而建成虽然已在囚笼之中，但他监国日久，三省六部九寺十二卫都有他用的人。地方州郡情况更为复杂，便拿京畿一道而言，杨文干虽不足惧，李艺的天节军却近在咫尺。建成毕竟是太子，是储君，是未来的大唐皇帝，其号召影响，与杨文干不可同日而语。这件事情，只怕还是由你亲自去办，我这个父亲也才放心些……”

说到此处，李渊的语速又慢下来了，仿佛在犹豫，又仿佛在决定什么极难确定的事情。

抬头看着自己面前这个英武俊秀、挺拔硕立的儿子，皇帝终于缓缓继续道：“等你办完了这件事情回来，朕便颁制中外，立你为太子……待行驾回到长子效忠，被关中和并州一西一北夹在中间的东都，对于秦王以及天策上将府众文武臣僚而言恐怕就再不是避祸福地，反倒是困住苍龙的牢笼了。不过对于这一点，张亮心中总还是有些拿不准，李世勣一个泥腿杆子出身的外姓将领，征战十几年几乎丢掉了半条性命才换来了如今的禄位，他怎么敢在这个敏感当口贸然卷入皇室家事？他活得不耐烦了？

但若非李世勣向东宫表了忠心，齐王又怎敢口出大言推荐自己去给李世勣当副手？虽说齐王向来信用低劣陋鄙，但事情委实干系重大，若是李世勣彻底归顺太子，秦王落败几乎已成定局。自己此刻再死保秦王，日后史书一笔，当脱不得一个“愚”字。可是此刻若是脱口供出秦王，背主求荣的骂名着实受不得。若是元吉的诺言能够兑现倒还罢了，但齐王偏偏又是个没信用的……一时间张亮心中天人交战，元吉的话竟不能回，只呆呆垂头不语。

元吉见他这番模样，心知刚才真真假假一番话，已经初步瓦解了张亮的心理防线，心中暗笑：“就你这鸡鸣狗盗的模样，还想去李世勣手下混饭吃？兵凶战危，吓也吓死你……”他微微笑了笑，说道：“你不妨仔细斟酌，若是仍然执迷不悟，本王便一刀切了你的卵子送你进宫去当内侍。刘文静身为太原元从之臣，贵为门下掌印，功勋地位比你如何？看看他落得了什么下场，再想想自己，是生是死，全在你一念之间了……”

说罢，这位帝国亲王将插着牛肉的刀子向后一抛，泰然自若地踱出了牢门。

两仪殿（上）

武德九年正月的长安，笼罩在一片肃杀寒冷的空气里。凛冽的北风吹来了塞外草原上浓浓的腥膻之气，也吹来了南方战场上徐徐北飘的淡淡烽烟，夹杂在其中的，则是帝都京师皇权之争的浓烈血腥味……

秦王派遣天策府车骑将军张亮暗结关东豪杰欲图不轨，如今被齐王殿下拿在大理寺狱中的消息不胫而走。自两年前庆州行军总管杨文干暗结甲兵公然造反导致东宫宏义宫同时遭斥之后，大唐朝廷里的气氛再次因为太子李建成与秦王李世民的储位之争而变得剑拔弩张起来。

“据并州都督李世勣密报，洛阳方面并无异动。臣以为值此元岁，政局不当有大的动荡，目下长安人心浮动，皆言山东将反。陛下留意，刘黑闼方平不久，山东尚未彻底安定，国家尚未可称承平一统。此刻对洛阳发大兵，恐非智者所为。臣恳请陛下三思……”

坐在两仪殿龙椅上的大唐帝国开国之君李渊，默默地倾听着殿下站立的尚书右仆射宋国公萧瑀的陈奏。他眼睑低垂，静静地把玩着手中的玉如意，缓缓开口道：“玄真，时文的意思你都听明白了？你是个什么看法？”

尚书左仆射魏国公裴寂慢吞吞地躬身行了一礼，开口说道：“萧相的话虽不中听，道出的却是目下的实情。洛阳本是秦王率兵取来，一应大小文武官弁均是秦王一手提携任用的。说句公道话，这批人虽出身天策上将府，但用兵行政，俱是相得益彰。二殿下在用人方面，颇得陛下之教。秦王派出一两个下人去那边招募些许护卫私兵，也不足为奇。长安城内，有长林军士两千两百名，秦王府虽在谋臣战将上占得些许便宜，但与长林军相较，未免略显势孤。如今京师局面一触即发，也难怪秦王不安。此事可大亦可小，但不管怎么处置，洛阳要稳定，山东已经安定下来的局面不能再乱，这是毋庸置疑的。不过陛下使齐王审问张亮，却殊非妥当。张亮若是矢口否认也还罢了，张亮若是招了，太子仁厚，或可为秦王遮掩一二，但齐王却万万不会，到时候付诸朝堂公议，陛下的家事就变成了国事……”

萧瑀仰起头打断了裴寂的话：“陛下，臣不同意裴相之见，陛下乃天下共主，古人云天子无私事，陛下的家事原本就是国事。秦王藩卫大唐，受命于陛下，天策上将府位列三公之上，招募些许护卫，又有何大惊小怪处？陛下请恕微臣愚昧无状，秦王有大功于天下，陛下先前也曾许以储君之位，后未践约本已有亏，如今却以欲加之罪惩处有功之王，而数年前文干谋逆，陛下却听之任之不加理会，以国事而论，陛下公道何存？以家事而论，陛下厚此薄彼，又何以对秦王？”

萧瑀越说越快，声调也越来越高，全然不顾皇帝的脸色越来越难看……

“砰！”皇帝一巴掌拍在了御案上，龙眉倒竖道：“萧瑀，你的记性应该不错吧？朕甫登基，便册封世民为秦王，武德元年，朕就授世民尚书令，领右翊卫大将军，掌管尚书省，至今未曾易人。同年底，朕给他加右武候大将军、太尉、陕东道大行台尚书令，整个关东悉由他做主。转年又拜左武候大将军，兼领凉州总管。武德三年四月，又加益州道行台尚书令，那一次，是你去宣的敕，你应当记得吧？武德四年二月，朕以世民功高，古官号不足以称，加号天策上将，领司徒、陕东道大行台尚书令，位在王公上，增邑户至三万，赐衮冕、金辂、双璧、黄金六千斤，前后鼓吹九部之乐，班剑四十人。在我大唐，除了朕之外，还有哪个曾有这等尊荣？武德五年，加左右十二卫大将军。我大唐的文武显禄都给他加尽了，朕犹觉不足，年前又授他中书令。萧瑀，你倒是说说看，朕还要怎样才算不'薄'了世民？"

皇帝怒形于色，萧瑀却仍旧不慌不乱地磕头道："陛下，爵以功赏，职以能任。陛下对秦王的恩赏，是用来酬劳秦王平定天下的开创之功的，秦王若无功，陛下也不会因为他是皇子便滥加赏赐。然而秦王之能惠在天下，陛下若为大唐的江山社稷计，当立秦王为储君，如此百年之后大唐天下方可太平无事。"

李渊双眉紧蹙，冷冷道："萧瑀，你究竟是朝廷的宰相还是天策府的属吏？你若是觉得在尚书省做得个右仆射委屈了你，朕就命你到秦王府去做个长史如何？"

裴寂轻轻咳嗽了一声，上前说道："陛下息怒，时文这个老脾气，陛下最清楚了。别的臣不敢断言，但萧相对朝廷的忠心、对陛下的赤诚，老臣还是敢保的。"

皇帝看了看他们两人，又看了看站立一旁半晌一句话都没说的中书令赵国公封德彝，挥袖道："德彝留下，你们都先退出去吧……"

裴寂和萧瑀对视了一眼，缓缓退出了两仪殿。

李渊瞥了封德彝一眼，说道："你说说吧，这次的事情，朕当如何处置？"

封德彝抬头看了皇帝一眼，问道："陛下现在是否还有易储之念？"

李渊站起身来绕着御案转了两圈，神情凝重地答道："世民确乎是个才力超卓之人，用人用兵，满朝文武无人能及。然而储位关系大唐江山运祚，朕数次应允世民以储君之位，又数次自毁前言，你可知是为了什么？"

封德彝沉吟了一下，答道："陛下所虑者，是怕秦王成为大唐的炀帝。不过据臣下观之，秦王似乎没有炀帝身上那种养于深宫的娇气。炀帝也非庸碌无能之主，皆因好大喜功贪图奢华，否则也不致有亡国之灾。秦王戎马倥偬多年，用人用兵，首尚实践，这一点绝非炀帝可比。所以臣下以为……”

“所以你就以为，世民若为皇帝，不会是隋炀帝那等昏君，是不是？”皇帝打断了封德彝的话，反问道。

“是，臣是这样想的。”封德彝老老实实答道。

皇帝微微笑道：“这就是裴寂的过人之处了，在这一点上，也只有他才明白朕的心思。”

他顿了顿，叹道：“世民自幼聪颖过人，这些年来征战沙场，更是为我大唐立下了赫赫战功，而朕所虑也恰恰在于此。世民以军事见长，以军功受赏，用以治军必为良将，用以治国，则有穷兵黩武败坏江山之危。

“朕遍览诸史，凡文官治政之朝必国祚绵长，凡武将秉国之代必社稷崩坏。秦始皇千古一帝，崩后仅仅四年，秦亡而天下乱。汉武帝一代圣君，逐匈奴而民生凋敝，耗尽了文景之治积攒下的国铢库帑。秦历六代仁爱恤民之主方得天下一统，汉经高惠文孝四朝天子励精图治方得富庶，大唐方立，四方诸侯未平，天下黎民待哺。所以上遭突厥南下，朕欲迁都以避，非朕软弱，朕乃是不愿我大唐南方未平又树北方强敌。

“隋末炀帝无道，群雄并起，天下苍生陷于水深火热之中，至今战创未平，灾荒四起，饿殍遍地，天下此刻需要一位仁爱文德的皇帝来与民休息。建成在军事上虽略逊于世民，但多年来监摄朝政并无大的过失疏漏，且生性仁厚友爱，非世民、元吉可比。朕百年之后，建成即位，则天下可多得数十载安宁，待国库充实小民富足，后世子孙自有坚刚雄略之主扫荡突厥扬我大唐天威；若朕龙驭之后，世民即位，那么数年之内，北疆必然烽烟四起。如今连年征战，国库本来就入不敷出，山东诸州诸郡方平，百姓流离失所者众多，不要谈赋税，就是能安定下来朕已经心满意足了。朕不是不愿意打仗，而是我大唐现今实实打不起仗！”

皇帝长篇大论，说得略感口干，喝了口宦官奉上的热茶，继续说道：“总之，我大唐未来需要的是一个能够让百姓休养生息的文官朝廷，而非一个连年征战不休的武将朝廷。这才是朕不愿让世民晋位储君的根本之因……”

封德彝从座席上站起身来到殿中央跪倒叩头道：“陛下远虑，非人臣所能猜度，微臣钦佩之至。既然陛下圣心已定，就宜早日明示秦王，以息其争储夺嫡之心，更宜明示太子，以安储君之意。”

李渊皱了皱眉头，缓缓道：“现在让朕拿不定主意的，倒不是告不告诉他们，而是如何处置世民。为保全他计，也为了让建成日后能够顺利即位登基，朕必须及早削夺他手中的兵权。可是如今四海未定狼烟未平，朕还指望世民能在安定天下上助建成一臂之力呢。现在若是削了他的兵权，实在可惜了。”

封德彝想了想，答道：“陛下若是左右为难，臣下倒有一个两全其美的主意，愿为陛下解忧。”

李渊眼睛一亮：“哦，说来听听……”

封德彝道：“说来也简单，请陛下下敕礼部备大封拜礼，封秦王于洛阳！”

李渊一怔，似乎一下子没反应过来，喃喃地重复了一句：“封秦王于洛阳？”

封德彝点了点头，语气肯定地重复道：“对，封秦王于洛阳。”

两仪殿（下）

两仪殿里的气氛凝重肃穆，皇帝在御案旁负手站立了已经有很长工夫了，面色阴晴不定，似乎内心正在激烈交锋。封德彝仍然不卑不亢地跪在殿下，神情安然自若。偏殿里的水漏滴答作响，大殿外凛冽的北风号叫着自广场上空席卷而过，天空中铅云密布，漫天的雪花纷纷扬扬洒将下来。

洛阳古称洛邑，周平王元年始为东周都城，前后五百一十五年。

秦末群雄并起，经八年混战天下复归一统，汉高祖立朝于洛阳，后迁长安。王莽篡汉，光武中兴，定都洛阳，是为后汉之始。

后汉末年宦臣弄权何进受诛，西凉刺史董卓进京，不久便废弃洛阳挟天子及群臣前往长安。

魏文帝延康元年，曹丕率魏庭迁都于洛阳。自此魏、西晋、北魏诸朝皆以洛阳为都，前后一百三十八年。隋大业元年，炀帝于仁寿宫登基继皇帝位，该岁岁末，炀帝登邙山，以邙山之南、伊阙之北、瀍水之西、涧河之东为兵家必争之地，遂于次年三月命尚书令杨素、纳言杨达、将作大匠宇文恺营建东都。

大业十四年，宇文化及弑炀帝于扬州，越王杨侗在洛阳登基称帝，太尉王世充独揽朝政。明年，王世充废杨侗为璐国公，自立为帝，国号大郑，定都洛阳。武德三年七月，大唐秦王李世民率诸军出谷州，战于慈涧，王世充败守洛阳。李世民遂遣行军总管史万宝出宜阳拒龙门、刘德威自太行东围河内、王君廓自洛口断郑军粮道。同时，世民遣黄君汉独领一军攻洛城，扫荡黄河南岸。九月，李世民与王世充再战于邙山，斩首三千余，郑将陈智略被俘，王世充仅以身免。嗣后筠州总管杨庆遣使请降，荥、汴、洧、豫九州亦相继来降。武德四年二月，秦王率军进青城宫，与王世充三战于北邙，缚斩其八千人，进营城。五月，世民率军破窦建德于武牢，缚建德至洛阳城下，王世充大惧，率官属两千余人诣军门请降，自此千年故都归于唐室。

经过数代帝王的营造经略，洛阳城池坚固，物厚民丰，又地处中原，毗邻大河，已成为具备极高军事价值的战略要塞。唐郑之战基本是以洛阳为中心展开的。此战亦是天下定鼎之战。洛阳之战前后历时一年之久，其惨烈程度及凶险程度都是唐军自太原起事以来所仅见，关键时刻若非秦王力排众议径自分兵往拒夏军并一战而胜，唐军在洛阳城下几乎功败垂成。

正因为洛阳城乃是李世民一手得来，又全力经营数年之久，因而皇帝才对封德彝的建议慎之又慎。一旦封李世民于洛阳，大唐必然会出现东西两都一君一王互不相制之局。李渊最担心的事，莫过于刚刚归于一统的天下因弟兄争位再度兴起波澜。一旦大唐陷入内战，突厥必然乘机南下，各路被大唐军威强压下去的反王及其余孽再死灰复燃，局面就更加一发不可收拾了。

他沉吟半晌，抬起头问道："一旦封秦王于洛阳，朕百年之后，如何可保世民向建成拱手称臣？"

封德彝抿了抿嘴唇，说道："陛下只想到了秦王会不服新君，却为何偏偏没有想到新君能否容忍秦王在洛阳据地封王呢？诚然，太子仁厚，行事向来稳重端慎，绝不会做出诛杀自家兄弟的事情来。然则齐王却难保不起杀念，到那时，满朝文武，又有谁人对新君的左右之力大于齐王？所以臣以为，封秦王于洛阳，陛下有两大隐忧。"

李渊点了点头："不错，朕既担心秦王会做唐之刘濞，也担心建成和元吉会耐不住性子贸然兴兵伐洛。世民久历兵事，这一层自不待言，所以朕才只提了一件。”

封德彝叩了一个头：“恕臣愚钝，臣以为这两件事皆应未雨绸缪。秦王封于洛阳，若举兵反叛，恐天下无人能制。太子和齐王若是兴兵伐洛，师出无名，必败于秦王之手。如此天下亦是秦王囊中之物，陛下又何必多此一举，徒使百姓备受刀兵烽火蹂躏之苦！”

李渊失笑道：“明明是你出的主意，如今却质问起朕来了。德彝，你好大的胆子……”

话虽如此说，李渊却笑吟吟地并未真个动怒，挥了挥手，命封德彝继续说下文。

封德彝也跟着凑趣般笑了笑：“陛下天纵英才，微臣的心思，怎逃得过陛下法眼……臣以为，若封秦王于洛阳，应裁撤天策上将府，恢复亲王常制，勒定亲王护军数目，此其一也；加李世勣为山东道行台尚书左仆射，封鲁国公，陛下百年之后新皇加封其为鲁郡王，嘱其世守河东，此其二也；封齐王于凉州，但不予兵权，加任城王李道宗为陇右道行台尚书左仆射，此其三也。有此三策，可保陛下百年之后天下不乱……”

李渊听毕，半晌未曾发话。封德彝的建议的确高明，封秦王于洛阳，却削去了天策上将府凌驾百官之上独立议政独立掌军的绝大权柄，勒定亲王护军数目，李世民的军权即被削去大半。授李世勣山西河东军政全权，封公晋王，即可将秦王的封地夹在李军与关中之间，以李世勣之能，足以钳制得李世民动弹不得。封齐工于凉州，却不给兵权，授素与秦王交好的任城王李道宗地方军政全权，既能稳稳弹压住素来不甚安分的李元吉，又能避免他对坐镇长安的李建成施加影响蛊惑挑唆。三管齐下，确能保得自己身后天下不起刀兵，只要内战不兴，大唐的天下稳稳传承下去就有所保障。

然而他忧心的是，削去了天策府议政调兵之权，一旦北方强夷突厥南侵，仁厚敦儒的建成于兵事素非所长，而能征惯战的秦王又没有了调兵之权，到时候相互牵制，虽说避免了兄弟交兵，却耽搁了抗敌大计。封德彝的办法虽说应付内忧有余，消弭外患却稍嫌不足。

他想了半晌，挥挥手道：“你的意思，朕明白了。兹事体大，朕还要仔细斟酌再三，你先退下吧！”

封德彝也不再多说，跪在地上恭恭敬敬叩了三个头，站起身来倒退着徐徐退出殿外……

寒士潦倒

封德彝缓步出了玄武门，在随从的扶持下上了自己的马车，说道：“回府！”

戴着宽檐大帽子的车夫抖动手中的缰绳，两匹通体雪白半根杂毛皆无的骏骥缓缓挪动脚步，沿着北门御街由慢而快跑了起来。

按制宰相入朝可带三十六名从人护卫为仪仗，唐制草创，许多地方还不甚正规，因此朝中除了首辅裴寂之外，萧瑀、封德彝、宇文士及等台阁辅相都是坐一乘马车往来于宫阙之间，便是太子和两位尊贵无比的亲王进宫面君也不过骑着马带两个随从罢了。

长安街头的建筑物不断自马车两侧晃过，封德彝却全然无心赏看，他所有的心思都在适才的廷议奏对上。从头回忆到尾，自觉无甚纰漏之处，一颗悬着的心到此刻方才放了下来。太子、秦王争夺储位，都城长安局面诡异莫名，他身在帝侧总领中书省，行事说话半步都差池不得。说起来他也是堂堂大唐宰相、帝国重臣，但是无论是皇帝、太子还是秦王，哪个都不是他这个中书令惹得起的角色。尚书左仆射裴寂支持太子，右仆射萧瑀属意秦王，这是全天下人人皆知的事情。也正因为如此，他这个貌似中立的中书令的意见才会在李渊那里颇受重视，也正因为如此，太子和秦王也才会花费了大力气来拉自己。自己既然哪边都得罪不得，也只能两边虚与委蛇，只是这种游戏过于危险，犹如赤脚行走在钢丝之上，一个不慎，立时便要身陷不测之地。

他正自闭目沉思，却听得一个刻意压低了的声音诡异地在耳边响起：“封阁老好一副仙风道骨，陛下恩典金殿独对，想必主上和阁老都受益匪浅吧？”

几乎是转瞬之间，封德彝浑身上下已被冷汗浸湿，他愕然抬头望向眼前这个驾车的车夫，这才发现这车夫的背影看起来比往常雄壮了许多，斜眼瞥了车下的贴身随从封裕一眼，却见封裕两只盯着车夫的眼睛中显露出无尽的惧意。封德彝虽说也颇为惊惧，但多年练就的宰相城府毕竟不同于凡夫俗子，哑然失笑道："堂堂天策府骠骑将军，竟然屈尊来给老夫驾辕，德彝何德何能？竟得侯将军如此谦尊……"

侯君集隐藏在大帽子底下的面容上浮现出一个意味深长的笑容："封相客气了，您如今乃是圣驾之侧一等一的大红人，堂堂中书宰辅。陛下今日将裴相国和萧相公都遣了出来，却独留阁老在殿内，这等恩眷，恐怕除了太子和秦王，连别个皇子都未得享过。君集一个小小护卫骠骑，给封阁老牵个马赶个车，又有什么不体面处？"

封德彝微微笑道："君集不必多说无用之言，尽管道明来意，封某知无不言，言无不尽！"

"封相痛快！"侯君集赞了一声，"君集此来，别无他意，只是想打听一下封相适才在两仪殿中和陛下都说了些什么，也想知道知道裴萧二位相公适才都说了些什么。"

封德彝笑了笑："秦王此次好不鲁莽，张亮之事，险些让主上回护秦王的一片苦心付诸流水。适才金殿上，两位老相国虽意见相左，却也颇有异曲同工之妙，都是希望主上将此事大事化小小事化了。封某总算不负秦王所托，答应秦王的那件大事，今日封某已经办完了多半。就待陛下圣裁了……"

侯君集大帽子底下的眉头皱了起来："阁老今日真的向皇帝进谏了？"

封德彝点了点头："是，封某适才建议主上封秦王于洛阳，并痛陈利害。此言若虚，让封某兵解而死，永世不入轮回！"

侯君集大喜："封相果然是真丈夫，今日之惠，秦王异日必然有所厚报……"

封德彝面色凝重地摇了摇头："请君集转告秦王，谋事在人，成事在天。今日封某虽以言语打动了主上，但主上却并未最后下定决心。如今之计，是要想办法封住贵府车骑张亮的嘴，只要他不开口，陛下一旦决断，秦王的东行之计即可成功大半。若是张亮熬不得刑，说出什么不相宜的话来，那时就算主上有心回护秦王，朝堂之口悠悠，恐怕他老人家也有心无力。张亮虽小，却负街亭之干系，君集务必将封某的话转达秦王。"

侯君集点了点头："封相放心，良言句句在耳，君集不敢耽搁，此刻就回禀秦王。大恩不言谢，以图后报。封相保重！此番君集得罪了贵驾侍，还望恕罪……"

此时车子已然转上了朱雀大街，在一处店面外停了下来，侯君集跳下车，冲着封裕微微一笑道："劳烦尊驾送你家阁老回去，贵府车夫不出申时必然回府，不必担心……"说罢甩下车子和傻呆呆立在一旁的封裕，扬长而去。

封德彝望着侯君集远去的背影，抬袖擦了擦额头上的冷汗，叹了口气道："回府吧……"

侯君集下车之际，太极宫北门禁军屯署统领右监门将军常何带着随从刚好转过街角。他一眼就看到了停在赵家铺旁的封府马车，不觉大吃一惊，心中暗想莫非封相国捷足先登了？定睛瞧时却见马车缓缓驶动，辘辘而去。他心中疑云大起，暗自思忖方才那下车之人的身形好不眼熟，依稀便是天策府的侯君集。他是武将出身，胸中颇少心机，想了半晌，未得要领，摇摇头苦笑一声："这些大人物的事情，与我何干？"迈步向这赵家铺行来。

管家常安走在前头，伸手撩开了门帘子，伺候着常何进了店门，放下帘子高喊道："赵家的，我家主人到了，还不快快看茶？"

"来嘞——"随着一声清脆娇啼，一个打扮朴素的明艳妇人急匆匆从二楼奔了下来，边走边念叨道："大统领常来常往，也不事先打个招呼，不是要小妇人好看么？"

这妇人手脚极为麻利，一错眼间左手上变出一个黄杨木的托盘，上面摆着一个三彩的茶壶四个泥杯；右手上拿着一块抹布飞快地擦着桌凳，转眼之间已是收拾停当，蹲身一个万福行礼道："大统领安康，小妇人伺候不周，还望大统领大人大量，不要跟小妇人一般见识。"

这妇人生得面如满月，唇若红莲，虽已是双十年纪，犹自丰艳胜人。这赵家铺的掌柜赵一郎下世三年有余，店铺里全靠这寡妇王氏打理，生意倒也不坏。王氏年轻守寡，所谓寡妇门前是非多，长安街头恶少时常前来骚扰挑拨，也亏得这王氏一个年纪轻轻的妇道人家应付自如，能在这鱼龙混杂的长安街肆之中安分营生且守身如玉。一年多以前一个姓袁的江湖方士给王氏看相，顺嘴胡诌王氏有一品夫人之相，早就仰慕王氏美貌的常何听说之后便托人来求亲，奈何王氏贞心似铁就是不肯应允，常何虽是当朝命官，却也畏于物议清流不敢造次相逼。

此次常何再见到王氏，未免面上有些尴尬，清咳一声道："老板娘，多次叨扰，常某这番先行谢罪……"

王氏急忙双手合十："阿弥陀佛，常将军说的哪里话，您是官身，身价尊贵无比。我一个死了男人的寡妇，败柳之身怎么敢亵渎您老人家？您一片诚心，是我不识抬举没这个福分罢了……您若是再要客气，可是折杀我这小妇人了……"

常何讪讪一笑："老板娘，你和常安多次提起的马先生现在何处？"

王氏脸上一红，低声道："实在对不住您老人家，事先不知道您要来，马先生午时多喝了几杯酒，此刻在楼上歇息呢。"

常何愕然，常安脸上却变了颜色："老板娘，你好不识抬举，我家主人专程来访那姓马的穷酸，你却让他喝醉了酒躲起来不见。却是什么道理？"

王氏苦笑了一声："将军息怒，若说这个马先生，为人最是放浪不羁的。不怕您笑话，原先在我舅舅店中，喝醉了用上好的黄酒来洗脚。这个人什么都好，学问也好，就是贪那两杯马尿，此刻酒意正酣，睡得正实着，若叫醒了下来，恐他酒还没醒，唐突了常大统领，那可就是死罪了。"

常何哈哈大笑道："酒是好东西，常某亦时常以醉为乐，这个马先生，倒是与常某脾气相投，却也难得。老板娘，不妨事的，你只管唤他下来，有何不周之处，常某绝不怪罪。你告诉他，我是个带兵的老粗，斗大字识不得半箩筐，平素里最敬重的就是读书之人，万万不会轻忽怠慢。"

王氏垂头踌躇道："大统领容禀，您不知道，这个马先生喝醉了酒喜欢乱骂人，原先在博州刺史达奚大人幕里助教，就是因为喝多了几口黄汤，口无遮拦乱骂起来，惹恼了达奚刺史，官也没得做了，这才落魄到长安来……"

常何怔了一下，哈哈大笑道："喝醉了大骂刺史？有趣有趣，今日常某倒要见识见识这位不凡的马先生。老板娘，无论如何请你通禀一声，就道太极宫禁军统领常何专程来拜，请马先生无论如何赐教一面！你放心，不妨事的，常某被人骂得多了，让有学问的人骂上一骂，也是常某的荣幸……"

王氏推搪不过，无奈只得站起身来福了福，说声："请常老爷稍候片刻……”转身施施然上楼去了。

常安不解地道：“老爷，读书人哪里没有，这等不拘小节不识尊卑的醉汉狂生，见他作甚？此次是奴才疏忽，只听王媪一面之词，便撺掇了老爷来。咱们回去吧……”

常何“啪”地敲了常安的头一下：“你懂个屁，读书人多了去了，没有真本领，哪个敢当面骂一方司牧？这等奇人岂可错过？你没看方才封阁老的车子就停在门口么？秦王府的侯君集也刚刚离去，能让封相和天策府同时来拜的人物，又岂是你这不识字的狗奴才能解的？刘玄德还能三顾茅庐，我就等这么一会子，又有什么大不了的？”

话音未落，就听见楼上传来“咣当”一声铜盆坠地的声音，一个高亢清越的男声叫道：“什么长河短河？出了渭水就是大河，谁听说过什么劳什子长河？扰了我的清梦，不见……”

常何和常安对视一眼，主仆二人神情怪异，面面相觑……

左右逢源

封德彝回到府邸，刚刚下车府内家人便上来回话，有客来访。封德彝眉头微微皱起，来者是谁已然心中有数。他缓步走入中门，也不换衣裳，伸手接过仆人递过的茶水漱了漱口，迈步进了正房客厅。屋内客座上，东宫洗马魏徵正自摇着扇子安然稳坐。

封德彝哈哈一笑：“多日不见玄成了，听人说你领了太子谕去了山东，何时回的京？今日又是哪阵香风把你吹到老夫这里来了？”

魏徵起身施了一个礼：“阁老取笑了，魏徵飧食储君侧之微末小吏，若无天大样事，怎敢不揣冒昧擅闯大唐宰相府邸？”

封德彝哈哈大笑，用手点着魏徵道：“玄成当世豪俊，入枢拜相也是迟早之事。你来我这蜗居，闲话少叙，说说来意吧！老夫洗耳恭听。”

魏徵把扇子合拢，面色沉静地道：“封相何等睿智之人，岂能不知下官的来意？适才两仪殿议政，裴相萧相都被屏退，皇帝留封相独对一个时辰之久。这消息现在恐怕已经传遍了内廷，秦王府必定已经知道了，东宫又怎会得不到消息？下官别无他意，只是想问问封相，张亮一案，圣上准备如何处置。”

封德彝头也不抬，端过下人奉上来的茶，掀开盖子吹了吹浮叶，却并不喝，旋即放下杯子，反问道：“玄成，太子的心意我是最清楚不过的，只是你们这些太子近臣的心思老夫却摸不透。你不妨说说看，这件可大可小的案子，你魏徵以为应当如何决断？”

魏徵的面容一下子严肃了起来：“太子是君，魏徵是臣，魏徵就算再执拗，断然不敢做越俎代庖之事。还请阁老说个明白，陛下是否已然决定抚平波澜不予深究？”

封德彝抬起头注视了魏徵片刻，淡淡点头道：“不只主上，连裴老相国也是这个意思。”

魏徵闻言眉头大皱，叹道：“事情果然如此，当真荒谬绝伦……”

封德彝含笑道：“玄成何出此言？陛下爱惜秦王，却也绝无鄙薄太子之意，何谓荒谬绝伦？”

魏徵正颜道：“阁老侍奉两朝见多识广，当知天子家事琐细皆干社稷。皇帝身负九鼎之重，若要大唐江山稳固，或太子或秦王，总要有个了断。圣心既定，终归要裁抑一个以安天下。若是陛下决意择秦王为储君，就应当明诏授其东宫之位；若是陛下并无易储之意，就当废秦王干预军政之权，限其封邑，去其羽翼。似此等既不易储又不裁抑秦王，固然是陛下一番拳拳爱子之心，却恐怕太子秦王无一能得全首领，如此处置，岂非荒谬绝伦？”

封德彝哈哈大笑：“玄成不愧是山东豪俊，胸中果有宰相机枢，一番鞭辟针针见血。所谓英雄所见略同，老夫虽不是什么英雄，久在帝侧参与朝政，却也不是不识大体之人。玄成放心吧，张亮一案，陛下虽不会深究，却也不会全然姑息秦王置之不理。方才朝上，封某正式向陛下建言，封秦王于洛阳，裁撤天策上将府，恢复亲王常制。主上虽未当场应允采纳，却也意动，至多不出一个月，陛下必有明敕。”

魏徵听了封德彝的话，低垂眼睑沉吟片刻，嘴角浮现出了一个微笑：“阁老果然是宰相风范，晚生佩服之至。不过魏徵不才，还要多问一句，除了建议陛下封秦王于洛阳并裁撤天策上将府之外，阁老还向陛下谏了什么？”

一句话把封德彝惊得出了一身的冷汗，他稳了稳心神，敛容说道：“玄成此言，是疑封某另有所图么？”

魏徵面色转为肃穆，凝重地摇了摇头：“封相请恕晚生无礼，兹事体大，封相所言若不能让晚生以为合理，纵然是三位相公亲口证言，魏徵亦不能信。”

封德彝面溢怒色：“玄成，我以礼相待，你也勿要欺人太甚，何谓所言合理？”

魏徵起身长施一揖：“魏徵无礼在先，这里先行谢罪！”

礼毕他也不归座，便站在厅中侃侃言道：“封相容禀，魏徵度事，常常以己揣人。封秦王于洛阳，削天策府权，对别个管用，对多年领兵在外征伐攻杀的秦王却是无用的。洛阳乃两代东都，物厚民丰，王世充据之多年，诸侯不能下。晚生就是想问问，除此之外，封相还向陛下建议了什么制约之策。”

封德彝哑然失笑：“玄成果然英雄了得，好吧，明说了吧！老夫建议陛下授李世勣山东道行台尚书左仆射，加封鲁国公，待太子登基后晋封鲁郡王，总领河东军政全权。”

魏徵点了点头，随口又问道：“封相没打算把齐王赶出长安去？”

一时间封德彝感觉自己脊背上的肌肉一阵不受控制地痉挛，他甚至怀疑东宫已然在太极宫里安插了密探。换了旁人，此刻早已吓得瘫了，封德彝毕竟宰辅多年，城府非寻常人等可比，此时只是微笑着瞥了魏徵一眼，说道：“玄成，须知不管怎么裁抑秦王，在军事上十个太子二十个齐王加起来都不会是秦王的对手。李世勣虽现下中立，却绝对是个世故圆滑之人。陛下万年之后，新君施仁政以待天下，则逆反者天下共诛之；新君若听信谗言暴虐滥杀，则天下虽大，昼夜翻覆亦非难事……”

魏徵哈哈大笑：“阁老不必惊惧，齐王若不出京，武德后天下不宁，这道理凡社稷之臣无不明了。如此封相所言魏徵才敢听信，请恕晚生无礼了。”

至此魏徵躬身告退，临出大门回头说了一句：“阁老留步，裴相为左，阁老为右，我大唐鼎盛之日可期了……”说罢上车绝尘而去，只剩下封德彝一个人站在府门内捻须沉思。

“这话两年前你便说过一次了……”望着魏徵乘坐的马车渐行渐远，封德彝心中冷冷说道。

大唐上党县公比部郎中长孙无忌默默地听完了侯君集的叙述，半晌未发一言，手中拿着一部未读完的《尚书》闭目沉思。侯君集也不着急，不动声色地小口喝着盏中的酒，外面天寒地冻大雪纷飞，饶是他多年从军打熬的好筋骨，几个时辰下来也有些吃不消。两盏老酒下肚，半边身子才暖和过来。长孙无忌挥手命下人撤下壶盏，吩咐道："没有我吩咐不要进来，若有客来访，除房杜二位大人外一概挡驾，就说我受了风寒，正在静养。"

"君集，天策亲军目下编制如何？随时可听调用的又有多少？"这位秦王妃的嫡亲兄长闭目抚须问道。

"天策亲军卫目下辖骠骑、车骑二府，皆上府编制，两府共计兵卒两千四百二十一人，除去病废司给者其中随时可听调用者约合两千人。"侯君集不假思索地答道。

长孙无忌点了点头，叹道："我手上秦王府三府护军约合三千人马，殿下亲自掌管的玄甲亲军虽骁勇能战，也不过千人之数。东宫六率近一万八千，仅在长安内城就有六千之众，齐王府护军三千，左右长林共计军士两千有余，所差近倍，差距过大。即使不将南北衙卫军计算入内，大王亦无胜算。若不能出洛阳号召天下，一切休提。"

侯君集皱了皱眉头："辅机兄担心封德彝所言不尽不实？"

长孙无忌摇了摇头："为了能远避洛阳，两年来我们费了多少心思？封德彝不会在这个事情上作假，除非皇帝下定决心诛杀秦王，否则给个天做胆他也不敢欺你。我所担忧者，东宫耳目众多，太子、齐王乃盟方同体，在朝中内廷势力庞大，陛下耳根子又软，一旦有变，我们会措手不及……"

侯君集垂头沉思片刻，说道："辅机兄，若是先发制人在长安动手，我们有几分胜算？"

长孙无忌苦笑了一声："敌众我寡，谈何胜算？一旦禁军插手又或是陛下颁布明敕，我们连长安城都冲不出去。"

"不是这样算法！"侯君集一脸不以为然，"就算张亮所约东援不能成行，我们在长安还有六千兵马。太子、齐王加在一起就算有两万三千兵马，内城总共能容得下多少人争战？我们就算只有千名勇士，若是能得地利天时，一样可把局面反转过来。”

长孙无忌闻言浑身打了个冷战：“你的意思是说潜入太极宫内设伏？”

侯君集冷然道：“这件事情我谋划了不止一日了……”

长孙无忌大摇其头道：“你当真糊涂，且不说这个能否成功，仅只太子、齐王一宫一府两万多兵马以外围内，我们就算挟持了皇帝又能如何？诏敕不出宫城，等于废纸一张。太子虽说懦弱敦儒，却也是乱世储君，你当东宫就那么死板，静等着皇帝那道传位遗诏？我们能想到的，魏徵那假道士一样能想得到。”

侯君集冷冷一笑：“论军力我们在下风，可是若论统军之力，我们就稳居上风。我们虽然只有六千人，但忠诚勇武能征惯战的战将一一数来，有丘行恭、丘师利、公孙武达、尉迟恭、程知节、秦琼、张士贵、张亮、张公谨、齐善行、薛万均、刘师立、段志玄、庞卿恽、罗君副、李孟尝、独孤彦云、郑仁泰十数人之多，太子、齐王麾下武将虽人数众多，除薛万彻和谢叔方二人外余者皆不足虑。一旦内城战端甫发，人心惶惶满城大乱，两万多兵马中唯有这几个人要费些周折，余者只需一道矫敕，立地可降。我们六千人有十余员久战骁将统领，或战或走，机动自如。所谓鸟无头不飞，蛇无头不行，若是凭借人多就能取胜，我们这些人早就随着殿下埋骨在武牢关前了。”

长孙无忌用手拍了拍额头：“君集说的是，是我糊涂了。若论谋臣武将之力，就连当今朝廷都比不得天策上将府，何况东宫、齐王府？如此一来，我们在长安就不是没有一搏之力了……”

他顿了顿，说道：“不过怎么说这也是一步险棋，非万不得已不能用之。能够力争远避洛阳以待关中当然是最好，殿下也是这个心思。然而万事未雨绸缪总归不会错，择个好时机，将天策诸将一一调到府中独统一军。王府护军三千分为六队，调六员骁将统领，如此一旦事机有变，我们可随时待机而动！”

侯君集不耐烦道：“你们文人就是麻烦，办大逆不道的事情，还要择个黄道吉日么？拖拖拉拉何时是个尽头？咱们说干就干，我今日请示大王，明天就调人过去，此事宜早不宜迟……”

长孙无忌摆了摆手：“君集少安毋躁，这事固然紧急，却万不能草率。你或许不谙朝局，我为比部郎中，多少比你要清楚些。如今张亮事发，案子尚未审结，此时内廷东宫，长安多少双眼睛紧紧盯着天策府。此时若有动作，无异于授人以柄。正因为这件事干系太大，我们更要多加小心，万万草率马虎不得！《周易》云：君不密则失臣，臣不密则失身，几事不密则害成。办大事首重机密，否则你我的性命事小，若是连累了秦王，我们就万死莫赎了。”

侯君集怔怔看了长孙无忌一阵，叹道：“唉，你们文官说起话来，总要绕这许多个弯子，真个费劲。罢罢，就依你，此事宜早，否则若是万一图穷匕见，恐怕就来不及了。将军们接掌印信兵权熟悉队伍，总要花费十几日工夫。”

长孙无忌笑了笑：“君集放心，此事我今晚就给秦王回禀，至于时机么，总归不会误了大事就是！”

侯君集叹道：“这么紧要的关口，大王还有心思参禅烧香，真真令人匪夷所思……”

长孙无忌高深莫测地摇了摇头：“殿下虽然自幼好佛事，却绝非梁武帝等人可比，你没发觉么？若没有大事，殿下平日里是从不去灵感寺的……”

北门统领

马周揉了揉兀自隐隐作痛的额头，满脸通红地对着两眼血丝的常何作了个揖，讪讪道：“书生酒后无状，让常公见笑了……”

常何熬了一宿，此刻疲倦已极，一边强忍着睡意一边应道：“马先生不必客气，咱老常虽是武将，平日里却最是敬重读书人。这赵家的平日里总在我这管家耳边念叨先生大名，何况昨日中书辅臣封阁老和天策上将府侯大骠骑先后造访先生，可见马先生学问广大非凡。常某不才，虽在朝奉职，肚子里的墨汁却着实有限得紧。不怕先生笑话，我平日里上个奏表陈个本章，屡屡出丑，真把老常家的人都丢尽了。今日前来拜访，别无他意，就是想请先生屈尊到寒舍就馆，常某必以师礼待先生。”

马周苦笑了一声：“落魄书生，空有手脚却不能稼穑，空有诗书却仕途蹉跎，怎当得常公如此谬赞？”

常何哈哈大笑：“马先生太客气了，常某有件事情想请教一二，还望先生不吝赐教。”

马周笑了笑：“常公但讲不妨，马周定当倾尽所知。”

常何皱着眉头道：“前些日子，皇帝题了几个字赏给我，这几个字我是认识的，可就是不知道这几个字究竟说的是什么意思。不怕您笑话，我这人平日里就好在同僚面前得个面子，也就不好意思去问别人。先生学问渊博，定能解开老常胸中疑惑。”

马周奇道：“当今天子御笔题字，这可是旷世殊荣，不知陛下题给常公的，竟是哪几个字？”

常何讪讪地自袖子里抽出一个纸卷，双手展了开来，递给马周道：“我请家中的管账先生抄了来，请先生过目。”

马周接过这张便笺，在烛影下注目观瞧，却见上面用工楷严严整整写了四个大字：“不识忠勇”。

马周几乎掩口失声，他强忍着笑意问道：“恕学生不恭，常公敢是请贵府的先生们解读过这四个字了吧？”

常何略带点惶惑地点了点头：“不瞒先生，老常虽说近些年一直守卫宫禁，早年却也是个厮杀汉子，在疆场上从来没做过孬种模样的。好端端的，主上怎会对常某下如此四字考语？这幅字乃是御赐，回去我就供起来了，可是每每看到，便有剜心之痛，还望先生有以教我。”

马周摆了摆手：“常公不必诸多烦恼，这幅御赐手书尽管悬挂供奉，这四个字的意思极好。李大将军在前敌多年征讨，恐怕也难得陛下用此四字嘉奖！”

常何闻言，眼中顿时绽放出一丝喜色，迟疑着道：“先生的意思是说，皇帝这四个字并非指斥常某不够忠勇？”

马周哈哈大笑：“常公说笑，这四个字是有来历的。‘不识忠勇’四字典出《孝武皇帝御札》，说的乃是汉武帝身边的车骑将军程不识。这位程将军曾率军镇守雁门多年，与飞将军齐名，治军严谨，忠勇可嘉。元光五年，有人告发程不识谋反，武帝指斥他说：‘朕素晓不识忠勇，岂竖子可间？’‘不识忠勇’这四个字，就是这么来的。后来王莽篡汉，光武中兴，汉末董卓倡乱三国争霸，长安屡遭战火荼毒，如今天下所存孝武皇帝御札手记仅余两部，一部存于太极宫显德殿，另外一部存于洛阳，乃是前朝杨老相国奉敕督造东都时迁去的。教我读书的先生当中，有一位姚老夫子原先在越国公幕中供职，有幸得饱一览。”

谜题破解，常何面上顿时一扫晦暗颜色，哈哈大笑道：“不凡不凡，马先生果然是有大学问的人，看来常某这一遭真是来对了。”

马周却似另有所思，一边沉吟一边摇手道：“常公，皇帝这四个字，韵义古朴自不待言，似乎还有另外一层深意呢。”

常何一怔：“另外的深意？”

马周点了点头：“不错！这位程不识将军，在孝景末年孝武初年长年担任未央宫卫尉和长安的中尉，手握京畿卫戍兵权，其职任与常公何其相似！皇帝饱览诸子遍读五经，随随便便写这么几个字给常公，似乎不大可能……”

常何呆了半晌，说道：“我一个镇守玄武门的五品武弁，似乎也不算多么重要的角色吧……”

马周目光一霍：“玄武门？那应该是太极宫的北门吧？”

常何点了点头：“北门禁军屯署是我和敬君弘共管，虽说我的品秩略高，却也还当不得皇帝如此器重呀！何况皇帝以前从不直接封赏我们这些微末将裨的。这一次我只当是皇帝厌我，惶惶多日不得要领，今日先生一番解读，我这颗心才放了下来，只是却更加糊涂了……”

马周心中悚然而惊，大唐宫室不宁，太子秦王争储，这消息他在关外便早有耳闻。他入长安已然多日，方知这座天朝帝都白日里虽然熙熙攘攘颇为锦绣，但一入夜便分外肃杀严整，兵丁巡骑往来察视络绎不绝，实是戒备森严。看来帝室内乱已是迫在眉睫。李渊身为天子坐拥天下，居于重兵保卫的内城皇宫里竟然也不放心自身的安危，简直荒谬绝伦。如果说长安城如此紧张真的是因为太子和秦王争夺大位的话，那朝局就真的到了一触即发的地步了！父子兄弟之间猜忌到这种份上，委实让人胆战心惊。

他长出了一口大气，微笑着道：“常公不必多虑，圣眷临身，自然是福非祸。不过如今的长安，时局乖谬，风雨欲来，常公为人行事，确乎要多加几分小心了……”

宰相裴寂

满朝文武皆知，裴寂这个宰相当得不易。大唐弓刀立朝以武事平天下，裴寂这个宰相的文治之功自然不值一提。不过治理偌大的一个国家，四处都是军事，八方要用钱粮，天下大乱，饥民四起，野有饿殍，从太原起事至今九年以来，他这个“萧何”兢兢业业勤勤恳恳竟也勉强对付了个出入相抵四面光鲜，委实不得不让人佩服其周转营生之能。裴寂能理财，这一层即使素不相能的秦王李世民也从不讳言。百官言其不易，却并非因为他擅长财务民政，乃因其乖巧通达，他很会处理和皇帝天子李渊之间那种既是君臣又似兄弟的关系。

裴寂虽出身豪门，却并不富庶。他是蒲州桑泉县人，祖父裴融做过司本大夫，父亲裴瑜当过绛州刺史。虽说是官宦世家，然而裴寂父母早亡，他自幼孤苦无依，不得已在族中几个堂兄家中趁食，也说不尽那白眼森森世情种种。自十四岁出仕以来，他历任蒲州主簿、左亲卫、齐州户曹参军、齐郡郡丞、御史台侍御史、民部驾部承务郎。大业七年，年近半百的裴寂方才出任太原郡通守兼晋阳宫副监。这一番仕途变迁宦海倾腾，裴寂委实受益匪浅。

隋炀帝大业十一年，卫尉少卿唐国公李渊受炀帝命出任太原留守，兼知关右诸军事。此事无论是对其时的大隋来讲还是后来定鼎立国的大唐来讲，都称得上是影响深远。即使对于裴寂这个在宦海当中苦苦挣扎了数十年的小人物而言，李渊出镇太原一事也毫无疑问乃是其一生运道命数之关键所在。

能得与后来的皇帝天子嬉戏为友，当其时也并非什么难事，其中缘故或许是李渊本人生性豁达爽朗结交广泛，否则也就不会有后来的四海豪杰来投了。李渊早年的朋友极多，且不拘贵贱不论出身。不过，能够在李渊太极加冕登基称帝之后还被这位九五至尊视为良师益友的人，环顾天下却只有这个每日里寡言少语的裴玄真。皇帝天子虽结交不以贵贱，但任人行政却绝不苟且，朋友归朋友，禄位归禄位，他自己就经常以此训诫几个儿子：“官职品秩爵禄，乃朝廷公器、百姓疾苦之所系，不可轻予夺。前朝之吏久历政任庶务娴熟，非草莽杀伐之士可比，庶不知政，故不可以亲用之，贵而久柄，故不可以疏弃之。”

然而对于裴寂而言，自从结识李渊之后，其仕途却一改往日的晦涩艰难。大业十三年唐公建大将军府于太原，任命裴寂为大将军府长史，赐公爵三等，封于闻喜。义宁元年，裴寂升任大丞相府长史，赐爵魏国公，食邑三千户。恭帝逊位，唐王揖让，裴寂率众进言："桀、纣之亡，亦各有子，未闻汤、武臣辅之，可为龟镜，无所疑也。寂之茅土、大位，皆受之于唐，陛下不为唐帝，臣当去官耳。"皇帝登基，他这拥立的第一功臣当即被任命为尚书右仆射，且特敕尚食奉御。

裴寂治政谨细，武事上却是其一短。武德二年，刘武周率黄子英、宋金刚屡犯太原，裴寂请缨挂帅，李渊授其晋州道行军总管，得以便宜从事。裴寂到军，接阵大败，部卒死散略尽。仗打成这个样子，换了别个将军脑袋早搬家了，皇帝也真关照老朋友，轻轻数落了几句也就让他官复原职了。只是从此之后，多了一分自知之明的裴寂再也没提过带兵的请求，李渊也刻意回避了他这一短处。经此一事，足可见其人在皇帝心中地位之重要。

也只有裴寂，可以在太极宫宫城下钥四门落锁之际，陪着身着便服的皇帝在长生殿内秉烛对茗促膝长谈。

"那年劝进的时候，你往那里一跪，几句话说得声泪俱下词真意切。朕当时就想，你们这些从太原就追随着朕的老弟兄，朕永不相负！谁知道到头来朕还是不得不忍痛诛了刘文静……"李渊感慨万千地叹道。

裴寂没接皇帝的话茬，端起茶杯喝了口水，淡淡地说道："既为君臣，兄弟情分就须置于朝廷公义之后。天子的家事，就算是再亲的亲兄弟也须回避，这一层不消说！"

皇帝转过身看了这位老朋友一眼，摇着头道："若不是文静不顾大局一意胡闹，建成世民兄弟二人之间怎会弄到如此地步？朕杀他是不得已，望他九泉之下莫怨朕不顾昔日情分！"

裴寂笑了笑："陛下做了九五之尊，自家门里的事情却还是看不破。太子和秦王之间是生死之争，不管有没有肇仁在后面撺掇，这场争斗都是免不了的。秦王多年领兵在外，功勋卓著，上马治军下马治政，手中权柄过大，又笼络豪杰广结人心。坐在他那个位子上，若想在陛下百年之后不被新君猜忌，无异痴人说梦。太子虽仁德，有这么一个军功卓著的弟弟坐在身边怎能安心？"

皇帝皱起了眉头：“那你的意思呢？”

裴寂抬头直视着皇帝，毫不畏惧皇帝那炯炯的目光，淡淡答道：“臣的意思，今日在两仪殿里都说明白了，除此之外，臣再没别的意思了……”

皇帝吁了一口气，裴寂虽口上不说，态度却是显而易见的。

“你还是心中埋怨朕优柔寡断，这一层朕心知肚明！”他冷冷地道。

裴寂叹了口气：“太子秦王，同是陛下骨肉，陛下也难……”

皇帝哼了一声：“其实，两年前杨文干倡乱，朕若是就此废了建成，立世民为太子，恐怕现在就没有这许多麻烦了。”

裴寂低垂的眼睑微动了动，却再没说话。

皇帝长叹了一声：“世民这些年征战在外，性情变得孤僻冷漠了许多。朕就是武功起家，又有什么不知道的？做将军的，饮血无数杀人如麻，视人命如草芥。世民若是登基，断没有建成元吉兄弟的活路，所以朕一直不肯易储。这才蹉跎到今天，朕不断给他加恩，就是希望能够补偿他。谁想到朕刚刚授世民中书之权，他就弄出这么一桩尴尬事，他的心也未免太急了吧？朕还没死呢……”

裴寂站起身避席跪下，磕了一个头道：“陛下息怒，秦王自感功高震主，情有可原。但是陛下身为一国之君，现在却万不能继续犹豫下去了。”

皇帝瞥了他一眼：“你还是劝朕杀了世民？”

裴寂又叩了一个头，说道：“陛下即使不杀秦王，也须削去其亲王爵位和天策上将封号，罢免其本兼各职，使其再无拥兵扰政倡乱之能，如此方能彻底杜绝陛下百年之后我大唐陷于内乱之后患……”

皇帝沉吟半晌，问道：“你能断定朕百年之后建成登基会放过世民吗？”

裴寂不慌不忙地答道：“陛下垂拱九重抚有天下，自可预做安排！”

说罢，他又反问了一句：“况且，陛下既有此惑，何不直接问问太子？”

皇帝瞳孔猛地一阵收缩，怅怅然道：“朕知道了，朕知道了……”

太子建成

魏徵一大早赶到东宫显德殿，却见原东宫太子中允王珪早已候在殿上，不禁大喜过望，上前深深施了一礼道："叔玠何时到京的，我怎么一点消息也没得到？早知道你回来了，我定然第一个登门造访，一壶老酒秉烛夜谈，岂不畅快？"

王珪急忙起身避席笑道："玄成又来耍我，哪个当得起你魏徵这等大礼？我昨天夜里才回到长安，城门已经落锁，幸亏刘弘基是我的旧识，这才开城门放我进来。否则这一宿在城外露宿，我这把老骨头恐怕是吃不消喽……"

魏徵叹道："一年半啦！"

王珪点了点头："是啊，一年半了！因果循环，报应不爽，算人者天亦算之，这报应来得倒也痛快。接到太子教谕，不明就里，这一路上我都心绪不宁，直到昨天进了城，才算明白了个中原委。哈哈，秦王殿下天纵聪明，恐怕当初构陷太子逼死文干之时，也没有料到今日之事吧？"

他微微笑了笑，问道："拿到张亮的口供了吗？"

魏徵叹了口气："齐王办事，还是不能让人十分放心。张亮身居天策车骑，自非等闲之辈，不让他绝了念想，他怎肯轻易招供？"

王珪叹了口气："若论起人才，宏义宫可谓得天独厚。房玄龄和杜如晦，哪个不是胸怀锦绣的经天纬地之才？可惜明珠投暗，终归没个下场。段志玄、程知节、尉迟恭、秦琼，这都是战场上一等一的猛将，如今宁在秦王府打杂也不愿改换门庭，又何其可悲？"

魏徵摆摆手正欲说话，却听得门厅外一阵笑声传来："我来迟了，不恭得紧，让两位老师久候了。"随着话音，大唐帝国皇太子李建成施施然缓步走了进来。

王魏二人急忙起身避席，李建成左手负在背后，摆着右手含笑道："两位老师不必多礼，各请安坐，我巳时要过两仪殿觐见父皇，趁着时候还早，过来听听两位老师叙话。"

两人这才注意到太子今日打扮得不同寻常——头戴衮冕，白珠九旒，红丝组为缨，打横插着一根犀簪，两缕青纩顺双耳勒下，在下巴处打了一个朝凤结，里面穿着白纱内单，外面罩着一件玄色裳，上印青黑色火、山二章，腰间系着一条金钩革大带，左右佩戴瑜玉双佩，腰后飘着两根赤色大绶，足下蹬一双加金涂银扣饰的步云履，腰间悬着鹿卢玉具剑。

魏徵皱起了眉头："陛下召见，殿下可知是为了何事？"

建成缓缓落座，斟酌着词句道："昨日老相国那边传过消息来，大约是为了二弟之事。"

王珪捻着胡须问道："老相国传过来的究竟是何等消息，殿下可否详细解说一二？"

建成点了点头："也不算多么意外之事，父皇昨日在两仪殿与相公们议事，商议张亮一案的处置。萧相一意维护二弟，触怒了父皇，所幸未曾降罪。后来父皇留封相独对，封相建议父皇封二弟于洛阳，收其兵权裁撤天策上将府——这是魏老师探得来的消息，不过昨夜父皇却又召老相国入宫彻夜奏对，似乎是决意要将二弟的亲王爵位削去，贬为庶人。"

魏徵闻言以手加额道："如此我大唐社稷安矣！陛下圣明烛照，这真是千古圣君之举……"

王珪看了魏徵一眼，却垂头默然不语。

建成笑道："叔玠有什么话，但讲不妨，这里伺候的人都是心腹，不虞泄露机密。"

王珪抬起头来，双眉紧锁着道："主上天纵英才，宽厚仁爱，就是心太软。在储位之事上，正因为陛下圣心总是不够坚定，这才引来秦王觊觎大位希图天下的逆志。臣是在想，陛下这一番确实下定了决心么？这一层若是摸不透，玄成此番恐怕又要空欢喜一场了……"

魏徵闻言沉吟片刻，长叹道："叔玠所言确有道理，可我总是觉得，如此良机，若是错过，就委实太可惜了。秦王只要兵权在手，就始终是殿下的心腹大患，一旦陛下龙驭，局面就危险万分了。此刻我们占尽上风，若是还不能当机立断，一个蹉跎误了大事，后世史笔如铁，难免要笑话我们这些人临机迟疑误国误君了！"

建成缓缓扫视了这两个位居东宫首席的文臣一眼，淡淡说道："老相国说，父皇现在不担心别的，唯一担心的，就是异日他老人家龙驭之后，我们能否善待二弟及其臣属。老相国带给我两句话，建成觉得至关紧要。"

王珪和魏徵对视了一眼，同时追问道："愿闻其详。"

李建成缓缓说道："以仁厚得天下，以仁厚治天下……"

王珪一拍大腿："臣也这么想，秦王待太子不仁，太子不能待秦王不义！否则东宫、宏义宫，在陛下面前还有什么差别？只要陛下看到太子能够以长兄的气度襟怀为秦王开脱罪责，老人家也就不必担心龙驭之后秦王会有性命之虞了。裴相主掌中枢多年，果然不愧枢臣风范。"

魏徵道："索性一不做二不休，既然要殿下体现兄长襟怀，何不摆下筵席，约请秦王过府饮宴？传到陛下耳朵里，岂不更加欣慰？"

李建成笑道："有二位子房助我，天下何事不可成？"他看了看天色，说道，"不早了，我要赶去两仪殿见驾了。请秦王赴宴之事，就由魏老师安排吧，时间就定在今晚。两位老师慢慢用茶歇息，细务待我下朝慢慢商议。"说罢起身离席，王珪、魏徵急忙避席相送。

东宫与太极宫虽同在一座皇城之内，相互之间相连通的长乐门却是封死的。皇太子乘舆出了显德门和重明门便折向西，沿着皇城横道行约数百步转向北，转由玄武门进入太极宫，绕过双飞檐的紫宸主殿，转过临湖、神龙、甘露、长生诸殿，便来到了皇帝与内廷枢臣议政的两仪殿。

李建成下了乘舆，按照规矩解下腰间的鹿卢玉具剑递给迎上来的黄门内侍，迈步上了几阶台阶，向站在门口的内侍省少监赵雍道："监国皇太子儿臣李建成奉敕见驾，恭候父皇敕见！"

赵雍躬身向建成行了一礼，转身小步跑进殿内，不多时跑了回来，高声尖嗓喝道："传陛下口敕：召皇太子上殿见驾！"

李建成口称谢恩，快步上了台阶，整理了一下袍服冠冕，步伐放缓，躬着身走进了两仪殿。

大殿中光线略有些昏暗，大唐皇帝李渊端坐在丹墀之上的龙椅上正在看奏章，旁边除了负责宣敕的内侍监黄文廷再无他人。李建成撩袍跪倒叩头："儿臣奉敕见驾，吾皇万岁万岁万万岁！"

皇帝放下手中的奏表，左手揉着隐隐发痛的太阳穴，挥右手道："平身吧！"

李建成谢恩后站起，抬头打量了一下父亲——原本俊朗清癯的脸上此刻泛着几缕苍白，眼圈黯淡内陷，似乎睡眠不足。他开口道："父皇一身系天下安危，国政劳顿也还要保重龙体，切不可过于操劳，以伤天下臣民拳拳之心！"

李渊点了点头："朕知道了！"

他拿起奏表道："山东这次蝗灾，魏徵处置得还算妥当，历亭周围的几个郡都安定住了。崔元逊上表，请敕免去三郡百姓一年钱粮，你怎么看？"

李建成垂头思忖了片刻，抬头答道："历亭彰南是刘贼造逆之地，人心向来不稳，崔元逊是降将，口碑不好，郡县乡里多有不服者。何况王小胡啸聚勇众，隐匿乡间，也在图谋不轨，欲为刘贼复仇。现在朝廷南疆未定，北方突厥猖肆，中原断断不能再有反复。儿臣以为，应允准元逊所请，加恩免去历亭、深州、兖州、瀛州、铭州、饶阳六郡三年税赋，以抚慰百姓，恢复生产，使土地有所弛养，庶民得以生息！齐鲁临海，可改户课为盐课，如此则数年之后，此道或为朝廷财源之重亦未可知。"

李渊微笑点头："说得不错，另外御史台谏劾诸葛德威广揽钱财荼毒地方，应予诛戮以戒百官，魏徵对此未置一词。你怎么想？"

李建成毫不犹豫地答道："书生之见不足为考，诸葛德威人品败坏尽人皆知！但山东初定，若此时诛戮刘贼旧人，劳神两载方得抚定的诸道郡县历时又要岌岌可危。儿臣以为，德威在地方确实不利抚民，不如诏其归朝追加禄位善加抚慰颐养天年，可参照李密先例，授禄不任职，养起来就是了。那年若不是四弟鲁莽诛了建德，当不复有刘贼之乱。殷鉴不远，万不可重蹈覆辙。"

李渊轻轻拍了拍御案："说得好啊，这才是谋国之论！治大国如烹小鲜，为君者更要恤民力、慎征伐。乱世方息，天下亟待安定，这个时候朝廷若是仍持黩武之策，则大唐也将仿秦隋，朕所不忍见啊！"

他又笑了笑："你与世民久有不和，可是你们兄弟俩对抚平山东道郡的主意却是如出一辙。这岂不奇怪？"

说罢他随手又捡起一本奏表，说道："你看看吧，这是天策府呈来的表！"

黄文廷急忙接过皇帝手中的奏表，快步走下丹墀，来在李建成面前，双手展开奉上。

李建成接过奏表，赫然入目的是房玄龄那一笔规规整整的汉隶，题头书着“臣王世民上抚平山东策要”几个大字。展开来读时，通篇八百余字，其中要义，与自己方才所言一般无二，只是并不针对六郡，也非单说诸降将个人处置，言辞恳切，笔意油然。

看毕，他缓缓合上表卷，双手奉还黄文廷，对父亲道：“只要是实心为国之人，所见大多略同。二弟天资聪颖，多年在外掌军，务实多于务虚，儿臣能想到的，他自然能够想到。父皇所谓兄弟龃龉，事出有因，儿臣也不多做辩解，不过若论国家大政，儿臣与二弟并无分歧。”

皇帝哈哈大笑：“也不尽然，在如何防范突厥南下一事上，你和世民的意见就相左，这也是实情啊！”

李建成含笑答道：“儿臣主张迁都，是因为南方局势已定，关中险要，却是以西防东，防不得北。目下国库紧张饷帑不足，要和突厥进行持久之战恐不可得。若论速战，中原军力目下不可与塞外骁骑相比，迁都也是无奈之举。汉高祖天纵之才英明神武，却也有白登之耻。汉初四帝，皆忍辱负重委曲求全，以国耻而养民力，这才有兵强马壮的汉武盛世。倘若逞匹夫之勇滥用民力妄兴征伐，恐怕大唐外患未愈内忧又起，北疆乱而天下不宁……”

李渊摆了摆手，含笑道：“好了好了，朕今天叫你来，不是为了突厥的事情，你也不必长篇大论。在这件事情上朕会权衡左右，这是国策，朕不会轻下论断。”

他长嘘了一口气，沉下面孔道：“张亮一案，你也听说了吧？你是怎么想的？”

李建成撩袍跪倒，叩头道：“父皇，这个案子不能再继续审下去了，再继续审下去，会审得百官惊惧，朝廷不宁，会审得父皇伤心兄弟伤情，皇家体面无存……”

皇帝面无表情地站立起身，负手走到丹墀的台阶上，淡淡应道：“哦，你这么看？这个案子牵扯到了秦王和天策府，明眼人一看就明白是怎么回事，朕心里自然明镜一般。那年处理杨文干的事情，情形大约差不多吧？”

李建成叩头道：“前年儿臣用人不淑，险些造成塌天大祸，父皇仁慈，未曾降罪儿臣。所以儿臣希望此次张亮一案，陛下能够比照前事处置。”

皇帝回过头，利刃般的目光在李建成身上扫来扫去，寒声问道：“你要朕赦了世民？不再追究此事？”

李建成抬起头，目光坚定地看着父亲道：“正是，张亮谋逆一旦坐实，必然牵连世民。二弟在外征战多年，功勋卓著，纵有小过，不应掩其大德！君臣父子、兄弟手足之间，有什么话不能摊开来说的？若为一点点小事就伤了父皇的君臣之义父子之情，何其不值得！儿臣以为，此事二弟纵有过失，父皇将他传至内廷，训斥一番也就是了，切不可将此案置之朝会公议。那样的话，于大唐损一功王良将，于父皇则痛失爱子，亲者痛仇者快，无人受益却殆害天下，此事万不能为……”

李渊呆呆地注视着自己的长子，似乎忽然间不认识这个大唐帝国的储君一般，一动不动，仿佛一尊石化了的雕像。

大变将至

封德彝气喘吁吁地从门下省政事堂赶到两仪殿，通报了职名手捧圭板低头碎步走进殿中。一进大殿他便感觉到气氛不大对头，偌大的两仪殿里静得可怕，连根针掉落到地上都能够听得见，除了他自己的脚步声和喘息声，他再也听不到别的多余的声音。李渊一只手托着下颌正在沉吟，他抬袖擦了擦额头的汗水，跪下叩头道：“臣封德彝奉敕见驾，吾皇万岁万万岁！”

皇帝没有像往常一样命他平身说话，缓缓站起身，脚步飘忽地绕过御案来到封德彝面前，立定了问道：“今日政事堂会议，是谁主持？”

封德彝磕了个头，答道：“是裴相主持，秦王殿下昨夜偶受风寒，告假了！”

李渊点了点头：“今日议政，都议了些什么？”

封德彝伏地答道：“一件是山东诸道受蝗灾荼毒甚重，臣等公议，拟请陛下选一能员赴鲁督政，总揽诸郡县民政及大河河务漕运；另外一件是灵州都督任城王的奏表，突厥入冬以来驱牛马部落南下就食，月余以来数次扰我边防，任城王兵力捉襟见肘，防不胜防。据天策府的北骠斥候回报，自去年五月以来，东西突厥颉利突利两可汗三番密晤，所议不详。据臣等拙见，恐怕突厥各族又在密谋南犯，须早做防范才是。”

皇帝一愣，刚想似往常般询问：“此事秦王怎么看？”却又及时省悟，抿住嘴唇思忖半晌，问道，“去山东的人选，你们议定了么？”

封德彝叩头答道：“臣等以为若要抚定大局，非派一大员前往不可，若论治政，非裴相不足以膺其重。然则中枢政务繁巨，陛下须臾离不得裴相。所以臣等公议，以萧相为最佳人选。”

皇帝淡淡一笑：“在这个时候把那个倔强书生发遣到山东去，你们想的好主意呀……”

封德彝浑身一颤，却听不出皇帝究竟是赞赏还是讽刺，只好低着头一句话不说。

皇帝沉吟了一下，说道：“你们议的那个不作数，朕意已决，在大河以东设山东道行尚书台，统管六郡。按照东南道行台的成例，由齐王遥领行台尚书令，由左武候大将军并州行军总管李世勣遥领行台左仆射，由原东宫太子中允王珪实任行台尚书右仆射。原铭州辞世诸葛德威升任光禄少卿，进京述职，崔元逊擢山东道行台尚书左丞，其余四品以下人事，王珪可自行擢除罢黜，不必经吏部及台阁复议。”

他迟疑了一下，问道：“李靖走到哪里了？”

封德彝强自压下胸中的不安，叩头答道：“应该快到了，总不出这两日吧！”

李渊点了点头，道：“那恐怕等不及了，你回去拟敕，李靖兼领璐州道行军大总管，节制蒲州、太行兵马；命霍国公柴绍为陇西道行军总管，率军屯秦州；授任城王李道宗加安北都护府都护，全权节制西北诸路军马。三路军马限一个月内完成准备部署到位，所有后勤粮秣补给供应，由尚书省裴寂全权负责。”

封德彝心中的疑问，终于得到了证实。

以往各路大军的调动运作，包括前线后方之间的往还呼应，皇帝极少直接插手。一般来说像这种军事调动，都是皇帝直接下敕给天策上将府，然后由秦王召集由天策府诸将和尚书省、中书省、门下省几省掌印的宰相组成的联席会议商议决策。而且平日里调拨兵马，也从来没有给将军们加官晋爵的先例。此次调动，皇帝不仅圣躬独裁，而且一句都没有提到位在六省三公之上的天策上将府，还给李靖加官晋级，并指明要他去接收原本归属秦王直接节制的蒲州兵马。后勤重任每次都是尚书省主管，但每次都是兼任尚书令的秦王直接和分任左右仆射的裴萧两位宰相直接商议部署，此次皇帝却绝口不提秦王，并且把素来支持秦王的右仆射萧瑀撇在一边，直接指定由左仆射裴寂全权负责大军后勤事宜。种种反常布置，均明白无误地表明皇帝对执掌兵事多年的秦王李世民已经彻底失去了信任。

还未等他回过味来，皇帝冷森森的声音便又传入耳中："第三道敕，拜齐王元吉门下侍中，加司空衔，与宇文士及共掌门下省。"

至此皇帝的帝王心事已然一览无余，封德彝除了叩头应是，再不敢多言。大唐为政较隋代为宽，宰相有较为独立的行政之权。左右仆射在朝中地位尊崇，其意见态度也极受尊重；中书令主掌诏敕起草拟就；门下侍中主掌封驳，在大多军政要务中，皇帝总要充分听取三省长官意见建议才会最后拿定主意，轻易不会独断专行。不过此番事情涉及皇权根本社稷承嗣，皇帝既然不愿臣子们参与其中，向来乖巧通达的封德彝自然不会去自找没趣。

李渊轻轻舒了一口气，说道："这三道诏敕，务必今日发出。还有三道诏敕，你回去准备，明日在早朝上公布。"

封德彝愕然抬头，正碰上李渊那冷漠得不带丝毫感情色彩的目光，他急忙垂下头来应道："恭聆陛下敕谕！"

皇帝来回踱了两步，缓缓开口说道："第一道敕，裁撤天策上将府，原府中所属吏员，一体归并东宫。三省六部御史台九寺五府十二卫重新任职，明诏天下，令相关人等不必惶然，赏功罚过，朝廷自有法度律令，无须多虑。若有借机生事蛊惑人心谋大逆者，朕决不宽恕。"

他回到御案后，伸手接过内侍奉上来的茶盏喝了一口，继续说道："第二道敕，秦王世民，自太原元从以来，屡立战功，遂生骄纵逆父背主之情状。前次克洛阳，所得财物宝器，其中饱私囊邀买人心，用心险僻。自开天策府视事总兵以来，该王不思皇恩父德，平日里暗藏甲士私结豪俊，更遣宵小之徒窜于河东，豢养乌何，欲图不轨。朕数次宽恩教化而其不能收敛行迹，实负朕恩多矣。朕闻当天下者不得以私情辜社稷，全宗室者不能以小功而掩大害！着敕废秦王为庶人，免去其所兼太尉、尚书令、中书令、左右十二卫大将军、陕东道大行台尚书令、益州道行台尚书令及雍州牧等职，去其天策上将尊号，苟全性命终身不得离京。”

仿佛一个雷霆打将下来，封德彝只觉得头晕目眩四肢乏力体似筛糠，晕晕乎乎地答了声“是”，却禁不住冷汗一层一层冒将出来，连中衣都湿透了……

皇帝慢慢透了一口气，道：“第三道敕，太子建成，素性仁德惠爱，监国多年绩业卓然，着领尚书令，总领政事堂会议。诸臣事太子当如事朕，如有怠慢轻忽，朕当严惩。”

李渊说毕，叹道：“德彝，你也不必过于惶恐，朕知道你想说什么。你身在中枢，有些事情两下里都避不开，朕也能谅解得。太子仁爱贤德，你放心就是了。这三道敕旨，你回去准备，明早太极殿大朝，朕就要诏示天下了。”

封德彝叩头应是，颤声答道：“陛下若无其他旨意，臣此刻便去中书拟敕了……”

李渊点了点头：“你去吧！”

冷冷注视着封德彝脚步踉跄地步出大殿，皇帝眼中的寒意愈浓，森然对随侍一旁的黄门开口道：“传朕口敕，召北门禁军屯署常何、敬君弘即刻进宫见驾！”

常何受了敕命，出了大殿便打发敬君弘去北衙准备，自己却出了玄武门便翻身上马，沿着御街一路打马飞奔，直出皇城回府而去。

正自捧卷对茗的马周被慌慌张张闯进来的常何吓了一跳，愕然道：“常公何故如此慌张？”

常何挥手屏退了侍女，端起桌子上的茶碗咕咚咕咚灌了个痛快，放下茶碗，用袖子抹着嘴喘息着道：“先生，出大事了，适才皇帝召我和老敬两仪殿见驾，传了三道口敕，一道命我传敕刘弘基自即刻起封闭长安城门，全城戒严；一道命老敬尽起北衙兵马警卫宫禁封锁宫城；最后一道最是吓人，命我率禁军包围宏义宫，严密监视警戒秦王动向！”

马周闻言颜色大变，追问道：“都是口敕？有废黜秦王的明诏么？”

常何摇了摇头：“没有，不过听皇帝的意思，中书省此刻应该就在拟就诏书，大约不出明日，便见分晓了。”

马周继续问道：“明日有大朝？”

常何点了点头：“明日早朝，皇帝召所有在京六品以上文武官员太极殿听诏，估计就是这件事情！”

马周双眉紧锁，放下书本负手站起，却并未走动，在原地站了约一盏茶工夫，一句话没说。

常何有些着急：“马先生，我此刻急着去给刘弘基和高士廉传敕，耽搁不得，你是怎么想的，说出来听听。”

马周缓缓坐入椅中，淡然说道：“常公且暂勿惊惧，你奉皇命办差，陛下既有口敕，你照办就是了。只一条千万切记，你率兵围宏义宫，诸人尽可阻其出入，不妨事的，不过秦王若要离府，你务必网开一面不要阻拦。这一点至关重要，常公若想日后免去杀身之祸，千万谨记！”

常何脸都吓白了：“马先生，这不是玩忽职守么，说重一点这是欺君呀，皇帝若是较起真来，这是要掉脑袋的呀！”

马周摇了摇头：“常公，天子家事，不能以常规度之。秦王失势，就在眼前，但说下天来，他也仍然是当今皇帝的亲生骨肉。他若要离府，你强行拦阻，双方难免刀剑相向。且不提秦王府内精兵如雨猛将如云，真正动起手来常公恐有性命之虞。即使常公能够侥幸占得上风，万一军中失手伤了秦王，皇帝暂时可能会嘉奖常公忠勇，但父亲心疼儿子乃是天理，转过身来难免对常公滋生怨念，早晚掀将出来，常公恐怕就危险了。汉武帝一代雄主，生平极少顾念亲情，戾太子一案[1]仍教他痛彻心扉，一相一将就此种祸[2]。汉武帝这出了名的无情之主尚且如此，何况当今向来顾念亲情回护儿孙，日后反过头来，恐怕常公里外不是人呢！”

1　汉武帝时期，太子刘据因“巫蛊之祸”被冤谋反，刘据在逃亡途中自刎而死。汉宣帝即位后，谥刘据曰“戾”，所以刘据又被称为“戾太子”。

2　巫蛊之祸时，时任丞相的刘屈氂执行汉武帝命令，追捕太子。李广利在巫蛊之祸次年与刘屈氂谋立新太子。两人被告发后，刘屈氂被腰斩，李广利被迫投降匈奴后被灭族。——编者注常何苦着脸道：“可是若是秦王就此遁去，我项上人头岂不是即刻就会搬家？”

马周笑了笑：“秦王若是真的连夜逃离长安，皇帝或许会有些许不悦，或许会贬一贬常公的官职也未可知。不过只要常公言辞恳切，将不欲伤残天家骨肉的居心据实禀上，马周担保常公性命无忧。常公身居要职，掌管禁军兵权，这本来就是个要命的差事，如今事机紧急，只能两害相衡取其轻了。”

常何踌躇左右，双眉紧锁，一语不发。

马周轻叹一声：“常公待我以士，我必不误常公！”

常何脸上一红，讪讪笑道：“先生勿怪，不是我不相信先生，事体太大，不容常某不掂量仔细。我听先生的就是。”

说罢，他回转身大步而去……

秦王世民

宏义宫秦王府内乱成了一锅粥，在战场上浴血厮杀了多年的将军们一个个义愤填膺怒不可遏，都身披战甲佩戴着兵刃聚集到银安大殿前。

一脸虬髯的程知节高声怒骂道：“奶奶的，朝中出了奸臣了，秦王在外征战这许多年，打下一大片花花江山，如今不仅没份坐江山，连性命都保不住么？这是什么狗日混账道理？老程我第一个不服！”

尉迟恭冷冷瞥了程知节一眼：“老程你他娘的嚷个屁，在这里叫唤算什么本事？府外就是北衙的几千禁军，有本事你冲着他们去嚷几嗓子，看看能不能让他们闻风而散……”

段志玄见程知节额头上青筋暴起怒目横眉，知道这老兄素来鲁莽，生怕他受不了尉迟恭的激真的一个人冲出府去，急忙劝道：“都什么时候了，你们还有闲心在这里斗嘴，就算要出去，也得秦王发令。咱们天策府法令森严，没有号令，哪个擅自动作，小心秦王砍了你们的脑袋！”

说罢他对尉迟恭道：“敬德，你也淘气，明知咬金最受不得激，你还逗他，仔细挨鞭子！”

大殿内，几个文臣武将围坐在大唐帝国的天策上将秦王李世民身侧正在声气急促地劝说。

“殿下，反了吧，再犹豫就什么都来不及了。此刻府外的禁军人数还不多，一旦刘弘基的城防军也开过来，我们就一点胜算也没有了。”长孙无忌脸色惨白地劝道。

侯君集声音嘶哑地道：“大家都在外面，只要大王一声令下，今天晚上就能让长安城变作一座血城。我们手中的兵力虽说不多，但都是忠勇善战之士，只要我们先发制人，未尝不能翻转局面。”

李世民原本白净的脸庞今天有点微微发青，他静静地听着长孙无忌和侯君集的劝谏，手上端着茶盏缓缓捻动着，却自始至终一语不发。

天策府司马杜如晦缓缓开言道：“当断不断，反受其乱。殿下今日若不能当机立断，就只有眼睁睁看着天策府被朝廷解散，那时候，恐怕殿下想做富家翁亦不可得。”

天策府长史房玄龄也道：“陛下的敕旨现在还没到，不等于永远不会到。以当今风格，现下中书省可能正在草拟诏敕。殿下今天告假，中书省的封德彝如今恐怕即使有心也传不出消息来。克明所言乃是至理，我们这些人只要归隐田园，谅太子齐王等人也不会迫之太甚，甚或还有招揽之心，但是大王一旦失去兵权政柄，下场就堪虞了。当今皇帝在一日，殿下安危或许还有保障，一旦太子登基，殿下的路就算走到头了……”

外面的人声逐渐嘈杂起来，李世民微微皱了皱眉头，问长孙无忌道：“魏徵下来的请帖收在你那里吧？”

长孙无忌愕然，不明白李世民此刻怎么突然想起此事，迟疑了一下答道：“是，就在我身上。”

李世民点了点头：“带上，吩咐门下备车，准备随我去东宫赴宴！”

说罢，他也不顾周围诸人惊讶诧异的目光，长身站起，缓步走到门口，亲手打开殿门，站到了大殿外的台阶之上。

此时大殿前的广场上被灯笼和火把照耀得如同白昼一般，台阶下黑压压站立的将士兵丁的目光齐刷刷全都集中到这个不到三十岁的年轻亲王的脸上。李世民负手傲然挺立，严厉肃杀的目光冷冷扫视着殿外诸将。本来就是寒冬腊月，被秦王那冷森森的目光一扫，即使是最豪勇无畏的程知节、尉迟恭、秦琼等将军也不禁激灵灵打了个冷战，在目光着体的那一瞬间，浑身的血液仿佛凝固了一般，手脚僵然不听使唤。

李世民嘴角浮现出一个自信而冷酷的微笑，淡淡说道："都回去吧，把尉迟恭和程知节拉到马房，各抽二十鞭子！"

他顿了顿，继续说道："我知道你们大家的念头，现在我没时间给你们解释，但我要你们明白！我是朝廷册封的天策上将，没有我的将令，任何人多说一句话多做一件事，莫怪我军法无情！你们都是跟随我征战多年的人了，这个规矩，不用我再仔细解说了吧？"

大殿外的气氛骤然一紧，所有的人都感到说不出的压抑愤懑，一时间，虽是群情汹涌，广场上却陷入了地狱般的沉默和寂静之中……

一辆皂顶黄盖的马车在诸军众目睽睽之下自角门驶出，沿着角墙缓缓驶至正门台阶下停稳。那车夫傲然坐在车上，伸左手从怀中取出一个酒葫芦，用右手拔下了塞儿，举头狂饮，竟视四周各擎刀枪缓缓逼近的禁军武士如无物。

浑身甲胄披挂整齐的常何抬手阻止了军士们继续向前逼近，他分开人群，催马来在马车之前，拱手对那车夫道："君集兄别来无恙，常某失礼了！"

侯君集咧了咧嘴，用袖子擦了擦嘴角的酒渍，塞上塞儿，将葫芦塞回怀中，漫不经心地道："老常如今发达了嘛，带得这许多兵马！当真是大将军八面威风，嘿嘿，厉害厉害。听说北面现在又不大安定，你是准备去任城王那边报到讨伐颉利还是准备去打梁师都呀？"

常何老脸一红："君集兄取笑了，秦王功高盖世，天下敬服，若非受了陛下口敕，常某有几颗脑袋敢带兵骚扰王府？我本是一介武夫，唯知遵上令行事而已！君集兄也是在刀丛箭林中滚过来的人，当能谅解兄弟的苦衷。"

侯君集点了点头："这几句话说得地道，算你老常还是个有良心的汉子。适才侯某言语中多有得罪，老兄海涵……"

常何讪讪一笑："君集兄堂堂天策府骠骑，怎么纡尊降贵做起车夫来了？"

侯君集目不斜视地答道："惭愧，替秦王驾辕，乃是车骑将军府张亮独享的殊荣，如今他坏了事，被齐王殿下拘押在天牢，才轮到侯某获此荣幸。等他回来，这个活计还是他的，我若是和他争，他敢拿刀子捅了我呢！”

正说着，却见秦王府的两扇大门在一阵刺耳的轴动声中缓缓打开了，两名天策亲兵一人提着一盏灯笼大步走了出来，靴子上的马刺狠狠敲击着门外的青石板地面，分左右侍立在大门两侧。紧接着，头戴玄色冕旒的李世民带着长孙无忌自大门里阔步走了出来。

常何不敢怠慢，急忙甩镫离鞍下了战马，单膝跪倒行礼道：“末将太极宫北门禁军屯署统领右监门卫将军常何，拜见秦王殿下！”

李世民垂头看了他一眼，淡淡地道：“常将军不必多礼，请起！”

常何站起身来，一脸谦恭地问道：“殿下这是要去何处？”

站在一旁的长孙无忌不冷不热地接道：“常将军，殿下王驾所趋，难不成还要提前向将军报备不成？”

常何面容严肃起来，理也不理长孙无忌的调侃和讥讽，拱手躬身道：“殿下容禀，常某领陛下敕命保护殿下及王府众人安危，职责在身不能玩忽，还请殿下体谅末将。”

李世民微微一笑，摆手道：“辅机不要多言，常将军是个厮杀汉子，他奉了上命，不容违逆的！”他转回头对常何道，“太子殿下今晚在东宫设宴，专程请我过去叙话，现在时候已然不早，再迟恐怕就不恭了！”

常何脸上露出迟疑神色：“不瞒殿下，常何受命，保护殿下安危，殿下若是离府，末将的差事就很难向陛下复命了！”

李世民沉吟了一下：“本王也不愿意让将军为难，可是太子是君，我毕竟是臣，储君设宴相邀，我总不能连太子殿下的面子都置之不理吧？常将军是个聪明人，当能想出一个两全其美的法子！”

常何脸上露出迟疑神色，旋即说道：“若殿下不计较末将身份卑微，常何失礼，愿陪同殿下一同前往东宫赴宴。”

长孙无忌脸现怒色，正欲出言呵斥，却被李世民挥手阻止。他微笑着道：“如此甚好，常将军可带上若干军士，与本王同往东宫。”

常何哈哈大笑：“笑话，殿下什么大场面没有见过？殿下若想出城，常某手下这些娇生惯养的御林军能拦得住么？若是和殿下对阵，末将的兵就是再多上十倍也不够瞧的。天下谁人不知秦王殿下英雄盖世信誉卓著？末将连一兵一卒也不用带，只身跟随殿下赴宴，也算全了常某的职守。”

李世民点了点头：“好汉子！就依你！”

常何回过身叫道：“赵柱国！”

一名浑身上下披着鱼鳞铠的将弁催马上前，也不下马，就坐在马上拱手行礼道：“末将在！”

常何一脸肃容地道：“我随殿下前去赴宴，你在这里约束军士不得擅动，只要府内没有异动，绝不可妄加打扰！”

赵柱国也不多说话，拱手道：“末将领命！”

常何点了点头，回身向李世民躬身道：“请殿下登车驾，末将骑马在后面跟随。”

李世民笑了笑，俊秀挺拔的双眉豁然展开，说道：“辅机骑马，常将军随本王登车！”

常何一怔：“殿下，这恐怕不大合适，末将身份卑微，怎能与殿……”

“这是王命！”李世民丝毫没有听常何把话说完的意思，淡淡地打断了他。

常何尴尬地咽了口唾沫，躬身垂头拱手道：“末将遵命！”

第二章
秦王世民

禁中暗棋

封德彝回到中书省，一进大堂先要了一块巾子擦汗，边擦边对着一班侍郎等省内郎官说话："诸位老兄见谅，主上有几道急敕要草就，时候不早，需尽快办妥复命。"

众郎官面面相觑，却无一人敢搭他的话茬，静等着他出言吩咐。

封德彝要了一盏热茶，喝了两口，说道："上命在山东六郡设行台，由齐王遥领尚书令，李世勣遥领行台左仆射，王珪领行台右仆射，实任到差，总领行台政务；诸葛德威晋光禄少卿，来京述职。另外崔元逊升任行台尚书左丞，这个也是敕内明旨。李靖兼璐州道行军大总管，节制蒲州、太行兵马；平阳君领陇西道行军总管，率军出秦州；任城王加西北都护，以备北边，尚书省裴相总理粮秣；齐王殿下加司空，兼领侍中。这三道敕命务必今天拟就发出，诸位老兄务必辛苦，尽早拟就交门下阅核用印。"

一旁的首席中书侍郎杨恭仁诧异道："阁老，这几道敕诏，除了齐王殿下的可以直接草就，其余两道都须通报尚书省吏部备案，即便从简，也须待秦王殿下到省正署，今日就办齐，恐怕事机过于仓促了吧？虽说上命阁老与我都可代王正署，总归是于礼不合！何况齐王晋三公又拜相，这是要通知礼部先行准备封拜大礼的，一时之间哪里来得及？”

封德彝摆了摆手：“陛下严令，这三道敕令必须今日发出，耽搁不得。杨公笔下向来敏捷，此事就托付杨公了！”

说罢，他竟不再理会诸人，缓步踱入内室。

众人见这位中书令如此反常，都诧异得目瞪口呆，位居中书舍人的颜师古和李百药对视一眼，悄然跟入内室。

“朝局将有大变！”面对着两个知心下僚，封德彝不再隐瞒，坐在主席上叹着气道，“皇帝还有几道敕旨，不能让外人与闻。一个是裁撤天策府，一个是废黜秦王尊号及本兼各职，再有一个是太子总领政事堂会议。这个不能给外人透露，你们既是进来了，就一起参详参详吧！”

颜师古面上波澜不惊：“我和重规都已经猜到了！自张亮被执，此事已初见端倪。阁老打算如何料理此事？”

封德彝皱眉道：“我还能怎样料理？陛下此时已经召见常何和敬君弘，想必敕旨发出之前，京城防务和宫城宿卫上也会预先布置，甚至可能今夜就命禁军囚禁秦王也未可知。此次陛下决心笃定，看来再无迟疑更改！这一遭秦王怕是躲不过了！”

李百药微微一笑：“如此震动朝局的大举动，陛下调动卫军预先布置也是情理之中的事，只是若就此认定陛下此次心意笃定，恐怕为时还早。”

封德彝一怔：“重规，你有何见识不妨明言，都到这个时候了，也没什么可掩掩藏藏的了！”

李百药沉吟了一下，说道：“这个话题，我和颜公议过多次了。表象云云，皆不足信，前年的文干倡乱，所示恐怕才是陛下的真性情真心意……”

上次在朝堂之上，萧瑀当面提出杨文干案，封德彝还不觉得如何，如今李百药再次提起，封德彝这才悚然而惊……

武德七年六月，大唐皇帝李渊到宜君仁智宫避暑，太子留守长安，秦王齐王护驾。东宫将弁尔朱焕、乔公山中途告变，指太子令庆州总管杨文干招募私兵意图谋反。皇帝惊怒交集，一边召李建成孤身进谒，一边派兵加强仁智宫的宿卫。当时太子手下人中不乏昏才怂恿太子起兵据长安，多亏了李建成清明在躬，宁愿只身赴御前请罪也不愿叛国背父，也多亏了当时就在皇帝身边伺候的封德彝冒死直谏，这才为太子洗清了干系。李百药此刻提起此事，语义极为明显，皇帝是个耳根子极软的人，何况事情牵扯到自己的亲生骨肉，自是更加谨慎仔细。

封德彝兀自沉吟，颜师古道："阁老，还有一事，似乎做得不大妥当！"

封德彝一愣："师古请讲！"

颜师古道："如此大事，理应知会杨公才是。这种事情，多一个人便多一分思绪，多一支笔便少一分担待……"

颜师古话语不多，却一句话惊醒了梦中之人，封德彝拍了拍额头，自嘲道："是我老糊涂了！"他抬头叫上侍从，吩咐道，"速请杨公内堂叙话！"

颜师古和李百药对视了一眼，均知两位中书堂官参议机密，自己不便在场旁听，于是向封德彝告了个罪，隐入题壁之后。

杨恭仁一脸大惑不解的神色自外堂匆匆进来，施礼道："相公，敕旨已经拟就，刚刚送去门下省副署回文！还有什么要追嘱的，现在追回来还来得及！"

封德彝哈哈一笑："杨公，我请你单独内堂叙话，不是为的那几道敕旨。现下有一件天大样事，愚兄心中头绪纷繁，不得要领，特地请杨公来商议的。"

说罢，他将李渊处置秦王加恩太子的三道旨意一一复述了出来。复述毕他拍着手道："如此震动朝局的大事，敕诏如何用言，真是难杀我这粗通点墨的伪书生了……"

"这有何难？"杨恭仁一哂，不禁对这位实质上掌管中书制命之权的宰相大人起了几分轻视之心，他清咳一声道，"主上的敕命语义何其明确，虽说事体紧要不好措辞，我们也不妨执笔直书。不用那些平常藻饰太平功德的行文规矩，简单明了语义透彻即可。"

封德彝连连点头："杨公说得不错，一事不烦二主，索性此事杨公就代劳了吧！封某这点才情笔力，委实接不得如此宏文要敕。"

杨恭仁点了点头："这有何难，来人，笔墨伺候……"

封德彝因焦急惶恐而皱成一团的五官终于稍稍舒展开了一点，肌肉松弛的腮下，浮现出一丝欣慰的笑容……

车驾在天街上辘辘前行，此刻宫城已经戒严，巡逻甲士警卫兵丁一队队一伍伍往来络绎，遇到车驾也不闪避，当头喝问口令，多亏了常何就在车内，车驾才得以顺利进入宫城。

“两年了吧？”李世民忽地叹了口气，问道。

“是，快两年了！”常何恭恭敬敬答道。

李世民嘴角带着一丝笑意说道：“当时调你出掌北门禁军屯署时的情形，我还记得清清楚楚啊！那时候我还在想，常何这个莽撞贼，会不会有一天把我也拦在玄武门外呢？”

常何哆嗦了一下，脸色一下子涨得通红：“殿下，老常这条命，当初便是你和侯兄弟从藏山山沟里捡来的，又是你带着众兄弟从窦建德的万马军中抢回来的。若是没有殿下和敬德大哥，我这二百来斤的分量早就扔在武牢了，哪有今日的风光体面……”

李世民摆了摆手：“还好东边并不知道你这浑人居然也有这么一段故事，否则他就是拼了命也不能对你出任北署统领睁一只眼闭一只眼。那时候若非杨文干的事情刚过，太子殿下兀自战战兢兢不敢多干朝政，这个位置，咱们还未必争得下来呢……”

常何忍不住问道：“此番大难临头，不知殿下有何打算？”

他顿了顿，说道：“只要殿下一句话，我可以立刻打开玄武门放天策亲军入宫。就是长林门，凭着平日吃酒混来的人情我也能叫开。”

李世民默默注视着前方星星点点的灯火，没有回答他的问题，却反问道：“敬君弘那里，功夫下到什么程度了？”

常何抿了抿嘴，答道：“老敬也是两军阵前九死一生滚过来的人，他嘴上不说，心里面其实一直佩服秦王的战功。其实当兵的破开肚子肠子全都一个模样，一样的刀头舐血，一样的厮杀，谁不愿意跟着能打胜仗的统帅出战？”

李世民沉吟了一下，问道：“有些话，能和他说透了么？”

常何想了想：“恐怕还得等等，现在还不是时候。不过殿下放心，我有把握能够调动全部禁军，老敬要是不吃敬酒，我几句话就能剥了他的军权。”

李世民摇了摇头：“常何你记着，不管到什么时候，我都不会背叛自己的亲生父亲。我是大唐的秦王，我没有造反的心，你们也不要陷我于不忠不孝不仁不义之地。朝局险恶，政情汹涌，被自己的亲哥哥猜忌到这个份儿上，我不多做一手准备，就是坐而待毙。我不怕死，但是即使死，我也要死到战场上，刀丛剑拢、尸山血河之中才是勇士长眠之地。我绝不愿意死在自己的亲兄弟从背后射来的冷箭之下。”

常何愕然，唯唯点头道：“殿下是被太子和齐王一步一步逼入绝境的，这一层满朝文武内外军民均看得清清楚楚明明白白！”

李世民点了点头：“所以说我不能造逆，‘君为臣纲，父为子纲’，董仲舒这千古之论说得精到。就算父皇听信谗言，就算大哥三弟不仁不义，就算全天下人都支持我李世民，我也不能和自己的父亲、兄弟刀兵相见，你明白么？”

听着这个高深莫测的秦王满嘴的纲常仁义，常何不禁如坠入云山雾海之中。

“敬君弘那边，你还得加把劲，不管事情结果如何，只要局面还没到最坏的时候，多做点准备总没什么坏处。用钱的话，你直接找辅机便是。”李世民这后面追加的一句话让常何更加糊涂了。

李世民冷不丁又问了一句话，让常何浑身立时打了个冷战。

“那个新请回来的马先生还顶用？学问行么？”

马周到自己府中，满打满算也不过三四天光景，李世民便问了起来，看来这位秦王殿下的侦骑暗线果然是无孔不入、无所不能。常何不敢迟疑，老老实实答道：“这位马先生新来，学问见识是极好的，只是还不敢让他参与机密！”

李世民点了点头：“那是个狂生，在长安没什么背景势力，身家也还算清白。既然请来了，帮你理理文案写写奏表也是好的。此次你遣人来王府送信，很好，不过此事太过危险，我晚些时候得到消息不打紧，你和我之间的关系却万万不能让人发现。下次再有类似的事情，我不召你，你千万莫来！”

此时车驾辘辘驶过承天门，他撩开帘子往外看了一眼，问道：“今日长生殿宿卫是谁？”

常何心中突地一跳，叹了口气道：“这个我就不清楚了，就是陛下，今晚也不一定住在长生殿的！除了今日当值的侍寝少监，恐怕没人知道陛下今晚的行踪。”

李世民放下帘子，闭上双眼默默养神。他不再说话，正在外面驾车的侯君集却悚然而惊，适才在王府，若不是看秦王态度坚决，他就真的调动军队大动干戈了。可是如今想一想，虽说宫城内有常何这个内应，但此刻皇帝正打起十二万分的精神预防宫变，连他今夜的寝宫在哪里都不清楚，这一仗的把握委实太小了些。且不说负责城防的刘弘基麾下近四万府兵以及三万元从禁军，就是东宫内的两千长林恐怕就不易对付。一旦关键时刻李渊现身，一句话就能让参与谋逆的诸多天策府兵将灰飞烟灭……

想到这里，他不禁又疑惑起来。这个秦王满口父子兄弟，还把尉迟恭和程知节两个人每人打了二十马鞭，可是此刻却又公然要常何收买敬君弘，甚至打听皇帝的寝宫宿卫情况，似乎心中在转着什么可怕的主意……

东宫夜宴

已是掌灯时分，两仪殿里兀自灯火通明，大殿内外被左右千牛卫警戒得滴水不漏气象森严。从中书省到这里不过数百步的路程，封德彝和杨恭仁却走了足足一个时辰才到——宫城里三步一岗五步一哨，即使随身带着中书省的通行钥信，也仍然要接受十二卫岗卒的盘查询问。最麻烦的是，所有掌管岗戒的武官均要向今夜总管太极宫警卫的北衙副统领敬君弘回报并等候复命。封德彝身为中书掌印，禁军将领校尉大多识得他，也不敢无礼怠慢，但关防印证却丝毫不肯通融假缓，一边赔着笑脸给两位中书阁臣赔礼，一边诉说下官卑弁奉上命行事的无奈。这么一路走下来，区区咫尺之遥，两个人竟然走出了通身的大汗。

李渊坐在御案后静静地看毕了三道即将震动朝野惊骇天下的敕旨，点了点头道："不错，拟得很好，门下省向来审慎，能在半天里将手续办全，可见你们是用了心的。德彝，这一遭中书省空出一个正职，你说说看，谁补上来较为妥当？"

封德彝伏地道："陛下谬赞，臣愧不敢当，今日这几道要敕都是中书侍郎杨恭仁一手拟就操办，臣实不敢贪冒同僚之功。杨恭仁自入中书以来，勤慎兢业，恪尽职守，有古大臣之风范。故此臣以为，所缺中书令一职，非杨恭仁不能当其任。"

皇帝满意地点了点头："好啊，朕虽说垂拱九重，下面的情形，倒也还略略知道些。不论哪个衙署的长官，将下属劳绩记在自己头上均已成惯例。下僚们也都习惯了，身为下属，自然不好说上官的不是。我大唐立朝未久，这等龌龊规矩纵容不得。朕现在无暇分心，待腾出手来，总要整顿一番才是。你封德彝赞杨恭仁有古大臣之风，朕看你不肯讳冒他人之功，又当殿举贤，也有先贤风范，朕若不加赏赐，倒显得朕不识贤愚了！”

他拍了拍御案，说道：“这样吧，封德彝尚食奉御，杨恭仁由礼部叙礼，择吉日与齐王一道领绶入阁，就这么定了。”

两人急忙跪伏谢恩，杨恭仁感激地看了封德彝一眼，却见封德彝谢完了恩面带惶恐地说道：“陛下，我大唐之所以能在前隋崩坏之际续嗣天下，最根本的一条就是赏罚分明秩序井然。臣之所以荐举恭仁，是因为其人向来以朝廷为念且劳而有绩，陛下擢升其品秩拜其相位，是欲使其进而奋发效力社稷，而臣下忝居帝侧尸位中书，数年来未有寸功于朝廷，岂能领此人臣极致之赐？望陛下能以大唐社稷为公器，不以私恩加赐微臣，此乃朝廷之幸，社稷之福！”

李渊的面色变得凝重起来，他的目光在封德彝身上注视良久，轻轻地叹了口气道：“这话说得近乎于圣人了！恭仁，德彝执掌中书多年，其枢臣胸襟宰相度量，你还得多学学呀。就刚才这一番话，政事堂诸人中，也唯有德彝说得出来。好吧，德彝，朕就收回成命成全于你，杨恭仁拜中书令，与你同列。你这番勤慎奉公的心肠朕记下了，你就放胆为政治庶，只要你能一直照着你今天这番话做下去，位列三公是早晚的事。”

两人再次伏地叩谢，封德彝那颗高高悬起的心此刻终于放了下来。

天牢内的气氛阴森恐怖，齐王李元吉冷笑着对张亮道：“你大概不知道吧？你所誓死追随的秦王殿下，我那可怜的二哥，现在已经被北门禁军软禁在府中了。今天下晌的时候，宫内传来了陛下的敕旨，李靖即将去接收你们家秦王苦心经营训练多年的蒲州精骑。本王将拜门下侍中，领司空衔。你不是傻子，当知道这些事情究竟意味着什么。你为秦王遮掩至今，他也不曾来探视于你，这就是你们所谓爱下如子体恤将士英明神武的二殿下。你自己好好想想，这么苦撑下去，于你究竟有何好处？”

张亮偏过头瞥了齐王一眼，有气无力地说道：“殿下，这么些日子了，你刑也用遍了，话也说尽了，你还不明白么？张亮官职虽然卑微，却也是朝廷制命，我虽是天策府的车骑将军，做的却是朝廷的官。张某就算万死，也绝对没有谋大逆的念头。秦王何等雄才伟略，他就算要做什么大逆不道的事情，怎么会差遣我这等不入流的小官去做？说句不好听的话，天策府里什么样的人才没有？我这份才情胆识算得老几？殿下，不是我狡辩，你就算真的要问大逆案子，也找错人了……”

这个张亮如此狡猾惫懒，气得李元吉真想一刀砍了他的脑袋。他强自压住胸中的怒火，咯咯笑道：“你敷衍得本王好啊！我倒还真不知秦王府中居然还有你这号食古不化顽劣透顶的人物。也罢，今天我跟你明说了吧。今日是你最后的机会了，明日早朝，皇帝就要颁布敕旨，我那威风凛凛的二哥，从此就再也不是什么劳什子天策上将秦王殿下了。你也是读过书肚子里有墨水的人，当知道‘庶人’二字是什么意思。一个被削夺了兵权和爵位的李世民，真的值得你用自己的性命去保他么？你自己仔细思量好了，明日秦王一旦被废，你的案子就算是定案了。你去河东招募私兵之事，现在长安已是尽人皆知，如果不是秦王谋逆，那么就是你在谋逆。你说得不错，你这么个芝麻绿豆官儿，就凭那几斗米的俸禄，谋逆，你也配？嘿嘿，你没得到秦王半点好处，却白白为他担待了天大的罪名，你自己想想究竟亏不亏？”

张亮叹了口气：“殿下，我知道您想让我说什么，可这是大理寺天牢，在这里说谎，那是欺君之罪呀。殿下，就去洛阳那点子事，我早就说清楚了，本来没什么大不了的事情，让您这么一吵吵，仿佛真成了十恶不赦的大罪。我要是真的顺着您的意思满嘴胡诌攀东咬西，皇帝他老人家知道了还不得凌迟了我？我劝您还是省省心吧！没有的事情，我断然不会胡说。我虽名为将军，在天策府实是一个赶车驾辕的马夫头儿而已，您说秦王殿下派我去干谋逆的勾当，这说出来谁信？明知是自取其辱的事情，我劝您还是收收手的好，否则在皇帝面前，恐怕您老人家面上也不好看不是！”

李元吉勃然大怒，用鞭子指着张亮道：“好，好，果然是个铁嘴钢牙的猢狲！来人啊，把这畜生的心给我剖出来，本王今晚要用它下酒……”

“慢！”一个不卑不亢的声音自李元吉背后响起。

李元吉愕然回身，看了身后的人一眼，脸上立时浮现出不屑的神情：“崔善为，你少来多管闲事！”

大理寺卿崔善为容色平静地道："殿下容禀，张亮乃是钦命要犯，殿下乃此案主审，如何询问尽可自专。不过该犯的生死只有陛下才有最后裁决之权，殿下若要逆职越权，请恕大理寺不能从命。"

李元吉满面怒容地看了崔善为半晌，又看了看几个在上官面前唯唯诺诺不敢抬头看自己的狱吏，心知此刻杀了张亮终究不妥，恨恨地道："那好，本王就听你的。其实今天本王杀了他是死，待明日父王的明敕下来他照样是个死，早死晚死又有什么不同？也罢，既然你崔堂卿固持成法，本王也不坏规矩，就留他这条命到明日吧！"

说罢，这位齐王殿下转身出了牢门，沿着甬道石阶悻悻而去。

看着他离去的背影，崔善为缓缓叹了口气，似是自言自语般道："朝廷有法度，早死一日，晚死一日，实在是大有不同啊！"

说罢，这位廷尉大人亦跟在齐王后面一步三摇地去了，竟看也不看被锁链吊在牢中的张亮一眼。

此次东宫夜宴，太子布置得极为隆重，筵宴地点竟破例设在了平日宫中节庆款待群臣的承恩殿。为了着重凸显对自己这位军功卓著的弟弟的尊崇与重视，李建成特意调来了尚仪局的几名司乐和整套宫乐为筵宴奏曲。十八名貌若鱼燕的宫女身着华采四溢的服饰随着乐声缓缓起舞，当真是一番天朝盛世的瑰伟气象。更不提由内侍省尚食局司膳亲自掌厨制作的精美膳食，当真是陆地牛羊、海底参鳗、天上鲲鹏应有尽有，窖藏百年以上的美酒足足开了五坛。就连满腹心事无心饮食的李世民都不得不承认，东宫这一番虽说是鸿门宴，表面功夫却实在是做足了的。

秦王竟然如约赴宴，这也着实出乎东宫诸臣的预料。皇帝即将下敕废黜秦王，此事对太子及其属臣早已不是秘密。王珪、魏徵等人知道，就在此刻，右监门卫已将秦王府包围了个水泄不通。虽说早就料定秦王今晚很难再有什么心情前来赴宴，表面功夫却还是要做足的，因此魏徵照样将宴会安排得完善妥帖。也亏得如此，否则若是待李世民王驾到了再现行准备可就出大丑了。

对于常何跟随秦王赴宴，李建成似乎早已料到，根本连问都没问，就给这位御林军总管在下首席安排了一个座位。

令李世民颇感意外的是，在宗室当中与皇帝交情最深的淮安郡王李神通赫然在座。

李神通自几年前因“三王拱秦”公案[1]被皇帝罚俸之后，便与天策上将府少有来往，今日坐在承恩殿里，却不知究竟是太子的意思还是这位著名的草包郡王又改换门庭了。

李世民坐到自己的客席上，冲着坐在对面的李神通一拱手：“王叔安好！”

李神通眯缝着一对小眼睛迷迷糊糊地还礼道：“还好，我这把老骨头还算结实，过得去。”

说罢，他抬起头和李世民对视了一眼，微笑着点了点头。

李世民这才放开心怀，转过头去与李建成叙话。

双方似是有默契一般，对长安城内目前厉兵秣马紧张肃杀的情形只字不提，尽挑一些正经却又不涉敏感朝局的政务来说。

“王老师此次主政山东，可谓临危受命。文官统管六郡，大唐立国以来还未曾有过这样大的司牧呢。山东民情复杂，盗匪未靖，粮赋固然无从谈起，就连地土也尚未均实。二郎经略关东很有些时候了，有什么奇谋妙计不妨说出来听听，或对王老师有所裨益！”李建成端着酒盏，一双清澈宁静的眸子凝视着坐在主宾席位上的李世民道。

李世民微微抿了一口盏中的美酒，笑道：“王公乃是政务娴熟的干吏，哪里还要小王多嘴献计？山东是殿下打下来的，也是殿下抚平的，此次天灾民变，又是玄成一力弹压处置的。先贤比比，小王就算有什么小算计，又怎敢拿出来献丑？”

李建成摇了摇头：“二弟，你不必在这里装神弄鬼，我是读过你给父皇陛下的抚平山东策要的，煌煌巨论，字字珠玑。如今我代王老师诚心实意问计于你，怎么，你腰里揣着宝贝还不肯献出来么？”一句话说得殿内诸人都不禁莞尔，连自进殿以来就一脸不愉之色的长孙无忌的嘴角都带出了些许笑意。

李世民看了看太子，又扫视了王珪、魏徵等人一眼，将盏中的酒一口气喝干，面带笑容道：“其实在现在这个时候，武牢以东基本没有什么政务可言。”

1　据传李神通与任城王李道宗、楚王杜伏威三人曾一同焚香立誓追随秦王，称“三王拱秦”。——编者注

话一出口，众人都是一怔。王珪捻着胡须皱眉问道："没有政务，陛下何必在山东六郡另设行台？秦王此言何解？还望殿下明言以释之。"

李世民哈哈一笑："王公不必尴尬，且听小王慢慢道来。自古所谓政务者，无非钱粮、刑狱二事耳。一个事关朝廷仓廪，一个干系社稷安危。但是此刻河东大战方息，人口凋零，土地荒芜，朝廷不仅不能去征粮赋，甚至还要想办法赈济，这钱粮一项，三年内是无从谈起了。再说刑狱，山东盗匪猖獗不假，但根本之因是生计无着的饥民四起。人若是饿着肚子，是什么事情都干得出来的。王小胡虽然还隐匿在野，然则羽翼已失，就算复起，不过流寇而已，我料他无能为也，王公虽是文官，制他亦绰绰有余。实际上现在河东那些命案和盗案，大多是因粮食而起。河东百姓苦于战乱久矣，此时若是行严刑峻法，恐怕适得其反，反倒便宜了王小胡之流。汉高祖入关中，与百姓约法三章，因百姓苦秦久矣。故此虽缘不同实理同，河东两到三年之内不能以法治之，一个宽字乃是治政要义，故此刑狱二字，自然也就谈不上了。所以我说，现在河东，实在无政务可言。"

一番话不禁说得王珪悚然动容，就连李建成目光之中也透出了热切的神色，他饶有兴致地催问道："二郎，你继续说，我早料到你肚子里憋着什么宝，却想不到这个宝居然还不小！"

李世民似乎也讲出了兴致，他拿起手帕擦了擦额头的汗，继续说道："其实说山东没有政务，不过是个比方而已。陛下之所以要在山东单设行台，就是为了恢复生产做养百姓，以备日后万一与北面开战，武牢以东不再是朝廷的累赘，甚至希望那时候山东能够成为关中的粮仓。如何恢复将息呢？这个题目绝大，小王以为乃是山东行台的一等要务。"

他沉了沉，继续说道："当年我初破建德，曾经有人建议我经略蓬莱以取海盐。现在朝中也有一种说法，想改山东户课为盐课。这意思再明白不过，因为收粮食收不上来，所以想改别的道道从那个地方弄钱。以小王之见，这个办法是可取的，但是却不是急务。海盐之利，利在民部，而眼前的田土粮棉之弊，却是直接危及大唐社稷，一近一远，诸公当晓得取舍！"

王珪连连点头："秦王殿下说得不错，目下让百姓安分务农做养田土之业，乃是根本之计。"

李世民也点了点头：“正是如此。山东战乱多年，土地荒芜者极多，人丁也稀少。自大业年间以来，炀帝大修运河，导致大批自耕者倾家荡产，河东土地绝大部分辗转流落到一些地方豪强手中，庶民百姓手中的田土越来越少。由于战乱，豪强手中的田土越来越多，租息也越来越高，众人不堪盘剥，这才揭竿而起酿就乱源。建德之乱、黑闼之乱，皆起于此，所以若要铲除山东的乱源，非从田土入手不可。”

王珪长叹道：“殿下此真乃谋国之言，若要山东稳定不酿祸乱，终归要小民富足私廪殷实。可惜朝中诸公皆急功近利，行竭泽而渔之策，长此以往，山东难平。齐鲁不定，则天下不宁！”

太子闻言，脸上一红，笑道：“真是惭愧，看来坐在长安，终归难知下面实情。若不是今天二弟剖析就里，我这个太子恐怕每天还坐在显德殿里空言论道呢！”

李世民笑道：“殿下谦虚了，我最后悔的一件事，就是在擒获建德时未及见此，未能在山东因地制宜妥善抚治，这才导致黑闼复起，贻社稷之忧。父皇虽未因此罪我，臣弟心内实在难安。”

李建成摆了摆手：“二郎这话我却不敢苟同，此一时彼一时。你初战建德之时，洛阳未破，王世充尚且据东都坚城以拒天兵，当时你的心思都在军事上，郑夏两军相总倍于王师，稍有不慎则有全军覆没之虞。你那时候若是分心考虑民政，恐怕如今关东之地，还是反王割据呢！甚或朝廷危殆，郑夏联军兵临太原亦未可知。”

李世民叹道：“这是大哥体恤弟弟的一片私心，我自己却不能这样想！那时候我总领关东军政全权，未能一举安定冀鲁，毕竟有负陛下和太子的一片殷切之心。”

魏徵沉吟许久，此刻终于出言发问道：“我在山东待了三个月，亲眼见到了那里的情形，与秦王所说并无二致。只是我想请教殿下，若要解决田土难题，殿下胸中可有定策？”

李世民微微一笑，说道：“玄成问得好，田土干系微妙，轻不得也重不得。若是立时变革土地属划，惹恼了那些当地豪强，恐怕塌天大祸立地而起；若是视而不理，恐怕……”

说到此处他猛然顿住，身体前倾，一手扶住案儿，一手紧紧捂住了腹部。众人顿时愕然，李建成关切地问道：“二弟，身子不舒服么？”

转眼之间，李世民的脸色已变得惨白，斗大的汗珠不住地自额头上滚落，两眼圆睁，眼角布满了血丝，颈部青筋暴现。他嘴唇发紫，紧咬着牙关，似是强忍着极大的痛苦一般。

早已看出不对的长孙无忌迅即离席来到秦王身边扶住了他，焦急地问道：“殿下，殿下，您这是怎么了？”

坐在对面的淮安王李神通双手据案直起了上身，一对原本无精打采的小眼睛精光大绽。

此刻众人早已惊得呆了，一丝不祥的味道悄然掠过魏徵心头。太子也放下酒盏离席走了过来，伸手要搀世民。便在此时，目光逐渐开始涣散的李世民再也忍耐不住，“哧”的一声，一道色泽鲜红亮丽的血线从他已然转青的嘴唇间喷涌了出来……

天颜震怒

长生殿里灯光昏暗，从内侍到宫女一个个浑身颤抖面带惊惧，今天奉敕侍寝的德妃尹氏罗衫半掩地坐在龙榻一侧的偏席上，玉白无瑕的面容上充满了尴尬怨愤之色，狠狠地盯视着匍匐在地的长孙无忌，只是迫于盛怒之下的李渊那凛冽的天威不敢插嘴搭话。却也难怪德妃愤恨，长孙无忌这个官职卑微、爵禄不显的末等勋戚，竟敢在宫门下钥之后连夜越过重重宫禁直接谒见皇帝，把正在榻上与德妃共享人伦欢畅的李渊硬生生拉了起来，也令她不得不衣衫不整地在皇帝的寝宫内面对外臣。此事若是传扬出去，她立时便会成为整个六宫的笑柄。

皇帝也极为恼怒，他原本白净的脸上如今面色赤红，两道髯几乎根根竖起，连问话的声调也变得忽高忽低，显是方寸已乱。

“长孙无忌，你说的可是实情？秦王真的是在东宫与太子饮宴的时候中毒吐血吗？”皇帝的声音嘶哑而沉闷，那一丝丝强自掩饰的颤音里似乎蕴含着令人惊心动魄的威压与风暴。

长孙无忌似乎丝毫也感受不到皇帝身上那令人濒于崩溃的愤怒情绪，叩头哭诉道："陛下，臣有几个胆子敢妄言欺君？禁宫统领常何今日奉敕保护秦王殿下安全，一同到承恩殿饮宴，殿下宴中口喷鲜血不支倒地，他是亲眼得见；况且其时东宫前太子中允王珪，太子洗马魏徵均曾在座，也是亲眼得见；宫内尚仪局的几位司乐也是亲眼得见；淮安王当时也在座，秦王中毒后，便是他帮助臣下将殿下扶持回到宏义宫的。这么多双眼睛看着，臣下有几颗脑袋，敢欺君罔上信口胡言？"

皇帝沉默良久，方才开口继续问道："世民现在情形如何？传侍御医了么？"

长孙无忌又叩了一个头答道："未请圣敕，不敢擅传宫医。目下秦王府两名主事司医正在给殿下诊脉，王妃恐司医力所未逮，这才命臣下冒万死连夜进宫请示陛下传敕尚药局遣宫医前往王府为殿下诊治。臣下入宫之时，殿下还在昏迷之中，神志尚未复苏。"

李渊闻言拍案叫道："糊涂！人命关天，庶民百姓尚知此理，何况是朕的儿子？世民性命悬于一发，都这个时候了还讲那些个繁文缛节做什么？朕就不信，你就是以王命传教尚药局，还有哪个奉御直长敢不听命？人都这个样子了你们还要循规蹈矩地走程序，世民的性命就断送在你们这些腐儒的手里了！"他叫得声嘶力竭，额头上青筋暴现。自杨文干造逆以来，他身边的内侍宫女极少见到皇帝发这么大脾气。就是德妃，也被皇帝须发冲冠怒目圆睁的狰狞模样吓得花容失色，浑身筛糠般颤抖。

长孙无忌哭道："陛下容禀，不是臣下迂腐，今日禁军兵围宏义宫，举朝震惊。若不是常统领亲眼得见秦王殿下东宫遭鸩不敢怠慢，臣此刻纵然想进宫谒见陛下也只有望宫门而兴叹的份儿了，更不必说用王命传教宫医了。本来臣下是要冒死试一试的，王妃严令相阻。王妃言道，殿下此时身陷嫌疑之地，凡事尤其不能逾矩，未得陛下首肯传敕，就算府内司医本领不济，也只能将就……陛下……"

说到此，这位戚臣伏地痛哭失声，喉头哽咽，竟再也说不出一句完整的话来。

李渊痛苦地闭上了眼睛，他心中对李世民及王妃长孙氏的顾虑已是洞若观火。此刻秦王府人心惶惶朝不保夕，府外数千禁军枕戈待旦，就算此时长孙无忌以王命将尚药局的门砸开，人心势利，那些个宫医恐怕也不愿意大半夜爬起来去为这么一位即将失势倒台的亲王看病。他强压下那股突然间涌上来的愤怒悔恨情绪，走到御案旁，伸手取下一杆笔，随手拿过一张白笺，急匆匆在上面写了几个字，从内侍手中接过自己的随身小玺在上面印了一下，用两根手指头捏起便笺递给长孙无忌道："这是朕的手敕，你拿着它这就去尚药局。告诉他们，若是不能保住朕的儿子的性命，从奉御到医佐，朕一个也不饶，他们一起为世民抵命！去吧！"

长孙无忌双手过头接过李渊的手敕，哽咽着道："臣代殿下和王妃谢陛下天恩！"

皇帝眉头又皱了皱，这个时候，连谢恩的话他听起来都觉得刺耳。看着长孙无忌从廊柱旁缓缓退了出去，他苦笑一声，自言自语道："谢恩？朕还像个父亲吗？"

转瞬之间，他又稳定住了自己的情绪，对着今夜负责长生殿宿卫轮值的内侍省少监周甫道："传敕常何、敬君弘警跸宫城，命内仆局立刻准备銮驾，朕要立刻动身，前往宏义宫探视秦王。"

此刻东宫已经乱成了一团，皇太子李建成面色铁青地坐在显德殿里怒目凝视着长身站立在大殿中央的魏徵，两道浓重英挺的眉毛剑一般竖起，两只充斥着血丝的眸子中杀气凛凛。坐在侧席的王珪、薛万彻、冯立本、谢叔方等文武臣属人人均为魏徵捏了一把汗，但此刻储君盛怒之下威势赫赫，谁也不敢在这个时候插嘴发话。

"魏老师为建成一片苦心孤诣，建成岂能不知？然则国家有法度，朝廷有律令，魏老师此举，是陷我于不忠不孝不仁不义之地。如今秦王在东宫被鸩的消息恐怕已经传遍了长安，父皇应该也已经得到了消息，你倒是说说看，如今局面，教我这个长兄如何自处？此番众目睽睽之下，秦王吐血跌倒，恐怕我们就是跳进大河，也难洗清罪孽嫌疑了。魏老师是我东宫砥柱，外人不知详情，定然以为魏老师是受我之命铲除秦王，不管我如何在父皇面前辩驳解释，恐怕都是自取其辱而已！"

魏徵冷冷一笑：“殿下少安毋躁，请听魏徵一言！”

李建成突然挥拳捶着书案双眼垂泪道：“现在再听你的解释又有什么用？我们忍辱负重苦心经营出来的大好局面，就被你今晚这急于求成的鲁莽举动毁之一旦了，你还有什么可说的？”

魏徵脸现怒容道：“殿下若不想将此事撕掳一个清楚明白，此刻就可命侍卫将魏徵拿下送到陛下面前问罪，魏徵若皱一皱眉头便不是真男儿。此刻殿下若不能凝神静气清明在躬，我们苦心经营了两年多的局面，就当真要被二殿下这拙劣简单毫无花巧的鬼蜮伎俩毁去了……”

李建成浑身一震：“此话怎讲？”

魏徵长叹了一口气：“魏徵就算再愚钝，也不会在这个时候出此下下之策。不错，我是曾经劝说过殿下，趁着秦王羽翼不丰圣眷凉薄，早定计除此心腹大患。可此一时彼一时，如今秦王败亡在即，只要拖到明日，秦王在朝中的势力就将被连根拔起，我又怎会连这一日都等不得？今日筵宴，虽是我一手安排布置，可用的却全都是东宫的乐厨舞侍，我是否在秦王的酒菜当中下过鸩、什么时候下过鸩，殿下只要找下面的人来问问就再清楚不过了。”

王珪长叹一声：“适才我们都吓得懵懂了，应该趁着当时秦王还在府中之时就地诊治，总要撬开他的牙关看看他的舌头才好。或许真如玄成所言，那口血是他自己咬破舌尖喷出来的也未可知。”

魏徵一脸的懊悔沮丧：“说到心术城府，我们这些人痴长了这许多年纪，竟让一个年方而立的小娃娃当面耍弄，真叫人惭愧汗颜无地呀……”

薛万彻一脸严霜地说道：“秦王既已年近而立，就算不上是小娃娃了，二位老师也不必如此自责。秦王的狡猾善谋，天下皆知，这么多路反王都败在他手下，可见其人不可小视。现在事已至此，懊悔沮丧都没用了，咱们还是商议一下下一步如何应变吧。”

李建成此时方才清醒过来，站起身来向着魏徵长身一揖：“适才建成乱了方寸，对魏老师恶言相向，还望老师海涵。”

魏徵苦笑一声：“这也怨不得殿下，我早先便说过决绝的话，此时又身处嫌疑之地，殿下初逢大变，一时心急，魏徵当能体谅！”

冯立本按着刀柄站起身道：“现在东宫所有禁军侍卫都已经进入戒备，左右长林也整装待命，是否出动应变，就等殿下一句话了。”

王珪摇了摇头：“越是这个时候，我们越要谨慎小心，切切不可乱了方寸慌了手脚。若事情果真是秦王巧施诡计，那么他就绝对死不了。只要秦王不死，我们就还有向陛下解释陈述的机会。事情不怕查，一查就能查清楚，此刻最怕查办鸩案的绝不是我们，恰恰是秦王。况且秦王明日就将被废，今日太子却在东宫当着众目睽睽之下药鸩秦王，此事过于不合情理。陛下此时盛怒之下或许虑不及此，但是只要他老人家一旦冷静下来，立时便会发现这其中的蹊跷之处。所以此刻我们万万不可轻举妄动，此时长安全城戒严，弓已上弦刀已出鞘，犹如一个浸透了油的柴堆，只要崩上去一个火星子，立刻便是冲天大火。那时候我们是谋逆，秦王却可以以靖逆为名调动全城兵马来剿灭我们。兵事上我们素来羸弱，以己之短，攻敌之长，智者所不取……”

“那我们现在该如何处置？”李建成失声问道。

“等！”魏徵语气笃定地道，“等到陛下召见太子，等到陛下下敕调查此事。现在局面混乱，秦王就好从中浑水摸鱼；局面稳定，秦王的阴谋就会自行败露。所以稳定对我们有利，乱局却对秦王有利，这个‘乱’字，可是他求之不得的事情啊……”

王珪捋了捋胡须道：“干等也不是个办法，须得给老相国送个信儿，让他心中有数，以备陛下垂询。只是此事还要机密些才好。”

魏徵点点头：“我这就去裴相处报个消息！”

王珪摇了摇头：“你去恐怕不妥，你是干系中人，你这两天不能出宫，随时准备接受陛下询问。你一出宫。好多事情恐怕就说不清楚了！还是我去吧，我刚领了山东行台左仆射的差事，向老相国去问计请行，合情合理……”

功臣心路

“媳妇长孙氏参见陛下，吾皇万岁万万岁！”秦王嫡妃、长孙无忌的妹妹长孙氏在李渊走进寝殿的那一刻还守坐在自己的丈夫榻边，见皇帝进来，急忙起身上前跪倒施礼。

李渊看了看这个未着铅黛的清秀媳妇，叹了口气："多时不见，你憔悴多了！"

长孙氏眼中含泪，面上也有泪痕，容色却从容镇定："秦王患了急症，媳妇要在身边侍奉，未及迎驾，还望陛下恕罪！"

皇帝摆了摆手："不妨事的，你起来吧。世民怎么样了？"

长孙氏缓缓站起走回榻边道："自吃酒回来，一直腹痛难忍，呕了许多血，发了一阵疯癫热。如今睡了多时，还不见苏醒。"

皇帝走近床边，定眼仔细观瞧，却见秦王李世民仰卧在榻上，面容憔悴，嘴唇上满是青紫痕迹，中衣上血迹斑斓，显是还未及换下。虽是昏迷，鼻息却时缓时促。

他指着嘴唇问道："这是怎么回事？"

长孙氏垂泪道："自从回来，腹内疼痛难忍，他又不肯出声，便死命强忍，拉着我的手不叫传宫医看脉，连舌头都咬破了。我见他晕厥，晓得不好，这才命家兄连夜闯宫，惊动陛下，实在罪该万死！"

皇帝这才注意到她皓白如玉的右手及腕上如今布满着一块块青紫瘀伤，显是李世民剧痛之中紧紧攥住她的手挣扎之故。想及此处，李渊喉头一热，几乎淌下泪来。他招了招手，叫过尚药局奉御韦天成问道："诊过脉了？秦王现下情形如何？"

韦天成浑身一抖，跪了下来："陛下容禀，秦王殿下脉象奇特，寸关沉滑，表里不疏，脾胃不和伤及五脏，不似寻常症状，倒像是……"

皇帝严厉地瞥了他一眼："倒像是什么？直说，不要和朕在这里掉医书。"

韦天成哆哆嗦嗦斟酌着词句道："倒像是吃了什么伤胃气损肝脾的冲撞东西，这东西在西域叫结环草，中土却是没有的。这草本身也能入药，妇人吃了可以固本培元以健胎气，男子吃了也不妨事的。不过这结环草里若是和了朱砂和天竺大麻，就变成了剧毒之物，吃下去暂时不会发作，总要等到七八日上，五脏方会慢慢坏烂不治……"

皇帝不耐烦地打断了他的话："秦王就是吃了这东西了？有法子医治没有？"

韦天成赶紧磕了个头，回话道："陛下洪福齐天，殿下的体质特殊，肠胃里天生容不得脏东西，吃下去后不多时便起了反应，呕血逾升，虽大损元气，于殿下却是件幸事。这几味药未及大作便随着血水排了出来，故此只要多将养些时日，便不碍了。只是这段时日殿下不能吃硬东西，总要流食为佳，水要多喝，臣下等还开了几服健胃疏脾协调阴阳疏通表里的方子，十几服药吃下去，就有望大好了！”

便在此时，长孙氏忽地娇呼一声：“殿下醒了！”

横卧在榻上的李世民，缓缓睁开了双眼……

李渊几步走到榻前，却见李世民的目光由涣散渐转清明，眼中浮现出慌乱尴尬之色，嘴唇艰难地动了几下，声音嘶哑地说道：“劳动父皇御驾，儿臣……”

皇帝摆了摆手：“你乏了，不要多说话，静养些日子，御医给你把过脉了，不碍的。外面的事情不要多想，自有朕给你做主。”

李世民挣扎了一下，似乎是想爬起来，却没挣动，苦笑道：“儿子平生要强，如今却动弹不得了。这里病气重得很，陛下不能多留，还是请驾及早回宫的好！”他嘴上有伤，这几句话说得含混不清，皇帝只听明白了个大意。

他踌躇了一下，终于还是开口问道：“你是在东宫饮宴的时候突然发病的？”

李世民浑身一抖，拼命用胳膊撑起身体，气喘吁吁地道：“儿臣自从打洛阳便落下这么个病根儿，只是父皇和大哥不晓得而已。这些年来发作几次，都不大碍的，没想到此次在承恩殿当众出丑了。”

李渊默默看了他片刻，温言道：“朕知道你很惶恐，不必如此，也不必为了回护他人骗朕，御医已经给你把过脉了，朕心里明镜一般。你放心吧，此事朕当给你个公道。”

李世民喘息着摇着手道：“千万不可，父皇，如今朝局不宁，四海方安，不宜再生波澜……儿臣身处嫌疑之地，有的时候也实在是难。只是无论如何，还请父皇不要深究此事，人言兄弟同心，其利断金！若是北方强敌晓得我朝诸多尴尬事，恐怕……咳……咳……”话未说完，他已剧烈地咳嗽起来。

李渊伸手拉住了李世民的手，抚着他的背长叹道：“看来在宏义宫，你也活得不易！小民百姓尚且能够父慈子孝，兄友弟恭，偏偏做了天子，家中事务就如此难断。看来你留在长安，终归难保全性命，罢了罢了，待你身子大好，还是带着天策上将府去洛阳吧。朕若不在了，你可独建天子旌旗，仿梁孝王故事。国家有召，你还可为国效力。即使兄弟不睦，也可保得一家老小的性命……”

李世民此刻已咳得说不出话来，连谢恩都谢不得，只顾在床上以头触床沿，眼中的泪水如同开了闸的洪水般涌将出来……

李渊走出秦王寝殿，挥手招过常何道：“即刻撤去包围王府的禁军。你去东宫传朕口敕，秦王素来不善宴饮，以后太子不要再拉他去喝酒。”说罢，面无表情地登上御辇，起驾还宫。

片刻之后，寝殿内只剩下了秦王夫妇二人，李世民忽地睁开双眼，长长出了一口大气，喃喃自语道：“这一遭，咱们算是暂时躲过去了。只是不知这样的天劫，我们还能躲得几回……”

长孙氏嫣然一笑：“躲得过去就躲，躲不过去的，终须面对！天将降大任于殿下，这点儿磨难，又算得了什么？”

李世民长叹一声，闭上了双眼，两道泪水自眼角经鬓角悄然流下：“有的时候，我真恨自己生在这帝王之家，累得你也整日里担惊受怕，过不得一天安生日子。父皇说得不错，小家小户尚且能够和睦相处，偏偏我们这些个天皇贵胄整日里争来斗去，为的不过是太极殿里的那把座席，想起来当真无趣得紧。”

长孙氏起身换了一块热巾子给他擦了擦眼角的泪水，温言道：“陛下不是允准我们去洛阳了吗，到了那边，一切就都会好起来的。”

李世民摇了摇头：“我太了解父皇了，他今日早些时候还下定了决心要罢黜我的王爵和天策上将府，如今不是也改了主意么？天知道他这个主意能撑到什么时候。我今天这番举动，实是没法子之下行险一搏，或许能够暂时瞒过父皇，却绝瞒不过裴相国和王珪、魏徵他们。京城局面险恶，我真不知道能撑到什么时候……”

他偏了偏头，道：“要不，让辅机先行护送你和承乾离京吧，你们先去东都，我嗣后便来和你们会合。你们走了，我才安心一些……”

长孙氏微微一笑：“没有了你，天下虽大，哪里是我们母子的安身之所呢？难道说你不在了，我们还能苟活在世间么？我自幼读书不少，也听哥哥说了许多古人的事情，历来党争，从来没有哪一方能够心慈手软的。既然身在无情无义的帝王之家，我和乾儿就都得认命了……”

李世民突然之间奋力坐起，捶着床榻道：“你知道么？我最后悔的事情就是生了和大哥争夺皇位的心，我最后悔的就是那年杨文干的事情轻启战端，弄得自己如今骑虎难下进退失据。我身上背负着那么多人的殷切期望，他们指望跟着我封公拜相飞黄腾达，指望着我有一日能够坐上太极殿那张无聊透顶的御床，指望着我使他们的后辈代代受惠……可父皇就是不喜欢我，不管我立下多少战功，也不管我多么得军心民望，父皇就是不肯选择我做继位人。大唐的天下大半是我流着血淌着汗风里来雨里去一刀一枪用命换来的，可是坐天下的却不是我，永远不可能是我，仅仅因为我比大哥晚生了那么几年……”说到这里，平日里英武神朗的秦王早已满面是泪泣不成声。

长孙氏充满爱怜地望着这个及近三十的大男孩，轻轻抚着他的发髻道：“这也是战争啊……殿下是天下人公认的无敌统帅，怎么会惧怕一场战争呢？这场战争虽说是在长安城里，可它终归是战争啊！殿下以前的敌人是战场上的反王，如今的敌人却是自己的兄弟，是太子，是齐王，甚至，还有养育了殿下的父皇……殿下啊！你要早点坚强起来才是，妾身和你的孩儿，还要靠你庇护呢……”

李世民一脸惊愕地抬起头来，怔怔地看着眼前的妻子，她凝视自己的目光中充满了温柔、爱恋与信任。一时间，满面横流的泪水仿佛凝固住了，时间仿佛也凝固住了……

息事宁人

大唐武德九年正月廿四日一大早，太极殿外的广场上便站满了前来参与中朝的文武官员。二王争储，京城局面复杂，更有传言称今日李渊要下敕罢黜执掌天策上将府兼领朝廷军政全权的秦王李世民，故此很多人心中均惴惴不安。此刻早朝时间已过，却仍不见太极殿大门开启，众人更加惊疑，不禁交头接耳议论纷纷。

时近卯辰交际，内侍省少监赵雍徐徐从偏殿中走了出来，站定道："诸位大人请少安毋躁，陛下此刻正在南省政事堂与相公们议事，有口敕着各位大人太极殿外候旨……"

文武百官闻言不禁面面相觑，政事堂宰相会议从来没有皇帝参与的先例，皇太子或掌政亲王若是没有皇帝特敕不兼省务亦不能参与。大凡根本政务，均由政事堂先行会议决策然后上报皇帝裁决实行。偶有大政，皇帝也会召集相臣们共同商议，但那是君臣议政，地点当在两仪殿，且会议参与之人由皇帝临时指定，未必三省长官全部参与。从来没有皇帝亲自驾临政事堂与宰相们同堂议政的规矩。

随朝见驾的民部侍郎赵文英凑上前问道："赵公公，相公们怎能如此托大？怎能让陛下亲自到政事堂议政？君臣议政，当在两仪殿啊！"

赵雍眼角微微动了动，笑着说："相公们在政事堂议政，陛下是去听政。至于合不合规矩，那可就不是我们这班奴才能知道的了……"

赵文英看了看左右，见没有人注意，压低声音问道："太子和秦王也在么？"

赵雍瞥了他一眼，没好气地道："都不在！齐王殿下倒是在呢！"

赵文英闻言顿时愕然呆住……

此次参与政事堂会议的，除李渊之外，尚书令秦王李世民因病告假，由尚书省左仆射裴寂和右仆射萧瑀代表尚书省参与，中书省由封德彝和刚刚升任中书令不到十二个时辰的杨恭仁与会，门下省则是由齐王元吉和宇文士及两位侍中参与。

政事堂屋子本来就不大，李渊的龙床摆进来后就越发显得狭小局促。今日皇帝破例亲临门下省，所谓的"议政"自然也就改成了实质上的"听政"，宰相们平日里议决国家大政的权力也就自然变成了述政之权。

"皇太子身居东宫正位，承嗣社稷乃礼法当然。于此朝局将现明朗之际，太子却要冒天下之大不韪公然在宫宴上下鸩药杀亲弟，此事未免太不合情理，臣以为此事必须详加查证。若断定太子鸩秦王之事属实，当有实据。否则糊糊涂涂处置了此事，不仅太子不服、百官不服，就是天下臣民，心亦难安！此事事关朝廷大政，若处置不善，则有动摇社稷安危之虞。"

裴寂话语不多，却字字千钧，封德彝等人细细一咂摸味道，顿时觉得这番话里学问深广。虽是在为太子鸣冤叫屈，却只字未提秦王如何，就算日后查出太子下鸩是实，旁人从他今日这番话里也挑不出半分毛病来。众辅臣心中暗自钦羡：“难怪这老匹夫位居首辅始终圣眷不衰，当真老谋深算，利害得失都被他计较到骨头里去了！”

尚书右仆射萧瑀的说法却一如既往地明确直白：“陛下往日向来以太子文德彰著仁厚无欺为人君之据，然则今日看来也不尽然。太子果无欺乎？据臣所知，自从张亮被执以来，东宫诸臣日夜弹冠相庆，皆云昔日文干之仇今日始得相报。昔日罪臣王珪，未奉圣敕便私自回京，与在朝诸公多相合纵，也不见太子申斥责备，反倒巧言令色，为其谋得山东道行台左仆射的要差。恕臣直言，太子殿下才略如何暂可不提，其人性阴柔，伪仁善，颇似前隋炀帝未登大宝前模样。无才之人或可以人力补之，无德之人，却断不能为九州之主。”

齐王闻言冷冷哼了一声，阴阳怪气地道：“萧相兀自大言不惭，却死死揪着太子的小辫子不放，恐非君子所为吧！你说的那些个事情，都是捕风捉影道听途说来的，有几件握有实据？王珪出任山东道行台，也是父皇亲简，这你也有话说？我倒纳闷了，这大唐天下，究竟是陛下说了算还是你萧相说了算？”

李渊轻轻拍了拍桌子，不悦地道：“今日你们议政，就事论事则可，若是你们一味相互攀扯攻讦，朕就不听了。今天议政议的是张亮之洛案和东宫鸩酒案如何审结的事，别的多余的话就都不要多说了！”

他板起面孔对齐王道：“你新入中枢，懂得什么？萧瑀在朝多年，素以礼法人伦著称于世。他说话虽不中听，却句句皆是良实之言，他一片赤诚忠诚朝野皆知。你也是亲王，怎么连尊重朝廷重臣的礼数都不懂？此番朕不与你计较，如若再犯，朕就不轻恕了！”

李元吉平日虽然桀骜不驯，在老爹面前却不敢太过放肆，喉头哽动了几下，终究没敢再放厥词。

宇文士及看了看皇帝，悠然开口道：“陛下，臣以为这两案确乎应当审结了。如今京师人心浮动，百官不宁，朝野难安，这两个案子分别牵扯到秦王和太子，震动委实太大。不管是东宫还是天策上将府，都不是臣子们能够罔议的。张亮之洛，事迹确凿，但没有其他佐证硬说是谋逆，恐怕秦王不服；东宫鸩酒，太子叫屈，秦王却表示不欲深究，似乎也别有内情。若依裴相所言，将两个案子一一抖落出来审个清楚明白，恐怕没有数月半载下不来。这里面涉案的人太多，地位太高，大理寺和刑部审不了。说句实在话，这两案非三省长官同审不足以震慑涉案人等，而定罪，则只能由陛下运匠心圣躬独断。这么一来，举朝政务就全都耽搁了。”

皇帝沉吟了一下，道：“你的意思是不审了？”

宇文士及干脆地道：“两案关键并不在于审而在于断。皇家内务，外臣还是愈少与闻愈好。”

皇帝哈哈大笑：“你倒干脆，一股脑儿全都推到朕怀里来了。所有的事情都要朕一个人拿主意，朝廷设宰相何用？”

这一下将在场的所有人等都扫了进去，众人不禁面面相觑。皇帝的这个话里头隐隐约约带出几分责备的口气，这个时候进言，可是要格外地小心了。

杨恭仁毕竟初入政事堂，许多规矩还不甚明白，当时上前两步说道：“臣以为这两案应该区别处理，张亮之洛一案已经几近审结，陛下也已经指定了此案主审，接着审下去就是了。东宫鸩酒案，可暂不牵扯太子，拿下负责筵宴安排的东宫洗马魏徵及一干人等详细勘问。若是果然案涉太子与秦王，再奏陈陛下，由陛下亲审两案，如此则三省不必张皇，政务也不会耽搁了……”

说起来，杨恭仁所说的法子确是秉公之论，齐王虽拿下张亮拷问至今，并未牵扯秦王；如此拘捕魏徵，也算对秦王有了个交代，却又不必涉及皇太子。只不过在场诸人个个心怀鬼胎犹豫踌躇，事涉东宫与天策府的储位之争，一个不小心就会结怨种祸，萧瑀和裴寂又分别偏袒一方各执己见，他这个刚上任的中书令骤发宏论，难免会让封德彝、宇文士及等人心中暗暗不快。

李渊点了点头：“恭仁的见识倒是不差，不过朕所关心的，并非此二案如何审理辨明是非，而是审明了如何处置？若是张亮谋逆是实，如何处置秦王？若是东宫鸩酒是实，如何惩戒太子？若是两案均属实，那么又当如何？朕今天到门下来，实是想在这个事情上听听你们宰辅们的意见。”

杨恭仁怔了一下，这才意识到方才众人闪烁其词，实是在回避此刻皇帝提出来的这个棘手问题，自己一个不留神，竟然将这么一个尴尬万分的烫手山芋接到了手中。此时皇帝问话，不能不答，但这件事无论怎么答都不合适，太子秦王二足鼎立，哪个都不是他这个刚刚升上来的正三品中书令得罪得起的人物。若是只有皇帝辅臣在场，说说也就罢了，但此刻齐王却以侍中列席，他那张大嘴巴举朝闻名，经他添油加醋传将出去，日后连一点转圜余地都没有了。因此他嗫嚅了几声，竟是连一个完整的字都没挤出来。

封德彝叹了口气："陛下这一问，恐非人臣所能回。皇太子是储君，乃我大唐未来的九五之尊；秦王是亲王，又是功勋赫赫位列三公之上的天策上将。此二人虽然涉案，毕竟是君；臣等虽位居三省中枢，毕竟是臣。君父之过，臣子不可轻议，更遑论惩戒处置了！"

齐王此刻听得老大不耐烦，叫道："父皇在此，君前论政，有什么事情议不得？要我说，事情简单至极，若是秦王谋逆是真，便罢黜秦王；若是太子下鸩是实，便废太子；若是二者皆是实，就两个人一并惩处。这样父皇秉公，朝廷严法，天下无人不服。"

李渊一听见齐王说话便蹙起了眉头，冷笑道："你说得倒是轻松畅快，罢黜秦王，谁来替朕领兵征伐？废了太子，朕万年之后大统谁来承续？两个一起惩处了，谁来当储君，你么？"

这番话语气极为严厉，李元吉浑身打了个冷战，立时住口。

在一旁静听的封德彝听了李渊这番话，灵窍中仿佛现出一隙之明，他避席撩袍跪倒奏道："陛下，臣以为这两个案子都不能再审了，涉案之人均是朝野瞩目的陛下家人，不管审出个什么结果，到时候终归扫的是皇家体面朝廷威严。皇子之间的嫌隙纠葛，说到底乃是陛下的家事，本不足为外人道，臣等更加不敢妄议僭越。"

李渊哈哈大笑："又来了一个推脱责任的。德彝，这些话宇文士及方才也说过了，你却又来啰唆一遍，说说看，你是怎么想的。你就不怕朕现在就降罪于你，事君不诚、推诿搪塞、尸位素餐，要知道，这也是罪呀！"

封德彝不慌不忙叩了一个头，不卑不亢地答道："臣不是推诿搪塞，臣以为此二案不能继续审下去，原因有三。案情重大，涉案人品秩高贵，若不顾一切全然抖将出来，有伤国家体面，此其一也；东宫和秦王府属僚众多，朝臣中也多有阿附相从者，案子审得清也好，审不清也好，均会令众臣惶遽朝野不宁，审得急了，万一张亮和魏徵胡乱攀咬起来，更是要兴起大狱震动天下，此其二也；此事不论谁是谁非，陛下将之付诸朝野公议，将开外臣干预帝室内务之先例，陛下天纵英明神武盖世，然则后世子孙若有性情腼腆羸弱者，则必有权臣当道乱政，陛下乃开国之君，当为后世立矩，皇家内务，外臣不容干涉，此其三也！”

他说的头两条倒也没有什么，李渊歪在坐席上含笑倾听。待得他说到第三条，皇帝不禁悚然动容，坐直了身躯静静地听他说毕，沉思良久，方叹了口气道：“这话说得透彻，朕却没有虑及！有的话你这个外臣还是不太好说。朕直说了吧，两案关系大位谁属，若是如今开了这个朝臣公议影响立储的先例，那么若干年后，恐怕就有强梁相臣干预皇家承嗣社稷兴替。我大唐不是汉家天下，用不着霍光，更不需要董卓、曹操之流。”

宇文士及至此心中暗自长出一口大气：“陛下英明，封相所谏，实是谋国之言。愿陛下能善加雅纳，止刑狱息百官之惑，立规矩安后世之忧，如此我大唐天下，方能鼎盛兴旺绵延万年……”

裴寂沉默良久，说道：“德公所论，确是万世之论，老臣收回前议。”

萧瑀抬起头，嘴唇微微动了一下，却终归没有说出话来。

李渊看了裴寂一眼，叹道：“很多事情，虽为人主，亦不可自专。张亮一案就此了结，朕也不愿再深究东宫鸩酒之事。至于秦王之洛建天子旌旗一事，既然你们另有他见，今日就暂时缓议。时候不早了，百官在太极殿外已经候了两个多时辰了，你们随驾上朝吧……”

张亮终于走出了阴森恐怖的天牢，在那里被拘押了二十余日，几乎受尽了折磨。当他被两名从人一左一右搀扶出来的时候，几乎不能自行站立。街道上的雪还没有融尽，房头瓦檐上仍挂着一片片白，凛冽的朔风打着旋儿往他单薄的衣服里面灌去，他打了个冷战，两腿一软几乎摔倒。

一只厚重有力的大手穿过肋下，稳稳地搀住了他，他抬头一看，诧异地道：“君集兄？你……”

侯君集潇洒一笑，道：“闲话少叙，先上车吧！”

一进车厢，张亮顿时觉得浑身一暖，车外虽仍是天寒地冻，车里却暖融融仿佛另一番世界。他仔细打量了一下这间外表寒酸朴素内里却极尽奢华的车厢，四壁上铺着厚厚一层黄毡，玄色的棉布帘子遮挡着车窗，座子上垫着一张白色虎皮，上铺一层兔绒，绒毛极软，摸上去光滑柔软舒服至极。座子边上生着两个暖炉，炭火正旺。

侯君集也坐了进来，将门关上，在前壁上敲了两下。车夫会意，甩动马鞭抽了一下，车身一动。轱辘轻转，马车在甬道上缓缓前行。

“殿下的亲王乘舆不能用，那是违礼逾制的事情，这个时候那么多双眼睛盯着，不好犯规矩。不过依照殿下的吩咐，这辆车里的一切布置都是依乘舆里面布置的，除了比乘舆略略窄了些，几无差别。”

张亮鼻子一酸，两行浊泪淌了下来：“难得殿下如此关怀我这个无用之人，此次差事没办好不说，反倒险些将殿下牵连进来，我真是百死不能恕疚了！”

侯君集感慨地拍了拍他的背：“说起来也多亏了你这一身硬骨头，李元吉那个黄口小儿才没能抓住咱们殿下的把柄，此次不是你的过失。你在狱中受尽酷刑也不肯牵扯殿下，此事如今已经在天策府中传开了，弟兄们无人不钦佩呢。事情过去了，不要多想了，陛下下敕放你出来，连车骑将军的禄位都赏还了，这一遭苦，你也算没白白经受。走吧，等回到宏义宫，殿下和辅机房杜诸公，还等着给你摆宴接风呢！”

车外风又紧了几分，街道上的积雪已被铲除干净，马车过处，只留下两道湿漉漉的车辙。武德九年的正月，便在这般抽人筋骨的严寒中过去了……

北寇南来

突厥大举南下的消息在长安城内传开，已经是三月底的事情了。此前朝廷虽有多路兵马调动符令移迁，消息总归只在省部台司间往还，还不至流传到民间。但一入三月，灵州西南几个州郡南下躲避战火荼毒的百姓就开始在长安城中络绎出现。一时间流言四起，民间纷纷传言突厥此次南下不同于去年，京城东北方向的延州、北面的庆州、西北的原州均已失陷，任城王已然兵败被俘。

这些日子为了配合前线军事，裴寂和萧瑀索性就吃住在省里，左右暖阁临时收拾了一下，暂充两位相公的卧室。长安以北，屯扎着李道宗、李靖、柴绍三路九万多兵马，泾州燕王李艺的天节军也正在日夜兼程赶来，赵王李孝恭所率领江淮军主力六万人自荆州沿汉水一路北上，也在星夜驰援。目下唯一没有抽调的机动兵力只有洛阳屈突通所率一万玄甲骁骑和四万步卒，以及并州都督李世勣手下的六万河东军。大唐自立朝以来从来没有同时调动过这许多的兵力投入到一个战略方向上去，将近二十万人的粮秣供给，着实把尚书省忙了个焦头烂额。

四月初一，自年初以来一直闭门静养的秦王李世民病愈上朝，当朝请命欲率三千亲卫出泾州策应协调诸路军马，称誓将颉利逐归漠北。皇太子李建成却当廷拦阻，称此番突厥南下不似大规模军事行动，无需亲王挂帅出征，且秦王身体尚未完全康复，也经不得如此的奔波劳碌。李渊斟酌再三权衡左右而不能定议，最后直到散朝，也未能议出个子丑寅卯。

虽说李世民在朝上诸多慷慨激昂之举多是伪饰，但天策府内开起军务会议来却是半点也不含糊。毕竟北寇大兵压境，一个不慎，颉利真有可能兵临长安。天策府的军务会议悖逆常规，一般都是由房玄龄主持会议，众将各抒己见，最后由司马杜如晦拿定主意，而作为天策上将的秦王李世民却往往静静旁听，从不搭言。

“据斥候的回报，北方三郡出现的突厥铁骑均是颉利的部属，为数均在数万之间。至于其他部落此次是否随从南下，就不得而知了。”张亮调息了两个月，身子刚刚大好，此番作为天策亲军首席探马参与会议。

杜如晦摇了摇头：“数万不行，到底是多少万？这个不弄清楚，前方这个仗恐怕没法子打。”

张亮摇了摇头：“除了知道出现在庆州的那股突厥骁骑约摸有三万多之外，另外两路就不清楚了，我还在等最近派出去的斥候回报。不过估算一下也就大概清楚了，此番三郡被扰，却均是在城郭之下示威即退，未曾攻城。这就说明敌军兵力不足以破郡，故此三路敌军，每一路兵力应当都不超过三万之数。如此计算，此次突厥总共出动军马当在十万以内。”

侯君集端着酒盏沉吟道：“前几日夏州刺史李昌逃了回来，他是太子的家人，此次是弃城而回，据说在显德门外被挡了驾，太子不让他进东宫。照他的说法，有数万突厥骑兵自夏州南渡无定河，目前我们消息太少，无从判定这股骑兵是否就是骚扰延州的兵马。更加可疑的是，位于灵州腹地的原州和庆州被袭，可是灵州和怀远却始终没有消息传来，这就怪了，颉利从什么地方渡的大河？”

段志玄皱着眉头道：“会不会是沿贺兰山西麓南下，在兰州附近渡过大河，然后向东直扑原州？”

杜如晦摇了摇头：“叔宝刚从平阳驸马那边回来，突厥若是自兰州渡河，霍国公不会没有丝毫察觉。”

尉迟恭抚着髯道：“就算三路贼寇总共十万兵力，长安以北的兵力也足以应付。最头痛的就是敌军来路不明，莫名其妙就插入我三路军马间隙之中。若是不能探得突厥的进出路途，我们就不能断定其确切数目。只要隐匿行踪，突厥援军随时都有可能出现在长安附近。这帮子北夷来去如风以战养战，根本不考虑后勤补给粮秣器械，委实难以揣度其行踪。”

杜如晦扭头看了看以拳支下颌坐在王座上闭目凝神静静倾听诸将意见的李世民，道：“我们今日议论军务，并不是要就眼前局面议论出个结果。目前朝中局面险恶，我们议的是，假如陛下降敕召秦王挂帅出征，这一仗应该怎样来打。”

段志玄笑道：“殿下打了多少年的仗了，这点小局面还用我们这些个大老粗来多嘴么？不管突厥南下走的是哪条路，夏州都是至关紧要之地，可先令任城王分兵数千夺回城郭固守待援，驸马爷出秦州向北，李靖沿洛水北上援延、庆！赵王的兵一到立时接管驸马爷现下的防区，太行兵马自汾州出延北戒备。不管颉利从何处来袭，这般局面，他手上没有二十万骑兵恐怕支撑不了半个月。不过这么打仗未免太过中规中矩，极没意思……”

“你们想过没有？”李世民忽地睁开了原本合拢的二目，用带着金石颤音的声调冷冷地问道，“此番颉利南下，为何不再效法去岁南侵围困城池重镇，反而袭扰京北？既然颉利能够荼毒三郡，那么自泾州直插陇东、渡过渭水、威胁畿辅也并非做不到，他为何不取此策？左右已经来了，又何必在意这一小步？他此次南犯，既不攻城略地亦不趁我军尚未集结严整分而击之，这又是何故？”

众将面面相觑，李世民这几问几乎句句都问在了节骨眼上，均是颉利此番南下不合常理之处。只是知道不合理是一回事，要解得此惑，却绝非易事。

李世民叹了口气，目光中神采闪动，缓缓说道："已经学会预作演练了，看来，颉利可汗此次所图，恐不在小……"

一代名将

永清禅院在蒲州之西，离城约六里许，蒲州扼大河之颈，自古为兵家必争之地。永清禅院建于隋开皇初年，曾一度毁于战火。武德五年秦王平郑灭夏，率军回师之时途经蒲州，王驾行辕就设在永清禅院处，李世民见禅院殿墙破败墟烬比比，当即下令命地方官吏拨款重修。武德八年突厥南犯，大唐数路大军云集大河之北，秦王以天策上将身份出蒲州提调诸军，又在这里驻驾，当其时由李世民召集的各路军马高级将领军务会议就是在永清禅院的偏殿里开的。李靖和屈突通此番是二次重游了。

屈突通是前隋重臣，开皇年间就官拜右武候车骑将军，大业年间参与平灭杨玄感之乱，厥功甚伟，右迁左骁骑卫大将军，被炀帝委以关中重任，曾令李渊东征大军在河东城下无功而返。后千折百回始得归唐，皇帝谓之隋室忠臣，以兵部尚书和蒋国公高官厚爵笼络之。武德元年为平薛轨父子，秦王李世民建大元帅府，年逾花甲的屈突通再披战袍，出任大元帅府行军长史。薛氏父子败亡之后，珍宝堆积如山，诸将皆相争夺，屈突通却勒止部卒分厘不取秋毫无犯。皇帝闻之对他更是器重，对面称曰："公清正奉国，著自始终，名下定不虚也。"后秦王平灭刘武周、宋金刚，屈突通再任行军长史，指挥谋划，运筹帷幄，绩业斐然。秦王伐郑，屈突通以本官兼任陕东道大行台仆射，于阵前大破王世充军，生擒郑将陈智略。武德四年武牢之战前夕，李世民委屈突通率部围困洛阳之重任，直至窦建德兵败，王世充也未能分出一兵一卒往援。洛阳破后，老将军论功第一，被授以陕东道大行台右仆射之职。李渊几次欲将其召回长安出任刑部尚书，他却以素不习律法为由每每辞谢。数年来屈突通一直镇守洛阳，统率大唐军中最精锐的玄甲精骑。此时老将已然年近七旬，此番却又披挂上阵，率亲卫奔波百里前来蒲州，与新任璐州道行军大总管李靖会商军务。

比起屈突通，李靖的年纪略小一些，八月十四的生日，还差四个月才到五十五岁。李靖的家世虽不算显赫，也是官宦世家，其祖李崇义曾任殷州刺史，封永康县公，其父李诠事隋为赵郡太守，李靖的舅父乃是赫赫有名威震天下的大隋开国名将韩擒虎。然而李靖的声名鹊起，却是在归唐之后，在赵王李孝恭麾下任长史期间。武德三年，开州蛮夷冉肇则叛唐起兵，李孝恭初战失利，李靖独率八百精骑冲其营垒大破之，后又于险隘处布设伏兵，斩杀肇则，俘敌五千余。活了五十岁罕有建树的李靖于此战一战成名，获得了李渊的信任。武德四年二月，唐军伐梁，皇帝授李孝恭夔州总管，授李靖夔州行军总管，兼任孝恭行军长史，并下明敕："三军之事，一以委靖！"

在李靖辅佐下，李孝恭将巴蜀子弟尽数招入幕府为官，轻松安定川中。武德四年九月，李靖亲率周师，趁江水暴涨之际沿三峡顺水东进，以实击虚，连破荆门、宜都，月余即进抵夷陵城下。李孝恭与文士弘一战失利，李靖趁文军忙于劫掠之际率军从侧进击，歼敌近万，获舟舰四百余艘，夷陵遂克。李靖却并不喘息休整，率五千人马直袭江陵，先克外城，复收水城，缴获千余舟舰。李靖命将士将其弃之江流，舟舰顺流漂下，来援梁军见之，以为江陵已破，遂不复往。萧铣坐守孤城，内无粮草外无援兵，只得自缚请降。李靖佐赵王伐梁，两月而功成国灭，皇帝颇为赞许，诏封李靖为上柱国、永康县公，赐物两千五百段，并擢其为检校荆州刺史，授命安抚岭南诸州，并特敕许承制拜授。是年十一月，李靖率大军翻越南岭抵桂州，岭南之地，九十六州，遂传檄而定。

武德六年，辅公祏据丹阳反叛，李渊拜赵王为元帅，李靖为副元帅，征讨叛逆。李靖率黄君汉等水陆并进，杀敌万余，冯慧亮败逃。李靖挥军丹阳城下，辅公祏大惧，弃城而走，被执，江南悉平。因李靖功高，李渊专设东南道行尚书台，授李靖为行台兵部尚书，并极口赞叹："靖乃铣、公祏之膏肓也，古韩白卫霍何以加？"

从李靖的骄人战绩上可见，其年纪资历禄位均与屈突通不可比，但其在大唐军中的地位却远高于屈突通。据闻李渊在平灭辅公祏之后宴赏群臣时感叹："大河上下，二郎征讨；江南半壁，药师涤荡。得将如此，朕复何憾？"事实也确如李渊所言，如果说长江以北的战事主要得益于天策上将秦王李世民，江南则全仗这个当年险些被皇帝一念之差砍了脑袋的李靖，他在几年内东征南伐，硬生生为大唐帝国开辟出半壁疆土。

也正因这层关系，屈突通虽然封着国公，又是两朝重臣，对李靖却也极为恭敬谨奉，丝毫不因禄位悬殊而轻忽怠慢。

两人此刻正对着一幅手绘的地图神情凝重地商议军务，几十名下级将弁叉着手跨步站在两人身后，连大气也不敢出一口。

"任城王分兵守夏州此举极为高明，灵州和夏州两地皆为紧要关隘，其余地方都有长城阻隔，突厥全部人马都是骑兵，断难逾越。只要守稳了这两处豁口，就能阻敌援军南下。任城王那边的军情未必比我们清楚，但如此处置却是万不会错的。"屈突通抚着花白的胡须说道。

李靖消瘦硕立的身形一动都没动，负着双手垂目沉思，颔下刚刚剃过的胡子茬在夕阳下泛着青光。李靖早年原本是个身材挺拔容貌俊秀之人，最是风流自喜，人进中年之后虽不复少年轻狂，却也能够善加保养，肤色白皙面容清秀，三绺长髯更是飘飘似神仙中人。但这些年在外征战，肤色晒得黝黑不说，为了带兵，一副漂亮的胡须也毫不吝惜地剃了个精光。此刻从外表看起来，这个浑身裹着甲叶子老丑黑粗的汉子哪里还有半分当年美男子的翩翩风范！

他忽地抬起头问道："定方，延州方向和庆州方向的斥候还没有回报发现敌骑行踪么？"

站在偏殿门口的一个青年将领上前一步朗声答道："回禀大将军，目下十伍人已经回来了六伍，均未曾发现突厥人踪迹。根据发现的马匹粪便风干程度来看，突厥人经过这些地方至少也是十几天以前的事情了。"

李靖伸手摸了摸额头，点头道："这就对了！看来此番颉利可汗中原之行，确乎兵行险招了！"

屈突通眉头皱了起来："药师，你有所悟了？"

李靖伸手指着地图道："老将军请看，夏州在东，灵州、怀远在西，长城一线我们守得稳稳的。若是突厥大举南下，我们即使抵挡不住被破开个口子，总也能知道敌人是从哪里进来的，从来没有这般敌骑突入腹地我们却没有丝毫觉察的道理。老将军再想，延州被突厥袭扰是三月十四，庆州遭袭则是三月十八，迟了四天，原州告急是三月廿四，又迟了六天。最奇的是，敌人并不攻城，只是在我城池四周游走示威然后撤走。根据斥候打探的结果，这几拨兵马每股人马都在三四万之间，绝非没有破城之力。可是为什么他们就是不攻城呢？”

屈突通沉吟片刻，道：“会不会是因为去年在太原坚城之下吃足了苦头，此番学了乖，只肯劫掠却不敢攻城了？”

李靖摇了摇头：“我们派去长安的人还没有回来，夏州弃守究竟是什么日子的事目前还不得而知。不过就眼下的情形，我倒也猜出了个八九分！他妈的，李昌这狗崽子若是此刻在这里就好了，我就不用这么踌躇犹豫了！”

屈突通又看了看地图，喃喃道：“三路敌军，只有骚扰原州的敌军打出了颉利可汗的王旗。颉利既然在那边，看来此次敌军的主力应该在贺兰山南路一带渡河过来的。”

李靖笑了笑：“老将军，我派出的斥候仔细勘察了庆州和延州城外的马蹄印记。蹄铁形状特别，一望而知是颉利可汗的贴身卫队金狼铁骑的装备。所以说，此次在三城外出现的突厥，全部都是金狼铁骑。”

屈突通立时变色，金狼铁骑是突厥骑兵中的精锐之师，最是骁勇善战，不过似乎数量不多。以往与突厥接触，出动一两万金狼铁骑就已经很吃不消了，此番竟然一下子出动了最少八到九万，这仗几乎不用打也知道结果了。

李靖笑了笑：“若是颉利可汗手中真的有十万金狼铁骑，去年太原之战他就不会铩羽而归了！嘿嘿，老将军，所以我猜……”

他说到这里，忽然顿住了话语，转过脸扫视了一遍站立在身侧的将弁们，声音略略有些发颤地继续道：“此番颉利可汗确实来了，来路我们已经知道了，就是夏州。只不过，颉利可汗此番没有裹挟大军前来，他身边，只有至多三万名精锐的金狼铁骑。骚扰三州的，全是这一支人马而已……”

赵王心事

赵王李孝恭回京已五天了，只在四月初八被李渊召见了一次，大致询问了一下南方诸道的情形和此番北御突厥的方略，便温言嘉许赏尚食奉御。从李孝恭进承天门到出承天门，前后总共还不到一个时辰。皇帝虽说加了恩赏，却不过是个虚荣，倒是在不经意间随口一句“此番回京，就多住一段日子吧”，就将他带来的数万江淮军尽数由东宫左车骑冯世立接掌，并明敕十日内出秦州受霍国公平阳驸马柴绍节制。此外更让李孝恭大惑不解的是，李渊连他实任数年的东南道行台左仆射一并免去，却仅仅不轻不重地抚慰了一句：“宫室不宁，朕欲大用卿，且定心安居，不日将有后命！”

李孝恭此番进京，用心颇为微妙。年初的张亮一案，闹得沸沸扬扬天下皆知，已将太子和秦王之间势如水火的龃龉之态曝之于世。此番突厥寇边，李孝恭料定太子不会坐视秦王借此机会再掌兵权，是以虽明知北方兵势不弱，仍旧匆匆领兵北上勤王。他肚子里自有一番计较，李渊对手握兵权的外姓将领素来猜忌心极重，以李靖鼎定南方之功，始终屈居己幕，官不逾四品，爵不过县公，李世勣赐了国姓才实领一道。宗室之中，秦王李世民以下，领兵经验最丰富者莫过于他这个皇帝的堂侄，任城王李道宗虽说骁勇，终归年少轻狂，难堪大任。故此他此番进京雄心勃勃，欲以郡王之尊出庆州提调诸军。怎料得见了皇帝，没说几句话手中兵权东南政柄便被剥得干干净净？朝局如此诡异莫名，他不禁有些后悔此番勤王未免失之草率了。

他在外带兵多年，又在东南建制开府，手下谋臣武将不在少数。自去年李靖率师北调之后，他便起用邓州人岑文本检校荆州刺史，实授考功郎中。岑文本也是名宦之后，曾在南梁任中书侍郎，为人最是聪慧敏捷，尤善文墨，其手书工楷，连李渊都赞不绝口，称：“王右军以下，楷无出岑氏！”此番来京，别的僚属他一个没带，却独独携此人同行。

李孝恭虽身居王爵，对岑文本其人却极为器重，因此一听说他回府，立刻正冠肃袍出正厅相见。

“景仁，魏玄成怎么说？”

岑文本面带微笑放下手中的茶盏起身避席见礼，道：“大王何必如此心切，朝局虽惶惶不宁，却也不致大王如此牵挂！”

李孝恭自失地一笑：“关心则乱。此次勤王，本王是作茧自缚了！”

岑文本摇了摇头：“还不至于。京师局面固然紧张，也还没到图穷匕首见的份儿上，只要谨慎小心，大王本是陛下至亲，无大碍的！”

李孝恭叹了口气，继续追问道：“你去访魏玄成，他可有说法？”

岑文本沉吟了一下，说道："玄成说得很明白，长安以北，需一功勋卓著干练老成的大将坐镇提调诸军。以如今情势，自是非大王莫属，太子也持此议。不过陛下心中，似乎另有定算。"

李孝恭倒吸了一口凉气，沉声问道："什么定算？"

岑文本道："玄成没有明说，不过他倒是透漏了一则内廷消息出来，确乎令人心惊。"

李孝恭面色微微一变，问道："是何样消息？"

岑文本迟疑着道："据玄成讲，此次讨北，秦王殿下也好，大王也罢，都不是陛下心中的最佳帅选。秦王自不必说，他想再如去年般领兵符出京，太子和齐王那边万万不会应允坐视。大王向来负责南方的战事征讨，此番率南军北上，千里勤王，士卒疲惫，兵法云必蹶上将军，是以我江淮劲旅此番只能以为后备，不能做前方主力。前方四将，任城王向来骁勇善战，但毕竟年纪太轻；柴嗣昌能征惯战，全仗勇武过人临阵身先，大略上却非其所长。故而这帅印恐怕不是屈突通来掌就是药师为之，眼下情形，似乎药师的机会多些！"

李孝恭怔了怔，苦笑道："既如此也好，我也就不和药师争功了！"

他叹了口气，说道："若我率兵开赴前敌，药师碍于过往情面，提调不便，陛下虑及于此，调兵不调将，这也情有可原。只是好端端地何必免去我的东南道左仆射之职？这可倒好，不让我到北方去打仗，连荆州也回不去了。唉，圣心高远，非人臣所能测呀！"

岑文本皱了皱眉头："大王，还有一则消息，文本却不知当讲不当讲！"

李孝恭摆了摆手："你我还有什么顾忌的，但讲不妨！"

岑文本斟酌着词句道："据玄成听得的消息，天策府对此次讨北的帅印势在必得。几日前秦王曾进宫造膝密陈，言道赵王在外开府日久，东南半壁一手抚定经略，虽无不臣之心，却也不可掉以轻心。东南道军政大权其一手操控，时日一久，纵使赵王自己不生异心，恐其左右亦有宵小之辈怂恿蛊惑。此番未奉朝廷敕诏即率数万大军北上勤王，虽是一片忠心拳拳，也不得不防其异变。因此建议陛下夺了大王的兵权政柄在京赋闲荣养，对内巩固朝廷根基，对外保全功臣晚节！"

李孝恭倒吸了一口凉气，咬牙切齿道："我素来没有得罪过他，他为何要在背后如此害我？”

岑文本躬身施了一礼：“大王明鉴，文本正是因玄成所言过于荒诞离奇，且内中颇多疑团不可解，这才犹豫再三。玄成的说法，文本以为不可信！”

李孝恭深陷眼眶之内的双眸眯了起来，语气平淡地应道：“哦？不可信。却是为何？”

岑文本从从容容开言道：“秦王与大王争帅印，此事应当不假。然而此时京师政局动荡，太子、齐王对他虎视眈眈。满朝文武虽亦不乏对天策府心怀同情恻隐之人，大多却不肯得罪东宫和皇帝殿。秦王在外征战多年，其势力多在关外地方，京里党羽奥援却寥寥可数。相公当中萧相和宇文侍中心向秦王，裴相、杨相和齐王心向东宫，封德彝态度持中不偏不倚，还算势均力敌。然则下面的三省六部九卿十二卫就不同了，太子监国多年，这下层的尚书监卿侍郎舍人将军都督，绝大部分都是东宫拔擢之人。所以现下秦王远比太子更盼奥援，多帮衬一个人就多一个盟友，多得罪一个人就少一分生机，秦王乃是有大智慧之人，怎会勘不破个中三昧？此其一不可信也！”

他顿了顿，继续说道：“大王虽在外统兵，又掌一方政柄，毕竟还未到尾大不掉的地步。多年以来陛下都明敕大王将兵事委于药师，固然是用药师精于战阵弓刀之长，又何尝不是令大王与药师相互制衡以防患于未然？陛下对大王虽难免存此猜忌，却毕竟不是昏聩之主，大王一片赤胆忠心，陛下岂能不知不察，单凭秦王殿下没有丝毫真凭实据的一面之词枉作处断？即使秦王真的如此构陷大王，恐怕陛下万难轻信。疑惑之中夺去大王的兵权也就罢了，何必连东南道行台的差事也一并除去？这不是打草惊蛇么？当今何等精明，怎会做如此愚蠢之处置？此其二不可信也！

“如今三王争储夺嫡长安不宁。对陛下而言，恐怕真正在外领兵日久大权独揽尾大不掉的恰恰是秦王殿下自己。秦王位居天策上将三公之首，身兼尚书中书两省掌令，节制左右十二卫大将军，兼领陕东道、益州道两大行台，举手便可提调天下兵马，这才真个是让陛下和太子夙夜忧心寝食不宁之‘尾’。秦王聪明绝顶之人，岂能虑不及此？此刻天策府最怕的就是被人以为权柄过大难于制约。秦王以此来构陷大王，这不是搬起石头砸自己的脚么？此其三不可信也！”

李孝恭默默听了半晌，脸上神色却是越发凝重了，待岑文本说罢，他叹了口气，道："景仁，你所见虽有些道理，然而单凭这几点就说魏玄成打诳语恐怕亦不足取。玄成乃楷悌君子，从来不以伪词自饰，何况假言欺人？年初张亮之洛一案，闹得沸沸扬扬，举朝震惊，陛下差点因此废秦王为庶人。若非恰于其时东宫鸩酒案发，秦王此刻早已身在囹圄。几年以来，二殿下及其臣属日盼夜望的，便是能够离开长安这片是非之土，远赴东都另作他图。年初张亮案结，陛下本来已经允诺秦王率天策府东迁洛阳，据闻陛下甚至允秦王在他身后自建天子旌旗，仿梁孝王故事。只是不知为何，陛下至今未下明敕，秦王也就至今未能成行。所以此次突厥南侵，天策诸臣当弹冠相庆，只要秦王能够如去年般出蒲州提调诸军，便是入海的蛟鲵出笼的鸿鹄。故此本王率勤王之师抵京陛见，他便以为本王此番对扫北帅印存了觊觎之心，于是便在陛下面前以含糊莫测之词极尽挑唆蛊惑之能事，怂恿陛下削去本王的兵权和东南仆射实权。景仁试想，今上猜忌外臣，非宗室不得委以重兵，这些年来，北方诸郡都是二殿下打下的，南方半壁却是本王率军征讨得来。宗室之内，除却本王外再无第三人能与二殿下争这帅印，秦王焉得不忌本王？"

岑文本愕然，嘴唇动了两下，却没说出话来。对李孝恭的猜测揣度，他颇有些不以为然。虽说江南半壁确实是赵王率军征伐而来不假，但大多都是总领军事的外姓将领李靖之功，这一点无论是李孝恭幕中还是朝廷中枢乃至当今皇帝均心中有数。故此李孝恭的战功实则全然不能与李世民相提并论，就连数年来居灵州守卫朝廷北部防线的任城王李道宗，实际上在武事上都要胜过赵王一筹。只不过这一番话虽是实情，却不能对李孝恭明言，毕竟这位王爷的面子还是要顾及的。

李孝恭负着手在厅里转了两圈，越想越咽不下这口气，他冷冷笑道："这真是闭门家中坐，祸从天上来。我自谨慎小心不欲害人，却被人以为软弱可欺，真真可恼。有些人此刻自己身上还未曾清爽，却偏偏还要往别人身上泼污水。也罢，我又有何惧？大不了见招拆招就是了，都是刀丛剑拢中滚过来的，谁又能比谁高明？他与太子的争斗，本来没有我什么鸟事，如今既然欺到我的头上来了，大不了便斗上一斗，倒要看看最后是谁追悔莫及……"

岑文本大惊失色："大王，万万不可，皇子争宠夺储，乃天下第一大家务事，也是天下第一大忌讳事。为人臣者应谨守臣节退避三舍，万万不可牵涉其中，否则灾灭将生祸不旋踵啊！”

李孝恭双目一眦冷冷笑道：“这是别人找上门来，须怪不得本王！”

岑文本苦口劝道：“大王，秦王于药师有救命之恩，然则药师却几次三番拒谢其招揽。与臣子而言，对天家骨肉事避而不闻乃是大节，也是大智。且不说卷入其中若万一不幸押错了宝、辅错了主后果堪虞，就算辅佐有功，新皇登基免不得论功行赏，之后呢？鸟尽弓藏兔死狗烹，为君者最忌霍光这样的臣子！这些都是后话，可暂且不提。就说眼前，当今陛下最恨外臣参与天子家事左右社稷承嗣。刘文静贵为门下纳言掌敕诏之封驳，皆因牵涉帝王家事竟显戮于市；杜伏威堂堂一方诸侯，入朝为郡王之爵，仅仅说了一句‘李家诸子，唯服世民一人’，便被陛下赐死。前车可鉴，大王务必三思而后行啊！”

李孝恭微微一笑：“景仁何必如此张皇？刘文静和杜伏威之死皆是自取其咎。陛下明明戒于前隋之事不肯废长立幼，他们却不识好歹屡屡欲使二殿下身登大宝，这不是自取死路么？圣上心意如此明白清楚，他们看不到，死不足惜！太子是嫡长子，居皇储之位九年有余，监国摄政并无差失，自是大唐正朔，掐准了这一条，就能立于不败之地。”

岑文本摇了摇头道：“大王万万不可作此想。国家社稷兴替之事不是儿戏，乃是动辄将有千万颗人头落地的大勾当。刘文静和杜伏威确乎都是因为秦王被陛下诛杀的，然则燕王李艺却是因心向太子对秦王不敬而得罪，受陛下申斥，不得不离京赴燕。秦王虽有诸多不是，终归是当今陛下的亲生儿子，这一层万万不可忘却。他自兄弟之间，就是闹得再不堪，终归血脉相连，天大的事情可能也会高高举起轻轻撂下。然则若有外臣牵涉其中，可就不这么简单了，说起来，丢官弃置贬斥边陲，已经是大幸了！”

李孝恭摆了摆手：“李艺骄横跋扈，朝中早就不满。再者说，他自己也不愿久居长安。这边毕竟不是他自己的地盘，住着不自在。何况刘文静是太原元从功臣，和陛下亲如手足，只因属意秦王继承大位便身首异处；李艺一个归朝反王，得罪了亲王，却不过是打发回原籍镇守边关，禄位不减，爵位也没削去。在陛下心中，究竟哪个儿子的分量更加重一些，只要不是瞎子就都能看明白！”

岑文本叹了口气："大王，这些事情说来说去，外人是断难料理清的。此刻长安城内，不知有多少人正在图谋这天下第一事，争当从龙之臣。大王此刻参与进去，已经太迟了，不管大王支持哪一边，终归会得罪另外一边，而哪一边也均非大王所能够得罪得起的。大王此刻来助太子，太子登基，论功行赏，大王比得了王珪、魏徵？恕文本说句不好听的话，对太子而言，就是薛万彻、冯立本，恐怕也比大王要贴心得多！大王白白得罪了秦王，却什么也换不回来，何其不值？您仔细想想，您如今已是郡王，太子登基，能封您个亲王不成？"

李孝恭哈哈大笑："景仁未免轻看了本王！你说得不错，我本来就已是王爵，禄位上早已无所求了。只不过思来想去，万万咽不下胸中这口恶气！太子待我也没多么好，但是秦王此番的小人行径鬼蜮伎俩，委实令我愤恨难平。我为国事请缨前敌，他却为私利在我背后施放冷箭，此等人品，着实令人齿冷。他若是当了皇帝，满朝文武，天下臣民，就都没有好日子过了！就是为天下计，我也不能袖手。"

岑文本苦笑了一声："大王既然打定了主意，文本也不再多嘴相劝。只是希望大王务必谨慎，千万莫要介入陛下家事，万事持正以恒，终归不会错的！"

李孝恭冷冷笑道："景仁放心，本王还有这么点自知之明！究竟是传位给太子还是传位给秦王，陛下就算病得脑子糊涂了也不会来问我。没人问我我自然也不用多话。不管谁登基，都是陛下的儿子，干我这个侄子何事？如今，我只有一件事情要做，也算以牙还牙了！"

岑文本皱起眉头道："何事？"

李孝恭面目狰狞咬牙切齿地笑道："让李世民这辈子都别再想去洛阳……"

第三章
北地烽烟

平阳驸马

夕阳西下，秦州城外的旷野之上，尸骸残肢比比皆是。四处流淌的血水漫过了大地上应时生发的新芽，将方圆数里之内的田埂、山冈、丛林覆盖在一片惨烈绚丽的红色之中。大战方息，受伤却尚未毙命的士卒发出一阵阵令野狗都为之心悸的呻吟呼号，让那些几个时辰前在战场上也未曾有过丝毫恐惧迟疑的将士们不禁两股战战。负责清理战场救治伤员的步卒强忍着翻涌不止的肠胃，将一个个早上还生龙活虎的战友们搭上绳床运往城内救护之所。

柴绍重重透了一口气，理了理身上略有些散乱的甲叶子，催马继续缓缓前行，默默倾听着跟在身边的统军吕通述说军情战报。

“目下清理斩获贼首一千零八十九级，获口外战马一百三十二匹，银鞍三副、金鞍一副、大纛四面，其中一面绣有金色狼头。其余弓弩箭矢弯刀矛刺数目还未曾报来。

“我军战殁一千八百五十七人，伤者不详。岷州统军府别将张振升殉国，统军校尉李肃、周简、宇文肱殉国，校尉杨郅断一股，少将军肩胛中箭……”

柴绍摆了摆手：“哲威那点皮肉之伤就不用具禀了！杨郅是恭仁相假子，左腿被贼断去大半，终生为废人；宇文肱是侍中大人的亲侄子，此番也战殁沙场。跟他们比，小子那点苦痛根本不算事。”

他长叹了一口气：“一个生俘的也没有吗？”

“是！”吕通黯然应道。

柴绍笑道：“突厥兵甲之利，数年之内，我们恐怕难追骥尾呀！”

吕通凑趣般笑了笑：“也不尽然，此番恶战，全歼入寇之敌，斩首千余，杀了一个特勤[1]、三个俟利发[2]。我军损伤虽重，却也算不得伤筋动骨。毕竟对面的是天下最悍勇的金狼铁骑，这等战果，已是大胜了！”

柴绍摇了摇头，伸手止住两名正在运送伤员的士卒，探身掀开绳床上的麻布，赫然见一个浑身甲胄都已被鲜血浸透的骑兵队正[3]仰卧于上，身上插了十几处箭镞，箭身已被斩去。头上有一道刀伤，草草用战袍里衬上撕下来的布帛包扎了一下，显是裹扎得过于匆忙，未能止住血流，伤口处的红色斑痕透过布帛已然洇了出来。他皱了皱眉头，翻身跳下战马，伸手入甲，从自己的战袍内衬上撕了一条布下来，重新给那队正裹扎了一番，这才挥手命两名士卒将伤员抬走。

他复翻身上马，边行边道：“这一战我军兵力十倍于敌，仅骑兵就出动了四千，才勉强打成这个样子，委实不值得夸耀。这股子贼军胆子太大，孤军深入竟敢擅闯我重兵腹地，可见突厥牙庭上下，直视我大唐军如无物。我们虽说打胜了，也只不过全歼来犯之敌而已，连一个活的都不曾拿到，颉利主力的位置我们就终归不能知晓。战死近两千，还是未能弄清楚敌军虚实，这样的胜仗，我实在是提不起兴致向朝廷表功。”

吕通叹了一口气：“突厥人悍勇非常，天下皆知。想要在战场上拿一个活口，确实不容易。话又说回来，颉利主力位置这等军机要秘，非统军大将恐不能知，那个特勤不知道叫什么名字，恐怕只有生俘他详加询问才能探知。其他人阶级太低，抓住了也无大用处！”

柴绍点了点头：“这却也说得是！不过秦州乃京西重镇，仅城内驻军就多达四万，如此重要的战略方向，颉利却仅派来千余人。就算是骚扰一下以为佯动，这兵力也未免太少了一些。看来药帅所料大致应当不差，颉利此次前来，

1　特勤：突厥官名，常以可汗子弟及宗族任之。

2　俟利发：突厥官名，为高级官员。

3　队正：唐府兵军事职官名称，队正为府兵军府中最基层的军官。

所挟军力确实捉襟见肘。此番虽未能明确敌军主力方位，但突厥的总兵力却也不难推测出来，这一仗，也不算白打了！”

吕通点了点头：“若是颉利麾下兵马足够，此番进犯秦州，兵力至少要有万人。一个特勤仅率千骑就敢进犯重镇深入腹地，胆子委实太大了点！”

柴绍沉吟了片刻，说道：“军机重大，不可迟延。向朝廷发的告捷表暂且不忙，但派去蒲州向屈帅通报战况战果的信使最迟今日戌时就要出发。这段路途不近，两日内要让屈帅那边知道我们这边的情况。药帅此刻应该已经率军北进，我们联系不上他，就不费这个神了！”

吕通皱眉道：“若是知道药帅此刻的具体方位，联系上他却也不是难事！他即使率军北进，终归要向西走，比起屈帅那边，距离似乎还要近些！”

柴绍摇了摇头：“按照前次他派人快马传来的用兵方略，我只知道他此番率一万精骑出蒲州西北，越过中条山，连渡大河和洛水，自庆州、泾州、原州之间穿插向北，向灵州方向运动。除此之外，确切的行军路线和宿营地点进军目的我都一无所知。此刻派信使去追他的大军近乎妄想，好在敌军情形与他的猜想相去不多，他是老军务，就算我们不通报他，这边的消息他最迟两天以后就能得知。”

他顿了顿，说道：“最急的不是这个。目下军情紧急，战机稍纵即逝，大的方略既定，就容不得拖延迟误。”

他顿了顿，问道：“今日参战的骑兵折损几何？”

吕通答道：“总共战死一千一百二十四人，战马死了七百五十三匹。只是今日战况实在惨烈，剩余的人马不经休整恐怕难以再战了！”

柴绍垂头沉吟了片刻，又问道：“城里总共还有多少匹马？”

吕通默算了下，答道：“总管府各监厩共有后备战马一千一百四十四匹，役给府拉车的役马八百匹，走骡五百五十匹，再加上城内达官富户家的车马，估计能够凑齐三千匹之数。”

柴绍点了点头，下令道：“你这就回城传我的将令，战事紧急，都督府要征集全城马匹听用，此事务必在今晚亥时之前办理妥当。所有征集来的马匹一律以粟米拌黄豆喂饱，也是亥时之前办妥，不得迟延。”

吕通大声唱喏，正欲打马回城，却被柴绍挥手止住。他有些惑然地望着主帅，却见这位大唐帝国头号驸马咬着牙一字一顿地道：“传令行军长史许文通，自六府骑兵中挑选五千精壮耐劳之士，带足七天的干粮和水，今夜亥时随我出城。另外另选步卒万人，由你和右武卫将军史大奈统领，明日出秦州北略。你传完了令，到我府内来一趟，行军路线用兵方略，须得面授机宜！”

吕通又唱了一喏，见柴绍再无别的吩咐，这才拨转马头打马绝尘而去……

柴绍紧锁的眉关下那一对深邃漆黑的瞳仁远远地向着西北方望去，心下暗自计算着里程，良久，心中叹道：“突厥人以马背为家，在马上就能憩息补充体力，这一节却绝非我中土骑兵所能企及的了……五千骑兵，防守两百里长的河岸，这个险冒得可不小，就算吕通和史大奈昼夜兼程，也要七八天才能赶到。可是不冒这个险，李屈两帅蒲州军务会议所议定的破敌方略就不能实现，然则……李靖此刻又在哪里呢？”

草原之主

颉利可汗盛怒之下将整整一羊皮袋子的塞外烈酒掼在石板之上，皮袋登时迸裂，四处飞溅的酒水淋了报信的俟斤[1]阿史德乌没啜满头满脸。颉利站起身来，嘴角胡茬上兀自挂着些许油汁酒渍，他挥动着双手骂道：“该死的麻贺咄，他破坏了我的全盘计划，由于他的愚蠢和鲁莽，一千名金狼勇士被唐军杀死了！好在他战死了，否则我一定要亲手一刀一刀把他的肉割下来烤着吃掉！”

“可汗，麻贺咄特勤是中了唐人的埋伏，柴绍足足调动了四千骑兵和一万步兵来围攻他的儿郎，我们的勇士是战斗到最后一刻才死去的。他们没有一个人向唐军屈服，他们没有辱没金狼勇士的荣光。”阿史德乌没啜答道。

颉利可汗咬着牙道：“柴绍，一千名勇士的血，我定要你用十倍的代价来偿还！”

阿史德乌没啜抹了抹脸上的酒渍，说道：“可汗，柴绍的事情不妨慢慢计较。两个月来，我们对大唐的北部防线进行了多次试探性进攻，除了夏州之外，别的战略据点似乎都有重兵防守。可汗，看来此次南进，还要仔细筹划才

1　俟斤：突厥阿史那氏别部大臣之一，世袭其官而无员限。

好！”

颉利可汗冷冷一笑：“重兵防守又如何？唐军虽然人数众多，但个个怯战惧死，不肯效死命。两月以来，我们袭击了起码十个大唐州县，这些州县的驻扎唐军总兵力恐怕不下十万大军。结果如何呢？这些唐军没有一个敢于从坚固的城墙后面走出来和我们决战，在我们的大军面前，他们只敢龟缩在城墙后面向我们射箭。乌没啜，这不是兵力的问题，这是勇气和战略的问题。”

阿史德乌没啜疑惑地道：“这是勇气的问题，这我理解，可是这怎么会是战略的问题呢？如果我是唐军的将军，固守堡垒恐怕仍然是最明智的选择。在旷野上，唐军那些羸弱的步兵将成为我们金狼勇士屠杀的对象。而我们目前没有南朝人那样大型的攻城器械……”

“你没有说错，乌没啜，”颉利可汗点了点头，继续说道，“在我们的大军面前，固守城池是唐军最好的选择，所以这一次我们没有白来。尽管在整条防线上我们并没有发现明显的弱点，但是这两个月来，我们已经找到了唐军整个方略中的破绽。这个破绽对唐军而言是致命的，只要我们利用这个破绽倾尽全力来打击李渊，那么这位长安的主人此生将再也没有勇气背叛我们。”

见阿史德乌没啜仍然大惑不解，颉利可汗笑道：“你想想看，当敌人全部都龟缩在城墙后面的时候，那么城墙之外的山脉、大地、河流、草原又靠谁来守卫呢？如果我们不去理会那些羁绊住我们步伐的石头堡垒，不理会兰州、原州、庆州、泾州、延州这些重兵屯集的要塞，以十万铁骑向原州和庆州的中部穿插，越过陇州和武功，渡过渭水攻击长安的话，你认为坐在城里的李渊来得及调动京师周围的军队回援吗？”

阿史德乌没啜眼睛一亮，随即又迅速黯淡了下去，苦笑道：“可汗，那些守卫城池的胆小鬼会回过头来从背后偷袭我们的。我敢肯定，他们会这样做的。”

颉利可汗冷冷道：“不错，如果我们受困于长安坚城之下，这些胆小鬼无疑是会这样做的。但是，如果我们的行动足够迅捷，我们的包围网足够严密，李渊就不可能向这些城池派出求救信使。长安城内总兵力应当不超过四万，以我们的力量，只要两天，城内守军的斗志就会丧失殆尽。也许我们终归不能踏平长安，但是迫使李渊再次向我们称臣，还是做得到的。”

阿史德乌没啜沉思了片刻，说道："可汗，要达到这一目的，恐怕仅靠我们自己的力量是不够的，我们还需要突利可汗和拓设[1]他们的帮助。"

颉利可汗挥舞了一下马鞭，冷笑道："我当然明白这个道理，此次中原之行，长安以北的地形和布防情形我们均已了如指掌，就凭这个，我们不难说服什钵苾和社尔，还有那些鼠目寸光的部落首领们。只要我们的铁骑出现在长安城外，我敢保证，李渊那个胆小鬼会立刻遣使向我们表示臣伏。哪怕这种臣伏只是一种姿态，是南朝人惯用的诡计，在我们强大实力的震慑下，李渊也必须拿出足够优厚的条件来支撑。我要的并不是一个化为废墟的长安城，我要的是每年都能够给我们提供丰厚的金银、美酒、牛羊、布帛、粟米的长安……"

他顿了顿，目光中透射出一丝不易察觉的忧郁，继续道："更何况，我们的最终目的是要让李渊离开长安。中原已经重归一统，如果我们不趁着现在李家的几个儿子互相争斗的时候让这个新的王朝陷入混乱，总有一天大草原会再一次向这个庞大的帝国臣服……"

阿史德乌没啜却未必能领略他这番话的用意，他似懂非懂地点了点头，问道："可汗，李道宗并不是一个头脑冷静的年轻人，我们的兵力比他少，没有必要和他硬拼。"

颉利可汗摇了摇头："李渊的这个侄子是个很有勇气和谋略的人，但是他手中的兵力也是有限的。在分兵收复夏州的同时，驻守灵州的部队数目不会超过两万五千人，而且大多数都是步兵，这样的实力是不足以与我们相抗衡的。我们既然来了，这灵州城无论如何也要扰上一扰，否则其他诸州郡的守军将领会抱怨我们厚此薄彼的。"

说着，颉利可汗的嘴角浮现出一丝冷酷的笑容："李道宗毕竟不是李世民，他没有资格获得我们的额外关照。去传我的命令，再休息半个时辰，半个时辰之后，所有的勇士全部上马，我们的目的地是——灵州城！"

阿史德乌没啜单膝跪倒左手过肩，应了声是，正欲转身去传令，忽地似是觉察到了什么，神色一变，耳扇甫张，眼神里全是凝重和紧张。

颉利可汗神色微变，扭转头疑惑地望着东南方，若有所思。

此刻，大地的震颤越来越明显，连四周正在随意啃吃野草的战马也都一匹

1　拓设：处罗可汗亲授阿史那社尔的职位。"设"是部落最高级别的统率职称。

匹竖起了头，警惕地向四周扫视。

一名斥候骑兵飞也似的跑了过来，单膝跪倒，气急败坏地叫道：“禀告可汗，东南方五里之外突然出现大股唐军骑兵，数目约在万人上下。”

颉利可汗脸色顿时变得铁青，喃喃自语道：“一万骑兵？却是从哪里突然钻出了这样一支骑兵来？”

那名斥候答道：“统军将领还没打探到，只是这支骑兵全部佩轻甲，不似寻常唐军的重甲骑兵。旗子上写的汉字是‘唐’和‘李’。”

颉利可汗的眼睛眯缝了起来，冷然自语道：“难道是李世民？他是从天上掉下来的吗？”

虽说搞不清楚敌人的内情，但这一场硬仗看来是在所难免了。他翻身上马，伸手从马鞍上拔出了自己的佩刀，高叫道：“勇士们，上马！南方的胆小鬼来送死了，让他们见识一下我们金狼勇士的厉害吧！”

众军将轰然应诺，一场不期而遇的血战拉开了序幕……

“玄真，建成与世民，毕竟都是朕的亲生骨肉，难不成为了江山社稷朕就真的不顾念父子亲情了？你也是做父亲的人，若是你和朕易地而处，你当如何？”李渊有些懊恼地抱怨道。

裴寂叩了一个头，说道：“陛下不杀秦王，朝廷内外均谅解得，但封秦王建旌旗于洛阳，却绝不可行。自秦以来，天下一统四海归一，天无二日民无二主，岂有不受唐主诏令宣敕之王？陛下若如此处置，恐致大唐天下东西分裂刀兵不息。还请陛下三思！”

李渊哂道：“然则朕百年之后，如何能令建成关爱世民不以刑伤？朕允世民之洛，就是不愿看到朕身后兄弟之间骨肉相残的事情发生。若是不令双方皆有所顾忌，难道朕还能让这两个目下斗得你死我活的畜生自己回心转意不成？朕之所以这样处置，说开了就是朕现在这两个儿子哪个都不敢信。”

裴寂坚持道：“即使如此，也断不能使秦王将整座天策上将府原样搬往洛阳。天策府军政分立，各司其职，俨然是一个小朝廷。文官如房玄龄、杜如晦者，若逢盛世皆是贤良臣子，若逢乱世其能当不亚于萧、曹。再加上秦琼、程知节、尉迟恭等不世良将，秦王若为不轨，谁能治得？”

李渊沉吟了片刻，缓缓说道："也罢，朕这一番就依了你。你即刻去宏义殿宣达朕敕，将房、杜二人调离天策府另行委任，这两个人是文官，就在世民身边亦无大益。留着那些不识字的武夫，当足保世民一家性命了！"

裴寂应诺，复问道："若是二人效法程知节不肯奉诏，又当如何？"

皇帝冷笑道："如若二人胆敢抗敕，就立地擒拿至大理寺问其欺君之罪！去吧，放心，朕料世民就算不肯，此刻也断然不敢抗敕的……"

兄弟君臣

大唐监国皇太子李建成正襟危坐在东宫显德殿内的正座之上，大殿内除了几个贴身侍候的内侍臣外，只剩下坐在偏席上的齐王李元吉和一个掌管东宫门钥禁卫刑罚的太子率更令王晊。太子位居储君之位九年有余，身周鸿儒参佐，万事无论大小，均有经士在侧时刻匡助赞画，帮助出谋划策，因此锻炼得涵养极好，此时虽听得大为不悦，面上却不肯表现出来。倒是齐王在一旁不住冷笑，笑得王晊战战兢兢汗流浃背。

"我倒未曾料到，尉迟恭竟是个不爱钱的将军。他还说了些什么？你不必忌讳，大可原话复述！"李建成轻轻晃着盏中的茶，温言道。

王晊略有些尴尬地咳了一声，躬下身躯回禀道："当时尉迟恭连个客席都不肯给卑臣让，他就那么大马金刀坐在太师椅上说，他是个粗人，自小没读过书，家里祖上八代也从未出过读书做官的，是恰逢天下大乱，自己又有把子力气，这才扛槊投军，几次都差点死在沙场之上。若不是遇到秦王殿下，此刻怕是早已和刘武周埋在一个坟茔里了。秦王救了他的命，古人说滴水之恩涌泉相报，这个道理他虽出身行伍倒也明白，是以这辈子打定主意要用这条性命报答秦王。自从入朝以来，他并无片甲之功于太子殿下，怎敢当得殿下如此丰厚的赏赐？他若是受了太子的赏赐不助太子，便是受人钱财却不与人办差，贾人尚且不屑为之；若是收了赏赐私下里为太子效命，就是对秦王本主怀了二心。徇利弃忠的小人，太子殿下重金收买来了，又有何用？"

李建成听毕微微笑了笑："话虽粗了些，却也不无道理。看来武人倒也并不全是争权逐利之辈，倒是我们小看了他了。”

李元吉冷笑道：“大哥也忒仁厚了些，人家这是拿着棍子公然打你储君的脸，你居然还能甘之如饴！尉迟恭算什么东西？不过是天策府一个屠狗杀彘的莽夫罢了，竟然就敢这等倨傲无礼。王晊再怎么说也是太子家臣东宫詹事，他就敢连个座位也不让？他这不是轻慢王晊，是压根没把你这个未来的大唐之主放在眼里。这种人属狗的，你愈是看得起他他就愈是蹬鼻子上脸。大哥你好言好语送金银珠宝他不要，二郎的鞭子却挨得蛮惬意的。嘿嘿，要我说，对这种货色废什么话，直接打杀了就是，谅父皇也不会重责。”

李建成瞪了他一眼，缓缓开口道：“管管自己那张嘴巴吧，否则早晚挨参。别看尹阿鼠打了杜如晦就觉得天策府中个个都是好欺负的。尉迟恭在军中号称万人敌，一匹马一杆槊纵横军阵杀人如麻，上一遭若是尹国丈遇上的是他，恐怕就有再多家丁护卫都是自找难看。就算他把国丈的脑袋拧下来，有二郎护着，父皇也不会真的处置于他。上一遭程咬金抗旨，二郎跑到长生殿跪着说了几句话，父皇便轻轻放下了。这人是个武夫，若是没有十足把握，还是暂不理会为好，否则惹来一身晦气，反为不美！”

李元吉脸色一下子涨得通红：“我就不信，他那些个战绩，多半倒是自己吹出来的罢了！洛阳之战我也在前敌，来来回回只见他在二郎身边转悠。二郎身边亲卫数千，哪里用得着他来保护？里里外外，也不曾见他杀得多少贼人。我看他也多半是徒有虚名。”

他这话说得连王晊听着都不禁想笑，且不说尉迟恭之勇举世闻名，就是这位齐王殿下自己，也是领教过的。两年之前李渊校场观兵，这位亲王殿下不顾身份亲自下场与尉迟恭比试技艺，结果被尉迟恭空手走马夺槊，且连夺三次，颜面尽失，此番犹坐在这里大言不惭地贬低尉迟恭的武技。说起来，这位殿下脸皮之厚，在宗室子弟里也算得独一无二了。

李建成听得也连连皱眉，虽说王晊是自己的贴心近臣，却也不便当着他的面直斥这位品秩高贵的亲弟弟。他叹了口气，岔开话题道：“看来二弟在用人上确实高明，尉迟恭本是脑后生具反骨之将，竟被他调教得如此服帖，不弃不渝。就这一点而言，我们就自愧不如！”

李元吉笑道：“大哥，不是弟弟说你的不是，二郎之所以能够管住手下这些桀骜不驯之徒，全凭心狠手辣这一条。洛阳城破之时我就在军中，他杀单雄信等人的时候，眉头都不眨一下。当时那么多将军跪在那里求情，黑压压满堂甲胄，他竟视若无物。你看他平日在朝中满口仁义道德一副谦谦君子面孔，出了京满不是这么回事，在军中他就是个霸王。大哥，你若是在这个狠字上输与了他，迟早要吃大亏。”

李建成转过头看了看元吉，长叹一声道：“马上得天下可，马上治天下则天下必乱！这是为政者的常识。为君者若不能德才兼修，如何能为天下表率？执政者若不能恩威并用，如何震慑文武群臣？只是如今不在其政，难为其事。父皇春秋鼎盛，我此刻若是太过嚣张扬狂，父皇必定以为我与二郎同样人了。二郎在军事上没的说，只是太不懂得收敛韬晦。父皇尚且在位，他便自顾自在天策府中做起小皇帝来了，又怎怪得父皇疑忌？”

李元吉哼了一声：“那年多好的时机，我在府中伏下甲兵，只需一声号令，现在哪里还有什么秦王殿下？早变了一堆肉泥了！”

李建成变色道：“你还敢提那件事？当时父皇在侧，且不说若是伤了父皇，你我便是悖天理灭人伦的畜生。就算父皇毫发无损，当着老人家的面杀掉二郎，即使父皇不治我们大逆之罪，而因此事生出点什么病症来，旁的不说，‘孝悌’这两个字，我们此生就再也莫提了！”

李元吉苦笑道：“大哥，你是要做皇帝的人哪！怎能这般畏首畏尾？只要二郎一死，父皇难道还能把皇位传给别个么？只要大位在身，什么忠义廉耻孝悌，不都是你一句话的事么？大哥平时何等聪明睿智，怎么一到这个节骨眼儿上就犯糊涂呢？你也是带过兵历过战阵的，临阵犹豫反复，丧失了战机，最后丢掉的就是身家性命呀！”

李建成摆了摆手：“这个话题我们暂且不议也罢，这个尉迟恭看来不是一个用禄位前程羁绊的人。也罢，既然他不肯背主，我们也就不勉强了！父皇驱逐了房杜，就是断去了天策府的两个文胆，剩下那些个武将终归只懂得厮杀，朝情政略，就非他们所能解了！”

李元吉大摇其头道：“太子这话，臣弟不敢苟同。朝廷储位之争，虽不像边关战事般凶险，却也断不可忽视武将的作用。历来得天下者，尧舜以下，臣弟还未曾听闻有不动刀兵以德化四海的。成汤嗣夏，无士卒之力桀焉肯善禅？武王伐朝歌，牧野一战血流得能漂起棒槌。春秋五霸战国七雄，除却宋襄公外哪个不是用刀把子说话？若无百万甲兵，始皇帝安得一统？韩信若不失兵权，一世英雄又怎会死于深宫妇人之手？曹孟德若仅空口白牙，其子又怎能篡汉？”

以齐王肚子里那点墨水，竟然能够说出这么一番道理来，倒也让王晊吃了一惊。他沉吟了一下，说道：“齐王殿下此番所言，倒句句皆是金玉良言，殿下还要深思才是！”

李建成点了点头：“仅仅调开两个文臣，还不足以制约二郎，天策府内多军将，且多能征惯战之士。这批人跟着二郎，终归没个好下场，也实在可惜。为国家社稷计，还是把他们一一调开才好，一来削去了秦王羽翼，二来也为国家保全了一批人才！只是还应找个合适的机会才是！”

齐王元吉呵呵一笑：“大哥，我没有你肚子里那么些个弯弯绕。这个尉迟恭既然不肯归顺我们，留着迟早是个祸害，嘿，臣弟做事讲求干净利索。皇帝殿内豫让、荆轲、剧孟、郭解之辈甚多，此事也不用再多商量，最迟明日晚间，总要除了这个大患才好。”

说罢，李元吉站起身向太子行了个礼，径自离席而去。

王晊看了看忧形于色的李建成，劝慰道：“殿下不必太过忧虑，齐王的话虽说粗鄙了些，也还不是全然没有道理。”

李建成的脸色沉了下来，冷冷说道：“说是一回事，做又是另外一回事！他说得倒是头头是道，他做得了么？此番赠金于尉迟恭，本意只是投石问路。我本来以为宏义宫那边经历张亮一事，众臣将总归有些离心背德，尉迟恭攻伐之术虽佳，节操却不堪一提。而今看来，连此人都不肯在这个时候背叛，二郎这个小朝廷，依旧还是铁板一块呀！”

他深吸了一口气，说道：“我不是长于深宫妇人之手的太子，自幼随父皇习学兵事，自太原起事十余年来也曾多次独领一军，又岂不知兵权之重要？我所忧虑者，不在于手上无兵，东宫六率，加上左右长林和齐王府亲护军，我们的兵力数倍于宏义宫，是足够用的了。可是我们手上目下却没有能够将兵的将，这一层顶顶要紧。战场上厮杀不同于当庭比武，兵力多寡并不是实力的全部，天策府久经沙场的战将数十员，由这批人统领的数百亲兵队伍，其实力绝不亚于战场上的一支万人大军。老四虽说也号称上过前敌，毕竟没有真正统率过兵马，他所谓的带兵出征，不过是游山玩水罢了，所以这一层他并不明白。”

王晊听得目瞪口呆，不禁问道：“既如此，殿下何不对齐王明言？”

李建成无奈地笑了笑：“虽说老四现在和我捆在一辆车上，可他毕竟也是父皇的嫡系血脉。若是我和世民拼一个两败俱伤，同时失去储君之位的话，那么无论是立嫡还是立长，四郎将是唯一的选择。有些话，目下还不能跟他说得太透。他想的那些个法子都是旁门左道，而且过于阴狠，最起码现下局面，我还是不过多参与的好！”

王晊不禁倒吸了一口凉气，这才明白太子对这位才具拙劣的“自家兄弟”竟然也抱着极大的戒心。

却听李建成继续说道：“其实想要调开天策府的这些个武将也并不困难，只是因年初的鸩酒一案，父皇现在对我也颇有些顾忌。因此现在这个机会虽好，却不能立即加以利用，着实有些可惜。只要父皇能够恢复对我的信任，又何需用遣江湖刺客暗杀夜袭这种笨办法呢？老四愿意试试，我倒是不反对，不过表面上总要撇清一下，否则这个大嘴巴吵嚷出来是奉太子令谕行事，那我岂不是作茧自缚？这样的蠢事不能做。说到底，谁当储君都是父皇说了算。世民虽说望高权重，但没有父皇的首肯，他既进不了东宫也去不了洛阳。我自受封监国以来，素以仁孝为本，不事张扬恭守本分，也正因为此，虽然二弟功高，却始终不能取我而代之。无论是嗣位还是治国，‘仁孝’二字都是根本。失了这两个字，君者不君，臣者不臣，父者不父，子者不子，兄者不兄，弟者不弟，最终结果就是国者不国天下大乱。前朝炀帝就是最典型的例子。这一层不仅我们想得到，就是陛下，也从无一时一刻能忘怀……”

王晊深吸了一口气，抿了抿嘴唇，躬身应道：“殿下英明……”

天策上将

“这是一个再明白无误的信号，房杜二公一去，天策府立时少了两根脊梁骨，大王等于断了两只臂膀。诏敕里竟然连‘不得再事秦王’这样的话都说了出来。皇帝究竟存的是什么心思？这不是生生逼着我们造反么？在这个时候下这种诏敕，明明是压根就不打算放我们去东都，看来此番出蒲州提调诸路军马的事情也彻底泡汤了。”长孙无忌苦着脸叹息道。

天策府军谘祭酒张公谨不动声色地道：“舅爷说这些都是没用的，目下不是揣摩陛下心意的时候。陛下心意如何，我等大可不去管他，难道说陛下要我们全部自尽，我们也恭敬奉敕么？走洛阳也好，出蒲州也罢，其实目的都是一样的，两个字‘离京’罢了！房公杜公虽去，只要殿下无恙，天策上将府就仍然是掌国之征伐位列六省之上的头等衙署。眼下还没到事不可为的地步，当务之急是要议一议我们原先的离京方略究竟还有几分实现可能，这个方略若是真的已经不能再用，我们也得订出新的方略。离京有离京的方略，留京有留京的方略，大事上大王拿主意，我们只需拟定细务就是！”

侯君集冷然道：“弘慎所言不错，是走是留，大王一言可决！”

坐在宏义殿主位上的秦王李世民见三名心腹臣属的目光都转向了自己，不禁微微一笑，伸手从怀中掏出一张白笺，递给侯君集道：“这是屈突老帅自蒲州发来的急件，是讲述李靖主持的蒲州军务会议详情及所定大致方略的，你们先看看吧。”

三个人接过来一一传阅，信笺极短，转眼之间已经看毕。长孙无忌脸色变得惨白，张公谨凝眉沉思，侯君集轻轻叹道：“看来，李靖此役已是成竹在胸。出蒲州的事情，再也休提了！”

李世民轻轻吐了一口气，说道：“你们的眼睛都盯着京城里面，我却更加关心北方的战事。李靖不愧名将之称，从判断敌军情形到下定战略决心，时辰极短。我料颉利这一遭恐怕是要吃点小亏了，不过李靖手上就那么点兵，想把颉利可汗留下却是力有不能。你们大概在想，李靖这一仗打胜了，我们借此番征伐的机会离京的大计就彻底泡汤了，是不是？”

三个人相互对了一下眼神，均未答话。

李世民似乎也没打算听他们回话，自顾自说道：“目前你们的心思都放在朝局上了，北方如此严重的军情，你们谁也没往心里去。这也难怪，不离开长安，始终是人为刀俎我为鱼肉。我都有这种感觉，何况你们？可是你们谁也没意识到，就在此番的北线军情里，既蕴藏着我大唐自立国以来第一遭大的外患，同时也暗含着我们摆脱京城险恶局面的一线生机。老子云祸兮福之所倚，正是谓也！”

侯君集苦笑道：“三万敌军，就算是金狼铁骑，也未免太少了点。李靖和任城王的兵力虽说不强，但有屈帅在背后给他撑腰，大大小小打个胜仗绝不是什么难事。到时候恐怕殿下在陛下心目中的位置又要打个折扣了！”

李世民回过头看了他们一眼：“我们且假设李靖所料不差，颉利此番身边只有三万金狼军。你们且告诉我，这位可汗大人不远万里带了这么点兵马到长城以前究竟干什么来了？仅仅是骚扰边郡破坏我朝春耕来了么？这个答案傻子都不信，颉利似乎还没有那样的闲情逸致。是以本王以为，颉利此番，是打探虚实窥测路径熟悉地理。以我和刘武周、宋金刚交手的经验而言，突厥人做事情向来讲求效率，这等没有利益可言的事情他们会做？如此看来，突厥的大规模入侵，已经是迫在眉睫的事情了。此番颉利可汗回到漠北，恐怕最迟不出三个月，突厥大军必然大举南来！北方诸部落联手，其总兵力当在十五万到二十万之间。这原本还算不得什么，令我忧惧的是，颉利可汗现下对我大唐北部防线已全然明了，我们的兵力配备城防守备再无秘密可言……”

说到此处，他顿了顿，抬起头扫视了三个心腹臣子一眼，一字一顿地说道：“所以此次，突厥大军将置我怀灵庆原泾夏诸州于不顾，以最快的速度在最短的时间内直扑长安城下……”

宏义殿内鸦雀无声，三名臣子面面相觑。长孙无忌是文官，不懂军务，饶是如此，也被秦王李世民的大胆推测震骇得面如土色。侯君集和张公谨两个武将却立时命人取了长安以北的军事布防图来，两个人默默研看着，额头上的汗水涔涔而下。李世民不提倒还罢了，他这一提倒是真惹出了一个朝廷北边防御上的大破绽。自隋以来，对北部诸夷一直采取和亲和塞防的策略，大唐定鼎立朝之后延续了隋时的御边之策。因此长安以北虽时刻保持着十万以上的兵力，却绝大多数都集中在怀远、灵州、夏州、秦州、泾州、庆州、原州等城墙坚厚稳固的郡城里，但可机动调配迅速驰援各地的骑兵却不多，且配置分散。

灵州都督任城王李道宗麾下四万军士，却绝大多数是步卒，骑兵只有四府。太行道总管任瑰麾下两万人马，只有三千轻骑。秦州都督驸马柴绍手上兵力三万八千，骑兵近万，这是北方最大建制的一支骑兵部队。此番赵王李孝恭进京勤王，所率四万江淮军中有五千精骑，再加上去年太原之战北上增援的李靖部一万江淮骑兵以及屈突通统率的一万玄甲精骑，长安周围可供调用的骑兵倒也有将近四万五千人马，总数虽与突厥动辄出动的十几万铁骑相去甚远，却也仍然称得上是一支大军。无奈这四万多骑兵如今分属六名品秩不低的将军统率，每名将军麾下最多不过万骑，最少的只有三千余骑，且兵员素质不齐，马匹装备、甲胄弓矢、刀矛护具均非制式，战力也差别颇大。屈突通所率玄甲精骑是李世民苦心经营多年又经历东征之役刀剑锋镝磨砺出来的精兵，士气旺盛、装备精良、战技娴熟、久经沙场，可谓当之无愧的唐军精锐；而李靖麾下江淮骑兵虽然在马匹装具上略逊于玄甲军，但其平日操练强度临阵战技战力却毫不含糊，这支从平略南方战争中磨砺出来的骑兵是天下仅次于玄甲精骑的精兵；李道宗守长城数年之久，其麾下骑兵数目虽然不多，但多是久历战阵的老兵，作战经验极为丰富，面对突厥铁骑进退自如阵法森严。除去这三支兵以外，柴绍麾下和任瑰、李孝恭麾下的骑兵就显得稍弱，兵员大多是欠缺实际作战经验的新兵不说，平日的操练以及马匹装具武器配备也都要逊色颇多。因此大唐朝廷此番集中在长安以北的部队虽然不少，可机动的兵力却仍显捉襟见肘。若是此番东西突厥两可汗当真集中十五万到二十万塞外骑兵联军，南下越过北部诸郡直取长安，以目下的兵力对比而言，朝廷实是连一成的胜算都难保得。

张公谨用拳头支着地面沉声说道：“必须在三个月内统一京畿周围兵马的提调之权。尤其是骑兵，战端一启必须集中使用，否则力分则弱。中土士卒在长途奔袭驰援上远逊塞外铁骑，再加上互不统属各自为战，到时候恐难应缓急。”

侯君集立直了身躯道：“这就是了，北方战局如此，纵使此番我等不能如愿离京，一旦突厥大军南下，陛下终归还是要起用殿下。举目朝中，德行谋略威望功绩堪堪能够统一提调数路大军齐心勠力拱卫京师者，舍殿下更有谁人？我猜殿下的意思，还是要再忍一忍再等一等，到时候就不是殿下求着朝廷放行了，而是朝廷求着殿下出掌军符。那时候殿下只要提一句将房公杜公调归天策府建制，陛下断无不允之理！”

长孙无忌于兵事戎机虽不擅长，这一层却是早已想到了的。他掰着手指头算道：“不只如此，一旦事态危急，朝廷上下但求破敌，其心之切，恐不下于今日我们离京之意。斯时不仅房杜二公要归府治事，就是兵马、财饷、器械、粮秣、胄甲之需，但凡我们提出，尚书省断无推诿搪塞之理。大王自建天子旌旗于洛阳，必得人财齐备兵甲充足方能与朝中的太子鼎足而立。这一遭若是我们不能一次把东西要全了，以后再想要可就难了。”

坐在王座上的李世民却似并没有听到他们的话，目光幽深若有所思，半晌方才出言道：“你们适才所说，都不为错。若能如此，当是上天眷顾，然目下我思虑所及，却不在此。我所忧虑者，突厥大军一向动作机敏来去如风，此番又熟悉了长安北方诸道郡县的地理路径，一旦南犯，必然是雷霆万钧之势。恐怕朝中尚未议决，突厥联军已抵长安城下。那时纵然本王登坛拜帅，亦不过京都城守而已。还有，即使我来得及出蒲州建行辕，以目下的京畿兵力，无论是勤王还是与突厥决战都远远不够，必得从河东方向和河北方向抽调勤王之师。到时候李世勣和李艺是否听调，就在两可之间了！”

侯君集冷然道：“殿下放心，是时京师危急，不能共赴国难之臣，留之何益？殿下就是斩了他们，陛下和朝廷也断不会怪罪羁言。我想京城被围太子危难，那李艺当不会全然坐视，李艺尚且如此，何况李世勣那滑头的老匹夫？”

李世民点了点头，低沉地“唔”了一声，算是认同了侯君集的见解。

侯君集低头想了想，说道：“殿下所虑我们还不曾离京突厥就已经围城，那确是大不幸事。当其时莫说殿下不能抛下阖城臣民独自突围逃走，就是殿下狠得下这个心背得起这个骂名，陛下和太子也万万不会应允殿下离京以号召天下的。就是三省的相公们，恐怕也都担心大王此去一去不返。到时候大王手握重兵在关东坐视突厥荼毒关中，陛下与太子死国难而殿下坐收渔翁之利。虽说殿下万不会这么做，但陛下、太子、齐王以及朝中的大王公卿大臣们却不能不做此想！所以说一旦拖到突厥兵临城下，我们的东行大计恐怕就没什么意义了。”

“君集所言，亦不尽然！”在一旁端坐凝听的长孙无忌语气晦涩地道，“君集这是只见其一未见其二，只识其弊未识其利。拱卫京畿之战一旦开始，不管大王是在长安还是在蒲州，必然会被陛下暂时授以提调全国兵马之权。大王如在外，自不待言；就是在内，如能借此机会将京畿城防兵权及禁军兵权抓在手中，待突厥大军退去，何事不可为？”

侯君集和张公谨对视了一眼，不由得为这位天策长史王妃亲兄思路之敏捷深感钦佩。侯君集心中却是别有一番滋味，他和长孙无忌已经暗中商议过多次在长安城内骤起发难，以武力胁迫李渊下诏改立太子的计划。每次这位长孙大人均面露不忍言不忍闻之色，其时侯君集还暗笑文人软弱无用。没想到此番最先一个想到利用到手的兵权在京城内搞风搞雨的，恰恰就是这个软弱无用的文人！

长孙无忌却似并没有留意侯君集和张公谨的神色，自顾自掰着手指头算道："大王兼领左右十二卫大将军，除天节、天纪二军之外，天下当无大王不可提调之兵。唯可虑者，东宫六率、齐王府两赴护军总计万人有余，左右长林两千两百卒，常何手下北门禁军约一万八千，刘弘基手上京兆府城防军约三万五千人。这几支兵没有陛下的圣敕，殿下平日是不能提调的。然而一旦京师被围危殆，殿下被委以军事上的全权，便可借守城为名对这些军兵进行提调整编重新建制。以殿下的手段以及天策府中众将的将兵之力，待得突厥兵退之时，长安城里就再非现下这般局面了……"

"如何退兵？"李世民淡淡地问道。

长孙无忌愕然语塞。

李世民笑了笑："自太原起兵以来，我所历者大大小小不下百余战，却从未遇到过此番这般凶险的局面。朝廷里的争斗掣肘固然可虑，却绝非眼前最难缠之事。面对二十万突厥联军，即使倾我大唐举国之力亦不易应对。就算此番朝廷上下一心同仇敌忾，要抵御二十万塞外铁蹄也颇为吃力，何况目前长安局面微妙朝氛诡异，举国兵力分散统属不一，宫内又有太子齐王牵制掣肘？这个仗不用打，结果不问可知。"

他站了起来，在书案前踱了两步，怅然道："内未安而外何以攘？这个局面下开战，对朝廷实在是太不利了！"

长孙无忌想了想，答道："殿下不必过于忧心，臣虽不懂兵戈之事，然于大略，却也有一愚之得。突厥大军南来，若是步步为营层层叩关，则朝廷当有从容布置的余地，如此殿下率天策出庆州、蒲州或秦州提调天下兵马的大略当能顺利实施。若是突厥置我北方州郡藩镇于不顾，千里奔袭直下京都，那么只需我们固守长安五到十天，各地勤王之师将云集京畿。是以突厥此战，贵在速战速决，否则其败局定矣……"

"辅机没带过兵，说错了也不怪你。"李世民笑道，"这是兵书上说的道道，不是不管用，要分对谁用、怎么用。打仗这回事，要因时因地因人而异，因时应势，因地制宜，因人顺变。颉利可汗此次南犯不领大兵，就是为了减轻后勤方面的压力，以保证队伍来去自如。此番他熟悉了长安以北的山川河流地理路径州郡府县，也探知了朝廷北塞防御体系的虚实。去年的太原之战，突厥人到现在还在后悔不该放弃其一向擅长的快速机动野战而坐困坚城之下。长安城防比之太原坚固数倍不止，颉利可汗就是再愚蠢此番也不会重蹈覆辙。所以说他率联军直下长安的目的，就是将我北方各路兵马引出防御工事，之后再和他的无敌骑兵在无险可守的渭水平原之上进行战略决战。那时候父皇、太子和我都被围困在城内，敕令不出京兆。勤王兵马虽多，却令出多门统属不一，没有统一的指挥和提调节度。即使天下郡县均派出勤王兵马，也不过几十万乌合之众罢了，正好让颉利可汗以相对优势之机动骑兵各个击破。”

他苦笑了一声：“目下距长安最近的是柴绍，他的马步军七日之内可抵达渭水；屈突通自东入关勤王，最少要十天；任城王南来要半个月；李世勣和李艺最快也得二十天上下。各路军马没有统一节制，日夜兼程驰援长安，赶到了也是疲兵，突厥铁骑只要分出八万余人日夜围城，我城内守军就根本无暇他顾。哈哈，十万突厥大军在长安城下吃得饱饱的，精神头养得足足的，反客为主以逸待劳。柴绍统带的几万人马用不了一天工夫，就会被突厥人割麦子一样一片片割倒。屈突通、李道宗、李艺、李世勣，二十几万勤王大军全都反过来变成了远道而来的客军，兵马总数虽多，却逐次投入战场，犹如为火添油。等到颉利打垮了屈突通，大唐的天下，就全都押在李世勣的身上了！”

长孙无忌脸色已经变成惨白颜色，斟酌着词句道：“屈突老帅久经战阵，麾下又有天下闻名的玄甲精骑，虽说没有殿下坐镇，也不至于一战即溃。只要他能撑上几天，任城王、燕王和李大将军的军马就到了，那时候……”

李世民摇了摇头：“没用的，屈突通久经战阵，却绝非颉利可汗的对手，突厥骑兵的机动性、剽悍、骁勇和王窦之流绝对不可同日而语。老将军虽说是老军务，径直面对突厥铁骑，这却还是第一遭……”

他深深吸了一口气，猛然间挺直了腰板道：“所以，实则我们只有两种选择。要么最迟于五月上旬出庆州提调诸军预做战争准备，这样我们就能够争取到两个月的处置余地；要么我们就只有坐以待毙了！等进了六月再节度诸军，时间就不够了。我们唯一能够预先采取的对策就是派出一支偏师出泾州略武功，与长安城互为掎角之势，确保颉利可汗不能放手合围京城，争取能够拖延十天到半个月时间……”

正说着，大殿门外忽然传来了尉迟恭略带沙哑的声音：“末将尉迟恭，请见大王！”

李世民望了望宏义殿的大门，嘴角浮现出一个若有若无的微笑，整整袍服重新坐下，挥手道：“敬德进来吧！”

尉迟恭今日穿着颇为正式，头戴一顶软翅青巾，身上穿一件月白色的汗衶，外罩一件紫色青须五爪花蟒袍，腰间束着一条李渊御赐的宽板鱼带，足下登一双皂青色快靴。腰间的宝剑乃隋宫至宝“泰阿”，原本是皇帝赐给秦王做三军司令之用，后天策府立，李世民典军名正，便将这上古神兵赐予了数次在乱军之中救得自己性命的尉迟恭作为随身佩剑。

尉迟恭躬身行了礼，站直了身形道：“大王，如今东宫那边一步紧似一步，步步进逼毫不容让。不是末将多嘴，时局不宁，您就算不为自己打算，也得为王妃世子和我们这班鞍前马后追随殿下多年的臣属们打算打算了！”

一句话说得殿内几个人面面相觑，李世民笑着摆了摆手：“这里没有外人在，不必拘泥礼数，坐下说话！”

尉迟恭也不客气，略略谦谢一下便在张公谨的下首坐了，向他和长孙无忌、侯君集欠了欠身，权作见礼。

李世民轻轻抚了抚唇上的“一”字形胡须，微笑道：“敬德今日似乎是满腹忠言如鲠在喉不吐不快呀。也罢，你就说说看，本王当如何打算？”

尉迟恭神色肃然地追问道：“今日在场的都是大王的亲近信任之人，某家说话也不避讳。敬德别无他意，就是想问问殿下，太极殿外那口大铜鼎的分量，您究竟有没有心思知道？想不想问上一问？”

李世民眉棱骨不动声色地耸动了一下，轻描淡写地道：“一口破鼎，有什么稀罕处？问与不问，都没什么打紧！”

尉迟恭嘿嘿一笑，黑中带红的面庞泛着一丝寒意：“恕臣下无礼，殿下若是有这份心思，敬德跟着殿下拼死拼活效命沙场这么些年也不枉了。日后大王抚有天下，某家就算不能高官厚禄，至不济百年之后灵位图形也能效光武名臣般跻身云台垂享后世香烟！殿下若是无此大志，敬德跟着殿下也没什么出息，倒不如规规矩矩回去种地，守着婆娘和娃娃了此残生。也免得一腔热血做了刀下之鬼，后世史书再留下个‘叛臣逆将’的名声，那就真的不值了！”

李世民哑然失笑道：“谁说敬德不读书？不读书竟然晓得这许多的典故，当真是士别三日当刮目相看了！敬德，这一番话，是谁教你说的？”

尉迟恭嘿嘿笑了两声，道：“不瞒殿下，话是某家自己的话，汉光武帝云台二十八将的典故，是司马大人给某家讲的。至于叛臣逆将什么的，嘿嘿，那是上次与大家共宴时从玄龄相公那里听来的。”

李世民讶然道：“好端端的，怎么突然想起来说这些了？那个‘问鼎’的典故又是谁教你的？”

尉迟恭咧嘴笑道：“殿下也忒看不起某家了，尉迟恭毕竟也是定杨可汗驾前重将，刘公虽无帝王之命，毕竟也是一方诸侯，幕中有学问的人还是不少的。问鼎的典故，是那年跟着宋王打齐王和裴寂的时候金刚大哥说给某家听的。”

他顿了顿，说道：“某家今天之所以有这一问，并非对大王不忠，而是某家以为现下局面已经到了生死存亡的关键时候。大王若再顾念父子兄弟之间的那点子骨肉亲情，恐怕用不了多久，众兄弟就要追随大王同做刀下之鬼了！”

李世民端起茶盏喝了一口水，漫不经心地道：“局面虽然不妙，也不至于危言耸听吧？房公杜公能奉敕出府，自然就能应诏而回。这件事情是裴相国的首尾，他毕竟是文人宰相，有些事情处理起来毕竟书生气浓了一些。若是大哥谏言，首先要调离的便是君集、志玄、敬德、叔宝、知节、行恭六将，二公的文章学问虽好，关键时候毕竟当不得矢马弓刀。”

尉迟恭脸上肌肉颤动着狞笑道：“殿下说得一点不错。嘿嘿，太子殿下的率更令王晊，昨晚夜造臣府，送来黄金五十斤、彩缎一百匹、渤海进贡的珍珠两百粒，外加一副精工打造的黄金锁子铠甲。嘿嘿，当真是大手笔呀！”

李世民闻言，连头都没有抬，嘴角浮现出一丝似喜似慰的微笑。侯君集却两眼目不转睛地注视着长孙无忌，这位皇亲国戚的目光里，此刻充满了惊惶和恐惧……

峡口鏖兵

峡口集距扼守长城关隘的灵州要塞八十余里，距大河一百二十里，是大河南原之上一处不起眼的小镇子，总共不过七十余户人家，然其地理位置却极为特殊。峡口集是距长城最近的集市，中原和口外的商旅多在这里歇脚打尖，集子里的马市是灵州军事禁区内唯一可以合法交易马匹的地方。因此人烟虽然稀少，峡口集平日熙熙攘攘却也小有繁华。峡口集得名于镇西十二里的野狼坡，这野狼坡实则是一片高地，上下二十余里寸草不生砂石遍地，峡口集恰好位于野狼坡与中条山北麓之间，故而得名。也就是这个荒无人烟的野狼坡，大唐武德九年四月廿四日，由突厥可汗颉利亲自统率的将近三万金狼铁骑与大唐永康县公、上柱国、璐州道行军大总管李靖所率一万江淮骑兵在此展开了一场空前惨烈的骑兵会战。

江淮骑兵的编制较普通唐军为小，全军共计十府，每府千人千马，皆为中府编制，只有作为李靖贴身护卫亲兵的荆州亲卫府是上府编制。江淮军的战马远不及突厥骑兵乘骑的塞外战马雄壮剽悍，冲击速度也相去甚远，其所长在于善跋涉耐远途，从蒲州跨越数百里奔袭灵州，还能保有相当余力。凡物有其利亦必有其弊，耐久力稍胜一筹的另一方面便是负重能力大打折扣，江淮军的马具装备甲胄兵刃无论从质地上还是从性能上与突厥骑兵都难相抗衡。普通骑卒身着皮甲，挎一柄略带弧度的斩马刀，佩戴一副坚韧度较高的拓木弓，箭壶中的箭是唯一不打折扣的物什，每个骑兵的箭壶中都满满当当插了三十六支狼牙箭。李靖和各府的统军将军披挂的是通用的明光铠，却全是为了指挥节度便利。

作为此次北线防御战的前敌最高节度大将，对于敌我双方的战略态势对比，李靖心中明镜一般。唐军与突厥军不仅仅在数量和质量上差距甚大，即使在双方的临战状态上，唐军也处于绝对的劣势。突厥铁骑虽是客军，毕竟已经在附近盘桓了数月有余，地理环境早已熟悉，且接战之前已经足足休息了半日有余；唐军虽是主军，却是从长江一线临时抽调北上，几乎所有士卒都是长这么大头一遭来到大河以北，更何况连续行军三日三夜，人未离马马未卸鞍，是地地道道的疲惫之师。唐军唯一可恃者就是隐秘行军突然出现在阵前，颉利可汗及其左右不明虚实心存顾忌，更无法判断是否随后还有援军。颉利可汗虽然一向飞扬勇决，但此番毕竟是率轻师孤军深入，四周强敌环伺，稍有不慎就有全军覆没之虞。

唐军突然出现，确乎在突厥军的意料之外。待突厥全军上马做好了临战准备，野狼坡上最高的地势已为唐军占据。几名原先布置在上面充作警哨的斥候兵飞也似的驰回本阵，有一个跑得稍稍慢了些，远远的一支狼牙箭自背后透胸而过，带出了一蓬血雾。死尸的脚挂在马镫里拖回本阵，扬起了一路烟尘。

颉利可汗恶狠狠地注视着军容严整井然有序的唐军阵列，牙齿咬得咯咯作响。他朝着身边的俟斤阿史德乌没啜使了一个眼色，阿史德乌没啜会意，纵马出阵，勒住缰绳用汉语高叫道："对面是大唐哪位将军？请出来说话！"

李靖刀削斧刻般的脸上露出一丝意味深长的微笑，深吸了一口气叫道："击鼓！"

咚咚的战鼓声陡然间在空旷的原野之上响起，让所有阵前的将士心中骤然一紧。击鼓进军！阿史德乌没啜有些诧异地眯起了眼睛，自己问话对方非但不答，竟然擂起战鼓，连个照面也不愿意打就要开战。对面的唐军人数不多，战意何以如此强烈？还没等他反应过来，唐军前军两千余骑已然开始缓缓前进，骑兵们动作统一地拔出了马刀向天挥舞，齐齐扯着嗓子高叫："杀——"人数虽然不多，声音却极响亮高亢，一时间，鼓声、两千匹马蹬踏大地的声音都被这震人心魄的喊杀声淹没了。

阿史德乌没啜虽然略感惊疑，却并不畏惧，眼前这点骑兵，还不够金狼铁骑半天吃的。

就在此刻，就在唐军中军的左右两翼，突然之间驰出了两支轻骑。这两支骑兵绕过高坡，分两个方向斜刺刺向突厥军阵的两翼杀去。

两翼的骑兵杀出阵位并不奇怪，让阿史德乌没啜略感有些别扭的是这两支骑兵杀出阵位时的速度。速度就是骑兵的生命，骑兵在战场上的机动优势以及强悍绝伦的冲击力全赖远高于步兵的速度。没有了速度，骑兵就发挥不出任何的优势。然而骑兵的速度却绝非说有就有，不经过一段距离的加速，骑兵的速度所能造成的冲击效果将大打折扣，甚至可能根本就发挥不出来。这两支骑兵自野狼坡最高点两翼一露头，阿史德乌没啜立即断定，不管这两支轻骑总共有多少人，必然是在坡后突厥大军的视觉死角里经过了起码数百丈距离的加速才杀出来的。速度虽不算快，但金狼骑兵要想将马速提高到同等程度却同样需要百余丈的加速，双方阵线之间距离空间也不过四百余丈的距离，恐怕速度还没提升多少，两军便已遭遇。阿史德乌没啜这才明白过来，击鼓也好，前军出阵也好，高声喊杀也好，都不过是为了掩盖坡后两支偏师加速的马蹄声而已。他心中暗自冷笑，看来对面统军的唐将倒是略通骑兵的奥妙，只是双方实力相差悬殊，这种小伎俩根本不能扭转强弱之势。这种局面下如此轻率用兵，未免也太莽撞了点！

这两支轻骑阵列不若前军般齐整，每骑之间拉开距离较大，士卒们都塌着腰低伏在马背上，几百丈的距离，几乎眨眼之间就还剩下不足一百五十丈。金狼军的骑士们早已搭弓在弦，只待唐军全军进入射程。便在此时，唐军阵中又是一阵急促的战鼓声，随即“呜——呜——”的号角声响起。随着这令人心动神驰的号角声，一面明黄色镶着龙纹边页的大纛在野狼坡最高的地方竖了起来，那里恰恰是唐军中军所在处。

一时间，颉利可汗和阿史德乌没啜全都倒吸了一口凉气，突厥阵中所有通晓汉家文字的特勤和俟斤们都不自觉地握紧了手中的兵刃弓矢，全然没注意到两翼来袭的轻骑恰于此时马头略偏，向突厥军阵的两侧略去。

那大纛上光溜溜什么饰物都没有，只简简单单用楷书工工整整写了五个玄色大字：“天策上将军”。

旷野上仍然是敌寡我众，眼前的唐军骑兵也仍然就这么多，背后五十里远的灵州城也仍然没有什么异动，四月下旬的天气，风沙虽大，阳光却也仍然温暖和煦，一切似乎都与方才没有什么不同。然而，一股彻骨的寒气却在突厥大军之中悄悄地蔓延开了，上至君主下至士卒，都被这自野狼坡高坡背后传过来的莫名的寒气感染得高度紧张起来。而这一切，仅仅是因为那杆刚刚立起来不久的大纛上那微不足道的几个楷字而已。

只有颉利可汗和少数几个灵台尚且清明的将领才注意到了，在大纛一侧，唐军又打出了另外一面将旗，旗号上的字样远较大纛为多，写的是“天策长史璐州道行军大总管李”。

阿史德乌没啜催马驰了回来，对颉利可汗道："应该是李靖的骑兵。我们在长安的线报传回的消息，三个月前，唐廷正式发布了李靖任璐州道行军大总管的任命！"

颉利可汗阴沉着脸"嗯"了一声，开口道："他什么时候又做了李世民的行军长史了？"

阿史德乌没啜摇了摇头："那就不清楚了！我们最后一次接到长安线报是在夏州，最近两个月的消息，回到牙廷之前恐怕我们无从得知。"

望着两翼正在来回游走射杀己方士卒的唐军骑兵，颉利可汗握紧了双拳道："现在我关心的不是这个，我关心的是这个李世民究竟在什么地方？他手上有多少军马！"

阿史德乌没啜疑惑地道："这个李靖不会是在虚张声势吧？"

颉利可汗冷然道："你了解这个李靖吗？他是唐军中的元老宿将，在唐军平灭南方的战争中是指挥十余万军马的统帅，他的军队为李渊打出了中原以南的半壁江山。在大唐军中，他的地位甚至比李世勣和屈突通还要高。这样一个战功卓著的将军，除了李世民，还有谁有资格用他做幕僚？"

阿史德乌没啜迟疑了一下道："这个李靖，原先似乎一直在赵王李孝恭行军总管府做长史！"

颉利可汗笑了笑："你认为以李孝恭的身份和高傲，他会做出打着别人旗号来壮胆子这样丢面子的事情吗？"

他"锵"的一声将弯刀擎在了手中，狞笑道："李世民的大军究竟是否就在附近，我们和这个李靖打上一仗就完全清楚了。就算是面对号称在中原没有对手的李世民，草原上狼的子孙也不会有丝毫的畏惧！"

背后一刀

"在南方待了这许多年，戎马倥偬，终日与刀剑锋镝为伴，朕看你的身子骨倒似比原先好得多了！有什么调养之道，不妨说来听听！"李渊笑眯眯地对赵王李孝恭道。

李孝恭脸上堆着笑欠了欠身，恭敬答道："臣早年文弱，都是吃了娇气的亏。这些年在外带兵，太阳晒雨雪淋，吃伙房大锅里的粗饭，骑在马背上打瞌睡，说来也怪，幼年时落下的胃气弱的老病根竟不知不觉地去了。这却也算不上什么调养之道！"

皇帝哈哈大笑："虽如此，却也说得实在！进京快一个月了吧，住得可还惯？"

李孝恭答道："蒙陛下爱惜，臣这些日子休养得极好。只是平日里公务繁忙，乍一闲下来，浑身上下倒还有些不自在呢！"

皇帝意味深长地点了点头："你的心思朕知道。此番北边用兵，实出于不得已。朕没允你再挂帅印，是另有一番计较的。"

他顿了顿，说道："今年是朕登基的第九个年头了，虽说天下鼎定，却也还难称得天下太平。北方的外患固然是朕一块心病，毕竟是边事，然则河东的盗匪不靖，却实实叫朕难以安寝。窦建德死了几年了，人们还念着他的好，这说明了什么？一是窦建德虽是一方豪强，确有其过人之处，其他反王不可比；二是朝廷的施政有误，吏治不清政令难行，地方百姓腹有怨言。山东这个地方，确实需要一个镇得住的人去好好整饬一番了！"

他端起酒盏，浅浅地抿了一口，道："北边嘛，任城王虽然年轻，但治军多年、骁勇善战、三军宾服，屈突通侍奉两朝谨慎老成，李靖精通兵略善谋攻伐。三人联手，军事上的事情，朕不太担心。可东边目下要紧的却不是军事，而是政治。李世勣是老军务，有他坐镇，即使再有竖旗造反者，朕也不担心。可是河东地方千里，仅粮盐两项，经营好了就不得了，能抵小半个国库的岁入。朕虽派了王珪去治理庶务，终归还不大放心，那个地方，总得有个德望资历均可服众的家里人去坐镇才好。"

李孝恭端着酒盏的手略有些颤抖："陛下的意思，是想让臣出守河东？"

皇帝凝视着他道："朕现在设了从二品的山东道行台，以李世勣遥领左仆射，王珪为右仆射。可是朕还想设一个更大的行台，统领晋、冀、鲁、豫诸州郡军政事务，就叫河东道大行台，洛阳以东，淮河以北，悉署理之。这个行台和原来的陕东道大行台一样，与朝廷尚书省同级。你出任河东道行台尚书令，正二品；由裴、萧两位政事宰辅遥摄左、右仆射，李世勣任尚书左丞兼行台兵部尚书，正三品；王珪为尚书右丞兼行台民部侍郎，正四品。其他的人事，你可自行权衡酌定，可先任命，再向朝廷尚书省吏部报备。”

李孝恭这一喜确实非同小可，虽说他在荆州任东南道行台尚书左仆射，但东南道行台不过从二品，且省内只设了一个兵部尚书，乃专为李靖而设。此番出任河东道大行台尚书令，在品秩上一下子与担任朝廷尚书令的秦王李世民一下子拉平了。且听皇帝语气，可仿中枢六部制分设各部，除了吏部礼部干碍朝政礼制不能另设，其余四部均可自行任命尚书。更加让他怦然心动的是，裴、萧两位政事堂宰相分任自己的两个副手，虽说不能实际到任，却也是极大的荣耀之事。他又想到眼前皇帝对秦王颇为不喜，看这意思，恐怕年内秦王权势便将不保。到时候空出一个尚书令的位子来，太子监国自是不能兼领，齐王顽劣，做个侍中都是摆设，总领百官总理朝政的尚书令说什么也不太可能落在他头上。宗室之中，只有自己军政全能，又实任与朝廷尚书省平级的河东道行台尚书令，到时候进政事堂荣任首辅，不过咫尺之遥而已……

李渊哪里想到转眼之间这位赵王已经转了这许多念头，他叹了口气，道：“朕以秦王功高，欲封秦王于洛阳，允其自建天子旌旗，又恐他军功太甚遭朝野猜忌，他心里也不安。所以朕将免去其所任陕东道大行台尚书令一职，把河东几十个州郡划出来由你统领。秦王及其所属天策上将府统领函谷关以西、洛阳以东、晋阳以南、许昌以北的几个州郡作为封邑，这个地方另设一道，就叫关外道，直属于天策府。朕把你放在东都的东边，是希望你能够妥善安抚百姓节度诸军，若是关中有什么大事，也能与朝廷相呼应！朕的这一番苦心，你能明白么？”

李孝恭眼珠子转了转，答道：“陛下圣心远虑，臣下等皆不能及。不过秦王殿下天生聪颖敏慧过人，函关以东，有殿下与臣坐镇，陛下大可高枕无忧。”

李渊淡淡应道：“哦！你这么看？”

李孝恭道：“是，臣昔日伐南之前，曾往秦王处辞行，其时殿下将讨王窦。当时秦王殿下对臣言道：洛阳为关外重镇，东连齐鲁，西下函关，北眺太行，南俯荆襄，实为兵家必争之地。自古以来，得洛阳者得天下，汉光武帝、魏文帝莫不如此。王世充一狂妄匹夫，坐据洛阳尚能问鼎天下，只要洛阳在手，不愁天下不定。”

李渊默默地听着，半晌没有搭言，良久方道：“你此番回京，去拜访秦王了么？”

李孝恭垂下头去，以掩饰略有些得意的眼神，答道：“十天前就去了。秦王对陛下封国建旌之事极感荣宠，称必将善自经营河洛，以不负陛下厚恩。”

李渊问道：“他很高兴？兴致……很高？”

李孝恭恭恭敬敬地说道：“是，不仅是秦王殿下，整个天策府上下人人都面带喜色，都盛赞陛下隆恩厚德呢！”

李渊直视着他问道：“他们为什么这么高兴呢？”

李孝恭一怔，随即坦然道：“秦王殿下经略河洛有年，身边左右文武，以山东豪俊居多。这些人留在长安，本来就只是因为秦王是主，他们并不喜欢关内的水土。此番听说能够出关回到家乡去，且可以继续追随独建天子旌旗的秦王殿下，当然多感畅然。臣看他们的意思，在京师待得似乎颇不如意，去了洛阳，这些人恐怕就不愿意再回长安来了！”

李渊沉吟良久，淡淡说道：“今日就到这里吧，建河东行台之事，两月之内朕就有明敕，你回去准备准备，不要张扬。长安局面复杂，你自小心谨慎就是！”

智深若海

“常公既用在下为幕宾，马周自当竭诚用事以报常公知遇之恩。如今京师局势一日紧似一日，常公身负皇城宿卫重责，断然撇不开这天下第一难缠的家务事。于此性命交关的当口，常公切不可再对马周有所疑忌提防。内刚则外严，里疑而患生，如不能推心置腹，穷书生就算留在府中，恐也无益于常公。”

马周短短几句话，立时让常何闹了个大红脸，他讪讪笑道：“我请先生来本就是为了商议大事的，又怎会猜疑先生？马先生是饱学之士，常某是个粗人，这些日子里若是有什么事情得罪怠慢了先生，还望先生海涵则个。”

马周摆了摆手：“常公不必和我兜圈子了，马周自入幕数月以来，承常公以士礼相待，又有什么委屈处？如今时局不宁，朝政维艰，我只问常公一句话，还望常公据实相告。”

他转过身来，二目炯炯地凝视着常何，一字一顿地问道：“东宫和宏义宫，将军究竟站在哪一边？”

一句话把个堂堂帝国皇城禁军统领惊出了一身冷汗，他张了张嘴，却一句话都没能说出来，面色极为尴尬地看着马周。

马周冷然笑道：“此事关系你我的身家性命，常公切勿再以虚言相对。常公若是信得过马周，便请实言相告；若是信不过马周，也请言明，马周即刻离府。如此两不相误，其善大焉！”

常何愕然半晌，爽然大笑道：“先生言重了，我既待先生以士礼，又怎会信不过先生？只不过事体重大，牵涉诸多，常某位分非常，先生不问起，倒还真不敢轻易言及。”

他用手捋了捋胡子，坦然道：“不瞒先生，自从常某就任北军以来，太子曾数次对常某流露出招揽之意，我并未回绝。不过，我追随秦王殿下多年，一直效命鞍前，秦王和尉迟将军曾在武牢乱军之中救过常某性命，就是玄武门禁军屯署统领之位，也还是秦王殿下提携才得任之。所谓知恩图报，即使秦王殿下失势，常某也断断不会落井下石，妄做小人。”

马周缓缓坐回了坐席上，皱着眉头说道：“常公是如何回复太子的呢？”

常何笑道：“我对东宫来人道：‘请太子放心，常某既是大唐的臣子，自当效命陛下与储君。需关照处，不消说的，自当尽心尽力！’”

马周追问道：“如今太子与秦王势同水火，一场萧墙之祸就在眼前，常公究竟是如何打算的呢？”

常何苦笑道：“我职位卑微，又能如何打算？我虽应了太子，却从未做过背叛秦王的事情。秦王虽有大恩惠于我，却并不真正信任我，前番我陪同他前往东宫赴宴，话里话外还在敲打我呢。马先生，说老实话，我手中的兵权虽紧要，终归是个五品末吏，似这等帝王家事王子之争，断然没有我置喙的余地。别说我管不了，就是当真让我管，我也不敢管。无论是太子还是秦王，捏死我都不过举手之劳。我谁也得罪不起，实指望能够外放边塞领兵，躲开京城这个是非圈子，不过看来无论是陛下还是太子秦王恐怕都不会同意。留在京里，一旦事起，除了做缩头乌龟，我实在想不出还有什么更好的法子了。”

马周瞥了常何一眼，心知这个外表粗豪不文的将军实际上心细如发，直到此刻仍然不肯对自己交底。他心里明白，却也不故意说破，神情恳切地道：“恕我直言，别个躲得开，常公却是躲不开的。常公身负宫廷宿卫之责，掌管禁军兵权，无论是太子还是秦王，要谋大事都不会放过常公。”

常何叹道：“但愿陛下能够允准秦王赴洛阳，如此便能消弭一场塌天大祸了。”

马周摇着头道：“将军此乃一厢情愿。陛下在太子和秦王之间举棋不定左右摇摆，早已是朝野皆知的事情。封秦王于洛阳，固然是两全其美之策，然于大唐社稷而言却是饮鸩止渴之策。今上在位或许还能隐忍弹压，一旦今上龙驭归海，还有谁能阻止大唐天下四分五裂？这是明摆在那里的事情，谁还看不明白？就算陛下不听太子齐王的一面之词，裴寂、封德彝、宇文士及等政事堂诸相公的意见，陛下恐怕不能当耳边风置之不理吧？更何况还有赵王、淮安王、窦公等勋臣外戚，这些人就算不向着太子，为江山社稷计，也绝不会坐视陛下重蹈前汉分封覆辙而缄口不言的。”

他顿了顿，接着说道：“更何况河东镇守李世勣刚刚当上山东道行台左仆射，坐席还没坐热，就又来了一个亲王凌驾于上，他心里能舒服么？这些边将的意见也许不受重视，然则滴水汇成江河，陛下就算心意再坚定，能抵得住这些大王公爵宰相将军的齐声反对？陛下毕竟不是汉孝武皇帝那样的刚愎独裁之主。说到底，出洛阳号召天下，不过是秦王殿下的一个美梦罢了！”

常何越听越是心凉，他声音略带些嘶哑地问道：“那秦王岂不是已如砧板上的鱼肉任人宰割了么？”

马周的神情凝重了起来：“秦王若是真的就此放弃抵抗任人鱼肉，他就不是纵横天下十余年不败的天策上将了！”

他叹了口气，语调沉重地道：“这些日子里，我在常公书房之内遍览了自义宁元年以来大丞相府及尚书省发下来的所有邸报。秦王率军征伐，数次皆悖常理，出其不意，从而变不可能为可能。武牢战窦建德，直是知其不可为而为之。这位殿下平日里虽说谦恭下士，每临战阵却其志如刚，虽千军万马亦不可夺。没有这份坚毅果决，秦王也不会成为太子储位的最大威胁！”

常何听到此处脸色已然变得惨白："你的意思是说，即使秦王不能出洛阳，也不会束手听命于太子，反而要拼死一搏弄个鱼死网破？"

马周冷笑道："秦王若是没有这种打算，当年又何必费尽心机将常公安排在玄武门禁军屯署这样的要害位置上？要知道，一旦京城内乱，不要说太子令秦王教谕，就是陛下圣敕，没有将军你的点头都出不了皇城。也就是说，一旦京城乱起，太极殿、显德殿、宏义宫、齐王府无论哪一方离开了将军你，都控制不了局面。秦王殿下毕竟是军功受赏武事娴熟，无论行事布局，均在要害处预先做眼。这一层太子殿下虽说也看到了，终归迟了一步。虽说目前在朝局上太子取攻势秦王取守势，但太子的攻势，却未免过于文绉绉了些……"

马周说得惊心动魄，常何却反而一扫方才的惊惧神色，双目之中精光闪烁，语气沉涩地道："马先生似乎已经算定了秦王在皇城之内有所图谋了？"

马周冷笑道："这些日子敬君弘将军于府中走动颇多，想必就是秦王殿下委将军招揽的吧？"

常何浑身的汗毛都直立了起来，他此番才算真正领略了这个醉酒傲太守的穷酸书生胸中的见识城府。他来府中几个月，每日只见他吟诗作画抚琴弄箫，却不想自己自以为机密的诸事没有一件瞒过他眼去。马周的文采风流自不必说，这份洞彻万物的明达干练着实让人心折。

他强自按捺着心中的惊慌起身拜道："常何身处危境，做事不得不万分仔细，如有得罪先生处，还望先生海涵。"话语中虽略带尴尬惊惧，倒是透了几分至诚出来。

马周叹了口气："将军何必如此，圣人云：'君不密则失臣，臣不密则失君，几事不密则害成。'马周一介书生，常公身负重任，怎能贸然轻信？"

他顿了顿说道："如此说来，常公实际上坚决站在秦王一边了？"

常何点了点头："正是，不欺君，不悖主，常某别无选择！"

马周沉思半晌，拍案叫道："好，承将军看重，穷书生此番便与常公共担这天下第一凶险的大事。如今诸事已现端倪，大祸为期不远，我们需早做谋划，未雨绸缪！"

常何愕然道："虽说局面险恶，可如今朝廷内外都在为北面的军务焦心操劳，文武大臣还眼睁睁盯着御北的帅位。陛下允了秦王出洛阳独建天子旌旗，也毕竟还没有真个反悔。如今便说局势不可为，是否为时过早呢？”

马周叹了口气：“恐怕一点都不早了。数日之前中书省明发圣敕，调天策上将府长史房玄龄、司马杜如晦离府另行委任。这是东宫重新向宏义宫宣战的一个明白信号，一刀下去，便斩断了秦王的左膀右臂。房杜二人乃是天策府的文胆，此番不得不奉敕出府，诏敕里甚至写明‘不得再事秦王’。太子棋步虽缓，却是步步紧逼。秦王殿下周旋腾挪回转的余地恐怕不大了！”

常何倒吸了一口凉气：“你的意思是说，太子是想将秦王身边的文臣武将一个一个调开，使得秦王即使东归洛阳，也不过是孤家寡人而已，从此对朝局再无掌控能力？”

马周冷笑着摇了摇头：“秦王纵横天下十余年，这等手段岂能困得住他？只要他在洛阳登高一呼，四海豪杰必然纷纷往投。只要出了长安城，秦王的声望威名在长江以北如日中天。只有在京兆府，他才落在下风。太子虽说久居京师，毕竟不是不出宫门的纨绔之辈，这一层道理不会看不明白。他这么逼迫秦王，有另外一层道理在里面。”

常何道：“难道待得秦王势孤，再用手段除之？”

马周哂道：“那是齐王的如意算盘。太子若是肯行此下策，他就不是太子了！”

见常何大惑不解，马周微笑着解说道：“太子毕竟是储君，正位东宫，是名正言顺的帝位承嗣者。他不会也不能采用非常之策在今上面前解决掉秦王，那样将会败坏他宽仁德化、孝敬严慈、友爱兄弟的好名声，也会影响陛下对他的看法。如果太子真的这么做了，会让陛下对其彻底失望乃至切齿痛恨，那样只会便宜了在一旁阴附太子觊觎帝位的齐王。这样的蠢事，太子万万不会做！对于他来讲，既然自身的位子是正的，那只需逼着秦王走到邪路上去，他以正压邪，以众凌寡，不损名声不堕威望，也丝毫不影响自己的地位。后世史笔如铁，也仅会斥秦王为汉之吴、楚，至于孝景帝杀吴世子晁错苛诸王事，直如太史公者，也不过一笔带过而已！哈哈，太子殿下的主意虽说拖沓了些，却也不可谓不高明啊！”

常何此时方才想通其中的关节，秦王征伐多年功高盖世，莫说太子还没登基，就算是已然正位太极宫，也不能无罪擅诛有功亲王为朝野非议、后世指斥。因此太子要除去秦王最直接的手段便是逼迫秦王自己谋反，那时候他便可以名正言顺地率兵平乱，不管面对满朝文武还是当今陛下，他都是大唐的忠臣孝子，而秦王则是叛国家背父兄逆人伦的千古罪人。秦王势力虽大，却多在关东陇西之地，京兆一带基本上全都是太子的力量。在长安开战，太子是主，秦王是客，就算李世民有通天彻地之能，在这种局面下除了束手就缚或是兵败身死，恐怕不会有第三种结局了。

一母同胞的亲兄弟，相互之间竟然算计到这等地步，常何心中不禁泛起一股浓重的厌恶之感。他长长出了一口气，说道："秦王殿下忍了这么久，难道就不会继续忍下去么？"

马周摇了摇头："凡做大事者，行事皆有所求。秦王之所以忍耐，盖因如今京城局面形势对他不利，他不得不克制自己对太子步步退让。这在兵法上有二解，一曰示弱，示敌以弱，使敌对己不加重视，误导敌军错判局势；二曰蓄势，蓄己之势，势成则发，一鼓而不可挡。然则秦王若是真的等到只剩下自己孤零零一个的时候，即使想再做反击也不可得了。如是秦王能求一世富贵尊荣已是万幸，可是我朝这位二殿下十余年来戎马倥偬英雄了得，别人做得富家翁，他却万万做不得！"

"这又是为何？"常何饶有兴味地问道。

马周叹了口气："我没见到过这位殿下本人，不好评述。仅从朝廷邸报中所见，这位秦王殿下外表虽是谦和爱下善纳雅言，骨子里却是一个秉性刚烈、疾恶如仇之人。他待人宽和，待己却颇为严苛，内里极为自负。如此宁折不弯之人，怎么会走韬晦保首领这条无趣之路呢？有句俗话说得好，最了解你的人便是你的敌人。太子既是秦王的兄长，又是秦王的敌人，天下最了解秦王脾气禀性的，除了他更有谁人呢？"

常何沉默半晌，问道："如此说来，秦王被逼在京城内起兵，只是迟早之事了？"

马周语气断然道："不是迟早，两月之内，京城局面便将地覆天翻！"

常何大张着嘴，一副不能置信的表情，迟疑了半晌方才口齿艰难地问道："如今局势未明，秦王或走或留未定，先生何以说得如此肯定？"

马周长叹了一声："太子布局，步步审慎，注重全局计较细节，可谓滴水不漏，然则秦王治事用兵却截然相反，诸事只抓关键。这也难怪，太子驾前能用事者，不过王珪、魏徵、韦挺、薛万彻等寥寥数人而已；秦王麾下，文有长孙房杜，武有侯张尉迟，无一不是当今世上一等一的顶尖人才。这些人追随秦王日久，根本不用吩咐，一句差遣一个眼神，便能将诸事料理得妥妥帖帖，秦王根本无须诸事亲躬。太子长于治政却拙于驭兵，治政靠的是为政审慎、丝丝入细，驭兵讲求的却是当机立断、沉稳果决。太子注重全局，就难免忽略重点，临机之时就难免多所犹豫。宫变如同阵战，一个犹豫就可能葬送三军性命，在这一点上，秦王绝非太子可比。”

他顿了顿，继续说道：“秦王目下之所以按兵不动静观时局，就是因为陛下圣心未定，还有一层可能是因为北方军事未安。一旦北方军事局面现出端倪，陛下不让秦王离京的心意稍加明略，继续等下去就无异于坐以待毙了！目前陛下在等北方的军报，一旦李靖和屈突通的捷报传来，秦王离京节度诸军就变得再无必要，如此秦王离开京师的最后一分指望也就告破灭。那时秦王除了当机立断发动兵变诛杀太子齐王逼迫陛下退位，就再也没有别的出路了。”

常何头上的汗水涔涔而下，他掏出块帕子擦了擦额头，问道：“诛兄杀弟，迫陛下退位？这……这等大逆不道之事，秦王真的敢冒天下之大不韪做将出来？”

马周冷冷一笑：“社稷之事，何事不可说，何事不可为？古来成就大功业者，又有哪个受礼制伦常羁绊？魏武帝若奉圣人之言，曹丕安能篡汉？司马昭之心，路人皆知！仁义可以之治天下，却不可以之得天下！殷鉴不远，常公又何必拘泥于妇人孺子之见？”

常何咽了口唾沫，强自稳了稳紊乱的心神，问道：“如果李靖和屈突通兵败，那么陛下就会再次起用秦王以天策上将身份出京提调天下兵马了，那京城之变，也就消弭于无形了？”

马周长长叹了一口气，答道：“是啊！李靖若是徒有虚名，则京兆可免去一场血光之灾；李靖若果真不愧名将之称，不出两月，长安……将成一片修罗杀场……”

第四章

山雨欲来

狼坡血战

一抹残阳挂在远方的天际，将天和地同染成了动人心魄的红，几朵云被落日的余晖渲染得如天火般绚烂多姿。在逐渐暗淡下来的苍穹之下，血腥惨烈的杀戮战场正在吞噬着一个又一个鲜活的生命。一个人、一匹马，在战争的风暴中显得如此脆弱、如此微渺，转瞬之间，无数的灵魂便从大地上飘起，化为怨气，化为杀戾。颉利可汗自继汗位以来所历战阵不计其数，与中原诸雄互争短长亦非一日。武德八年南征，兵锋直抵李唐发迹之地晋阳城下，是役亦曾与号称中国精锐的天策玄甲精骑正面交锋。然而就算是那场让他铩羽而归之战，也未曾令他有这等心动神驰的感受。

唐军的骑兵阵布得令人不解。背山而阵，出现在野狼坡正面的骑兵总数不超过五千人，中军不过三千人之数，两翼的骑兵也不过两千余人。左中右三军之间始终留有五百步到八百步之间的间隙。作为机动性较强的骑兵而言，这种阵线平滑的战阵不易发挥骑兵的速度和冲击力，然而李靖所在护纛中军承受了金狼军数次势道迅猛的冲击，兀自岿然不动。

颉利可汗眯起了双眼，他已然看出了门道。

每当金狼骑兵冲上高坡，唐军的前沿阵列就会自动向两翼侧向机动，而布于阵后的一千二百中军护军均一手持矛一手擎重盾。突厥军驰上高坡，速度自然减缓，在唐军的矛阵前不易发挥骑兵的冲击力。而撤向两翼的唐军骑兵却充分发挥短弩的强大杀伤力，毫不停歇地在远距离上予敌侧后部队以大规模杀伤。因此往往突厥骑兵的冲击仅仅能够维持一个波次，后力难继。每当突厥骑兵冲击失利退下高坡，撤向两翼的唐军骑兵就会迅速驰回原有阵地，将阵线补齐。而此刻高坡之后就会出现数百矛骑，以补充在方才的战斗中损耗了的中军护军。

而左右两翼游动的两支唐军却始终不与突厥军正面交锋，只是远远地牵制袭扰，令金狼军始终难以从侧翼包抄野狼坡后路威胁李靖的中军。

颉利可汗冷冷一笑，李靖的战法虽然可称高明，但那是在突厥骑兵始终不敢动用主力与其交锋的前提下方可奏效，否则两军实力相去悬殊，再高明的战术也无法拉平这一差距。若不是他始终顾忌着不知何时才会出现的李世民，才不会让李靖撑到现在。

当最后一缕阳光消失在远方连绵不尽的小山脉中，颉利可汗终于下定了最后的决心。

“吹起号角，今夜我们生擒李靖，让他去与温彦博做伴！”颉利可汗狞笑着下令道。

呜呜的号角声在战场上空响起。两万名突厥骑兵挥起战刀，催动胯下的剽悍战驹，以排山倒海之势向着野狼坡方向杀去。

金狼骑兵分为三军，两翼各五千骑兵，中军突击兵团则有万人之多。两翼的骑兵分左右向野狼坡两侧迂回，中军则全力突破李靖的中军护军夺取大纛。战术虽不出奇，但从兵力上来讲，却绝非李靖目前部署在野狼坡正面的部队所能够阻挡的。一旦实力展开，两翼的袭扰游击也好、中军的列阵防御也好，均不能继续奏效，反倒有被突厥铁骑分割包围逐个击破的危险。

李靖端坐在马上，长长出了一口大气，沉声下令道：“命左右两翼向中军靠拢，给苏定方打旗语，准备决战！”

说罢，他“锵”的一声拔出了腰间佩刀，高叫道：“将士们，大丈夫建功立业，正在此时！是男子汉大丈夫，便随我李靖杀敌立功，胆小怯懦者，我不杀之敌亦杀之！今日一战，有进无退，不闻金擅退者斩！全军听我将令：前进——”说着，他两腿一夹马腹，催动战马，率领中军护军缓缓开动，在高坡之上展开队形，以高凌低扑了下来……

翌日，李世民捧着手中的联衔奏表，额头上青筋暴起，强自压抑着心头的愤怒和恐慌道：“父皇明鉴，若是敬德真个要谋逆造反，当年在武牢，他兵符在手军权在握，只需一念之差，儿臣便再无缘重返慈躬膝下。就是大唐江山，恐怕也难逾函关一步。无论是归郑还是归夏，以敬德之武勇，封爵将不下国公，又何必待得天下鼎定，再来做此大逆不道、肇祸毁身之事？更何况表中所言诸事，均系捕风捉影、空穴来风，并无半点实据。如此一份参劾奏表，四弟不仅不予以驳斥封回，却呈上来亵渎父皇圣听，儿臣实实不解齐王的用意究竟何在！”

李渊冷冷一笑：“你说得头头是道，辩驳得也言之成理。不过御史台总朝廷上下风宪，纠劾百官勘视文武，其权虽不重，便是政事堂宰辅亦不能过问。你虽是亲王，却也不能越权追究。元吉现掌门下侍中，他既然将此弹劾奏表呈将上来，或觉得兹事体大，涉及朝廷重臣天策亲将，须得朕亲自甄别判定，也不为多事。尉迟恭为刘武周降将，其心素来不稳，朕向知之，不过因其戎马功刀不无劳绩，故权且容之。这个奏表朕看过了，正是因为没有实际证据，朕才留置不发，反而给你看看，也给你提个醒，要你多留一分心思，提防自家臣属生事。如今朝廷内外，多少双眼睛盯着你看。若是下面的人行事不当，牵累了你，朕一味袒护回庇，又何以对天下臣民？”

李世民跪下磕了一个头，强忍着胸中愤懑道：“儿臣体谅父皇一片苦心。如今边疆军情紧急，朝野不宁，于此内外不安之际，朝廷正当善自抚慰功臣良将，以收四海之心。唯有上下一心，突厥敌寇方不能窥我之隙加以利用，万不可自相猜疑轻起党争。孩儿不肖，却还知社稷之重重于族阀之私，敬德虽是降将，然其武略过人忠勇可嘉，于征伐之际厥功甚伟。若是朝廷以此不实之词轻加刑狱于有功之臣，势必使天下豪杰寒心。我朝方立，如此毁人心防社稷之事，万不可行！”

李渊摆了摆手：“罢了，你的心思朕明白，朕给你看这个奏表，本就是不予追究其人。你也不要疑持书御史和你的弟弟。若说尉迟恭对朝廷对朕没有二心，你的弟弟就更不会有二心。只是平日里你还要好生约束手下人少生事端，否则真个折腾起来，朕免不了要秉公处断，于你面上也不大好看！”

他叹了口气，问道：“去洛阳的事情，你准备得怎么样了？”

李世民浑身一震，答道：“儿臣没有准备。”

李渊瞥了他一眼，“哦”了一声，略带讥刺地问道：“没有准备？朕听说如今天策府上上下下都在打点行装，恨不能早一天离开京师这片是非之地。怎么，他们准备，你反倒没有准备？你不愿意走，还是你到现在还在惦记着显德殿那个位子？”

李世民浑身一震，抬起头来直视着自己的父亲，眼中数点泪光闪动，强自保持着平静道：“父皇，自入长安以来，父皇数次许儿臣以东宫之位，儿臣百般推辞，不敢应就。儿臣虽不贤，却也粗知长幼有序之大义，太子是君，儿臣是臣，君臣位分早已在立国初年定制成礼。除非儿臣不想再做大唐的臣子、不想再做父皇的儿子，否则儿臣万万不敢存悖逆之念。天下乃大唐之天下，儿臣之洛为朝廷打理关东也好、留在长安终生不再过问政务也罢，皆出自父皇恩典。”

李渊听毕，笑了笑道：“还算你自有一番见识！”

他顿了顿，说道：“朕知道，你向来是个好孩子、好弟弟。只是这些年领兵在外，身边围着你的人太多，鱼龙混杂，良莠不齐也是难免之事。其中一些人自然是好的，还有一些人用心恐怕就未必那么光明正大，这些人巴望着跟着你能够攀龙附凤封公拜相。这却也难怪，天策府就像朕登基前的大丞相府，自领一方不受朝廷节制，日子久了也难免有人生出别样心思。朕既允了你去洛阳，就不会反悔，不过，天策府的编制品秩要加以裁抑。你到洛阳后，天策上将府就是你的王府制府，位在尚书省之下，总领天下军务的权力朕要收回。你不必担心，朕会划出洛阳周围的几个州郡作为你的封邑，专设一道，就叫关外道。该道不设行台也不设都督，由你的天策府直接统辖。”

李渊短短几句话间，李世民浑身上下冒出了一身的冷汗。他恭恭敬敬地跪在丹墀之下，毕恭毕敬地垂着头，唯恐一抬起头，就被父亲看到那隐藏在目光最深处的惊惧和不满……

第一勇士

涂节再次握紧了怀中的淬毒短刀，两只眼睛眨也不眨地死死盯住了那个在榻子上睡得如同死猪一般的男人。这是他此行的目标，大唐朝廷上下无人不知无人不晓的号称帝国第一勇士的尉迟恭。

原本以为这尉迟恭大小也是个将军，又是唐军最高统帅秦王的心腹爱将，府中的戒备防卫就是再次也不会次到哪里去。因而在来之前，涂节早就设想好了数种不同的行刺模式以及脱身之计，还做了万不得已同归于尽的打算。他算计了半天，却万没料想来到尉迟恭府中竟会遇到如此令人惊疑令人尴尬的场面。

尉迟恭的府第不大，却也有五个庭院二十多间屋子。作为武将，这样的府第确乎算不得奢华。不过，再怎么简朴，也不至于寒酸到连一个仆从都没有的地步吧！可偏偏涂节现在看到的就是这么一幅景象，整个尉迟府里所有的门窗都敞开着，所有的灯笼烛盏都点着，把个将军府照得跟白昼几无区别。然而在这样一个府第里，除了那位躺在床上做春秋大梦的尉迟将军和尴尬地伏在屋檐上进退两难的刺客涂节之外，竟然再也找不出第三个人来了。没有仆从、没有管家、没有随侍、没有马夫、没有亲兵，也没有丫鬟使女老妈子，甚至连原本应该有的尉迟夫人及其三个儿子一个兄弟都看不到。仿佛这么大的府第里，亘古至今便只有这位尉迟将军一个人孤零零地住在里面一般。

将军府的大门大开着，中门大开着，后门大开着，角门也大开着，就连库廪的门也大开着。就在这么一个连长安最不入流的偷儿都能来去自如的环境里，尉迟恭睡得兀自踏实沉稳，那鼾声也打得颇有韵律节拍。涂节原先想好的种种潜入方案竟然一个都没用上。按说此刻他过去随手一刀就能结果了尉迟恭的性命，偏偏他却产生了一种大事不好的感觉，似乎有一种沉重至极的威压悬在他头顶，只要他挪动半步便能招来灭顶之灾。

也难怪他心里惊疑，尉迟恭的睡相也着实诡异了些。他就那么斜斜地躺在榻上，连衬甲的页子都没解下来，怀里抱着一杆黑沉沉足有一丈长短的铁槊，脚下还穿着骑马时才穿的毡靴。“泰阿”宝剑就悬在榻边的幔帐之上，随手就能够摘取下来。这哪里是睡觉，分明是随时提防着有人刺杀的模样。

涂节就算再笨也能看得出情形不对。这位尉迟将军显然是早有防备，此刻十之八九是在装睡。

他眼珠子一转心下便有了计较，随手从身边取下一块瓦片，挥手向院中掷去。

“啪嗒”一声，瓦片在当院摔得粉碎。

再看那尉迟恭时，却见他仿佛被什么惊了一下，震天响的呼噜停歇了下来，在床上懒懒翻了个身子，嘴里喃喃梦呓道：“太子送……金银……齐王却来偷瓦片……奶奶的，龙生九种，果然种种……不同！弄坏了……屋子，就是有齐王庇护，某……家也……要你照价赔偿……”

涂节提心吊胆地在房檐上等了半晌，却不见尉迟恭起身出来，倒是那骤然停歇的鼾声又渐渐响了起来。

涂节叹了一口气，心中暗自苦笑，看来今天自己势必要无功而返了……

“不是我这个做大哥的数落你，你看看自己做的那些个事情，哪一件能够真正拿得上台面？又有哪一件真的做成功了？你是皇子、是亲王、是门下省掌印的宰相，不是鸡鸣狗盗之徒！尉迟恭勇冠三军、驰名天下，就你派去的那些个不登大雅之堂的刺客能奈何得了他？你不是撺掇着持书御史给父皇上了一道诬他谋反的奏表么？又如何了？还不是被父皇照原样发给了二郎？你呀你呀，何时能出点有用的主意做点有用的事情？”李建成恼火地对着齐王李元吉抱怨道。

李元吉不服气地道：“殿下，弟弟费尽心机，为的谁来？你登基做了皇帝，弟弟我也还是亲工，你不登基做皇帝，弟弟我照样是亲王。刺杀尉迟恭，于我有何好处？不全都是为了殿下吗？对付宏义殿那边，根本就不能用什么正大光明的法子。你和人家讲君子道德，人家却和你耍市井无赖，我的好大哥，你怎么可能斗得过人家？不把这些个规矩条框打破，我看你我迟早要死在二郎手里！”

李建成冷冷笑道：“你还有脸说二郎市井无赖？人家可没有想出派刺客刺杀和无凭无据地诬告别人这样的鬼蜮伎俩来！”

李元吉冷哼了一声：“那年他诬蔑杨文干谋逆，难道也是光明正大的手段么？”

李建成登时语塞。

坐在一旁的魏徵插言道：“齐王的话虽然不中听，却也有其道理。殿下莫看秦王在人前一副仁厚君子模样，无论是文干谋逆案还是东宫鸩酒案，其手段都不可谓不阴毒狠辣。自国朝定鼎以来，太子所面对的都是朝廷政务长安百官，然而秦王所面对的却是关外群雄天下反王。治国当以道德仁义为本，征伐却凭法术诈力为心。秦王殿下的仁爱谦和不过是表面上的功夫，其狠辣果决才是内中根本。殿下不可不防！”

李建成微微一笑：“你们说的都不错，不过只要我们步步为营，二郎就休想离开长安。长安城内，无论是政援还是军力，我们都占据着上风。只要把二郎留在长安，他就不过是一个空有一身武勇的匹夫，取之易矣！”

魏徵拧眉道：“二殿下就算留在京师，恐亦不宜轻视。他毕竟是战场上厮杀出来的大王，用惯了刀子的人，未必不敢在应该用舌头用笔的地方继续用刀。一旦二殿下犯了癫狂，天策府一班人马在京城内作起乱来，恐怕亦不好应对。”

李建成笑道：“魏老师不必忧虑，若二郎真个起兵作乱，那才当真是天助我也！”

他的脸色阴郁了下来：“宏义宫内二郎所能调之军马，不足三千，我们手上东宫六率，左右长林，人马过万，就算不能灭了二郎，却也足以自保。何况太极宫禁军一万八千，长安城防军数万之重？再者，二郎起兵必然是倡乱，只要父皇一道圣敕，宏义宫军卒降者免罪，怕不立时土崩瓦解？那时候我们奉敕讨逆，就名正言顺了！说实在的，我此刻最盼望的，就是二郎能在长安城里和我要要无赖，否则我还真不知道该拿这个好弟弟怎么办呢！”

说着，这位大唐帝国监国皇太子的脸上，浮现出一个极温柔的笑容……

终极对手

站在宏义殿里，侯君集才愕然发觉今日所谓的“议事”竟然只有李世民和自己两个人而已。他一边行礼心中一边纳闷，秦王从两仪殿一回来就命人知会自己宏义殿议事，却不知是什么事情这般紧急。不过从李世民除了自己谁也不知会来看，似乎事关重大机密，不欲使人知晓。

他正自胡思乱想，却见李世民疲惫地摆了摆手，示意他在偏席坐下。

“今天叫你过来，是想听听你的见识。”李世民嘴角带着一抹不易察觉的微笑说道。

侯君集稳了稳心神，应道：“请殿下明言。”

李世民叹了口气，道：“长安局面复杂，我自不惧他，只是敌我难明，这一层着实让本王踌躇难解。临阵对决，总要分清敌友才好用兵，否则纵有良策，也无异于自蹈死地。我只想听你说一说，如今长安城内，谁人可为盟友，谁人是敌手对头。”

侯君集心中顿时一凛。他沉吟了片刻，开口道：“大王问的是朝廷省中还是……”

“我问的是长安城内，不是内廷三省！”李世民毫不犹豫地打断了他的话。

侯君集怔了怔，抬头看了李世民一眼，却见这位秦王殿下目光炯炯，正盯着自己，急忙一揖，脱口答道：“大王位在天策上将，居诸王公上，故而环顾天下，有资格做殿下盟友的，不过四五人耳。赵王、任城王、燕王、李靖、李世勣这些实权人物大多不在京中，只有赵王目下逗留京师动向不明。虽说没有明确消息表明赵王是太子的人，但是臣私下和张亮议过，这位王爷狡猾圆通，顺风即倒，如今大王在京师处在下风，万不能指望他来雪中送炭。再者，他的兵权和威望全在东南一隅，即便是盟友，在长安也起不了多大作用。”

他顿了顿，说道：“朝廷中枢，萧相公、宇文阁老、陈阁老都是可以信赖的盟友。只是他们手中都没有兵权，纵使有心，也断难帮得上什么忙。尚书省六部、九卿、御史台情况就复杂了，这些官员品秩不高，平日自然谨慎小心，轻易不敢卷入宫闱之争。除了大理寺卿崔善为曾在张亮一案时对我们施以援手外，别的人此刻大多都在观望风向。若是朝局对我们有利，他们就会倒向我们，若是朝局对太子有利，他们就会倒向太子。”

李世民点了点头：“崔善为是正人，他不是站在我们一边，他是站在朝廷一边，所以他那个不算。你似乎没提到封德彝？”

侯君集点了点头：“是，这个人臣拿不大准，说他是友，总觉得隔着一层；说他是敌，他一直以来却又心向大王。此人没有萧相的耿直，也没有宇文公和陈公的诚挚，臣下觉得，这个人心性太深，城府颇严，欲谋大事，还是避开他为妙。否则万一事情败在他身上，反为不美。”

李世民端起茶盏，喝了一口水，道：“继续说！”

侯君集应了声是，道：“长安城的兵权，主要握在七个人手里，大王自己是一个，统领城防的京兆都督刘弘基，统领玄武门禁军的常何、敬君弘、吕世衡，统领东宫六率的薛万彻，统领左右长林的谢叔方。其中尤以刘弘基和常何兵权最重。常何嘛，乃是大王一手提携上来的，问题不大。刘弘基此人素来沉默寡言，虽在京兆为官，平素不爱结交王公大臣，此人是友是敌，臣下不敢断言。不过……”

李世民瞥了他一眼，不悦道：“想到什么就说什么，今日是密议，没有什么说不得的。”

侯君集道：“刘弘基毕竟是行伍出身。殿下在大唐军中威望极高，就算刘弘基不会助我们，但臣下想，关键时刻要他睁一只眼闭一只眼，他当不会拒绝。”

李世民一笑：“虽说一同厮杀过，毕竟是几年前的事情了，武德三年以来我便没再节制过他，你这个推断恐作不得数！”

侯君集笑了笑：“臣下终日与武人为伍，对于这些大老粗的心思自认还算明了。沙场上升上来的武官，只服沙场上打出来的统帅。莫说刘弘基，就是太子视为心腹爱将的薛万彻，提起大王的军功都钦服不已。这是不能以事主画线的，军人各为其主，但也都佩服英雄好汉。赵王虽说受上命敕封，在军中说话却远比不了李药师，就是这个道理！”

他沉吟了一下，说道：“长安城内我们处在劣势，所以臣下以为与其指望盟友相助，倒是不如指望自己来得踏实。”

李世民点了点头：“说说敌手吧，我们有哪些敌手？强弱如何？”

侯君集干脆明了地答道：“正面之敌有三，太子、齐王、裴相。太子和裴相是强敌，齐王是弱敌。太子之强，强在其位在东宫名正言顺，也强在其手下军权兵力数倍于我；裴相之强，强在其德高望重、地位尊崇，在朝中一呼百应；齐王之弱，弱在其兵力不强、威望不著、名位不正。”

李世民表情淡然地看了看侯君集，“哦”了一声，似乎还在等他继续说下去。

就在一瞬间，侯君集脑海中灵光一闪，顿时胸中一片豁然开朗，他已经明白李世民今日为何特地在宏义殿单独召见自己了。

他故作迟疑状，抬头看了看李世民，咬着牙道：“臣下以为，还有一个最大的敌人，力量强到了无以复加，才是大王生死众兄弟沉浮之所系！”

李世民二眸子中闪过一道寒光，语气生涩地道：“没什么，今日就你我二人，想说什么就说吧，本王不会怪罪于你！”

侯君集深吸了一口气：“大王，陛下心向太子，不管殿下立下何等功劳，无论太子犯下何等错失，陛下都会贬抑殿下回护太子。陛下被祖宗制度和深宫妇人迷住了双眼、遮住了双耳，也捆住了双手。所视皆非社稷之所视，所听皆非万民之所听，所行皆非圣君之所行。大王，只要今上仍为宵小之辈所蒙蔽，殿下纵然再有天样大的功劳，恐怕终归无济于事！大王，当今陛下，才是您在长安城内最大的敌人啊！”

“住口！”李世民眦目皆裂地怒吼道，他伸手指着侯君集寒声说道，“你……好大的胆了！”他说话之时，胳膊不断抖动，带动袍袖晃动，显然是已经恼怒到了极处。

侯君集毫不慌乱地答道：“殿下不必发怒，前些日子，敬德已经讲得足够明白，我等兄弟追随大王，无非是指望跟着大王做一番出将入相的大功业。如今大王天命所归，却限于君臣父子兄弟名分不肯向前。殿下，君集闻得天下者但守天地祖宗可也，纲常儒教，不过是治天下之术耳。汉高祖得天下，其父尚在，难不成高祖禅其位于太公？”

李世民厉声反驳道：“刘太公养育高皇，于天下却无尺寸之功，自然不能受大位。父皇于晋阳起义兵，招讨天下，定鼎关中，岂是高祖太公可比得的？”

侯君集面不改色地应道：“若依大王所言，今上该得关中，大王则该治天下。殿下如今做的事情，乃是惠及子孙万民的大事。李姓一家的敦睦，与天下万民福祉相较，孰轻孰重？如今京城局面已到一触即发的紧要关头，臣下等的身家性命，九州百姓的康宁熙乐，系于殿下一念之间，殿下当知取舍！”

李世民双拳紧握，一张俊朗的面孔憋得通红，浑身不住地颤抖，似乎已然对侯君集大逆不道的言辞怒到了极处。

侯君集却全然无视李世民那有如实质杀人于无形的目光，兀自侃侃而谈道：“臣等从殿下，是为了拯万民于水火理乾坤于乱世，不是为了李家一姓之私。殿下若不能抛却个人家族情意，又如何能取信于天下臣民？如今殿下被逼无奈，不得已而行君不君、臣不臣、父不父、子不子、兄不兄、弟不弟的悖逆之事，正是为了使天下君臣相济、父子相亲、兄弟相爱。此正谓四海不安社稷不宁，大王不下地狱，更待谁耶？”

侯君集字字散发着金石之音的话语在偌大的宏义殿里绕梁回响，大唐朝天策上将秦王李世民却面如死灰般呆立在书案之后，半晌说不出话来……

边塞大捷

空中布着几朵薄云，看不见月亮，朦胧的夜色为两军的交锋更添了几分诡异气息。仗打到这个份儿上，胜负似乎已经可以见分晓了，江淮军日夜兼程奔波了数百里，又与号称天下第一剽悍的突厥金狼铁骑苦战了半日，早已是人困马乏折损过半。此刻李靖所率中军护军加上左右两翼的游骑加在一起所余不到两千二百余骑，野狼坡后哨苏定方所率后军也仅剩下两千余人，还在奋力抵御从两翼迂回过来的一万金狼军的猛烈冲击。

换了别的唐军，在金狼军如此恐怖的战斗力和冲击力面前早已溃不成军。李靖治军最重令阵，令行阵变，无令擅离阵位者斩，故江淮军阵形之稳甲于天下。也亏得如此，武力强大的突厥骑兵虽数次冲击杀伤了大批唐军骑兵，却始终未能冲乱唐军阵脚。建制不乱，唐军的抵抗就始终保持着均势，即使四面受敌，也让突厥军找不到可以突破将唐军分割包围各个击破的缝隙。

几万大军混战在一处，举目四望，黑压压一片人海，交战的双方根本来不及做别的多余的事，只顾埋头厮杀。只有位于阵线后方的突厥骑兵才能引燃火把照明。颉利可汗此刻紧锁着双眉，虽说战事顺利，他却隐隐觉得不妥，又不知自己这种感觉究竟来自何处。

李靖手下骑兵的战力确实令颉利可汗暗暗心惊。金狼军已然是突厥草原上最善战的骑兵，以三万人对战一万不管在马匹还是身材甲胄弓刀器具上都远远不可比的唐军骑兵，六个时辰还不能全歼敌军，这在突厥战史上是从未有过的事情。这些小个子江淮军虽然没什么气势，战意却极为旺盛，纵使一人面对整整一队金狼铁骑也毫不气馁毫不怯战，这和北方的绝大多数汉人骑兵大相径庭。即使自负如颉利可汗，也不得不承认李靖所统带的这支骑兵确实是自己平生遭遇的第一劲敌。

战场上的人喊马嘶弓角争鸣响彻云霄，颉利可汗等观战的突厥将领耳朵里几乎听不见别的声音。然而多年的马背生涯练就了突厥人的敏锐灵决，因此屈突通的骑兵一进入战场，几乎立时就被几双疑惑敏锐的眼睛盯住了。

眼睛望着南方那黑沉沉的茫茫原野，颉利可汗只觉得一阵阵心悸。他知道自己绝不可能没来由地突然之间望向那里，这一点从步将们那一双双与自己看向同一方向的眼睛就能证实。随着大地的震颤频率发生了一点不易察觉的微妙变化，漠北草原之王的脸色一下子变得铁青。

他猛地拔出了腰间的弯刀，怒吼道："列阵——"

几乎就在他发出命令的同时，那一片幽暗当中突然亮起了数以万计的火把。在火光的映照下，那一匹匹毛色鲜亮体态膘壮的战驹，那一副副漆黑乌亮的战甲，那一柄柄长度一致、轻重仿佛的马刀无不散发着动人心魄的光芒。

就在颉利可汗分辨出了这支突然出现在战场上的骑兵的建制时，几名突厥将领的尖叫声传到了他的耳朵里。

"玄甲军，秦王真的来了……"

颉利可汗怒目扫视了众将一眼，待众人都不再说话，这才缓缓开口道："阿史德乌没啜，你率我的中军两千勇士星夜向夏州方向进击。无论如何，务必为我军回师草原打开通道。"

阿史德乌没啜低头领命，用疑惑的眼神望了可汗一眼，却没有说话，拨转马头去了。

颉利可汗暗自叹了口气，他知道阿史德乌没啜在疑惑什么。夏州现在在任城王李道宗的手里，阿史德乌没啜在奇怪他为什么不往东南方向渡大河走兰州方向回草原，反而要走铁定有唐军驻守的夏州。然而颉利可汗心中清楚，李道宗手上兵力有限，他还要守灵州和怀远，夏州即使分兵过去也不会有多么难以通过。然而西进的话，那个吃掉了麻贺咄特勤的一千人马连块骨头都没吐的平阳君柴绍委实令他放心不下……

自从被李渊逐出天策府之后，杜如晦还是头一遭造访房玄龄的府第。两个人是老相识老搭档，见了面也不用寒暄客套，略略奉茶便直接进入了正题。

"房公，敕旨里只说不得再事秦王，另行委用，却不知朝廷打的究竟是什么主意？"杜如晦忧心忡忡地道。

房玄龄捻着胡须道："前些日子，中书省的封德彝召见了我一次，似乎陛下看中了我这一手文墨，想调我出任中书舍人。我仔细想了想，杨恭仁迁中书令，中书侍郎之位虚悬了几个月了，封相的意思，无非是颜师古或者李百药二者居其一罢了，空出一个中书舍人的位置正好便宜我。哈哈，这可是多少寒门庶子多少年盼不来的清要之差呀！"

说罢，他饶有兴味地看了一眼杜如晦："克明啊，你那边呢？有什么消息没有？"

杜如晦微微一笑："惭愧，我这副贱骨头的身价似乎比之玄龄还要贵上一等了。东宫太子率更令王晊昨日晚间造访我府，称只要愚弟改换门庭效命储君，六月初明发上敕，我就是尚书省兵部侍郎了！"

房玄龄长叹一声，感慨道："陛下虽说将我们逐出天策府，待你我却也着实不算薄了！想必府内其他人等，必无此等待遇了！"

说罢，他斜斜看了杜如晦一眼，却见杜如晦正两只眼睛眨也不眨地盯着他，四目相对，两人不禁哈哈大笑起来。

二人相交相知多年，就此也不再打趣。杜如晦叹道："局面对秦王越来越不利，我真为他捏了一把汗。"

房玄龄垂下眼睑，释然道："放心，殿下虽说现在诸多困扰，只要他能跳出三昧，把京城局面搅个翻天覆地还是不难的！"

杜如晦摇了摇头："这些日子不在府中，什么情形都不知道，实是放心不下。一旦北面军情见了分晓，殿下的处境就更加危殆了！"

房玄龄手中把玩着纸扇道："此刻大王心意未定，就算你我待在府里，也无甚用处。殿下若是不能彻底斩断父子兄弟的亲情羁绊，我们回去也不过多添两个枉死之人罢了！说到底，目前所有的事毕竟还是李家一姓的私事，我们两个外人干着急没有用。只有殿下心意笃定，此事才是社稷天下之事，才有我们置喙参谋的余地……"

杜如晦点了点头："局势如此，玄龄还能处之泰然，愚弟自愧不如。不过即便大王心意定了，长安城内力量相差悬殊，如何才能翻转局面，如晦愚钝，苦思良久，也没有万全之策。"

房玄龄放下扇子，冷笑道："谋事在人，成事在天。天下岂有什么真正的万全之策？若要万无一失，不如回去种地，谋国是察天意理阴阳的差事，天意阴阳何来万全之说？"

他顿了顿，说道："秦王若能劈破旁门，便是天下共主。房某当年之所以追随殿下，就是认定他有胆识有胸襟有决断。如何翻转局面，是他的事情，我辈只需尽心辅佐全力参赞就是了。"

说罢，他伸手从袖中取出了几张白笺，递给杜如晦道："看看吧，这是我刚刚写好的几道文书。"

杜如晦接过白笺，只扫了一眼题目，不禁吓得面如土色浑身颤抖。

房玄龄却不理会他，站起身负着手走到了屋檐下，淡淡说道："大王若是能够定下心意，这几篇东西就是给房某招来灭族之祸亦无所惜；大王若是优柔寡断当断不断，我便将这几篇东西付之一炬，而后归隐田园，终生不再出仕……"

玄奘西行

灵州大捷的讯息传到长安，已经是五月初八的事情了。倒不是李靖和屈突通有意拖延，峡口大战之后，二人率部日夜兼程追击颉利，在夏州附近与突厥后军又小战一场，斩首五百。但颉利可汗主力毕竟破隘北还。直到野狼坡之役六天以后，柴绍派来的信使才带来了西线未发现突厥主力渡河迹象的军报，至此李靖和屈突通才确认颉利已经北还，这方着手拟就报捷的奏表。捷报传到南省，裴萧两位宰相额手称庆，联袂至两仪殿奏告李渊。至此皇帝悬在北线的这颗心才算放了下来，当即决定次日在太极殿设中朝以贺，敕令太子诸王公柱国及所有在京五品以上文武官员全部参与，不得缺席。

太极殿内装饰一新，李渊高居御座之上，笑吟吟地俯视群臣道："你们都说说吧，此番灵州大捷，有功将士当如何嘉奖？"

裴寂是领班的宰相，见皇帝问话，当即出班奏道："陛下，依李靖、屈突通联衔奏表所议，此役灵州都督任城王兵陈灵夏，截断北寇归路，论功为第一；霍国公平阳君秦州都督柴绍，全歼入寇秦州之敌，斩一特勤、三俟利发，功次之；蒋国公兵部尚书陕东道大行台尚书右仆射屈突通及时率师驰援，致使颉利败退，功再次之；永康县公东南道行台兵部尚书璐州道行军大总管李靖率部迟滞颉利军于灵州以南，功末之。"

李渊微微一笑："若是真的按他们奏表上排出的这个次序封赏，朕岂不是真的老糊涂了？太子，你说说看！"

站在左首第一位的监国皇太子李建成出班奏道："儿臣以为，李靖率军与颉利苦战一日夜，始获大胜，应为头功；屈突通率部及时赶赴战场，最终导致颉利北逃，功次之；霍国公率部全歼颉利偏师，又陈兵于大河之东使北寇不能西窜，功再次之；任城王守御北边，纵敌入寇，其后又不能阻敌北窜，无功有罪，应予惩处。"

李渊听得连连点头："太子所陈，方是实在公允之言。中书省拟敕，李靖以功领南阳郡公，授尚书省兵部尚书，赏金百两，明光铠一副，回京就任；屈突通升任陕东道大行台左仆射，赏金百两；柴绍尚食奉御，赏金五十；道宗嘛……算了，朕的侄子，守卫边疆的郡王，数年来没有功劳也有苦劳，此番过就不罚了吧！”

说罢，他偏过头问站在右首第一位的秦王李世民道：“秦王以为呢？”

李世民缓步出班奏道：“论功赏爵，父皇处置至为妥当。不过儿臣以为，李靖遥领兵部尚书则可，回京就任似应暂缓！”

李渊本以为他要为任城王李道宗鸣述不平，却不料李世民只字未提此事，却提出这么一个不近情理的建议来，他皱起了眉头问道：“为何？”

李世民躬身答道：“颉利此来虽未竟功，然则国都以北道路郡县，其悉熟之，不出数月，其必倾巢南下，再犯边界，直取长安。李靖精于战阵熟知兵略，有他在灵怀原庆一带主持大局，或能为我朝集结兵马筹措缓急争得时机，待得北部边患消弭之际，再调其回京到省实任不迟。”

李渊目光忽转凌厉，语气冰冷地问道：“你说颉利数月之内必然再次南下，有何依据？”

李世民不慌不忙地答道：“父皇是知兵的，此番颉利南下，只带数万人马，不克州郡不掠牛羊，殊为可疑。而其纵横于南北东西，所跨地域之广，亦是史无前例。儿臣年初曾遣十余名出身草原的斥候远赴塞北打探消息，突厥各部落均在积蓄牛羊肉干及草料行具。突利与颉利二酋数月之间曾会晤多次，双方于今年二月互质一特勤，如此郑重其事，若说只为此番出动数万骑兵扰我边防，儿臣实难置信。故而儿臣以为，此番颉利南下，只是为了勘察道路探我虚实，为大军突入我北部边防直扑长安预做演练。”

李渊静静地听着，顷刻间面上神色变了数变，待李世民说毕，他缓缓扫视了一眼众臣：“你们呢？你们是什么意见？”

众文武面面相觑，这个时候，谁都明白多一事不如少一事，多说一句话或者说错一句话不是得罪皇帝就是得罪太子、秦王。因此李渊追问了两遍，竟无一个人出来说话。

李建成自方才李世民说话开始便在心中暗自计较。他和李世民虽是政敌，但对于李世民在军事战略方面的才具，他心中还是有数的。因此他一边注意聆听李世民的奏对一边暗自盘算分辨，分辨李世民这番话究竟是切实可信，还是危言耸听为了给自己离京带兵寻找借口。此时见无人说话，忽地一个念头浮上心头，正欲出班奏明，却见台阶下一个五品服色的官员站了出来，却是掌管天文稽定历数的司天台太史令傅奕。

傅奕跪下奏道："陛下，今年元月初九，龟蛇双变，主北帝生异，夷君二度南来。秦王所言，与天象暗合，臣以为是！"

李渊瞥了他一眼，笑道："连太史公都如是说，你们呢？就没有什么想法？"

裴寂轻轻咳嗽了一声，上前出班奏道："陛下，军国大事，以天象决之，臣窃以为不取。况秦王所言，多为揣测之言，未得实据，终归不能确信。颉利方在灵州之战中大伤元气，即便起兵南来，总要休整半年左右，数月之间，恐无力南行。"

他这话立时引发了军方重臣的反驳，率先站出来的是李渊的堂弟淮安郡王李神通，他出班奏道："老相国这话是不知兵者之言，凡军国大事，多是事先揣测预料，而后逐条定下应对之策。须知战机难得、稍纵即逝，若等事已发生再行处置，恐怕我们这班文武早就做了阶下之囚了。"

赵王李孝恭虽说不愿意得罪裴寂，却也深以淮安王之言为然，在一旁略略颔首。

李世民恰于此时又说道："父皇，灵州会战之前，屈突老帅曾给儿臣来了一封信函，详细述说了他与李靖蒲州军务会议详情，对于颉利此番率偏师扰我州军的目的，李靖所料与儿臣略同。"

李渊淡淡笑了笑："是啊，让你这么一说，朕也觉得这后背上凉飕飕的。若是颉利在三个月内当真再度南下，且率师十万以上，那么朝廷部署在京师以北的军队恐怕就真的不够用了。何况各路军马不相统属，指挥节度不便，局面似乎危殆得很呢！"

尚书右仆射萧瑀出班奏道："陛下，臣以为当务之急是敕命秦王以天策上将北上提调节度诸路军马，速将天纪、天节二军西调听秦王节制，以增强北方防务。另外并州都督李世勣麾下军马近十万，如今河东诸事已定，应命一偏将率五万兵至蒲州待命，以应缓急。尚书省臣与裴相不过多辛苦几日，继续为大军粮秣给养奔走劳碌一番罢了！"

李渊的脸色阴沉了下来，冷笑数声道：“萧瑀，你出主意倒是真会挑时候啊……”

他冷冷地扫视了诸臣一眼，轻轻哼了一声：“此事再议！众卿还有何表，一一奏来！”

见皇帝发了脾气，众大臣的心都悬了起来，再不肯轻易发言。李世民也暗自叹息，萧瑀虽说维护自己一片苦心，但做官做得未免笨了些，这道谏言上得也确实不是时候。

萧瑀站在当中，不上不下，委实尴尬，此时退下也未免过于着痕迹，硬着头皮奏道：“陛下，臣有一事奏请陛下俯允……”

李渊皱了皱眉头：“你还有何本？”

萧瑀道：“有僧人号玄奘，东都人士，欲请敕西行，往西域尊求遗法，望陛下俯允。”

李渊一愣，似是万没想到萧瑀竟然奏出这么一本来，脱口问道：“这个玄奘，去西域尊求什么遗法？”

萧瑀答道：“沙门中传佛祖释迦牟尼原为西域一国之王子，修禅得道，尔后得证大神通。故而中原佛法经文，多传自西域。然则自汉以降，垂垂数百年矣，经历代转述战火荼毒，经藏多残缺不全者。故而玄奘请往西域一行，以证释门正朔。”

萧瑀本来就是南梁皇室后裔，历来尊崇佛教，其祖父梁武帝以帝王之尊三次剃度出家，可见其对释门之尊崇。立唐以来，为逐本正朔，唐廷公开明敕诏告天下，唐室乃道家鼻祖老子后裔，当得天下，是以奉道家为国教。然则内里无论是李渊还是太子、秦王、政事堂诸相，均当此为一稳定人心的权宜之计，治国理政遵循的都是儒术。唯有这个萧瑀，在奉儒之余笃信释教，因其出身显贵，朝野倒也无人非议。

然而此番他公然在朝堂之上为一僧人请敕，却立时招来了异议。裴寂、封德彝等人虽觉匪夷所思，却不好公然对萧瑀大加驳斥。然而适才奏毕就退回班中的太史令傅奕却按捺不住胸中的不满，跨步出班道：“陛下，微臣有本奏！”

李渊看了他一眼，淡淡道：“哦，傅卿但管奏来！”

傅奕侃侃言道：“自汉孝武皇帝以下，历朝均以孔学为经，儒家为本，本固则邦宁，邦宁则民安，民安则社稷兴焉。而今儒、道、释三教并立，亦非大事，然则承治理教化之责者，唯儒学耳。道家释门，使之流于民间不致生害，则可容之；若其蛊惑人心危害社稷，则应以太平邪教视之。臣以为，道家沙门各修庙宇自领香烟，朝廷暂可置之不理，然则切不可明敕为其张目。萧相贵为尚书宰辅，在朝堂之上为僧人请命，殊为不当！”

萧瑀闻言大窘，急急辩道：“陛下明鉴，佛家倡导人心向善因果报应，于世道人心大有裨益，怎可与张角等枭獍之辈同论？孔子乃圣人，佛祖亦圣人也，傅奕此议，非圣人者无法，臣以为应置严刑以明纲纪！”

李渊含笑看了他一眼，嘴上却对傅奕说道：“傅卿，萧相问你话呢！”

傅奕恭恭敬敬地道：“圣人复周礼，礼本于事亲，终于奉上，此则忠孝之理著，臣子之行成。而佛逾城出家，逃背其父，以匹夫而抗天子，以继体而悖所亲。萧相亦非出于空桑，乃遵无父之教，臣闻非存者非亲，其萧相之谓矣。”

一番话说得萧瑀瞠目结舌无言以对，呆了半晌方才切齿道：“小人好辩，徒逞口舌，地狱所设，正为是人！”

李渊哈哈大笑：“今日中朝议事，但有所言，朕不加罪。太子，萧瑀和傅奕所言，你都听到了，你觉得呢？”

李建成含笑道：“儿臣素不近佛道，平日里也不觉得两教流于民间有什么大不了。圣人重治理、倡教化，与佛家道家根本精神并不相悖，三教并存数百年矣，也不见其为祸乱国。是以儿臣以为对于释道两门，可不用但不可不容，我朝方立，似不宜在此政上做大的更张。”

他的回答颇为滑头，虽说他对萧瑀笃敬沙门素来不以为然，然则此刻，却不好在这等枝节问题上公开让这位性情耿直颇受李渊敬重的宰相下不来台，故而避重就轻，给萧瑀留了三分颜面。

李渊细细想了想他的话，微微一笑，扭头道：“秦王以为呢？”

李世民沉吟了一下，出班道：“太子言释道两教不能祸国乱政，儿臣不能苟同。萧相家祖便因崇奉佛学而荒殆朝政偏废社稷，最终遭破国之祸。这是很近的事情。世民以为，而今新朝方立，须得确立儒家治事之本的尊崇地位，使天下臣民得有所循。至于释道两教，太子云不可用却不可不容，儿臣深以为是。但容之亦应抑之，以免别有用心之人借机生事。”

李渊眼睛亮了一下，笑道：“你能当众说实话，殊为难得！”

萧瑀素来被视为朝中头号秦王党羽，此番李世民却干脆地否决了他的意见，毫不因门户之分而枉顾是非，让李渊颇为欣慰。虽说他心中也明白李世民并非事事如此公私分明，却也不禁出言褒奖。

他沉了沉，问道：“依你之见，此事如何处置为好？”

李世民道：“事情似乎应该分两层，玄奘西行，不需请敕，朝廷也不宜开此先例，以免后世子孙效仿，这是一层；另外陛下应颁布明敕，对沙门道观之中的不法之徒予以抑制惩处，以公示朝廷容教却不纵教之宗旨。”

李渊目不转睛地看了这个生得英武雄壮的儿子半晌，心中自有一番滋味，暗道若是兄弟能够同心用事，大唐鼎盛之日似已可见。他长长出了一口气，叫道：“杨恭仁！”

中书令杨恭仁出班跪倒：“臣在！”

李渊斟酌着词句道：“你即刻回省拟敕，就这么写：诸僧、尼、道士、女冠等，有精勤练行、守戒律者，并令大寺、观居住，给衣食，勿令乏短。其不能精进戒行者，有阙不堪供养者，并令罢遣，各还桑梓，所司明为条式，勿依法教。违制之事，悉宜停断。京城留寺三所，观二所，其余天下诸州，各留一所，余悉罢之。”

他说完俯身问道：“诏敕这么拟，门下省有异议否？”

侍中宇文士及出班道：“臣无异议！”

李渊点了点头，对杨恭仁道：“去拟敕罢！”

当断则断

中朝散了，李世民离了太极殿，乘舆经北门径自回到了宏义殿。一进大殿就见尉迟恭神色古怪地站在殿中等候，他这才记起自己上朝前命其前往房府杜府召房杜二人来宏义宫议事。他一边解着朝服一边问道：“玄龄和克明来了？在哪里候着呢？”

尉迟恭迟疑了一下，道：“末将无能，未能请来二公，请大王责罚！”

李世民一怔："未能请来？"

他的脸色在这一瞬间变得惨白，随即又恢复了血色，咬着牙冷笑道："你倒是真客气呀，还恭恭敬敬去'请'？"

他顿了一下，一字一顿地道："你听清楚了，是我，大唐朝廷的天策上将秦王殿下召他们二人前来。这是违者立诛的皇皇王命，不是请他们来吃饭喝酒的请柬！"

尉迟恭苦着脸道："殿下，玄龄长史跟末将说，陛下皇皇圣敕言犹在耳，不得复事大王，而今如私自前来拜谒，必然祸及全家，故而不敢奉教！"

李世民气得浑身颤抖："他们想在这个时候背叛我？临事方抱佛脚，恐怕已经来不及了吧！"

尉迟恭劝道："殿下息怒，二公说，私自召他们入府相见，不仅二公违敕当死，就是殿下，也是违背父皇敕旨，既是不忠也是不孝。大王素来爱惜名声，怎能一时糊涂，为此等不忠不孝之事？"

几句话顿时让近乎暴跳的李世民冷静了下来，他呆立半晌，苦笑道："不忠不孝不仁不义……玄龄和克明果然用心良苦呀！"

房玄龄和杜如晦的心思，至此已是一览无余。不管是李世民召他们前来还是他们私自回府，都是违敕。然而二人的意思说得极为明白，若是李世民不在乎自己这位父皇的圣敕，他们也就可以不再在乎这道圣敕；或者说，若是李世民不再将自己的父亲李渊说的话当作圣旨，他们自然也不再视当今皇帝为天下之主。这等用心微妙的言辞，也亏这两位饱学之士能够想得出来。看来，对于自己的犹豫彷徨，这些属臣们已经快要失去耐性了。

李世民扭头问尉迟恭道："敬德，你是不是也觉得玄龄和克明这么做是有道理的？是否也觉得他们做得对？"

尉迟恭眨了眨眼睛，说道："殿下，恕末将直言，您若是还未曾拿定主意，就是强行将两位相公绑回府来，也不见得能有甚益处！"

李世民点了点头，忽地伸手从腰间取下了佩刀，微笑着递给尉迟恭道："敬德，辛苦你再跑一趟，就说是我说的。我不管他娘的什么圣敕明旨，也不管是谁不许他们两位再追随我，我从现在起就在宏义殿内立等，今日不等到他们我就不歇息，要他们务必奉教回府。他们不是说违抗了圣敕就是个死么？你拿着这柄腰刀前去，告诉他们，如若还不奉教，你即刻就要砍了他们的脑袋回府复命！”

尉迟恭眼睛一亮，接过腰刀追问道：“是就这么和两位相公说说呢，还是真的如此处置？”

李世民站直了身躯，斩钉截铁地道：“这是两军阵前，帅者无戏言。若是他们闻言还不肯奉教回府，你就带他们的首级回来见我，否则，我就要你的脑袋……”

齐王挂帅

武德九年五月廿六日，尚书省连续发布了两道明敕，明确宣示废山东道行台，设河东道大行台领洛阳以东北至长城南至扬州广大地域内的军政全权，以赵王李孝恭为行台尚书令，裴寂、萧瑀分任左右仆射。原山东道行台左仆射并州都督李世勣任尚书左丞兼行台兵部尚书，原山东道行台尚书右仆射王珪任尚书右丞兼行台民部尚书。于太原以东设关外道，由天策上将府节制其军政庶务。同时任命四皇子司空侍中齐王李元吉为扫北行军元帅，任命南阳郡公璐州道行军大总管李靖为副元帅兼灵州都督，任命蒋国公陕东道大行台左仆射屈突通为元帅府行军长史，任命霍国公平阳君秦州都督柴绍为元帅府行军司马，统领秦、璐、蒲、灵、原、庆六州军马及天纪、天节两军。罢天策上将秦王李世民所兼陕东道大行台尚书令和陇西道行台尚书令二职，由齐王接任；召原灵州都督任城王李道宗回京述职；令朝廷尚书省尚书左仆射裴寂总理后方粮秣事宜。敕旨由中书省草拟，经门下省审核副署，加盖李渊玉玺后由尚书省发往朝廷六部九卿十二卫御史台大理寺，抄件快马呈送天下四十一郡。

一时间朝廷文武，无论品秩，那颗方稍稍安定下来的心立时又悬了起来。原本掌军令任征伐的秦王此番不仅未得挂帅，还被削去了陕东陇西两地实权；一向不学无术的齐王元吉却堂而皇之登坛拜帅，负责节度京兆周围及北部边境的近二十万大军；素来心向秦王且战功卓著的任城王李道宗也被剥夺了兵权调回长安述职。就是傻子也能看得出来，李渊给自己的二儿子李世民留下的生存空间，越来越小了……

当日晚间，太子李建成在承恩殿宴请了即将离京挂帅领兵平北的四弟李元吉，十几日前刚刚升任太子左庶子的魏徵奉太子令陪宴。

酒至三巡菜过五味，李建成拍掌屏退了众下人，笑吟吟对齐王道：“四郎，此番率军离京出塞，准备得如何了？”

李元吉喜滋滋道：“我府里现下已经开始预备了，听老相国说，粮饷仪仗，七八日就可就绪，礼部也算得下个月初四乃是黄道吉日。臣弟拟定是日率六府中军离京，太子殿下到时候可要去昆明湖为臣弟饯行呀！”

李建成笑了笑：“为你饯行，我自然要去。不过老四啊，你可知此番我为何要推荐你出任这个行军元帅么？”

李元吉眨着眼睛笑道：“那又有何难猜！太子殿下这是一举两得，由小弟出面夺了二郎的帅印，又借小弟之手握住了北边的兵权。嘿嘿，如今二哥那边，想必正在向隅而泣呢！”

李建成叹了口气：“兄弟，不是我说你，你的脑子，不要总围着长安这点地方转悠，眼光要往远处看。此番御北，不是要你去征讨突厥，只要你严守关隘使突厥不能南侵，就是莫大功劳。老实说，向父皇推荐由你领帅印，我颇费了一番踌躇。为江山社稷计，有两件事无论如何你须得依我！”

李元吉此刻心情颇佳，笑着答道：“殿下尽管吩咐，莫说两件事，就是二十件也不妨，做兄弟的无不从命。”

李建成点了点头，两眼紧紧盯着李元吉一字一顿地道：“这第一件事，便是学学赵王！”

李元吉愕然愣在当场，一头雾水地重复道：“学学赵王？”

李建成神色凝重地解释道：“赵王于军事上并非长才，却能顺利抚定东南、平灭萧铣，你可知是因为什么？”

李元吉失笑道：“这又不是什么秘密，举朝谁不知道，赵王的赫赫战功都是人家李药师挣来的，赵王说到底不过是个坐纛挂名的而已……”

他猛然抬首，大张着嘴结结巴巴地问道：“太子的意思是……是要臣弟将兵权委诸……委诸李药师？”

李建成缓缓点了点头，口气温和地道：“兄弟，我知道，这么做，你心里头不舒服。若是别个事，做哥哥的就依你的性子来也没什么大不了，可是此事关系国家兴替社稷存亡，绝对轻忽不得。我们虽与二郎多有龃龉，但在军务上却不得不承认他比我们强得多，此番夺他的帅印，实乃不得已而为之。好兄弟，你在军务上的本事和哥哥我是半斤八两，咱们谁也不比谁强多少。朝廷这么多将军，也唯有李靖在军事上不逊色于二郎，北面有他坐镇，即使没有大胜，也断断不会出大的纰漏。我唯一忧心的，就是怕你立功心切调度失措。要知道，咱们自家兄弟，胜负都无所谓的，可这一仗朝廷却实实是输不起。赵王不善于治军用谋，却能守拙，此是社稷之福。所以此番你挂帅北征，万事须听李靖处断，不可擅用一谋、不可擅发一令。这件事，你无论如何要答应哥哥，否则这个帅印，你还是不要掌的好。我不能为了和二郎的党争私利，而置国家安危于不顾！”

听着李建成娓娓道来，李元吉脸上颜色变幻不定，李建成说了半晌，他兀自垂头不语。

在一旁安坐的魏徵叹了口气道：“齐王恕罪，在太子殿下上表举荐您之前，征询了微臣的意见，微臣当时全力反对太子如此处置此事。以微臣之见，哪怕太子亲自请命代陛下挂帅亲征都好，但殿下最后还是决定这一遭将这件功劳让与齐王您。唉，因兄弟私情而罔置国事，此番太子可是冒了绝大风险了！”

李元吉心中，此刻百感交集。他何尝不明白李建成确是一番好意，但当着外臣的面说话如此不给自己留情面，也着实让他心中恼怒。他也清楚，今日若是当真不应允此事，自己这位哥哥说什么也不能对自己的能力放心。他打定了主意，抬头笑着说道：“哥哥放心，我依你说的就是！此番北行，我能给李靖和屈突通打理好后方，也算不白跑一趟。”

李建成长长吐了一口气，一颗心至此才算放了下来。他端起酒盏道：“如此我就预祝四郎此番出兵马到成功了！”

李元吉和魏徵亦随之举杯，一盏酒喝下去，李建成的神色爽朗了许多，微笑着道：“这第二件事，却没什么难的了。你的行军元帅府方建，除了长史司马，余职皆未任命，你府中那些统军，连宇文宝在内，总共也没几个能用的。我给你推荐几个人，你带到北边去，无论行军布阵还是冲锋断杀，都用得上的！”

李元吉大喜道："臣弟正为此事发愁呢，殿下如肯将万彻和叔方二将暂借与行军元帅府，小弟不胜感激。"

李建成哈哈大笑："东宫六率左右长林将近两万人都靠他们统带，把他们借给你，我用谁去？老四，你不必为此悬心，我给你推荐的这几个人，绝对不会比薛谢二将差到哪里去，均是久历战阵的老将，保你用起来得心应手！"

李元吉诧异道："长安还有这等能人？大哥却是从何处寻来的？"

李建成淡淡一笑，语气平静地道："这还用费心思另行寻觅么？尉迟恭、段志玄、程知节、秦琼等众，皆是骁勇善战久经沙场的宿将。这些人留在长安，终归也是块心病，不如一并由你带了去，效命北疆，既省了他们在京里作乱，也遂了他们再临前敌的心愿，岂不是一举两得么？"

李元吉眼珠子猛转了几下，哈哈大笑道："殿下真是好手段，如此不费吹灰之力，便将好端端一个天策府搅得七零八落、溃不成军。嘿嘿，没有了房玄龄、杜如晦，再去了程秦尉迟诸将，我那可怜的二哥纵然有通天彻地之能，在这危机四伏的长安城里，又能耍出什么样的花样来呢？臣弟倒是真想看看二郎此番那副心不甘情不愿的有趣嘴脸呢！"

说到此处他眉头皱了皱，语气转为平静："还有一事殿下还需早做安排。臣弟挂帅北征，门下省侍中一职势必不能再兼，我们还需速速荐举一个资历德望相当的重臣去补这个位子，否则被宏义宫那边抢了先手，就不美了。"

李建成叹了口气："这件事你不必再想了，陈叔达身子已然大好，父皇决议诏他回朝效命，明敕现下已然拟就，最迟明早就会发出。他是开国重臣，德高望重，身份家世又显赫，在门下省任职多年，宇文士及和他比起来都是小字辈。这件事情，我们急切之间，根本寻不出一个能和他相比肩的人物来。此事说来倒也无所谓，门下省号称主掌封驳，实际也就是在拟就的诏书上画个押而已，无论是陈叔达还是宇文士及，都没有公然顶撞父皇的胆子。说起来，萧瑀与宇文士及若是换换位子，那才真的令人头痛呢……"

老成谋国

就在太子和齐王正在为江国公陈叔达病愈复出门下省视事而忧心不已的时候，这位南陈后主的胞弟此刻却正在太极宫两仪殿接受李渊的召见。

“子聪，当初适逢母丧，你要守孝，朕不忍夺此至情，便允了你。母丧期满，你却又病了，这一病又是半年多，你倒歇养得面色红润体格康健，朝廷里却是迭出大事，朕熬得心力交瘁了……”李渊面带笑容却不无感慨地说道。

陈叔达气势沉稳神态安详地坐在偏席上，微微颔首道：“天子不惑于物却常惑于心，陛下为开创之君，天下方平百废待举，又怎能坐享垂拱之治？臣辞官以奉母丧，是尽孝道，孝乃百善之首。陛下玉成微臣心愿，亦是人主之善举！”

李渊微笑着摆了摆手，说道：“朕常跟裴监提及，我大唐的宰相班底，其出身显赫居历代之冠。萧瑀是梁武帝后人，子聪的兄长便是陈后主，若是宇文化及也算一代人君，政事堂里便有三位帝室贵胄。说起来也真有意思，这等景象，恐怕便是一统河山的始皇帝，也不能比。如汉高祖之流，起于市井，以刀笔吏为宰相，就更不可比了。”

陈叔达正容答道：“陛下此言，微臣不敢奉同。太史公有云：宰相者，上佐天子理阴阳、顺四时，下育万物之宜，外镇抚四夷诸侯，内亲附百姓，使卿大夫各得任其职焉！为今宰相者，一重在宰辅人君，二重在举荐贤良，三重在议决庶政，此三重不在出身而在心性才具。若论出身显贵，莫过家兄及前隋炀帝，然此皆亡国之人也，可为相乎？”

李渊笑吟吟道：“朕知道，你素来不以出身帝王之家而自赏。然则出身卑微贫贱之人，不识礼义、不辨诗书、不分良莠、不通庶务，此等样人，亦可为相乎？”

陈叔达微微欠身道：“陛下此言差矣，汉孔明，不过躬耕南阳一匹夫耳，然以书生而胸怀天下，于稼穑中研读社稷之学。其出身不可谓富贵，然其功业，又岂是寻常世家子弟可比的？”

李渊鄙夷地摇了摇头："萧何为汉相国，可据汉中而图关中，进而取天下。诸葛孔明坐拥巴蜀和汉中，数度劳师靡饷而不能定陇右，'匹夫'之色厉内荏，似可见矣！"

陈叔达笑道："萧何也不过一'刀笔吏'耳，刘邦用之轻取天下，霸王诸侯世家，只落得乌江自刎。史鉴比比，似非武侯所独美……"

李渊叹道："罢了罢了，看来你这个帝王家子竟真个毫不以出身为贵，也算难得！"

陈叔达沉声道："自前隋文帝开科，取士之法已变。昔日汉高举孝廉，魏武创设九品中正制，皆因其时民智未开，书纸罕昂，通经学晓智术者皆存于世家府第，然亦有董仲舒、诸葛孔明之异数。而今天下虽乱，书籍经典却早已非门阀世家所独享，开皇九年一科即取士一百四十一名，如此民智，岂能置之不理？而今陛下登基，关、陇世族高居朝堂，而沸扬之民智却积蓄于田埂山川之间，我不用之，必有用心险僻之人用之，臣切为陛下所忧啊！"

李渊悚然而惊，沉吟半晌方道："武德七年，裴监和萧瑀曾经联衔奏请废除明经进士科举，重整九品中正制，却遭建成世民两兄弟齐齐反对。当时朕还觉得好生奇怪，这么一件事情，竟然让两对冤家互为表里。今日听你这么一解说，朕倒是深有所悟！历来山东世阀耻于与我关陇世家为伍，故而先有开皇，复又及朕，皆得天下。若是我关陇世阀以此而待天下，普天下的读书人便会与朝廷为敌。这确乎不是小事，是事关社稷兴替的大事！"

随即，这位九五至尊又自嘲地摇了摇头："看来朕确实老了，思绪都不及两个年轻娃儿敏捷了！"

陈叔达起身笑道："陛下的继位人通达事理精于庶务，这既是陛下之福也是天下万民之幸，陛下当感到高兴才是。"

李渊愣了一下，随即回过味来，似笑非笑地问道："子聪这两年居丧清净，该不会也在暗地里关心朕的家事吧？"

陈叔达笑了笑："陛下哪里有什么家事？贵为九州之主，当以天下为家，家事就是国事。"

李渊站起身来来回踱了两步，嘴角带着一丝意味深长的微笑问道："那么，朕倒是想听一听，你陈子聪是如何看待这桩朝廷内外视为'天下第一事'的国事的呢？”

陈叔达神情轻松面带微笑躬身答道：“对于立储之事，臣没看法！”

李渊愕然睁大了两只眼睛瞪视着这位宰辅，猛然间，从胸腔里冲出一股难以遏制的笑意，冲破喉头越过牙关透了出来。

他一边笑一边拿手点着陈叔达道：“好你个陈子聪啊，你可真会耍滑头。裴寂维护祖制，向着太子；萧瑀一根筋，除了秦王谁也不认；封德彝、宇文士及一说到这事就退避三舍，说这是朕的家事，为人臣者不能轻予置喙。你这个人可倒好，干脆告诉朕你没有看法。那朕倒是要问问你了，你说说看，朕这两个儿子，究竟哪一个当皇帝好一些呢？”

陈叔达气定神闲地答道：“都好！”

李渊呆望着他追问道：“完了？”

陈叔达点了点头：“完了！”

李渊忍不住又笑了两声，说道：“那你倒是说说看，都好，他们究竟好在哪里？”

陈叔达笑着开口道：“太子和秦王，无论文治武功，皆是治理天下的长才。朝中众臣，只见太子监国治理庶务的执政之能，却不见太子挂帅平略山东的军务之能；王公文武，固钦服秦王东征西讨攻无不取战无不胜的武略，却少有人知道二殿下的抚民治政之能。实际上，若纯论治军善战，刘贼尚且胜窦建德一筹，而太子能战而胜之、游刃有余，其武略可小觑乎？而秦王麾下，文学之士房杜之才比比皆是，陕东陇西，其经略数年，百姓生计渐有开皇初之气象，这又岂是赳赳武夫所能为？故而臣以为，两位殿下无论谁克承大统，均能振兴社稷，开启一代盛世局面！”

李渊听毕，半晌没有言语，良久方透了一口气，神情落寞地道：“看来，政事堂诸位宰辅当中，只有你一个人始终站在局外，也只有你一个人，能够公允地看待朕这两个儿子啊……”

太白经天

武德九年六月初一，李渊在太极殿亲自主持中朝，宣布正式拜四皇子齐王李元吉为御北行军元帅，当场授以金印、节、符、绶及天子剑，允其节制长安以北的诸州郡驻军及天纪、天节两军。同时宣布调尉迟恭、段志玄、程知节、秦琼、刘师立、庞卿恽、公孙武达、杜君绰、郑仁泰、李孟尝十将元帅府听调，另敕薛国公左骁卫大将军长孙顺德率三府禁军出武功卫戍京兆，最后才宣布江国公陈叔达正式复职回门下省视事。

这几件事发生得太快了，除太子、齐王等寥寥诸人外文武百官无不诧异失色。长孙顺德几乎当庭跌倒，奏对都显得结结巴巴的。对于这位外戚，李渊倒是颇为和善，闻言抚慰他道："朕命你出武功是信得过你，才将京城安危托付于你手。领军归领军，你仍是左骁卫大将军，待你凯旋，朕自有封赏！"长孙顺德兀自懵懵懂懂，站在一旁的秦王李世民站了出来，对他说道："这是君恩，薛国公当谢恩的！"这才将他惊醒过来，汗流浃背地叩头谢恩。

就在李渊宣布数道敕旨之际，太子建成站在班中冲着父皇面带微笑，然而他的眼角余光片刻也未曾离开站在对面班中的秦王李世民。令他颇为失望的是，从始至终，秦王的面部表情一如往常般平静淡漠，从中难窥出半点情绪波动，到后来甚至还好心地站出来提醒长孙顺德奉敕谢恩，说话时语气温和，嘴角还挂着微笑，仿佛说的是一件跟他自己全然不相干的事情一般。李世民若是在李渊下敕时公然站出来反对，甚至拉上萧瑀等亲信朝臣一起抗命，李建成丝毫不以为怪，但此刻见他神态自若毫无异色，反倒心下暗自凛然。

随即礼部尚书窦炬出班奏禀齐王元帅府军马仪仗准备情况，并陈奏六月初五为黄道吉日，利征伐，拟定为出兵日，请敕奏行。李渊毫不马虎地验看了奏表，沉思片刻便挥手准奏。

散了朝，参与中朝的文武百官纷纷上前与齐王和陈叔达道贺，李世民却没凑这个热闹，只远远向陈叔达一揖为礼，便转身下殿。解下拴在殿外的乌鬃马，翻身上马沿着天街打马直奔承天门而去。

此时已过了正午，群臣三三两两自太极殿中走了出来，一边缓步向着宫门漫步一边私下议论着方才殿上的情形。中书令兼领吏部尚书杨恭仁用手遮着眉眼朝着天空中猛瞅，引得一旁的中书令封德彝大为诧异，不禁打趣道："一片晴空万里无云，今日的天气颇好，杨相若寻涉鸟，恐怕还早了几个月！"

杨恭仁放下手来，一脸的凝重之色，全无半点笑容地道："封阁老，大约是我眼花了吧，今天的月亮似乎早早便出来了呢！"

封德彝一愣，情不自禁地扭头望去，却见一片白茫茫的日头，其余什么也看不见。正欲笑，却见走在一旁的大理寺卿崔善为神色凝重地转过头来道："杨阁老眼睛没花，我也看到了，当真诡异。"

封德彝再次举目，用手搭起凉棚，骇然惊见当空异状，就在太阳金轮之侧不远许，一抹淡淡的银轮悄然间现出了身形。他当即大吃一惊，脱口道："怪了，午间月现，且还是满月，这真是咄咄怪事！"

此时周围的大臣们也都纷纷注意到了这般诡异景象，纷纷举目上观，大殿前的广场上秩序荡然。满月于月初午间现于太阳之侧，这等奇观立时引起了纷纷议论。

"事反常则为妖，此等异象恐非祥兆！"

"不错，这大白天的能看到月亮，本来就是怪事，竟然还是满月，真真不可思议！"

"日月同辉，连古书上恐怕都没有这般记载……"

"莫非下界有失德败行之举，致使上天降此警示？"

便在此时，一个声音冷冷地言道："那不是月亮！"

众臣愕然回首，却见发话的是走在后列的司天台太史令傅奕。

正为天上的诡异天象弄得心神不宁的皇太子李建成笑道："好啊，太史公在这里呢，正好为我等解说一番。傅公，你说这不是月亮，那是何星宿？"

傅奕垂目语气冷淡地道："太子殿下，此宿在白日可见，于上古遗书中曾有记载。周厉王奔彘十五年，太白现于金乌侧，是年也是共伯和元年。故而臣说这不是月亮，而是太白金星！"

李建成一怔，脸色瞬间变得惨白，站在一旁的封德彝眉毛立时立了起来，厉声喝道："傅奕，你不要在这里妖言惑众。太白星不轻现，于今天下承平，四海安宁，哪里来的太白星？”

傅奕冷冷一笑：“封阁老，你说的这些下官不懂，然则你若要问下官那物什是什么，下官便只能据实相告。天象示警，自有其一定之规，不是封阁老一言可蔽的。”

“傅太史，你确认没有看错，那确实是太白星么？”

众人转过头去，却见说话的人是随后出殿的尚书左仆射裴寂。

裴寂被李渊留下说了几句话，故而走在最后，一出大殿便见到如此诡异天象，也听到了走在前面的众文武大臣的议论，却始终默然不语。此时见傅奕与封德彝争执起来，这才出言说话。

傅奕躬了躬身：“回禀老相国，下官不会看错，那高悬日侧的，正是太白金星。”

裴寂面上表情淡然，如无波古井，他轻轻点了点头，却没有说话。

太白星白日贯空，主当朝者更迭。王莽篡汉，其时就有太白星现于长安上空。裴寂贵为宰相，虽不习天文，这个道理却还是懂的，只是当着百官，他心中惊惧却不能够表露出来。思忖再三，他缓缓开口说道：“山东道王珪、洛州屈突通、秦州柴绍近日都飞马行文尚书省，大河以北已经数月未雨，就是南阳一带，也旱象毕露。如今太白金星又现于青天白日，看来……明年这个大灾年……是躲不过去了……”

他忽地抬眼，凌厉的目光从百官身上扫过，目光所到之处，虽是盛夏，却带着一股彻骨的冰寒。他冷冷说道：“天象示警，是我等政事宰辅德不足以辅君亲、才不堪以抚黎民之故。然此事毕竟关乎社稷，陛下下敕之前，众臣僚不可妄言获罪。慎之慎之！”

众臣面面相觑，对这位实质上的朝政首辅的心意均已明了，当下轰然应诺。

裴寂转过头对傅奕道：“傅大人，在陛下下明敕之前，你暂且不要上表述说天象。”

傅奕昂然立直了身躯，瞪着眼睛冷冰冰地说道：“我是太史令！”说罢，转过身形一拂袖子，大步朝着宫门走去。

看着傅奕那桀骜不驯的身影渐渐远去，裴寂心中暗自苦笑，看来这个耿直方正的太史令此番不将天捅个大窟窿是不肯善罢甘休了……

山雨欲来

李世民回到宏义宫，当即召集了尉迟恭、段志玄、程知节、秦琼、刘师立、庞卿恽、公孙武达、杜君绰、郑仁泰、李孟尝等十将到宏义殿前面的广场上，毫不犹豫地公布了李渊的圣敕。说毕他淡淡地笑了笑，悠然道："敕诏如此，我也没有什么好说的。你们都是朝廷的人，于此大敌当前之际，理应为朝廷效命，为君父分忧。都回去准备吧，齐王殿下三日后午时起程，最迟在初五卯时三刻之前，你们到安化门外昆明池去见驾领命，否则自担军法。"

说罢，他竟不多啰唆，回身走进大殿，命左右将殿门关上，吩咐贴身内侍道："速请辅机过来，让他在大殿等我。"

那内侍刚刚从大殿偏门出去，却见大殿正门门分左右，尉迟恭自殿外走了进来。他反手将门关上，走到殿中跪下道："大王，他们公推末将来……"

李世民挥手打断了他："你不必说了，现在不是说这个的时候，本王有事情让你去办。"

尉迟恭也不多说，叩了个头道："请大王吩咐。"

李世民点了点头，说道："你即刻去房杜二公府上，请二公过府议事。此事务须机密，不能使任何人知晓，否则你就提头来见。"

尉迟恭应了一声"末将领命"，竟不再多问一句，也不顾兀自在殿外等候自己回话的众将，大步自殿后走了出去。

李世民暗自稳了稳心神，坐在王座上呷了一口茶，还没等他缓过气来，天策府左虞侯车骑将军侯君集便从右偏殿的大门外走了进来。他立定了身躯行毕了礼，沉声道："臣下都听说了，大王有何见教，但管吩咐就是！"

李世民看了他一眼，哈哈一笑，平平淡淡说道："莫急，还没到最后见真章的时候。此刻我们最紧要的就是不能心慌意乱，大敌当前，我们自乱阵脚，岂有不败之理？局面凶险，自然不能轻敌，但克敌制胜，却也不在这一时一晌。倒是有一件事，须得你亲自去办，不能假旁人之手。"

侯君集眼角眉梢渗出喜色："大王但管吩咐！"

李世民没注意到他脸上神情的变化，自顾自说道："你此刻立即去城东灵感寺，在大雄宝殿内留下要那人来府的暗记，不必等他，直去常何府中要他今晚过府议事。别的我不多嘱咐，唯'机密'二字汝素善之，此番尤其谨慎小心。"

侯君集也如尉迟恭般单膝跪倒行礼，说了声"臣下领命"，竟也一句话都不多问，转身自偏殿走出。

侯君集离去后，李世民沉吟片刻，长身站起，自偏殿出了宏义殿，一个从人也不带，沿着宫中的甬路一路西行，穿过御苑便来到了侧妃杨氏的寝宫。

杨妃是前朝炀帝公主，义宁皇帝的姑姑，唐军克长安时年方十四，后于义宁元年为李世民所纳。此时她已为李家生养一子，名李恪，于武德三年封蜀王，领益州大都督。若以大排行论，李恪虽是庶出，却是秦王第三子。因排行第二的楚王李宽夭薨，故此李恪虽此时尚不满八岁，然则在王府中却是大多数王子的兄长，又素得李世民宠爱，故此虽居偏宫，地位却仅在长孙氏生养的长子秦王世子中山王李承乾之下。

李世民一走近，站立在宫门口的内侍早已看见，尖着嗓子喊道："大王驾到！"唬得杨妃急忙忙整理服饰拉着小蜀王来到殿门口，未及下跪，李世民已一脚迈了进来。

他一把抱起了小李恪，对蹲着身子正欲行礼的杨妃道："罢了罢了，就不要多礼了。我来看看就走，你这一迎一送的，又是整装又是下跪，工夫全都耗在这些没用的礼节上了。"

小李恪瞪着两只黑豆似的眼睛兴奋地盯着李世民，扎着手叫道："父王安康！父王安康！"

李世民满心的阴郁情绪被儿子这脆脆的一声呼唤扫得一干二净，他哈哈笑道："恪儿又淘气了是不是？看父王怎样罚你！"说着凑过嘴去在李恪雪白粉嫩的小脸上亲了一下，硬硬的胡子茬扎得李恪扭着脸咯咯直笑。

侍立一旁的杨妃见了也不禁跟着笑道："大王心情好得很呢！今日怎么有空到臣妾这边来了？"

李世民一边逗弄李恪一边说道："走过这里，过来随便看看。我终日在外边跑，还闷得不行。你们母子终日守在这里，怕不闷死？"

李恪伸展着胳膊叫道：“父王带恪儿出去，恪儿要骑马！”

李世民轻轻拧着李恪的脸蛋逗他道：“等天气凉快了，父王带你到北海池去泛舟，到御马厩去骑马，好不好？”

李恪大为兴奋，叫道：“好！好！”

杨妃微笑着说道：“到太极宫去泛舟骑马，那可得有陛下的敕旨。”

李世民一笑：“哪有那么多规矩，老爷子一见孙子，保管嘴都笑歪了，哪里还顾得上什么规矩！”

杨妃想了想，说道：“那臣妾也得先禀明王妃娘娘，别的王子去不去……”

“既然要去，自然都去，否则有人要在背后数落我偏心。”李世民笑意盎然地打断了杨妃的话，他脸上露出了颇为神往的神情，叹道，“北海池那边，多少年没有去过了，那里是什么样子，我都有点记不真了。”

杨妃笑了笑：“臣妾倒是还记得。”

李世民看了她一眼，笑道：“我倒是几乎忘却了，你自小便是在太极宫里长大的。我记得北海池子边有座殿，却从没进去过，那殿名字叫……叫什么来着？唉，看来我是老了，连殿名字都记不得了！”

杨妃笑吟吟地道：“那是临湖殿，它隔在长生殿、御花园和北海池子之间。从玄武门进宫敕见的大臣们，都得从临湖殿边上过去，否则就得绕过御花园的那一大片林子从宏义宫的小路穿北掖庭过去，太费周章了。臣妾记得早年间临湖殿开启过一次，父皇带着臣妾还有一些兄弟登上二层，从那里往北可以看到玄武门内的军衙，往东可以看到长生殿内的光景，往南能够看到甘露殿和神龙殿，连两仪殿都依约能够看见；三个海池子就更不必说了，站在楼上，尽收眼底！可惜了，终父皇一朝，临湖殿只开了那么一次。后来臣妾委身大王，就再没进过宫，也不知道那殿那阁如今是何等光景了。或许后来又开启过，只是臣妾不知道罢了！”

李世民两只眼睛带着笑意看着小李恪，嘴上却回答着杨妃的疑问：“那大殿自大唐建政以来一直封着，从未开启过。不过它北面的紫宸殿我却上去看过，依高度而言，紫宸殿应该正好挡在临湖殿的前面，看不见玄武门才对。”

杨妃眨了眨眼，失笑道：“大王没上去过，自然不晓得。紫宸殿和临湖殿实际上不在一趟线上，从临湖殿的东北角恰好能够穿过紫宸殿顶东南角的飞檐看到玄武门的情形。”

李世民把李恪放在了地上，呼了一口气道：“好了好了，有机会我也上去看看，不过要开启临湖殿恐怕真的得有父皇的敕旨。先不说这些个没用的了。你好好看顾恪儿，等入了秋，我带你们进宫到北海池子里去泛舟！”

杨妃抿着嘴又是一笑：“殿下怎么了，北海池子那边水浅，只能泛两个人乘的小舟，要泛十几个人的大舟，非到长生殿西南边的东海池子不可。那边是内城里的内城，没有陛下的敕旨，可是万万不敢擅闯的。”

李世民拍了拍脑袋，哈哈笑道：“是啊，是我糊涂了！”

他叹了口气：“外间一堆烦心的事，难得在你这里盘桓片刻，松泛松泛身子骨，也散散心。这几日天气太热，你和恪儿都不要外出，小心着了暑气不是闹着玩的。再说……”

他嘴角浮现出一个莫名其妙的微笑：“如今长安城局面诡异朝政复杂，再没有比这秦王府更能躲清静的世外桃源了……”

第五章
喋血玄武

紧锣密鼓

曲江池是位于长安城东南角的一个人工湖，距启夏门和延兴门都不远，京兆最大的寺院大慈恩寺就在池子西北，相隔不过两坊。此刻，就在湖中心的一艘画舟上，大唐李渊的堂弟，在朝内素有“草包郡王”之称的淮安郡王李神通和任国公尚书右丞雍州司马左金吾卫大将军领监察御史刘弘基正在悠闲地品茗对峦。伺候侍奉的随侍从人被远远支到了画舟的另一头，只见落子之余，二人言谈不止，神情忽而凝重，忽而烦闷，又忽而开怀。至于说的是什么，却是半个字也听不真切。

大唐军功立国，以武略平天下，武将兼文职者不少，然似刘弘基这等文职武职朝官外官集于一身者却再无第二个人。尚书右丞是省官，在尚书省内位列第五，仅在令、左右仆射和尚书左丞之后，居六部尚书之上；雍州为京兆，雍州牧自皇帝建元以来便由皇太子李建成和秦王李世民先后兼领，却并非实任，一州钱粮刑狱等庶务均由别驾代理，防务则委诸司马，因而雍州司马一职虽是外官，却是京兆实质上的最高防务长官；左金吾卫大将军是武职，隶属十二卫府，在各卫府中位列第七，然则若论职权，左右金吾卫府司掌宫中、京城巡警及烽侯、道路、粮草之宜，凡京城内翊府、外府及夷兵番迎皆隶属其管辖统领。长安城内，除太极宫内皇城由玄武门禁军屯署负责外，外宫城宿卫、南衙宿卫、兴庆宫宿卫、宏义宫宿卫、各亲郡王府、各公爵府、三司、六部、九寺、京师各衙署及长安十二门城防均在其掌控之中；监察御史是台官，品秩虽不高，地位却颇为超然，其职在巡视纠察京城百官错失，总朝廷风宪，官位虽列在从八品下，然其职责行止，虽政事堂宰辅王公贵戚亦不得过问。刘弘基自太原起事便追随唐皇父子，其地位在唐廷内虽始终算不上最高，却实是长安城内握有军政实权的人物，备受唐室信任。不管是李渊还是此刻剑拔弩张势不两立的李建成李世民一对冤家，均对这位十年来忠心耿耿任劳任怨的老臣信任有加。

刘弘基此刻怔怔望着被困住的十几个白子儿，语气谨慎地问道："秦王殿下此刻托大王来和弘基述说这些陈年旧事，真意究竟何在呢？"

李神通悠然不顾被黑子团团围困在西北一隅的十几个白子，自顾自地在东南又布下一子，口中语气淡然地说道："我是个糊涂人，秦王的意思我自然琢磨不透，不过老弟是个聪明内敛之人。我猜，本王想不明白的事情，你或许能想得明白也未可知。"

刘弘基抬头看了他一眼，笑道："大王取笑我么？谁不知道你淮安王是我大唐头号绝顶聪明的人物？你都想不通透的事情，还有谁能想透？"

李神通微微一笑："老弟，就算你要恭维我，也不必如此着痕迹吧？满朝文武，三省六部，谁不知道我是个草包郡王、无能郡王？除了喝酒吃肉，无论治政还是掌军，我可没有一样在行的。若是一个酒囊饭袋也能称得上绝顶聪明，岂非天下最大的笑话？"说着，手中拈了一枚白子随手放在了棋盘上。

刘弘基捋了捋胡须，嘴角浮现出一丝冷笑："大王若真是个草包，早就死在窦建德手上了，怎还能活着回到长安来？嘿嘿，下官自太原元从以来，就一直跟大王打交道，还会看走了眼么？任城王长于勇猛善战，赵王则善于守拙，两位大王终日劳碌风吹日晒，封禄至今仍居于大王之下。哈哈，究竟谁是真正的傻瓜谁是真正的聪明人呢？这世事委实是难说得紧了……"

李神通摇了摇头："毕竟是老朋友了嘛，纵然能骗得过天下人，也难逃老弟你那双毒眼。嘿，怎么，秦王的话你不相信？"

刘弘基撇了撇嘴："老实说，终日里看着这些宫闱内争，我着实有些厌烦了。前线虽说兵凶战危，总归比京城里这个位子舒心得多！"

李神通哈哈大笑："你这个位子可是天下第一紧要的位置，多少人眼睛红红地想抢去而不可得呢！你可倒好，蒙陛下太子秦王如此信任，却偏偏身在福中不知惜福，一天到晚想着怎么往外跑，你啊你啊，让我说你什么好！"

刘弘基长叹了一声，将棋盘一推，站起身来走到船头，迎着猎猎湖风道："大王，现下局面太乱，我有些摸不着头脑。你能否告诉我，太子和秦王，你究竟看好哪一个？"

李神通悠然自得地呷了一口清茶，淡淡笑道："不瞒你说，东宫那边也托我给你传口信来着，还许给你一个尚书右仆射的甜头，不过我没跟你说罢了。事情虽复杂，我却看得极简单，我不看好太子！"

刘弘基皱起了眉头，问道："如今京师局面，一面倒地偏向于东宫一边，你为何反倒不看好太子？"

李神通摇了摇头："也没什么别的原因，太子、秦王、齐王，这几个人都是我从小看着长大的。我不看好东宫一系，自然有我自己的见识。这见识或许简单浅薄，但对我这等庸碌无为之人而言，已经足够用了！"

刘弘基扭头定睛注视着李神通问道："什么见识？"

李神通语气轻松地道："无论是太子还是齐王，都坐不了龙庭。最终正位太极宫的，必是二郎无疑！"

刘弘基口气认真地问道："为何？"

李神通冷冷地道："因为他们不够狠！"

刘弘基目光一霍，缓缓转过身形，走到席前坐下，边坐边喃喃自语道："你的意思是说，太子和齐王都不够狠辣果断？"

李神通一对令人望而生厌的小眼睛眯了起来，冷笑了两声道："岂止是他们两人不够狠？就是站在他们背后给他们撑腰的那位当今陛下，若是论起狠辣果决，也比他那位在沙场上磨砺了十年的二儿子差得远了！"

刘弘基浑身一颤，怔怔地看着李神通，目光中充满了讶异和惊惧，额头上的汗水涔涔而下。

李世民回到宏义殿偏殿，却见长孙无忌、房玄龄、杜如晦、侯君集，尉迟恭五个人已经候在殿内了，房杜二人此番却做了道士装扮。他略略打了个招呼便走到自己的席位前坐下，摆着手道：“不叙礼了，我们坐下说话！”

待众人坐好，他目视侯君集，侯君集会意，道：“暗记已经留下，最迟今夜，他当乔装入府。常何已经来了，就在那边偏殿，等候大王接见。”

李世民点了点头：“好，我们先议，议决了再召他过来！”

他深吸了一口气，说道：“今天朝上的事情大家都听说了吧？我不再赘述。出洛阳已成绝境，除了和东宫方面正面交锋，我们再没有他途可走了。然则骨肉相残，古今之大恶。我诚知大祸只在朝夕之间，如果等待那边先为不道，然后以义讨之，大家以为可行否？”

尉迟恭不以为然地摇了摇头：“大王是久历兵事的人，当知这是一厢情愿的想法。人情谁不爱其死！而今众人以死奉大王，乃天授大位于大王。而今塌天大祸就在眼前，而大王犹自犹豫不以为忧。大王纵然不以己身为重，又将宗庙社稷置于何地？大王不用敬德之言，敬德只能辞去，归隐山林再为草莽，不能留居大王左右，交手受戮，还望大王善纳众人之言！”

长孙无忌点了点头道：“大王若不从敬德之言，这一场征战不用算亦知其败！东宫待大王如寇仇，大王待东宫以手足。如此态势不均，而大王之心又不能定，明知必败之战，敬德等众将岂肯为之？再犹豫彷徨下去，众将必不复为王所有，无忌亦当相随而去，不能复事大王矣！”

李世民沉吟了片刻，说道：“你们应当知晓，此番我们所面对之敌，不仅有太子和齐王。只要我们在长安城内动起刀兵，便是父皇之敌，朝廷之敌，社稷宗庙之敌。于天下人眼中，父皇是君，我是臣；父皇是父，我是子；太子是兄，我是弟。若不能取得陛下的支持，我们在长安城内所冒风险就是万世之险，故而我才提议待太子不道，我们再起而讨之，这样不仅无亏臣道，也无亏孝道。你们尽可预做谋划，然本王所言，亦未可全弃。”

尉迟恭急道：“大王在战场上何等智勇，如今临大事怎么这等糊涂？大王今处事有疑，是为不智；临难不决，是为不勇。且大王麾下三府军士，在外者今已入宫，擐甲执兵，事势已成。此事关乎多少人的身家性命，已经不是大王一人之事了！”

一旁的杜如晦看了看长孙无忌和尉迟恭这一文一武两大说客，眉间隐有忧色。房玄龄却冷眼旁观一语不发。

侯君集猛然间想起了十几日前李世民与自己在宏义殿内的一番言语，转念间，已知这位秦王的心事何在。他微微一笑，淡淡问道：“大王以舜为何人？”

李世民笑道：“舜，圣人也！”

侯君集拍手道：“这就是了，使舜落井不出，则不过井中之泥罢了；涂廪不下，则不过廪上之灰罢了。安能泽被天下，法施后世乎！是以小杖则受，大杖则走，只有留得有用之身，方可全忠义、尽孝道、施友爱。大王今日被逼无奈先发制人，正是为了日后能于社稷尽忠、于陛下尽孝、于天下子民广施仁爱！”

房玄龄马上接口道：“侯君集此言不确，何须待得日后？大王今日之行，本身就是于社稷尽忠、于陛下尽孝，施天下子民以仁爱！”

李世民瞳孔猛地一阵收缩，他仰起头道：“既如此，你们就议个日子吧！”

几个人相互回顾了一番，提在心间的一口气这才松了开来。

尉迟恭道：“末将以为不能待齐王离京，否则能将兵者悉数离大王而去，大王那时除了任人鱼肉，再难有其他作为了！所以本月初五是个坎儿，最迟不能迟于初五了！”

房玄龄道：“臣下倒是以为初五这个日子不错。那一天齐王府的护军齐集南城外的昆明池，太子部将薛万彻等人也要提前去那边为太子安排警戒护卫事宜。到时候城中的东宫齐王府两军实力削去大半，统军将领也不在城中，群龙无首。只要我们动作迅速，城外的宫府军还来不及反应，大事便已定了！只是，城内刘弘基的城防军却不大容易对付……”

李世民摆了摆手，淡淡说道：“刘弘基那边不用太费心思，他的兵进不了内宫城，而且他那边自有淮安王叔去安顿抚慰。到时候也不求他帮什么大忙，只要他睁一只眼闭一只眼，不理会内宫里的事情就无大碍！”

房玄龄正容道：“大王此言差矣。刘弘基的军士虽说进不了内城，然则内廷三省、政事枢要、九寺十二卫所，均在其所统属的南衙掌握之中。到时候即便我们掌控了内宫局面，没有中书草敕、门下复核、尚书传宣，新的政令敕旨如何能公布天下？不发则已，一旦发动，大王必须以迅雷不及掩耳之势将太极宫和朝廷中枢掌握在手中，否则即使诛了太子和齐王，也稳不住长安局面！”

李世民沉思半晌，点了点头道：“房公所言有理！”

他目光一转，问坐在房玄龄身侧的杜如晦："杜公以为呢？"

杜如晦口气极为干脆："必要刘弘基一兵一卒不得逾朱雀门以北。待我们控制南衙之后，务要他按我们颁发的敕令控制各部寺台司亲郡王府及在京所有五品以上官员府邸，并在京师全城戒严。"

李世民抚着腰间的鱼带沉吟片刻，点了一下头："王叔当能够说服刘弘基！"

长孙无忌道："刘弘基的态度若能明确，那么事情的成败关键，就在北面的玄武门了！"

一言甫出，在座诸人情不自禁地缓缓点头。

西府密谋

玄武门为禁宫北门，紧倚着太极宫后宫和东宫、宏义宫，又是负责内宫宿卫职责的禁军屯署所在地，战略地位极为冲要。自大唐建政长安以来，李渊一改前隋宫城宿卫重南轻北的布置，建禁军屯卫于玄武门内，由三万太原元从禁军负责宿卫内宫，后虽屡经裁抑，也仍有一万八千之数。这支禁军不属南衙十二卫统辖，尚书省无权节制。禁军统领虽职不过五品，却直接听命于皇帝。由于禁军屯署设在北门内，久而久之，形成了与南衙相对的"北衙"之称。一旦控制了玄武门，就相当于打开了内宫的门户，也控制了禁军；若是控制不了玄武门，便是有数万军马也只能望宫门兴叹。

房玄龄缓缓说道："当初杨文干坏事时大王在此处做眼，真可称得高瞻远瞩了。若非担任禁军屯属的人是常何，如今我们就算想尽办法，不能控制玄武门也是枉然。"

李世民冲着侯君集一笑："去请常将军过来吧！"

侯君集应诺走了出去，李世民叹道："玄武门是此番京城内战事的关键。只要控制了玄武门，即便大郎四郎兵力再多一倍我亦不惧。若是没有玄武门在手，此番我们在京城内实无半分指望，只有冒险逃离长安一途了！"

杜如晦道："事不宜迟，大王须迅即定下五日凌晨参战诸将及指挥次序负责事项。”

李世民点了点头道：“这事我想了许多遍了，玄武门内是主战场，我和敬德、君集等在那里设伏，这一路人马不必多，却须得个个精悍能够独当一面。这一路我亲自节制指挥。东宫这边，敌不动我不动，但须派一路人马严密监视长林门，一有动向须立时向我禀报。皇帝殿那边亦然。尚书、中书、门下三省也是要紧所在，这一路出动军马不能少于五百，由房公主持大局，率段志玄、周孝范、郑仁泰、张士贵四将，什么都不用做，只要将诸位相公留住，三省印信拿到即可。这一路的紧要之处是既不能跑掉一个人，也不能伤着一个人，分寸火候把握至关重要，除了房公，恐无人能担此大任。”

房玄龄在座席上欠了欠身，说道：“臣下领命！”

李世民又道：“再有一处就是长生殿，此处宿卫的侍卫军兵相互不能统属，不是一个常何就能节制的。须得我亲自前往，否则伤及圣躬，我就百死莫赎了！所以此处无论如何必须在凌晨前解决。请陛下移驾东海池舟上，由专人伺候侍奉，我将于天亮后赶回玄武门指挥大局，好在相去不远，来回不废时辰。辅机要随我去长生殿请驾，玄武门这边由君集暂行权节度！”

他说话的时候，侯君集已然领着常何走了进来。太极宫的规制建筑，在侯君集心中早已不知走了多少趟，因此虽说只听了一个尾巴，却也立时了然于胸。

见常何呆呆地要给自己行礼，李世民笑着摆了摆手：“都是家里人，就不叙礼了，坐下说话。”

常何一头雾水地在侯君集下手坐了下来，却见李世民并不与自己说话，自顾自地道：“玄武门内地方太宽阔，所以设伏地点我选定的是临湖殿西侧的御道，那里一侧是水一侧是殿阁林台，是绝佳的设伏地点。我的中军就设在临湖殿，到时候我们开启临湖殿，我就在二楼上节制诸军。据我所知，那里北能够看到玄武门，南能俯瞰两仪殿，是绝佳的中军扎营地点。”

长孙无忌长长出了一口气，叹道：“大王此番可谓算无遗策了！”

一旁的杜如晦摇了摇头：“还有一路至关紧要，大王却未曾说及！”

李世民愣了一下：“何处？”

杜如晦肃容道：“就是我们现下所在的宏义殿！”

众人恍然大悟，宏义宫兵将倾巢而出，秦王府便成了一座空城。此时若太子和齐王的部将率军击之，王妃世子及阖府家眷就危如累卵了。

李世民皱着眉头思忖半晌，道："府里只能托付给杜公了。可惜，长安城内我可用兵力太少，只能给你三百人。够用么？"

杜如晦摇了摇头，老老实实答道："不够用！"

李世民苦笑道："我们手上这点兵力，须得用在紧要之处，此处不是洛阳，再多我也没有了！不过只要玄武门事毕，我会立时遣敬德率部回府，不会让杜公当真撒豆成兵、画饼充饥。"

杜如晦叹了口气："三百就三百吧，总比一个都没有强！"

李世民转过身来对着满脸骇异之色的常何微笑问道："玄武门本月初五是谁当值？"

常何哆嗦了一下，想了想道："是我！"

李世民点了点头："不会临时更动吧？"

常何摇了摇头："玄武门禁军轮值次序每月一定，均上报陛下批准。没有陛下手敕，任何人不得擅自更动，违者以大逆论罪。"

李世民笑道："看你惶惑得满头满脸都是汗水，不要惊惧，我们不是要造逆。然则朝中不清社稷不宁，我身为亲王，总要为父皇分忧才是。常何，我得到密报，东宫、齐王府预谋不轨，欲于本月初五行刺陛下，我等商议之后，准备适时保驾诛逆，你怎么想？"

常何压根就不相信李世民所谓太子齐王要行刺李渊的鬼话，但是此时此地，他这个秦王府旧人当然明白秦王和他说这么一番话的缘由，好在决心早已下定，虽说事情来得突然了些，也还不至于措手不及。他起身走到殿中，撩开袍子单膝跪了下去，沉声道："末将的性命是大王所救，末将此刻的禄位尊荣都是大王赐予，大王但有差遣，末将万死不辞！常何愿为秦王殿下效死命，秦王万岁！"

李世民站起身来走到他面前，伸手扶起了他，温言道："将军不必如此，我素知将军忠义，不敢要将军做危害大唐江山之事。将军不负我，我自不负将军！世民今日在此对上天立誓，我若做出危害江山社稷的大逆不道之事，有负常将军信任托付，天诛地灭！"

常何急忙摇手道："大王不必如此，常何一匹夫耳，怎当得大王如此重誓？"

李世民笑着拍了拍他的肩膀："我素来以信义二字纵横天下，言出必行。你回去准备吧，记得随时与君集保持联系！"

常何应诺，自偏门退了出去。

李世民一直目送常何的身影消失，这才转身对几个文武幕僚说道："如此，我就叫候在殿外的诸将进来布置了！"

长孙房杜等人对了对眼神，相继点了点头。

李世民一笑，道："那诸公就在偏殿稍候，君集随我来！"

领着侯君集走进了宏义殿正殿，李世民沉声道："你来安排，找人从此刻起十二个时辰不辍监视常何，如有异动或是进宫见驾，立时回报！"

侯君集会意，转身去了。李世民整理了一下袍服，平复了一下情绪，迈步向前，亲手打开了宏义殿的大门。

此时日头已经西下，在殿外跪候了半日的秦王府诸将惊讶地看着宏义殿的大门缓缓开启，又惊讶地看着秦王李世民神情冷淡目光坚毅地自大殿中缓步走出。在殿外怀着满肚子委屈愤懑等候了半日的程知节再也忍耐不住，宛如见到了亲娘的孩童一般大叫了一声"秦王！"，便泣不成声地叩下了头去。他这一带头，十几个孔武有力五大三粗的汉子也忍不住泪如泉涌，齐声呼着"秦王"跟在程知节之后纷纷叩下头去。

在这一瞬间，李世民的眼眶忽地一阵发酸，一层朦胧的雾气笼罩了他的视线。直到此刻，他才找回了战场上那种大军统帅应有的自豪感。眼前的这些人，他们做的是李渊当今万岁的官，拿的是大唐朝廷的俸禄，然而却只认他一个人的将军，是他一个人的军队。这是一群无论到何时何地都会誓死追随他的热血汉子。隋末群雄并起，十八路反王翻云覆雨，这些将领当中，有许多人这一生追随了不止一个主人，改换了不止一次旗帜，然而他们最终还是在天下英雄当中选择了他——大唐帝国的秦王！

强压下胸口波动起伏的情绪，他面无表情地走上前去将程知节拉了起来，温言道："咬金，不要如此，快起来！"

他站直了身躯，以一种君临天下的威严姿态扫视了众将一眼，用微微颤抖的声音说道："愿与我李世民同生死的，就随我来吧……"

意外变故

武德九年六月初三，太白金星再次于白日现于当空，立时震动朝野。历来天象有变，往往意味着君主失德朝廷失政，不过历代大臣当然不会将责任向人主身上推。按照惯例，政事堂六位宰辅大臣纷纷上表自劾。然而三日之间主大凶的太白金星两次现于白昼，这等诡异事就连李渊也不能泰然视之。关于皇帝要不要下罪己诏一事，君臣七人在两仪殿议了半日，也未能有个结果。辅臣当中，裴寂、封德彝和宇文士及坚决反对皇帝下诏罪己，裴寂称“天象有责，是为政者不善政故，请辞尚书左仆射之职”，而萧瑀、杨恭仁两人则赞同皇帝下罪己诏以慰天下臣民。只有老成持重的侍中陈叔达低着头一语不发。直到天将迟暮，太史令傅奕的奏表终于由殿中省呈了上来。

这位朝廷天文星相权威的奏表极短，核心内容只有三两句，意思却极为明白浅显。只是，这意思却是皇帝君臣万万想不到也万万不愿去想的：“太白形于日侧，见于秦分，主秦王当有天下！”

“朕还活着呢！”李渊怒吼道，一把将傅奕的奏表掷在了地上。他脸色铁青地站起身离开了御座，快步绕过御案，盛怒之下将丹墀上晚间照明的竖盏碰了一下。他随手抽出佩剑，挥剑将竖盏劈为两截，唬得站在丹墀之下的几个大臣面如土色，慌忙跪倒叩头，连呼“陛下息怒”。

皇帝喘着粗气站在御案前，手中的宝剑斜斜指着丹墀之下，手在微微颤抖，额头上青筋暴现，沙哑着声音冷笑道：“朕身体康泰，有人就已经迫不及待了啊！好，朕今天就杀一儆百，给百官、给天下人做个样子看看！中书省着即拟敕，立刻将傅奕拿赴大理寺问罪，妖言乱政，形同谋逆，朕断然容不得他！”

陈叔达方才在罪己诏的事情上含糊迟钝，此时却第一个反应过来，抬起头挺直了上身肃容叫道：“陛下，万万不可！”

李渊凌厉的目光立时移到了他的身上：“怎么？你陈子聪要为这等乱臣贼子鸣不平？”

陈叔达沉稳地说道："陛下，傅奕职在司掌天文历法星相，其所释天象或有确实差误，但不应获罪，况且傅某与秦王素无来往，此番也不似为秦王争储而谬解天象。陛下深思，若是傅奕党附秦王，陛下尚且健在，且春秋鼎盛，他在此刻上此奏表，岂不是要陷秦王于不忠不孝不仁不义之境地？他若是真的为秦王着想，怎肯出此下策？"

裴寂也叩头道："陛下，自汉高祖以下，历代帝王无诛史官者。司马迁著谤书遗世，直斥汉武皇帝之非，汉武帝都没有诛杀他。当今陛下乃仁爱之主，怎能为此连一代独夫都不敢为之事？史官地位超然，自古便是如此，纵使触怒人主，亦不可轻诛。今日陛下盛怒之下诛杀太史令，将遗后世不尽之害……"

陈叔达点了点头："陛下，裴相国所言乃赤胆忠心之言，纯为陛下着想，还请陛下雅纳！"

皇帝直着眼睛看了看这两位老臣，冷冷问道："朕若是不纳呢？"

陈叔达抬头直视着皇帝道："臣万死，若陛下一意孤行诛杀太史令，门下省将不予副署！"

良久，皇帝沉重地叹息了一声，苦笑道："罢了，朕不做这个无道的昏君了！你们都起来吧，你们说得对，朕不能杀史官，不能给后世开这个例！"

他有些心灰意懒地道："朕的这些儿子们啊，当真个个都是英雄好汉，都巴不得朕早点死了。'自古无情最是帝王家'，村言俚语，平日朕不信的，不想竟然说得一般不差！朕真是寒心了，什么'太白形于日侧，见于秦分，主秦王当有天下'，嘿，直接说朕该让位了不好么？看来世民是真的得人心啊，连老天爷都帮着他来催朕。"

他扭过头对裴寂道："你这就去宏义殿，问问世民，朕明天就禅大位给他，问问他行不行！"

几位辅臣面面相觑，对这道不伦不类的口敕都不知该如何作答，大殿中一时间竟然寂静了下来，气氛既尴尬又诡异。

李渊扫了几个人一眼，问道："怎么，裴监，连你也不奉敕？"

裴寂浑身哆嗦了一下，却仍不知如何作答，迟疑着道："这……"

一旁的陈叔达再次开口道："陛下，恕臣直言，秦王有大功于天下，没有显著事由，不可轻加惩黜。陛下若对秦王有惑，可当面责问之，万不可以此等非人臣可与闻之含糊言语质之。秦王性情勇烈，若抑迫过甚，其不胜忧愤，恐他日生不测之疾。此有伤君臣父子情分之事，亦非主上所忍见。”

皇帝默默听毕，半晌方开言道：“好吧，朕就听你陈子聪一次。裴监，你还是去一趟宏义宫，带上傅奕的这份奏表给他看看，问问他是怎么想的。告诉他，朕就在两仪殿，等他明白回奏！”

裴寂这才长长出了一口大气，叩头道：“臣领敕！”

几位辅臣自大殿中走出，都不禁擦了一把汗，因傅奕上表而险些引发的一场政治危机总算在众臣苦口婆心的劝谏下滑了过去。但是太子和秦王之间的明争暗斗却愈演愈烈，李渊的情绪也越来越不稳定。几位宰相心中极清爽，似今日这样的危机，绝然不会是最后一遭。下一遭发生的时候，究竟如何应付遮掩，却委实是一件谁心里都没有数的事情。

玄武门禁军屯署之下，编制有左右二屯营，左屯营统领为黔昌侯云麾将军敬君弘，右屯营统领为中郎将吕世衡。常何身任左右监门卫左翊中郎将和玄武门禁君屯署左右屯营将军二职，前者主司勘验文武官员王公贵胄出入宫城的门籍，后者主掌北衙统军兵权。这两个职衔权虽重，但品秩都不高。

常何挥了挥手，家人捧上一个红漆条盘，条盘之内堆着黄澄澄数十枚金刀子，数十名城门郎和禁军校尉顿时两眼烁烁放光。常何与站在身侧的云麾将军敬君弘对视了一眼，微微一笑，对着这些门官军官说道：“你们都是跟了我多年的老弟兄，自山东便跟着我南走北折东挡西杀，着实不容易。早年咱们大家伙追随蒲山公，后来归顺朝廷，攻洛阳战武牢平山东，说起来也是几十年的交情了。照说呢，这么多年鞍前马后的，关照提携赏赐都是情理之中的事，没什么可说的。只是你们一向知道，我是个手上有点钱都过不了夜的人，平日出手虽大方，但一口气拿出这许多金子打赏，我就是把二十年的俸米全都拿出来怕也不够。是咱们天策秦王殿下知道你们这些弟兄跟了我这许多年，却一个个还过得颇为清苦，他老人家带了多年的兵，知道吃粮人的苦楚，所以昨日便赏了我这四十刀金子，要我拿来给大家打赏。可是我不能贪冒殿下的人情，说清楚了，这些个金子是殿下赏的，日后殿下有什么用得上你们的地方，若是哪个混账东西敢推诿搪塞，我可是不依。话又说回来，忘恩负义的东西，纵然我能饶得了他，众家弟兄能饶过他么？”

站在常府庭院当中的这几十个人，均出身于山野草莽，生计潦倒家破人亡之际才不得已投了瓦岗军，在常何手下前后十余年，如今均在左右监门卫和北衙屯营中担任下级武官。虽说做了官，大多却仍桀骜剽悍，不改亡命习性。禁军规制特殊，不同寻常府兵轮换统制提调。是以常何才能利用职权之便将这些人安插在宫禁宿卫的要害岗位。

当下众人喜笑颜开地谢过了赏，便纷纷上前领金。常何走到一边，对敬君弘道：“吕世衡那边，还要不要打招呼？”

敬君弘笑了笑：“他那人胆子小，机密之事，还是不和他说透得好。否则他过于忧惧，出点什么差错反而不美。”

常何叹息了一声：“这么大的事情，你我二人是将身家性命都押上去了。好在我没有家眷之累，若事败，无非一死而已！你老兄此番可是将全家老小的性命都夹在腋下了。”

敬君弘抿着嘴唇沉了沉道：“我们不会失败的！”

见常何不解，敬君弘冷笑道：“别忘了，我们此番追随的，是大唐的秦王！是在十八路反王割据辗转中未尝一败的秦王……”

峥嵘本色

太史令傅奕的贸然上表，彻底打乱了李世民已经拟好的定计。裴寂见这位平日里英武儒雅豪气干云的秦王看完傅奕的奏表后面如死灰，浑身上下止不住地颤抖，竟连奉敕二字都忘了说，也不禁心中有些怜悯。他叹了口气，宽慰李世民道：“殿下不必忧心，傅某是个执拗书生，与宏义宫素无来往，这一层老臣等平素便知晓的。就是陛下，也不过是说了几句气头上的话，无大干碍的。于今之计，殿下从速拟一份自辩的奏表呈上去才是正经，陛下此刻还在两仪殿坐等呢！”

李世民这才从怔忡中清醒过来，语气苦涩地谢道：“多谢老相国回护周全，世民感激不尽。来人，快快给老相国奉茶！”

裴寂摆了摆手：“殿下，茶就免了，臣奉敕而来，此刻还要回去向陛下复命！若是殿下能尽快拟就奏表，臣可一并带回两仪殿。若是殿下一时之间难以草就，今日南省是臣当班轮值，殿下可遣一黄门将奏表送南省，臣万不敢耽搁，可保奏表即刻呈上御览。”

李世民诚挚地道：“此事既干家务又系国运，委实不敢劳烦老相国，呈表的差事，还是由辅机来罢。他是王府官，又是外戚，身份位分都合适的。相国关怀照顾之情，世民牢记在心，他日必将有报！”

裴寂叹了口气，道：“但愿殿下能以大唐江山为重，善自收敛形迹，使朝廷上下安定平和不生波澜，便是老臣一片苦心没有白费……”说罢，起身辞去。

送走了裴寂，李世民脸上忧惧惶恐的神色转眼之间一扫而空，转身大步进了偏殿。此时，房、杜、长孙领衔，天策府一干文武重臣都在此候着，见李世民进来，纷纷从席位上站起，以询问的目光追视着这位在接敕之后神色表情只显昂扬却不见颓丧的秦王殿下。

李世民摆了摆手，示意众人坐下，扭头对侯君集道：“你去请他过来，与大家见见面吧！”

侯君集愕然，却没有多问，转身离开。

李世民朗声说道：“方才你们都听得清楚，事情有变。圣上此刻正在盛怒之中，今日之事若处置不当，明日内宫禁军便会再次包围宏义宫，我们事先所做一切安排部署均将作废。事态急迫，我们须即刻草拟奏表呈送两仪殿。你们有什么想头，尽可道来。”

房玄龄毫不迟疑地第一个发言道：“我们既定之策不容更动，错过了这个时候，众将万难抗敕留在京师。待得齐王率天策府众兵将离京，大王在长安就是任人鱼肉之局。此刻最要紧的便是草拟一份回奏表章以安陛下之心，只需挨过明日即可。臣此刻就着手草拟奏章，只是如何措施，还需大王仔细斟酌！”

李世民摆了摆手：“玄龄且慢，草拟回奏之事，稍待片刻不迟。”

说话间侯君集已然领着一个头戴青巾的中年文士走进了偏殿。待众人看清了那文士的长相模样，不自觉地都惊呼出了声，其中尤以尉迟恭最为惊骇。

来人竟是曾奉太子令谕以重金收买他的东宫官太子率更令王晊。

李世民微微一笑：“书臣效命于我，已经有四年了。只不过他身份特殊，为机密故，不宜与大家相见。而今既然事情已然到了这个份上，也就无所谓机密不机密了。书臣，你给大家说说吧，东宫和齐王府这两日来的调度内情。”

王晊行了个礼，道：“北征事宜已经就绪，齐王殿下自领一府兵马护卫中军，余下一府护军由谢叔方统领护卫齐王府。东宫这几日征调频繁，冯翊冯立兄弟调任长林门监领，薛万彻如今率东宫上率三千人在昆明湖布置警跸。魏徵昨日染恙，说是受了风寒，太子专门遣了医官前去探视，似乎症候不重，不过今日也未见他入东宫，应该还未曾痊愈。宫里张婕妤那边昨日晚间遣了个内侍过来，太子召入密室，说的什么事情不得而知，但临走太子命我备了百两黄金由那内侍带回去。巨鹿王承义五月末染恙，太医说是出痘，至今尚未破花。太子这几日忧心得紧，茶饭不思，人整整瘦了一圈。”

李世民沉吟了片刻，问道：“若是今夜宫中有事，张婕妤能否连夜通知太子？”

王晊点了点头：“宫中与东宫讯息往来，向不过夜！”

李世民点了点头，不再和他说话，转过头问侯君集道：“天策亲军府如今已奉敕出城的军士拢共有多少人？”

侯君集道：“一千九百人左右，还在城里的大多是负责辎重补给的司给卒，无甚战力。”

李世民笑了笑：“玄甲亲军也已经调出了一半，如此说来目下我们手中只有两千多王府护军和五百玄甲亲卫……”

侯君集冷然道：“大王放心，末将已然安排妥当，明日我们驻扎在城外的天策亲军和玄甲亲卫就会虚扎营盘秘密潜回城中。落脚的地点也早已布置妥当，据玄武门当不超过一箭之地。末将可保后日凌晨动手之时，大王手中有五千精兵可资调用。”

李世民摇了摇头，喟然长叹道：“那不顶用，我们等不到明日了！”

他顿了顿，用斩钉截铁地语气对侯君集道：“你现下就去布置，从此刻起封锁宏义宫，任何人等没有我手书王教或天策将令不得出府，违者立诛。”

侯君集虽然听得一头雾水，不解李世民的意思，却也知道此时的秦王，只言片语都不容违逆犹豫，当即应诺领命。

李世民随手从怀中取出两支随身携带的青铜令牌，递给侯君集一支道：“你立即出府，召常何来见我。记着，要他将云麾将军敬君弘一并带来。”

侯君集单膝跪下，双手过头接过令牌，干脆地答道：“末将领命！”

见侯君集转身去了，李世民将目光转向了王府长史长孙无忌。长孙无忌立时站起，李世民沉吟半晌，说道：“你拿着这支令牌，去将顺德召入府来！”

长孙无忌诧异地看了秦王一眼，没有言语，低头接过令牌，道：“臣谨领王令！”

房玄龄浑身巨震，在与杜如晦对视一眼之后，他皱着眉头对秦王道：“殿下莫非决意提前动手？”

李世民笑了笑：“正是如此，形势紧迫，我们等不到后日了！”

房玄龄道：“大王适才说过，若是奉敕在城外集结的军士们不能参与，我天策府所能调用之兵不过两府半人而已。与东宫齐王府兵力相比起来，相差太过悬殊，兵法云未算胜先算不胜。却不知这般局面下大王胸中能有几成胜算？”

李世民看了看房玄龄，一边负手踱着步子一边点着头道：“玄龄说得不错。然则那毕竟是书上看来的，是古人说的，却不是我们现在必须照做的。未算胜而先算不胜，说得不错，可实则无论怎么算，我们在长安的这一仗都是十成的输局，胜算是谈不上的。即使我们五千兵力全部集结，真正对面硬撼也是不成的。所以说这一仗的关键根本不在兵力的多寡，而在于对战机的把握和出手的速度。傅奕这道表章上得委实太不是时候了，惹动了父皇的怒气还在其次，问题的关键在这封奏章重新引来了父皇对我宏义宫的注意。适才我想过好多遍了，父皇是个耳根子极软的人，若是拖延些时日，多找上几个朝廷重臣慢慢进言，父皇也就能慢慢淡忘了此事。然而问题恰恰在于此，我们实实拖延不起。父皇是一代开天辟地的雄略之主，纵使玄龄文采风流，恐怕也极难指望能靠一份表章就安抚住他老人家。如今的局面就是这样，若要让父皇不再盯着我们，就得找一件事情来引开他的注意力。而急切之间，又难以寻得这样的事情，不得已，我们此次只有行险一搏了！”

他扭过头来冷冷一笑：“我不写什么申辩表章，我此刻就去两仪殿觐见父皇，当面向他老人家陈词诉冤。你们在府中只管准备，只要今夜我能活着回转，明日凌晨，也就是大唐武德九年六月初四，我们就让整个长安天翻地覆……”

故布疑阵

从宏义殿出来，李世民将傅奕的奏表揣在怀里，也不乘舆，命从人牵过自己的乌鬃马，飞身上马沿着甬道转过层层殿阁台榭，自安阳门出了皇城。他一个随从也未带，一出皇城当即打马飞奔。一路上遇到两队外城巡兵，却都识得他，见到他的马便自分两列站好行军礼。他也不理会，径自一路向北，转过宫城西北角，一路向东奔玄武门而去。

进了玄武门，他更不迟疑，骑着马绕过紫宸殿，沿着临湖殿侧的甬路一路向南，绕着南北两个海池子转了个弯，在那里勒马驻足，朝着东边长生殿的方向遥视片刻，便继续前行，经过了甘露殿、神龙殿，径直来到了两仪殿。自殿后绕到大殿正门台阶下，他方才翻身下马，将马缰绳随手一扔，迈大步沿着台阶便走到了大殿正门口。

在门口当值的小黄门急忙迎了上来，细声细气地道："请秦王殿下先解剑，在殿外稍候片刻。陛下此刻心绪不大好，待小奴为您通禀……"

"啪！"话未说完他脸上已然着了一个嘴巴，却见秦王李世民面沉似水不怒自威地道："你好大胆，本王是陛下有明敕可剑履上殿的。陛下心绪不好，我自然知道！儿子见父亲还要你这狗奴才通禀？还不快闪开！"

那小黄门一肚子委屈却也不敢诉说，捂着脸退到一边。李世民摘下腰间的卢鹿玉具剑拿在手中，大步走进了两仪殿。

他在门口大声责斥黄门，坐在殿内的李渊早已听到，却未曾言声，然而此时见他这般模样走进殿来，却也不由得吃了一惊。李世民的面容此刻看起来极其狰狞恐怖，两只眸子中似乎向外喷涌着灼灼烈焰，额头上青筋毕现，握着宝剑的右手微微颤抖，显然情绪濒于失控。

李渊满心的不痛快，此刻却被李世民的形容吓了一跳，反倒镇静起来，暗地里提起了几分戒心。他扫了一眼，离自己最近的殿中武士也站在门口，他毕竟是马上取天下的一代开国之君，慌乱的情绪稍现即逝。他冷冷看着李世民开口道："你进殿来既不行礼也不下跪，手里拿着宝剑，杀气冲天！你想做什么？

是否觉得自己的翅膀硬了、地位高了，你的老父亲已经成了你百尺竿头更进一步的绊脚石了，就想把这块石头搬开，要弑君、要弑父？”

李世民目光炯炯地逼视着李渊，浑不顾李渊刀子般犀利的言语，缓缓开口道：“爹，俗话说得好，天下有不孝的儿子，却没有不是的父亲。您既是要儿子死，儿子又怎能抗命呢？这把剑是当年我封王的时候您老人家亲自封给我的，如今我带来了，您要杀我，还是用这柄剑吧！”

李渊皱起了眉头，他迎视着李世民那透着不屈与不甘的目光，口气和缓地问道：“你今日这是怎么了？怎么这么大脾气？朕何曾动过要杀你的念头？你在外头做下那许多悖逆不道的事情，朕何时处分过你？朕哪一次生你的气不是高高举起轻轻落下？不过一份奏表，要听听你的回话，朕就不明白了，怎见得就是朕要杀你呢？一份奏表，有什么就说什么，就算什么也说不出来，明明白白回奏，告诉朕你没什么可说的，事情也不过如此而已！你……这是从何说起？”

李世民目光黯然道：“爹，你还当我是您的儿子么？”

李渊一哂：“这话应该朕来问你，你还当朕是你的父亲吗？”

李世民苦涩地笑了笑：“爹，儿子跟您说实话，从小到大，兄弟们都知道，爹爹是严父，也是慈父！可是自从爹登基为帝以来，其他的弟兄怎么想，儿子没问过，但儿子却觉得离爹越来越远了，爹越来越不信任儿子了。儿子谨守臣道，心里却不糊涂。君臣之间的分际越来越重，父子间的亲情却越来越淡了。前些年常年在外征战，还觉得离爹稍稍近一些，这两年在长安，每日里与爹朝夕相见，却觉得越离越远了……爹，不是儿子埋怨你，有些事情，你逼儿子逼得太甚了。”

李渊听得眉头大皱，冷笑一声正欲说话，李世民却伸手拦住了他：“爹，儿子知道，儿子说的这些，你老人家或许不以为然。且莫着急，等儿子把要说的话都说完，君前失仪也好，图谋刺驾也罢，什么罪名儿子都领了。就算说完了您立即就一剑斩了儿子，儿子也断无怨言，只求爹今日能让儿子把心里的话说出来。”

他长长吐了一口气，缓缓地道：“爹，记得当年起事的时候，只有我在您老人家身边，大哥和四弟都不在。所以大家都觉得太原起兵，论功我应居于大哥之上，这不是公允之言，那时候我还是个血气方刚的毛孩子，人事不懂，徒有匹夫之勇，却少经历练。记得义宁元年你封唐王，那时候大哥是陇西公，我是敦煌公，是你亲口对我说，要封我为世子，我觉得这不合适，便辞了；武德元年，你初登大宝，又对我说要立我为太子，我又辞了；武德四年，灭王世充攻克洛阳之前，还是您老人家，与我说只要收了洛阳，就由我入主东宫进位储君，那一次我还是辞了；两年前，平灭杨文干的时候，您老人家第四次跟我说，只要灭了杨文干，回来就废了大哥，立我为太子，这一次，我没有逊谢……”

“你的意思是，是你的老父亲不守诺言，失信于你了？”李渊冷冷地问道。

李世民叹息着道：“爹，儿子没这个意思。儿子只是想问一问，明明是您老人家一再许诺，儿子一再逊辞。为何如今弄得朝野上下文武百官无不以为儿子自恃军功，一意谋求入主东宫取大哥而代之？下面的文臣武将这么想，儿子不在乎；大哥四弟这么想，儿子顶多是无可奈何；可是爹爹，这件事从始至终有哪一点您老人家不清楚，为何连您都开始怀疑猜忌儿子了呢？若说儿子整日在爹面前诬陷诽谤大哥，撺掇着爹更换储君改立太子，爹因此疑心儿子图谋大位还情有可原。可是爹知道，儿子和大哥在军政事务上或有争议分歧，但儿子从未在爹面前说过大哥一句不是！儿子从未说过想当太子日后继承大位，每次都是爹在说，为何最终爹爹却又以此为由头对儿子百般猜忌刁难呢……”

说到此处，两行泪水不受控制地自李世民的眼眶里滚落了下来，顺着脸颊缓缓流下。他似乎再也支撑不住似的，膝盖一软，双膝跪了下来。

他从怀中颤抖着取出了傅奕的奏表，哽咽道：“看到爹命老相国送来的这个东西。儿子的心都碎了！一件与儿子八竿子打不着的事情，爹居然下敕让首辅老臣来问儿子是‘怎么想的’！爹啊，您老人家这是怎么了？难道说儿子这些年拼死拼活，风里来雨里去，拼着血拼着汗换来的就是您老人家这般的不信任么？放在十年前，爹遇到这样的事情根本不会当回事，顶多一笑置之。可是如今呢？爹，儿子从来没这么累过，战场上兵凶战危，整日在马背上盘桓，儿子也从来没这么这么惶然过！俗话说明枪易躲，暗箭难防。儿子活得太累，所以此番来，儿子别无所求，看在儿子这些年在外征战的分上，只求爹爹给儿子一个痛快，莫让儿子再受这份罪了！”

李渊一开始还冷着面孔，但听着秦王哭诉了片刻，情绪也不禁受到了他的感染，眼眶也渐渐地湿润了。

李世民含泪笑道："儿子这条命是父亲给的，儿子宁愿死在父亲手里，也不愿意死在自己的兄弟手里。若是死在大哥和四弟手中，儿子就算真真的枉死了。我自问于大哥和四弟无丝毫亏负之处，然则他们想要置儿子于死地，其心之急、其情之迫，竟似是要给窦建德和王世充等人报仇一般！儿子若是不明不白死在他们手上，永违君亲，怨愤难平还在其次。儿子毕生要强，九泉之下还要为诸贼所耻笑，那滋味真比死还难受！"

李渊诧异道："这话却又是从何说起呢？建成虽然对你有所提防疑忌，却从未有过要你性命的心思。上次东宫鸩酒的案子，你大可不必放在心上，朕断定那不是你大哥所为。只要你能收敛形迹，谨守臣道，就不会有人来害你。何况朕已经允了你率部出洛阳，那边你经营多年，更不会有人能害得了你。二郎，在兄弟当中，你的才具论说足堪大任，只是君臣位分已定，这件事情上说起来是朕负了你，却不干建成和元吉的事……"

李世民抬起头含着泪看了李渊一眼，称呼上不知不觉换了奏对格局："父皇，太子和元吉已然在城南昆明池埋伏下了重兵，只待儿臣明日随百官郊送，万事便见分晓了。"

李渊浑身一颤，口气顿时冷峻肃杀起来，他问道："有这等事？你却是听谁说来？"

李世民叹息了一声："是太子东宫的一名臣属，知臣无辜，特地送信告诫儿臣明日不要去昆明池。儿臣本来不信，派人暗地查访，却发现薛万彻统率着东宫军马，已将昆明池周围警戒得水泄不通。此番元吉出征，调走了儿臣属下的精兵良将，明日去昆明池，儿臣只有引颈就戮一途了！"

李渊面色在这一瞬间变得惨白，他强自镇定了一下心神，说道："你多虑了，后日建成要去昆明池为元吉送行，薛万彻率东宫军警跸其地，也是情理中事。"

李世民沉吟了一下，说道："可那报信之人与儿臣非亲非故，似乎也不会欺骗儿臣才是。"

李渊问道："这报信的究竟是何人？"

李世民迟疑了一下，李渊笑道："你不必多虑，若是其所言是实，朕断然不会因为此事降罪于他。"

李世民这才答道："是东宫专责门禁刑罚的率更令王晊！"

李渊一对龙眉皱了起来，自言自语道："就是那个前年拼死为王珪、魏徵、韦挺请命的东宫令？"

李世民的情绪显得颇为低落，语气索然地道："是，若是旁人来报此凶信，儿子又不是三岁孩童，怎肯贸然轻信？然则王晊确是举朝闻名的耿介君子，向来不打诳语的。前次文干为祸，东宫诸员获罪，上下文武莫有敢言者，唯有这个微末书生仗义建言，从秦法一直历数到唐律，将大理寺、刑部、御史台诸公驳得哑口无言，救下了这几条性命。他历来与儿臣府中并无干联，今日却乔装叩殿惶急告变。儿子虽觉他所言之事难以置信，却信得及此人的心性人品！"

李渊缓缓点了点头："这个书生迂腐了些，却非心存险诈之徒。你虑得有理。"

他站起身来，自御案后走了出来，步下丹墀，伸手扶住李世民的胳膊，温言道："此事朕当弄个明白，你先起来！"

待李世民站起身形，李渊又重新打量了一下这个此刻已然比自己高出半头的儿子，见他身形消瘦脸色苍白形容憔悴眼窝深陷，也不禁心酸，叹了口气道："你这阵子没有出兵，在府中平日做何消遣？"

李世民垂头答道："头些年整日在外，于家人亏负颇多。这阵子儿子极少出外，整日在家中陪伴妻儿，偶有消遣，也不过到弘文馆与学士们会会文，或召陆德明到宏义殿讲史。自太原至今，终日征伐，虽说于国家有开建召抚之功，终归误了读书，说起来，也是亦得亦失！"

李渊嘴角浮现出一丝欣慰的微笑，道："陆元朗亦是饱学鸿儒，他来讲史，也还罢了！平日里都讲些什么史？"

李世民笑了笑："自《尚书》以下，年略纪传均有涉猎，不过讲得最多的还是《春秋》和《汉书》。"

李渊点了点头："不读《春秋》，不明礼义；不看《汉书》，不晓兴替。陆元朗不愧'博士'二字，这两部史，有味道、有学问。好好读一读，不管是于修身养性还是于齐家治平，都大有裨益！"

他想了想，问道："此次元吉北御，朕没有问你的方略。以你之见，突厥若是当真大举南犯，朝廷应如何应对？"

李世民不假思索地答道："突厥若起十万以上军马南来，朝廷在大河之北处处设防，实则就是处处不设防。真正关键之处，唯长安与灵州二处耳。若突厥取灵州，则儿臣料其必无大能为。任城王也好，李药师也罢，足可胜任繁巨。若是贼不顾我北方诸郡直扑长安，则武功必守，只要武功一日不失，贼便一日不能倾其全力于京兆城下，京师内外消息递送便不会中断。敌虽剽悍，终是远来之客军，千里奔袭，根本谈不上后方和粮秣补给，沿途劫掠虽能解燃眉之急，然其弊在不能持久。只要朝廷上下调度节制顺畅，勤王之师到日，便是突厥退兵之时！"

李渊负手来回踱了几步，突然问道："那个东宫令，还在你府中么？"

李世民怔了一下，答道："是，他要回去，儿子没允。"

李渊叹了口气："这个事情终归还是要弄个明白。你去领他进宫见驾，朕要当面问问清楚。"

李世民迟疑了一下，说道："父皇，此事涉及当朝太子，似乎不宜大作。且王晊为东宫官，临急告变，于社稷是直臣，于大哥却论不上忠义了。父皇召他进来问问则可，却不宜因此事再兴波澜，恩准儿臣后天称病免于郊送就是了。至于王晊，儿臣以为他不宜再在东宫任职了……"

李渊扫了他一眼，冷冷道："你这么想，原本是不错的。一直以来，朕也是这个息事宁人的心思，奈何你们兄弟委实让朕难以安寝。这一遭既是有人告变，又是这个铁项子的书生，朕若是刻意淡化此事，不免为人所笑。朕踌躇很久了，此事若是真的，朕就须得立废太子；此事若是你编造的谎言，朕便得立时废黜你的王爵。两个儿子，朕也不知道究竟该相信哪一个，所以此事不但要处置，还须得当着政事堂诸臣的面处置。这么多年了，也该做个了断了。更何况，朕既不相信建成会做出这等卑劣事迹，也不相信你有欺君罔上的胆量，所以，朕此番要让你们兄弟当面对质一番，王晊是人证，自然也要在场。今日太晚了，不宜再将辅臣们都召来，这样吧，明日早间，朕会召太子、齐王、裴寂、萧瑀、封德彝、杨恭仁、陈叔达、宇文士及至两仪殿，审断此事，另召颜师古侍敕。你明天一早就带着这个王晊同来两仪殿。几方面的说法，朕都要听听，宰相们的意见也不容轻忽。这个王晊说的话，朕此刻总觉得可疑，这不像是建成的行事风格，总觉得这背后有四郎的影子。若是元吉所为，朕将罢其帅印，废其王爵，你要准备着再次典军。不过此番朕也把话讲在头里，只要此事不是建成所为，你就要谨守臣道做个好弟弟，你明白么？”

李世民跪下叩头道：“父皇爱护家人一片苦心，儿臣怎能不明白？父皇放心，不管此番究竟如何，儿臣都不会有怨怼之心。”

李渊点了点头，缓步走到大殿门口，看了看殿外的苍穹，喃喃道：“明日就是初四了，离出兵的吉期只有一天。明天无论如何，总要将是非曲直弄个水落石出才好……”

宫变前夜

大唐武德九年六月初三亥时，宏义宫主殿宏义殿正殿内灯火通明，大殿周围密匝匝围着五百盔甲鲜明的王府护军。秦王府内已然戒严，宫眷侍女侍卫内侍文书杂役兵丁各色人等不得随意走动。宫内岗哨密布，三座宫门均设重兵把守。此刻，王府内的上上下下均知道大变就在眼前，却不知究竟是吉是凶。其实不仅仅是他们，便是此刻聚在宏义殿内“共举大事”的诸人，对于他们所谋之事的成败吉凶，也是一无所知。所不同者，有些人此生都是在刀丛剑拢的冒险中度过，在这批人看来，用自己的脑袋去冒一次险，换回的却是后半生的富贵尊荣，委实算不得赔本的买卖。而另外一些人，却要用自己此时此刻安逸平静的适意日子为代价去兑换动荡难明的未来，对这些人而言，这笔买卖无论是过程还是结果无论如何都谈不上有趣。

大殿内，文官武将三十余人眼睁睁看着张公谨大步走上前去，一把将秦王李世民手中占卜所用龟骨夺下掷于地上，心中暗自佩服他的大胆，也暗自诧异于他突如其来的无礼举动。有几个脑筋不好使的将军心中暗自偷笑，只道张公谨毕竟未曾在秦王麾下作战，只见得他平日里谦恭下士的儒雅风范，却不晓得这位殿下在战场之上军令如山的凌厉做派。张公谨却不理会众人内涵各异的目光，单膝下跪朗声道：“臣下听闻古时候凡卜筮之术者，乃以决踌躇未定犹豫不决之事，今大王既已定计不疑，占卜又有何用？若是占卜出不吉甚或大凶之兆，大王难道可以临阵退缩就此息兵罢手么？即便大王此时改变主意，东宫和齐王府难道就会放过大王了么？如今其势已成，由不得殿下犹豫踌躇，愿大王思之。”

李世民听了，似乎思忖了片刻，忽而露出一个轻松至极的笑容。他环顾众臣属道：“吉凶未卜，你们愿意跟着我冒这趟风险么？”

他似乎觉得言意未尽，又补了一句：“此时事尚未发，现下反悔，还来得及。不愿跟着我担待这等诛九族之大罪的，此刻便可走出来表明心迹，只要不去告变以取爵禄，我李世民绝不相强。”

他话音方落，站在前排的尉迟恭朗声道：“大王这是什么话？弟兄们追随大王这许多年，难道富贵能共享，患难就各奔前程么？”

他转过身来，目光炯炯盯视着众将道：“都是老兄弟了，某家的性子大家一向也都知道。这些年来，殿下待我们这些粗人如何，大家心中有数。兵凶战危，沙场上不管局面何等凶险，秦王可曾撇下我们独自逃生？”

“不曾！”众将异口同声答道。

尉迟恭嘿嘿笑道：“痛快，这才是战场上厮杀出来的兄弟！”

他扭头说道：“殿下，你既不曾在关外的战场上撇下兄弟们独自逃生，兄弟们自然也不会在这关内的战场上弃殿下而去！哪个不要脸的若是敢在这个时候背叛大王，某家即刻便用泰阿宝剑砍了他的脑袋祭旗！”

李世民含笑点了点头，他平复了一下略有些激动的情绪，说道：“既然大家都愿意跟着我冒这个风险，没什么好说的。事成之后，富贵共与之。今日在场之人，不论文武，封爵当不下国公，食邑不下五百户。”

众人伏地大呼：“秦王万岁！”

李世民此刻也不再多说，径自从杜如晦手中取过天策兵符和令符，肃容点名道：“高士廉！”

年过花甲的高士廉排众出列，躬身道：“臣在！”

李世民口气和缓了些，面色却无比凝重：“今夜关键，全在玄武门。玄武门内有常何，门外的西内苑则有敬、吕二位将军把守。你率五百王府亲军在芳林门附近负责支应缓急，若见玄武门危殆，即刻增援，若该处无恙，则按兵不动等候后命。吴黑闼和李安远给你做副手，听你调度节制。”

高士廉沉声道：“臣——领命！”

李世民叹息着道：“舅舅，你上了年纪，这等劳动筋骨的差事，本不该由你来做。只是如今长安城内，我们孤立无援，人手又不足，只能辛苦你了。”

高士廉肃容道：“老臣定然不负秦王重托。”

李世民点了点头，又叫道：“房玄龄。”

站在他身侧的房玄龄恭身应道：“臣在！”

李世民看了他一眼，继续点名道：“段志玄、周孝范、庞卿恽、张士贵。”

四员武将一一出列应诺，齐刷刷向李世民行军礼。

李世民取出几幅早已写就的帛书道：“这是授权你们接管南衙十卫和内廷三省的文书，已然加盖了尚书省和左右十二卫大将军印鉴。以玄龄为首，你们四人为辅，率五百王府护军和三百玄甲亲军，今夜二更出永安门，最迟在三更天必须解除宿卫三省的卫军武备，切断内廷政事堂和外界的联系，控制尚书、中书、门下三省印信，明日五更左右辅臣们要在政事堂聚齐见驾。你们无论如何也要留住他们，同时还不能伤着他们。此事对朝廷社稷至关重大，容不得半点闪失。故此你们一切听玄龄安排调度，凡事无论大小，皆要先请示他而后施行。听明白没有？”

四员武将齐声应道：“末将领命！”

李世民双手将帛书交给房玄龄，沉声道：“内城我亲为之，外城就托付玄龄了。能否顺利控制政府，全看诸公的了。”

房玄龄脸上什么表情都没有，只淡淡应了一句：“臣不才，断然不负大王所托。”

李世民回转过身，继续往下点道：“牛进达，安元寿！”

二将应声出列。

李世民冷着脸发令道：“你们各自率五百王府护军监视东宫和齐王府，倘若其没有动静，你们就按兵不动；若是其倾巢而出支援玄武门，你们一面快马报敬君弘将军知道，一面立即发兵攻打宫府。东宫齐王府之中，旁人不必去管他，安陆王李承道、河东王李承德、武安王李承训、汝南王李承明、巨鹿王李承义、梁王李承业、渔阳王李承鸾、普安王李承奖、江夏王李承裕、义阳王李承度这十个人务必给我一个不少地拿来，死活不论，活要见人死要见尸，听明白没有？”

二将对视了一眼，均在心中暗自倒吸了一口凉气，然而此时此地却也容不得他们迟疑，齐齐答道：“末将领命！”

李世民点了点头，略沉了沉，叫道：“杜如晦！”

杜如晦应声出列，躬身道：“臣在！”

李世民又叫道：“张亮、樊兴、元仲文、秦行师、钱九陇！”

五将出列应诺。

李世民扫了六将一眼，开口道：“今夜一战，既关乎大唐社稷兴替宗庙气运，也干联着我李世民阖府上下男女老幼以及众将家眷的身家性命。宏义宫是我们的老营，老营不容有失。你们七个人的职责就是率领三百王府护军守护宏义宫，保护众弟兄的家眷和我李世民的妻儿老小。王府内一干大小事体，均由司马杜如晦裁度施行，任何人不得有违。自我离府开始，上至王妃王子，下至兵卒杂役，统归杜大人节制。听明白没有？”

众将齐声道：“末将领命！”

李世民叹了口气，对杜如晦道：“兵力太少了，如晦斟酌使用吧！”

杜如晦不卑不亢地答道：“臣当竭尽全力！”

李世民点了点头，又叫道：“常何。”

常何大步跨了出来：“末将在！”

李世民问道：“门监手续办妥当了没有？”

常何答道：“禀秦王，已经妥当了。今夜当值玄武门的，都是跟随我多年的老兄弟，也都受了大王的赏赐，再不会出事的。”

李世民点了点头，道：“今夜二更时分，你亲自引领我和众军将进皇城，就待在我的身边，随时听我指令。要你的人留心，只要太子和齐王进了玄武门，即刻在敌楼之上向着临湖殿方向摇动红旗示意。”

常何答道：“末将领命。”

李世民叫道：“敬君弘！”

敬君弘满面泛着红光，显然今天的场面气氛让这个久违沙场的将军颇为激动。他出列应道：“末将在！”

李世民走上前去拍了拍他的肩膀，含笑说道：“我们以前没有一起上过战场，也谈不上什么交情，这不碍的。既然没有一起作过战，那今日我们就一起并肩子作战，同生死，共患难。这一仗打下来，没有交情也有交情了！”

敬君弘粗糙的大脸上泛着汗光，兴奋地道：“愿为秦王殿下效死命！”

李世民点了点头，语气转庄重道：“率领你麾下的禁军将士，死守玄武门，不管外面打成什么样子，也不能放进一兵一卒。”

敬君弘一哈腰，大声应道：“末将领命！”

李世民重新扫视了一眼众将，复又叫道：“长孙无忌、侯君集、尉迟恭、张公谨、程知节、秦琼、刘师立、公孙武达、独孤彦云、杜君绰、郑仁泰，李孟常！”

十二个人当即出列应诺。

李世民深吸了一口气，咬着牙说道：“你们十二个人跟随本王，率领两百玄甲亲军，今夜二更由玄武门入皇城。翌日众兄弟究竟是共赴黄泉还是共享富贵，就看我们今夜的成败了……”

蓄势待发

众臣将散去，李世民将长孙无忌等十二将召至偏殿，自橱屉中取出一个黄帛包裹的小匣。他伸手入怀取出了一枚铜钥匙，将小匣上的锁打了开来，打开匣子，里面是一份卷着的帛书。李世民小心翼翼地将帛书取出，也不用条案，就这么席地而坐，一边摆着手令众将随意，一边将那帛书展了开来。

赫然是太极宫的平面地图！

长孙无忌贵为王妃的家兄，是李世民最信任之人，却也从来不知道这宏义殿里还藏着这样一份具极高战略价值的地图。他觑着眼睛仔细看时，却见地图的右下角有一方篆文印鉴，是“开皇宝玺”字样。却听李世民笑道：“这原本是前朝开皇年间为了在东都仿造太极宫所做之图样，乃是杨素遣画师所画，仁寿四年杨素死，此图落在其子杨玄感之手。大业九年杨玄感反隋，父皇以唐国公卫尉少卿出弘化兼知陇右诸军事。我那年才十六岁，随父出征。后来杨玄感兵败身死，这幅图就落到了我的手上。大业十三年进长安的时候我以为能用得上，结果没用上，义宁元年七月父皇登基之时也不曾用上。没想到到了今日不得不用这物什的时候，竟然是派作这等用场！唉，造化弄人啊！”

说着说着他已是意兴阑珊，摆着手道：“时光不多了，就别拘那么多礼数了，坐远了不方便看图说话，都就地坐吧。长安此刻是战场，这里就是我的中军大帐，我们说正经事要紧！”

他指着宫城图道：“太极宫内皇城北面有两道门，玄武门和安礼门。玄武门是正门，正对西内苑，安礼门为侧门，是东宫的正门。这些我们且不去管他，外面即便打翻了天我们也不理会。你们来看，这是玄武门内的广场，长约二百四十步，宽约一百一十步。这是紫宸殿，紫宸殿东侧是玄武坛，西侧是隶属掖庭的浣做监，左右各有一条宽约八步的甬路通往内宫。按照习惯，一般入宫走西边，出宫走东边。然则这毕竟是一般习惯，我们得把万一算进去。我们兵力不多，不能分散两处设伏。再者，紫宸殿离玄武门太近了，我担心宫门还没有关上，对方就已经和我们接战，那时候敌必回窜。这段距离太短，我们要对付的人身份又尊贵显赫，我怕那些看守玄武门的禁军看到他们就吓软了脚。若是一个疏忽被他们逃了出去，我们就全盘皆输了！所以我决意将伏击地点设在这里……”

“临湖殿！”他一边指给大家看一边说道。

“这里距离紫宸殿有两百八十多步，距离玄武门约四百步，而且周围能够通行的只有一条路。路的东面是大殿，西面是北海池子，大路宽二十余步，便于我们的兵力展开。大殿的东侧是御花园的林子，人马难以通行。在这里设伏，我们的反应时间比较充裕，不利于敌逃遁，可保证一击必杀。临湖殿自本朝以来一直关闭，其阁楼在东北角，北可远眺玄武门，南可俯瞰长生殿和南海、东海两片池子，我的中军就设在这里。”

他抬起头扫视了众人一眼，道：“今夜我们子时出发，最迟三刻时辰内必须进入皇城。我们能带进太极宫的人马，只有两百亲军，这两百人分为十队，每队二十个人。我和无忌各掌一队，你们八个人各领一队。中军设在临湖殿，君集、知节、叔宝皆在中军。我若不在，中军由辅机接掌；无忌不在，中军由君集接掌；我们三人都不在，中军由弘慎接掌。这个次序，都明白了么？”

众将纷纷抱拳称是。

李世民点了点头："如此甚好，诸位兄弟，成败荣辱，富贵祸福，在此一举！世民不才，蒙众家兄弟看顾，明日一战，我当与兄弟们同当矢石！汝等不惜死，我又何惜富贵尊荣？"

众将轰然应诺，散了出去各自准备。李世民却将长孙无忌、侯君集和尉迟恭留了下来。

他神色凝重地缓缓说道："最迟丑时，我们就能在临湖殿立起中军。在常何配合下，到寅时便能控制整个内城。但我等不到寅时，中军事定，我便要和辅机带着刘师立、公孙武达、独孤彦云、杜君绰四将率一百人直驱长生殿。估约最早也要寅时二刻甚或卯时才能回到临湖殿中军，这段时间里，下哨、设伏、制警以及玄武门方面诸事就都要君集和敬德代决了。务必小心谨慎，当决断时也切勿迟疑。"

侯君集浑身打了个冷战，看长孙无忌时，却见这位舅爷面上毫无异色，仿佛对秦王刚才所言之事听而不闻。再看尉迟恭，这个大老粗却满不在乎地舔着嘴唇道："大王放心就是，明晨玄武门就算只有某家一人，也足以留下太子和齐王二人的性命。"

侯君集沉吟了一下，开言道："长生殿周围的护卫当不少于一队，这批人天天挨着陛下，常何未必能够派上用场。一旦动手，一百人兵力少了点，不如再调二将，这样兵力增加到一百四十人上下，三倍之数，胜算就比较大了。"

李世民深吸了一口气，口气坚定地道："再调一将，一百二十人足矣。临湖殿这边是主战场，兵力太少了不成。就算诸事皆从我愿，放走了太了和齐王，胜败亦在两可之间。"

他站起身来，说道："就这么定了，你们去准备吧。"

有妻如此

大战在即，李世民的心中却莫名其妙地涌上了一股烦躁焦虑的情绪。他心中隐隐不安，却又不知自己不安的究竟是什么。长安的局面虽说凶险，但他多年的辛苦经营毕竟没有白费，常何这枚当初预埋下的棋子此刻终于发挥了作用。刘弘基也委托淮安王传话，不奉圣敕，金吾卫对秦王在长安城内的任何行动均不予干预。此刻自己真正面对的，不过是东宫和齐王府中的若干宫府兵罢了。东宫兵平日养尊处优惯了，上至官弁下至士卒均不曾上过战场，倒是长林兵跟随李建成平乱山东，战力不容小视，可惜兵力太少。而此时东宫和齐王府最能打仗的两名将军薛万彻和谢叔方都不在城中，今夜的行动虽说是无奈之下行险一搏，胜算却也委实不算太小。虽然明知如此，他却还是觉得焦躁烦闷，一股无以名状的情绪始终在他心头徘徊，不知不觉中，他来到了王妃长孙氏的寝殿门前。

长孙氏似是一点也不诧异他的到来，一面见礼一面将身边的侍女们都遣了出去。容色平静地问道："殿下何忧之甚？"

李世民看了妻子一眼，怅然叹道："我也不知道。和辅机玄龄敬德等人在一起的时候，我平和得很。这突然间一静下来，这心里面就总觉得有什么东西在翻腾，也不知道究竟是什么东西。以往大战之前，局面再险我亦能做到心如止水恒定自若，今天却不知究竟是怎么了，究竟在怕什么？"

他摇着头自嘲地一笑："看来我确实是老了，连胆识和定力也大不如前了。"

长孙氏轻轻叹息了一声："殿下确实是胆子小了，不过此次所面对的确实也是空前强大的敌人，也难怪殿下心神不宁……"

李世民摇着头道："大哥和四弟联手虽说不好对付，却还不到让我心神不宁的地步。"

长孙氏笑道："臣妾以为，太子和齐王并非大王最大的敌人。"

李世民转过头诧异地看着自己的妻子，问道："你是说父皇？"

长孙氏嘴角带着淡淡的微笑摇了摇头："殿下此刻面对的最大敌人，不是某个人，而是两样东西。这两样东西虽看起来平常，却是绝大的心魔。"

她顿了顿，继续说道："这两样东西，一样叫作'家'，一样叫作'礼'！"

李世民心中一动，似有所悟。

"对殿下而言，陛下不仅仅是一个好陛下，也曾经是一个好父亲。太子也曾经是一个好哥哥，齐王也曾经是一个好弟弟。殿下原本是有一个‘家’的，在这个家里面，父慈子孝，兄友弟恭。殿下不论做了何等天样大的事情，背后都有一个宠爱殿下的父亲做护翼，有一个爱护殿下的哥哥排忧解难。可是如今这个家即将没有了，殿下将亲手将这个‘家’打得粉碎。没有了疼爱儿子的父亲，没有了爱护弟弟的兄长，殿下一切都要靠自己了！”

长孙氏说到这里，垂下头去道：“其实，如今殿下已然有了一个家。在这个家里，殿下就是顶梁的柱子，就是挡风的屏障，是臣妾和众妃的希望，也是承乾等众王子的后盾……”

她轻轻一笑：“还有一个‘礼’字，听哥哥道，多少年来换了多少个朝代，都以这个字为根本。这个字告诉世人，弟弟不能杀哥哥，儿子不能背叛父亲，臣子不能反叛君王。殿下一定是担心，有些事情一旦做了之后，就会被世人用这个字来苛责刻斥，会被写史书的人记录为一个不忠不孝不仁不义的昏君、叛臣、逆子，会遭到全天下人的反对，会受到千秋万代的唾骂！殿下如此辛苦劳碌浴血奔波，却要被诬以此等恶名，殿下实在是不甘心……”

她一双明若晨星的眸子柔情款款地注视着李世民道：“其实殿下大可放心，臣妾虽不出门，却也知道如今天下并不太平，老百姓的日子并不好过。天下人其实并不在乎他们的君王是否是个好儿子、好弟弟、好哥哥。他们只在乎这个君王能否让他们有田地种，有粮食吃，有房子住，有银钱使用。一个君主，只要能够让治下的子民吃饱饭穿暖衣服，大家就都会说这个君主是一代明君。殿下啊，陛下和太子，他们或许能够得到百官的拥戴，但他们得不到天下臣民的心。更何况……”

说到此处，长孙氏声音低了下去，螓首再度垂下，半晌方才缓缓抬起了头，眼中隐隐现出泪光：“殿下，臣妾是个女流，不懂那么多的大道理，但是臣妾知道，殿下是臣妾的男人，是全家的倚仗和靠山。有殿下在，臣妾活着才有意义，若是没有了殿下，臣妾纵然苟活于人世，也不过是行尸走肉罢了……臣妾是女人，臣妾也自私，天下人的死活，史书的褒贬都不关臣妾的事情。臣妾只要自己的男人好好地活着，即便全天下的人都诅咒他、都唾弃他，他也始终是臣妾的男人，是臣妾毕生的指望、生命的意义……”

李世民呆立了半晌，情不自禁地上前两步，将妻子揽在怀里，在她的眉上、眼上、颊上、腮上、唇上印下了密匝匝的吻……

长孙氏酥软着身子委在李世民怀中，紧闭双目，微微喘息着享受着这属于夫妇二人的片刻温柔。渐渐地，她发觉李世民的身体开始发生某些令人羞惭的变化，那双搂抱着自己的大手也开始不老实起来。她浑身一颤，睁开双目满脸通红语无伦次地挣扎道："不行……殿下要出征了……大家……都在等你……不能……不能……臣妾……"

李世民轻轻一笑，双臂用力将妻子整个人抱了起来，嘴巴凑在她的耳边说道："没关系，我还有半个时辰的时间……让他们等……"一边说着，一边踢开寝殿的门走了进去……

片刻之后，李世民起身整装，披上淡黄色内衬战袍，外面罩上细铁揉着金丝打造出来的明光鱼鳞铠，头上戴一顶玄色髻冠，正面镶嵌着鸡蛋大的一颗明珠。他将鹿卢玉具剑佩在腰间，足下蹬上一双飞云战靴，铠甲外再罩上一件绛红色大氅。李世民对着镜子打量了一番自己，满意地点了点头，此刻他心中一片清明再无杂念，只有一腔重书历史、再造江山的豪情在胸腹间激荡。

他冲着榻上衣衫不整云鬓散乱的妻子一笑，道："我要去了，给你赚一顶皇后娘娘的凤冠回来！"

长孙氏此刻浑身无力，却强咬着银牙支撑起了身子，叫道："殿下！"

李世民回身望时，却见自己这位自幼相知的结发妻子用无比坚定沉静的目光望着自己缓缓说道："殿下去吧，兵凶战危，善自珍重。若是上天不佑，殿下不幸罹难，臣妾当为殿下殉节……"

伏兵宫城

武德九年六月初四子时一刻，东宫，显德殿。

李建成这个皇太子的日子委实不太好过。自春分以来，关外数十个郡四个月未曾下雨，就是历年雨水充沛物产丰富的东南数郡也仅仅下了一场雨，武德九年大旱之年已现出端倪。这几日山东道李世勣、王珪，河南道屈突通，东南道岑文本接连发来旱情告急文书，尚书省民部也呈来了头几个月全国税赋的表单，比武德八年同月份足足减了四成有余。齐王出征在即，兵部和礼部为了粮秣补给和仪仗规制等事忙乱得不可开交，而李元吉又一口咬定一切比照秦王出兵成例不得稍减，他也不愿在这些细枝末节的事情上过于拂逆这个弟弟，也就件件照准。偏偏这个时候李渊下敕，今年分发各道郡州县的地方官员无论品秩“一律由太子代朕接见勉慰”。而他年方三岁的小儿子巨鹿王李承义又染了痘疾，已连续十余日高热不退，尚药局的宫医来看过数次，均束手无策。他对这个幼子颇为钟爱，因此这阵子百务繁忙外加心绪烦乱，人整整瘦了一圈，面容也明显憔悴了下来。六月初三，他整整阅看了三百余份各地的奏表军报，又陪着巨鹿王整整两个时辰，又接了李渊要他次日清晨进宫觐见的圣敕，直到四日子时方才回寝宫歇息。又是纳闷又是烦躁，折腾了半个多时辰方才入睡。睡了没两刻便被贴身内侍摇醒，他正欲发怒，听得是内宫张婕妤的贴身内侍，顿时没了睡意，急急换好衣服召来见面。

李建成皱着眉头听毕内侍的转述，心中疑云大起。他当然知道李世民所谓“昆明池伏兵”之事纯属子虚乌有，这么明显一戳即破的谎言，要驳斥起来自然不用费什么心思口舌。一向聪明绝顶的秦王李世民怎么会自己做一个套子自己往里边跳呢？另外，王晊反叛的消息确实让他暗自惊心，此人官位虽不显赫，却历来是自己的亲信心腹，知晓的事情太多了，由他来指证自己，确实非常不利。他此刻担心的倒不是明日朝堂之上当着皇帝和众宰辅之面驳不倒王晊，而是王晊抖出自己平日里在东宫与文武臣僚终日商议的一些私密事，以及自己与皇帝妃嫔暗通款曲的内情。这个王晊虽说官小，但参与的事情却比魏徵还要多，真个对质起来，就算皇帝庇护自己，终归也不大好看。

他忍不住想将魏徵召进宫来商议一下对策，却又忍住了。深更半夜，魏徵又病体未愈，此刻召他进宫殊为不妥。且事情虽说不小，但一时间却还弄不清局面，就是彻夜召魏徵进宫，急切间恐怕他也商议不出什么主意来。左思右想，他自觉不得要领，心中更是烦闷，又走了会儿，活动了活动肩膀，索性直奔显德殿，偏殿里还有十几份紧要奏章未曾批复。一边看着朦胧的月色一边信步，他的心情不禁轻松了些，想起前年杨文干事件，局面凶险百倍于今日。那一番几乎是个必死之局，而自己却凭借“诚孝”二字轻而易举地扳回了局面，也赢回了皇帝的心。想着想着，他的心渐渐安定了下来，步伐也轻快起来……

武德九年六月初四子时三刻，太极宫，临湖殿。

潜入太极宫的行动极为顺利，李世民所率十二将二百亲兵于四日凌晨子时正牌自宏义门出了宏义宫，在常何亲自率领的一百北门禁军的接应下顺利进入了玄武门。一路之上虽说遇到了两起南卫巡兵阻拦盘问，却随即被身着亲王冠服的李世民斥退，在进玄武门之前还遇到了一起城防卫队，却是问也不问视若不见。到子时三刻，秦王府兵马已经顺利开到了临湖殿。

劈落铜锁进入殿内，将殿内的灯盏点亮，李世民面无表情地用电也似的目光将大殿内扫视了一遍，什么也不说，迈步便沿着梯子上了二楼。临湖殿虽多年不起用，然每月逢五逢十的日子均有专人打扫，地面梁栋倒也还算干净。上了二楼推开南北两面的窗子，李世民终于松了一口气，杨妃所言不差，这里确是监视玄武门和长生殿的最佳所在。他转身对跟上楼来的侯君集道："就这样吧，你们快去布置，我和辅机稍事歇息，即刻赶往长生殿。"

侯君集应了一诺，转身下楼，却见一个亲兵点着火把正沿着楼梯上来，他立在楼梯口按剑厉声问道："你上来做什么？"

那亲兵愣了一下，答道："回禀将军，楼下的灯盏都已经点明，只剩下楼上的了！"

侯君集怒道："你做事情怎么不用用脑子？楼上的灯一盏都不许点，楼下的灯也只留两盏，余者全都灭去。没有我的命令，不得擅自动作！"

那亲兵惶恐应诺，转身下楼去了。

侯君集那边布置岗哨勘察地形，李世民却不理会，下得楼来召集了长孙无忌、秦琼、刘师立、公孙武达、独孤彦云、杜君绰六将，淡淡吩咐道："点齐你们的兵，随我来！"说罢再不多言，手按着腰间的宝剑迈大步出了大殿。众将急忙召唤所属士卒，在后面紧紧相随。

沿着北海池子往南行了约两百余步，远远地看到一队宫禁巡兵自甘露大殿南侧绕了过来，约莫有二十五人的样子。长孙无忌毕竟是个文人，此时心中不禁一紧，却见李世民满不在乎地迎了上去，开口问道："这里谁当值？"

一名留着大胡子的队副借着灯笼发出的光认出了是秦王，急忙快步跑了上来，跑到李世民面前立定，单膝下跪行军礼道：“末将丘祖德，给秦王殿下见礼！”

李世民扫了他一眼，笑道：“你是丘行恭那个远房的族弟吧？我们在洛阳见过面的。”

丘祖德抬起头来满脸惊异的神情：“殿下还记得末将？”

李世民笑道：“在我的中军帐站了两天班呢，岂能认不得？怎么，行恭荐你到禁军来当差也有两年半了吧？如今还是队副？”

那丘祖德脸上一红，讪讪道：“让殿下笑话了，是小人出息得浅薄了！”

李世民摆了摆手道：“罢了，自家兄弟，又是前方下来的汉子，若是有什么不如意，改日我和常敬两位统领打个招呼，你就到天策亲军补一个录事参军吧，总比领着这么几个人巡街出息一些。”

丘祖德大喜，大声道：“谢殿下！”

他有些诧异地看了看李世民身后的众兵将，问道：“这个时辰，殿下怎么进宫了？”

李世民口气随意地道：“这几日齐王就要出征了，突厥的细作刺客最近在长安出没颇多。本王身负十二卫和宫廷内卫之责，今夜当值巡宫。这是昨晚在两仪殿陛下亲自吩咐的，方才刚在你们的屯署与常将军和敬将军商议划定了警跸职责。喏，你们常大统领此刻正在临湖殿那边和我的骠骑将军侯君集商讨细务呢！你不归本王节制，详细情形，还是到那边去问他吧！”

丘祖德虽心中仍有疑惑，但秦王在唐军中威望极高，虽说他此时突然出现在宫禁之中颇显诡异，但没有禁军的顶头总管常何放行是万万进不来玄武门的，再者说昨日晚间皇帝在两仪殿召见秦王也是实情。他也就不再疑有他，说了声“是！末将告退”，便起身要走。

“慢着！”李世民却叫住了他。

“殿下还有何吩咐？”他不解地问道。

李世民皱着眉头看了长生殿一眼，问道：“长生殿那边，今晚是谁当值？”

丘祖德答道：“禀秦王殿下，陛下那边今夜是内廷侍卫副统领中郎将卫忠当值。”

李世民的脸色沉了下来：“现在是非常时候，还按照四十六个人的常例未免儿戏了点吧？”

丘祖德笑道：“殿下知道，长生殿那边不是禁军职责，末将也说不出什么。”

李世民摆了摆手：“罢了，你去吧，待明日我再和左右千牛卫府交代这个事情。”

丘祖德转身带着兵士去了，待其走远，李世民紧了紧身上的甲叶子，回头对几个亲信将领道：“四十六名内廷侍卫，由卫忠统领。他不是我提调过的兵，恐怕要准备硬闯了。这毕竟是陛下的寝宫，你们怕不怕？”

秦琼扑哧一笑：“大王，寝宫又如何？血肉堆里都去得，几十个人就能吓唬住弟兄们了？”

李世民的脸上浮现出一个冷酷的笑容，不再多说话，迈开大步向前走去。众将也不迟疑，甩开步伐跟了上去。一百多亲兵鱼贯而行，直奔长生殿方向而去……

血溅长生

武德九年六月初四子时五刻，京兆府，监狱。

高士廉看着在自己面前列队的五百军兵，暗自皱起了眉头。事起仓促，秦王临机决定提前一天发动宫变，只是原本应于四日返城集结待命的两千多人马便不能参战了。常何和敬君弘虽说都是内应，但毕竟不是秦王府嫡系人马，高士廉所率部实际上是负责监视驻扎在西内苑的数千北衙禁军的。也正因此事过于紧要，李世民才会让他这个王妃的亲娘舅来担此重任，此刻也只有这些生死祸福均系于他一身的家里人，才能得到这位秦王殿下的信任。只是西内苑的禁军有数千，而东宫齐王府军也有数千，高士廉此刻所能动用的王府护军却仅仅五百之数，不管怎么使用，都略显捉襟见肘。

他毕竟是自隋末开始便跟随李氏父子纵横征战的老将了，略想了想心中已然有了主意，沉声吩咐左右道：“命京兆法曹张沭速来见我。”

不多时，负责长安刑罚囚监的京兆法曹参军张沭一路小跑着赶了过来。只见这位法曹大人连帽子都没有戴，发髻披散，身上胡乱罩了一件外袍，连纽子都扣错了位，显然是被人直接从被窝中揪起来的。他急匆匆赶到高士廉面前，哆哆嗦嗦跪下道："下官见过高公！"

高士廉看了看他的狼狈相，不禁有些好笑，他捋了捋花白的胡须道："致甫，这大晚上的，还叫你出来，着实对不住。然则事机紧急，等不得明日，不得已要劳烦你了！"

张沭勉强挤出了一个笑脸，却比哭还难看："下官微末小吏，不敢说劳烦，高公有事，尽管吩咐就是。下官当尽犬马之劳。"

高士廉点了点头，问道："京兆监署之内，共有罪系囚奴多少人？"

张沭愣了下，答道："回禀高公，登记在册的罪犯共计两千一百四十七人，其中男一千七百八十九人……"

"好！"高士廉截住了他的话，一招手，叫来一名统军道，"你带上一百人，随着张大人到系所去，将这些罪囚都押了到这边来。记住，只押成年男子，妇孺老人不要。"

那统军干脆利索地答道："末将领命！"

张沭满脸惶恐，大张着嘴想问，看着眼前的阵势却又不敢问，无奈之下只得在那统军及众军卒的逼视下缓缓挪动脚步，向后宫系所行去。

约莫过了两刻钟，衣衫褴褛面色惊恐的罪奴们在一百军卒的押解下排成四队走到了大殿前的广场之上。从十七八岁的年轻男子到四十余岁的壮年男子均有，约有七百余人。

高士廉满意地点了点头，他扫视了一眼众人，朗声道："我知道你们这些人，要么是犯了法度、要么是遭了冤屈，总归是犯了事，才被收监到京狱。若是依着往常，你们便是求神拜佛，此生也休想再有重见天日的时候。你们当中的大多数人大约不认识我，我叫高俭，是秦王妃的舅舅，雍州治中，朝廷的安阳郡公，今日奉秦王教谕，要领兵靖乱。我上了年纪了，心肠也慈，故此才召你们来。我已经命人打开了王府的武库，你们一人捡一件称手的家伙拿上，随着老夫去靖乱。只要你们肯卖力气，待今日之事一过，老夫定然禀告秦王，索性赦免了你们，一律入府军籍，也谋个出身。若是有哪一个不卖力气的，老夫也不用禀告殿下，直接砍了就是！"

说罢，他笑眯眯地问道：“你们都愿意去么？不愿意去的，就站出来，老夫立时就让军卒送你们回苦囚牢去！”

众囚被莫名其妙地押来，都还没回过味来，兀自怔忡，见别人都未曾动，自然没有人肯率先站出来。高士廉笑眯眯地道：“好，今日之后，老夫必不负所言！”说罢招过麾下统军吩咐道，“去库房取出刀枪分发给他们，甲胄不够，就凑合着吧！你手下的弟兄们分出去，一个弟兄带五个人，快去办吧！”

武德九年六月初四丑时正，太极宫，长生殿。

长生殿外的气氛剑拔弩张，负责今日长生殿宿卫的右千牛卫府中郎将卫忠怎么也没想到，竟然有人全副武装半夜三更直闯阙下。四十六名宫禁侍卫猝不及防被突然杀来的玄甲亲军转眼间放倒了三十余人。说起来内廷千牛侍卫也是各军中选拔来的格斗高手，然而成队攻杀毕竟不同于单打独斗。李世民所统帅的天策亲军府玄甲亲军是从跟随他南征北讨多年的数万玄甲精兵中选拔而来，都是在战场上厮杀了十余年的老兵，身上大多都挂着爵位。这批人杀起人来连眼睛都不眨一下，凶暴狠辣到了极处。他们人数又多，相互之间又配合搭档惯了，一上来便大开杀戒，还没等卫忠弄清楚这批人的来历，宿卫长生殿的卫士便只剩下他和身边的十余个人了。

卫忠手里握着长刀，心中一阵阵胆寒，他虽是功臣子弟，毕竟没真个上过战场，何曾见识过这般光景？知道李渊就在殿内，他也想表现得硬气一些，却无论如何也稳不住拿刀的手。周围明晃晃的刀枪不断向前逼近，他心中大急，叫道：“何方贼人，竟敢夜闯宫阙刺杀陛下？难道不怕死么？”

站在他身旁的队正听得暗自皱眉，都到了这个份上了，这位大爷居然还没闹清楚对方的来历，便在他耳边低声道：“将军，对方身上的铠甲头盔全都是黑色的，全长安除了秦王麾下的玄甲亲军，没有人做这等服饰……”

卫忠愣了一下，这才反应过来，还没等他说话，秦王李世民手中提着宝剑排开众人走了出来。他步伐稳健地走到卫忠面前，嘴角浮现出一丝微笑，道：“卫将军，本王要觐见父皇，你挡在这里，可是要离间我们父子亲情么？”

卫忠两腿一软，险些坐在地上，他再糊涂，也明白就这么放秦王入殿大大的不妥。但在李世民那看似平和儒雅的面容下，却散发出一阵阵令人心悸的威压，让他情不自禁地产生一种抱头鼠窜的欲望。

他稳了稳心神，挤出一个比哭还难看的笑容，应道："原来是秦王殿下，不知殿下此刻入宫，还带了这么多人，究竟要干什么？"

他身边那队正暗暗叫苦，这位殿下带了这么多人全副武装来到皇帝寝宫，二话不说就动手杀人，不是明摆着来逼宫谋逆么？这位千牛卫中郎将大人此刻居然还好声好气地问人家是为什么来的，当真糊涂到家了。

李世民板起了面孔，森然道："我要面君见驾，你闪开吧！"

不待卫忠说话，那队正挺身言道："此处是长生殿，当今陛下寝宫，不比寻常门户。殿下要面君可以，但也得守规矩，须得在殿门口报名跪候，待陛下传敕召见。且只能殿下一人进去，这些人须得留在殿外三十步以外等候……啊——"

话未说完，那队正便发出了一声惨叫，不敢置信地圆睁双眼瞧着透胸而入的宝剑，缓缓栽倒。

李世民面无表情地拔出宝剑，冷冷扫了被吓得跌坐在地上的卫忠一眼，淡淡说道："朝中出了奸人，陛下被宵小蒙蔽。这些人既是和奸人一道蒙蔽圣听扰乱社稷，阻挠我们面君兵谏，便是我大唐上下的公敌，人人得而诛之……"

话音甫落，秦琼等众将率先抢了上来，身后跟着数十名杀红了眼的玄甲亲兵，一时间刀斧齐下。不过眨眼之间，守在大殿门口的十几名卫士便被砍杀殆尽。

长生殿前的台阶上鲜血横流尸骸遍地，紫色的廊柱和白色的窗纱上，被侍卫的血溅出了片片殷红……

父子君臣

武德九年六月初四丑时一刻，太极宫，长生殿。

身穿睡袍面色铁青的李渊长身站立在大殿中央，双手负于背后，用凛然不可侵犯的目光冷冷注视着身着甲胄直挺挺站在自己面前的亲生儿子。秦王李世民慷慨激昂的声音带着金石之色在长生殿内回荡："自建国以来，儿臣对外南征北讨，定陇西、平山东、克洛阳，为我大唐国朝定鼎终日奔波劳碌；对内百般退让，数让储君之位，谦恭待人礼贤下士，为了朝廷大局社稷稳定忍辱负重委曲求全。可是儿臣换回了什么？换回的是东宫齐王府党羽爪牙步步紧逼层层围堵，欲置我于死地而后快。如今儿臣已被逼上绝路，再退半步，儿臣一家老小即将死无葬身之地。天策府众多文臣武将，追随儿臣招讨四方，为我大唐基业呕心沥血、披肝沥胆、屡建功勋，仅仅是因为他们追随的不是太子，不是齐王，便有功不赏无过重罚。父皇心中应当清楚，以天策诸臣开创社稷之功，至今官不上四品爵不过郡公，公道何存？公平何在？儿臣不肖，今日冒万死危及圣躬，冒天下之大不韪发动兵谏，为的不是儿臣个人的成败荣辱，为的是大唐社稷兴替，为的是天策府众臣的妻子妇孺，为的是天下苍生的福祉！”

李渊冷笑道：“你到底是把心里的话说出来了。说到底，你还是对朕立建成为太子心存不满，对朕罔顾你的功勋战绩腹有怨言。所以你今天就带着兵直闯宫禁，斩杀朕的卫士，血溅长生殿，就是为了向朕表示你的怨愤，就是为你手下那些狐朋狗党鸣不平！口口声声为了大唐社稷天下苍生，你今晚这般暴戾行止，将朝廷礼法置于何地？将朕这个皇帝置于何地？将父子纲常置于何地？你这等不忠不孝不仁不义的逆子二臣，还有脸在朕面前说什么社稷苍生？”

李世民毫不退让地迎着皇帝刀子般犀利的目光坦然道：“孟子云：民为重，社稷次之，君为轻。我李家蒙上天眷顾忝有天下，何也？隋炀帝文韬武略，天下谁人能及，十数载而王气消散鼎器迁移，何也？为君者若不以天下臣民为念，虽以帝王之尊亦死无葬身之地。一个国家就是一棵大树，君为实，朝廷为冠，社稷为干，万民为根。礼法乃圣人所定，云君让臣死臣不死为不忠，父叫子亡子不亡为不孝。然则君臣之义、父子之情，又岂是区区一个‘礼’字所能局限的？君之视臣为手足，则臣视君如腹心；君之视臣如草芥，则臣视君如路人；君之视臣如犬马，则臣视君如寇仇。这话也是孟子说过的。乱世之际，何论忠奸？父皇于我大唐乃开创之主，于前隋便是逆臣贼子，我李家一门均是前隋叛臣，又有何忠义可言？说什么隋王无道而失天下，天命归唐而李氏抚有天下。这等话骗一骗陇间的愚民愚妇尚可，若是为君之人也这样想，得天下易，失天下也只在呼吸之间耳！万民拥戴，我李家才能在十八路反王中一枝独秀定鼎四方；老百姓若是苦唐，数年之间便将江山变色、社稷翻覆。前隋殷鉴比比在目，还不当引以为戒么？”

“住口！”李渊咆哮道，“用不到你来教训朕！收起你这副假仁假义的伪善面孔。别忘了，我是你老子，我养育了你三十余年，你是个什么东西，天下还有人比我更清楚么？你这番说辞，还是拿出去骗别人吧，别在你老父亲面前卖弄！”

李世民叹息了一声：“父皇这话，儿子不认同。诚然，儿子的身体发肤，都是受之父母。儿时父皇在儿臣的教养栽培磨砺上，均费过诸多心血。可是自武德二年以来，父皇为高居九重之君，足不出宫禁，终日所见，不过宫人宰辅、文武臣工罢了。别说对儿子，便是对天下，父皇又了解多少呢？”

李渊扬起了首冷哼道：“少说这些没用的话吧！朕这一辈子都要强，活到这个岁数，更不会让自己一手养大的儿子来教训朕！你索性就一剑将你的老父亲杀了，就在这长生殿里登基坐龙庭，让全天下看看你这个新皇帝有多么孝顺！”

李世民嘴角浮现出一个苦涩的微笑：“父皇，此刻你这么想，却又怎知道，这许多日以来，儿臣也一直是这么想的……”

说罢，他昂起头骄傲地道：“儿子纵横天下十余年，向以英雄自诩，如今却受困长安，被自己的亲兄弟逼得走投无路。即是英雄，便不会选择这么个窝囊死法。左右是死，儿臣宁愿轰轰烈烈死在沙场之上，宁愿在刀枪矢刃之间化为肉泥，也绝不愿坐以待毙为诸贼所笑！”

他顿了顿，笑道：“父皇不必多虑，再怎么说，你也还是儿臣的父亲，大唐的皇帝。儿子就算再不肖，也不会当真弑了您。今日我们是兵谏，并不是谋逆，天下还是大唐的天下，做皇帝的也依然还是我们李家的人。今日这些话，只是儿子和父皇的私房话，外人面前，儿子一句都不会讲。父皇的颜面即是大唐的颜面，一个国家，一个朝廷，有些事情终归还是要顾忌的。”

皇帝冷笑道：“你就是真的登了基，也是一个亡国之君。我大唐的基业，就要败坏在你这逆子的手上了！”

“你胡说！”李世民怒目圆睁大声驳斥道。

李渊大吃一惊，他万没想到这个一向在自己面前表现得谦恭平和、逆来顺受的儿子竟敢这样大声斥责自己。他往李世民的脸上看去，只见秦王此刻满脸涨得通红，额头上青筋暴起，一双眼睛中喷射着熊熊怒火，眼眶中布满了血丝，牙齿咬得咯咯作响，双拳紧握浑身颤抖，似是随时都会拔剑相向的样子。

李世民强自按捺着胸中的怒气，缓缓开口道：“有些话我本来不想说，既然父亲逼着儿子说出来，那就莫怪儿子的话说得难听了。朝政得失首在用人，用人得失首在赏罚，我大唐定鼎以来，那么多的功臣勋将，爵不过公侯衔不足二品。而我李家呢，上上下下大大小小全都封了王，就连此刻尚在襁褓之中的娃娃都封了王，一人得道鸡犬升天，这能不让功臣寒心文武失望？为人主者，用人当唯才是举而非唯党是用。房玄龄、杜如晦，都是宰相之才，儿臣也向父皇举荐过他们，结果呢？房玄龄蜗居天策职衔数年未得一迁，杜如晦堂堂天策司马，仅仅是因为与父皇身边的一个贱人的父亲口角了几句，竟被打折一根手指，还被父皇削去了爵位。如此用人如此治事，岂不让天下臣民心寒？父皇当年是这样的么？父皇在太原时是这样的么？若是那时候父皇就如此待天下豪俊，我们李家还能进得了长安么？”

李渊森然道：“尹妃是你的母妃，你怎敢无礼……”

“住口！”李世民气急，随口斥道，“她也配称我的母妃？我李世民当世英雄，岂会认这等下贱无耻的女人为母妃？我的母亲，是大唐的国母，她赋予了我生命，抚育了我成材，她襄助我的父亲取得了天下，她是全体李氏宗族最敬重的女人，岂是这种以色事君的女子比得了的？父皇，自入长安以来，你整日流连于深宫妇人之间，不肯亲问民间疾苦，不肯听闻良臣谏言。有功不赏，有过不罚，令贤臣寒心小人庆幸。大唐社稷危在旦夕，亏父皇还以儿臣为亡国之君，却不知如今之大唐，已现亡国之兆！”

李渊又惊又怒，自登基为帝以来，何曾有人敢于这样和他说话，更何况还是自己一直爱护疼爱的儿子！他又是愤怒又是伤心，一时间气血上涌，只觉得头上一阵眩晕，脚下一个踉跄，向后便倒。

李世民吃了一惊，急忙抢上两步扶住了父亲，皇帝一边挥着手含含糊糊说着：“不要……你这逆子……在……此……惺惺作态……”一边却止不住地头晕目眩，根本站不稳当。

李世民叫道：“来人哪！”

长孙无忌率众将闻声涌了进来。

李世民皱眉说道："陛下龙体不适，你们看护一下！"

待众人将李渊抬回龙榻之上，长孙无忌问道："这边如何善后，请大王示下！"

这是心中想了多少遍的事情，李世民毫不迟疑地道："从此刻起这边由你负起责任，这寝殿太闷了，不适合陛下休养龙体。那边的东海池子边上有个坞，里面系着两条龙舟，正好派用场。你带人请陛下移驾湖上，每只船上大约能够载四十个人，你把两只船都划到湖心去，另外再派人把守长生殿和船坞。要赶紧派人通知玄龄那边，待宰辅们到了，立时护送他们进宫。记住，没有我的命令，陛下的御舟不能登岸。宰辅们来了的话就用另外那艘船把他们载到湖心去，让他们在船上和陛下说话。"

长孙无忌迟疑了一下道："那，让他们跟陛下说什么呢？"

李世民冷冷一笑："你放心，这些人都是天下顶尖聪明的人，他们自己知道该说什么！"

说罢，他转过脸问长孙无忌道："东西找到了么？"

长孙无忌回头瞥了一眼在榻上不住咳嗽斥骂的李渊，从袖中取出一个镶金黄匣子。李世民也不用钥匙，抽出匕首将锁拨开，掀开匣子盖，赫然是三方天子玉玺。一方是传国玺"受命承天"，一方是李渊的印信"皇帝之玺"，最后一方是敕书用玺"皇帝行玺"。李世民验毕了玺，带着长孙无忌大步走进偏殿，解开外胸甲自怀中取出了三道以金线镶边的帛书，一一展开。长孙无忌偷眼瞧时，却是房玄龄的笔迹，用的是王楷。

第一道帛书上写的是："敕曰：朕受命承天，定鼎关中，续前朝国祚，奉李氏宗庙，以建成嫡长，立为国储。然自武德元年以来，其不知修德敬天，骄恣狂妄，怠慢国家政事，无寸功于社稷。朕数斥之，望其悔改，然建成顽劣，不思朕恩，反生怨愤。既联络逆党文干欲图不轨于前，又逼淫母妃秽乱宫廷于后。而今更于前日谋刺秦王不成复谋朕躬，枭獍之态毕露矣！唐室不幸，生此乱臣贼子，着既废太子建成及其子嗣诸王为庶人，交秦王加以谋大逆刑。着上下臣工，各守其职，勿得惊扰。钦此！"

第二道帛书上写得却极简单："敕曰：齐王元吉，党附庶人建成，参与谋逆不法情事，着即废为庶人，交秦王治罪。钦此！"

第三道帛书是策立敕："敕曰：天策上将秦王世民，秉性诚孝，才兼文武。自太原元从以来，克城叩关，招讨四方，多有劳绩。着即立世民为太子，掌东宫监国。盖凡军国事，诸臣上于三省，三省复禀太子处断可也。上下臣工事太子一如事朕。钦此！"

李世民在三份帛书上一一用了玺，将玉玺收回匣内，却将三道矫敕递给了长孙无忌道："速速派人将这三道敕书送与玄龄。"

待长孙无忌将敕书收好，李世民道："你赶紧安排陛下移驾，我带着叔宝赶回临湖殿。寅时已过，再过一阵子参与今日廷议的大臣们就要上朝了，时候不早，我要赶回去主持大局……"

中枢惊变（上）

武德九年六月初四寅时正，东宫，显德殿。

李建成在显德殿偏殿处理公务，一夜未曾歇息，五更天左右，他松了松筋骨，正欲起身去练武课，有内侍禀报齐王元吉来访。他暗自发笑，知道这个老四什么时候都沉不住气，便挥手叫进。不多时却见齐王带着王府车骑将军谢叔方一并走了进来，他不禁有些惊讶，问道："叔方不是和万彻一道在城外预备明日的郊送大礼么？怎么回城里来了？"

李元吉阴沉着脸答道："是我叫他回来的。出兵在即，父皇却突然传敕召见，我心里面总不踏实，昨晚命人叫了叔方回来。大哥，你可知道父皇叫我们究竟是为了何事？"

李建成笑了笑，便将昨夜从内宫传出来的消息简要地给李元吉述说了一遍，说完了道："这件事情虽说匪夷所思，却也算不得如何了不起。父皇英明睿断，这等小把戏岂能瞒得过他老人家？前次是乔公山、尔朱焕，此番又是王晊，二郎在军前日久，这套手段倒用得纯熟！可惜了，此番没有杨文干那样的傻子等着给他垫背，万彻和叔方在城外做了些什么，陛下根本不用问，京兆刘弘基那边心中明镜一般。战场上没有回旋余地，这种疑兵之计才能有所效用。可惜朝局毕竟不同战局，这番手段搬到长安来用，就不灵了！"

李元吉听毕半晌无语，缓缓开口道："虽然如此，我却总觉得情形不对。"

李建成神情自若地瞥了他一眼："哪里不对？"

李元吉沉了沉，神色凝重地道："兵者诡道，诡者变也！诈一人不可用同谋！这是那年在慈涧，二郎亲口对我说的一句话。对于同一个敌人，已经用过一次的计策绝对不能再用。对同一个敌人使用已经用过的策略，无异于将自己的脑袋凑上去让人家砍。他这许多年在战场上纵横不败，这一条是顶顶要紧的。所以按道理说，前年杨文干的事情一击不中，反间诬陷这一手他就应该弃置不用才是，怎么会在我出征前夕莫名其妙地又来了这么一下子？"

李建成对自己这个一向被朝臣视为草包的弟弟不禁有些刮目相看了，他眼中露出了欣赏神色，轻叹着道："你能虑到这一层，也不枉了父皇和我对你的一片殷殷。二郎说得不错，你虑得也有道理，可是归根到底，战场是战场，朝局是朝局。战场上，谁斩首多谁便是英雄，那个时候没有寒暄客气的余地。可朝廷不同，这里毕竟是文场不是武场，很多东西不能混为一谈。"

李元吉思忖半晌道："殿下，臣弟还是觉得事情没这么简单。为防万一，你还是将万彻召回城来吧。有他在你身边，我心里还踏实些！"

李建成摆了摆手："算了吧，我宫中还有冯氏兄弟呢，你也不必如此惶然。目下长安城内，仅东宫内就驻扎着近四千余人，再加上你府中的兵力，就算不把常何的北军、刘弘基的金吾卫算进去，我们也是立于不败之地的。就算要召回万彻，也得等今日面圣毕再说。倒是魏老师那边，应该去探视一番，不若今日从内城回来后你我兄弟一同过府，也和他说说这回事，看他是个什么意思！"

李元吉沉吟片刻，无奈地点了点头："也只能如此了！"

武德九年六月初四寅时一刻，太极宫，尚书省。

卯时三刻要进宫见驾，裴寂提前一个半时辰回到尚书省，那里还有几份要紧奏章需要奏皇帝亲自处置。别的倒还罢了，山东李世勣、王珪关于拿获原汉东王刘黑闼部将王小胡的表章却是耽误不得的。他却没有料到，只这一夜短短几个时辰光景，皇城内已然地覆天翻。

一进朱雀门他就觉得不对劲，周围的护卫兵丁全都换了人，一个个身披黑甲各持刀抢，却看不出隶属哪个卫府统制。平日里他走到这里，带队轮值的统军队正之流会立刻跑上前来行礼，相国前相国后地谄媚，今日这些卫兵却一个个对他极为蛮横，挥动着刀枪问他身份。他迟疑了片刻，还是亮出通行的腰牌，卫兵倒也当即放行。然而让他万万没有想到的是，刚刚进入南省的大堂，就被几十名军士围在了当中。他这才反应过来内廷有变，不禁倒吸了一口凉气。

他捋着胡须用凌厉的目光扫视了身周的军士一眼，冷冷道："大胆！这是尚书省，朝廷中枢所在，你们奉了谁的乱命，竟敢在这里擅动刀枪？"

却见一名身着明光铠的将军分众来到面前，抱拳行礼道："老相国，得罪了，末将也是奉命行事。内廷三省的宿卫，已由末将率人接管了。"

裴寂大惊："段志玄？"

段志玄笑了笑："正是末将！"

裴寂气得胡子都翘了起来："南衙宿卫，没有尚书省和十二卫府的联署命令谁都不能擅自更动，你怎么敢……"

段志玄笑着打断了他的话，口气依然是毕恭毕敬："老相国容禀，末将在军中多年，自然晓得军令利害。若是没有尚书省和十二卫府的命令，末将怎敢擅自发兵接管南省宿卫？再说，便是末将胆大包天，原来的宿卫军将不见命令也不会撤防，老相国想，是不是这么个道理？"

裴寂肃容道："我这个尚书左仆射未曾签署，哪里来的联署命令？"

段志玄一脸的不好意思："老相国怎么糊涂了？我们家秦王殿下身兼尚书令和左右十二卫大将军之职，他签发的命令，自然是联署命令。您老人家虽说德高望重，这尚书省却也不是您一个人说了算吧？我家殿下身为尚书令，说起来还是您老的顶头上司呢。"

裴寂闻言如遭雷击，面色立时为之一变，他呆立了半晌方才道："那命令何在？"

段志玄笑道："命令只有一份，在房玄龄大人手里，他在门下省政事堂那边候着您老人家大驾呢！咱们此刻便过去吧！"说罢也不容裴寂再说话，一挥手，上来两名军士一左一右将这位大堂朝廷首席宰相架了起来，二话不说便向外走。

中枢惊变（下）

武德九年六月初四寅时二刻，太极宫，门下省。

已是寅时二刻，平日宰相们议政的政事堂中此刻热闹非常。尚书省左右仆射裴寂、萧瑀，中书省的中书令封德彝、杨恭仁，门下省的侍中陈叔达、宇文士及六位朝廷宰辅大臣分左右坐在大堂中央，周围围着一圈密匝匝的玄甲卫士，由庞卿恽、张士贵两名杀气腾腾的将军统领。

诸相当中，唯有宇文士及事先得到了点风声，猜出了个大概，因此倒显得神情自若沉稳安详。另外五个人到此刻为止还不知道究竟发生了什么事情，裴寂和萧瑀都是满面怒容，陈叔达扬着脸看也不看周围的军士一眼，杨恭仁脸色苍白惴惴不安。唯有封德彝端着茶杯细细品尝，神情淡漠，半点惶急疑惑的意思也没有。

众人正自没奈何，却见周围的"兵墙"忽地裂开了一道缝隙，一个身着四品服色的文官走了进来。正是已经被李渊亲自下敕赶出秦王府的天策上将府长史房玄龄。

房玄龄一进来便满面带笑："诸位相国大人受惊了，玄龄在此代秦王谢罪了！"

他话音未落，裴寂便冷笑道："代秦王谢罪？若老夫记得不差，前些日子陛下刚刚下敕免去了你在天策府的职衔，并且明敕你不得再事秦王。怎么，你敢公然违敕？"

房玄龄连连点头："老相国果然好记性，不错不错，玄龄也正自奇怪。四月廿三日上敕明明说得清楚，要玄龄不得再事秦王。可是不知为何，昨日陛下突然又下敕调玄龄回任，还道不得弃秦王。哈哈，诸位相公明鉴，雷霆雨露莫非君恩，玄龄不敢有违啊！"

裴寂横眉道："一派胡言，昨日老夫就在南省当值，若是有这样一道敕书发出，老夫怎么会不知晓？"说着，他扭头问封德彝，"封相，这道敕书可是你草拟的？"

封德彝尚未答话，房玄龄却笑眯眯地把话头接了过来："不急不急，老相国要弄清楚这件事情，我们有的是时辰，等我们办完了正事，尽可慢慢探究此事。诸位相公，玄龄奉王命，请诸位交出你们随身携带的私人印信……"

政事堂中一片寂静，六位宰相面面相觑。裴寂面色凝重地道："房玄龄，你率兵包围三省，扣押枢臣，索要宰相印信，这是逼宫乱政，是大逆之罪，要诛九族的，你可明白？"

房玄龄笑了笑："老相国之言，玄龄可不敢当。玄龄不过一介书生，何来逼宫乱政之能？不过裴公是宰相，自是怎么说怎么是，玄龄不敢自辩，待过了今日，玄龄当任凭裴公发落。如今要紧的是诸位相公将随身携带的私人印信赐予玄龄，时候不早，若是耽误了见驾，玄龄可担不起这个罪过！"

萧瑀满面怒容道："房玄龄，你不过是天策府中一个执笔奴才，怎敢在此胁迫辅臣？老夫劝你赶紧悬崖勒马，自缚请罪，否则误了自家性命事小，连累了秦王殿下，你就百死莫赎了！"

房玄龄心中暗自苦笑，这位宰相大人为人虽说耿直，却未免迂腐了些。今日的事情办好了，得罪此人却是免不了的了。他的面孔板了起来，口气冷峻地道："诸位大人，玄龄身负王命，不敢怠慢。此刻尚书、中书、门下三省印信，已在玄龄手中。各位大人手上的私人印鉴，无论有无，均非关大局，秦王身兼中书尚书两省掌令，自己就是宰相。若是诸位执意不肯通融，玄龄也不会过分相逼，只是今日之事，或为诸公异日取祸之源亦未可知，还望诸位相公三思！"

这话已经说得相当明白了，语气虽委婉，意思却是极清楚的。萧瑀再迟钝，也已经觉出不对头。宇文士及默不作声地取出了随身的小匣，一边笑一边伸手递给房玄龄道："说起来不过一方印鉴罢了，你们如此兴师动众，未免也太小题大做了吧！"他一交印，立时便打开了突破口，杨恭仁和封德彝面无表情地取出鉴匣交给了房玄龄，却依然是什么话也不说。萧瑀踌躇半晌，最后还是不情愿地交了出来，面上却仍然愤然不已，口中冷笑："你们今日以刀枪胁迫宰相，可是开了一个大好的先例，翌日必有后世不肖子孙以刀枪谋夺大唐社稷！"

房玄龄也不辩解，笑眯眯地接了印鉴，转过头去望着裴寂和陈叔达。一直默不作声的陈叔达此刻突然开言道："玄龄，老夫的印鉴就在身边放着，平日里书画题字，老夫都用这一方印。莫说你奉的是王命，就是陛下下敕书，也只能免我的侍中，却也没有要这私家印鉴的道理。东西虽不大，以帝王之尊，亦不可轻夺。你若要取去，倒也不难，只需一刀将老夫杀了就是！"

房玄龄一愣，没想到这个在朝中有名持重寡言的陈叔达如此硬气。他又一转念，三省宰相的私人印信均已拿到，短这两个却也无关大局了，便笑眯眯道："既是陈相如此说，玄龄自是不敢再相强。时候不早，玄龄立时便安排诸位大人入宫见驾。"

说罢，他便不再理会六位宰相，伸手叫上张士贵，转身走入内堂。

张士贵进来，却见房玄龄正在案子上研墨，旁边摆着一幅铺开的帛书。他一边研墨一边说道："用朱砂似乎要好一些，一时间却也顾不得了。你在此立等，待我写完了立刻带着赶往内宫临湖殿，请大王用玺，然后飞马呈送左右金吾卫府，片刻都不能耽搁，明白么？"

张士贵抱拳躬身应道："末将遵命！"

房玄龄看了他一眼，笑了笑，提起笔蘸饱了墨便下笔，不多时一份命京城防务总管左金吾卫大将军刘弘基封锁长安诸门并在全城戒严的敕书已然草就。他在最上首的位置用了中书省的印信以及封德彝的随身私鉴，随即又在下面隔了一个位置用了门下省及宇文士及的印，最后最下面才是尚书省印和萧瑀的私鉴。他卷起帛书，面色凝重地交给张士贵道："这份敕书关系着大王及众将士的身家性命，事体重大，你要谨慎留意才好……"

算无遗策

武德九年六月初四卯时正，太极宫，东海池。

坐在龙舟上，身上裹着一层薄被，李渊此刻心中难过到了极处。堂堂天下之主，九五之尊，竟然被自己的亲生儿子算计得如此凄惨，被十几名秦王府亲兵像犯人一样拘押在皇宫池子中央的一条船上不说，竟连外袍都不曾穿上，被子里面只穿了一件睡袍。一朝天子狼狈至此，却也是亘古未有，隋炀帝无道而失天下，临终之际起码冠服齐整。他有心斥骂长孙无忌，这位秦王舅爷此刻却领着一队亲兵坐在另外一条龙舟上，虽说目光始终未曾离开自己，但这么隔着水面说话，终归有失他皇帝的尊严。

无奈归无奈，在这上不着天下不着地的所在，他的心思反倒澄明起来。他将目光转向自己船上那带队的军官，问道："你们追随秦王谋逆，就不怕死么？"

那军官回头看了他一眼，却没有说话。

皇帝又道："朕是大唐之主，也是秦王的生身父亲，他尚且如此忤逆，你们这些追随他做出此等大逆不道事体的人，自己也该好好想一想吧！此等不忠不孝无君无父之人，你们追随着他，能落得个什么下场？此刻回头，虽说错已铸成，但反戈一击，扈从朕还宫召集勤王护驾之师，以功抵过，可免去诛九族之罪不说，以擎天之功，朕自是不会吝惜爵位，封爵不下国公，论职也当不低于四品。否则你们若是执迷不悟跟从反王到底，便是朕不杀你们，你们的主子为了保守机密以塞天下人之口，也断然不会放过你们！"

那军官转过身来，脸上带着一丝讥讽的微笑道："陛下不必如此眷顾，末将原本便是世袭国公。陛下曾有敕，末将的家人除名除籍，永不叙用的！"

李渊一怔，诧异道："你是？"

那军官抱了抱拳，道："末将刘树义，陛下身为天子总理万机，自是记不得罪臣之子了！"

"你是肇仁家子？"李渊一下子愣住了。

刘文静乃是大唐开国的首功之臣，隋时任晋阳令，素与李氏父子多从往来。其时天下大乱，裴寂与其坐叹："天下方乱，你我不知何处安身？"他却笑答："如君所言，正是豪英所资也。我二人才堪天下，可终贱乎？"刘文静平素与李世民交好，曾谓裴寂："唐公二子，非常人也，豁达神武，汉高祖、魏武帝之样貌！岂不是天意属唐？"

大业末年，突厥败高君雅兵，唐公李渊被劾，局面系于一发。刘文静和裴寂在唐公面前力谏起兵曰："公据嫌疑之地，势不图全。今部将败，方以罪见收，事急矣，尚不为计乎？晋阳兵精马强，宫库饶丰，大事可举也。今关中空虚，代王弱，贤豪并兴，未有适归，愿公引兵西，诛暴除乱。乃受单使囚乎？”这才坚定了李渊的决心。

起事之日，刘文静亲率甲士擒拿了隋室安排监视李渊父子的王威、高君雅等人。李渊于太原建大将军府，自任大将军，刘文静任大将军府行军司马。后又负责联络安抚突厥，在他获罪遭诛之前，唐廷对突厥的事务多由他负责。后李渊改任丞相，他转任大丞相府司马，光禄大夫，加封为鲁国公。皇帝建元，刘文静出任门下纳言，后因兵败贬任民部尚书、陕东道大行台左仆射。因居裴寂之下，口有怨言，称：“吾得志，必诛此獠！”遂被诬下狱。

李渊之所以诛杀刘文静，实是另有缘由。刘文静自在太原见到李世民开始，便处心积虑一意要将李世民扶上皇位。武德元年以后，他的这一倾向更为明显。要命的是，刘文静行事一向跋扈张扬，他位高爵显，又是开国首功之臣，即使是当朝太子李建成，见了他也一口一个“静叔”而不名。以他的身份地位，说出话来自然有人以为是皇帝心意。皇帝为此苦恼了甚久，终归还是拿不定主意。

刘文静为人行政，霸道专横，其能也高，其德也薄。他扶植秦王的心思也并不纯正。此人的心性颇高，若在乱世不啻奸雄之资。若是遇到强势的君主，他或许可安安分分做个治事能臣，若是遇到羸弱之主，或为王莽霍光亦未可知。这一层当时血气方刚的李世民当然想不到，但李渊却是想到了的。故此踌躇再三，李渊还是杀了刘文静，并籍没其家，长子树仁坐诛，次子树义却不知所终。没想到竟然被秦王用作了亲兵家将！

刘树义冷冷一笑，指着船头一个钉子般站立手按腰刀动也不动的年轻武弁道：“那是末将的副手杜伏德，是楚王杜伏威的幼弟……”

六月的天，闷热无比，李渊却只觉得浑身一片冰寒。船上这两个直接看押自己的下层军弁，竟然都是与自己有着血海深仇的叛将罪臣之后，多年来李世民将这些人藏在府中，难不成就是要派这种用场！若果真如此，自己这个儿子的心性城府可就太可怕了。李渊心中暗自叫苦，看来秦王今日之举，绝非贸然行事，即使是几个专责看押软禁自己的低级武官，在挑选上也是费了一番计较的。这个儿子，他几乎把每一面都算到了！

李渊绝望之余，狞笑了两声，咬着牙从嘴里吐出几个字来：“不错，二郎，你总算长大了……”

武德九年六月初四卯时一刻，太极宫，玄武门。

随着东方一缕晨曦透出晓色，长安皇城太极宫的北门玄武门缓缓开启，两队禁兵排列整齐地开出了门外，分左右站立在两厢，盔甲上带着一层层露水，长矛上闪烁着淡青色的光芒，一切仿佛与平日毫无二致。然则只有这些守卫在宫门口的禁军武士们知道，这一夜里，这座天下第一禁地的大门总共开合了两次。仅仅三刻之前，两百黑甲武士公然押解着帝国最具权柄的一干宰辅大臣，刚刚从这玄武门经过进入了太极宫。这些下级的士卒并不晓得这究竟意味着什么，他们一如既往地在这一天的这一时刻打开了玄武门，好让那些进宫见驾面君的文武大臣们通过。

李元吉勒住了马头，皱起眉头道："今日在玄武门宿卫的应该是敬君弘，怎么看不见他的人影？常何在这里又是怎么回事？是父皇下敕更改轮值了？"

李建成笑了笑，催马上前，叫道："常将军！"

常何急忙上前抱了抱拳："末将甲胄在身，不能给太子殿下施全礼了！"

李建成挥了挥手，温和地道："不碍的，今日禁军不是君弘将军当值么？怎么是你站在这里？"

常何答道："禀殿下，今日北门是老敬当值，他昨夜在此宿卫，此刻收队训话用饭去了，片刻就当回来。末将今日当值监门卫，故而在此！请殿下和齐王殿下出示腰牌。"

李建成点了点头，从怀间取出一面镶金铜牌，一面问道："我们来得太早，陛下此刻该早课未毕呢吧？"

常何一边验看腰牌一边答道："陛下今日似乎没开早课，半个时辰前便已经升了两仪殿。相公们比两位殿下来得早一些，此刻应该已经进去了。"

说着，他已然验毕了腰牌，侧开身道："卑职职责在身，造次了，两位殿下请入宫。从人卫队，可在东墙根处列队等候。"

李建成却骑在马上没有动，神色踌躇地问道："都哪些臣子已经进去了？"

常何恭敬答道："裴相国、萧相国、封相国、杨相国、陈相国和宇文相国都已经进去了，同进去的还有中书省草就敕诏的中书舍人颜师古。陛下昨夜给末将下了特敕，今日只在两仪殿接待太子和诸王宰相，其他臣卿一率免朝觐见。”

李建成沉吟了一下，又问道：“秦王呢？秦王进去没有？”

常何笑了笑：“进去了，秦王殿下正好比两位殿下早来了一刻。他是单骑来的，没带侍卫从人，只有长孙大人和一位不认识的年轻大人陪在身边，此刻都进去了，该还没到两仪殿。”

李建成和李元吉兄弟二人对视了一眼，心知那“不认识的年轻大人”必是东宫令王晊无疑。太子轻轻透了一口气，笑着对常何说了句：“辛苦你了！”便自催马前行。

李元吉回过身对着谢叔方道：“你带着人和太子侍卫们在东侧宫墙下候着吧！今日估计时辰短不了，委屈你们了！”说罢，他双腿一夹马腹，快跑几步赶上了太子。兄弟俩放松了丝缰，让马儿踩着细细的碎步遛进了玄武门。

兄弟搏命

武德九年六月初四卯时二刻，太极宫，玄武门。

太极宫名为“太极”，其整体布局也多带有道家风格。宫城四方，东曰青龙，西曰白虎，南曰朱雀，北曰玄武。《三辅图》曰：“青龙、白虎、朱雀、玄武，天之四灵，以证四方。”自汉高祖定都长安建未央宫、长乐宫以来，宫城四门便以四灵为名，与汉初立国所奉行的黄老无为之学遥相呼应一脉相承。后虽经孝武帝刷新政治改尊儒学为国教的偌大更化，也并未改变长安宫城的规制名称。历朝在长安建都者，皆从汉制。玄武门所正对的便是摆祭道家始祖神位的玄武殿，玄武殿横不过四十余步，纵不过二十步，东西两边隔着御道分别是太极宫御花园与玄武坛。玄武殿南是一个横纵可容纳万人以上的大广场，地面皆以玉白石铺设，光滑平整可倒映人像。隔着广场与玄武殿南北遥遥相对的，便是皇帝接见外任刺史太守州丞县令的紫宸殿了。紫宸殿占地面积较大，东西横约百步，南北纵四十六步。紫宸殿西便是皇帝封建诸王公侯伯或举行改元大典的宣政殿，即汉之宣室。紫宸殿东隔着御道依旧是御苑。宣政殿南便是北海池，池岸呈弧形向东南略弯，紫宸殿西的御道便从此处拓宽，顺着湖岸斜斜往东，再折而向正南，到此处路势更为宽阔，临湖殿便建在御道东侧。大唐武德九年六月初四清晨，太子李建成和齐王李元吉便是在此处遇到了李渊的二皇子秦王李世民。

最先觉察出情势不对的，反倒是一向粗率的齐王元吉。也难怪他起疑，自玄武门到这里，二人骑马缓行了将近一刻，却连半个巡曳宫城的禁军也未曾看到，太极宫的宫廷宿卫虽说不比前隋般紧肃，却也不至于松弛到这等地步。因为皇帝的突然召见，李元吉本就惴惴不安，此刻见到如此诡异情景，更是大觉不妙。太极宫内宫本是李建成这个当朝太子常来常往的所在，此刻见到这样一番光景，他原本笃定的心中也不禁疑云大起。

“大哥，情形不大对头，今日觐见恐怕没有我们想的那么简单。虽说天尚未大亮，这宫城里静得如此诡异，委实不合常理。凡事反常不为无因，我看今日不宜再去两仪殿了，我们还是回去的好。”李元吉突然勒住了马头说道。

李建成见他勒马，只得也跟着停下，他一面环顾四周，一面心中踌躇。虽说目下情势有异，毕竟还不能确定是否真有事发生。若真个未见确实端倪便回去，且不说违抗皇帝的敕书必受申斥，便是朝中文武的嘲笑讥讽也着实受不得。然而此时此地，他心中却又实实浮现出一股不知从何而起的焦躁情绪，仿佛有什么惊天动地的大事即将发生。再往前走，他的腿竟然产生了一种要打战的冲动，便在他低着头仔细思忖斟酌轻重进退两难之际，一声中气十足的呼唤让他回过了神来。

“殿下哪里去？”

随着话音，秦王李世民骑着马自临湖殿南走了出来。他一现身，李建成立时觉到情形不对。李世民本来今日就要见驾，因此他虽突然出现在此处，却也并不让李建成多么意外；让他意外的是，李世民浑身上下披挂着上阵厮杀的全副甲胄，雕弓斜斜挎在背上，箭斛中满满当当插着三十六支狼牙箭，可谓全副武装。

今日见驾，他怎么这番衣着？他这副样子，门监卫怎肯放他入玄武门？李建成心中飞快转动着，还未待他张嘴回复李世民的问话，一旁惊得心胆俱裂的四皇子齐王李元吉已经做出了几乎是最本能的反应。他二话不说快速地摘下了挂在马鞍子上的长弓，随手抽了一支箭出来，搭在弦上瞄着李世民“嗖”的一声便射了出去。可惜一时惶急，弓未能拉满，那箭矢飞到半途便力竭坠地。

“元吉，不可莽撞。这是宫城，不可擅动刀枪。”李建成扭过头大声呵斥道。这个四弟当真鲁莽，竟然在天子禁地对自己的亲哥哥弯弓动手，真的传出去岂不是要将老父亲气死？旁的不说，自己费尽苦心为他争来的这么一次出兵的机会就要前功尽弃了。他一边呵斥元吉一面转头看李世民，却见这位秦王满面怒容地注视着李元吉，背上的雕弓不知何时已然拿在了手中。李建成更是不迭叫苦，这两个弟弟都是性情刚烈之人，李元吉方才射了世民一箭，以此人的一贯作风，定然不肯善罢甘休。真的在这个地方动起手来，唐室就真的要在天下人面前闹大笑话了。

还没等他反应过来，李元吉那边厢“嗖”的一声，第二支箭已经射了出去。

这支箭的力道准头均不错，直奔李世民的面门而来。

李世民坐在马上，一动未动，嘴角挂着一丝讽刺的微笑。待李元吉的箭飞到了面前，他挥动着手中的长弓随手一拨，那箭立时偏去，打着旋儿在他身后斜斜飞了数十步远，力尽坠地。

李世民气定神闲，傲然端坐于马上，伸手缓缓自箭斛中取出了一支狼牙箭，不慌不忙地弯弓、搭箭，扯动弓弦，泛着青芒的箭尖紧紧锁定了李元吉。

李建成哭笑不得地叫道：“二郎切莫动怒，此地不是意气用事的所在！”说罢扭转头对李元吉叫道，“老四莫再胡闹，赶紧下马给你二哥赔罪。宫廷重地如此鲁莽，父皇岂能饶你？”

便在此时，一声弓弦响动清晰地传入了他的耳鼓，随即便是李元吉心胆俱裂的呼叫：“大哥小心，他射的……”

这最后的“是你”两个字，太子建成却再也听不到了。就在他扭着头和齐王说话的空当，李世民箭尖略向右偏，拉着弓弦的手轻轻一松，狼牙箭自太子的左太阳穴直直透入，带着一蓬血雾自右耳穿出。李建成的身体在马上晃了几晃，“扑通”一声栽落下来。

直到中箭的那一刻，李建成还没意识到究竟发生了什么事情。他的脸上满是惊讶恼怒的神情，大张着嘴似乎在斥责元吉的大胆无礼，又似乎在质问苍天，这究竟是怎么一回事，李世民瞄准的明明是元吉，中箭落马的为何竟然是自己？可惜这个疑惑，他再也没有机会解开了。

处变临险，李元吉的反应却比太子敏捷许多。李建成坠马的那一刻，他已然明白大势去矣，随即拨转马头欲纵马狂奔。然而一转过身，他却又大大地吃了一惊。

就在他的身后，紫宸殿西侧那原本半个人都看不见的御道上，此刻突然间变戏法一样出现了一队人马，约有数十人上下，个个盔甲鲜明刀枪亮眼。几名统军的将军身着明光铠手持兵刃，正用冷酷至极的目光注视着自己。当先一员大将，跨骑乌骓马，手提长槊，正是大唐第一勇将尉迟恭。

李元吉一见这般光景，立时手脚发软。他怎么也弄不明白，李世民究竟用了什么手段，竟然突破玄武门外的重重宫禁将这一队全副武装的军队开进了太极宫。好在他虽不是什么智能之士，脑筋倒还算灵活，略一转念立刻拨转了马头，双腿一夹马腹，又挥手在马臀上狠狠加了一鞭子，沿着紫宸殿正门前的小广场向东驰去。

只要穿过御花园的林子，就能抵达神龙殿东侧，从那里骑马直趋两仪殿，片刻可至。他心中笃定，李世民便是真个胆大包天，也万万不敢当着李渊的面诛杀自己，只要到了那边，自己这条性命便算保住了。

在李建成坠马的那一刻，李世民的眼前突然一片模糊，胸中轻轻一响，似乎胸腔内什么东西突然之间被人打开来。一时间各种各样的滋味自心底涌将上来，隐约间似乎见到武功城箭楼边两个追逐嬉戏的孩童身影，再一恍惚，似乎又浮现出太原城关下两个少年将军珍重话别的场景。不知不觉间，几点雾气自眼眶中溢出，悄然打湿了他的面庞，而他自己却浑然不觉。

便是这么一恍惚间，李元吉已向东逃出了约一箭之地。

听得对面将军们的齐声呐喊，李世民顿时清醒了过来，他也不多说话，催马便来到了临湖殿北侧，拨马向东，却见李元吉一人一骑，窜入了临湖殿东侧的御花园林苑中。人马入林，弓箭就不便再用，只能近身肉搏了。李世民此刻不禁犹豫了一下，建成已死，大局已定，他在考虑要不要放过这个二百五弟弟。

还没等他拿定主意，一人一马已然来在了御苑一侧，扭头一看，后面尉迟恭等人正催马跟上来。他叹了口气，催马入林。

李元吉在林中催马一阵急行，也不顾四周的枝杈荆棘将华贵的王服撕裂，在手上脸上留下一道道血痕。此刻只要能逃出去，直赴阙下向父皇告变请命，他什么都顾不得了。行了不多时，他但觉身周一轻，周围的树木草被藤蔓都少了许多，原来已到了御苑边缘。

他站在此处向西南望去，顿时手脚冰凉，心中的求生欲望顷刻间化为一片云烟。

天策府骠骑将军侯君集率领着程知节、秦琼两员猛将以及若干玄甲亲兵正戒备森严地守在神龙殿东侧的御道上，那阵势望之令人心悸。李元吉心中长长叹了一口气，以李世民排兵布阵之能，怎么会留下如此明显的空子给自己钻？怨不得李世民精明，只怨自己太天真罢了！

他踌躇再三，一咬牙，拨转了马头，沿着来路回头行去。

林中道路难行，李世民皱着眉头拨开周围的树枝藤蔓，小心前行。前面有侯君集挡着，李元吉这条路是走不通的，因此他虽追在后面，却也并不着急，慢悠悠骑马前行，小心翼翼地不让周围枝杈藤蔓伤着自己。

李元吉往回走了二十余步，赫然看见浑身披挂的李世民正自骑着马往这边来，一面走一面警惕地看着四周。他眉头一紧，计上心来，拿着弓翻身下马在马臀上狠狠抽了两鞭子，那马吃痛，长嘶一声放蹄向前飞奔而去。他却转身隐入了树丛。

李世民正自前行，却不防元吉的惊马从斜刺里突然间钻了出来，慌不择路间便要与乌鬃马撞个正着。乌鬃马跟随主人久历战阵，早已有了灵性，此时见事不妙一声长嘶，两个前腿离地而起，竟然仅靠两条后腿站立了起来。然而马儿虽灵，却毕竟是畜生，却未曾想到这里不同于战阵，陡然间身子被抬起的李世民顿时一头撞在了一根斜斜伸出来的大树杈上。这一下猝不及防，李世民顿时一阵头晕眼花，没留神左袖衬甲刮住了一根树藤。待乌鬃马前腿往下一放，那藤条立时被抻得笔直，马儿一动，兀自眼冒金星的李世民顿时被拉下马来。

李元吉放惊马，原本是想扰乱李世民的注意力，却不想阴差阳错之下李世民竟然真的落马，他看在眼里，不禁心中一阵狂喜。却见倒在地上的世民皱着眉头正欲费力地站起身来，只是几十斤重的甲叶子裹着，左臂又被树藤缠着用不上力气，一时间也难挣扎得动。这等天赐良机，李元吉怎肯放过，当时上前紧走两步，饿虎扑食般扑上去摁住了秦王。

元吉突然现身，李世民吃了一惊，当即欲伸手抽剑。怎奈身子沉重，宝剑被压在身子底下，左臂又动弹不得，仅余右臂却又被元吉牢牢摁住。李世民此刻处境着实狼狈，他皱着眉头正欲呼叫，却见李元吉左手摁着自己，右手伸手将弓弦捻松取了下来，一边面目狰狞地瞪着自己一边冷笑着道："二哥好手段，大哥糊里糊涂命丧你手，想来也真冤枉。不急，小弟这就给大哥报仇。二哥呀，黄泉路上，你和太子做个伴吧！"

说着，他右手拉着弓弦在秦王脖子上缠了几下，猛地两手一收。李世民顿觉一阵窒息，连一丝气都喘不上来。他大张着右手挥动拳头猛击元吉，奈何元吉此刻铁了心要置他于死地，忍着痛咬着牙双手丝毫不肯放松。眼见着李世民挥拳的力道由强变弱，双腿上的肌肉阵阵抽搐，脸色憋得铁青，一只脚已然踏入了鬼门关了。

便在这要紧时刻，泰阿宝剑自背后无声地透胸而过，一股鲜血自剑锋滑动处喷涌而出，溅了李世民满脸满身。

李元吉狂吼一声，双手力道缓缓放松，用难以名状的复杂目光盯视着胸前正在回缩的剑锋，僵立片刻，缓缓栽倒。

尉迟恭鄙夷地瞥了李元吉一眼，一脚将尸身踢开，上前扶住了正在咳嗽喘息的秦王。李世民苦笑着嘶哑地道："这两年不上战场，反应都迟钝了，性命险些丧在这畜生手里。"

尉迟恭咧开大嘴笑道："好在大王洪福齐天，毕竟有惊无险。太子、齐王均已伏诛，大势已定，天下已是大王的掌中之物了！"

李世民坐着歇息了片刻，众军将此刻缓缓围了上来，李世民看了众人一眼，下令道："全军回临湖殿中军待命，弘慎即刻飞马玄武门，通报常何、敬君弘两位将军，建成、元吉已死，要他即刻关闭玄武门，没有我的命令不得开启！"

张公谨应诺，快步跑出树林，翻身上马，直奔玄武门而去。

武德九年六月初四卯时三刻，太极宫，东海池。

李渊冷然端坐在龙舟之上，目光炯炯地扫视着跪伏在对面龙舟之上的诸位宰臣。此刻两条龙舟并排停放，两舷相距不过五六步的距离，虽说不能跨越，说话却能听得清爽明白。

“今日之事，你们都看到了，逆子忤逆朕躬，十恶不赦。你们都说说看，此事应当如何处置？”

听了皇帝的问话，六位宰相均感哭笑不得，都这个时候了，皇帝居然还要提出如何处置秦王的话题，未免有些不识时务。只是此时此地，此情此景，固然要顾及站在背后的长孙无忌手下兵丁手中的刀枪，却也要照顾到皇帝身为人主的尊严。这个回话可要万分小心了，一个不留神，身家性命就算栽到这里了。

裴寂见到一路上的布置，心中早已是一片冰凉。宫门被夺，宰辅被执，皇帝被软禁于水上，秦王既是这一切的始作俑者，对皇位已是势在必得，太子和齐王的命运，恐怕堪虞了。只是想归这么想，他却知道自己此刻便是即时倒戈助秦王登上皇位，恐怕这位殿下也绝不会信任自己，反会以自己为见风使舵的小人。再者说，此刻要他向秦王的刀枪低头屈膝，也是他万难容忍之事。因此他打定主意，即使不得罪这帮胆大包天的逆臣贼子，也绝不多说一句话以贻天下耻笑。

萧瑀却是另外一番想头，今天这个局面，大出他的意料之外。秦王竟然发动宫变直逼阙下，连老爹都囚禁了，这种事情在乱世虽说不少，但发生在眼前，还是令他有头晕目眩之感。他在朝中历来支持秦王，什么时候都毫不避讳地为秦王说话，可是此刻李渊的问话却教他委实难以辩驳。他心中明白，李渊说得分毫不差，秦王此举无论如何都是说不过去的弥天大罪，因此他虽想着应该替秦王说些什么，但张了张嘴却又不知自己究竟该说什么。

封德彝垂着眉毛跪在那里，什么话都不说。平日里日常政务，别的辅臣不说话，他绝不第一个发表意见，此刻面对如此天大样事，裴寂、萧瑀、陈叔达都不说话，他更是缄默不语。

众人沉默了片刻，气氛越来越尴尬，历来谨慎寡言的老资格侍中陈叔达突然站了起来，在船上向着李渊深深一躬，道：“陛下，太子建成，平素骄奢淫逸，悖逆不法，而今又欲谋刺国家柱石，动摇社稷大业。臣请陛下降敕，夺建成储位，废为庶人，另敕秦王以开国勋绩立为太子……”

玄武门前

武德九年六月初四卯时四刻，太极宫，玄武门。

张公谨赶到玄武门的时候，不禁被眼前的情景吓了一大跳。守卫城门的禁军都退到了城门洞里，并以常何为中心围成了一个圈子，各持刀枪对外。数十名齐王府护军在车骑将军谢叔方的统领下，正在缓缓向门洞里逼近。张公谨在宫城里，看不见外面的确实情形，但谢叔方那凶恶狰狞的表情却着实让他心惊。虽然不晓得哪里出了纰漏，但他本能地觉得情况不妙。他早年在东宫太子手下用事，与谢叔方多有来往，深知此人秉性沉郁果绝，是个极难缠的角色。此刻见他神色不善，立时醒悟到玄武门前局面不容乐观，若是不能当机立断关闭城门，整个态势恐有崩溃之虞。

齐王府在朝中的势力虽远远及不上东宫和天策府，却也在长安各衙署安插了许多细作内线。谢叔方的妻舅郎威，就在左金吾卫当差，此人昨夜恰好率城防卫队巡街，与李世民所率天策亲军碰了个正着。他官职卑微，自是不敢上前盘问，但却深知此事非同小可。本欲连夜到齐王府报信，奈何他位分太低，深更半夜造访亲王府邸，他自知齐王根本不会见他。而谢叔方昨夜又不在城中，没有刘弘基的令箭他又出不了城，故此一直耽搁到清晨。说来也巧，他巡夜收队换值经过玄武门，恰好看见谢叔方率数十名护军守在门外，这才上前说话。谢叔方何等精明干练之人，闻言立时晓得大变在即，联系方才常何回禀太子的言语，他断定常何此人已经倒向秦王，因而一面迅速派人回齐王府调兵，一边遣人赴长林门知会长林兵左右统领冯氏兄弟，自己则带着身边的护军直闯宫门。他心思极细密，虽只片刻光景，已然洞彻全局。他手上的兵虽说不多，但只要控制了宫门，在援军到来之后便可迅速入宫驰援。

自太子齐王入宫到此时不足三刻功夫，玄武门外的局面已然大变，右长林将军冯立率当值长林门的右长林一千一百人率先赶到，与谢叔方合兵一处，顿时控制了玄武门前的东西道路，守卫玄武门的常何立时陷入了极尴尬的境地。宫城内虽有驻军，奈何今夜是敬君弘当值，兵符令箭不在手上，他又不能擅离玄武门，虽有兵却不能调。敬君弘率领一支禁军在西内苑的驻地用毕了饭回转玄武门，却被长林军隔在南面，他手上不过三百余人，兵力不足，立时命人飞马回内苑增调援军。这么阴差阳错，常何被堵在玄武门内，虽是禁军统领却没有兵符令箭；敬君弘被隔在玄武门外，虽有兵符令箭却进不了宫城，局面委实让人哭笑不得。

张公谨皱了皱眉头，伸手取下长弓，在不过二十余步的距离上、朝着站在队列之前已经踏入门洞的谢叔方射去一箭。谢叔方眼疾手快，但距离太近难以挡隔，身子后仰避过了这一箭。抓住这个空当，张公谨大喝一声“闪开”便打马冲进了门洞，腰刀高高擎起，直冲着谢叔方冲了过去。常何与众军惊慌之余纷纷闪向两边，堪堪避过了飞起的马蹄。借着马匹的冲劲，张公谨一刀劈下去，谢叔方两腿站在地上挥刀挡隔，却比不上张公谨天生神力又人借马势，噔噔噔连退数步方才站稳。还没等他回过神来，张公谨回马附身一刀横削，顷刻间刀刃已至，离着谢叔方的脖子也就六寸许的距离。此刻谢叔方也不顾狼狈，矮身在地上打了一个滚，又向后滚出了四五步，这才拉开了和张公谨的距离。周围的士卒慑于其威势，都向后退了约三四步的距离。

张公谨两击不得手，却再不追击，拨转马头回到了门洞里，高声下令道：“速关城门！”

谢叔方 退出门洞，常何立时明了了他的用意，早已命身边的禁军卫士拔下了固定在地面上的门楔子，待张公谨一进门洞，立时推动紫漆铜扣的宫门。在“吱呀呀”的门轴转动声中，两扇尺许厚的大门缓缓合拢。

谢叔方眼见得情势不妙，心知一旦玄武门关闭，太子和齐王的性命便交代了。情急之下大吼道：“冲进去，后退者斩！”

百余名士卒潮水般涌将上来，人挤人人挨人地叠在一处，犹如一个巨大的人肉冲车，狠狠砸在了两扇即将合拢的门页上。受此大力冲击，门内负责关门的士卒有几个被撞得飞了出去，本来只剩一人左右宽空隙的大门一下子被向里推了数寸，空隙又渐渐拉大，有几个兵卒甚至从缝隙中涌了进来。

张公谨怒吼一声，几刀便砍翻了冲进来的齐王府兵，从身边的禁军手中夺过一支长矛，对着两扇门页的缝隙胡乱捅了几下，将五六个叠作一处的士卒刺了个对穿。随即他跳下马来，运足了力气在其中一扇大门内侧狠狠一撞，只听厚重的大门发出一声轰然巨响，在门外叠作一处正往里挤的齐王府兵最后两三排有几个人竟然被这股大力撞得直直飞了出去，而最前排的几个人此刻早已七孔流血，浑身五脏都移位了。便是这么一撞，齐王府兵和长林兵向前拥挤的势子便缓了那么一缓。张公谨大喝一声，双手推动门页，缝隙再度变小。常何也拔出刀来叫道："合不拢这扇大门，我们便都是个死；合拢了这扇大门，每人赏金百两！"

在性命之忧的威胁和百两黄金的重赏诱惑之下，十几名禁军合力齐心，玄武门终于在内外的齐声呐喊声中缓缓合拢……

待亲眼看着粗大的门闩落定，张公谨这才长出了一口大气，顿觉浑身脱力，站立不稳，只得倚着城墙大口喘息。抬头见常何以充满疑惑的目光看着自己，知道他的心事，张公谨疲惫地笑道："二獠已诛，大势底定，放心吧！"

至此常何一颗悬在半空中的心才算是彻底放了下来。他与秦王府诸将不同，秦王的成败生死无干他的身家禄位，作为玄武门守将，不管是太子还是齐王都不会轻视于他。因此此番虽说听了马周的主意相助秦王故主，却始终难以自安，他心知一旦秦王落败事有不成，自己立时死无葬身之地。此刻听得张公谨说出"二獠已诛"这四个字，他登时浑身上下一阵轻松。

张公谨道："你快去西边调兵，虽说不是你当值，只要有你出面就行。这边我来防守。放心，没有攻城器械，谢叔方短时间内万难突破城防……"

持械逼宫

武德九年六月初四卯时五刻，太极宫，东海池。

李渊这一惊吃得不浅，莫说是他，便是裴寂、萧瑀、封德彝、杨恭仁、颜师古等人也都诧异万分。就连长孙无忌都万没想到，废太子立秦王，这句话最终竟然是从号称朝野第一持重老成少语寡言的陈叔达的嘴里第一个说了出来。陈叔达此人为相多年，给人的印象一直是节操高贵、不谀不娄、持论公正、不偏不倚，虽居庙堂之高，却从不轻言得失，除非皇帝垂询，他极少主动谏言。然而就是这个人，此刻在这上不着天下不着地的东海池子上主动劝陛下废太子立秦王。若说他是见风使舵的小人，矫情虚伪的伪君子，倒也说得通。长孙无忌却知道其人一直与秦王交好，虽是君子之交，却相与相宜。此人平日里也确对秦王的才干颇多嘉许，也说不上是临时依附。长孙无忌诧异归诧异，但有人最终将这个话题挑破，他还是大大地松了一口气。

一旁的宇文士及心中也颇为诧异，本来，按照原定计划，今日带头上书劝谏的人实际上应该是他。只不过劝谏的内容更加离谱，按照房玄龄的主意，他要劝陛下当日便禅位于秦王。只是他也没料到现场气氛如此尴尬，别的辅臣均闷头不言语弄得他也不知该怎样开口，正自斟酌踌躇，没想到自己身边这个刚刚回门下省任事不到四天的老家伙居然抢先进言，却是劝陛下立秦王为太子。这一来他便不能再说请皇帝退位的话，他也是个机灵人，当即站起身来应道："陛下，陈老相国所言，实乃谋国之言。臣与其所见略同，恳请陛下废不肖之储君，立秦王为太子！"

萧瑀站起道："陛下，臣早持此议，陛下一直不允。若是陛下早年便从臣之所请，当无这许多事端变故了……"

他一张嘴，几位宰臣齐齐皱眉，就连长孙无忌也暗自憎厌。好好的话，偏偏从他的嘴里说出来就如此刺耳。若是平日朝廷政务也还罢了，李渊熟知他的脾气禀性，也还能容得了他；今日之事何等重大，他此刻贸然说出这么几句不知轻重的话来，本来尊严自信就备受打击的李渊面子上哪里还挂得住？

果然，皇帝勃然大怒道："萧瑀，满朝文武，只有你一个是有先见之明的是不是？你早就劝朕如此置，看来是朕昏庸了，没有接纳你这个忠臣的本章，这才弄得如今臣失子逆举朝皆反！也罢，朕是个无道昏君，用不得你这等赤胆忠心的臣子，你回家养老去吧！"

萧瑀一肚子的话顿时被皇帝这番极不客气的言辞堵了回去，他尴尬地站在那里，辩也不是，走也不是。堂堂帝国宰相，此刻却像个初入仕途的毛头小子般没了主意。

封德彝清咳一声，开言道："陛下息怒，陈公所言，乃是至理。如今大唐社稷不宁，非如此不足以抚平朝政安定人心。臣以为陛下应当机立断，立秦王为储，且明敕天下，将军政庶务，委决太子。以此为安定天下之本！"

李渊冷笑着道："朕英雄一世，什么时候被人家用刀子逼着做过事情？如今这等局面，朕便是委曲求全，又岂能塞了天下臣民悠悠之口？”

陈叔达坦然道：“陛下为天下之主，些许荣辱，又算得了什么？而今内政不清，北边不宁，非陛下睿断不能安定天下。陛下今日之断绝非迫不得已的免祸之举，乃是惠泽我大唐千秋万代的无量公德。”

皇帝用讥讽的目光看着陈叔达道：“朕如今这样做了，内政就清了？突厥就不会再进犯了？你陈子聪也是个持重守中之人，这等言语说将出来，难道不惧后世史笔如铁，说你一声‘小人’？”

陈叔达不慌不忙地对道：“陛下言重。陛下所求者，无非四海安定天下太平，政治清明人民富庶，宗室和睦父慈子孝，上下相安左右互济。陛下多年渴求而不可得之事，今日都有望得之。臣下迂腐，窃以为陛下与大唐社稷计，不敢沽名钓誉奢追身后直名！”

李渊还欲说些什么，抬起头来却不禁吃了一惊，面色略显青白地看着岸边。

众辅臣此刻也不计较君前失仪，纷纷转头望去，却见远远的一队甲兵全副武装沿着湖岸的御道开了过来。领先一员大将身披铁甲手持长槊，身上兀自带着斑斑血痕，生得鼻直口阔脸色黢黑，满脸的络腮胡子，除了号称大唐第一勇将的尉迟恭更有何人?

尉迟恭来到湖边，喊着口令率队伍驻足，远远地冲着长孙无忌打了个手势。长孙无忌一颗提到嗓子眼处的心终于放了下来，吩咐一声：“靠岸！”龙舟上的军卒亲兵齐齐把桨划动，两艘龙舟缓缓靠岸。一时间，皇帝君臣的心都提了起来。

此时此刻，此人率兵出现在此地，便是愚钝如萧瑀者，也情知事情不妙。长孙无忌虽说负责软禁皇帝，毕竟是文官，又是外戚，万事不会太过无礼。然则这个尉迟恭乃是朝臣中有名的头号二百五，生于乱世数背其主，在朝中除了秦王谁也不认。现在派这么个混横的将军带着全副武装的军队来到君前，秦王究竟是个什么意思却是谁也拿不准了。就连老练沉稳如陈叔达者，也不禁勃然变色。

待船靠岸，尉迟恭跨步便上了皇帝所在的龙舟，他身大力沉，又披着几十斤重的铁甲，手中的兵刃也颇有些分量，一上船便压得龙舟微微一晃，也让众人的心绪随之微微一晃。

陈叔达厉声喝道："尉迟恭，你来这里做什么？谁让你来的？"

尉迟恭满脸倨傲不屑地扫视了皇帝和宰相们一眼，冲着李渊一拱手，大大咧咧道："陛下万岁，末将甲胄在身，不能施以全礼，还望陛下和诸位相公恕罪则个！"

陈叔达毫不假以颜色，沉声道："没有问你这个，这是御前，没有明敕不能随意前来！我在问你，是谁让你来的？你来要做什么？"

尉迟恭依旧大大咧咧满不在乎，脸上却浮现出一丝讥讽的笑容："这位相公容禀，我是个粗人，平日里只晓得白刀子进去红刀子出来的勾当，这朝廷上的礼数么却着实不大懂得。自是不晓得什么'御前'不'御前'！"

裴寂此刻忍不住发话道："你没听清楚么，陈相问的是谁派你来的，你又来此做些什么！"

尉迟恭又冲着又惊又怒、脸色灰白的李渊拱了拱手，笑眯眯道："末将糊涂，是这么回事。太子和齐王暗藏甲兵图谋不轨，欲行刺谋害秦王殿下，其罪滔天，现均已伏诛于玄武门内。秦王至孝，闻二贼有谋刺圣驾的勾当，特命末将率兵前来护驾！"

不过区区数语，在李渊听来却不啻惊雷霹雳一般。他心中顿时掀起一股剜心剖肺般的剧痛，一时间五官移位五内俱焚。他万万没有想到，这个几乎是自己看着长大的娃儿竟然如此辣手，顷刻之间便将自己一奶同胞的骨肉兄弟诛杀在宫城之内。皇帝面目狰狞，两腮的肌肉不断抽动，两只眼睛恶狠狠盯着尉迟恭，泪水不受遏制地自眼眶中溢出，顺着面颊流下，心中翻来覆去转悠的只有一句话："二郎，你也忒狠了吧！那是你的兄弟呀！"皇帝此时但觉得这一夜来的事情如临梦境，他不禁有些怀疑自己这一日经历的真实性了。

他浑身肌肉紧绷，咬着牙一个字一个字蹦着问道："你说什么？你再说一遍？"

皇帝龙颜大怒，尉迟恭却丝毫不以为意，舔下嘴唇大声地道："末将是说，太子和齐王都已经死了，秦王让末将来保护陛下！"

"建成……"皇帝发出了一声撕心裂肺的吼叫，声音都有些变调。他也不再顾及帝王威严，就那么坐在龙舟之上痛哭流涕，一面哭泣一面捶胸撕发，宛如癫狂一般。

尉迟恭却丝毫不理会，冷笑着道："陛下不必如此伤心，两个无君无父无德无才的小人，去之可安天下。秦王除了他们，既是为了陛下也是为了江山社稷。此刻秦王还在临湖殿等陛下的后命呢！"

"让他去死，朕再也不见他这个逆子了……"李渊声嘶力竭地喊道，一时气竭，竟就这么生生气晕厥了过去。

萧瑀大怒，脸色苍白地指着尉迟恭道："尉迟恭，你如此冒犯主上，还有点臣子的样子吗？"

陈叔达深知这么纠缠下去终归不是个事，见尉迟恭似乎还要开口反唇相讥，板起面孔对尉迟恭道："你去临湖殿传陛下口敕，太子建成、齐王元吉骄奢淫逸素行不法，今又谋刺秦王危及朕躬，着即废为庶人交秦王治罪。着以天策上将、秦王、太尉、尚书令、中书令李世民为太子，入主东宫监国。自今而始，凡军国事，三省委诸太子，钦此！"

他说毕，回过身问站在身旁的裴寂道："裴相以为如何？"

裴寂默然不语，他虽心中怨恨难平，确也知道陈叔达所言确是保存李渊性命的唯一可行之计，踌躇半晌对尉迟恭道："就依陈相所言去传敕吧……"

北门鏖兵

武德九年六月初四卯时六刻，太极宫，玄武门。

对于长安的老百姓而言，武德九年六月初四是个令人毛骨悚然的日子，原本象征着天下太平长治久安的"长安"彻底失去了安宁。平日里繁花似锦的街坊如今家家关门闭户，兵丁马队满城乱跑，街面上乱得连平日里仗势横行无忌的地痞豪强都不敢露面。东宫、齐王府和天策府的兵马调遣来去如在无人之境。设在西城分责京城治安的左金吾卫府几乎炸了营，一道道信报自各处报来，京师已然秩序大乱。偏偏最高长官雍州别驾左金吾卫大将军刘弘基又称病躲得不见踪影，却苦了那些在卫府值事的小吏，四方信报如暴风骤雨般涌来，他们却调不得兵做不得主，只顾满世界寻找刘大将军。时在赵王李孝恭府参预机密的岑文本后在《皇帝贞观杂记》中记述道："六月四日，隐太子谋反，宫府兵逆玄武门，不克，遂复扰宏义宫。街市翻覆，黎庶不宁，而京兆守不知踪，举城纷乱世界，至淮安王携敕寻至，乃止。”

玄武门前乱作了一团，东宫率兵、长林兵、齐王府护兵、宫廷北门禁兵、城防巡兵、天策亲兵、秦王府护兵若干支军队盘踞于此，又各自不相统属。说是打仗，却是自己人打自己人，双方的旗号上都是同样一个篆体的“唐”。其中接战最劲的是敬君弘、吕世衡所统率的宫廷禁军和由冯氏兄弟统率的东宫长林军以及谢叔方所统率的齐王府护军。这几支兵里，曾经参与平略山东之乱的长林兵战力最强，也最凶悍，久居长安养尊处优的禁军和各府护军、东宫率兵不能比。城防巡兵虽然到场，然则主帅不在，统军将不敢擅自参战，交战的又是宫廷禁军、东宫兵和齐王府兵，哪一家也不是城防惹得起的，因而他们只是在战圈外驻足待命。高士廉所率一千多人在芳林门外列阵，但他的任务是在禁军不支之时施以援手，因此一开始也未曾参战。

在玄武门大门关闭之后，谢叔方曾与冯氏兄弟简短计议过。宫城城墙坚厚，城内又驻有重兵，没有犀利的攻城器械恐不易下。谢叔方提出了两个切实可行的方案，一是迅即派人出城召集右骁卫大将军薛万彻率东宫率兵大部回城，控制长安城防及城内要道据点，然后将太极宫团团包围与李世民讲条件。能救回太子或齐王当然最好，若是太子齐王不幸罹难，还可以在控制京畿兵权后，调野战攻城器械攻克太极宫擒杀李世民，而后拥立建成长子安陆王李承道即位。另外一个方案谢叔方自己也以为是个下策，便是保护太子和齐王的妻子家眷逃出长安，只是李建成不似李世民般离开长安可以去洛阳，他在京外没有可供自己长期盘踞的战略据点。不过虽然如此却也还不是全无办法，镇守太行一线的燕王李艺心向太子，只要逃到河北，不难在天纪军的庇护下寻得一个落脚之地。一路之上又有熟知兵略的大将军薛万彻率军保护，还不至于去落草为寇。

平心而论，谢叔方这两个办法虽说都称不上高明，但却也不是完全没有实现可能。奈何冯氏兄弟两人脑袋一根筋，冯立大叫：“我等受殿下厚恩，值此效命之际，唯以性命相从，岂有他哉？”冯诩也附和他兄长意见。谢叔方手上齐王府护军只有一千余人，战力不强，实力较强的长林军在冯家兄弟手上。没奈何，只得跟着这两兄弟与敬君弘的禁军玩命。

两军甫一接战，吕世衡便劝敬君弘道：“如今局势诡异内情不明，且禁军士卒多还在驻地，玄武门前兵力薄弱，不宜擅自与东宫齐王府兵接战。不如静观其变，待局势明了兵力集结完毕再鼓列出战，可稳操胜券。”然而敬君弘却不从，他也自有一番道理：“我非秦王嫡将，蒙殿下器重托以大任，若畏缩不前，岂非为天策诸将所笑？再者我等职在宫门宿卫，坐视乱军肆虐，岂不是有亏职守？更有何面目复见陛下及秦王？”

于是这场仗便糊里糊涂地打了起来，东宫齐王府人马对战宿卫宫廷的北门禁军，而始作俑者秦王府军却像没事人一般驻扎在芳林门处坐山观虎斗。谢叔方愈打愈觉得滑稽，本来是宫府之争，此刻却糊里糊涂与宫廷禁卫军交起手来。奈何薛万彻不在，他人微言轻，只得由着冯氏兄弟的性子胡闹。

战局一铺开，宫府军方面的兵力优势和战力优势立时显现出来，禁军根本不是对手，不到半个时辰便被切瓜砍菜一般砍杀殆尽。可怜敬君弘、吕世衡两位忠勇将军，还未等到援军到来便已然力竭，遂被宫府军乱刃分尸。等到西内苑内集结的两千左右禁军举着刀枪自苑中杀将出来，才愕然发现他们的两位统领已然壮烈殉国。恰于此时，大约高士廉觉得差不多了，便率着一千四百多（其中有九百多名临时武装起来的囚徒）秦王府护军杀了出来，两军合力，顿时军威大振。

谢叔方正欲与冯家兄弟合兵列阵以并肩对敌，却不料这二位高叫一声：“我等今日浴血玄武门，亦可报太子恩德了！”便干脆利落地带着长林军脱离了战场，一路往东而行，途经大安宫和通化门，径直出城去了，竟然连个招呼都不与并肩作战的谢叔方打。

谢叔方的肺险些被这对活宝兄弟气炸，他略定了定神，以手中的这点人马，肯定不能与禁军和高士廉的秦王府兵相抗衡。他略略用眼睛点了一下高士廉的军队人数，心中立时有了底，手中腰刀一挥，怒吼着发令道：“不要恋战，向北苑方向冲击！”

高士廉见宫府军向东逃窜，正自布置军士追击，却不料这千余人马竟然反向北冲了过去。他手下士卒多是罪囚临时编用，哪里有阵列可言，自是一冲就垮。高士廉本人被谢叔方一刀削去了头盔，六十多岁的人惊出了一身的冷汗。无奈之下只得眼睁睁看着齐王府军向北冲去。高士廉的一颗心顿时提了起来。

谢叔方并不是要逃跑，而是要去攻击这场京城大混战当中另外一个重要的紧要之地——位于宏义宫的秦王府。

围魏救赵，以秦王妃、世子以及阖府家眷老小作为人质换回太子和齐王，这便是谢叔方在紧要关头所想出的主意。他算得是极简单的减法，秦王手中精锐的王府护军和天策亲军大部调出了城外，宫城内要控制大局当不少于五百之数，高士廉手上又是一千五百人，那么秦王府此刻实质上就是一座空府了。因此这办法虽说冒险，却是十拿九稳。

然而他毕竟不是神仙，让他万万想不到的是，就在他率军鏖战玄武门外并挥师奇袭秦王府的同时，在东宫和齐王府内，正在上演着一出血淋淋的屠杀惨剧……

喋血东宫

武德九年六月初四辰时正，东宫，显德殿。

自长林兵和东宫率兵一出长林门，东宫上下一干人等的厄运便开始了。安元寿统率埋伏在东宫附近的五百秦王府护军于卯时二刻自通训门杀进了太子府。其时东宫内护卫兵丁倒还有不少，总在七八百人上下，然而此刻能主事的大将却均不在宫中。这些留守东宫的率兵合该倒霉，原本掌管东宫各门宿卫门监的率更寺令王晊倒戈，此刻正在宏义宫秦王府，而事起突然，李建成还未曾来得及任命新的率更寺掌令。而东宫有权过问宿卫事的中允王珪外放山东，洗马魏徵卧病不起，右骁卫大将军兼领左右率府将军薛万彻在城外主持郊送事宜，关键时候竟没有一个人居中调度主持大局。因此虽然大变在即，通训门却还是依惯例在清晨寅时三刻开启。安元寿所率秦王府兵不费吹灰之力，便放翻了守门卫兵杀入了东宫。

安元寿带兵多年，虽在征伐之事上建树不多，却也绝非东宫内从未上过战场的率兵都尉们可比。秦王府军入宫的第一步便是袭击了位于东宫南侧的左右率府，将数十名值事的幕僚军官屠了个一干二净，一举打碎了整个东宫守军的指挥系统。随后安元寿分派人手锁闭东宫诸门，自己率领二百人直扑太子詹事府，将所有典籍文案账目一一封存，将詹事府属员统统关进一间廪房看押起来。随后又率人抄检了左右春坊和家令署，太子家令安蔚仗剑反抗，也被军卒一刀杀死。

在控制了整个东宫的防卫系统之后，安元寿迅速派兵包围了整个太子寝宫，并将太子妃窦氏、侧妃刘氏、吴氏、赵氏以及李建成的五个儿子安陆王李承道、河东王李承德、武安王李承训、汝南王李承明、巨鹿王李承义一一擒拿拘押。巨鹿王李承义年纪幼小正在出痘，被一个士卒直接从床上提了下来。安陆王李承道年纪稍长，率两名侍卫挥剑顽抗，被秦王府兵伤了手臂。

安元寿冷眼扫视了一番眼前的这些龙子龙孙，缓缓开口说道："我劝你们诸位放聪明些，不要做无谓抵抗，否则刀枪无眼，真个伤了你们。秦王毕竟是你们的亲叔叔，你们受罪不说，我复命的时候脸上也不大好看！"

血染华服的安陆王李承道"呸"的一口啐在了他的脸上，傲然道："你是什么东西？也配和我们这般说话？我们兄弟虽然年幼，毕竟是当今皇帝的骨血，落地就是王。你是什么东西，你不过是李世民的一条狗，兀自在此夸夸其谈大言不惭，小丑跳梁，何其可笑？"

安元寿大怒，他伸手擦了一下面颊，上前两步将脸凑近李承道道："不错，诸位都是大王，是金枝玉叶，我不过就是秦王的一条狗。可你别忘了，你们这些大王的命，如今就攥在我这条狗的手里！我叫你们生便生，我叫你们死，你们便死得连条狗都不如！"

李承道冷冷一笑："便是死了，我们也是李家的人，决不会向你这等小人鼠辈卑躬屈膝乞求活命。狗终归是狗，再怎么聪明，毕竟听不懂人话！"

说罢，这个不过十来岁的少年仰天哈哈大笑起来。

安元寿想也不想，挥手"啪"便给了李承道一个嘴巴。安陆王雪白粉嫩的脸颊上，顿时出现了五个青里泛红的指头印。

李承道没想到安元寿真的敢打他，捂着脸怒目盯视着安元寿，强忍着就要夺眶而出的泪水恶狠狠道："恶贼，我兄弟但有翻身之日，定要让你求生不能求死不得！我便是化为厉鬼，也要将你粉身碎骨九族全灭……"

望着李承道那蕴含着刻骨仇恨的目光，安元寿心中不禁暗自打了个寒战，心知这少年恨自己已然入骨了，又想起面前这个人的身份，心中不由得一阵慌乱。他仰天打了个哈哈，道："到底还是个娃娃，净说孩子话！"说完也不再多问，转身走了出来。

一名统军随后跟了上来，追问道："这屋子里的人如何处置，请将军示下！"

安元寿面色阴晴不定，沉吟半晌方道："他们都是叛臣反王家眷，留下也是给大王找麻烦，你挑几个弟兄，把事情办了吧。手脚要麻利一些，我们人太少，控制这么大的宫城，力有未逮。东宫死士颇多，这屋子里的人，万一走了一个，你我都担不起干系，你去办吧！"

那统军笑嘻嘻地道："将军，这些娃娃无所谓，那几个娘儿生得委实标致，不如赏了弟兄们……"

"啪！"话未说完，那军将脸上已然着了安元寿狠狠一记耳光，却见这位将军面目狰狞地道："混账东西，现在是什么时候？这些人是什么身份？你居然敢动这样的心思？大王以军法治府，有些规矩不用我一条条跟你讲白吧？"

那统军吓得脸都白了："将军息怒，末将随便说说，说着玩的，当不得真！"

安元寿冷哼了一声，阴冷地道："快去办理，屋子里的人，无论男女，一个不留！"

那统军喏了一声，擦着额头上的汗去了。

武德九年六月初四辰时二刻，太极宫，临湖殿。

李世民席地坐在临湖殿大殿中央，听躬身站在面前的尉迟恭复述陈叔达所述敕旨，面色淡然不喜不怒。听毕多时方叹了一口气，喃喃道："此番可是把父皇气得不轻了！这也是没法子的事情，既然陈公如此述旨，那我们奉敕就是了。"

站立在一旁的侯君集皱眉道："陈阁老虽如此说，毕竟未经陛下亲口允准，殿下若不能于此时趁热打铁登上大宝，恐怕还会生出诸多波折。陛下正值春秋鼎盛，身子骨也还硬朗，我们血溅宫门，冒天下之大不韪，才换来了这么一个东宫太子的位子，未免有些太不值了。"

李世民微微一笑："毕竟江山社稷为重，一个皇帝的虚名值得什么？"

侯君集肃容道："大王此言差矣，名不正则言不顺，此刻不要说朝野，就是宗室之内，有多少人以为大王得位不正？虽说建成元吉均已伏诛，陛下已经没有其他选择余地，然则经过这件事情，父子之间毕竟生了隔阂芥蒂。虽说大王名义上可代陛下处断军政庶务，这权力毕竟也还是陛下授的，能予之便能取之，今日一道敕书可以授权于大王，明日再发一道敕书便可将大王手中的权柄剥得干干净净。太子虽是储君，一人之下万人之上，然则毕竟不是君临天下的国主，有些事情终归不大方便。”

李世民看了侯君集一眼，嘴角浮现出一个意味深长的微笑，缓缓道：“君集，事分缓急，不可一概而论。有些事情当急，做起来便刻不容缓；有些事情当缓，则欲速不达。入主东宫总揽朝政，已经是我们往前迈出的一大步了，其他的事情，尽自不妨从长计议。父皇虽说今日恼了我，却绝非不明事理之人，有些事情，还要慢慢地来，火候不到，终归是不成的。”

他顿了顿，又道：“不过，你虑得也不为无理！你记一下，我现在就向朝廷三省六部九寺十六卫御史台及天下道郡州县发出第一道太子令！”

侯君集急忙自一旁取出笔墨和空白帛书，端坐下来提笔静听。

李世民沉思良久，缓缓说道：“裴寂为开国重臣，功在国家，而今年老力衰，数请辞尚书省职，朝廷体恤老臣，允其致仕。着免去裴寂尚书左仆射之职，以司空侍驾京师，其魏公爵位除长子承袭外，可在诸子当中再择一人，朝廷封为郡公。所遗尚书左仆射之职，由原右仆射萧瑀领，封德彝以中书令进尚书右仆射，与萧瑀同领尚书省。原中书令杨恭仁免职，另行委任。原侍中宇文士及任中书令，原天策长史房玄龄任中书令，高士廉守侍中，与陈叔达共掌门下省。”

侯君集文采远逊房玄龄，此刻听着秦王述说，笔下不停，却是字字以实录。

书毕，他抬头笑道：“大王睿断。如此朝局并无大的更动，三省实权又牢牢控在大王手中，果是两全其美之法！”

李世民笑了笑，正欲说话，却见张亮浑身是血跌跌撞撞跑了进来。

秦王脸上登时变色，他猛地站了起来，声调颤抖地问道：“府中出事了？”

张亮扑通跪倒，喘息着道：“谢叔方率兵攻打王府，府中兵力不足。王妃召集阖府妇人上城助战，此刻局面危殆，杜公命末将前来求援……”

大局初定

武德九年六月初四辰时三刻，宏义宫，秦王府。

秦王府中的兵力委实太少，防守偌大的一个宏义宫，处处防而不密。杜如晦思虑再三，在接到谢叔方兵临永安门的探报之后，他终于下定决心弃守永安门，退守宏义门一线。如此一下子便将防守的地域缩小了一半，而众将家眷及王府妇孺大多集中在宫北，承乾门外多是天策府的治事机构，例如位于永安殿偏殿的弘文馆以及位于西偏殿的天策亲军府。谢叔方没有攻城器械，只能驱士卒攀爬城墙，在永安门处耽搁了约两刻功夫，进入宏义宫后搜检永安殿等殿宇又花费了些时间，待得挥军承乾门，已是近辰时了。

杜如晦手中提着宝剑在城墙垛道上来回巡曳，两只眼睛警惕地关注着城下齐王府兵的动向，全然不顾城楼上四处横飞的箭矢。在他身边，元仲文率领着五十名秦王府护军紧紧相随，这是杜如晦手中最后一支机动兵力，随时待命准备对防线上的薄弱处予以支援。此刻在城墙上，除了身着盔甲的军将之外，还有许多妇人往来穿梭，她们为战士们搬运石头箭矢，救治包扎伤员，还在城墙上架起了四口大锅。烧得滚沸的面汤以铜盆木桶盛出，一个接一个传到垛口，倾将下去，立时便有几个齐王府兵丁惨叫着翻滚倒一边。因此城上作战人员虽不足三百，但总人数却有七八百人之多。

杜如晦轻轻吐了一口气，缓步走到位于承乾门门楼处的秦王妃长孙氏面前。长孙氏今日换了装束，穿了一件窄袖短衫，在短衫外面罩了一件挂着鱼鳞细甲的战袍，头上裹了一条红色短巾。她神色从容地拉着儿子恒山王李承乾的手，就那么屈膝坐在箭楼门厅的台阶上，脸上稍稍带了少许疲惫之色。

杜如晦来到这母子二人身前躬身道："王妃还是带着世子下去吧，这里刀箭无眼，矢石横飞，实在太不安全。恒山王乃是大王世子，王妃纵然不顾自己的安危，总要为世子打算打算吧！"

长孙氏没有答话，面带微笑地注视着在城楼下指挥向后殿抬送伤员的杨妃和绕在她身边一捆一捆向站在台阶上的军卒抱送箭镞的蜀王李恪母子，良久方才答非所问地道：“恪儿虽小，这份胆量却也实实难得呢！”

一旁的李承乾满脸都是兴奋神色，眼中透射出炽热的神光，扯着长孙氏道：“娘，让孩儿也去助战吧。弟弟们都在那边帮忙，孩儿坐在这里，觉得自己好没用处！”

长孙氏笑了笑，淡淡地摇了摇头道：“你与其他的弟弟不一样。只要你随娘坐在这里，让士卒们、宫妇们和你的弟弟们抬起头就能看到你，就是给你父王、给阖府上下最大的帮助了！”

她转过头对杜如晦道：“司马大人，你去忙你的吧，不用管我们母子。战事瞬息万变，都要靠你一个人撑着呢。敌楼之上太乱了，你是殿下的心腹重臣，身上的担子重，一定要珍重，不可轻冒矢石。我们母子不用别人照应，我不是平阳公主，没有她那样的巾帼气概，也帮不上别的忙，只能坐在这里看着你们却敌。敌兵不退，我和承乾就不下城楼。”

杜如晦苦叹一声，却也无暇再说别的，只得一揖告退，转身向着城墙西侧快步走去，边走边叫：“东段贼人架来了两架梯子，这边弄点大石头送过去，再在那边城墙上就地架一口锅，烧沸汤备用……”

李世民额头上渗出了一层层的冷汗，神色阴晴不定，双拳禁禁攥着道：“我这里总共只有两百人马，别说抽不出来，就是全数回师，在兵力上也与齐王府军差得远了，根本起不到什么作用。且兵力逐次投入使用，乃兵家大忌。这个谢叔方倒是真有两下子，胆色见识均非平常。”

侯君集道：“玄龄那边应该可以分出人手来吧？”

李世民紧锁双眉摇了摇头：“他那里要坐镇三省，还要控制南衙十二卫和朱雀门，八百人本来就捉襟见肘，不能从那边调拨人马。”

他扭头问张亮：“你从芳林门过来，没有看到高士廉么？”

张亮摇了摇头：“末将在玄武门外只看到遍地尸骸，除此之外，什么都没看到。”

李世民叹了口气，喃喃自语道：“若是能把城外的兵调回来就好了！”

这时站在一侧的尉迟恭突然发话道：“大王，某家回府一趟，去会会那谢叔方！”

李世民苦涩地一笑，说道：“你一个人回去济得什么用处？难不成你还能单枪匹马退去千余齐王府兵丁？”

尉迟恭眨了眨眼睛，沉声道：“只要大王肯赐给末将两件东西，末将说不准便能办到这不可能办到之事！”

李世民顿时驻足转身，目光炯炯地盯着尉迟恭道：“你要什么东西？”

尉迟恭舔了舔嘴唇，满不在乎地道：“太子、齐王的人头！”

李世民当即醒悟，立刻道：“这个主意或许当真可行也未可知！”他转过身示意侯君集，侯君集当即转身走向停放李建成和李元吉尸身的偏殿。

李世民又对尉迟恭道：“你带一队回去，退不了兵也不打紧，只要涣散了齐军的军心，鼓舞了府中将士的士气，杜公便能再坚守一阵子。这边我立刻飞马常何，要他迅速集结一千左右禁军，只需多半个时辰便可增援宏义宫。”

说罢，他伸手拍了拍尉迟恭肩头，语气沉重地道：“拜托了！”

便在此刻，临湖殿外传来一阵急促的马蹄声响。不多时，长孙无忌走进了殿中，略略一行礼便道：“大王召我前来，有何紧急事体？”

李世民深深吸了一口气道：“京师如今已经乱成了一锅粥，不能再这么乱下去了。你此刻立即携我的手令飞马赶往淮安王府，要王叔无论用什么办法，必须在一个时辰之内将刘弘基带到临湖殿见我。我们必须迅速控制长安局面，否则就算我们赢了这个回合，朝廷也将元气大伤……”

武德九年六月初四辰时四刻，北苑。

尉迟恭率领二十余骑一路狂奔，从临湖殿到玄武门只花了不到半刻钟。一入北苑，他勒住了马头，眯缝起眼睛仔细打量了一番永安门前的情形。沉吟了片刻，他哈哈大笑着对士卒道：“我看这个姓谢的本事也是稀松平常，若是他此刻将永安门关闭，拨出一百兵卒坚守，我等纵然有天大本事也万难施展。如今永安门大开，岂不是自蹈死地？”

旁边一个亲兵讪笑着道：“若是他们在门里设了埋伏呢？”

尉迟恭笑骂了一声：“奶奶的，你他娘的就不能说点中听的话？”

他坐在马上挺起胸膛道：“大伙听着，宏义宫里现在有千余齐王府护军，永安门里还可能设有埋伏，我们只有这二十个人。现在本将军要杀将进去给那帮浑小子一点颜色看看，你们敢不敢与某家同去？”

亲兵们挥舞着刀枪在马上齐声高喝：“同去！”

尉迟恭点了点头，又舔了舔嘴唇，狞笑道：“不错，还算有点兵样子。弟兄们，在宫里没杀痛快，如今过瘾的机会来了，随我来……”

说着，他两腿一夹马腹，乌骓马像离弦的箭一般飞了出去。距离永安门远远地便弯弓搭箭，只见他抽箭、搭弓、放弦几个动作来回交替，便如行云流水一般流畅自然。一支支狼牙箭像长了眼睛般飞了出去，转眼之间，守卫永安门的齐兵便倒下了八九个，平日里养尊处优的齐王府护军何曾见识过这般凶猛迅捷的骇人箭术，早吓得呆了。二十余骑一拥而入，刀剑劈刺长矛挑扎，不过片刻功夫就将守卫永安门的五十名齐王府兵宰杀了个干净，秦军竟无一人伤亡。

尉迟恭哈哈大笑，叫了一声：“好儿郎！”便率先向宫内冲去。

就在此时，永安殿正殿三扇大门忽地齐齐打开。由一名身着鱼鳞铠的统军率领，一群齐王府军呼喊着蜂拥而出，看样子总在二百人上下。

尉迟恭冷笑了一声，猛地大喝一声，催马前行，竟不回避，就那么直挺挺冲着十倍于己的敌人杀了过去。双方甫一接战，他铁槊横扫，立时扫翻了七八个，随后他一提马缰，乌骓马飞身跃起，一下子越过了约四五丈的距离，落脚处却在那统军身边。尉迟恭狞笑一声，铁槊在手中轻轻闪了一闪，槊锋已将那统军攮了一个透心凉。

尉迟恭狂笑一声，双臂一紧，竟是硬生生将那统军的尸身高高地挑了起来。

战场上一片寂静，秦齐两府的军兵都不自觉地停下了手中的兵刃，呆呆地望着战阵中央那挑着一具尸身狂笑不已的战神将军，似乎连厮杀都忘记了。无论是齐王府护军还是玄甲亲军，都不自觉地产生了一种恍惚地感觉，那根本不是一个人，那是一个杀戮的怪物。这样的怪物，是人所能战胜的吗？

“当啷！”不知谁将兵刃率先扔在了地上，随即“咣当”“当啷”之声四起，一干齐王府护军纷纷扔下兵刃四散奔逃。转眼之间，永安殿前除了尉迟恭和二十余名秦王府玄甲亲兵，便只剩下扔了一地的刀枪兵刃了。

这局面连尉迟恭也有点意外，他啐了一口，骂道：“奶奶的，这他娘的算哪门子军队？”

过了永安殿，前面再无阻碍，尉迟恭率部直趋承乾门。

一开始，谢叔方对于这样一支骑兵小队的出现并未予以重视，只是有些奇怪这些人是怎样从永安门那边突破重围杀过来的。他随随便便拨了一百人马去包抄这个骑兵队的后路，他自己一心指挥攻打城楼。然而却不料这一队秦军剽悍异常，对抄袭自家后路的齐军根本不予理睬，一鼓作气便冲入了谢叔方攻城部队的后队。

气急败坏的谢叔方定睛观瞧，这才看清楚带队的竟是号称天下第一勇士的右武候大将军尉迟恭。他不禁浑身打了个冷战，立刻意识到在歼灭这支骑兵之前他再也不能全力攻城。于是高喊口令，正在攀爬城墙的战士们纷纷从半路跳了下来，齐王府军除城墙根的三百人仍虎视眈眈监视着宫城之内，其余部队纷纷转身，后队变作前队，近千人的目光齐刷刷射向了纵马横槊的尉迟恭。

尉迟恭等的就是这一刻，他狞笑着伸手解下了李建成和李元吉的人头，高声道："太子、齐王妄图刺杀陛下和秦王，现已伏诛，这是他们的人头，你们都瞧清楚了。陛下已然下敕，凡是跟从二人的将军士卒，只要弃械归顺朝廷，既往不咎，原职录用。若是执迷不悟，立杀不赦！"

太子、齐王死了？城门前一片死一般的寂静。良久，爆发出一阵欢天喜地的欢呼声，却是从城楼上传来。

谢叔方痛苦地闭上了眼睛，两行老泪自眼角流淌而下。他知道，不管自己再做什么，再怎么做，都是徒劳无功的了。

武德九年六月初四巳时正，太极宫，临湖殿。

李世民背冲着殿门口站立，焦虑、担忧、欣喜、羞愧、自责诸般情绪走马灯般在脑海中旋转，心中也不知是一番什么样的滋味。

自己最终还是成功了，李建成在长安苦心经营九年，偌大势力，随着他从马上中箭坠下的那一刻起均将烟消云散。父亲此刻虽说还不肯放下面子承认现实，然而他已经没有别的继位人选了。朝廷里头绪纷繁的诸般争斗，折腾了两年多也没能彻底解决问题，最终解决问题的，竟是一支毫不起眼的狼牙箭。造化弄人，也不过如此而已！

然而自己真的成功了么？朝廷中那些原本支持建成的大臣，此刻就会转身支持自己了么？就算他们在刀枪的威逼下转身承认了自己的地位，他们内心又将如何看待自己呢？一个诛兄杀弟、忤逆老父、罔顾人伦的畜生？日后当自己用忠、孝、节、义四个字去要求他们的时候，他们会不会暗中在背后耻笑自己唾弃自己呢？玄武门内这个令人难忘的夜晚，后世史书将会如何书写呢？

他无奈地苦笑，也许自己确实获得了太子的宝座，却同时失去了对兄弟的亲情和对天下的信义。

一阵马蹄杂沓声自殿外传来，不多时，一个浑厚沉稳的男子声音在殿门处响起："臣尚书右丞雍州别驾左金吾卫大将军领监察御史刘弘基觐见太子殿下！"

"太子……是啊……如今我已然是大唐的储君了……是未来的大唐皇帝、天下之主……"

他缓缓转过身形，看了立在殿门外的刘弘基一眼，淡淡地道："任国公进来吧！"

大唐武德九年六月初四清晨，天策上将秦王李世民率军在玄武门内发动宫变，软禁了李渊，诛杀了太子李建成和齐王李元吉，史称"玄武门之变"。当日，李建成的五个儿子安陆王李承道、河东王李承德、武安王李承训、汝南王李承明、巨鹿王李承义和李元吉的五个儿子梁王李承业、渔阳王李承鸾、普安王李承奖、江夏王李承裕、义阳王李承度十名皇室成员均被诛戮。太子属臣魏徵被囚禁，右骁骑大将军东宫左右卫率将军薛万彻、左长林将军冯诩、右长林将军冯立以及齐王府车骑将军谢叔方逃匿。大唐都城长安落入李世民掌控之中。

两天以后，六月初六，李渊下敕罪己，称："朕识人不明，致使上天示警，太白贯日，酿成宫门惨变，使朕几有投杼之惑！"同日李渊颁敕，宣布立秦王李世民为太子，晋位东宫，并明敕文武王公，"自今日始，凡军国事，盖决于太子，朕不复闻！"

武德九年六月初十，李世民在东宫显德殿受百官朝贺，正式成为大唐帝国的储君。

武德九年六月十一日，李世民发布太子令，任命原门下省侍中宇文士及为太子詹事，任命长孙无忌为太子左庶子，杜如晦为太子左庶子兼太子中允，任命高士廉为太子右庶子，房玄龄为太子右庶子兼太子舍人，任命张公谨为太子家令，任命侯君集为太子左右卫率府将军。

武德九年六月十二日，尚书省向朝廷三省六部九寺十六卫府及天下诸道郡州县发出上敕，宣布免去裴寂尚书左仆射职务，以司空衔在京荣养。免去杨恭仁中书令及吏部尚书职务，出任陕东道大行台右仆射，兼领洛州都督。原尚书右仆射萧瑀升任尚书左仆射，原中书令封德彝升任尚书右仆射。太子詹事宇文士及任中书令，太子右庶子房玄龄任中书令，兼领吏部尚书，太子右庶子高士廉守侍中，太子左庶子杜如晦出任尚书省兵部尚书。撤销五月廿六日上敕，废河东道大行台，免去赵王李孝恭河东道大行台尚书令职务。

武德九年六月十八日，尚书省发布上敕，废天策上将府建制，原天策府从署除弘文馆外，尽行裁撤。次日，再发上敕，改封原赵郡王李孝恭为河间郡王，改封原任城郡王李道宗为江夏郡王。

在此期间，尚书省连发数道省文，行文山东道行台左仆射并州都督李世勣，要求他将原东宫太子中允王珪“执归长安待罪”。

长安金吾卫派出的兵丁马队整日在京兆周围的村县山野间来去，搜索漏网的东宫和齐王府旧人。玄武门阴森森的影子，仍然在大唐朝廷文武百官的头顶上徘徊不去。

第六章
大唐天子

边王回京

任城王灵州都督李道宗回到长安，已是六月底的事情了。从月初和李靖交接了防务印信到他回到京城，虽说不过短短二十几天时间，朝局却已然大变。太子、齐王被诛杀，十位皇孙同日丧命，秦王被立为太子，自开国以来一直荣宠不衰的裴寂罢相，总揽军权凌驾于百官之上的天策上将府被裁撤，大事一桩接着一桩，让人眼花缭乱，压得几乎透不过气来。他在半路上便接到了尚书省六月十九日发出的上敕，得知自己已然由灵州都督转任雍州牧府长史。灵州都督是正三品边防长官，雍州牧是从二品京兆牧，雍州牧府长史俗称别驾，又称为治中，其实就是前隋的京兆内史，也是正三品职衔，却代行府牧职衔，统掌京畿道军政大权。唐人重京官，由边防都督调任京兆治中，虽是平级调动，朝野却均视为升迁。

李道宗和李孝恭相似，都是唐宗室名将，所不同在于，李孝恭的战绩名声，大多得益于一直给他当副手的名将李靖，而李道宗却是实实在在靠着自己在战场上浴血拼杀得来的名将之称。武德元年五月廿五日，唐王李渊在长安登基称帝，同日便大封宗室，李道宗之父李韶被追封为东平郡王，李道宗得封为略阳郡公，那年他才十八岁。

武德二年十一月，秦王李世民率军自龙门关乘坚冰渡黄河，屯兵柏壁，与刘武周部将宋金刚军对峙，并同固守绛州的唐军形成犄角之势，进逼宋金刚军。李道宗时年十九岁，随军东征。李世民登柏壁山观察军情，回头问李道宗应对方略，李道宗条分缕析对答如流，与李世民的破敌方略不谋而合。后唐军诸将皆请求出击，李世民给众将仔细分析了两军的总体战略形势以及自己的应对方略，众将这才对这个年少气盛的宗室刮目相看，因为秦王所讲的方略竟然与李道宗当初在柏壁山上所讲的如出一辙。李世民和李道宗两人年龄相仿，又同善于军略，是以从此之后秦王殿下便对这位比自己还小三岁的宗室将领另眼看待。

武德三年七月至武德四年五月，秦王李世民又率军于洛阳、武牢先后击破郑帝王世充、夏王窦建德二军。此战李道宗再次随军出征，其作战勇猛亲冒矢石，曾令老将屈突通颇为惊讶。

武德五年三月，在与刘黑闼之战中，李世民与李道宗再次并肩作战，双双陷入重围，后经尉迟恭率军接应，突出重围，于当月廿六日大败刘黑闼军。

同年十一月初八，李渊封宗室十八人为郡王，李道宗时任灵州总管。定杨可汗梁师都据夏州，遣其弟梁洛仁带几万突厥兵包围灵州，李道宗据城固守，并寻隙出击，大败突厥军。皇帝闻讯，称道不已，并对左仆射裴寂、中书令萧瑀言道："道宗今能守边，以寡制众。昔魏任城王彰临戎却敌，道宗勇敢，有同于彼。"遂封李道宗为任城王。时突厥与梁师都相勾结，派郁射设进驻五原故地，李道宗率军将郁射设赶出五原，振耀威武，并向北开拓疆土千余里。此战乃李道宗成名之战，也是他第一次独领一军作战，他采取据城固守，待敌懈怠的策略，一举击败强敌，开疆拓土，一时间为朝野所称颂。当其时，李道宗年方二十一岁。

唐武德八年，突厥军再次南下攻扰边境。八月十九日，突厥袭扰灵武，然而仅仅四天以后，李道宗便率军将其击败。

李道宗常年驻守灵州，守卫大唐的北部边防，面对凶狠狡诈来去如风的塞外铁骑毫无惧色，以有限的兵力屡屡克敌，这不仅在宗室将领中不多见，便是在大唐数以千计的武将当中都称得上是出类拔萃的。在军事武略方面，除了李世民和李靖，李渊最信任的就是这位年纪轻轻的任城王。

在唐廷储位之争的过程中，李道宗与生性圆滑的李孝恭不同，他和淮安王李神通均态度鲜明地站在李世民一边。李建成曾经多次拉拢示好，但李道宗却坚拒之，幕僚不解，他言道："吾与秦王，乃生死之交也！"当年他和淮安王李神通、楚王杜伏威三人曾一同焚香洒酒立誓追随秦王，号称"三王拱秦"。也因为此事，本有意调他回长安出任兵部尚书的李渊在斟酌再三之后又把他调回了灵州。淮安王李神通为人平素低调，李渊对这位老朋友也不为己甚，削了他两个月的俸禄了事。杜伏威却吃了不是宗室的亏，尽管死得早，最终还是落得了个死后被追罪夷族的下场。

对于这个患难中相从自己的宗室郡王，新任太子李世民给予了极高礼遇。他回京之日，由淮安王李神通、司空裴寂、尚书左仆射萧瑀和太子詹事宇文士及领衔出城五里举行了郊迎大礼，并特许其使用亲王仪仗。二十四面龙旗招展，凯歌还的旋律鸣奏，这一切都在向天下表明，大唐朝廷此刻是在迎接一位立下了赫赫战功的将军凯旋。

李道宗一入城，立时便受到了太子的召见。

在城外耽搁了半天工夫，他赶到东宫显德殿的时候，太阳已快落山了。他在殿门口高声报名道："臣任城王李道宗觐见太子殿下！"

"十九郎来了，快进来吧，别在门口站着了！"

李道宗在李唐宗室的大排行里排第十九，故而有"十九郎"之称。

太子李世民连鞋子都未曾穿便从偏殿跑了出来，一脸的惊喜神情。他上前一把拉住了李道宗的袖子，上上下下打量了一番，感慨道："黑了、瘦了，也憔悴多了！再不复当年的少年义气了！"

李道宗笑道："魏武帝倒履迎客，总还记得穿鞋，如今太子不履而迎，更见其诚！"

李世民不禁哈哈大笑，一面笑一面扯着李道宗走进了偏殿，却见房玄龄和另外一个官员正站在殿中，主案上堆着满满一案子文牍，其中一篇摊开着，显然是刚刚批阅了一半。

李世民爽朗地道："你们都认识一下吧，这位就是我大唐的长城，江夏郡王李道宗！"

房玄龄和那官员转身给李道宗见礼，李道宗急忙还礼，笑着说道："玄龄我是认识的，这位却是……”

李世民微微一笑：“这位是我大唐的强项令，大理寺卿崔善为。你离京之后他才从岭南调到长安来任职，你不认得他情有可原！”

他踱了两步，坐回自己的席位上，似笑非笑地说道：“他是为了一个案子中的一个犯人来找我打擂台的。”

见李道宗不解，房玄龄解释道：“就是魏徵！”

崔善为点了点头：“是，殿下，魏徵的案子大理寺审了三番了，若依律法，只应判流刑。殿下若是还不满意，尽管免了臣的廷尉之职，另换人来审就是了！”

李世民皱起眉头道：“我便是不明白，魏徵要杀我，这是举朝皆知的事情。怎么，他杀得我这个太子，我就杀不得他这个洗马？”

崔善为点了点头：“不错，杀不得！”

李世民自失地一笑：“算了，我不和你崔堂卿在这里斗嘴，你去天牢把这个魏徵带来。你既是审不明白，我就亲自来审，此刻没有实据，我说不过你。”

崔善为肃容告退。

李世民怅然若失地看着崔善为，感叹道：“这是社稷之臣啊！”

他回过神来，对房玄龄道：“被这个强项令打断了，你接着说吧！”

房玄龄恭恭敬敬躬了一下身，不急不缓地开口道：“殿下开出的任用名单虽好，现下却不是实施任命的时机，臣以为应当缓行。”

李世民又皱起了眉头，他不快地道：“为保持朝局稳定，三省九卿均不做大的更动，这是定计。我虽不尽满意，却也不急在这一时。难道连外郡州县官员也动不得么？”

房玄龄点了点头：“是，外官此刻尤其动不得。”

李世民道：“突厥大军南下在即，外面带兵的武将，一动不如一静，这些我都虑及了的。我所拟就的这份名单上一个外任武官都没有，便是此故，连文官也不能动，这却是为了什么？”

房玄龄叹了一口气：“臣这些日一直在留意尚书省的邸报，今年南方北方的大旱已成定局。此刻更换地方州郡官员，新人经验不足，又对辖地所知甚少，民生经济正在凋敝之时，实在没有时间等他们慢慢摸索熟悉。故吏虽然守旧，毕竟是熟手，大灾之年，不求有功，但求无过。臣担心的是，一地外官施政不当，遭殃的只是一地百姓，若是朝廷用人失当，遭殃的便是天下黎民了。换上去的新人若是不中用，不仅救民赈灾的事情办不好，就是明年的春耕恐怕都要耽搁了，一年的灾只怕就要变成两年。太子初秉大政，不宜有大的失政。臣以为，即使换马，也要等到明年秋后秋粮下来以后再说，且应一道一道地换，两个月换一道，走一步看看，谨慎些好！”

李世民初时神情淡漠，到后来愈听愈是认真，一边听一边用手指轻轻叩击着案子，喟然叹道：“看来把你放在中书省是错用了。这些话，萧瑀和封德彝日日都来东宫，却是从来也未听他们说过。大灾的事情我倒听他们说过，征询他们对地方用人的意见，他们就见不及此。裴寂虽然老朽糊涂，在这方面到底比他们略强一些。看来尚书省确实还要有一个实心任事心明眼亮的人来坐镇！”

房玄龄谦逊道：“殿下言重了。臣职在中书，吏情关乎民情，想得多一些原是应该的。”

李世民点了点头：“吏情关乎民情，说得好。这件事情就依你的主意办，这张名单暂且压下，先把眼前这场大灾应付过去再说。”

房玄龄又躬了一躬，略带笑容道：“殿下英明，臣告退！”

李世民点了点头，道：“地方上的事情，玄龄还要多加留心才是。”

房玄龄应了一声是，缓缓退了出去。

李世民这才转向一旁的李道宗，笑着道：“事情太多，冷落你了。如何，这一路走得可还舒心？”

李道宗咧嘴一笑道：“殿下刚刚入主东宫便送了我一件大礼，自然舒心得紧。不过说起来这些虚名我平素不在乎的，你知道，我还是愿意回去带兵。”

李世民沉吟了一下道：“我知道，父皇削夺你的兵权，你代我受了委屈。放心吧，此刻京里既然是我主事，定要还你个公道。此番我原本欲将你的封邑与赵王对调，却又怕在外统兵的李靖心里不安，便折中处理了。兵总归有你带的，不过现下我有别的事情差派你。”

李道宗苦笑道：“除了带兵，我什么也不会的。在朝里做官，非闹出笑话不可！”

李世民哈哈大笑：“莫怕，此番回京，我的意思是由你出任鸿胪寺卿，兼领左金吾卫大将军，接掌刘弘基手上的京兆兵权。”

李道宗一愣：“鸿胪寺卿？”

李世民点了点头。

李道宗苦着脸道：“我于礼仪上的事情一窍不通，殿下这岂不是逼着驴子下水么？淮安王老成持重又熟知礼数，一张嘴能把死人说活，殿下何不用他？”

李世民忍着笑道：“不必担心，礼仪上的事情，自有少卿安排妥帖。你守边多年，突厥都奈何你不得，把那些外番打得怕了。这些化外之人素来不习王化、悖逆倨傲，由你出任鸿胪寺卿，只怕还能震慑他们一下。淮安王叔虽说能言善辩，但人太和气，又没在战场上与这些异族照过面，压不住这些人。说起来坐这个位子的最合适人选是温彦博，奈何此刻人在定襄做苏武，没法子，只能由你来支应一阵了。放心，待京师的局面稳定下来，我还让你回北边去带兵。”

李道宗问道：“我顶了刘弘基的位子，他怎么安排？”

李世民笑了笑：“他要求到前方去，我准备安排他替你的位子，出任灵州都督安西都护。”

李道宗吃了一惊，诧异地问道：“药师怎么办？”

李世民神色凝重起来：“药师要调回京师，我另有重用！”

见李道宗不解，他缓缓道：“京城的事情你都听说了，我不赘述。目下各地尚且安定，唯有幽州大都督庐江王李瑗和天节军总管燕王李艺动向暧昧。这两个人你一向也知道，他们的防区广阔，正对突厥正面，为河北和关中门户，位置极重要，一旦有变，朝廷的东西部防线便全线洞开，总得有个三军宾服的人去坐镇接掌才好。朝中这些武将，数来数去，恐怕只有药师堪当其任。”

李道宗衷心地道：“殿下英明，举目朝中，除药师外，恐无人当得起‘名将’二字！”

李世民哈哈大笑：“你这灵州小霸王居然也会服人，这倒真是一件奇闻了。”

李道宗正色道：“臣在灵州吃了多少次亏，方才摸出了突厥人的虚实，站稳了脚跟。药师率偏师千里北进，水土不服敌情不明，峡口一战大败金狼铁骑，那凭的确是真功夫，没有半分花拳绣腿。说老实话，虽说陛下敕命召我回京，若接我将印的人不是他，我纵然抗敕也绝不会将边防轻易托付他人。”

他顿了顿，又补充了一句：“恕臣直言，殿下若是欲对突厥用兵，帅印恐非此人莫属！”

李世民笑道：“怎么，连元吉那样的草包都想挂帅北征，你不想挂这个扫北大元帅？”

李道宗笑道：“臣在军事上一向逊于殿下，臣下挂帅，还不如殿下亲征！”

李世民诧异地看了他一眼：“看来在你心中，药师打仗的本事应该在我之上了？”

李道宗诚恳地道：“用兵打仗，因人而异。药师爱用奇，殿下爱用险。用险者兵家谓之‘不败’，用奇者兵家谓之为‘不可胜’！说起来各有千秋，但是药师用兵，确实比殿下来得稳当。”

李世民用手点了点他：“看不出来，三年不见，你也学会了官场中两面讨好那一套了。”

李道宗讪讪而笑。又说了片刻闲话，李世民道：“还有件事要与你商量，伏威的案子，我准备把他翻过来！”

李道宗立时赞成道：“应该的，伏威大好男儿，却死于小人之手，臣每当思及其人音容笑貌，常常夜不能寐。碍于宗室骨肉，不能为其报仇，已是情非得已。他的冤屈理应昭雪，殿下行此事，乃为天下布大公道。”

两个人心中雪亮，“小人”乃指原先的赵王现下的河间王李孝恭。李世民道：“伏威的楚王爵位要赏还，他没有子嗣，由他弟弟伏德减等袭爵楚国公。当年的案卷要调出重审，这件事情我打算让崔善为那个强项令去办。当年为伏威鸣冤，他在太极殿里额头都磕出血了，此事是他一大心病，让他去办，万无一失。”

李道宗道：“要把案子翻转，却需拿到药师的证词，只是不知药师这番肯否直言实书。”

李世民淡淡地道：“药师在长安城内最紧要的关头拒不助我，我能谅解他的苦衷，当年他坐视伏威被害而缄口不言，我也知道他的难处，这些都算不得什么。若是此番他还不能仗义执言还伏威以清白，我就不要他这‘名将’了！”

李道宗又犹豫地道：“陛下那边……”

李世民怔了怔，苦笑道：“虽说当了太子，做起事情来终归还是不能放开手脚啊！”说着，他意味深长地看了李道宗一眼。

便在此时，黄门来报：“启禀太子，大理寺丞将犯官魏徵押到！”

李世民挥手道：“叫进吧！”又对李道宗道，“时候不早，你过太极宫那边去见父皇吧，他也几年没见你了，想来也怪想你的。其他的事情，我们明日晚间共宴时再谈。”

李道宗笑了笑，便起身告退，心情松快地步出显德殿，在大殿门口险些与身被枷镣的魏徵撞了个满怀……

魏徵骂殿

显德殿内，大唐太子李世民目光迥然地冷冷注视着傲然挺身站立在他面前的原东宫太子舍人魏徵。魏徵此刻发髻凌乱衣衫褴褛，脸上还带着几道伤痕，一面数十斤重的大枷戴在脖项之上，双手双脚上都戴着重重镣铐，身上负担如此之重，也亏得他兀自站得如此笔直。落魄至此，魏徵身上那股倔强傲慢的气势却分毫未减，两只眼睛睁得大大的，就那么毫不相让地与李世民对视着。两个人对视了足足有半刻工夫，李世民也不禁暗自佩服此人的风骨耐力，他冷冷发问道：“魏徵，你可知罪？”

魏徵神情凛然地应道：“下官何罪之有？”

李世民站了起来，负着手在殿中转悠了两圈，转身道：“你屡次挑拨我们兄弟手足情谊，又党附庶人建成，企图谋害当朝太子，这难道不是罪？”

魏徵哈哈大笑：“真是天大的笑话。若非先太子太过仁德，不听魏某谏言，殿下如何能宫门浴血残杀手足入主东宫？又如何能成为太子？殿下若不是太子，魏某又何来谋害储君之罪？魏徵自己便是东宫洗马，太子臣属，怎会做谋害主君之事？”

李世民被他刀子般犀利的言辞噎得一愣，不禁冷笑道：“你好一张利口，难怪崔善为对付不了你。天大的罪过，被你轻轻一句话抹得一干二净，如此说来你什么罪都没有，有罪的反倒是我这个太子了？”

魏徵微微一笑："其实事情本来便没有那么麻烦，殿下与先太子逐鹿大宝，殿下心狠手毒，捷足先登。俗话说成者王侯败者草寇，不过是这么回事罢了！如今朝廷大权握在殿下手中，规矩便要由殿下来定立，给个把人定罪不过是举手之劳罢了，又有什么好说的？魏徵起于乱世兴于草莽，先后追随数位主公，还有什么看不明白的？殿下何必再把魏徵叫到这里来假惺惺以示公正呢？殿下的手段再高明，能够遮住天下人的眼睛么？"

李世民被他说得满面怒容，却紧咬着牙关说不出话来。魏徵的话明彻犀利一针见血，让本来就心中不安的他根本辩无可辩。其实他大可大大方方认可魏徵的话，然而他毕竟不是出身草莽的山野无赖，家族高贵的出身以及幼年受教的耳濡目染让他无时无刻不在对自己的行为进行道德审视。在紧要关头，他确能够不顾一切拼死一搏，但一旦事情过去，他终归还是摆脱不了自己的心障。

沉默良久，他嘶哑着声音问道："你如此冥顽不灵，可知已将全家老小置于必死之地？"

魏徵闻言淡然一笑，道："魏徵平生所学，非儒非道，乃是实实在在的帝王之术。习此术者，位列三公、显耀台阁又或是名败身死、祸灭九族，均是极寻常事。先太子已去，魏某一生功业已付诸流水，又何在乎一族的荣辱前程？"

李世民冷笑道："对家人如此无情，你魏玄成也真可谓天下第一忍人！"

魏徵冷冷瞥了他一眼，略带讥讽地道："不敢当，魏徵自问还没有为了天下自残手足的心境修行，殿下比魏徵强得多了！"

李世民终于压抑不住心中的怒气，咬着牙道："你魏徵也不是善男信女吧？这些年来，你所辅佐的太子殿下是如何对待我的？我在前方浴血奋战东征西讨，他在长安养尊处优坐享其成，还时时不忘在父皇耳边吹风捣鬼，极尽挑拨离间之能事。我常年在外，连自辩澄清的余地都没有。他不说体谅我这个弟弟的辛苦也倒还罢了，却时时刻刻想着置我于死地，这难道也是仁德之人做的事情？我为大唐江山流血流汗，他为了皇帝宝座昧着良心在背后放我的冷箭，这便是建成的手足之情兄弟之义？"

魏徵冷冷注视着李世民，一语不发。

李世民气吁吁道："你怎么不说话？怎么不否认反驳？"

魏徵笑了笑："殿下所言，都是实情，魏徵为何要反驳？"

李世民一愣，却听魏徵缓缓说道："千不该，万不该，先太子与殿下不该生在这帝王之家。兄弟情谊毕竟抵不过社稷福祉。天下纷乱久矣，百姓心向太平，庶民祈求生息。大唐亟待一位有道明君来匡扶社稷、整理乾坤，殿下功高势大，于李家一姓而言是福，于天下苍生而言是祸。太子若不能独秉大政，则处处要受殿下掣肘胁迫，如此天下虽一统，却万难大治。魏徵不是什么正人君子，既然有志辅佐太子做一代明君，自然便与殿下势不两立！"

李世民哂笑道："我实是不明白，你从何而知建成便是一代明君？"

魏徵哈哈大笑："殿下何不直接问问陛下，为何始终不肯立殿下为太子？"

李世民愣了一下，笑道："父皇坚持长幼之序，又鉴于前隋明鉴，再加上我那相亲相爱的兄长和弟弟天天为我说好话，自然以我为隋炀帝。这又有什么好说的？"

魏徵摇了摇头："殿下所言虽不错，却偏而不全。且说曹魏，开国皇帝谥'武'，继其位者谥'文'，这又是为了什么？魏武帝于乱世开创新朝，以武事立国，所谓马上得天下，正是谓也。然则马上得天下，却不可以马上治之。刀箭能打下江山，却不能使庶民饱暖国库充盈，更不能令政治清明国势日上开创一代太平盛世。是以武将取天下而文官治天下，自古便是历代政治之本。殿下的赫赫武功虽然炫目，却也是生灵涂炭、国库空虚的根本之源，海内不定，这一层自然不用多虑。然则陛下需要的，是一个能够与民休息致天下太平的即位人选，是故殿下的赫赫武功，恰好却是殿下丧失角逐大宝资格的根本原因。"

李世民闻言不禁啼笑皆非："就因为这区区腐儒之论，你魏徵就能断定我若登基必是一个无道昏君？"

魏徵叹道："殿下难为一代明主，缘由有三。殿下长于征伐，疏于政事，说起来虽能头头是道，却多是纸上谈兵。不识稼穑，不知疾苦，亦不晓治政之繁难琐细，虽欲励精图治，却万难入实。如此以想当然治天下，天下虽欲不乱，其可得乎？此其一也。殿下久在军中，领兵打仗是天下最讲求效率之事，成败往往系于一发，靠的是令行禁止杀伐决断，靠的是统帅一言九鼎的权威，靠的是将士拥命三军听令。然而治国行政却恰恰相反，靠的是集思广益各尽其职。自古君王无圣人，始皇帝天纵之才，却历二世而亡国，孝武帝威播四海，晚年却朝政崩坏人民困苦不得不下罪己之诏。以一人治天下，虽仲尼复生不能为也。上古三代之治，前汉文景之兴，皆非一人之治也。故而盖凡君主独裁专断之政，必难持久，以众人治天下，盛世可期。殿下乃治军之人，独断专行，已成习气，改之难矣。军中若有人怠慢将令，立斩之。朝中若有直臣，殿下又岂能容得？故此不以文韬而以武略治天下，天下虽欲不乱，其可得乎？此其二也。殿下以宫变夺权于京师，诛手足秉政于大宝，所谓得位不正，其心必邪。纵然殿下能够容得臣下谏言用事，然事涉六月初四事，殿下能虚心雅纳否？以魏徵看来，殿下秉性刚烈强悍，胸襟殊非宽广，恐万难容也。非但不能容，更有甚者，心邪则意乱，意乱则惑生，则猜忌臣下私揣他意。久而久之，治事之人唯唯诺诺，进言之士战战兢兢，凡事惧犯圣讳，则君子不行，小人生焉，天下虽欲不乱，其可得乎？此其三也。”

魏徵长篇大论滔滔不绝，李世民初时还面带轻蔑之色，听了一阵神色便转凝重，攒眉抿嘴一语不发，将魏徵所言每一个字都放在心中细细咀嚼。魏徵收言，他却浑然不觉，兀自呆呆立定，脸上神色变来变去，两只手紧紧握在一起，手心里全是汗水。

半晌，他方才缓缓抬起头来，上下重新打量了魏徵一番，忽地双手相合举过头顶，躬着身子对着这位钦犯深施一礼，口中说道：“玄成公确是无双国士，便是这一番话，李世民终生受用不尽，请受世民一礼……”

魏徵足不动身不摇，坦然受礼，口中却道：“我知殿下素有礼贤下士之名，然则魏徵却不是朝三暮四的小人。当年舍李密而投先太子，是以先太子有大治天下之能，可实现魏某胸中抱负。太子已去，魏徵毕生心血已付诸东流，而今别无他求，但求速死。死前能得于殿下面前一吐畅快，此生无憾，魏徵在此多谢殿下了……”

说到最后，这铁铸的汉子眼中晶莹闪动，戴着大枷缓缓躬下身去。

李世民笑了笑，傲然道：“玄成骂痛快了便求一死，天下哪有这等便宜事？”

见魏徵大惑不解地望着自己，李世民叹道：“我一直不明白，父皇为何偏袒建成，又为何对我始终存着炀帝之忧。今日你魏徵这一番痛骂，虽不中听，却解了我心中疑团。我平生自诩英雄，最忍不得的就是被人看不起，父皇也曾指我为昏君之材，我却能当面痛加驳斥。可是今日你魏玄成这一番痛责，却让我悚然心惊辩无可辩。也罢，我既说不过你魏徵，我便做给你看！”

“做给我看？”魏徵愕然。

“正是！”李世民语气笃定地道，“我非但不能让你死，还要把你放在身边看着，让你好好看一看我这个以军功起家、以武略平天下、以阴谋封太子的昏君材料，究竟能否做一个千古垂名的有道明君；我要让你魏玄成看一看什么叫作天道有亏事在人为；我要你像一面镜子般在我面前立着，用你来警醒自己、告诫自己，要自己时时战战兢兢、刻刻如履薄冰！我不仅要让你看着，也要让父皇、让百官、让天下臣民都看着，看看我李世民究竟能否当好一个皇帝！”

魏徵惊得呆了，心中不由自主地升起一股敬服的感触，脸上却丝毫不肯带出。他面无表情地道：“臣下生性倔强桀骜，恐怕无益于殿下，徒惹殿下厌憎罢了！”

李世民微微一笑：“你魏徵自诩学的是帝王之术，连多活几年看个清楚明白的心胸识量都没有？”

魏徵诚恳地道：“魏徵乃一介书生，手无缚鸡之力，平生志向但耻君不及尧舜，以谏诤为己任。殿下若是真的留魏徵在身边朝夕相处，恐终有一日将不胜其扰，到头来还是免不了要杀臣的。早死晚死，不过些许差别罢了。不过既然殿下有勇气向魏徵证明事在人为，魏徵也不在乎多活这么几年！”

李世民正色道：“玄成，我若因为你的谏诤而杀了你，便说明你魏玄成看得不错，我李世民确是一个无道昏君。所以只要我杀了你，我便输了，输给了父皇、输给了建成，也输给了你魏徵……”他顿了顿，说道，“东宫这边现如今已然是一个萝卜一个坑，太子洗马你是不能再当了。这样吧，你就暂时先充任太子詹事主簿。这是个七品官，不算大，不过却和我天天朝面，比较适合你这面‘镜子’！”

魏徵凝视了李世民半晌，终于躬下身去，低哑着嗓子道：“臣——领命！”

步步为营

长生殿里，李渊冷冷注视着跪在面前的陈叔达，语带讥刺地道："你陈子聪如今是拥立的第一功臣，太子身边的第一红人，今天怎么跑到朕这个开了缺的皇帝面前跪着来了？要跪还是到显德殿那边去跪吧，朕现在手上无权，连玉玺都不在手中，就算想升你的官，也力不从心了！"

陈叔达肃容道："臣的为人，陛下一向知道。臣与秦王虽素有来往，也不过是君子泛泛之交，宫变前夜，臣亦不曾得到半点消息。六月初四情势危急，陛下安危只在呼吸之间，万不得已，臣这才斗胆矫敕，其罪万死难赎。今日臣来见驾，就是预备着御前请罪，听候主上发落！"

李渊凝视了他半晌，终于叹了一口气："你起来吧，朕还不了解你么？你当朕是真的怪你？两个儿子连同十个孙儿同日丧命，朕心中伤痛，又有谁能解得？这些日子朕足不出户，就是因为胸中郁闷难以排遣。堂堂一国之主，却连自己的儿子和孙子都保护不了，被自己的亲生骨肉逼得如此狼狈凄惨。子聪，你说说看，古来为帝王者，还有比朕更窝囊的么？"

陈叔达缓了口气，道："陛下心情，微臣能体会得。只是陛下，如今局面已然如此，还要慢慢宽怀为好……"

他想了想，又道："有句话，臣下一直想说，以前恐触怒陛下，始终未曾提过，今日局面如此，微臣亦有慎言之罪！"

李渊苦笑道："到现在这个时候了，朕还有什么听不进去的？你说就是！"

陈叔达道："陛下当初就不该以秦王为将，更不宜于朝堂之外单设天策上将府。秦王功盖天下，权倾朝野，毕竟是血肉之躯，怎能不生出非分之图？既事已如此，陛下改立秦王为太子便是唯一选择了，陛下万万不该在太子、秦王之间左右摇摆、举棋不定。若是陛下早立秦王，太子、齐王或许都能保得性命。"

皇帝哀叹道："朕悔当初不用裴监之言，致有今日之祸！"

陈叔达正色道："陛下如今左右伺候之人尽换，万事当慎言慎行。否则小人辈希图封赏，善揣告变，于陛下则有倾身之危，于太子则有弑父之骂名。”

皇帝冷笑道：“那个逆子还在乎名声？如此狠毒的事情都已经做出来了，情谊伦常都抛却了，他还有什么可顾忌的？有本事他便闯到这长生殿来，一剑将朕杀却了事，也省得朕孤零零一个人活在这世上，好不凄凉！”

陈叔达摇了摇头：“陛下这话，臣下万难认同。这不是陛下家的私事，此事之大关乎天下。如今太子即位已成定局，陛下应早做决断，为天下计、为朝廷计、为宗室计，亦为陛下自家计！”

皇帝哈哈大笑：“朕现在就剩下一个皇帝的虚名了。怎么，这么个虚名他都不肯给朕留下？”

陈叔达正颜道：“陛下，这不是赌气的事情。太子虽然果决，却非无情之人，他断然不会迫陛下太甚。然则太子周围追随之人颇多，这些人多是反王豪强降将，做事向来不按伦理，他们都指望着太子登基封赏功臣。太子若是迟迟不能即位，这批人对陛下生了怨愤之心，局面就复杂了！”

李渊沉思半晌，道：“其实一个名分，朕也不在乎了。不过说来说去，朕总归还要见见那个逆子，总要和他说清楚了才好，否则这么糊里糊涂的，朕不欲为天下人笑！”

陈叔达诧异道：“陛下要见太子，何不传敕召见？”

皇帝扬起脸道：“他若是还记得我这个父亲，自会前来见我，何用我召？”

陈叔达叹了口气，缄口不言。

皇帝迟疑了一下，又问道：“大位授受，史上可有前例可依？”

陈叔达想了想，道：“陛下可先下敕宣布退位，仿汉高祖太公例，称太上皇帝。而后太子登基即位为君，如此则诸事定矣！”

李渊看了看陈叔达，苦涩地道：“容朕再想想，再想想……”

安抚天下

武德九年六月十七日，庐江王幽州大都督李瑗反迹败露，被自己的妹夫、原天策府悍将王君廓率兵诛杀。此事六月廿一日传到京师，尚书省登于邸报，立时朝野震动。这是自月初玄武门宫变以来最大的一桩公案，究其根由，与长安的宫变也有着扯不断的联系。次日，尚书省发布上敕，宣示庐江王李瑗六条违逆大罪，削去其王爵，并判其子嗣坐诛，其家籍没。

事情起于安元寿，其人六月初四率兵抄检东宫，查得庐江王李瑗与建成密通的书牍若干封，其中多数涉及与李世民的储位之争。李世民入主东宫总揽朝政后，立时令中书省通事舍人崔敦礼，驰驿赴幽州召李瑗入京对簿。崔敦礼到了幽州，见到李瑗，只说是促令入朝，并未明言对簿事。但是李瑗已自觉心虚，立刻召统军的将军王君廓入内商议。李瑗乃是皇帝李渊的从弟，例封庐江郡王，曾与赵郡王李孝恭合讨萧铣，不过其人庸碌，实在无功可述，战后移调洛州行军总管，又因刘黑闼入犯，弃城西走。李渊顾念本支，不忍加罪，改任其为幽州都督，且恐他才不胜任，特令右领军将军王君廓辅佐之。王君廓也是反王降将，悍勇绝伦，归唐后积有战功，李瑗得之倚为心腹，把自己的妹妹许配给他，联成亲属，每有所谋，都和这位妹夫商议，所以奉召入朝，亦邀他入决行止。哪知王君廓在军中从李世民征战多年，在天策府中也是颇受信用之将，此时便以言语试探道："事变未可逆料，大王为国家懿亲，受命守边，拥兵十万，难道一介敕使前来，便从他入京么？况太子齐王，为陛下亲子，尚受巨祸，大王入京，恐未必能自保呢。"王君廓此人不但狡诈勇悍，说起骗人更是一绝，说这番话时那恳切的语气和忠诚的神情令李瑗当场动容称是。

这李瑗，论军略远逊于李道宗，论心计亦和赵王、淮安王相去甚远。他听了王君廓的话，遂于当日拘禁崔敦礼，征兵发难，并将兵符印信尽付与王君廓。

李瑗的参军王利涉得知此信，慌忙入向他进言道："君廓性情反复，万不可靠，大王宜即刻以兵权托付王诜。切不可委任君廓。"李瑗又生起疑来。正在犹豫未决，那边王君廓拿到兵符却片刻不肯迟疑，竟自调动大军，诱去王诜，将王诜杀却当场，并放出了崔敦礼。崔敦礼一出牢狱，当即在城中尽出告示，晓示大众，说明李瑗造反情事。李瑗闻报，登时惊慌失措，遂披甲上马，带领左右数百人，疾驰而出，却被王君廓率兵堵了个正着。王君廓大叫道："李瑗与王诜谋反，拘敕使擅征兵，现下王诜已死，尔等奈何尚从此贼，自取杀身之祸？快快回头，助我诛逆，可保富贵。"说罢数语，瑗手下俱奔散，单剩瑗一人一骑，哪里还能脱逃？当由君廓指挥众士，将瑗拖落马下，反绑了去。瑗骂君廓道：“小人卖我，后将自及。”君廓也不与多辩，竟将他一刀杀却，随即与崔敦礼联衔行文京师，奏表此事。

此事虽平，但却引起了李世民的警觉。当日晚间，李世民急召尚书省萧瑀、封德彝两位仆射，中书令宇文士及、房玄龄，侍中陈叔达、高士廉，兵部尚书杜如晦，兵部侍郎左翊卫大将军左右率府将军侯君集，太子左庶子吏部尚书长孙无忌以及右武候大将军兼北门禁军屯署将军尉迟恭入显德殿廷议，新任太子詹事主簿魏徵奉命参预机密。

自隋以来，朝廷议事格局不过数种，均有严格规制。议决朝政或军国重事，一般由皇帝在太极殿召集百官公议，这种场合一般都会言明“言者无罪”，以鼓励官职卑微之人踊跃进言，这种模式称“朝议”。对于一些重大问题，皇帝拿不定主意，便会在两仪殿召集一些亲信大臣会议决之。两仪殿会议便不是什么官员都可参与的了，依朝制惯例，只有宗室亲王以及担任朝廷三公、内廷三省长官（即宰相）、左右卫大将军、御史大夫等官职的官员可以参与，这种模式称“廷议”。一般朝廷政务，在上奏皇帝之前，都会由三省长官在门下省政事堂合议而后“请敕奏行”，政事堂会议只有尚书令、左右仆射、两中书令、两侍中七个人有资格参与，这种模式称“堂议”。

隋大业年间，隋炀帝常年驻足扬州，将王公贵族三省六部都甩在长安，朝廷大政都要飞马驰报扬州行宫，十余年不开朝议廷议。皇帝不在京城，堂议也无意义，朝廷政务多由侍驾扬州的内侍省、秘书省和殿中省协助皇帝处置，因此出现了史无前例的“监议”局面。李渊登基之前以大将军、大丞相总揽军政全权，开府治事，大事多在府中决断。因此这一时期的议事制度较为混乱，因是特殊时期，后不为例。

大唐立朝以后，李渊当即恢复了朝廷三议，同时敕令监国太子“每逢五逢十日子，至政事堂听习政务，风雨不辍”。尽管议事规制经过了各种各样的变化，但有一点却从来未曾变过，便是凡参与议事者均是朝廷显贵臣子，官职当不下于三品。像此次会议这般四品官、五品官乃至七品官都得与闻的情况，实是一大创举。

李世民也不多说废话，待众人坐定，便开门见山道：“此次李瑗一案，颇让人惊心不已。建成多年布置，党羽遍布朝野，此事若不能妥善处置，恐树欲静而风不止。究竟如何处置，我还未曾想好，想听听大家的见识。”

长孙无忌率先开言道：“此事没什么可犹豫的，总要杀掉几个敢于跳梁的小丑，方可收震慑天下之效。现下朝野对于殿下入主东宫，颇多非议，若不能迅速立威稳定住朝廷大局，我们靠什么来对付南下在即的突厥铁骑？到时候内外交困，再要整顿恐怕便来不及了。”

侯君集沉吟了片刻，抚膝道：“长孙大人所言有理。今日晌午，张亮派在北方的斥候回来了两队，人人带伤，言道突厥颉利、突利两大可汗已于本月初离开了定襄南下，目前突厥五大部落几十万人都在缓缓向我边境移动。下午的时候我和弘慎、敬德议了一下，应该尽快向各州道发出勤王敕，否则待得突厥突破边防进入腹地，再发这样的敕书就被动了。而今人心不稳处处思叛，若不果断处置，臣深恐到时候调度节制不灵！”

李世民一直默默听着两个人说话，听毕开口道：“李瑗之案中，贼人妄图勾联山东建德旧部共同起事，自建德被杀，山东之地便不曾有过一朝一夕之安宁。父皇当年责我未曾尽杀其豪俊而空其地，留下祸患，但从建成前次平略山东的效果来看，似乎父皇之策也失于偏颇。只是目下该地豪俊，或因建德而仇我或因建成而仇我。这件事情却棘手得紧，山东不定，天下不宁。”

兵部尚书杜如晦道：“且泾州的燕王天节将军李艺，听说在庐江王死后也终日不安，召集部属日夜商议，所议不详。太子前日责成尚书省发出了加他为开府仪同三司的敕书，至于能否稳住他，就难说得紧了！”

太子右庶子、中书令、吏部尚书房玄龄道：“臣还是以为该抚的应当抚，确实冥顽不灵者应明刑以待，但不应一概而论。山东之地自古便是人气荟萃之地，秦始皇焚书坑儒，坑灰未冷而山东乱起，汉高祖刘邦便是山东人[1]。自前朝以来，李密兴于瓦岗，建德起于聊城，朝中文武，许多都是山东豪杰，朝廷若是弃了山东，这些人恐怕人心惶惶难以自安。”

李世民偏转头问萧瑀道：“萧相以为呢？”

萧瑀抬头答道：“臣以为当此悬疑忧患之时，不宜考虑过多，一切当以稳定朝局抗击外敌为先。长孙无忌所言，当此时是朝廷的唯一选择！”

李世民笑了笑，问道：“封相呢？”

1　此处的山东指崤山、函谷关以东。——编者注封德彝皱着眉头斟酌着道："兹事体大，臣尚未想好！"

李世民转过了头，问道："陈公，你的意见呢？"

陈叔达正容道："事涉山东数郡千里之地，似不应由我们在此纸上谈兵、坐而论道，似乎应该听听对山东情况较为熟悉的大臣的意见。"

李世民哈哈大笑，对魏徵道："玄成，陈相在点你的将呢！你这个山东人说说吧，你怎么看？"

魏徵扫视了一眼在座诸人，道："魏徵敢问诸位大人，天下号称九州，失却了山东，天子还能自称天下之主么？诸位方才所言，不过是说山东难于治理罢了。抚平四海，大治天下，正是朝廷职责所在，哪里有以难治而不治的道理？殿下方才所言，李瑗反叛、李艺不稳，此皆实情，然则若要根治，需得明白他们为什么会不稳。只有先弄明白了这个，朝廷才能拿出相应对策，否则正如臣公所言，无异于纸上谈兵坐而论道。"

长孙无忌笑道："魏大人这话说得蹊跷。此二人素与庶人建成交好，如今建成伏诛，殿下入主东宫，他们自然心怀不满、图谋反叛！这是何其明白的事情，还用仔细拿出来说么？"

魏徵一笑："那魏徵倒是要问问长孙大人，山东道行台左仆射李世勣，原左仆射王珪，也平素与太子交好，怎不见其扯旗造反？朝廷明敕索拿王珪，尚书省行文到日，王珪便交了印信戴枷同京，片刻不曾耽搁迟误，这又是为了什么？说起来王珪是先太子中允，李世勣追随先太子平略山东，他们与先太子的交情不比二王来得紧密？可是他们却没有反，这又是为了什么？"

长孙无忌当场哑然，却听魏徵言道："其实如今朝野不宁，问题根子并非出在前太子势力庞大党羽众多上，而是出在尚书省十天前发往全国的行文上。执拿一个王珪事小，但却惊扰了一大批与先太子过从甚密的臣子。朝廷虽加李艺开府仪同三司，然则毕竟大张旗鼓在全国索拿先太子党羽，眼见大狱将兴，天下岂能安心？不要说外地，便是京里，有多少曾与先太子来往结交过的臣子？这些人此刻不动，是因为动无可动，然则他们此刻个人前途生死未卜，能安心否？"

说着，他意味深长地看了坐在对面席上凝神静听的封德彝一眼。

封德彝顿时浑身一个激灵，立时感到芒刺在背，他沉吟了一下，开言道：

“臣以为魏徵所言极是，如此大张旗鼓剿除异党，确实容易动摇人心惑乱朝纲。该文乃臣所发，臣愿当其责！”

李世民却没注意到他和魏徵微妙的神情变化，笑着挥手道：“现在是研究对策，不是追究罪责的时候。封相不必惶恐，玄成是就事论事，这道省令是我授意发出的，说起来，责任在我！”

魏徵坦坦然道：“殿下新秉朝纲，当以大胸怀海纳百川，用人论才不当有门户之见，刑罚入罪也不当以门户化界。如此方能广收四海豪俊之心，稳定朝局抚慰文武，众志成城同仇敌忾，何愁不能上下一心共退强敌？”

长孙无忌哼了一声，淡淡道：“腐儒之论！”

魏徵正色道：“平天下登大宝，多用法术诈力，这方面长孙大人是个中翘楚，然治理天下却是不得不用这老生常谈的腐儒之见的！”

李世民看看两人，失笑道：“今日我们是议事，自然有事说事各陈己见，何必弄得如此剑拔弩张？陈公，你觉得魏徵所言如何？”

陈叔达坦然直视着李世民道：“殿下若是只为了巩固太子之位，魏徵书生之见不足听信；然则殿下若是为了治理天下、匡扶社稷，魏徵所言便皆是金玉良言。此刻外敌入侵在即，陛下和殿下之间的芥蒂还未曾化解，兴大狱实非上策，愿殿下慎思之。”

房玄龄点头道：“陈相所言极是，大局未稳，这个时候应一切以安定人心为要。”

尉迟恭道：“殿下，房公和魏徵所言，都是大道理。臣下以为，所谓乱源，不过元吉、建成二人罢了，如今他们既已伏诛，若再罪及余党，杀人过多，不仅名声不好听，也确实不利于天下安定！”

李世民站起身来在殿中走了两圈，停下来转过身道：“玄龄回去拟敕，就以父皇的名义草拟。就这么说，以前的那些事情，凶逆大罪，止建成、元吉二人而已，其余党羽，一概不予追究。另外，敕书中要点名，包括六月初四曾经参与逆动的薛万彻、谢叔方、冯立这些人，朝廷均赦其罪，希望这些人不要妄自猜疑，体谅朝廷难处，主动回来担起应尽的职责。另外这些日子上书上表弹劾奏议太子余党的表章太多了，也不利于安定人心。故此敕书里要写明，六月初四以前事连东宫及齐王，十七日前连李瑗者，尽皆赦免，并不得相告邀赏，违者反坐。”

众人听毕，不禁暗自叹服这位太子殿下的心胸。别的人也还罢了，冯家兄弟四日在玄武门前杀死禁军将领敬君弘、吕世衡，谢叔方更是挥军攻打秦王府，险些伤了李世民妻儿的性命，就这么一句话，如此深仇大恨便揭过去了。别的不说，便是这份大度和自信，李家诸王中确实无人可比。

李世民仿佛知道众人的想法，他缓缓走回到自己的席位上，一面落座一面道："不是我李世民不计旧恨，一来目下朝局不稳，这些人均是万众瞩目之人，处置不当人心便不能安定；二来大战在即，这些人都是有真才实学的，薛万彻的本领甚至可与李世勣相比肩，这些人才流于野外，太可惜了，或许日后成为乱源也未可知；三来如今掌握朝廷大局的是我，我对这些人虽说不算知根知底，也不知其心里是什么想法，但我自信，在我面前，他们万难玩出什么花样来！"

他想了想，问道："王珪到京了么？"

封德彝答道："已过了潼关，计这两日间便到了。"

李世民对房玄龄道："再拟一道敕命，任王珪为门下省谏议大夫，从四品上，召其每日值事显德殿，参议得失。"

他缓了一口气，笑道："说来说去，山东的事情还是没个结果，我看也不用再议下去了，解铃还需系铃人。玄成，山东的李世勣本来便是你劝抚归降唐室的，去年山东民变，也是你去抚平的，你原本便是山东人，又随庶人建成经略山东近一年之久，在那里颇有人望。此番少不得要辛苦你一趟，给你朝廷特使名义，宣慰山东，无论如何要让李世勣安心，让山东的臣民安心！"

魏徵站起身躬身领命道："臣当不辱使命……"

李世民顿了顿，又提高了声调道："不过李艺那边，却也不可不防。敬德率八千精骑出京兆往西北佯动，若是泾州有变，即刻前往平乱；若是泾州无事，则可在武功一带驻足，等待后命。"

尉迟恭站起身来，抱拳道："末将领命！"

燕王李艺

尚书省发出的加封燕郡王左翊卫大将军天节将军泾州道行军总管李艺开府仪同三司的上敕，于武德九年六月廿三日发到了泾州，一时间阖州文武臣属纷纷前来道贺。李艺倒也并未将众人却之门外，就在自己的中军摆下酬谢酒宴，款待道贺的本地官员。宴席上众人道贺谀美之词可以车计，就连泾州太守刘诚道都赞叹："食邑一千二百户，就连征战东南立功厥伟的赵王也不过如此尔耳！看来此番天策太子秉政，燕王将大用了！"一州守牧如此恭维，其他人等更是变本加厉把个李艺吹捧得不亦乐乎。

李艺一边带着胞弟利州都督李寿端着酒盏答谢同僚，一边谦逊自己"无功受禄，惶愧之至"。

李艺本名罗艺，字子延，原为襄州襄阳人，早年寄居京兆云阳，其人出身将门，其父曾任隋朝监门将军。罗艺自幼勇于攻战，善射，特别是用得一手好槊，号称可与尉迟恭平分秋色。从军后，因战屡立功官，大业中升任虎贲中郎将。

炀帝大业八年，朝廷征伐高丽，敕命罗艺督军北平郡，受右武卫大将军李景节度。罗艺自幼掌军，号令严整，所部战斗力颇强，在战场上初露头角。

隋末各地反王纷纷据地而起。罗艺驻守的涿郡物产丰富，在炀帝征高丽时，隋军的器械资储大都留存在涿郡，仓廪殷实，且临朔宫也藏有颇多珍宝，引得附近的义军竞相抢掠。涿郡留守官虎贲郎将赵什住、贺兰谊、晋文衍等人都不能抵抗，只有罗艺独自出战，连战连捷，勇冠三军，威名远扬。后赵什住等人嫉妒罗艺，暗中企图加害，罗艺得到信报后，索性趁机自立。大业十二年，他公开宣布誓师起兵，自称幽州总管，统辖幽、营二州，拥兵十万，成为北方一大割据势力。

幽州所处的地理位置极为重要，历来为兵家必争之地，可北连突厥，南攻晋、冀、鲁，是以各地反王纷纷拉拢。窦建德、高开道都曾遣使往说罗艺。高开道部倒也罢了，窦建德部刚于十一月攻克冀州，声威正盛，幽州上下文武臣属均觉得应主动归附，罗艺却在深思熟虑之后拒绝了。当其时唐使张道源正在山东一带游说，得知罗艺有心归唐，立即派人前往幽州，罗艺遂举全军降唐。武德元年十二月十三日，尚书省发出了敕书，任命罗艺为幽州总管。并于翌年十月赐罗艺李姓，封为燕郡王。自此，罗艺改名为李艺。

六日，李艺率军在衡水击败建德军。武德三年五月，窦建德遣其部将高士兴攻打幽州，被李艺在笼火城大破其军，斩首五千级。十月，窦建德率领二十万大军再次攻打幽州，十二月，李艺再次袭击笼火城，再败窦建德军。李艺归唐不过三年，数次击退窦建德军对幽州的袭扰。其时夏军纵横往来于河北、山东之地，所向皆克，唯独幽州屡攻不克，南顾之忧，如芒刺在背。从某种意义上，李世民能在武牢一战击败夏军，与李艺的遥制也不无关系。

武德四年七月，窦建德兵败被杀于长安，其藏匿民间的旧将惧怕唐朝官吏追杀，推举原窦建德部将刘黑闼为主帅，于十九日起兵反唐。二十二日，唐命淮安王李神通为山东道行台右仆射，率兵征讨。八月，刘黑闼拥众两千，于漳南筑坛祭奠夏王，自称大将军，一时之间河北之地尽皆变色。皇帝遂诏发关中步骑三千人，命将军秦武通、定州总管李玄通率军征讨，同时又命李艺引兵南下，会剿刘黑闼。

九月，李神通率关内兵到冀州，与李艺军会师，又征调邢、洺、相、魏、恒、赵等州兵共五万余人，与刘黑闼军战于饶阳城南。在军事上占据绝对优势的局面下，唐军被刘军打得大败，李艺见大军不利，只得率军撤回幽州。此战成就了刘黑闼的威名，亦为淮安郡王赢得了个“草包郡王”的美誉。

不久，李渊命秦王李世民和齐王李元吉率兵讨伐刘黑闼，同时再次命李艺从幽州南下，两面夹击。武德五年正月十四日，李世民率唐军收复相州，进军肥乡，列营水案进逼刘军。李艺则率军数万至鼓城威胁刘军侧后。三十日，李艺率军与刘军在徐河鏖战半日，大败其军，斩俘八千人。二月廿四日，李艺克定、栾、廉、赵四州，率军与李世民会师。三月，李艺和李世民在洺水以南扎营，分兵驻洺北。于是次日李世民率军在洺水击败刘黑闼军，刘黑闼率残部逃入突厥。

同年六月，刘黑闼再次起兵，引突厥军进扰山东，唐高祖李渊诏令李艺征讨。十月，淮阳王李道玄在下博战败身亡。刘黑闼在十天之间尽复旧地，声势大振。十一月，高祖李渊诏令太子李建成将兵讨刘黑闼。十二月十六日，李艺收复廉、定二州，与李建成会师于洺州。二十五日，唐军大破刘黑闼军。武德六年正月初五，刘黑闼被俘，河北地区复为唐有。此战令李艺结识了大唐储君，李建成对李艺的军略之能颇多溢美之词，两人自此交好。

刘黑闼灭，李艺请求入朝，李渊在长安待其颇厚。二月廿四日，拜李艺为左翊卫大将军，居家长安。李艺便是在此时卷入了大唐皇室的储位之争。天策府将领张士贵到他营中公干，他竟令其足足等了两个时辰，见面后张士贵以秦王命为由多说了两句，李艺当场命军卒将其放翻，重打了四十大板。

李渊闻知此事，大怒不已，敕命将李艺下在了大理寺天牢之中，过了些日子才将他释放，官复原职。其时突厥屡犯边境，皇帝以李艺素有威名，为突厥所惮，便于武德八年六月十四日令其以本官领天节军总管，镇守泾州，屯兵在华亭和弹筝峡，以备突厥。

待宴罢散席，李艺将弟弟单独留了下来，又召来了王府长史陈奉和司马杜仲达，随手将尚书省发来的帛书上敕扔在了案子上，道："这个东西发来了，你们说说吧，下一步我们怎么走？"

陈奉道："这是明摆着的事，这个开府仪同三司是秦王稳住大王的缓兵之计。庐江王之乱刚刚平复，秦王还没有做好向大王动手的准备。"

李寿道："大哥，此非常时也。太子在朝中素有仁爱之名，人心归附，如今被秦王残害，京城文武慑于秦王淫威，敢怒而不敢言。何况听京城那边传来的消息，就连陛下此刻也被秦王软禁。这样的好时机不能错过，只要大哥振臂一呼，打出诛秦王、清君侧，为太子和齐王复仇的旗号，天下州郡，必然纷纷响应。我们发兵长安，杀掉李世民，挟持陛下，挟天子以令诸侯，大事不愁不定！"

"放屁！"李艺不屑一顾地骂了自己这位异想天开的兄弟一句，"你以为秦王是可任意欺凌的三岁孩童啊？他能纵横天下而不败，靠的可不是花拳绣腿。就我们目前手上的这点兵力，还兵进长安？李世民派兵打过来，我们能够守住泾州就不错了。"

说罢，他转头看着司马杜仲达。

杜仲达想了想，慢悠悠道："有细作报，突厥大军此刻已然离了定襄，此刻似乎有大举南下的模样。庐江王案发，王君廓初上任，诸事不定，幽州人心不稳。这两件事情联系起来，似乎倒是我们回家的好机会。”

李艺闻言，顿时两眼一亮，笑道：“果然是妙计！”

他想了想，道：“泾州城太小，仓廪不足资财匮乏，人口也不多，又被李靖、屈突通、任瑰和柴绍数军夹在当间，四面受敌。我们手上兵力不足四万，城防和地方上又不是我们的人，与其在这边苦熬，倒是实在不如回幽州去！”

李寿兴奋地道：“就是，我们在幽州经营多年，那里的老百姓也愿意大哥回去，城防和地方又都是大哥一手栽培出来的，城池高大坚厚，仓廪殷足，资财富庶。只是王君廓是李世民心腹之人，恐怕他不会让大哥进城的。”

李艺哂笑道：“王君廓算什么东西？他充其量不过是李世民一条听话的狗罢了，秦王若是领兵亲来，我当退避三舍。王君廓这种货色，也就是对付对付庐江王那等草包郡王罢了，只要我能顺利离开此地抵达幽州城下，进城连一天都用不了。说实在的，多亏了此番突厥南下，李世民、李靖等人的眼睛都盯着北边，我们这个时候走，李世民就算想分兵来追我们都力不从心。若是等到他腾出手来，只怕我们想走都走不了。”

他抬头问李寿道：“万彻有消息么？”

李寿摇了摇头：“还没找到他，只听说他现在藏在渭水之西，具体在什么地方就不知道了！”

李艺叹了一口气：“可惜呀，若是有他在我身边，便是李世民亲自来了，我们也不是没有一战之力。”

他对杜仲达道：“我们要回幽州，必要打开一条通路，要穿过豳州、坊州、同州，自龙门渡口渡河进入河东。”

杜仲达沉吟道：“此事现下恐怕不易实行。别的皆不可虑，任瑰在太行，正挡着我军的去路，屈突通在洛阳、李世勣在并州，一南一北威胁着我军侧翼。若是现在便举兵而去，河东便是我军葬身之地！”

“不错，现在动身，确实是自取死路。我们要等的，其实是突厥大军南来的那一刻！”李艺冷笑着道。

杜仲达道：“不错，若突厥大军南来，大王只要撤开正面，不与突厥大军交锋，塞外铁骑便会直扑长安。到那时李世民必然会召屈突通、李世勣、任瑰等部勤王长安。等两军在长安城下开战，即便李世民能够侥幸获胜，也必然元气大伤军力大损。待那个时候，我们再挥军东进，渡大河、穿太屋，一路上均畅通无阻。朝廷的重兵都在关中与突厥抗衡，大王所到之处，几入无人之境。回幽州之后，若战况不利于朝廷，以幽州为后方，与突厥结盟经略河北都不无可能！”

李艺脸上浮现出一个得意的笑容：“所以眼下我们得稳住李世民这个新太子，恭贺他入主东宫的表章和册封我为开府仪同三司的谢恩表章一道发，语气要谦卑恭顺，还要就上次张士贵的事情向他请罪。反正无论如何措辞，总之要让他觉得我这个冤家对头日后一切以他马首是瞻。两道表章都由陈老夫子来拟就，骗不骗得过李世民，就看你的书读得透不透了！”

“大王英明！”三个人一齐颂道。

紧守边河

灵州中军行辕内，李靖神色凝重地盯着挂在墙上的大幅山川河流图沉吟不已。

中军护军苏定方意态恳切地道：“大将军，梁师都此次南来，人马总数近八万，其中骑兵将近五万，都集结在夏州以北。可想而知，统万城内现下所余兵力当不足万人。只要我们动作足够快，七日之内便可飞马龙城，再建卫、霍之功勋。”

李靖看了他一眼，问道：“我只问你一件事，颉利和突利的主力此刻在哪里？”

苏定方舔了舔嘴唇，答道：“据末将推测，他们应当在榆林东北方向。”

李靖问道：“何以见得？”

苏定方道：“梁师都进军夏州，突厥兵若是要协同配合的话，理所当然应兵逼榆林打击我军防线右翼。夏州城池高深，易守难攻，何况我们已经吃了一次亏。突厥军大多数是骑兵，擅野战而不擅攻坚，榆林地处平川，无河流山川之险，无长城之阻碍，且城池不大。若是要末将选择，末将必要先拿下此处，以此作为进图中原的前哨。”

李靖点了点头：“你说得有理！”

他沉了沉，加重语气道：“不过这一次，你说错了！”

丝毫不理会众将诧异的目光，李靖自顾自地道：“此刻我军的北部防线有横有纵，基本上是完整的。只要灵州这个中枢轴线不被打断，哪怕有一两个节点被突破，整体防线便不会受到太大的影响。你们看，依定方的方略，榆林一旦失守，进犯的突厥大军将历时处于夏州刘旻部、太行道任瑰部、驻守泾原的天节军李艺部十一万大军的三面夹击之中，固然可对我夏州实施侧翼包抄合围，自身却处于不可战之地。榆林地区历来是突厥南下的必扰之地，人口牲畜年年南迁，如今一片凋零，粮草牛羊均极匮乏，根本无法为三万以上的军马提供给养。而此次突厥南下，所裹挟人马当不下于二十万人，如此大军，在榆林地区得不到任何补给，其所惯用的以战养战之法便无法施展。”

他缓了一口气道：“你们看，此次突厥南下，加上梁师都的人马，总兵力将近三十万大军，虽说来势汹汹，但其实质却是在行险用兵。突厥以游牧为生，不事耕作，大草原根本无法为如此庞大的一支大军南下作战提供粮资，即使梁师都倾其所有，也万万做不到。所以此战突厥利在速战速决，而我军呢？只要灵州、夏州、秦州、长安、泾州这五个战略据点不失，突厥即便越过我北方州郡直袭长安，也必然坐困于坚城之下，扼不过半个月便得退兵。不能攻克大城，仅靠骚扰村镇根本不足以资三十万大军的日常用度。”

“所以——”他顿了顿，接着说道，“颉利此番巴不得能够如上一遭般轻轻松松拿下夏州或者一举夺取我灵州，如此不但大军用度有了保障，连退兵的通路都不用担心了。定方方才所言，最大的漏洞便是倒置了主次，须知此番不是突厥配合梁师都的行动，而是梁师都配合突厥大军的南下动作，夏州方向既可以是佯攻方向也可以是实攻方向。我们此刻若是出兵攻打统万城，躲在一旁的颉利必然立时出动主力大军进犯灵州。以剩余的兵力根本防守不住突厥二十万大军的攻打，我们夺取了统万城又有何用？顶多是让梁师都急上一急，颉利根本就不会理睬我们！他的大军将以灵州为战略基地直下原州，侵掠中原。若是长途奔袭攻击定襄，倒是还能起到点作用，可惜，我们地理不熟，根本无法实施这一方略！”

他回过头道："立即飞马传令刘旻，紧闭城门稳守城关，即使敌人绕过城防直扑内地亦不得理睬！只要守住夏州不失，就是他大功一件！"

一名中军统军将领担心地道："几个月前，任城王纵敌入寇，不过是三万敌军，便被陛下好一顿申斥，还差点受了处分。如今大将军还如此应对，而且敌人是十数万大军，万一陛下怪罪下来可怎么好？"

李靖笑了笑："任城王年轻有为，深通兵略，若不是他稳守灵州同时分兵收复夏州，我们又怎能在峡口一战破敌？朝廷里的人想事情不似我们般简单，我既身为统帅，这个责任自然由我来担，兵者死生大事，朝廷怪罪也没办法。不过如今朝里秦王当了太子，他在兵事上是内行中的内行，所以这一层，我倒是不甚担心！"

他严肃起面孔道："我再说一遍，紧守城关，注意敌人动向，日夜不得松懈。没有我的将令，擅自出战或擅自言战煽乱军心者——斩！"

文武之道

戴胄在回京途中接到太子令急召，随即在蒲津渡口弃车换马，日夜兼程赶往长安，进城时天色已然全黑，待赶到东宫显德殿，才知道太子正召集诸臣会议，此时已过了亥时。此次议事明显不同寻常，显德殿周围加了岗哨，禁军武士各持刀抢戒备森严。见了这阵势，戴胄便已经猜出会议内容与北线军事有关。一个黄门引着他自偏殿而入，一进正殿他便吓了一跳——殿中灯火通明，粗略数一数竟有二三十名臣子在座。

梁师都军兵临夏州的消息快马驿报传到长安是六月廿八日，当天晚上，监国太子李世民再次在东宫显德殿召集朝臣议事，只不过此次参与会议的人不再限于东宫和三省两班人马。当晚在显德殿参与议事的臣子有淮安郡王太常寺卿李神通、河间郡王李孝恭、江夏郡王鸿胪寺卿左金吾卫大将军李道宗、司徒窦轨、司空裴寂、尚书左仆射萧瑀、尚书右仆射封德彝、中书令太子詹事宇文士及、中书令太子右庶子吏部尚书房玄龄、侍中陈叔达、守侍中太子右庶子高士廉、太子左庶子长孙无忌、太子左庶子兵部尚书杜如晦、太子家令张公谨、左翊卫大将军太子左右率府将军侯君集、尚书左丞民部尚书裴矩、尚书右丞刘政会、上柱国永安郡公薛万均、门下省谏议大夫王珪、治书侍御史孙伏伽，以及刚刚自外地赶回长安的蒋国公陕东道大行台左仆射屈突通、霍国公平阳君秦州都督柴绍，另外还有个从八品小吏刘仁轨——他官拜息州参军，却是太行道兵马总管任瑰的幕僚，此番代任瑰回长安述职，因其将敌情军情、战况、粮资等项数说得极为详尽明晰，兵部尚书杜如晦特地请令让他列席今日的会议。

戴胄进殿时，那小吏刘仁轨正在一一述说太行道的情形："马邑、雁门、楼烦、博陵四郡共计三十四县，人口一万七千九百四十一户，土地四万八千二百六十二亩，仓廪存粮两万四千四百三十四斛，饲养牲畜牛马六千八百九十六头。此番迁徙，大部迁到了太行以南的信都、襄国、武安三郡，北四郡目下所余人口不足三千户，地方仓廪存粮不过九百斛，牲畜牛马全数迁走。来前任公托臣下向太子殿下及朝中诸位大人言道，北贼若果真借道我太行南下中原，管教他饿死在太原以北。"

李世民听毕微微一笑："也亏你记得如此仔细，只是如此大规模的迁徙，百姓们却吃了大苦头了。我担心的是突厥人没有饿死，倒是把那些安分耕织的小农户饿死些许，就是朝廷造孽了！"

刘仁轨不慌不忙地道："殿下放心，四郡太守县令守土有责不曾离辖地，各署书吏班役人等均由郡丞县丞统领随民南下，仓粮以十天为份当口粮下发，留出明年开春的种粮，所余粮足以支撑到明年三月份。各郡皆拨库金百锭，若一路上牛马牲畜有死伤走失者，照价在当地赁买补偿农户。"

民部尚书裴矩皱眉道："仓粮都吃掉了，百姓又一年不能农事，这一来一去，朝廷损失着实不少！"

刘仁轨笑了笑："裴公善计算，这两万多斛粮食，让百姓吃掉总比资敌来得划算！"

众人听了均不禁莞尔，李世民挥了挥手："难得你年纪轻轻，见识却不浅，这一遭着实辛苦你了，下去歇息吧！"

待刘仁轨下殿，李世民冲着戴胄点了点头，笑着道："议得差不多了，此番应对突厥大军，不比寻常战事，总要准备充分方可收全胜之功。刚才大家说了这许多，任瑰那边甚至都已经开始做了，总体方略诸公和我心中都有数了。如晦，你这大司马就说说吧！”

杜如晦也不起身，就在席上冲着李世民略欠了欠身，侃侃而言道：“说起来此番所定方略极简单，不过紧守边隘、纵敌深入、坚壁清野，以待敌怠十六个字而已。方才老帅和驸马所估算突厥大军数目，与兵部估算大体暗合，当在二十万以上。如此兵力，实非目下朝廷所能力敌。依照敌军目的不同，我们的应对方略亦有所变化。若是突厥大军叩关而入，朝廷应严令李靖和任瑰、王君廓，紧守关隘，不得擅自出战。另以霍国公所部、蒋国公所部、燕王所部为援军分别策应三方，即以秦州兵策应灵夏，以玄甲军策应太行天纪军，以天节军策应王君廓。为保万一，应敕命并州李世勣所部移师向北，至信都、赵郡一线策应幽州军，另遣刘弘基独领一军出秦、陇，策应兰州和凉州。若是突厥大军绕关而入直下长安，朝廷便令京北各郡将村镇民户粮畜迁入城中以避，务必保证野无余资。此外，朝廷应派一军出渭西侧应武功，以确保京城安危。目前长安兵力五万七千，城内粮资充裕，据坚城防守两到三个月应不难，而东西勤王之师，最远的二十天内也应能赶到关中。待敌粮尽，我军击之，当可一鼓而下。”

李世民苦笑道：“人家大摇大摆地来，我们要把老百姓迁到城墙里边去躲避，甚至背井离乡到外地去躲避，这奇耻大辱叫人委实难以受得。只是如今形势如此，不由我们不忍辱负重。”

杜如晦道：“现在的关键是是否要发出征兵令符，将关中之地及荆襄一带的军府尽数征发。以目前朝廷兵力，实不足以与突厥联军决战。即使兵力对等，我军在骑兵方面天然势劣，在突厥军粮尽时或可将其逐走，却无力聚歼追剿。”

李世民想了想，道：“未雨绸缪，有些事情不能到了跟前再做。我看这征发军府的事情，应该尽早，否则等到突厥越过了原州一线，恐怕就来不及了。”

这时一直默不作声的谏议大夫王珪突然开言道：“杜公，目下朝廷兵力，是否不足以打赢这一仗？如若不征发军府，长安便有失守之虞？”

“长安不会失守，我将亲自担起守卫长安之责！”杜如晦还未来得及说话，李世民已然抢先将话头接了过来。

王珪冲着李世民欠了欠身，道：“若是长安无虞，臣以为不宜征发关中及荆襄一带的军府。”

李世民皱起了眉头，问道：“哦，为什么？”

王珪坦然道：“连年征战，各地人丁锐减，以关中为例，贵为京兆之地，武德元年一府之丁不足万户。朝廷征薛仁杲，去其一成，征刘武周，又去一成，征王窦，去两成。今年眼见山东河南两道大灾，便是扬州东吴之地，也已现出歉收的端倪。天下还指望着关中荆襄两地能略略多收成些，也能匀给其他的州郡一些赈民的口粮，如今一旦征发了两地军府，则今年的秋种便没有指望了，如此两地明年开春能够粮种自给就已经很不错了。”

“王公此言差矣！”太子左庶子长孙无忌道，“事分大小，经有权变。而今北寇突厥兵临灵下，长安即将面临数十万敌军的袭击，这是战争。打仗的事情可不是几个儒生在那里斗嘴皮子，是要真刀真枪上阵流血死人的。此刻因为一场秋种而放弃征发府军，以现下的兵力应敌，放走了贼军主力，日后再要征伐起来，恐怕更是劳师靡饷得不偿失啊！这却又何必呢？”

王珪毫不客气地反驳道：“长孙大人可知征伐高丽失利并未导致前隋社稷崩坏，倒是大业十一年的一场蝗灾惹下了塌天大祸。一时间大江南北大河两岸千里饿殍，知事郎起于长白，翟让兴于瓦岗，转眼间十八路反王蜂起，大隋天下顿时支离破碎。殷鉴不远，我大唐当以为戒。大人所言劳师靡饷之说，王珪不敢苟同。”

长孙无忌还没有说话，李世民却已经开了腔：“王公以为此番不宜毕其功于一役？”

王珪恳切地道：“国朝方立，四海方平，大灾之年在即，臣以为朝廷应审时度势，量力而行！”

李世民点了点头：“此事容我再想想！”

会议开到此时，已经基本上接近收尾，当下又议了后方粮秣调度等相干事宜，李世民直接点将由尚书左仆射萧瑀总揽其事。

又说了一些细务，众臣方散去。李世民招手叫上了戴胄，大步走进偏殿，一边解着朝服一边问道：“你几时到的？这一向身子骨还好？”

戴胄跟进来道：“臣晚间进的城，身体一向还不错。”

李世民笑道：“方才的会议倒也热闹，王珪最后那个谏陈当真是出乎意料、闻所未闻啊！”

戴胄神情肃穆地道：“臣却不这么觉得。便拿臣担任太守的江陵为例，偌大一个都城，只有五千户住民，百业凋零民生凋敝，一派破败局面。臣窃以为，殿下现在是太子，不是原先专事征伐的秦王了，万事当从大局处着眼。目下国家最紧要的便是体恤民力，止征伐、兴文事！”

李世民脱掉了外袍，坐在自己的席位上，挥手命戴胄也坐。

戴胄谢恩后坐下，道：“王珪此人，臣原先一直以为不过是一个腐儒书生，今日听得他这一番宏论，方晓其人确有王佐之才，建成才会将其延至左右。臣以为他当个民部尚书绰绰有余。”

李世民笑了笑：“我有比民部尚书更重要的差事委他去做！”

他顿了顿，道：“不说他了，先说说你吧。你知道我急着要你回京师为了什么？”

戴胄一愣，欠身垂头道：“臣——不知！”

李世民叹了口气：“崔善为本月下旬忽染急症，我派了三拨宫医去给他诊脉，都不见效，眼见这几日就不行了……”

他转过脸来极认真地道：“玄胤，大理寺这个地方主司朝廷法度管理狱讼，是人命所系，若是所托非人可着实了不得，是以我召你回京，是希望你这个老朋友能够出任大理寺少卿，随时准备接过崔善为的差事！若说呢，大理寺虽是九卿之一，此一时彼一时，现在也算不上什么大官了，以你的资历能力，进三省宣麻拜相也是等闲事。如今百政方举，处处都缺人。说不得，既是老朋友，你总要替我这个太子分分忧的嘛！”

戴胄站了起来，神情认真地道：“臣愿为朝廷分忧！”

李世民摆了摆手：“你坐下，听我说。崔善为这个人不是我的旧臣，我当太子前也未曾和他打过交道，可是我从心里极器重他。不为别的，此人能够谨守律例抗拒我的太子令，这份风骨实实令人钦佩，更何况年初他还顶撞过元吉，救下了张亮一条性命。身为廷尉，最要紧的是用法行权，这需要个忠直方正的人来坐镇方可让陛下和我放心。崔善为别的能为如何，我不清楚，可他做这个大理寺卿是称职的，我希望你在这方面能学崔善为，恪尽职守不畏权贵。大唐开国不久，可以做错事，却万万不可杀错人啊！”

戴胄道：“请殿下放心，臣当竭力报国，不敢惜身！”

李世民点了点头，道：“萧瑀和封德彝都上了年纪，虽说忠勤练达、治事审慎，精神总归不及壮年人。尚书省这两个位子，你以为如今朝中诸臣，谁来接掌最为妥当。”

“房玄龄，杜如晦！”戴胄毫不迟疑地答道。

李世民“哦”了一声，沉吟片刻问道：“辅机如何？”

戴胄答道：“辅机兄雄才伟略，城府森严，可托付大事。然则于辅佐君主治理庶政上，终归不及房杜二公。”

李世民点了点头，又问道：“你方才所言体恤民力，止征伐、兴文事，是你自己的想法，还是与别人商讨得来？”

戴胄诚挚地答道：“是臣这些年在外任职上得来的体会。如今百姓苦于战乱久矣，若是不能与民休息持重治庶，则秦、隋之危，亦将现于我大唐。”

李世民站起身来，绕着案子走了两圈，说道：“你说下去，我听着呢！”

戴胄道：“开皇末年，海内殷阜，府库存粮可供五十年之用，然隋炀帝二十载而亡其国，何也？殿下当年在天策府时曾经言道，炀帝广置宫室，以肆行幸，所造离宫别馆，自长安至洛阳，乃至并州、涿郡、扬州，相望道次，遍布各地，此其败亡之一也；美女珍玩，征求无度，朝中皆以为晋身之阶，为君者贪心不足，欲壑难填，为臣者曲意逢迎不敢谏劝，此其败亡之二也；东征西讨，穷兵黩武，恃其富强，徭役无时，干戈不息，百姓不堪盘剥压迫，这才揭竿而起，终至身戮国灭，为天下所笑，此其败亡之三也，这是眼前之事。史上秦亦二世而亡其国，因其虽平六国而据有四海，却不知息民养生，妄恣骄纵，北筑长城万里，关中修阿房宫八百里，恣其奢淫，好行刑罚，终归数十年而亡其国。这两朝一远一近，臣以为殿下都应善自借鉴，引以为戒。”

李世民缓缓点头：“你说得有道理，这一阵子我常常在想，一朝气数，虽决于天命，然福善祸淫，亦由人事。为善者福祚绵长，为恶者降年不永。若是朝廷不能使万民安居，则虽有兵甲百万，亦不能不败其事。从这一层上说，体恤民力善用征伐确实是立朝之本。”

戴胄道：“开创新朝，需要君主以大气魄、大胆识为常人之所不能为，于是战乱杀戮所不能免。然则治理天下却须朝廷与民休息慎用刑罚，老子云治大国若烹小鲜，经过数十年战乱，天下本来就已经元气大伤，此时擅动刀兵，无异于悰民于水火，故此臣对适才王珪所言深以为然。恕臣直言，当年在天策府，殿下主掌征伐，身边人除房杜二公外余皆乱世之才，而建成为太子监国治政，身边多盛世治庶之才，殿下能重新起用王珪和魏徵，此真社稷之福也！”

李世民傲然一笑：“不只他们二人，我已经命尚书省行文邛州，召韦挺回朝。今日朝上我已命中书门下画敕，册李纲为太子少师。他是个儒学名家，让他去教承乾读书，我还放心些。朝廷公器，不能以私恩授。天策府的众臣僚，辅佐我多年，不可轻弃，然则治理天下，终归要兼容并蓄。皇帝老臣，天策文武，东宫旧人，门阀世族，寒庶仕子，都应在朝中有其相应位置，这才是个朝廷的样子。”

戴胄喜道：“殿下能够这样想，真乃大唐社稷之福……”

李世民摆了摆手：“现在说这话尚早，尚书、中书、门下三省，为天下政务之所系，必须要一些年富力强又忠勤审慎的人来担任，不过目下说这个还不是时候。你我是老朋友了，你又在地方日久，与朝中诸臣没有来往，我才征询一下你的意见。如今朝局尚且不稳，你还要谨慎言行才是。”

国士无双

太子詹事主簿山东宣慰使魏徵与宣慰副使李桐客一行人持节前往山东，在数州郡宣示了皇帝和太子对于玄武门一案案犯的赦令，兼且巡视了一番地方灾情。魏徵在历城接了当地富绅百姓的状子，当机立断请节斩了山东道行台右仆射诸葛德威，这才安定了地方。宣慰使团一行人又返回头驰至并州，山东道行台尚书左仆射并州都督李世勣向来尊重魏徵，以师礼待之，两人见面自然又有一番话讲。这么一来一回，便过去了二十多日，待得魏徵等人启程回京时，已经是七月下旬了。

这一日行到磁州境内，却见远远来了一队军兵，押解着一长串衣衫褴褛蓬头垢面的囚犯正在逶迤而行。这般囚犯男女老幼均有，一个个浑身带伤步履维艰，显然是吃了不少的苦头。魏徵在马上见了，不禁回想起自己在大理寺天牢当中的光景来，暗自皱起了眉头，稍一转念，飞马赶到了押解队伍的头里，高声问道：“这里谁主事？”

“何人大胆拦路？”一名统军骑着马排众而出，来在队前，斜着眼睛打量了打量魏徵，撇着嘴问道，“你这老儿好大的胆子，这里押解的都是朝廷的钦犯，你胆敢拦路，不要命了么？”

这时那走在前排的囚犯似是认出了魏徵，急忙拖着镣铐踉跄着跑上前几步跪伏下来高叫道：“洗马大人，救救志安吧！”一边说着一边号啕大哭起来。

那些押解的兵丁却不认得魏徵，见这囚犯如此大胆，便跑上来抡起刀枪柄便是一顿殴击，打得那人满地乱滚。

魏徵大怒，叫道：“住手！”

那统军冷冷一笑：“你是何方神圣，敢管这等闲事？”

此时李桐客手中持节自后面赶了上来，喝道：“大胆，这是朝廷山东持节宣慰使魏徵魏大人，你们竟敢无礼？不要命了么？”

那统军一个错愕，左右看了看两人，似乎还不大相信。

李桐客伸手将符节举过马头，冷笑道：“面节如面君，陛下亲授符节在此，你们兀自端坐马上，难道不怕犯下大不敬之罪么？”

那统军这才反应过来，赶紧翻身落马，跪倒尘埃道：“小人不识得大人，还请大人恕罪！”

魏徵也不理他，自顾自问道：“我问你，这些都是些什么犯人？”

那统军答道：“回禀大人，这些都是钦命要犯原东宫太子千牛卫李志安及齐王府右护军李思行及其家人，一干人等于八日前在磁州被执，卑职奉命押解他们回长安。”

魏徵点了点头，语气温和了些，道：“此番我奉圣敕东来，就是为了此事，你把这些人都放了吧！”

那军将大惊，抬头道：“卑职不敢！”

魏徵笑道：“不干你事，朝廷六月廿二日上敕已明白宣示天下，六月初四以前事连东宫及齐王，十七日前连李瑗者，尽皆赦免，并不得相告邀赏，违者反坐。你们太守明知此敕还要擒拿这些人，本身已经有罪。你回去告诉他，叫他自劾，否则我回长安，第一件事便是上表弹劾他违敕。这不是儿戏，你要原话向他转达，明白么？”

那统军呆了半晌，颓然应命。

魏徵命军卒给李志安等人打开了枷锁，温言抚慰道：“不要怕，朝廷已经颁发了明敕，免了你们的罪。地方官擅自揣摩上意自行其是，你们不要惶恐。如今连我这等东宫头号罪臣都被赦免留用，何况尔等？随我回长安去，陛下和太子自会给你们一个公道！”

二李自是千恩万谢，一同上路。

行了一阵，李桐客微笑着言道：“玄成公，说实在话，我真为你捏着一把汗呢！”

魏徵笑道：“怎么，觉得我的胆子太大了？”

李桐客道：“杀诸葛德威，赦免李志安、李思行，这些事情虽说不错，我总觉得还是请敕办理的比较好。陛下和太子虽说都发了明话，可大人毕竟是东宫旧人，做这些事情总应该避避嫌疑才是。太子现在嘴上或许叫好，心里难免不会想点别的什么，日后发作起来，我担心大人吃不消。”

魏徵哈哈笑道：“我等受命离京之时，前东宫、齐王府左右，均已被赦免。而今地方官员却又捕捉志安、思行等人，如此朝廷政令敕命威严何存？我等既为特使，得以便宜行事，便不能徒有虚名、见错不纠。倘若因我等的犹豫使朝廷失却信义，岂不是差之毫厘，谬以千里？对朝廷有利之事，理当知无不为。个人冒点风险事小，误了国家事大。太子殿下既以国士相许，我又怎能不以国士相报？”

他顿了顿，感叹着道：“再者说，我们这位太子殿下的心胸，实是千年不遇，他根本就不是你所想的那种小心眼的人。”

武德九年七月廿九日，军报传来，突厥敌踪首现于长安以北的高陵、泾阳一带。随即，延州、原州、绥州、岐州附近也纷纷出现突厥骑兵大队，隐匿行军长达大半个月之久的突厥大军，终于在中原唐廷面前露出了狰狞。

根据各地军报，十六卫府和尚书省兵部分别作出了判断，估算敌军总数约在十八万到二十四万之间。然而对于颉利可汗的牙帐位置，由于手上情报太少，兵部始终不能断定。

强敌大军压境，李世民这几日几乎彻夜未眠，整日在显德殿与长安最高城防长官江夏王李道宗商议部署军事。八月初一，李世民一口气签发了十几道人事任命敕，将城防军、宫廷内卫禁军、东宫率兵和各亲郡王府护军进行统一整编。原天策府诸将纷纷挂职下放带兵，例如左卫大将军秦琼便以正三品武职品秩俯就统军之职，统领由原玄甲亲军组成的东宫左率卫。此番除却由左千牛卫大将军程知节统帅的两府宫廷千牛侍卫兵队之外，李世民几乎将长安城内的全部兵力都统一整编在了一起，交给李道宗提调节度。

而外地的勤王兵马此刻也在紧锣密鼓地调动中。秦州都督平阳驸马柴绍率三万大军，于八月初一渡过渭水向岐州和陇州交界地进击；陕东道大行台左仆射屈突通所率五万玄甲军来得最快，此刻已据潼关仅一百二十里，急行军七日之内即可抵达京郊；并州都督李世勣率八万大军此刻已经离了太原，二十几日之间即可抵达；灵州都督李靖所部六万八千余人是边兵，守土有责，未曾调动；太行道总管任瑰所部三万军马此刻已然渡过漳水，就勤王之师而言，这一路最慢，到达京师约需月余；南方驻军，未曾调动。

武德九年八月初三夜，太子李世民在东宫显德殿召集文武共议军务，淮安郡王太常寺卿李神通、江夏郡王鸿胪寺卿左金吾卫大将军领雍州牧李道宗、河间郡王李孝恭、魏国公司空裴寂、宋国公尚书左仆射萧瑀、赵国公尚书右仆射封德彝、中书令宇文士及、中书令尚书右丞房玄龄、江国公侍中陈叔达、义兴郡公守侍中高士廉、兵部尚书杜如晦、吏部尚书长孙无忌、民部尚书裴矩、左卫大将军秦琼、左武候大将军侯君集、左骁卫大将军张公谨、右骁卫大将军程知节、左威卫大将军段志玄、右威卫大将军薛万均、左领军卫大将军刘师立、右领军卫大将军公孙武达、中书侍郎颜师古、中书侍郎李百药、门下省右散骑常侍韦挺、左谏议大夫王珪与闻。

战争，正朝着内讧方息的大唐袭来……

长孙皇后

长孙氏服侍着李世民宽了衣服，笑吟吟道："又和大臣们商议了一整天，乏透了吧。你先在榻上略躺躺，我去下厨给殿下弄几样小菜来开开胃口。"

李世民一伸手拉住了长孙氏，道："别去了，让厨下去安排吧，我平素不怎么挑吃，你知道的。好容易过来一趟，你陪我多说会儿话。"长孙氏一笑，也不执拗，吩咐宫人去安排，自己沏了一盏茶端给李世民。

李世民一边吹着浮叶一边问道："这里还住得惯吧，缺什么东西只管吩咐内侍省置办。如今已经是太子妃了，所用不可再如以前在王府那般简单，太寒酸了不像样子。"

长孙氏拿出一把小扇子轻轻给李世民扇着，口气淡淡地道："臣妾在用度上向来以足用为准，没什么缺不缺的，这边地方比宏义宫宽敞些，承乾倒是很满意。原先能用的东西，我都带过来了，也免得新置办的东西不顺手。殿下，如今大变方息，能不麻烦内侍省还是不麻烦的好，以免惹来朝野非议。另外，臣妾倒是觉得，长生殿那边殿下还该关心一下。陛下那边如今不比以往，缺了什么东西，若是等陛下自己张了嘴便不好了！"

李世民愕然："父皇那边自有内侍省负责，他们还敢怠慢了父皇不成？"

长孙氏叹道："人心势利，自古皆然！如今局面特殊，宫省那些人未必还肯如此尽心地伺候陛下。外人不知道，还以为这是殿下的意思，说起来于殿下名声大有不便。"

李世民顿时醒悟，李渊如今大权旁落，眼见朝政大权落入他这个新太子的手中却无能为力，退位已是早晚间事，朝廷内外对这一层看得真真的。众人此时紧赶慢赶来巴结奉承他这位新君还来不及，哪里还有人有心思去理会孤零零坐在长生殿里的老皇帝？

想通了这一节，他心思一下子澄亮了许多，缓缓点着头道："我知道了，我事情太多，平素又是一个粗心之人。这些事情，你还要多多提醒我才好。"

长孙氏轻轻一笑："我不过多一句嘴罢了，这些事情哪里轮得到我来管呢？

平日里自会有大臣向你进言，只不过现在大家的心思都在外面的军政事务上，才会有人忽略了这一节。”

李世民点了点头：“你说得不错，魏徵那个犟骨头若是在长安，早就眉毛不是眉毛眼睛不是眼睛地进言了！”

长孙氏眼睛转了转，道：“臣妾听说此人是个豪杰之士，原先的东宫洗马，如今殿下将他一下子降为七品官，这合适么？”

李世民笑道：“不能这么看，如今我总揽朝廷军政全权，实际上做的是皇帝的事情。太子詹事主簿虽说只有七品，却天天跟着我处理日常朝政，参议得失，做的实际上是宰相的事。魏徵在东宫坐了这许多年的冷板凳，一直未能入省，我刚刚当上太子，政事堂的人换得太勤会招人非议，所以只能委屈他以七品职衔行宰相之实。这个他心里清楚，万万不会有什么不满意的。”

说着，他拉起了妻子的手，道：“我想让辅机入值尚书省，你以为如何？”

长孙氏浑身一颤，脸色顿时变得雪白，声音颤抖地问道：“殿下已经和外臣们议了此事了么？”

李世民摇了摇头，道：“还没有，只和戴胄说过一次，不过看意思他似乎不怎么赞同。且目前军事上的事情压得我喘不过气来，还没有来得及考虑人事。我只是有这样一个想法，所以想先问问你的意见，自家兄长，他又和我一起共事这许多年了，他当得起！”

长孙氏问道：“殿下想怎样安排？”

李世民道：“未来尚书省由玄龄、如晦分任左右仆射，这是已定的格局。我想的是，尚书令这个职衔我不能再坐下去了，这个位置太关键，权力也太大，一般的朝臣恐怕受不起。让舅舅做吧，他又上了年纪，想来想去，只有辅机最合适了。”

长孙氏摇了摇头：“殿下，臣妾不懂朝政，却也知道这件事情你做得不妥！尚书令是总领百官的宰相，自武德元年以来便一直由殿下亲领，就连朝里的几位老相国都未曾做过。哥哥这些年来虽然颇有苦劳，但论功绩论能为都比不了房杜二公，如今越过他们和朝中的诸位大臣一下子当了尚书令，外臣们会如何看待他，又会如何看待殿下？自古外戚掌权，朝野大忌，这件事情无论对殿下、对朝廷，还是对臣妾、对哥哥都没有半分好处。臣妾以为，宰相之位关乎国家气运，为百官瞩目，殿下不能用自家的人来当，这是在向天下表明殿下的私心，实实不可为。我知道殿下这是关爱臣妾的娘家，可是不行，殿下现在还不能这么做！”

李世民叹了口气，道：“可是这个尚书令究竟谁来出任呢？我总不能自己兼一辈子吧？”

长孙氏笑了笑：“满朝文武这许多人，难道连一个人都挑不出来了？我看原先东宫出身的那几个臣子都不错。以前你天天挂在嘴边上的都是房公杜公，如今天天挂在嘴边上的都是魏徵王珪。从中选出一个能服众的来担任尚书令不就得了，还用这么费劲？”

李世民摆了摆手：“你不懂的，我越是器重他们便越不能让他们担任这个职衔。木秀于林，风必摧之，那是害了他们！”

长孙氏撇了撇嘴，笑道：“殿下怕害了他们，便不怕害了哥哥？你不心疼他这个娘舅，臣妾可还心疼这个哥哥呢！”

李世民笑着将妻子揽进怀里，贪婪地嗅着她的发香道：“辅机有外戚的身份，就算遭忌，俗话说疏不间亲，外人总归会顾忌他是皇后的兄长，不会轻易害他的。”

长孙氏脸色变了变，低声道：“殿下还要谨慎言语才是，如今陛下还在生你的气，有些忌讳的话还是少说为好。在我殿里说说便罢了，咱们夫妻的私房话无所谓的，被外人听去了，殿下的名声可就难听了！”

李世民在妻子耳边道：“没什么大不了的，事到如今，我也是被逼出来的，大哥逼我，四弟逼我，父皇也逼我。既然把我逼到了今天这个地步，这个皇帝我就做定了！”

说到这里，他忽地挪开了身子，双手抓着妻子的肩膀，两只神采奕奕的眼睛里带着几缕柔情道：“忘了吗？我说过的，要为你挣一顶皇后的凤冠回来！”

说着，他的表情慢慢凝重起来，缓缓说道：“朕已决意，册封太子妃长孙氏为皇后，立恒山王承乾为太子……”

淮安郡王太常寺卿李神通不愧“神通”之名，果然神通广大，他进来还不到半个时辰，便把一个满腹心事愁肠百结的李渊屡屡逗得哈哈大笑。连一旁伺候皇帝的内侍臣赵雍都不禁暗自称奇。

李渊笑得上气不接下气，用食指点着坐在他面前的李神通道：“你这个人哪，自小淘气的毛病便是改不了，都是堂堂郡王了，整日里不干正事，走东家串西家听壁角，上至宰相下至八九品的小吏你都不肯放过，真有你的！你就不怕别人弹劾你不务正业？”

李神通笑道：“臣弟本来便不务正业，这还用弹劾么？大不了这个九卿之首不做了，还乐得清闲呢！那些个文臣的花花肠子臣弟弄不懂，什么退居山野养望林下，臣弟没那份闲情逸致。大王我照当不误，俸禄我照领不辍，事情么我是能躲则躲，多清闲，多自在？像他们那般整日埋在事情里面，忙得四脚朝天，又有什么意思？臣弟没那份心思，找那好玩的地方又有乐子的去处，喝酒下棋看歌舞，身边再有这么几个女人做伴，说句恕罪的话，陛下就是拿江山社稷跟我换我都不换！”

李渊又是哈哈一阵大笑，笑得眼泪都出来了：“行了行了！朕知道你想说什么了，不用绕那么大的圈子。这事儿朕早就想好了，就等着人家来自己找朕呢。”

他抬头看了看自己这个荒唐透顶的草包堂弟，缓缓道：“你说得对，事情让别人去做，咱们及时行乐才是正经……”

用人所长

薛万彻感慨万千地凝视着站在显德殿大殿中央等候他的太子李世民，他未进这显德殿不到两个月光景，一切已然物是人非。在他六月初二领了太子令去城郊预备郊送大礼的时候，他无论如何未曾想到短短十几个时辰之后这位当朝太子便在玄武门内饮恨黄泉。古来兄弟争位刀兵相见的例子不少，阴狠如魏文帝，也不过让弟弟作个七步诗罢手，似唐室这般明刀明枪在皇城内上演一出全武行的却是史无前例。他原本是降将，不觉间竟然置身于宫闱血变之中，这些日子在山野藏匿，许多原先想不通的事情此刻都想通了。他极后悔自己未学李靖和李世勣恪守臣道远避储位之争，一个多月以来吃不好睡不好，人整整瘦了一圈，此刻回到东宫，却是别有一番滋味了。他迟疑了半晌，终于缓缓开口道：“罪臣薛万彻，觐见太子殿下！”

李世民看着他半晌无语，良久方道：“见过你家兄长了？我请他转述的意思，你都明白了吧？”

薛万彻点了点头：“太子不念旧恶，罪臣钦佩得很！”

李世民一笑：“两方敌对，各为其主，谈不上什么罪不罪的！你虽是建成心腹，却也是朝廷良将，于国家有功，建成信用你，并不为错。我赦免你和叔方，并不是故作姿态，也是为国惜才。俗话说国难思良将，如今朝廷内忧外患，委实不是内讧的时候，反是你们大显身手报效国家的时候。建成旧人当中，王珪现在门下省任谏议大夫，朝廷上议事之时从不计较自己东宫旧人的身份，当言之时当仁不让；魏徵在我身边做詹事主簿，此次宣慰山东，诚心为国临机处断不避嫌疑，国士无双。在大事上我万不会猜忌你们，望你们也不要自疑！”

薛万彻躬身道：“臣不敢！殿下但有差遣，臣自当效命！”

李世民问道：“泾州李艺是你的故主，这阵子因为建成的事情，他颇有些芥蒂。我和他打交道不多，依你看，此人如何？”

薛万彻沉吟了一下，道：“燕王秉性刚烈强悍，猜忌心重，凡事不言利便不会沾身。前与东宫往来，是希望先太子登基能够放他回幽州封邑。臣以为殿下即使对他再加以恩遇，其亦万不能安心！不过此人打仗是把好手，战场上纵横往来，不含糊！”

李世民问道：“他会重新举兵反唐，为建成、元吉报仇么？”

薛万彻摇了摇头：“他不是不切实际的人，这样的事他万不会做，臣以为倒是应该防着他率军回幽州抗拒朝廷。其实这也没什么大不了的，只不过如今突厥大军压境，他的天节军又责守要冲，一旦出了变故，外忧内患，朝廷恐怕顾不过来。”

李世民点了点头：“不错！以你之见，该如何防着他这一手？”

薛万彻道：“殿下可遣一军往守豳州，只要豳州不失，他便不能东渡大河。即便作乱，也不至于累及朝廷分兵照应，顾此失彼！”

李世民嘴角露出了一丝意味深长的微笑，道：“你说得不错，不过那么做就太明显了，那是逼着他现在就造反。在突厥大军未退之前，他能不反还是不反的好，我明日便行文十六卫府，就由你薛万彻领一支万人军马往守三水！”

薛万彻大吃一惊：“让臣下去拦截燕王？”

李世民点了点头：“不错，正是如此，你可愿意？”

薛万彻斟酌再三，单膝跪下朗声道：“末将领命！”

魏徵进了东宫，恰好与薛万彻走了个对脸。两人相顾愕然，良久方才相视一笑，淡淡打了一个招呼，便岔身走开。

进了显德殿，却见李世民全身朝服，穿得极正式，似乎要出去的样子。魏徵愣了一下，躬身行礼。

李世民摆了摆手：“你刚从山东回来，一路上辛苦了？”

未等魏徵答话，他又道：“你这一趟，解了朝廷的后顾之忧啊！你在半路上发回来的奏表我看过了，不就是放了两个人嘛，你是特使，可便宜行事的，又有什么大不了的，何必再啧啧烦言、煞有介事地上这么一道章？我已经知会了尚书省，罚去磁州太守周孚半年的俸米，也让他长长记性。你来得正好，我要到长生殿去觐见父皇，你陪我走一遭吧！”

魏徵愣了一下，随即领命。

李世民也不骑马也不乘舆，便这么安步当车一路出了显德门。他身材挺拔，两腿颇长，步子迈得大，魏徵跟在后面颇为吃力。不多时李世民发觉了，这才将步子放缓，笑道：“人的习性当真要命，纵然想改，也都是刻意为之，不知不觉之间便本性毕露。在军中待得久了，无论干什么都是风风火火的，似乎时间总不够用似的！这毛病一时半会恐怕不好改。”

魏徵淡淡一笑：“行动坐卧是小节，不碍的，只要军国大事审慎稳重，吃饭走路略快些也算不了什么！”

李世民瞥了他一眼，笑着问道：“李世勣那边是个什么意思？”

魏徵道：“殿下放心，世勣历来以‘忠义’二字治家治国，万不会有逆志。他托我回复殿下：‘东宫云云宏义宫云云，盖非臣所知，但有敕命，臣谨奉不悖，国家有事，世勣不敢惜身惧死。’”

李世民一愣，步子不觉停住了，随即哈哈大笑道：“好一个李世勣，原以为他是个什么时候都四平八稳的好好先生，不想竟然也能说出这等硬邦邦的言语，我与他打了这么长时间交道，倒是还头一次由衷对他道一声‘佩服’！”

魏徵笑了笑：“古人云万言万当，不如一默，世勣便颇得此中三昧。当年在蒲山公帐下，事未决诸将皆向前，唯世勣立而不语。待事决，诸将皆默然不敢当其任，唯世勣领之。我与他相交多年，深知其人讷于言而敏于行，晓进退，明起倒，多年勤慎练达恪守臣道，殊为难能。”说着他嘴角带着笑意道，“那年蒲山公殁，世勣为其备棺椁，后来和我说，做一天臣子便要尽一份心，这和做一天和尚撞一天钟是一个道理！”

李世民闻言又是“扑哧”一个莞尔，叹道：“看来有机会，我还要好好领教一番才是。”

他顿了顿，斟酌着道：“北面的军情愈来愈紧了，我已经给李世勣发去了敕命和调兵符节，东北方向有他在后面给王君廓撑腰，我心里踏实了许多。如今大敌当前，容不得我们慢吞吞四平八稳地处置内务了，这一仗不仅关系着长安的安危存亡，也关系着天下能否太平百姓能否安乐。这些日子我脑子里满都是军事，其他的事情都顾不上了，有时候想得头发痛。你有什么想法不妨也说来听听，决策之前集思广益，便不容易出差错！”

魏徵沉吟了一下，道：“臣于军事上是外行，此刻让臣说，臣也说不出个门道来。殿下常年领兵，多经战阵，对于用兵一事自是娴熟，殿下所思之策，可否先说给臣听听？臣或许可为殿下拾遗补阙。”

李世民叹了口气：“战场上的事情，所谓计策谋略其实都不过是花巧罢了，真正打起仗来，还是要看双方的实力。如今兵力上我们是劣势，骑兵数量上相差得更加悬殊。目前朝廷所能动员的兵力，满打满算不过二十二万上下，其中骑兵不超过六万人，而东西突厥联合，五大部落同时出兵，最多可以出动将近二十八万精骑。若是不征发关内和荆襄一带的卫府，在总军力方面我们便是十足的劣势，这一条，我们不可比。再说战力，我们手中的二十二万人马，大多都是从军多年的老兵，作战经验丰富，胆子也大，在战场上应变能力较强。几支人马当中，唯有任瑰所部没有经历过大的战阵，打起仗来可能要吃一些亏。然则我们数支军马分别来自山东、东南、关内、关外、冀北诸道，平素不相统属，甲胄兵刃马具装备，除天策军外皆非制式，且说起来都是一方诸侯，平素谁也不肯服谁，如今要他们统一听命服从指挥，恐怕也难。何况李艺的天节军反与不反恐怕还在两可之间，这样一支军队，能够发挥出平日七成的战力便不错了。反观突厥，其人其兵自落生便在马背上过活，骑兵作战对于他们来讲便如吃饭睡觉般自然简单，其战略大开大阖，极少花巧但求简单有效。行动来去如风，以劫掠支撑粮秣供给，以战养战。他们精于骑射，单个为战之力极强，虽隶属不同部落，但阶级简单节制严紧号令如一，这一条我们又不可比。我所虑者，如今朝廷刚刚经历了一场大变故，人心尚未完全安稳，值此多事之秋，恐怕这一仗打起来凶险异常。”

魏徵跟在后面，默默地听完了李世民的分析，不慌不忙地开口道：“殿下所言隐忧恐不尽然。殿下入主东宫，到目下为止不足两月，值此朝野瞩目的当口便逢此大敌，心中自然难安。这一仗打赢了还则罢了，若是输了，且不说朝廷面临迁都之危，殿下的名声威信，顿时将一落千丈。因此这一仗不仅关乎朝廷安危、社稷气运，同时还干连着殿下自己的身家性命。臣以为，这一场战事表面上看虽是军事，然则实际上却是一件绝大政治！”

“哦？”李世民一愣，不由得停住了步子，回头看了看魏徵，笑道，“玄成未免太小看我这个太子了吧？若说我头痛这件事只是因为这个区区太子之位，恕我万难认同。我若不能以社稷安危天下兴亡，焉能招揽天下文武豪杰之士前来襄助？”

魏徵笑了笑：“臣不是这个意思，不过自古君王非圣人，若说殿下忧心纯属为此，魏徵也不信。但若道殿下心中没有这份感受，便违背常理了，魏徵自然亦不信。”

他顿了顿，道：“然则臣言此事乃绝大政治，却不是无的放矢，要看殿下如何看待此事。目下中原连年战祸灾荒，小民百姓苦不堪言，此刻再大举兴军不但失却民心，也不合陛下和殿下的治国初衷。因此卫府不能再征发了，非但不能征发，且应明敕天下，减租免赋，停征府军两至三年。无为治庶与民休息，善自经济将养民生，以积蓄国力，此其一也！突厥大军之所以今年大举南下，皆因去年以来，北方半冬未雪，且气候苦寒，马匹牛羊冻死无数不说，便是草原上的草，今年都一片凋零，是以其各部落急需到中原来掳掠一番以资用度。故此虽一二人有大志，却万难以此而制全体。颉利想的或许是破长安而入主中原，突利被他压制多年，所思所行便大异于彼，更何况其他部落首领？故此此战于我是政治，于敌又何尝不是政治？此其二也！当今局面，战与不战其权不在我，臣以为此战怎么打都不算胜，唯以最小代价退敌为上佳。至于如何退敌，那是殿下所长，臣便不再多嘴了！”

李世民听了笑道：“你说的这些虽无宜于破敌，却也是谋国之言，我当会相机处断。只是若要两全其美，却是强人所难了……”

正说着，他却猛地收住了话头，似是忽然之间想到了什么，脸上神色不断变幻，默默前行不语。魏徵看了看他，却不多问，径自跟在身后。

走了片刻，二人已然转过了紫宸殿的拐角。李世民的头抬了起来，他环顾四周，嘴角上不自觉地浮现出一丝略显得意的微笑……

大唐天子

李渊默默注视着躬身站立在自己面前的这个儿子，心中百感交集。此时的李世民一身储君服饰，面容安详、神色泰然地站立在殿中，浑不似初四夜间那副满脸杀戾须眉皆裂的嘴脸。李渊心中明白，李世民此刻的神色并非出于谦恭孝顺的本心，而是来自于已经掌控一切的自信。他暗自叹了口气，苦笑着听李世民款款陈词。

“儿臣自知父皇心中忧虑，天下可马上取之，却不可马上治之。前隋炀帝大业之前南征北讨，立下了赫赫战功，即位之后穷奢极欲黩武擅兵，最终社稷崩坏身死国灭，殷鉴不远。父皇所虑，也正是儿臣心中所想。同样的话，魏徵也曾经和儿臣说过，儿臣以为他说得也确有道理。是以今日见驾，儿臣带了他来，为的便是让他在一旁做个见证！”李世民情态恳切地道。

李渊漫不经心地问道：“哦，见证？你要他见证什么？”

李世民长长吸了一口气，坦然道：“世民所为之事，后世史笔如铁，自有公论。我欲让父皇知晓的，欲让魏徵见证的，却是同一件事情！”

李渊微微一笑：“想说什么话便说吧，现在事情都到这个地步了，不必多费唇舌！”

李世民抬头凝视了父亲良久，叹息着道：“世民或许不是一个好儿子，不是一个好弟弟，不是一个好兄长，但世民定会是一个济世安民的好皇帝！我大唐绝不会如秦隋两代般二世而终！世民能统率大军平定四海，亦能偃武修文大治天下！”

李渊点了点头：“你倒是豪气干云啊！这件事情，朕想了许久了。朕以往不允你做储君，是因为有比你更好的人选。也是朕一直以来犹豫不决，这才酿就了玄武门的祸患。事情已然如此，此刻朕若是再不允你正位，便是与江山社稷置气了。近来经历了这许多的事情，朕颇有感触……”

他两眼迷茫地顿了片刻，继续道：“朕老啦，很多事情深感力不从心了！现下突厥大军南来，天下灾变在即，朕自认没有那个精神去治理这内忧外患了。这副挑子目下也只有你来挑了！”

他沉了沉，又道：“不过，朕这里有几句话要说在前头，听不听便在你了！”

李世民躬身道：“儿臣恭聆圣训！”

李渊道：“皇帝位子在旁人眼睛里或许高不可攀，可只有爬上来坐在这个位子上的人才明白飙风凛冽之寒。并非当了皇帝便可为所欲为，天下人皆可肆意，为君者却须时时刻刻提防警醒，时时刻刻遵循礼法，因为皇帝是天下人的榜样，其一言一行均要传诸后世为历代子孙所效仿的。从这上面说，皇帝有些时候连个寻常百姓都不如。做了皇帝，便要有坐一辈子牢狱的准备，这一层，莫怪老父亲没有预先提点你啊！”

李世民愣了愣，张嘴正欲答话，李渊摆了摆手，继续说道：“这些话，你现在或许还体味不出滋味。不碍的，慢慢来吧！”

他看了看李世民，道：“你去中书省传朕口敕，由尚书省礼部择一吉期，朕向天下臣民宣示退位敕，仿汉高祖父例称太上皇帝，退居宏义宫坐享垂拱之乐。你也择个好日子，在太极殿正式垂朝称制。”

李世民当即跪倒叩头道：“父皇健在一日，儿臣万不敢在太极殿称制。太极宫乃父皇久居之地，不可轻移，儿臣但于东宫梳理军政则可！”

李渊疲惫地一笑：“这恐怕不合适吧，新皇即位，不在宫城正殿称制，于礼不合，外面也会有人说三道四。本来出了这么大的事情，我们一家人已然是全天下的笑柄了，大位授受上如此草率，岂不更是荒唐？”

李世民道："圣人行礼法，是用来教化人心的，天下安危百姓福祉，却不是区区一个'礼'字所能限的。只要国泰民安，天下臣民便会衷心拥戴朝廷，有谁会因皇帝在偏宫理政而耻笑皇家？若是天下板荡黎民困苦，人君即便尽复周礼又能济何事？"

李渊想了想，点着头道："若你执意如此，朕也不再坚持，但愿你能做一个好皇帝，但愿你……"

他迟疑了片刻，终于还是说了出来："能做一个好父亲。"

大唐武德九年八月初八，李渊下敕退位，称太上皇帝，仍居太极宫。八月初九，太子李世民在东宫显德殿举行大礼，登基继皇帝位，改元贞观，以次年为贞观元年。同日，大唐皇帝下敕大赦天下，免去关内及蒲、芮、虞、秦、陕、鼎六州赋税租调两年，天下其他州郡给复一年。翌日，上敕房玄龄任中书令检校尚书左丞，原太子左庶子长孙无忌出任吏部尚书。八月十二日，大唐皇帝李世民在东宫显德殿召集朝会，下敕册封原太子妃长孙氏为皇后，立嫡长子恒山王承乾为太子。

多灾多难的武德九年还没有过去，然而武德时代却已悄然落下了帷幕，天下自此进入了贞观时代——大唐天子李世民的时代！

王道霸道

大理寺卿崔善为于武德九年八月十二日病殁于私邸，丧讯传来，两位皇帝均深自震悼。太上皇李渊亲自为其著悼文，有"堂卿但去，律责谁守"之语。大唐皇帝李世民于当日下敕追赠崔善为刑部尚书，封莱阳县侯，其子舯如加恩门下左拾遗，赐金百两以为丧仪，经政事堂公议，谥号曰"直"。崔善为临终之际，在病榻之上书就一篇《论刑事疏》，丧后作为遗表由崔舯如呈递东宫。其疏洋洋三千余言，历数数朝律令之得失，最后写道："唐继隋统，废前朝苛律，此恤民之政也。臣闻先秦以苛令亡，前汉以三章兴，陛下以戎行收天下，张弛之道，不可不察。今臣居疴不起，远游日近，诚以所责为虑。法先王之法，宣三代之教，则盛世可期；行韩李之术，逞酷吏之能，则颓风将现。臣今临疏泣零，词句难成，企陛下察知！”

翌日，大唐皇帝李世民在东宫显德殿召集尚书、中书、门下三省长官议疏，兵部尚书杜如晦、大理寺卿戴胄、谏议大夫王珪、韦挺、秘书省少监魏徵等五人“参议得失”。

李世民轻轻抚着疏道：“崔善为去了，朝廷又少一正人，他这份上疏，可称临终泣血之作。朕每每阅之，回思堂卿之音容笑貌，也不禁怆然泪下。今日召众卿前来，实是要议一议崔善为疏中所言之政。”

他叹了口气：“依朕本心，何尝不愿宽仁治政？奈何天下板荡数十年矣，盗匪四起四方不靖，各地的治安乱到了极处，竟有州县官员大白天在治署便丢了性命，如此王化不行，朕虽欲大治，岂可得哉？崔善为所言宣三代之教，然则今承大乱之后，恐怕斯民不易教化！”

众臣今日受召前来，本以为是为了突厥大举南下越过边境直扑内地的火急军情，却不料皇帝一开言，便将话题引到了与军事风马牛不相及的“教化”上。群臣相互看了看，却都不知道说些什么好。

魏徵却目不斜视，上前几步躬身道：“陛下此言大谬不然。”

一语甫出，群臣惊骇。唐政远较隋为宽，大臣与皇帝当廷折辩亦是经常事，但君君臣臣，臣子即使谏言，总也还要顾及皇帝的颜面，用词遣句多费踌躇。如魏徵这般直通通指斥皇帝说错了，却实是立国以来头一遭新鲜事。便是一向以敢逆龙鳞著称的相国萧瑀，也不禁为魏徵暗自里捏了一把汗。

李世民却不以为忤，微微笑笑道：“哦，你既然说朕错了，倒是说说看，朕错在哪里了？”

魏徵坦然道：“久安之民居于盛世，衣食无缺生计有着，其心必高，心高则骄佚，骄佚则难教化，盖因其所求不止田土粮棉尔；而今大乱之后，经乱之民久苦战乱，盼大治之心如枯苗之盼甘霖，其教化之易，当不下于三代。就好比饿极了的人给一碗粟米便如食山珍，渴极了的人给一碗井水便如饮甘醇。此时教化万民，但以‘衣食’二字可也，何言不易？”

话音甫落，尚书右仆射封德彝出班奏道：“陛下，臣以为此论不妥！”

李世民摆了摆手：“今日议疏，有什么见识但讲无妨。”

封德彝沉声道：“崔善为和魏徵言必称三代，却不知三代以来，人渐浇讹，风气日下。是故秦重刑罚，汉杂霸道，非不欲教化，盖欲教化而不能也！古来为君者，岂有不欲以仁义治天下者？然则天下皆顺民，则仁义行焉，天下多刁民，则必先以律正之，则仁义方收教化之效！魏徵书生论政，未识时务，若信其虚论，必败国家！”

李世民笑了笑：“玄成，封相指你乱言误国，你有何辩？”

魏徵不慌不忙地道：“封相所谓时务，无非治庶罢了。或言乱世而生刁民，或言治乱世应用重典，法家所言，不过尔尔。若以为五帝三王之时，诸民易化，后世之民便渐不易化，臣恐其谬在人心，害贻家国。昔黄帝征蚩尤、颛顼诛九黎、成汤伐夏桀、周武伐商纣，皆能身治太平，岂非承乱而治之例？若以为古人纯朴，而其后必日渐浇讹，则代代传承，社稷更替。至于今日，天下人均已化为鬼魅矣！人主尚有可治者乎？”

李世民哈哈大笑：“魏卿此乃诡辩之术。今日所议之事，虽起于崔善为遗表，实在却是一件大政。说穿了，不过王道治天下还是以霸道治天下之争罢了。议题虽稍显宽泛，其要义却不可不察。于今百姓苦于乱世，庶民陷于水火，若不能善定刑律，轻则四方不宁，重则社稷翻覆。刑律定得重了，恐怕百姓黎庶啧有烦言；刑律定得轻了，又恐肖小不畏刑而生乱。义宁元年太上皇入长安，约法十二条，死罪唯杀人、劫道、背军、叛逆四者，余并废除。宽则宽矣，毕竟是权宜之计。武德七年在隋律之上增五十三条格，以为唐律。朕以为十二章过简而七年律过繁，仅绞刑一项其罪属多达五十条，论其罪断趾或役流均可惩戒，人命关天，死刑之设尤其谨慎。还有肉刑中挞背之刑，朕读过黄帝《明堂针灸》一书，人五脏之系，咸附于背，挞其背实伤在肺腑，似这等刑罚，也以去之为佳。总之刑律一节，总以删繁就简、除酷从宽为上！”

至此皇帝的心意已逐渐明了，新皇登基，想在民间博一个宽厚爱民的好名声，也是情理之中的事。何况自六月以来，宫闱血变，民间早已谣言四起，皇帝以更改刑律来收四海之心，虽说用心不纯，却也称得上是堂皇正大之举。

李世民缓了口气，道：“此事便议到此处。目下还有一件事情，朕思之良久，未得定见，诸卿不妨各抒己见。”

他顿了顿，道：“朕入主东宫已两个月，登基也有些日子了。原先朕为藩王，兼领尚书令职衔，如今即位为君，总不成自己给自己当宰相。说起来，这个位子谁来担当，却是个不小的事情。”

他话音方落，中书令房玄龄率先应道：“尚书令为朝廷首辅，其人总领百官措理朝政，权柄至重，恐非人臣所能轻议。”

李世民笑了笑，道：“没那么多忌讳，卿等畅所欲言便是，总要有一个孚众望的来坐这个位子才好！”

众臣相互看了看，却没有一个人说话。

这尚书令的职位，说起来虽只一个人的事情，然则实际上却远非表面上如此简单。此刻三省官员之中地位最尊崇者便是尚书左仆射萧瑀，他出身显贵、秉朝多年，素得武德贞观两代皇帝器重，大唐皇帝一登基便赐其条幅曰：“疾风知劲草，板荡识诚臣。”此刻环顾宇内，资历足以出任尚书令的也不过他和裴寂二人而已。裴寂已然加封司空退出政府，萧瑀便成了唯一人选。便是萧瑀自己，也自认此位非己莫属。只是萧瑀若出任尚书令，水涨船高，封德彝势必升任左仆射，空出来一个右仆射的位子自然也要人来填补。不过皇帝此刻当殿议起此事，按照惯例似乎不准备在在场诸人之中选拔，这一层却又让众臣着实拿不定主意。

沉寂半晌，接替崔善为大理寺卿职务的戴胄突然出言道：“陛下，臣有一言，请陛下雅察。”

李世民摆了摆手：“但讲不妨。”

戴胄道：“自武德元年以来，尚书令一职便由陛下任之，陛下由尚书令而储君而皇帝，此职现已非人臣可任。臣建议，以太子兼领尚书令为佳。”

李世民哂笑道：“承乾一个八岁的娃儿，怎能当此大任？”

封德彝发言道：“陛下，臣倒是赞同戴公所言。尚书令为百官之首，权力太大，又是陛下龙潜时担任过的职务，易启人臣觊觎大位之心。前朝杨素曾任此职，其子终反，前车之鉴，不可不察。”

李世民迟疑了一下，苦笑道：“那总不成便真个让一个八岁的娃娃坐这政事堂的首席？未免太儿戏了吧！”

魏徵干脆地应道：“太子任尚书令，却不能出席政事堂会议，有违国家制度，如此处置不宜。”

韦挺突然发言道：“陛下，此职既然陛下担过，臣属便应避讳。太子虽为储君，也不应例外。臣以为视丞相、大将军古例，虚置其衔可也。如此尚书令为殊职，例不轻授，尚书省以左仆射为长即可……”

“尚书令为殊职，例不轻授，尚书省以左仆射为长……”大唐皇帝默默重复着韦挺的话，忽然扭过头问萧瑀道，“萧卿以为如何？”

萧瑀愣了一下，急忙躬身答道：“臣无异议！”

和战之间

八月十四日，内廷传敕，皇帝召司天台太史令傅奕觐见。

这还是大唐皇帝继位以来头一次召见傅奕，因此李世民一见了他便指着他的鼻子道：“你这个莽撞书生，一道奏表，险些要了朕的脑袋！”

傅奕神色傲岸，不慌不忙答道：“天象有变，臣职在天文，据实上奏，是为职守。至于其他，非臣所虑也！”

李世民哈哈大笑，戏谑道：“当其时也，朕与建成势不两立，满朝文武噤若寒蝉，唯恐事情沾身。只有你这个太史令，公然上奏不避嫌疑，不惧太上皇雷霆之怒。就冲这一条，先皇拔你为太史令便没有错！”

傅奕坦坦然然道：“陛下谬赞，臣愧不敢当。天象者本《尚书》一家之言，其中或可窥天意，然则事情却尚需人力以为。臣身为太史，只管透释天象，朝廷党争，既非臣所闻，亦非臣所虑！”

李世民点了点头：“说得不错！朕今日召你来，实是要问你一件事情！却与朝廷目下局势有关。”

傅奕一躬身：“陛下请讲！”

李世民沉吟片刻，道：“如今朝廷即刻便要与突厥开战，胜负之数，天文星象巫卜可参详否？”

傅奕笑了笑：“陛下，天地乾坤，万物生灵，皆有其理，否则世人谁信？然则军国大事，却是人事，人事者需尽人力。陛下今以兵事问天象，似乎颇有点汉文帝的味道了！”

李世民哑然失笑：“不问苍生而问鬼神，汉文帝煌煌文治，却被太史公这一笔抹得一塌糊涂。他哪里是不想问，分明是投鼠忌器不好问嘛！”他摆了摆手，“你不明白朕的意思，朕不是要你解说天象吉凶，朕要问你的，就是人事！”

傅奕一怔，抬起头大睁着两只眼睛死死盯着皇帝脱口问道：“人事贤愚，当问宰相，陛下何以问计于司天台？”

李世民叹了口气：“目前京城人心惶惶，好多大臣家中此刻都在装车备马打点行囊，这些日子城防戒严，五品以上的逃亡文官拿住了六个，都下在大理寺了。朕知道，他们这是被突厥人吓的，他们不相信朕能打退颉利，也不相信朕能守住长安。也难怪，就京城这点兵力而言，在突厥大军面前能够支撑十天就是上限了。朕甫登基，对这些文武不能用强硬手段，可是若听由他们这般逃亡遁走，上行下效，百姓们见这些达官显贵都纷纷逃命，还能在城里待得安稳么？恐怕颉利还没来，长安城便已经乱成一锅粥了。”

傅奕恍然大悟：“陛下是想用天文星象巫卜占术，来安定京师民众保证长安秩序？”

李世民点了点头：“儒者不信鬼神，然而只要是人，谁能不畏惧天命。天象异变，傅卿表章一上，就连太上皇也不能以等闲视之。皇帝尚且如此，何况芸芸众生？”

傅奕沉思良久，抬头道：“恕臣直言，欲取信于民而行诈道，恐非人君之所为。天象本来便是虚的，历朝历代太史之职，不过依尚书或竹书等古籍诠释一二而已。说起来臣妄托天象、谬言大事也无大不可，然则此事终非正道，臣愚昧，不敢奉敕！”

年轻的皇帝并不以为意，微笑着问道：“既然朕的主意不是正道，那你倒是说一个算得上是正道的主意来听听。”

傅奕紧闭双唇，抬头直视皇帝的双目良久，缓缓道：“臣既非宰相，也不是率臣，政务军务，没有臣置喙的余地。身为朝廷官吏，临阵脱逃是大罪，故而魏武帝杀杨修，不为无理。如今朝廷上下面临突厥大军入寇的危殆局面，这等事本是寻常事。陛下当年居藩之时，刘宋之乱面驳太上皇弃河东守关中之议，武牢之战期间亦曾力排众议罢退兵之论。当时陛下为秦王，尚且能于乱流中稳如砥柱，如今陛下已经身为天下至尊，反而不能破此迷局？请陛下恕罪，若说陛下计穷术尽，微臣绝不相信！”

李世民盯着傅奕的一双眼睛，审视了良久，缓缓问道：“朕问你，若是朕不惩罚你，你逃不逃？”

傅奕坦然道：“人情谁不惧死，突厥残暴不仁，臣又岂能不惧？”

“那你为何不逃？”李世民微微叹息着问道。

“陛下还在城中，臣为何要逃？”傅奕神态自若地反问道。

李世民的双目逐渐亮起，傅奕的意思，他已经明白了。

然而转眼之间他的脸上又浮现出几丝疑色，两只眼睛炯然生辉地盯视着傅奕问道：“你这个太史令既然以为天象是虚，六月初三那一道奏表，却究竟是实是虚？”

傅奕皱着眉头反问道：“太白经天，形于日侧现于秦分，除了天策上将军，还有谁能应对如今这内忧外患危机四伏举朝大乱的局面？太上皇么，还是先太子？”

这个马屁拍得着实有些水准，李世民哈哈大笑起来，一面笑着一面摇头：“谁说傅卿愚直，明明是聪慧得近乎圣人了！”

八月十五中秋日，右武候大将军尉迟恭赶回了长安，甲胄不解便飞马赶往东宫显德殿，立刻受到了皇帝的接见。

“知道朕为何召你回来么？”李世民微笑着问道。

尉迟恭咧着大嘴笑了笑，道：“要打大仗了！”

李世民看着这位勇冠三军的将军，神情淡然地摇了摇头，转身看着挂在大殿东侧的山川河流图问道：“你那边接到了什么军报没有？”

尉迟恭舔着嘴唇答道：“没有，臣一路派出十六批斥候，只是时日太短，都还未回来。灵州李靖还不知臣已经到了武功，是以未曾知会微臣。不过北方逃难的老百姓此刻确已经不少了，大体上看，敌军主力当在原州和泾州之间。”

李世民点了点头：“这条路本来便是捷径，李艺一反，立时门户洞开。颉利南来，这个便宜不捡便是傻子了！”

他顿了顿，道：“前日显德殿军务会议，众将纷纷请命，欲集勤王之师在京郊大干一场。朕思忖再三，否却了这个方略。”

尉迟恭愣了一下，诧异道：“却是为何？”

李世民笑了笑：“人家是二十万骑兵，我们却是总兵力只有勉强二十万人，其中骑兵不到七万，且战力装具参差不齐，编制相差悬殊，又素来互不同属。若是万人以下的战阵，临时整编还来得及；几十万人的大仗，这么打不成。”

他疲惫地揉了揉眼睛，苦笑道：“你是打了多少年仗的人，突厥为了此次大举南侵足足准备了一年时间，朝廷这一年光景却都花在了内耗上。其实此战不用打，大唐已然败了。”

李世民长长叹了一口气，道：“其实最重要的，是朝廷目下既没有钱也没有粮草储备。中原养马不易，要打败突厥，马政是一件大事。如今这七万骑兵乃是朝廷的老本，老本若是蚀光了，就什么都谈不上了！漠北草原，我们谁都没有去过，那里是一番何样光景，谁也说不上来。此番便是胜了也是惨胜，万难指望全歼敌寇。颉利逃回去，不用一年光景就能恢复元气再度南下，我们的骑兵若是耗光了，数年之内我们再难组织起成建制的骑军。马政可不是一两年内便能立竿见影的事情，即便有马，仓促招募的新兵也是乌合之众，和这些久经战阵的老兵相去甚远。何况敌军若败，十余万溃军北窜，长安以北的千里之地立时便是人间地狱，遭此一劫，几个州郡恐怕没有个三五年时间恢复不过来。所以这一仗无论胜负，往下的几年里朝廷只会愈打愈弱愈打愈穷。所以此番朕与几位枢臣商议，此番以能不大动刀兵便退兵为上！”

尉迟恭苦笑道：“那便是要和了？”

李世民默然不语。

尉迟恭强打精神说道：“如何和呢？再嫁去一个公主？”

李世民冷笑了一声，道：“和也有不同的和法，前隋的和亲之策，朕所不取。男人的事情让女人去担当，天下没有这么个道理。朕此番不但要和，要让颉利怎么来的怎么退出去，还要让他乖乖地缴纳赎金……”

“赎金？”尉迟恭诧异道。

李世民点了点头：“不错，正是赎金！你跟随刘武周多年，自然知晓突厥的风俗习惯，战败求和的一方须得缴纳赎金把自己赎回去。客人远来，朕此番便用大草原上的规矩招待大草原上来的客！”

尉迟恭结结巴巴地问道：“这……战败求和……”

皇帝笑着摆了摆手道："你是想说，求和的是朝廷，颉利怎肯付赎金，是么？"

他意味深长地看了尉迟恭一眼："朕就是要让颉利主动求和，就是要让突厥交付赎金。我们打不起这一仗，颉利同样打不起这一仗。老贼如今气焰熏天不可一世，朕便是要让他知道知道，他此番远涉长安，是自蹈死地之举！也正因为此，朕才星夜召你前来！"

尉迟恭目光炯炯，他已经隐隐约约明白了皇帝的用意。

李世民目光炯然生辉，一字一顿地道："和议靠求是求不来的，能战而后能和，所以我们不但要打，而且还要打痛颉利，让他痛入骨髓。要达到这个目的，我们出动的兵力不能多，却还要打胜，胜得干净利索，面对来势汹汹的突厥铁骑，也只有你这个名冠宇内的疯子才能做到……"

武德九年八月十五中秋日，尚书省刑部、大理寺、御史台联名上奏，奏请复审楚王杜伏威谋逆一案，皇帝当即诏准。三日后，经三省三堂共议，朝廷发布明敕，为杜伏威平反昭雪，复其郡王爵位，伏威无子，其弟伏德减等袭楚国公爵。当日，赵王李孝恭上表请罪，皇帝以孝恭功高，善加抚慰曰："卿功在国家，杜案中为宵小蒙蔽，不足论过！"翌日，上敕杜伏威配享太庙，于丹阳建祠以续香烟。

将计就计

武德九年八月廿三日，突厥大军前锋终于出现在长安近郊。一日之间，附近县镇乡集纷纷传来火急探报，大队突厥骑兵在畿辅之内往来冲突烧杀抢掠，长安西北两个方向顿时升起了数十股杀气腾腾的狼烟。当日晚间，来袭突厥大队已在渭水之畔下寨。仅仅一个时辰之后，一名号称突厥牙庭使者的男子带着两个随从，在城防军武士的严密护送下，穿过已经戒严的长安街市进入了东宫。大唐皇帝李世民当即召集内廷三省重臣在显德殿接见突厥使臣。

那名叫执失思力的使臣一进大殿便热情地张开了双臂，颤动着络腮胡子高叫道："英武的秦王殿下，颉利和突利两位伟大的可汗得知你做了大皇帝，特地带了一百万突厥勇士来看你，向你表达大漠草原上兄弟最诚挚的祝贺。多么快呀，短短几年的时间过去，我们的小秦王已经成为皇帝了……"

执失思力的声音忽地哑了下来，因为他发现自己的热情在这个地方这个场合似乎分外地不和谐。年轻的皇帝稳然端坐在御座之上，两只眼睛冷冷地看着他，一种淡淡的威压气息从他的身上散发出来，让执失思力骤然间产生了一种喘不上气来的感觉。

"我当是哪个浑蛋，原来是你这狼崽子！"皇帝一张嘴便是骂人的粗话，这让执失思力吃了一惊，也让大殿里的臣子们面面相觑。

李世民笑了笑："执失思力，虽说是老熟人了，大唐的礼仪却是不可废的，你给朕跪下说话！"

执失思力还没反应过来，两个殿中武士立即跑了过来，两个人一拉他的手肘一按他的肩头，立刻将执失思力压得半跪了下来。

执失思力大怒："小秦王，这就是你待客人的礼节吗？"

李世民神色淡然地道："大唐待客以礼，待畜生也自有畜生之道。朕现在已经不再是当年的秦王，朕是大唐的皇帝，是一国之君了，岂能容你在这里小秦王小秦王地胡乱叫嚷？突利贵为可汗，与你家主人并肩称王平起平坐，见了朕也要尊称一声兄长。反倒是你，竟敢在朕面前胡乱随意，朕若是容了你，偌大天下亿万臣民将如何看朕？"

"殿内省！"皇帝忽地提高了声音喝道。

轮值的殿内少监王阎大步进殿，躬身道："微臣在！"

李世民却不理会他，将目光转到执失思力脸上凝视了片刻，叹了口气道："当年朕和你家主人及突利可汗相约为盟，表誓世代和睦，你当时也在场，也听到了我们的誓词。大草原上狼的子孙最重誓言，背誓者死，这原本便没什么可说的。当年义兵初起，你父子皆在朕军中，遗赐玉帛多至不可计，朕并不曾薄待你们，如今你这辜恩背义的奴才引兵入我畿辅、掠我城镇、伤我子民，居然还有脸在朕面前自夸强盛。朕今天便杀了你应誓，也算替你的主子清理门户了！"

说罢他一挥手："将这畜生拉到朱雀门外斩首，首级悬于西门之外，旁边放一幅白绢，上面只书四个字：背誓者死！”

王阘及两名殿中武士闻言一声应诺，架起执失思力便向外拖。

执失思力此来自以为与李世民交情匪浅，是以一上来便以旧称相呼，却不料当年在军中豪气干云不拘小节的秦王如今却变了脾气，一言不合便要将自己杀却。他此刻吓得心胆俱裂，口中连呼饶命，双手乱晃双脚乱踢，一时间丑态毕露，哪里还有一国使臣的威严体面？

这时萧瑀躬身开言道：“陛下，化外之人素来不服王化不晓礼仪，其人无礼，交鸿胪寺申斥一番也就是了，不宜轻杀！”

封德彝道：“正是，两国交兵，不斩来使。请陛下开恩，对这等粗鄙之人，训斥一顿遣他回去也就是了！”

大唐皇帝眨了眨眼睛，突然笑道：“说得也是，现在杀了此人，背盟的却是他的主子，谅他也不服！也罢，将他暂时拘押在宫里，待朕擒了颉利和突利，一并处置不迟！”

王阘迟疑了一下，转过身来道：“臣请敕，将他押在哪里，是掖庭还是北衙？”

李世民冷笑了一声：“人家怎么说也是个使臣，就押在政事堂吧！”

待王阘退出去，萧瑀进言道：“陛下，此时突厥大军压境，似乎暂不触怒对方为妙！”

李世民笑了笑：“先不说这个，依众卿之见，此人来者何意？”

“刺探虚实！”兵部尚书杜如晦不假思索地答道。

皇帝点了点头：“是刺探虚实。不过朕在想，京城里这点子兵力，即便不刺探，颉利也能猜出个八九不离十。目下突厥二十余万大军深入我腹地，没有后勤没有供给，对他们而言最要紧的便是时间。不管长安城里有多少兵马，颉利和突利都必须速战速决，除此之外，他们别无选择。站在颉利一边来想，此刻最要紧的便是拿下武功和潼关，切断长安东北两个方向与外地勤王之师的联系，对长安城而言，晚一个时辰攻城颉利便少了一分机会。这一点连朕都明白，颉利万万不会想不明白。突厥人常年游牧于漠北草原，攻杀战阵向无成法，先礼后兵这一套是中原的规矩，如无必要，颉利万万不会多此一举！”

房玄龄皱着眉头道：“这会不会是梁师都的主意？”

李世民摇了摇头："梁师都即便此刻就在颉利军中，说话也没什么分量，颉利不会信用他。朕觉得这个执失思力来得有点蹊跷，十之八九，这是颉利的缓兵之计！"

见几个大臣都目不转睛地看着自己，李世民自失地一笑："朕这也是猜想，目下抵渭水边扎营的突厥大军，极可能是突利或者其他几个部族首领的人马，颉利的主力以及颉利本人现在还在路上，最早也要明日或者后日才能抵达长安城外。此刻东牙庭尚在途中，突利的西牙庭又指挥不动其他部族的首领，故此颉利担心朕连夜出兵袭扰立足未稳的联军。这个执失思力进城来实际上是来安朕的心，让朕以为是战是和还在两可之间，如此可拖延一到二日。待得合兵，颉利便会立即攻城，一举拿下长安，挟天子以令诸侯。"

他顿了顿，又道："还有一种可能，此次南来，联军内部并非铁板一块，颉利煽动各部组成联军，最重要的原因便是我朝廷内部争斗不休，根本无力御外。对此突利及各部落首领目下尚且心存疑惑，就是颉利自己也拿不太准，而率先抵达长安城郊的却又恰恰是别部人马，颉利担心朕会在这里面做什么文章，所以便遣这个执失思力进城，一为的是安朕的心，二也为的是单方面掌握长安城内的讯息。进城的是他的人，那么出城之后，城内的情形自是他怎么说怎么是！"

说到这里，皇帝低下头思忖片刻，又道："你们再想一想这个执失思力。我是熟知此人秉性的，狂妄自大狡猾奸诈，但说起人品骨气，却绝非战地使臣的上上之选。颉利绝非不善任之人，他遣此人前来，究竟是打的什么算盘？"

封德彝恍然大悟："所以陛下才要将此人擒于阙下，不让其返营！"

李世民看了他一眼，笑道："朕本来想杀了他了事，后来一转念，倒是不妨借这个虚伪奸诈之徒将计就计，让颉利摸不清朝廷的虚实。"

他转过头看了看左武候大将军侯君集，道："这件事情，要君集亲自去办才好……"

血战泾阳

蜿蜒宽阔的驿道上尘土飞扬。即使在田垄县乡遍布的中原腹地，突厥骑兵大队也依旧不改大草原上的做派，不分队列不沿道路，上万匹马撒成无数个散兵群遍野铺开，田地里种得好好的庄稼在大军马蹄下被碾踏得一塌糊涂。

阿史德乌没啜一面纵马飞奔一面高呼："勇士们，前面五十里便是武功，大唐的小皇帝就出生在那里！我们到那里去喝酒放牧……"

在一片毫不节制的狂笑呼哨声中，大军飞速向前，如同一群气势汹汹的蝗虫。

大地的震颤突然加剧，一片震耳欲聋的喊杀声自东面传来……

一标以皮革为甲的轻骑兵从泾阳方向杀了过来，阿史德乌没啜只打了一下眼便判断出这支骑兵绝不少于五千人。

他狞笑一声，唐军羸弱，突厥骑兵剽悍，这已是天下皆知的不争事实。如今竟然有人以数千唐军袭击上万突厥铁骑，领军者若不是蠢蛋，便是十足的疯子。

他毫不在意地下令道："大军继续前行，中军儿郎随我迎击敌军，让这些南方蛮子见识一下突厥勇士的刀锋！"

来袭唐军无论从马匹还是装具上都和突厥大军差得太远了。以防护力而言，突厥大军的铁甲可以承受敌军长矛类重兵器的近距离打击而不变形，而唐军的皮甲，却连箭镞都能轻易穿过。阿史德乌没啜估计，以五百人伤亡为代价全歼这股来袭的唐军，已经是损失上限了。

他没有注意到，这支唐军的武备虽简单，但冲击的速度却稍显快了一点，甚至比以速度见长的突厥骑兵都还要快上那么一线。

南方的马虽然不比草原上出产的塞外良驹，但是若是在负重上少上二三十斤，照样能够轻松跑赢。

冲在唐军阵线最头里的一个人，稍微显得有些滑稽。此人不仅没穿任何甲胄，上身干脆没穿任何衣物，他赤膊背着雕弓，手中挥舞着长槊，只顾纵马飞奔，仿佛练就了刀枪不入的护体神功！

阿史德乌没啜皱起了眉头，以这样的速度，在自己的中军集结列阵之前，这股唐军便要冲到面前了。他冷笑了一声，伸手摘下牛角弓，眼也不眨，刷刷刷便是连环三箭，向那冲在前面的赤膊大汉射去。

让人瞠目结舌的事情发生了，那大汉也不躲避，身体只是随意地在马鞍子上晃了几晃，三支箭镞便全部落空。那大汉一人一马，避箭时奔驰速度竟连一丝一毫也未曾缓得。

阿史德乌没啜手心里顿时出了一层冷汗，自己已然是可汗军中数一数二的骑射高手，连珠三箭竟无一中的，对面唐将的勇悍从中可见一斑。

他再也不敢托大，一声长叫，传令兵呜呜噜噜吹响了牛角，号令全军战备。

太迟了！

“儿郎们，一颗突厥人头一两黄金，陛下在长安准备了万两黄金等着我们去拿！杀——！”那领头大汉一双怒目直勾勾盯视着阿史德乌没啜，灼灼的目光中透出一片血红。阿史德乌没啜一阵慌张，他本能地感觉到，那不是一个人类的眼睛，起码不是一个正常人类所应该有的眼睛！

草原上的狼虽然凶狠，却也没有这样一双眼睛。

那大汉不似人类，倒似从地狱中升起的恶魔，嗜血食人的恶魔……

阿史德乌没啜最初的判断并不算错，他所面对的虽说不是一个蠢蛋，却确实是一个十足的疯子……

几十名突厥骑兵终于列开了战阵，一排箭镞齐刷刷射了出去。

突厥骑兵的箭技着实了得，这几十支箭，竟然无一落空。

奔驰中的唐军骑兵纷纷中箭，倒撞下马来，尸身转眼之间便在后面骑兵飞扬的铁蹄下化作了肉泥……

喊杀声依旧！

阿史德乌没啜倒吸了一口凉气，他已经意识到自己犯了一个多么可怕的错误，然而这个错误，他已经没有机会纠正了。

尉迟恭手中的铁槊只不过在身周随随便便转了个圈子，五六个拔刀向他杀来的突厥骑兵便坠下马去，其中一个没有死，腰椎却已经被扫断，发出了一阵令人心悸的惨叫声。

下一刻，挂着风雷之势的长槊毫不迟缓地向着那头戴银盔的突厥将军扫去。

阿史德乌没啜身体后仰，避过长槊，手中弯刀画一个弧形，闪电般向那赤膊大汉劈下。

一阵金铁交鸣声响起，阿史德乌没啜一声长叫，惊恐的目光不能置信地死死盯着手中那已然只剩半截的弯刀，浑未注意到胸前那一大片被生生割裂的铁甲和正在不断渗出的血渍。

尉迟恭冷然一笑，随手挥槊将仅剩半条命的阿史德乌没啜自马上扫得飞了出来，这才将泰阿宝剑还回鞘中。

堂堂万夫特勤，竟非这赤膊恶魔一合之将！

周围的时间仿佛静止了一般，无论敌我，都被尉迟恭百万军中斩上将首级的悍勇惊得呆了。

尉迟恭狞笑了一声，狂呼道："儿郎们，我们不留俘虏——！"

唐军一片沉寂，随后，是一片震撼天地的欢呼……

为了等候这支突厥骑兵大队，尉迟恭率部已然在此地整整埋伏了六个时辰。他追随刘武周多年，熟知突厥人的行军规律和盔甲服饰，也只有他，方能在这万人的骑兵大队中凭借银盔和四色羽饰辨认出突厥大军的万夫统军，一击而杀之。

甫一接战，主将即被斩杀，这一战自此再无悬念。

尉迟恭统帅的五千唐军，就像一柄重重的大铁锤，狠狠砸在了突厥大军的腰上，整支队伍立时自此中分断裂。各级将官此时尚且不知主将被杀，兀自整顿队列准备迎战。

一击得手，尉迟恭却不再硬拼，他率领五千轻骑自东向西突进，转眼间已将失却统一指挥的突厥骑兵大队拦腰斩为两截。

此刻，唐军轻骑兵的速度优势充分显现出来。在尉迟恭率领下，这支唐军忽东忽西忽左忽右往来冲杀，行踪飘忽不定，不过短短一个时辰，战死的三色羽饰统军已有四名。

自冉闵以来，北方民族还是头一次遇到比自己还要凶悍勇猛的军队。

随着暮色愈来愈浓重，战场上的气氛也愈来愈诡异了，身边的战士不断地倒下，标志着主将位置的旗帜却始终不见踪影，发布号令的号角声也不再响起。随着战斗的继续，每一个突厥战士的心中都开始萌发出恐惧的影子。

那赤膊的恶魔，却仍然在平整广阔的战场上往来纵横。他的身周，飞扬着一层浓厚的红色雾气。

即使最勇敢的战士，也不愿意面对这个恐怖的魔鬼。

他似乎不知道痛楚，刀枪箭镞划过他的身体，带出一道道伤痕，却丝毫不能迟缓他的行动。他似乎不知道疲倦，冲杀近半日，他的力量依旧，速度依旧，凶悍依旧。

突厥士兵的个人战力再强悍，也不是这赤膊魔鬼的对手，没有人在他的手下能够走过一个照面。

夜幕降临之际，咚咚的战鼓声猛然间自战场南侧响起，在战马嘶鸣和战士的呼喊声中，这鼓声显得如此雄壮，如此震撼人心……

无数披盔带甲手持长矛的唐军重骑兵自南面缓缓向战场压来，此刻已经没有人再去留心这支队伍的人数了……

失败，已然不可避免。

武德九年八月廿三日，右武候大将军尉迟恭率五千轻骑三千重骑与一万突厥骑兵战于泾阳以南，激战半日，大败敌军。此战唐军歼敌五千，斩首一千八百级，俘获特勤统军阿史德乌没啜。这位四羽特勤虽说活了下来，但折一臂，右半身骨骼多处碎裂，内脏受伤，终生不能再跨战马。此战尉迟恭以八千兵硬撼一万敌军，也让突厥牙庭对唐军的战力有了全新认识，自此直至四年后突厥覆灭、颉利就擒，突厥骑兵和唐军始终未再进行过正面交锋。

疑兵之计

执失思力于突厥和唐廷之间多有往来，太极宫也进过多次，却从未来过政事堂。李世民做了皇帝之后脾气暴涨，见了面竟然连话都没容他这个老朋友说上几句便喊打喊杀，总算几个大臣识大体劝住了，却又足足派遣了整整一个宫廷卫队来看押自己。他原本以为自己被拘押的地方是皇宫内的监狱，但是极快，他便发现不是那么回事。

首先是高士廉不多时便从外间走了进来，一见他被软禁在正堂便大发雷霆，脸色铁青地训斥众卫士：“怎么这么不会办事情？这里是大人们议事的场所，岂是拘押犯人的所在？”

那领头的卫士统领期期艾艾地解释：“阁老容禀，把他押来这里是陛下的圣敕，小人不敢擅专！”

高士廉气得兜头给了他一个嘴巴：“皇帝让你把他押来门下省，又没说要你把他押在这政事正堂！内朝散了，我等还要在这里会议，萧相封相一会便要过来，晚间各地勤王的将军们还要过来画卯签到。多少事情，你耽搁得起么？还不快快把他押到内堂去！”

如此执失思力便从正堂被移到了内堂，他离开正堂之际，影影绰绰看见萧瑀、封德彝和房玄龄三个人走了进来。他对大唐还算熟悉，虽说对于礼制仅仅一知半解，却也知道萧封二人是帝国的宰相，房玄龄是李世民最信任的近臣。他这才明白，自己被关押的这个地方，竟然是大唐朝廷中枢，宰相们会议之所。

政事堂贵为政府中枢，殿宇却是皇城内最为狭小破旧的，内堂和正堂之间不过隔了一扇屏风，那边的话语声不断地绕过屏风飘入他的耳中。

听声音，似乎封德彝和另外一个人在争执什么，那人的声音执失思力极熟悉，却偏偏一时之间蒙住了想不起来是谁。

有一阵子，似乎两个人都动了情绪，声音不自觉地大了起来，封德彝拍着桌子叫道：“绝对不成，一举动用国帑近岁入的三分之一，别说我没这个权力，便是有，这等败家子的事情我也不能做！如今天下方安定不久，百姓生计尚且不能糊口，如此巨大的数目足以赈济十二个郡的灾荒，我要对陛下负责！”

那人也高声道：“封相公要对陛下负责，难道如晦便不是对陛下负责了么？如今各地勤王之师近五十万大军云集京兆，人吃马嚼哪里不要用钱？仅并州军一路，一日所费粟米便高达二十万斤，草料多达八万石。民生经济固然要紧，眼前的军事又岂能轻忽？这么大的战场，如此凶悍的敌人，朝廷若不倾尽全力，怎能一举灭此朝食？”

封德彝道：“主上是要灭此朝食，却也没说便不要天下的老百姓过日子了。各地勤王军马虽多，又岂有自己不带粮秣供给的？你这个担子也未免过分……”

执失思力一下子想了起来，此人是原先秦王天策上将府内统管兵马提调节度的司马杜如晦。他心中一片冰凉，此次突厥大军南来，已然动员了各部族内的所有壮年男子，却也不过区区二十余万人，大唐为了打胜这一仗，竟然从全国各地调来了五十万军队。唐军的战斗力他是知道的，虽说中原农耕民族天生不比马背上的民族，但李世民麾下的军队战力依然极为可怖，洛阳之战他就在中军，亲眼得睹李世民以区区数万唐军在一个月内横扫大河南北，大破窦建德二十万大军并迫降王世充。抛开这些因素，大唐不用在全国范围内进行大规模的动员，仅靠调动常备兵力便能够集结起五十万大军的庞大兵力，这等动员能力何等可怕？他第一次意识到，与中原王朝的战争，绝不仅仅是兵力、兵器、战略、战术的较量，更主要的是国力的较量。作为北方民族，突厥人对于数百年前汉武帝以五十万大军作为策应，保证补给线的畅通，支撑十几万汉家骑兵精锐深入大漠击破匈奴王廷的历史并不陌生。

此刻外面的宰相和官员们似乎意识到了他还在内堂，声音又低了下去，虽说还能听见声音，但说的什么内容却是再也听不清了。

又议了一阵，外间屋子的声音渐渐少了下来，显然是会议完毕，各自散去了。

执失思力正要从看押自己的卫士处套点话出来，却听得外间正堂里突然间传来了一个粗犷豪放的声音：“高阁老，末将代屈突老将军报到来了！”

执失思力的耳朵此刻已变得颇为敏感，一听便听出这是在李世民所训练编制的玄甲精骑中任职的勇将秦琼。

高士廉似乎问了句什么，秦琼答道：“将国公日下正在和任城王的城防军接洽入城，遣末将前来报到画卯！”

又说了几句什么，外面又响起了程知节的声音。听话语，他现下却是在并州都督李勣[1]军中任行军长史。

随后又有十几员将军络绎而来，有些执失思力不认识，有些声音听起来耳熟，有些一听声音他就能记起名字，这些来的将军大多是李世民帐下旧将，如今不是在外军任职统领一方便是代替军团主帅前来应到。执失思力愈听愈是心惊，他万万没有想到，李世民登基不过十几日光景，竟然已将全国的军权牢牢抓在了手中。如此看来发兵之前各部族首领会议上梁师都所言大唐刚刚发生宫

1　李世勣在李世民登基后，为避其名讳，改名为李勣。——编者注

廷惨变，人心不稳、上下不安，李世民刚刚得位根基不稳等等诸事皆不确。

他越听越是后怕，越想越是气馁。

然而他却不知道，大唐礼制，外地将军进京报到述职皆在尚书省或者十六卫府，从来没有在门下省画卯应到的规矩。

黑夜渐渐在沉寂中过去，天快亮了。

一缕曙光自东方的苍茫中透了出来，将远处的山脉和关隘映成一片亮色。昨夜一场大雨，洗去了长安城中的丝丝暑气，也剥去了最后一分夏意。风雨过后，遍地黄花。天色渐渐明朗起来，一阵铜锣声在朱雀大街上响了起来，告诉人们上街的时辰到了。长安城戒严已有十余日，百姓们只有在每天清晨至中午这段时光才能上街走动采买食物及日用之物。然而这一天，从家中走出来的人们见到的除了禁街武士明晃晃的刀枪外，还有一队放慢了丝缰缓缓而行的人。

纵马走在队列最头里的那个人，头戴一顶玄色软翅纱巾，身上披着一件赭黄色的龙纹袍褂，两道英挺的眉毛斜入鬓中，眉毛下面一对炯然生辉的眼睛不怒自威，挺直的鼻梁，高高的颧骨，两撇八字的胡须微微上翘，嘴角上带着淡淡的笑容。

“秦王——”

“是秦王——”

“老天爷啊，真的是秦王哩……”

虽说服饰变了，长安城里又有谁不认得这位昔日英武神朗纵横天下的秦王？

虽说李世民已然登基即位身为大唐朝廷的九五至尊，老百姓对这个坐在深宫中的新皇帝却委实没什么概念。他们脑海中的李世民，依旧是那个象征着胜利和骄傲的秦王殿下。

朱雀大街顷刻之间沸腾起来，转眼之间，整条大街便被成千上万得到消息从四面八方涌来的民众拥堵得水泄不通。周围负责警跸的禁军武士早得到了命令，却也并不拦阻，一双双紧张警惕的眼睛死死盯视着人群。

李世民勒住了丝缰，缓缓抬手，马队停了下来。

一双双带着期盼和希望的眼睛热切地望着端坐马上的大唐皇帝，大街上的气氛在这一刻仿佛凝固住了。没有人说话，也没有人下达命令，大家不约而同地在皇帝马前跪了下来，只有一个十余岁的小姑娘傻呆呆立在皇帝马前。

李世民温和凝定的目光缓缓扫视着众百姓，一语不发。

“你要走了吗？”

在一片沉寂的压抑气氛中，小姑娘怯生生问道。声音里透着一丝微微的颤抖，一缕淡淡的失望。

李世民俯下身，伸手拧了拧小姑娘的脸蛋，微笑着道：“走去哪里？你们离开了长安，还可以到其他的地方去安身立命。离开了京城，我到哪里去？又去做谁家的秦王？”

他抬起头，脸上带着按捺不住的笑意缓缓说道：“我知道，有些人走了，他们不相信朝廷，不相信我。我不气恼，他们不相信我，我也不稀罕这些懦夫的信任，只要你们这些留下来的人相信我就好！长安是大唐的京城，你们是大唐的子民，大唐的子民没有离开大唐的京城，大唐的皇帝自然也不会离开……”

他缓了缓，又是一笑：“你们都知道我是秦王，你们知道秦国在什么地方吗？”

胯下的战马恰与此时前蹄扬起，仰天长嘶，后足立在地上转了一个圈子，又复缓缓立定。马鞍子上的大唐天子带着一脸的宠溺神情抚摸了一下马颈，抬起头高声道：“秦就是长安，长安就是秦王的封地！回去告诉你们的家人和邻居，只要秦王还活着，他就不会离开他的封地！”

身后的几个大臣心中暗自发笑，那些小民百姓自然不会知道，战国时秦国的都城虽然离长安极近，但大唐秦王的封地，却并不在长安，而是在长安以西的秦州。

李世民在马上坐直了身躯，一声轻叱，乌鬃马儿迈开步子缓缓前行。所到之处，人群如波浪般让出一条路来。

尚书左仆射萧瑀感佩地道：“陛下这安定人心的法子当真简单，臣等便想不到。”

李世民回头看了六名臣子一眼，忽然微微一笑，仰起头看着天空，以纵意豪放的调子朗声说道：“上苍既以天下托付于我，我必不负上苍，不负天下！”

渭水之神

渭水便桥位于西门外十二里处，为水陆往来要地，此刻，大唐皇帝李世民率房玄龄、杜如晦、秦琼、程知节、段志玄等五人正立于桥上。偌大一条渭水之上，这六人六骑显得分外单薄。在他们对面，渭水之西，却是黑压压一眼望不到边的突厥骑兵。

突利可汗面色惊疑不定，他怎么也没想到，李世民以帝王之尊竟敢如此托大。他迟疑半晌，方尴尬地用突厥语道："此地兵凶战危，还请陛下回去吧！"

李世民面沉似水，冷冷道："什钵苾，骂人的话，去年我便已经和你说过一次，兄弟之间，难听的言语我不想再说第二遍。我只想问你，你此番前来，究竟是来祝贺我登上皇位的呢，还是来找我厮杀放马的？"

他用的却也是突厥语。

突利可汗是突厥阿史那皇族，名字叫作什钵苾。

年轻的突利可汗面露难色，迟疑半晌方道："陛下，此次不是什钵苾背义，我们五大部落首领合议会猎……"

"咄吉老匹夫的事姑且不论，执失思力已经被我拿在禁中。等他前来，我自然和他有账要算，目下我只问你们！"李世民毫不客气地打断他的话道。

突利大窘，一时之间不知该如何作答。

李世民冷冷哼了一声，冷电似的目光转向一边，道："社尔，我的兄弟不理会我，你呢？你和你的儿郎来到长安，是来找我喝酒还是来和我打仗？"

被大唐皇帝劈头点名，处罗可汗的独生子，突厥汗国的"拓设"阿史那社尔浑身一颤，随即垂下头去，用腔调怪异的汉语喃喃低语道："陛下还是回去吧，两军阵前，不是陛下该来的地方……"

李世民冷笑着道："好……好……草原上的好汉们既然看不起我李世民，我若就这么缩回长安城里去，岂不是更要为天下豪杰所笑？何力，你说是不是？"

这一次，他问话的对象却是一个如小狼崽般的少年，这少年看上去不过五六岁的年纪，满头的头发结成辫穗还短得很，然则却带着一脸与年龄不相仿的勇气与无畏。他跟在铁勒族“特勤”契苾葛的侧后，黝黑的脸膛在阳光的照耀下闪烁着一层淡金色的光晕。

这唤作契苾何力的小铁勒却不似突利和阿史那社尔般迟疑，扬着脸道：“大可汗对我们说，大唐的秦王已经被他的父亲和兄弟囚禁起来，失去了自由，他带着我们来解救英勇的秦王！”

李世民带着满脸鄙夷的笑容扫视了一眼站立在阵前的突厥各部酋长和将领，将目光缓缓转回到这少年的脸上，柔声问道：“你见过秦王么？”

契苾何力涨红了小脸，高声道：“没见过，不过我知道，他是中原最了不起的英雄，是在草原上被传唱的好汉！”

李世民略有些不好意思地抚了一下自家的鼻子，说道：“谢谢你啦，今天你见到他了，真可惜，他不用你来救了……”

契苾何力张了张嘴，似乎还想继续说什么，他的父亲——受过前隋皇帝敕封的莫贺咄特勤契苾葛铁青着脸色断喝了一声，打断了他的发问。

李世民突然两腿发力，纵马前出至便桥北端，与身后的臣僚们拉开了约十余步的距离。程知节等人大惊，正欲跟上去，却见皇帝一扬右手，这是禁止他们上前的命令。秦琼等人心中虽然万分紧张，却也勒住了马缰，不敢贸然跟上。

突厥大军一阵骚动，许多突厥将士不由自主地将弓举起拉开，无数支锋锐闪着寒光的箭矢指向了那身无片甲的大唐天子，惹来各部首领一阵急促的命令呵斥。

李世民深吸了一口气，摘下了挂在鞍子上的雕弓，扯着喉咙用漠北草原通用的突厥语叫道：“我就是李世民，大唐的秦王，今天来到这里，特地来会一会来自大草原的好朋友！”

他顿了顿，冷然扫视着众酋长道：“你们，谁愿意接受我的挑战？”

突利可汗、阿史那社尔、契苾葛面色越发地难看，却是谁也不愿意接他的话头。

李世民双眼一紧，一声冷笑。敌对双方所有的人只觉眼前一花，只听“咻”的一声破空之音响起，突利、阿史那社尔、契苾葛、房玄龄、杜如晦等人心中同时暗叫“不好”！

数万突厥大军的军阵顿时一阵鼓噪，原先被呵斥放下弓箭的将士们手里的利器再次举了起来，瞄准了那在便桥前耀武扬威的身影。

突利等人左右环顾半晌，片刻之间便已确定无人中箭坠马。

久经战阵的突厥部落酋长特勤们心中同时暗叫糟糕，无人落马，一般便意味着……

突利与阿史那社尔同时回首——果然，万军丛中象征阿史那皇族的两杆狼头纛旗正在缓缓滑落。

一发两矢，两矢皆中，最诡异的是，竟然只发出了一声破空声响。

两军阵前一阵沉寂，气氛欲加紧张肃杀。

此刻偌大的地域内竟然没有一匹战马发出嘶鸣之声，只不安地将四蹄在原地蹬来踏去。

突利和阿史那社尔两位堂兄弟相视苦笑——射落象征家族地位的纛旗，这在突厥传统中是向整个族群挑战的意思。大唐的秦王，英武的秦王，果然没有你不敢做的事情啊。

突然间，一个稚嫩的声音打破了千军万马的沉寂："祆神庇佑，一箭双旗，你果然是传说中的秦王！"

这一遭连李世民都怔了一下，不禁暗自苦笑：传说中的？才一年没上战场，我就已经变成'传说中的秦王'了？

这次契苾何力没有理会自家父亲的怒喝，径直拍马走上前来，满脸兴奋神色地道："你的箭术，只应属于祆神。我在草原上便听说过你，你是勇士中的勇士。"

李世民不禁也被这铁勒少年诚挚的话语惹得笑了起来，他顺手摘下了箭斛，从马上递了过去，道："你既说我是勇士，大唐的勇士便将这副弓箭送与你了！"

在数万人傻呆呆的目光中，契苾何力翻身下马，快步跑过去，双手举过头顶，费力地接住了那对他显得过于沉重的弓和箭——箭斛里还有三十四支狼牙箭。

他抱着那做工精细的弓箭，就那么在众目睽睽之下单膝跪了下来，脆生生扯着嗓子喊道："谢秦王！"

李世民抬起头，目光又恢复了方才的冰冷严肃，语气庄重肃穆地道：“我已经成为大唐的皇帝了，你应该称呼我为陛下！”

契苾何力仰头盯着他的脸怔了半晌，这才醒悟过来，略带些拘谨和拗口地道：“谢陛下！”

谢陛下！

脆生生稚嫩得如同能捏出水来的三个字，却如同重锤一般一下下敲击在心思各异的草原部落首领将军们的心间……

李世民挥舞了一下手中的马鞭，傲然扫视着面前的千军万马道：“我便是李世民，曾经是大唐的秦王，如今已经是大唐的皇帝，中原的主人。大唐的百万大军和亿兆臣民均已效忠于我。你们看——”

说着，他回头向秦琼使了个眼色，秦琼二话不说，飞马驰过便桥上了高坡，随手摘下背在背后的号角吹了起来。随着呜噜噜的号角声，一队队黑盔黑甲的唐军从东边的密林深处现出了身形，密匝匝一眼望不到边际。大队唐军排着整齐的阵列向着便桥方向缓缓压了过来。

突利可汗和阿史那社尔等人脸色大变，他们身后的突厥大军纷纷转过方向东张西望，一阵嘈杂声响起，军心一片浮动！

李世民悠然自得地道：“我准备了好酒好肉，我也已经调集了千军万马，等着在这里迎接老朋友。我已经命令灵州的李靖截断了咄吉老贼北还塞外的退路。我不想打仗，尤其不想和我昔日的兄弟们打仗，但是我是大唐的皇帝，不是任人欺侮的小孩子……”

说到此处，他狞笑着带着丝丝杀气问道：“好兄弟，我再问你们一遍，你们来到长安，究竟是来找我喝酒还是来和我刀兵相见的？”

此时唐军的大队止住了脚步，将长矛斜指向天，另外一只手持盾护在胸前。

天地间再一次寂静了下来……

无数双眼睛注视着那个骑在马上骄傲而自信的身影，那个自称大唐皇帝，中原主人的人。

他是降落人间的神祇，还是惑乱众生的魔鬼？

终于，阿史那社尔叹了口气，翻身下马，单膝下跪右手过肩行礼道：“谢陛下的酒！”

突利与契苾葛对视了一眼，两人相视苦笑，同时翻身下马，像阿史那社尔一样单膝行礼："谢陛下的酒……"

"谢陛下的酒！"紧接着跪下来的，是回纥、仆骨、同罗等十一个部落族群的长老和酋长。

谢陛下的酒……突厥各部的"特勤"和"设"们带着他们从属于他们的草原战士跪了下来。

谢陛下的酒，渭水北岸的数万漠北勇士跪了下来……

谢陛下的酒，唐军的将士们面向着他们的天子跪了下来，便桥上的宰相和将军们早已经下马，他们也跪了下来。

谢陛下的酒，此刻的天地间，只有一个人还站着，或者说，还端坐在马上。乌鬃马优雅地缓缓踱着步子，似乎在分享主人的尊贵与荣耀。

在这个人的脸上，终于浮现出一个真正的、充满和煦阳光的微笑。

大唐武德九年八月廿四日，贞观天子李世民亲率房玄龄等六骑至渭水便桥之上，与突厥诸部落首领相见，痛责诸酋背信弃盟负义忘恩之举，俄而大军齐集，突厥诸首领大惧，下马叩拜不已。突利等人皆言为颉利所欺，遂与世民君臣共饮烈醇，相约不犯。

次日，颉利率大军来到，发觉诸酋已叛，军心不稳，遂西撤二十里独自扎营。唐廷于当夜放还执失思力，他归营后迅速向颉利禀报了所刺军情，言道长安周围已然聚集了五十万唐军。颉利闻知惊心，翌日，泾州方面溃散之卒禀报尉迟恭军之战绩。后路动摇，颉利遂生退心，再遣执失思力入长安言和。

大唐皇帝在痛责执失思力之后听从萧、封二宰相意见，同意言和，以塞外礼向突厥索要放还赎金。颉利向唐陛下表，欲以所携羊马三千头为贡，李世民不受，命颉利放还于武德八年被掳至定襄之礼部侍郎温彦博，颉利当即应允。

八月廿六日，大唐皇帝李世民再次亲临渭水，与颉利、突利及诸部落首领行白马盟誓不互犯，并约颉利不得对弱小部落肆意以武力驱之。

八月底，突厥大军粮尽，遂沿唐廷制定路线缓缓离境，灵州都督李靖请敕于半路击之，为皇帝所拒。

此番进犯，突厥二十余万大军消耗颇多却一无所获，颉利因此遭众部落首领埋怨奚落，威信大跌，加之塞北气候异常、天灾不断，此后突厥再无大举南犯之举。

突厥兵退之后，尚书左仆射萧瑀问曰：“当日突厥大军围城，谋臣猛将多请战而陛下不允，臣等深以为疑，而今突厥果然不战自退，却不知陛下妙策安在？”

皇帝答曰：“朕观突厥之兵，虽势众而不齐整。君臣上下，唯财是图。凡前受我恩惠者皆见朕而拜，且于颉利啧有烦言。此等兵虽众，然则不能上下一心，不难破也。况且朕早已命李靖、敬德伏兵于后，倘前后夹击，颉利虽有二十万重，亦必败无疑。颉利、突利皆知兵之人，必不肯引兵来战。反观朝廷，此时仓廪未实天下未安，朕即位之初，不欲多有死伤，徒增百姓怨怼。即使一战得利，亦不能就此平灭其族，相反使其结怨于我，日思报复，将来为患无穷。休兵再和，而贿以金帛，施以小惠，其必得意忘形，战备松弛，骄横自恣于内，倾轧瓦解。其破亡之渐，必自此始，此之谓‘将欲取之，必先与之’是也！”

第七章
天下长安

政治之道

世人极少知道，就在突厥大军缓缓撤离长安外围的当天晚上，在东宫显德殿里参与议政的文武阁僚们展开了一场关于新朝朝政体制的大争论。在来自外部的迫在眉睫的军事危机被化解之后，李世民的注意力立刻转向了内政。经过大业末到贞观初十几年的战火荼毒，中原大地早已是满目疮痍，百姓流离失所者十停里倒有六停之多。广袤的国土上狼烟方息残墟处处，民部田土丁户簿子上在编的户口总共还不到三百万之数。太上皇李渊刚刚登基的时候，唐室还未拥有天下，关外各处乃至陇西都还有割据势力为患。武德五年平刘黑闼之后，唯一硕果仅存的割据势力江淮杜伏威也随李世民入关中为臣，将自家统治下的几千里江山拱手献上，自那时起李家方成为名副其实的天下共主。然而从武德七年开始，太子秦王两股势力争夺储位的内部战争便正式打响，使得当时的皇帝李渊头痛欲裂疲于应付，自然就没有精力和心情就新朝的国家大政进行讨论，更不可能就隋朝灭亡的经验教训进行广泛深入的讨论——如果真的那样做的话，只怕朝堂就将变成原东宫系人马打击秦王的主战场，毕竟谁都知道“杨广情结”是皇帝的最大心病。

武德九年八月廿九日，显德殿中展开了一场关系大唐王朝未来命运的大讨论。

在座的文武臣僚们泾渭分明地分成了两派，一派以尚书右仆射赵国公封德彝为首，主张以宽简治政，执行轻徭薄役、与民休息的国策，畜养民力、发展经济之道，先富国而后强兵。说白了就是“文帝之政”，也就是以黄老之道治天下。这一论调得到了以房玄龄、杜如晦为首的一大批原天策府臣僚的支持。而另外一派则以尚书左仆射宋国公萧瑀为首，认为天下大乱之后，法度废弛盗贼遍野，王道不存，治乱世当用重典，这个时候正是要以严刑峻法治理天下，明辨赏罚之制，非此则不能致太平之世，说白了就是行“商鞅之政”，也就是以韩非之术治国。这一派支持的人比较少，倒是有一些不大懂政治之道的武将们赞成。而大唐立国以来册拜的唯一一位外姓三公司空裴寂，却被摒除在了这次国家大政讨论之外，未能与会。

在显德殿上，萧、封两位“相公”唇枪舌剑唾沫纷飞辩得不亦乐乎，而作为君主的李世民则斜着身子倚在座席上微笑不语，根本看不出他究竟更倾向于哪一种观点。

“儒者称恕道，佛家倡慈悲，萧相素以释儒兼修著称，无论是孔圣人还是释迦牟尼佛，有哪个是大讲杀伐之道的？汉文帝倡黄老，遂有文景武昭宣，煌煌前汉极盛之世，文治武功旷绝古今。秦始皇和隋文帝倒是用法家谬说，结果如何？历二代而亡其国！自尧舜三代以降，有闻以礼治国而致大同者，以儒治国以致太平者，以无为治国而致盛世者，何曾闻以法治国而得长享国祚者？”封德彝端然稳坐侃侃而谈，一派仙风道骨模样。

萧瑀怒容满面地昂着头道：“诸葛孔明千古第一名相，魏武帝天下归心之雄者，其文治武功垂治千秋万世，若韩非之法不可恃，何以此二人皆崇法治之道？”

封德彝微笑答道：“诸葛亮以法治蜀则蜀弱，魏武帝以法立魏则魏亡，正可见法之一道，本不足恃！”

李世民见萧瑀脖颈上青筋暴起，用手指着封德彝，却哆嗦着说不出话来，笑道：“蜀汉弱因地理偏僻、人丁稀少、国力不足，而魏亡于司马氏，与孔明武帝无干，德彝这是诡辩了……”

封德彝笑着起身谢罪，李世民忙摆手让他坐下，抬起头望向站立在右班最末位置的一位朱袍官吏道：“魏玄成，你这个谏议大夫为何不说话？”

魏徵正冠出列，走到大殿中央面向皇帝一躬道：“臣在想一个问题，想得入神，故而不曾说话！”

李世民摆了摆手，示意他说下去。

魏徵环顾了殿内的公卿们一眼，缓缓道：“请问陛下及各位公卿阁僚，前隋之亡，究竟是亡在隋文帝手上还是亡在隋炀帝手上？”

封德彝张口答道：“当然是亡于炀帝，这是天下皆知的事情，玄成何以疑问及此？”

魏徵没有回答封德彝的问话，却冷然继续问道：“敢问封相，以相公之才具，比之隋炀帝如何？”

封德彝沉吟半晌，答道：“若论才具，伦颇有不如！”

魏徵微笑道：“以炀帝之才具，大隋仍不免亡国之运，今相公才不及炀帝而高居相位，如何能保大唐不蹈前隋亡国之覆辙？”

封德彝脸上勃然色变，他咬着牙思忖半晌，魏徵这一问竟是答不上来。

吏部尚书长孙无忌看了看抚案沉思的李世民，开口道：“隋炀帝是天子，封相公是宰相，以宰相比天子，玄成这一比似乎不妥！”

魏徵点了点头，抬头目视着皇帝问道：“敢问陛下，以陛下之才具文采，比之隋炀帝如何？”

封德彝终于拍案而起：“大胆！魏徵，你竟敢以前隋亡国之无道昏君比之今上，简直狂妄悖逆已极，难道不惧一死么？”

众人面面相觑，封德彝说得没有错，不过此时并非中朝，又没有殿中侍御史在侧，更何况魏徵身为谏议大夫，虽然问得无礼，却正是职责所系。只是即便如此，当着皇帝的面问出这样的话来，却也着实有些胆色了。

满朝文武之中，只有坐在萧瑀下首的长孙无忌心中暗暗赞了声：“好汉！”其余人等都面面相觑，不知这个局面如何收场。就是萧瑀，虽然看到封德彝被人问得张口结舌心中大觉解气，却也不敢在这个事情上冒着被连累降罪的风险站出来替魏徵说话。

“论才具文采，朕不如隋炀帝！”坐在御床上的皇帝淡淡一笑，气定神闲地道。

公卿们这才长长出了一口气，大殿中骤然间紧张起来的气氛终于缓和了下来。

魏徵点了点头："所以臣以为，以隋炀帝之才具文采，本不至国亡身死。隋室之亡，炀帝固然有责，但更应膺其责者，却是炀帝之父文皇帝……"

李世民精神一振，摆手道："玄成此论当真是闻所未闻，卿试言之！"

魏徵沉了一下，整理了一番思路，道："自汉以来，士族门阀与皇室共治天下，此制虽历百年而不衰。即便朝代更替鼎器迁移，高门之势却不能稍遏，这却是为了什么？"

他说到此处陡然间提高了声调："那是因为天子只有一个人，所谓天无二日民无二主，天下只有一位天子，九州四海归天子一人所有。民政、军务、天文、地理、吏治、民生，百事纷繁杂绪，若天子一人理之，则纵有三头八臂，恐怕亦不能周全环顾。自汉高祖建制长安，设三公九卿以治天下，三公者总揽天下民生、军事监察之权，而天子则垂拱九重，分封诸王侯于四方，以九卿供奉天地人神及人主之所需。天子虽然抚有万方，却毕竟不是神祇，既不能识周天之事，亦不能行九州之政。自汉以来，州有牧使，郡有守臣，县有令丞，其职责便是代天子阅一方之事，行一方之政，牧养一方之民。四方如此，中央亦然。天下民生政务，归于政府，上于丞相；天下军事征伐，归于帅府，上于太尉；而王侯公卿百官之监察督促，归于兰台，上于御史大夫，如此文景方能无为而致文景盛世。至汉武帝，废太尉总军权于先，阙丞相弃政府于后，军国事渐归台阁，所谓录尚书事者天下便视为丞相，经魏晋数百年变迁，渐成定制。后晋衣冠南渡，人君者罕有出类拔萃之才，国祚却仍得延续，何也？那是因为先有桓符子总揽军政在前，后有谢东山只手擎天于后，故而江南半壁虽残，却渐成清明乐土……"

"是故后汉君王无道，却有魏武收拾江山、整理上下、安定四方……"吏部尚书长孙无忌喟然叹道。

众人一愣，怎么也听不出这位皇帝的大舅子这番感叹究竟是褒是贬。

"玄成公，请讲下去，朕正听着呢……"皇帝却没有理会长孙无忌的插话，目光炯炯地盯着魏徵说道。

他挥手道："殿中省，给玄成设坐！"

大殿里顿时响起一片惊叹之声，历朝历代，只有正经的宰相才在皇帝面前有座位，隋定制以前只有三公三师和尚书省的三位长官才有君前坐而论道的资格，包括侍中和中书令的座位都是仁寿元年才增设的。李世民登基后虽然允许一些特殊的大臣“参议朝政得失”，但毕竟和真正的宰相阁老还差得远。却不知魏徵这一席座位究竟是仅只今日得坐还是日后可以长久地坐下去。

魏徵也不谦逊，一躬谢恩之后便在殿中省值日官取过来的坐垫上坐了下来，继续道：“其实朝中仕官偏取高门大阀并非其他缘故，做官的人职在治理教化，总要读过些书才好，便是阵前杀伐的将军校尉，要想掌帅印，也一样要读书。然则天下之大，并非是人人都有读书的机会，只有世家子弟家产殷实，才读得起书。自文帝开科举之道，天下寒门便也有了晋身之阶。文帝这举措原本是极好的，奈何文帝经历了北朝历代变迁，自家便是权臣篡位，对宰相之权威压至重、逼迫君权的故事芥蒂在胸。故而定鼎之后便极力压制相权，用人行政往往圣躬独断。其实这是弃垂拱而择独治之道，文帝猜忌大臣，这已是天下皆知的实情。说起来其实独治也未尝不可，只是不能用作千秋万代之法罢了！”

李世民微笑问道：“我正想问你，独治既然不好，为何还有开皇之治？”

魏徵点了点头：“陛下问得好，文帝虽然独治，却有另外一桩历代君王所不能及处，那便是文帝乃自三代以来最为勤政之人主。其废罢相权独治天下，实则是任用自己为真宰相，以帝王之尊行宰相之实，故垂治二十余年，天下几现盛世之气象。”

李世民喃喃自语道：“勤政……原来如此……”

魏徵抬着头直视皇帝道：“臣窃以为，陛下纵然宵衣旰食，在勤政上恐亦难追前朝文帝之万一！”

皇帝顿时愕然，群臣也同时愕然。

这个魏徵，竟然不给当今皇帝留一点点情面。

李世民皱了皱眉，略有些气恼地道：“你这话朕亦认亦不认，你接着说吧！”

魏徵的表情却极坦然，他款款言道：“独治的弊病，却在于过于偏重皇权。这固然可以绝了臣子觊觎大位的野心，却也同时使得相权阙位，天下安危衰盛系于人主一身。皇帝勤政也还罢了，一旦君王无道或者仅仅是倦政，则天下大政立时无所适从。比如炀帝喜好巡游，若朝中有宰相重臣主军国大事，则帝虽在外而朝政无所滞，天下亦不至分崩离析。再比如炀帝慵懒疏散、不理朝政，若朝中有宰相代理其事，以文帝留下的底子，天下太平亦非难事。然则大业间，皇帝常年在外，门下省积压的上行表章汗牛充栋，却无人理睬。正所谓县令怠政则一县不治，郡守怠政则一郡不宁，州官怠政则一方荒废，天子怠政则天下乱焉！”

魏徵顿了顿，道：“实则却不会如此，盖因县令怠政有县丞代行其事，郡守怠政有通守代行其事，州刺史怠政则有长史别驾代行其事……”

“不错，天子怠政，则应有宰相代其用人行政。然则炀帝常年阙置尚书省三相，故炀帝一旦怠政，天下便大乱了……”皇帝听到这里接口道。

魏徵神情恳切地望着皇帝，道：“其实相权坐大威逼君上亦是不可不防之事，只是相比之下，此事实在不足与天下大事相提并论！”

封德彝冷笑道：“社稷兴替，九鼎至重，竟算不得天下大事？玄成也是积年老儒了，圣人的书都读到哪里去了？”

“积年”两个字，多用来形容贼寇，封德彝急切间说出“积年老儒”这不伦不类的形容来，殿中绝大多数人都是习儒术的，闻言都暗自皱眉。

魏徵表情严肃一字一顿地道：“民为重，社稷次之，君为轻！这便是圣人的千古之论。与天下苍生福祉相论，一姓之尊荣何足道哉？”

殿中又是一阵骚动。紧接着，一阵难耐的沉寂之后，倒有一多半的人心中对魏徵的说法暗自称许。

其实自晋室南渡以来，所谓“王马共天下”“谢马共天下”的局面屡屡出现，再加上乱世纲常不举，大位轮替频繁，皇帝轮流做，鼎器换流年，高门氏族与皇室“共天下”早已不是什么新鲜事。五胡入华以后，决定天下命运的往往不是一国之君，而是掌有国家大政权柄的宰辅重臣，而这些宰相又往往是某个高门大族当中的久负盛名之士。便是当今坐天下的皇帝父子，若没有陇西郡望“北魏八柱国”的底子，想在两三年时间里便割据关中图谋天下也近乎于痴人说梦。

其实董仲舒的“君为臣纲”，大多时候只不过是挂在嘴皮子上说说的理想。儒家士人们真正信奉的，倒是先秦的学说，毕竟孔孟才是千古传颂的儒门正硕。

沉默半晌之后，端坐在御床上的皇帝终于开口："独治利在一时一家，弊在天下千秋；共治利在千秋，弊在权臣坐大。难道二者之间，便没有一个两全其美之策么？"

"有！"魏徵神情洒脱地道。

"其实从秦汉的三公九卿，到开皇末年的三省六部，中枢制度屡有革新变法。汉武帝夺丞相之权以授台阁，固然加强了君权，却不料后世尚书台由台而省逐步坐大。东汉的权臣往往以大将军录尚书事，其权更甚于丞相，对人主之威逼也更重。于是后世先后分门下、中书，至隋文帝，更创制三省六部，中书取旨，门下封驳，尚书奉而行之。这些都是防止宰相擅权篡政的举措，只要真正奉行不悖，不使其阙位，则君成君体，相安相位，天下治焉！"

他缓了口气，又微笑着道："其实以臣愚见，君主对宰相稍存猜疑顾忌，也并非全然不好！"

皇帝直视着这位语惊四座的谏议大夫，嘴角露出一个极欣赏的微笑，道："这却怎么说？君臣相疑，竟然还是好事么？"

魏徵道："人君威权至重，本无所顾忌，故极易骄矜自大、肆意而为。然其一言一行，均关乎天下安危社稷衰盛苍生福祉，故君主的一个细微的失政，都可能造成极严重的局面。有一个令君主猜疑顾忌的宰相在侧，可使承嗣大位之人时时警醒自察，不敢稍有懈怠。隋炀帝虽慵懒怠政，然则杨越公还在世时，却终不敢似后来般肆无忌惮，便是这个道理。故而从根本上说，君相相疑对一时一世之天子算不得好事，但对大位的世代传续却有大益。皇帝对相臣猜疑，自身便不会懈怠；天子对宰辅顾忌，便不会任性胡为。以臣的立场而言，自是希望大唐代代出英主，然则世事难料。太上皇生逢乱世，处事自然谨慎小心，陛下得位不正，自然心存顾忌……"

群臣再次冷汗大冒，这个魏玄成，当真是胆大到了极处，方才诸多的狂悖言辞也还罢了，如今连"陛下得位不正"这样赤裸裸的言语也说出来了，直刺大唐天子心中最不能揭破的伤疤。玄武门之变是皇室的隐痛，也是当今天子最忌讳的话题。听说前几日在东宫寝殿里居然闹鬼，闹得皇帝睡觉都不安稳，他居然召了勇冠三军的尉迟恭、秦琼去守卫宫门，要借两位杀人不眨眼将军的威名和煞气震慑恶鬼冤魂。若不是心中耿耿于此事，又怎会妖梦入怀不能安寝？平日里哪怕是宰辅重臣，也都小心翼翼地避开这个话题，不去碰触这帖膏药，哪知道这个天不怕地不怕的魏徵，竟然毫不顾及地当面指摘挖苦，这老家伙当真是活得不耐烦了。

那里魏徵却还在觍着脸喋喋不休："但陛下的儿孙却没有这许多顾忌，后辈人长于深宫大院，不知民间疾苦，若眼前没有强臣逼迫威胁，怎能奋发图治？晋惠帝八王之乱，这不过是几百年前的事情，出了这样的皇帝，难道是皇家的荣耀么？"

刚才魏徵提到"陛下得位不正"一句时，李世民确实愣了一下，纵然早有心理准备魏徵这个呆鸟嘴里吐不出什么象牙来，在听到"得位不正"四个字的时候他还是觉得被刺了一下。随即便抬头看到了这位谏议大夫的那张丑脸上带出来的若有若无的笑意，一副"就是要刺你一下，有种你就杀了我"的傲岸神情，不仅一腔尴尬化作了又好气又好笑的无奈感触，这一瞬间，新皇帝的心头还闪过了"作茧自缚"四个大字。

只是这种情绪毕竟只是他与魏徵之间的默契，旁人却不会省得。魏徵话音未落，封德彝已经站了起来，向着坐在左班里的高士廉与陈叔达一揖为礼："高阁老，陈阁老，魏某是门下省的僚属，其言语狂悖冒犯圣躬，两位阁老难道便这么坐视么？"

他这话说得极含糊，只提醒两位门下掌印的侍中魏徵"狂悖犯上"，他们作为掌省的宰相应该立即出面表态，却又不明确说魏徵究竟如何犯上，不再去揭皇帝的伤疤。其实他这番用心原本是极好的，既替皇帝处分了魏徵又照顾了皇帝的颜面，奈何那两个"阁老"的反应委实令他这个新晋位不久的"相公"哭笑不得。

陈叔达闭目垂眉，如同老僧入定一般，竟公然在朝堂之上打起了瞌睡。高士廉则一脸无辜地望着他，语气谦恭地答道："封相公是在问我话么？老夫上了些年纪，耳朵有些背，听得不大真切……"

封德彝气得几乎吐血，欲当场弹劾这二人"君前失仪"，却又顾忌着高士廉是皇后的舅父，对自幼失怙的皇后和吏部尚书长孙无忌有养育之恩。而且他在六月宫变当中立有拥立大功，平时就是在朝堂上皇帝也称其为"舅舅"而避免直呼其名，根本不是自己能够撼动得了的人物。

“魏徵没有犯上！”从刚才到现在一直沉默不语的大唐皇帝李世民终于开了口，说出来的话却让殿中的群臣均是一愣。难道皇帝要在这个时候表现自己宽仁为怀不与魏徵计较的帝王胸襟？然而听到李世民接下来的话，众文武更加惊诧。

“六月初四宫门血变，纲常翻覆人伦不存，朕也常以为憾事。其时朕及天策众将身处嫌疑之地，实在是箭在弦上不得不发。虽然是无可奈何之举，却毕竟不是什么光彩事，魏徵说朕‘得位不正’并没有错。前些天朕屡屡妖梦入怀，丙辰日长安惊现天犬食日，傅奕对朕言建成、元吉虽伏诛，其魂未归，怨气在腹，郁结不散，是以偶以蔽日！朕昨日已经召见了王叔，命太常拟定建成、元吉谥号，朕正准备不日明敕天下，为二王发丧！也算朕于太上皇膝前尽一份孝道。”

李世民的声音沉寂了下去。良久，眼眶中泪痕隐隐的王珪、魏徵、韦挺三名太子旧臣都已经离席跪了下去。

“臣等叩谢陛下隆恩……”

李世民苦涩地笑了笑：“朕倒觉得，自三位先生奉朝以来，唯有这个礼行得心甘情愿实实在在。不过世民实在是做了早就应该做之事，当不得三位先生的谢。建成和元吉，原本便是我的兄弟，即便最终刀兵相见你死我活，兄弟也终归还是兄弟。玄武门没有错，追随我的天策府众臣僚于社稷是有大功的，三位先生尽心尽力辅佐先太子治国行政，也没有错，与国家社稷也是有大功的。如果说有错的话，也是世民一人之错，是我们兄弟间生了芥蒂，使长兄不能安于储位，使世民不得已而陈兵宫门。错了便是错了，错的是我，是大哥，是父皇，是我们李家。天下苍生无辜，不该受累，众卿僚亦无辜，亦不应受牵累。”

说到此处，他站起了身形，双目中涌动出无尽的神采：“玄武门这一页，自今日起便算揭过了，众卿不得自疑。今天上午的内朝，宰臣们已经议定了新朝的年号，到明年元月，大唐便要改元贞观了。贞者正也，我得位既然不正，其实是先天不足，还望大家能够同心协力辅佐大唐，辅佐我李世民做一个使万民乐业、四夷来朝的好皇帝。世民杀兄戮弟的恶名纵然不能除去，但能使贞观君臣以太平盛世留名青史彪炳千秋，于愿足矣！”

“多谢众位卿家了……”说到此处，身穿衮服头戴平天冠的大唐天子双手合抱，冲着或坐或立于丹墀之下的公卿大臣躬下身去深深一礼。

吏部尚书长孙无忌一面随着众文武避席跪谢，一面回想昨日晚间在内宫中与皇帝商议新朝未来人事安排事宜的情景。在确认了魏徵、王珪二人为门下省未来的掌印人选之后，面对他提出的此二人因玄武门事终归心存芥蒂不能同心同德的异议，皇帝自信满满地表示自有主意。原来，便是这么个主意。为建成、元吉发丧，果然是个绝妙的想法。当然，如果不画蛇添足地加上后面那啰啰唆唆的一大段“襟怀坦荡”的表白会更好一些，众多大臣在皇帝说这些怎么听怎么别扭的大义凛然的言语时居然没有当场笑出来，说到底还是儒家的涵养功夫好啊！

中枢轮替

武德九年十月初八，南阳郡公灵州都督李靖回到了京城长安。此次进京述职是意料之中的事，自四月灵州大捷之后，李渊便欲调他回京接任尚书省兵部尚书一职。由于当时朝廷分析突厥大军很可能在数月之内再度南来，需要整顿军务以备边防，才没有成行，反而敕命他就地接了任城王李道宗的兵权就任灵州都督。后来几个月里朝中迭经大变，六月秦王李世民在宫城北门设伏杀太子建成齐王元吉，随即被立为太子并“总揽军国事”，八月初李渊退位称太上皇，太子登基继位，随即便全力应付庐江王和燕王的反叛及突厥大军的入寇。因此直到最后一名突厥退出长城，尚书省才再次发出召李靖回京述职的上敕，然而此时京师早已是物是人非，兵部尚书一职现由圣眷正隆的原天策府宠臣杜如晦担任。李靖虽然战功显赫，然而却在储位之争最关键时作壁上观，拥立之功是半点也谈不上。当年唐军入京，李靖因告密将被处斩，是当时的敦煌公、当今皇帝李世民在李渊面前说项才得保性命。别人在太子秦王之争当中持中立态度或许可以为皇帝所谅解，然而李靖持此态度，说轻了也是忘恩负义。回京路上这位战功赫赫的一代名将心中不住打鼓，此去吉凶尚在不可知之间，突厥入寇期间，由于要赖其守边，皇帝对他还算客气，重大军情及方略均不瞒他，然而此刻长安之危已解，皇帝还能要他这忘恩负义的“名将”与否就亦在两可之间了。

他的老上司原东南道行台尚书令李孝恭由于楚王杜伏威一案此时早已靠边，连封邑都由赵郡改为了河间郡，自然不能再指望，不过毕竟相从日久，李靖还是备下礼物去探视了一番。一见面才吓了一跳，短短一年多时间不见，这位正在壮年的郡王竟然老了几十岁，头发全白不说，连说话都不利索了。李靖失望至极，只得好言宽慰了一番悻然离开。

另外一个要去探视的人便是在新皇登基后骤然间红得发紫的江夏郡王李道宗，他与江夏王虽然只有数日接触，但同为统兵大将，英雄惜英雄。李靖自出仕以来便一直在外任转悠，与京城诸臣素无来往，如今在这时候京内能说得上话且肯为他说话的除了李孝恭，便只有这个年轻的江夏王了。

李靖回长安后才听说了一宗极尴尬事。突厥兵退，大唐皇帝在东宫承恩殿设宴与群臣共贺，让中书令宇文士及坐了右首第三位，却惹恼了在此次长安之危中立下赫赫战功的右武候大将军尉迟恭。这莽汉一边叫着“你有何功，竟居我上”一面挥拳相向，坐在两人中间的任城王好心起身劝架，却挨了不识好歹的尉迟恭数拳，且伤在脸上。大唐皇帝当场大怒，面色铁青地训斥尉迟恭道：“朕读《高祖本纪》，见到诛灭功臣一节，常深以为憾，引以自诫，欲与众卿常保富贵至子孙不绝。然则朕不为高皇，卿等也莫为韩信，若屡屡犯法，朕虽不欲为汉高亦不可得。国家纲纪，唯赏罚二项尔，非分之恩，不可数得。卿等亦当勉自修饬，好自为之，无贻后悔！”这一番杀气腾腾的诛心之言顿时令满殿文武战栗不已，一向胆大如斗的尉迟恭回府之后竟吓得吞药自尽，幸亏救得早又救了下来。

此事让李靖颇觉难以置信，尉迟恭是个粗人不假，但粗到此种地步却也未免过分了些。更何况以朝野对此人的风评来看，若说此人因此谋反，李靖倒是相信，若说此人因此吓得服药自尽，便是杀了他也不肯相信。

“呵呵，这档子事说来简单，做戏而已。敬德是主上腹心之臣，配合皇帝来这么一出苦肉计，震慑百官、儆戒功臣，法子虽说不大雅，却是一副慈善肝肠。”李道宗笑着对李靖解释道。

他脸上的伤还未曾痊愈，说起话来却是谈笑自若。

“事后陛下召我进宫，私下说明了此事，另外还让敬德给我当面赔罪。此事切勿外传，我是信得过你药师才告诉你，你不要害我！”李道宗笑着对李靖道。

李靖啧啧称道：“皇帝这一手委实漂亮，大王不说，我便是死也猜不透！”

他抬眼看了看李道宗，缓缓道：“不过我还是有一事不解，朝中无功而居高位者颇多，为何挨打的偏偏是宇文相国呢？虽说是做戏，可一朝宰辅当庭被殴，终归不大好看啊！”

李道宗哈哈大笑，用手点着李靖道：“药师不仅精于军事，官场中这一套你也看得通透，你是大智若愚啊！和淮安王有的一比了……”

李靖笑了笑：“我随便一问，大王也不必当真！”

李道宗缓缓点头，含笑一字一顿地答道：“你问得好，打人的人虽然当庭受了申斥，却可保终身禄位，两年之内必受国公之封。被打的人虽在百官面前受了抚慰，然而淡出政府却是旦夕之间的事情了。此事说起来，与药师的前程倒还有些干联……”

李靖愕然望着李道宗，却见这位郡王只是微笑，再也不开口了。

翌日，贞观天子李世民在东宫显德殿召集群臣大朝，在京五品以上官员悉数与朝，只有首席宰相尚书左仆射萧瑀未曾上朝。他因前日在政事堂与房玄龄争论未果，嘴皮子官司一直打到御前，李世民模棱两可不表态，萧瑀不满之下告病，李世民顺水推舟下明敕令他“归第养恙”。此事在朝野传得沸沸扬扬，他此番自是不好意思大摇大摆来上朝。

李世民静静地凝视着群臣道：“朕登基至今，两月有余，深感君倚于国，国倚于民。残刻百姓以奉君主，就像割自身之肉以充腹，肚子吃饱了，人也就死得差不多了。皇帝富有了，国家也就亡了。前隋之鉴，历历在目，是故人君之患，非自外来，毛病常常出在自己身上。一般而言，贪欲旺盛，靡费必广；靡费一广，赋税便要加重；赋税一重，老百姓就愁苦万分；老百姓一愁苦，国家便危殆至极；国家危殆，当皇帝的离倒大霉就不太远了。治国就像栽树，树根稳固不摇，枝叶就自然茂盛。为君之道，必先存百姓，不说让天下黎庶安居乐业，起码要让他们能够生存下去。民为邦本，本固国宁，就是这个道理。欲安天下，必先正其身，皇帝必须克制自己的奢侈欲望和好大喜功的性情，不能因一时冲动便擅颁谬敕乱命，损害农时折腾百姓。此即为君无为则人乐，君多为则人苦！朕的治国大策，说起来却也简单，不过三事尔，一曰偃武修文，二曰戒奢从简，三曰轻徭薄赋。能做好这三件事，朕为一代明君，卿等为一代名臣，做不好这三件事，朕便是一代昏君，卿等便是一代乱臣。在此，朕当与众卿共勉之！”

一番长篇大论方毕，中书令宇文士及即刻出班奏道：“陛下发此亘古未有之宏论，仅此便以超迈古今，虽汉高魏武亦不可比，唯三代之治似可同论之。臣等居于大唐盛世，有幸侍奉一代明主，亦是几辈子修来的福气，臣等恭祝陛下万年，大唐江山万载永固！”

李世民皱起了眉头，语带讥讽地道：“朕说这么几句话，便可以比拟尧舜了？做明君如此轻松，历代圣人孜孜求治却又何苦？恭祝万年，自古皇帝，除了始皇帝和汉孝武帝，又有哪一个活过了七十岁？江山万载永固，说来好听，秦隋两代，开国之君哪个不是旷世雄主，历二世而亡其国，这却又是为了什么？奉承话好说，事情却不是那么好办。宇文士及，你侍奉了隋炀帝，又侍奉了你的哥哥宇文化及，想必他们在位的时候，你也是拿这些不痛不痒的屁话糊弄他们来着吧？”

宇文士及万没想到头一个站出来赞誉皇帝的圣明，竟然一个失策马屁拍在了马脚上，头上汗水立时涔涔而下，急忙跪下道：“陛下明鉴，臣万万不敢以亵渎之心欺于君前……”

“得了吧，你善于奉承逢迎，这是老毛病了，朕自认还是知道你的！”李世民冷笑着打断了他的话，“前日在御苑，朕就数落过你这毛病，希望你能收敛一点，看起来改变人的习性，也真是一件难事。魏徵常劝朕亲贤者而远佞臣，佞臣是谁，朕一向不知，今日看来，你跟这个佞臣倒是有些贴边……”

宇文士及大惊失色，叩头如捣蒜一般，口吃地道：“陛下明鉴，臣学识浅薄，常以恭维逢迎之态事君是有的，但臣……臣万万不敢有二心，陛下‘佞臣’二字，臣万万不敢领受……”

李世民冷冷地打量了他半晌，方道：“罢了，说起来人主威压至重，除了真正的君子，谁又能免俗？不过中书省掌制诰重责，你凡事唯唯诺诺，如何得尽职责？自今日起你便不必到中书省轮值了。说起来，以你的才力见识，便是做个舍人也未必能够尽职尽责。你退开吧，朕不以言语罪人，不必自惊，然则中书之地太过重要，朕不能所托非人！”

宇文士及还要折辩，一抬头正对上李世民冷冰冰不带半分感情色彩的目光，不禁浑身一颤，顿时委顿下来，口齿艰难地道：“微臣知罪，谢陛下厚恩……”

群臣面面相觑，不明白为何皇帝仅仅因为几句无关痛痒的奉承话便变了颜色痛斥臣下，说起来此事太过微不足道，然而事实就在眼前，就为了这么区区几句话，一个中书令便被罢免。堂堂朝廷宰相，因为说好话而被罢官，这却也是亘古以来头一遭新鲜事。

萧瑀不在，封德彝老奸巨猾，没看明白的事情万万不会说话。房玄龄对皇帝的举措早已心中有数，自然不会在这个时候出来添乱。说起来辅臣中资格最老身份最超然的侍中是陈叔达，不说此刻朝堂之上，便是整个大唐朝众多文臣武将当中，除了已经荣养的裴寂以及已经死去多年的刘文静，没有人在资历上比得了他，然而此刻这位老先生偏偏对朝堂上发生的事情冷眼旁观、视若无睹，便似朝廷宰相的更迭与他没有半点关系一般。

高士廉环顾左右，再也绷不住劲，出班奏道：“陛下，中书令贵为宰相，乃国家重器，没有公罪，不宜轻予置换。宇文公事君不诚，当领其罪，老臣以为，罚去俸米半年也就是了……”

李世民没有说话，转过目光盯着高士廉看了半晌，叹了口气道：“舅舅，朕有件事情，正要问你！”

高士廉一怔，却听李世民语气淡然地道：“上月中左散骑常侍王珪有一封奏疏，言朕未登基时之得失，为何至今不见你呈递上来？”

高士廉张了张嘴，错愕地道：“其疏语多狂悖，臣以为不宜贸然上呈亵渎圣听……”

“你以为？你是皇帝还是朕是皇帝？王珪的奏疏再不妥，却也是呈递给朕的。你身为门下省长官，主掌纠劾大权，对于臣下的上书谏言横加阻塞，说轻了是玩忽职守，说重了就是阻塞言路、蒙蔽朕听。朕是那等以言语罪人的昏庸之主么？就算朕是昏君，你和光同尘不言不语哄着朕高兴又不让别人说真话说实话捅破这层窗户纸，这也算忠臣所为么？”

高士廉脑袋“嗡”的一声轰鸣，也被皇帝刀子一般的话语激出了一身的冷汗。“皇帝在找茬清洗武德旧臣”几个字闪电一般闪过脑际，一边暗恨自己不该跳出来触这个霉头一边连忙跪倒道：“臣事君不诚甘当其罪。陛下圣明烛照胸怀万里，是微臣错估了陛下的心胸气魄，微臣愿意领罪……”

李世民叹了口气：“舅舅，不是朕苛求，错估了朕无所谓。然则门下省这个位置实在太重要了，唯唯诺诺万事求一团和气是不成的。你不要惶恐，你是皇后的舅舅，也是朕的舅舅，朕不会为了这点事情苛责你，只是侍中掌符玺持相印，你这样子不成，不要在门下省了。朕也不降你的品秩，到外郡去当个都督吧，你既然不成，朕就找一个称职且能孚众望的来干。”

他扫视了文武群臣一眼，缓缓开口道：“王珪！”

王珪心中一凛，出班跪倒道：“臣在！”

李世民凝视了他半晌道：“你是先太子尊重的老师，也是朕尊重的老师。你的奏疏，舅舅虽然压下了，朕还是读到了，句句中肯，皆是良实之言。你能不避嫌疑犯颜谏事，足见你对朕对大唐一片赤诚，门下省职责重大，朕就是要有这么一个人来时常提醒朕谨慎小心，来匡扶指正朕的过失，你是君子之臣，放眼天下，侍中之职非你莫属！”

王珪抬头面色平静地道：“陛下，臣六月系有罪囚徒，七月任谏议大夫，八月升散骑常侍，七天之前刚刚升任黄门侍郎，数月之内品秩连升七级，已是出于陛下殊恩。门下侍中位列政事中枢，主掌敕命封驳，职责重大，臣恐不能胜任。况且礼制乃国之根本，臣从罪囚一跃而为宰相，恐百官不服。国家有制度，朝廷有成规，不宜轻易破例破格，否则后世仿效，终归于国家有害！”

李世民笑道：“规矩是人定的，能定自然能废，国家公器，唯贤者居之，这是最大的礼制规矩。你不要不安，官升得快了点儿无所谓，只要你能尽起职责，就是对得起朕了。门下省的职责重在封驳，自武德元年以来，皇帝敕命无一件被驳回，这是皇帝圣明么？朕看不尽然。刘文静担任纳言时，门下省尚且能就朝政言论得失，他一死，连个敢说话的都没有了。事事都由人主独裁，朝廷设大臣何用？朕今日就立个新规矩，自现下起，中书省起草的所有敕命都不得再用朱笔，一律用墨笔誊写，就是朕的手敕，也不得用朱笔。举朝文武，只有门下省给事中可用朱笔。以往对命敕的封驳修改都是另卷誊写，浪费纸张且效果不彰显，朕再立个新规矩，自此以后，所有对诏书的封驳均在原文上涂改。这个规矩凡是我大唐后世子孙即须遵循，要让后人知道，门下这个地方，就是专门负责监督皇帝、匡扶君主过失的！”

说着，他缓缓扫视了一眼群臣，斩钉截铁地道：“自今而始，不经中书门下，便是朕的亲笔手敕，亦视同伪诏！”

这一番话说得群臣惊骇，皇帝超拔王珪为门下侍中，也还罢了，然而这两条新“规矩”却当真是亘古未闻之事。自古帝王，无不以集权为乐事，主动将手中权柄分给臣下寻求制约的，当今皇帝确是自有皇帝以来的第一人。

李世民眼珠略略转动了一下，叫道：“杜如晦！”

兵部尚书杜如晦急忙出班站立应道：“臣在！”

李世民看着他道：“宇文士及的中书令一职，就由你来担当吧！制诰重责，不可轻忽！”

杜如晦跪倒叩头道：“谢陛下厚恩！”

李世民点了点头，又道：“朝廷设内廷三省，尚书省主管行政，中书省拟敕，门下省封驳谏言，三省各司其职，则虽出昏君，不亡其国。若是三省唯命是从碌碌无为，则此时天下之大，虽尧舜在世亦不能治之。自今日起，恢复国初五花判事制度，尚书省兵、吏、户、刑、工、礼六部与中书省六房舍人门下省给事中三相对应，以后言专事之敕命诏书，不仅要有朕及三省长官的印鉴署名，还要有相应三省各过手官员的署名。敕书有误，从朕这个皇帝到五品的给事中，都要承担责任！”

他环顾了一下此刻已然听得晕晕乎乎的群臣，嘴角带着冷峻的微笑对房玄龄道：“玄龄下去就拟敕，免去宇文士及中书令之职，由兵部尚书杜如晦检校中书令。免去高士廉侍中之职，出为……安州大都督。至于如晦所遗兵部尚书一职，就依前议，由李靖实任，特旨参议朝政得失！”

他笑了笑：“叔玠克明入阁，李药师执兵部，都是大封拜，自然要礼部议礼，中书门下画敕。今日朕虽然金口玉言说了，却也还未必作数。玄龄和子聪阁老若有异议，自可按制封驳拒署，不必奉朕眼色行事！”

房玄龄闻言，心中暗自一笑。看陈叔达时，却见这位宰相一脸庄重肃穆，离席出班奏道：“臣等职分所司，不敢玩忽怠慢。”

李世民点了点头，转头示意殿中省值日官。值日官急忙走上前两步，高叫道：“退朝——”

出将入相

大朝毕，如在云雾中整整泡了半日的文武官员们深一脚浅一脚地步出了显德门，带着满心的惊惶和不安各自散去。刚刚进京便遭遇如许惊人的朝变，李靖自然也难免心神不宁，虽说升任兵部尚书是喜，但新皇帝用人如此多变，却又让他对自己的升迁惴惴不安。宇文士及先后侍奉四朝天子，高士廉贵为皇后的娘舅，二人根基均不可谓不稳，不过转眼之间，一个赋闲在家一个左迁外任，双双罢相。直到现在想起殿上的种种情形，李靖脑中还一阵阵眩晕，他不禁暗自摇头苦笑，看来自己确实是老了，不过是官场上寻常的升升降降，便让自己魂不守舍，真不知道这些年来战场上的生死搏杀是如何过来的。他正自胡思乱想，却听到背后有人呼唤：“药师公留步！”

他愕然转身，却见中书令房玄龄迈着悠闲的步子自背后赶了上来，他急忙站定躬身施礼道：“原来是房相，李靖有礼……”

房玄龄摇了摇手，躬身还礼道：“药师公客气了，玄龄新入中书，怎敢妄称宰相？恭喜药师公出掌兵部，陛下此刻正在显德殿偏殿等候，要召药师公独对！”

李靖吃了一惊，连忙道：“李靖何人，怎敢让陛下久候，我这就随阁老去！”

房玄龄点了点头，与李靖一道转头往回走，边行边道：“药师公是朝中前辈，又是公认的一代名将，才兼文武，出将入相，日后前程不可限量。同殿为臣，还望药师公多多指教！”

李靖心中一凛，笑道：“我一介武夫，只晓得军前厮杀排兵布阵，才兼文武、出将入相这八个字可是万万不敢当。兵部尚书虽说是文官，却专职典军事，李靖这辈子与中枢政事无缘，宰相之职器宇宏大，非凡夫俗子所能望……”

房玄龄笑了笑："药师公不必多言，主上乃五百年不世出的旷代英主，说起识人，放眼天下也无人能望其项背。这'才兼文武，出将入相'八个字，虽是前朝考语，却经常挂在陛下的嘴边上。"

"臣李靖叩见皇帝陛下，陛下万岁万岁万万岁！"进了显德殿偏殿的李靖半分不肯苟且，恭恭敬敬对着大唐皇帝行了三跪九叩大礼。

"行了行了，你也上了岁数了，就不要这么辛苦了！"李世民笑着挥手道。

"朕知道，今天在朝堂上，朕把大臣们吓得不轻。怎么，你李药师一世英雄，也对这等事有所忌惮？"皇帝嘴角浮现出淡淡的微笑。

李靖收拾着袍袖从地面上站起身来，也笑着答道："臣这十余年都在战场上度过，朝廷里的事情大多不懂，只是天威不测，做臣子的若是没有这点恐惧之心，天下早已大乱了。圣人说的教化仁爱，首先便是要尊王，其次才是攘夷及其他事。尊王就是教天下的臣民对君主要尊崇敬畏，这是历朝历代立国的根基……"

李世民点了点头："不错，圣人的言行，有这层意思在里头。好了，闲话少叙，咱们说正题。这些日子来朕一直在想，突厥这个北方强敌不灭，大唐的边境就永无安宁之日。汉平匈奴，高惠文景四代皇帝卧薪尝胆六十余年，朕恐怕等不了那么长时间。像现在这样子，突厥年年入寇，朝廷岁岁备边，何时是个终了之局？辅臣们有人持和亲之议，朕所不欲取，大唐的男人无能，让女人去担当大任，没有这个道理。这件事情上，朕想听听你的看法！"

李靖沉吟了片刻，道："与突厥之间的战争不同于统一天下之战。我大唐为的并非兼并土地广纳人口，而是从根本上击破歼灭其强大之军事力量，遏制其进行大规模战争的能力。虽说目的如此，但若不通过一场根本性的战争，这个战略目的恐怕不易达到。"

他顿了顿，抬头见皇帝静静聆听，并不插言，遂继续道："战争终归较量的是敌我双方的实力，臣以为目下最紧要的是整顿举国农耕，增加粮食储备，同时大兴马政，为建立一支强悍震慑宇内的骑兵军团打下基础。对敌方面，近几年内不宜擅动刀兵，但要不间断地使用反间手段，挑动扩大其内部矛盾。突厥部族众多，内部纷争不绝，只要其内战连绵不断，无论是谁，便都没有独力南侵的能耐。随着时日推移，我大唐愈来愈强，而突厥则愈来愈弱，待时机成熟，只需一场如去年般的大雪，便能教老颉利陷入万般艰难的绝境之中。其时朝廷遣一大将，率数万骑兵北出长城，臣亲率一支轻骑以为偏师，深入敌境远袭定襄，则龙城之战便将重现。在此之前，臣以为应审时度势，先取梁师都，将朔方全境纳入朝廷版图，如此我大唐铁骑便有了稳固的北进战略基地。”

李世民站起身来转了两圈，语气略有些激动地问道：“以你之见，一切准备工作均就绪，需要多长时间？”

李靖躬身应道：“臣以为前后需八年时间，最短最短也不能少于五年。时间再短，我们便不能言必胜了！”

“三年！”

“什么？”李靖不能置信地抬起头，两只眼睛傻呆呆望着皇帝。

“三年！”李世民斩钉截铁地重复道，“你这个兵部尚书什么也不必做，用三年时间，给朕训练出一支适应草原大漠作战环境的骑兵来。人数不必多，但一定要精悍。全国的军队，不论是元从禁军还是地方府军，还有朕一手带出来的玄甲精骑，你看中哪个便调走哪个。马匹挑最好的，盔甲、刀剑、弓矢，所有装具都用最好的，且要制式配备便于补充。朕给你特权，要钱要粮可以直接到民部去批，不必由部到省政事堂会议御前会议地走程序。至于突厥的内乱，朕前月便已经埋下了引子，这方面朕亲自负责，你不用管，练好你的兵，准备打大仗。朕要赶在你李靖骑不动马之前平灭突厥！”

李靖后退一步，跪伏在地衷心道：“陛下圣明！”

皇帝转过头凝视了他良久，忽然笑道：“药师啊，你这个人，让朕说你什么好呢？你的战功卓著，说起来就是封你一个异姓王也不为过，然而蹉跎至今，半壁江山都打下来了，还仅仅是个郡公。朕身边的这些将军，再过一阵都将得国公之封，叔宝封胡国公、知节封卢国公、敬德封吴国公。他们跟着朕从武牢关一直杀到玄武门，从龙拥立之功，朕必须厚赏……”

李靖暗自叹了口气，说来说去，皇帝还是说起了这个话题。看来这件事情不说个清楚明白，不仅自己睡不安稳，就是皇帝也万难安寝。

他抬起头，脸上浮现出一个憨厚的笑容，缓缓说道：“诸位将军从龙有功，臣不羡慕。不管是于太上皇还是于陛下，臣都是罪人，不敢言功！”

李世民负起手来回踱了两步，斟酌着词句道：“上次张亮去找你，是朕遣他去的。朕不知道你究竟是真的不明白还是故意装糊涂，事情过去了，朕也不愿意深究，但朕想知道，你究竟是怎么想的。”

李靖神色从容地道：“臣知道那是陛下的意思，臣没有给张亮确实应答，是臣故意装糊涂。臣有罪，甘愿受陛下惩戒……”

皇帝摆了摆手：“惩戒云云，不需提起。朕今日提起此事，没有秋后算账的意思，朕只是想知道你的想法意思！”

李靖抬头道：“皇帝初，陛下救臣性命于太上皇驾前，究竟是想收臣为自家羽翼呢，还是想为国家朝廷留一有用之身？是公心还是私德？”

李世民笑道：“那时候朕还没想这么多，救你当然是出于公心！”

李靖躬身道：“这就是了，臣是大唐的臣子，却非太子或秦王的家将。臣虽也姓李，却非皇室成员。陛下的家事，臣自然不敢与闻，也实在不愿与闻。”

李世民沉吟片刻，面色凝重地问道：“若是朕与废太子建成真的刀枪对阵，当其时你究竟帮谁？”

李靖毫不犹豫地答道：“臣谁也不帮。臣是军人，手中的刀枪是用来应对外敌的，不是用来参与内争的。”

李世民凝视了他良久，苦笑道：“原来如此……”

从显德殿出来，李靖才发觉汗水已将内衫打湿了。适才当殿对答他虽坦然淡白，然而心中对皇帝能否接受这个解释却也暗自打鼓。在玄武门外上了马，随从他回朝的中军将领苏定方上前道：“末将恭喜大将军了，荣升兵部尚书，这是莫大喜事啊！”

李靖苦笑了一声：“你们懂什么？在朝里做官，升迁未必是福，降黜也未必是祸……”

苏定方愕然道：“大将军，这是……”

李靖却不再多说，扬起马鞭道：“不要多问了，随我去江国公府。”

老而弥辣

陈叔达贵为宰相，又是前朝皇室后裔，受封国公，在长安的居所却极寒酸不起眼，府第大门口连块像样的上马石都没有，门也极小。若不是上面一块和周围景致极不协调的牌匾，李靖险些便走过了，那牌匾上是太上皇的御笔题字“敕造江国府”。

李靖下了马，命苏定方等人在府外等候，走入大门里，向门子恭恭敬敬报了官职姓名。不多时内堂出来一个管事，向李靖打了一揖，赔着笑道：“将军久候了，老爷有请大将军内堂叙话！”

入内堂叙礼毕，分宾主落座，陈叔达笑道：“药师入掌兵部，可谓众望所归了！”

李靖摆了摆手：“阁老莫要取笑了，李靖正是一头雾水，前来请阁老解惑的！”

陈叔达哈哈一笑：“朝廷里翻来覆去，无非就那么点事情，又有什么弄不懂的？”

李靖叹息着道：“皇帝今日在朝堂之上忽然作色，为一点芝麻绿豆大的事情就黜落了一个侍中一个中书令两位阁老，举朝文武谁不心中惴惴？这个时候突然升我为兵部尚书，可笑房阁老却口口声声说我‘出将入相’，真是让李靖惶恐不安无地自容了！”

陈叔达敛去了脸上的笑容，面色凝重地看了李靖良久，叹息着道：“这又有什么难猜的，一朝天子一朝臣，皇帝要大换武德旧臣了。”

他顿了顿，道：“政事堂宰相之中，尚书仆射地位最尊崇，中书令职责最重要，侍中名义上排班在中书令之前，实际上权限最小，说起来不过是个装点门面的花瓶罢了。而今皇帝加强了门下省的职权，实际上就是在分尚书中书两省的权。尚书省管六部九寺十六卫，总揽行政军事，权力太大了，所以陛下采纳了韦挺的谏言，将尚书省的长官尚书令虚置不授，剩下两名仆射，让他们相互牵制，权力也就自然而然削去了一半。中书省的职责，说起来不过‘知制诰’

三个字而已，然则这却是天下最要紧的权柄。皇帝要做什么事情都要通过他们来草拟敕书，什么都瞒不过他们，这个职位除了房杜，还有谁来做更能让皇帝放心呢？至于说房玄龄说你‘出将入相’，也没什么大不了的，谁说兵部尚书就不可以拜相？以药师你的功勋才略，就做一个宰相也是绰绰有余的！”

李靖连忙摆手：“陈公莫要取笑我了，让你说得我心乱如麻，都不知道该如何是好了！”

陈叔达笑了笑，却不接他的话头，反问道：“你知道如今皇帝身边，最受信用的近臣是谁么？”

李靖想了想，道：“长孙无忌和房杜二公吧？谁都知道，这三个人是天策府的顶梁柱，陛下最信用的人，自然是他们！”

陈叔达笑道：“你说得不算错，不过却也不算对。皇帝如今最信用的人不过是一个区区五品官，就是秘书监新任的少监魏徵魏玄成。说起来他所兼任的秘书少监和右谏议大夫，都不过是五品职衔，然则其人居于帝侧，所上谏言无有不纳，又堂而皇之列席政事堂宰相会议。你说说看，他品秩虽低，如此权柄，不是宰相又是什么？”

李靖惊讶道：“他不是三省首长，怎能入政事堂议政？”

陈叔达看了他一眼，笑道：“这权限药师你也有，你不知道么？明日午时政事堂议政，你便可以前去参与了！”

李靖大惊：“陈公，你就不要再拿我取笑了，我虽说出任兵部尚书，离着入政事堂可还远得紧呢！”

陈叔达点了点头：“兵部尚书确实没有资格入政事堂议政，不过今日皇帝在显德殿口述敕旨的时候，我记得除了说由你出任兵部尚书之外，还说了一句话，特旨参议朝政得失，是不是？”

李靖点了点头：“是有这么一句没头没脑的话，我一直在想，这是什么恩典荣耀……”

“这可不是什么恩典荣耀，这是政事堂宰相的代名词！”陈叔达冷冷说道。

“啊——”李靖大张着嘴，再也说不出话来。

陈叔达耐心地解释道：“自当今皇帝入主东宫以来，不管是廷议还是堂议，以前的规矩渐渐都变了。兵部尚书是三品官，谏议大夫是五品官，太子詹事主簿则是七品官，按照规矩，廷议堂议，这些人都没有资格参与。可是皇帝给他们加了诸多名义，或曰参与机密、或曰参议得失、或曰参与朝政，便一个个入预枢务。这一层凡京城官员都看得清清楚楚明明白白，你这个参议朝政得失，也是这个意思。所以房玄龄说你是相，原本也是不错的！这道封拜敕文，只要他不拒草，老夫不拒署，你这个‘相’便算做定了！”

李靖迷惑地道：“如此七品官也可以拜相，岂不是乱了朝纲？”

陈叔达哈哈大笑：“药师怎么如此迂腐？什么是相？秦汉三公即是宰相，至汉中大司马大将军均可为相，至后汉尚书令主掌内廷，是真宰相，大司马大将军不加‘录尚书事’亦不得为相。最近这几十年来，三省并立，尚书中书门下长官，朝野视之为宰相，然则尚书令原先不过是皇帝身边的总书办，中书令为宫内宦官之长，侍中为侍从之长，都不是什么显赫的禄位。便是现今，老夫为侍中，名虽为宰相，实则也不过是个三品职衔罢了。只要有宰相之实，七品官便不能拜相么，这却又是哪一家的规矩？”

李靖长长吐了一口气，缓缓点头。

陈叔达又道：“其实，这不过是陛下的权宜之计罢了。陛下登基，自然要改换宰相班底。然而武德年间的旧臣不能仓促撤换，陛下信任的能臣干员目下品秩太低，骤然间超拔，有碍物议视听。说起来陛下也是不得已啊……”

陈叔达沉默良久，叹道：“药师啊，我与你舅舅韩公相交莫逆，有一件事，还望你能助我一臂之力！”

李靖抬起头看了看他，愕然道：“陈公但有差遣，李靖万不敢惜力！”

陈叔达缓缓道：“说起来也没什么大不了的。过一阵子，你上一道弹劾奏章，就说老夫年老骄狂，君前无状，应予严惩就是了。”

“啊？”李靖又一次愣在当场。

贞观肇始

武德九年是大灾之年，在突厥入寇的危机渡过之后，朝野上下的注意力几乎不约而同地转移到了赈灾度荒上。春夏大旱，大河南岸的几个道几乎颗粒无收，南方数道虽说好一些，却也几乎清空了州郡府县的所有库存方能勉勉强强度过这个冬天。十一月初，尚书省一日之间发出三道上敕，免除天下州郡所有赋税徭役，各地以县为点设立赈济粮棚，准许各郡灾民跨郡就食。即使如此，朝廷一系列的措施在来势汹汹的大灾面前仍稍显无力，各地呈报上来的饿毙人数仍然不断攀升，尚书、中书、门下三省宰相阁僚连日会议对策。自十一月开始，全国范围内所有在建工程一律停建，从朝廷到地方各级官吏衙署大幅裁减开支。十一月初十，尚书省发布上敕，举国四品以上官吏俸米减半。十一日，由淮安王李神通、任城王李道宗、赵王李孝恭、魏国公裴寂、宋国公萧瑀、赵国公封德彝领衔上奏免除所有开国功臣封邑内一切租庸调赋，大唐皇帝下敕照允。十二日，兵部尚书李靖上表奏请开放军仓以军粮赈济灾民。同日，秘书省少监谏议大夫魏徵奏请削减太极宫、大安宫、宏义宫日常用度三分之一。次日大唐皇帝下敕，除太上皇用度照旧外，内宫一切日常用度均削减二分之一。

朝廷上下一干人等为了度灾忙得人仰马翻，而皇帝贞观新旧交替之事仍在紧锣密鼓地动作当中。

九月己酉日，皇帝与诸臣大朝于显德殿，面定勋臣长孙无忌等爵邑，命陈叔达于殿下唱名示之，且敕曰："朕叙卿等勋赏或未当，宜各自言。"不曾想一句戏言，诸臣竟然当真。宗室亲贵之中身份最显赫的淮安王李神通公开呼叫不公，言道："臣举兵关西，首应义旗，今房玄龄、杜如晦等不过是精于刀笔口舌之事，便功居臣上，臣窃以为不能服。"李神通一番话引起了大唐皇帝不满，公开驳斥他说："义旗初起，叔父虽首倡举兵，实则也不过是事机急迫为保自家性命罢了。武德四年窦建德吞噬山东，叔父全军覆没；刘黑闼再合余烬，叔父望风奔北。玄龄等运筹帷幄，坐安社稷，论功行赏，固宜居叔父之先。王叔乃国之至亲，朕诚无所爱，却不能以私恩相酬而罔顾公议寒天下之心！"诸将纷纷拜谢："陛下至公，虽淮安王尚无所私，我等安能不安其分？"其实若说大家就此没有意见了，却也未必，不过宗室当中地位最尊贵的淮安郡王都碰了一鼻子灰，旁人自问亲贵远不如淮安王，自然便不会再去讨这个没趣。

当月，中书令房玄龄秘奏："陛下登基以来，宏义宫旧人未迁官者颇多，皆多有抱怨道：'我等追随殿下多少年！而今官位品秩反居东宫、齐王府旧臣之后，是何道理？'"翌日尚书省颁敕："王者至公无私，故能服天下之心。朕与卿辈日所衣食，皆取诸民者也。故设官分职，以为民也，当择贤才而用之，岂以新旧为先后哉！必也新而贤，旧而不肖，安可舍新而取旧乎！今不论其贤不肖而直言嗟怨，岂为政之体乎！”皇帝通过正式的下行敕文诏告天下，他选取官吏任命大臣的标准是“贤”，而不是出身于谁的幕府。

这两件事，外人看来似无破绽，然则在熟知唐室内情之人看来，一向逍遥自在与世无争的淮安郡王李神通此番何以公开站出来自述不公，而一向谨慎小心的房玄龄何以一改常态在皇帝面前为昔日旧伴邀官索爵，却始终不能解。

九月末，大唐皇帝手敕，命于置弘文馆于殿侧，聚经史子集四部书二十余万卷，精选天下文学之士虞世南、褚亮、姚思廉、欧阳询、蔡允恭、萧德言等，以本官兼学士，更日轮值。每日皇帝显德殿听朝之隙，引诸学士入内殿，讲论前言往行，商榷政事，往往直至深夜。九月三十日，尚书省再发上敕，取三品以上子孙充弘文馆学生。

十月，大唐皇帝命中书省拟敕，追封故太子建成为息王，谥曰隐；齐王元吉为剌王，以礼改葬。二王入葬之日，皇帝于宜秋门亲送，神态悲戚，大哭不止。侍中王珪、左散骑常侍韦挺、秘书少监魏徵奏请请陪送至墓所，李世民不但当即诏允，且命薛万彻、谢叔方等宫府旧僚一同送葬。

十月中旬，民部尚书裴矩奏请对遭突厥暴践蹂躏的百姓每户赐绢一匹。皇帝当场驳斥他道：“朕以诚信御下，不欲虚有存恤之名而无其实，户有大小，岂能以户为准笼统补偿之！”遂下敕命以每户人口为准给赐。这件事情其实极小，但却显示出新皇治国施政极为认真、丝毫不肯苟且甚至是锱铢必较的风格。

十一月初，尚书省颁布上敕，行文天下，除淮安、江夏、河间三王外，余者宗室郡王皆降爵为郡公。

十二月，李世民下敕册封三皇子长沙郡王李恪为汉王，四皇子宜阳郡王李祐为楚王。

次年一月，尚书省颁敕天下，改元贞观，是年为贞观元年。

贞观元年一月中旬，皇帝正式下敕：“自今尚书、中书、门下及三品以上入阁议事，皆命谏官随之，名‘参议得失’。”自此“参议得失”作为政事堂宰相代名词便固定下来，第一批以此名目入阁拜相的有兵部尚书李靖、散骑常侍韦挺、大理寺卿戴胄及秘书少监魏徵四人。

一月下旬，大唐皇帝命吏部尚书长孙无忌等与弘文馆学士及刑部、大理寺、御史台等官员重新议定律令，改绞刑五十条为断右趾。李世民览奏犹嫌其惨，言道："肉刑于前汉文景年间悉罢之，我朝立国已久，不宜复设此刑。"蜀王法曹参军裴弘奏请改为加役流，流三千里，居作三年，大唐皇帝诏允。

二月初，秘书少监参议得失魏徵上奏："隋末丧乱，豪杰并起，拥众据地，自相雄长。唐兴，相帅来归，上皇为之割置州县以宠禄之，由是州县之数，倍于开皇、大业之间。民少吏多，当思革其弊！"

二月初八，大唐皇帝召集群臣朝议，为赈灾恢复农时便利百姓，对天下各道行台省进行归并，举国因山川形便设关内、河南、河东、河北、山南、陇右、淮南、江南、剑南、岭南十道。道设监察御史，撤诸行台尚书省，自此陕东道、益州道等原由李世民自家兼领的与中枢政府平行的行台不再存在。

突厥大军来到长安边上打了个转，连一支箭矢都未能放出去，便被大唐皇帝带着五名文臣武将在便桥边上耀武扬威的举动吓了回去。当然，内里的实情远没有如此简单，大唐还是破费了不少的粮草和财宝——毕竟这么多人大老远地来一趟也不容易。这件事情从小了说，算是大唐和突厥之间以不伤和气的手段和模式取得了短时间内的有条件和平，往大了说，是大唐皇帝用献宝的屈辱手段为大唐赢得了喘息的时间。但不论怎么说，有一个人还是对此事耿耿于怀难以接受，这个人便是天下最希望唐军与突厥大军在长安城下厮杀个你死我活、拼个两败俱伤的燕王李艺。

突厥退军的消息传来的时候，他还在观望风色，指望着颉利可汗在回师的路上和大唐的州郡边兵搞点摩擦冲突什么的，以便于他浑水摸鱼。可惜日子一天天过去，突厥大军分五路撤回塞北，这一次这些草原上的野蛮人仿佛文明了许多，竟然没有发生任何他所期望的事情。不知道究竟是有心还是无意，在兵部给突厥各部落划定的五条回军路线中，周围的几个州均有途经，唯独泾州却被遗漏了，竟然没有一支突厥大军从这里经过，让李艺纵然摩拳擦掌想主动搞出点摩擦都是巧妇难为无米之炊。

李艺警觉了起来，种种迹象表明新皇帝确实在处处提防着自己。新皇登基时封了一千二百户封邑给他，满朝文武中只有长孙顺德、霍国公柴绍还有赵郡王李孝恭获得了这待遇。但是长孙顺德是皇后的叔叔，柴绍则是皇帝的姐夫，至于李孝恭，且不说其江南之功，人家这个“李”字写得可是实实在在心贴心肉贴肉，至于自己这个“李”字有几斤几两么——李艺还是很有自知之明的！

总之情况不妙，这便是李艺得出的结论。

不过话虽如此说，要他立刻就下决心反容易，准备好了再反却委实不容易。几次下决心又悄悄放弃了，李艺的日子一天比一天难过，上次尉迟恭那个疯子来泾州伏击突厥人，竟然连个招呼也不和李艺打，境内突然多出几千具突厥尸体，倒让李艺吓了一跳。若是自己造反的时候这个疯子突然间杀将过来，虽然李艺在武艺上自认绝不会输给那个狂人，但要随时随地应付此人那恐怖至极的偷袭却是难杀人了！

迟疑到贞观元年元月，李艺终于听到了一个消息，一个他觉得在诸多坏消息当中勉强算是好消息的消息：尉迟恭和皇帝之间出现了些微嫌隙，据说尉迟恭在酒宴上打了任城王，皇帝大怒，当场痛骂了这个当年的第一爱将，甚至还说出了类似于兔死狗烹的话来，尉迟恭回去吓得要自杀，幸亏没死成。

可惜……要是没救过来就好了。

不管这消息是真是假，李艺决定不再等下去了。实际上，突厥大军大部都已经撤回草原了，并州军和太行军都已经开始回防了，若是再犹豫，这辈子就不要想回幽州了。

李艺率四万大军突然开拔，委实把泾州上上下下的文武官员晃了一大跳。刘诚道得到消息赶到北门处，只见一片旌旗遮天蔽日，长矛刺密匝匝闪着寒光。他一路跑来，急得出了满头满脸的汗，此刻也顾不得擦，跑到李艺马前拉住了缰绳气吁吁道：“大王出兵，怎么也不知会下官一声？”

李艺抬头看了看天色，嘴角带着微笑答道：“本王接到陛下敕令，监视突厥大军自豳州北还，并迅速北出夏州以为策应。匆匆整军不及相告，还望刘大人见谅。”

刘诚道呆了呆，道：“如此军情，尚书省和兵部怎么没有行文报来？”

李艺一笑：“陛下的敕令是左卫亲军信使送来，这些信使一路换马，昼夜不歇，自比驿报要快许多。不要紧，估摸着再过三到四天，兵部的行文也就该到了。军情紧急，大军出征在即，刘大人，本王不便多耽搁了！”

刘诚道喃喃自语道：“可是，没有兵部行……”

“没什么可是的！”李艺沉下脸打断了他的话，傲然道，“本王统领天节军，节制泾原两州兵马，手上有皇帝授予的军政全权，必要时候可便宜行事。刘大人若再要耽搁本王出兵，本王便不客气了！”

见李艺一道阴冷狠毒的目光扫将过来，刘诚道浑身一哆嗦，急忙松手退后了两步道：“不敢不敢，诚道怎敢干预大王军务，只有代泾州上下恭祝大王旗开得胜、马到成功了……”

李艺“哼”了一声，伸手自腰间拔出佩刀高喊道：“出兵——”

人头甫动，战马嘶鸣，大军缓缓开拔。

走出了四十余里，李寿骑着马赶了上来，道：“大哥，刘诚道那老滑头会不会向朝廷奏报？”

李艺冷冷一笑：“让他奏报去吧，待他的奏表到了长安，我们已经渡过大河了！”

李寿恨恨地道：“应该打开泾州府库，把仓粮全都随军带走！”

李艺摇了摇头，道：“泾州府库没有多少存粮的，都疏散到南方几个郡去了，豳州因为支应各路勤王军马粮秣，所以没有疏散。另外豳州武库中还存有一万支短臂弩，这物什可着实是个好东西，在战场上抵得两万精骑。”

李寿道：“不过豳州城池高深，恐怕轻易不容易攻克！”

李艺冲着他翻了一个白眼：“谁说我要攻城来着？”

李寿愕然。

李艺笑道：“我此刻还是大唐的燕王、天节将军，又顶着国姓，进大唐的州郡还要攻城？真是笑话！陈奉——”

陈奉催马赶了上来。

李艺道：“你这就赶到前面去，通知守城的豳州别驾赵慈皓，便说我天节军过界，要在他豳州驻节一日，让他赶紧出城五里，迎接我的王驾，另外准备好羊羔美酒，犒赏我的士卒！”

陈奉拱手领命而去，李艺悠然自得地哼着小调，继续催马前行……

用人之道

“常公，何忧之深啊？”马周笑吟吟地看着无精打采一脸颓废相的常何，手中把玩着一柄折扇问道。

常何苦笑道：“先生又来取笑常某，如今屁股坐在冷板凳上，常某哪里来得什么‘忧’啊？”

马周微笑着站起身来，在屋子里踱了两圈，慢悠悠地道：“以拥立大功而不得赏，反而丢掉了北军统领的要差，当今陛下这件事情做得委实令人寒心，是么，常公？”

常何愣了一下，面色尴尬地道：“我怎敢如此想？当今万岁是我故主，对我又有再生之恩，做人总要讲点良心，否则常某不是成了畜生了么？”

马周看了看他，喟然叹道：“不敢说是真的，不敢想却未必……”

常何笑了笑：“其实我所萦怀的，并非区区封赏。玄武门一役，我卷入得太深了。敬德君集诸将，多年来一直追随在陛下左右，自然比我更受信用，这一层是不消说的。北军统领一职权嫌过甚，关键时候甚至可决君权谁属，临湖殿宫变便是血淋淋的明证。如此重要的要害位置，陛下起用自己的亲信家臣来担当，乃是情理之中事。我担心的是，我知道得太多，介入得也太深，陛下用我之时，情势之危急已间不容发，当是时想不到别的。如今大局已然稳固，他由秦王而太子，由太子而今上，临朝称制君临天下，此刻若是反过来避讳此事，侯张等人是股肱，自然可保无虞，我这个当日入值宫禁的禁军总管却是首当其冲。升官赏爵我不敢指望，只要能保住项上这颗人头，常某便要道一声万幸啦！”

马周失笑道：“大约常公见这些日子原先的东宫旧臣一个个都被陛下留用，心中方才忧疑不安吧？也难怪，自陛下入住东宫，东宫宏义宫的旧臣均受大用，唯常公却未受丝毫封赏，反倒丢了差职，也怨不得常公夙夜忧心。”

他神色凝重下来：“常公可曾见到朝廷邸报？”

常何愕然道：“见到了，这是每日必看的，又有什么干碍处？”

马周道："陛下追赠敬君弘将军左屯卫大将军，谥忠，常公怎样看待此事？"

常何迟疑了半晌道："君弘乃是为陛下而战死在玄武门外，陛下追封他也是情理之中的事情，又有什么大不了的？"

马周摇了摇头："厚封敬将军，是陛下在酬敬将军之功……"

常何笑了笑："此事朝野皆知，又当如何？"

"敬将军于陛下有何功？"马周语气冷峻地问道。

常何道："六月初四玄武门外……"

"不错！"马周极不客气地打断了常何的话语，侃侃而言道，"敬将军在玄武门外为陛下力战而死，陛下因而厚封其功。此事夹杂在如今令人头晕目眩的朝局人事变动之中，并不显眼，可是若是真的深究起来，其中却委实大有学问。"

"先生是说，陛下并未忘记我和老敬的功劳，只不过因为时候不到，所以才对常某暂不加封赏？"常何满面疑惑地问道。

马周笑道："常公所见不错。不过，陛下的深意，倒还并不在此。"

他敛了笑容道："当今皇帝无论统兵临阵还是用人行政，均是大开大阖大手笔。他重用东宫旧人，一概赦免先太子和齐王的亲信左右，既是示天下以公的姿态，也是他一代雄主的气度。此事绝非是因为他对玄武门之事心生悔意，相反，他厚封君弘将军，正是在向天下人表明，他压根便不认为玄武门之事是错的，非但不错，且是一件匡扶社稷的大功劳。"

见常何大睁着双眼看着自己，马周笑道："常公还不明白么？陛下根本便没有掩饰自己屠兄灭弟凶狠行径的意思。他重用东宫旧人，是不愿天下人说他任用私人，却绝非是向这些人低头认错。莫说是这些人，便是在太上皇面前，他也不会低下头来认这个错的。对于此事，他自认不需也不屑于掩饰忌讳，这是人主的大度，也是帝王的自信。所以他才以左屯卫大将军的厚封来公告天下，敬将军有功，是忠臣！故而将军实则不必多虑，陛下此刻没有封赏将军，实是另有计较的。"

常何诧异道："什么计较？"

马周道："说来倒也简单。常公细想，论亲疏，常公可比天策诸旧将否？"

常何苦笑："自然比不得！"

马周又问道："论显贵权势，常公可比萧封宇文等皇帝重臣否？"

常何道："比不得！"

马周再问道："论声望资历，常公可比魏徵王珪等东宫旧臣否？"

常何颓然答道："也比不得！"

马周淡然道："这啊，对天策旧将，陛下须高封厚赏以酬其功；对皇帝重臣，陛下须妥善升置以慰其劳；对东宫旧人，陛下须怀纳笼络以安其心。朝廷本来便只有那么多职缺，国朝方立，功臣宿将比比皆是，本来便是人满为患。而今一下子要安置这许多人，谈何容易？天策府战功卓著威名远播的将军何止数十，前者因受秦王之累而不得入十六卫府，如今陛下秉政，自然是要先筹其前功。常公虽说出身行伍，战功毕竟不著，十六卫府的职缺只有那么多，那些骄悍自大目中无人的将军们怎肯与常公并品为官？常公自己想想，陛下若是以常公玄武门之功赏授将军郡公爵位，常公敢受否？"

常何额头上的汗水涔涔而下，道："那不是让我变成朝野千夫所指么？我便是再狂妄，也断然不敢做此妄想。"

马周笑道："正是这个道理，所以陛下此刻不赏常公，又将常公调离嫌疑之地，实际上是在回护常公。常公放心，今上绝非刻薄寡恩之主，常公的衷肠委屈，陛下不会看不到。只是值此朝野交替权柄迁移之际，常公还需善自隐忍才是。"

常何笑道："我自是不会向陛下去要官做。听相公这一解说，如今这许多人等着升官加爵，又都因前事相互看不上眼，想一想，陛下也真不易！"

马周道："新老交替之际，朝局重新排布已是必然。陛下在做秦王之时，手下已有一个建制完整的小朝廷，如今登基为君，人事更张是在所难免之事。只是如今军情紧急，朝廷稳定为第一要务，故此一时半会还顾不上，待得军情稍缓，萧瑀、封德彝、宇文士及、陈叔达等人罢相便是迟早之事了。尚书省和中书省，逐渐便会由房杜等天策名臣入主。东宫官虽说也受信用，制敕和行政却万难染指，看目前格局，陛下似乎有意将这批人安插在门下省，王珪目下已是谏议大夫，距黄门侍郎不过咫尺之遥而已。"

常何想了半晌，道："房玄龄现已是中书令，杜如晦则领兵部尚书，入堂拜相也只是早晚间事。长孙无忌贵为国舅，又领吏部尚书，更不必说。这几个似乎无甚疑义。然则王珪目前居官五品，不过与我齐肩而已，魏徵为太子詹事主簿，七品官，要拜相恐怕还早得很！”

马周哈哈大笑：“常公此言，只见其一不见其二。朝廷官制，本是人主所定。三省政事确立至今也还不到五十年，能定自然能改。魏徵是七品官，然则自六月下旬以来，凡重大军政事务，无不与闻，其名或曰‘参议得失’或曰‘参与机密’，虽均非正式名号，却施施然与宰相同堂议政，虽无宰相之名，却有宰相之实。谁说七品官便当不得宰相？汉时尚书不过是君主身边的文案执笔，中书令是宦官头儿，侍中是大长随，都是卑微之臣，如今不都是宰相么？霍光史比周公，却从不曾做过太宰和丞相，起身不过是孝武帝身边一个书办罢了！”

常何讪讪一笑：“常某是个粗人，这些掌故确是从来不知的！”说着他不禁“扑哧”一笑，道，“中书令原来是太监头儿？这却是头一遭听说。”

马周微微一笑，却不再言语。

翌日，尚书省发布了一道明敕，却极简短，只有一句话：“原东宫太子詹事主簿魏徵，识明才鲜，卓有大略，即日擢门下省谏议大夫，领秘书省少监……”

燕王作乱

豳州别驾赵慈皓愈来愈觉得不对劲了，天节军进驻豳州已经十余日了，整日里除了催粮便是催饷，说是奉命北上调防夏州，却迟迟不肯开拔。燕王天节将军李艺终日里逼索豳州武库中所存万支短臂弩。赵慈皓虽官职卑微，却也深晓其中利害，他明白告诉燕王府长史陈奉，这一万件弩朝廷有明敕，为天策军专用，没有尚书省发布的朝廷敕旨或是天策上将府的调兵铜符，任何王公大臣都督将军均不得擅动。他这一顶不要紧，却惹恼了李艺，将他叫去中军行辕好好训斥了一顿，根本不听他辩白，词严色厉称军务紧急敌情似火，耽误了军事无人吃罪得起。偏偏赵慈皓也是个心中有主见之人，不管李艺如何责骂，站在那里不卑不亢也不动气，说来说去只有一句话，没有朝廷敕令绝不开武库。

一来二去惹恼了李艺，索性派出一队兵丁将他软禁在府中，他不签发州命便不肯撤兵。赵慈皓却浑不在意，在府中仍旧照常料理州务。李艺却也还算明白事理，知道一州大小事务离不得此人，只是不许他出府，却不禁州里官员吏役往来。

这一日赵慈皓正在接见涞阳县令符禄，豳州州兵统军杨岌怒气冲冲大踏步走了进来，叫道："治中大人，城里驻的这是他娘的什么兵？纪律如此败坏，莫说是野战队伍，便是寻常州兵，也比他们规矩多了！他们来了十余日，治安一日坏过一日。你出去听听，老百姓如今都在骂街，'李艺李艺，好大脾气，进门砸碗，动辄摔屉，刀枪市物，盔甲召妓，大将威风，层层刮地'……大人，你若是再不管管，我便率弟兄们和他们拼了！"

赵慈皓嗔怪地看了他一眼，斥道："不许胡说，百姓们不解国家大事，口无遮拦，你身为统军，怎可对天节将军如此不敬！"

他回转头对符禄道："老兄先回去吧，迁徙一事涉及北边的战事，朝廷数次行文，层层催促，万万怠慢不得。有什么难处，老兄便多担待一些吧！此刻不要说你，就是我，又何尝不是地方黎庶的眼中之钉肉中之刺？"

符禄苦着脸道："大人明鉴，百姓们有些议论，也还罢了，大不了把耳朵一掩罢了。可燕王麾下的统军目下就坐在县署，一口咬定要兵粮，没有朝廷敕命，卑职怎敢将准备南运的粟米给他？那可是掉脑袋的勾当。可不给的话，大王那边又如何托得过去？尚书省和燕王，两边都在不停催逼，如今卑职是两头受气两面为难，实实这个差事不好办！"

赵慈皓笑了笑，道："你办事严谨，做得不错。我们毕竟是一方司牧父母，虽说军情紧急，没有上敕，断然不能擅自把粮给他们。天节军是朝廷直辖，粮秣供给皆有定制的，你不必着急，回去慢慢应对吧！我估摸着顶多再有个两三日，朝廷里便会有说法！"

符禄叹息着去了，赵慈皓看了杨岌一眼，脸色凝重起来，他沉吟了片刻叫道："调甫，随我到内室来叙话。"

杨岌愣了一下，迈步随着赵慈皓进了内室，却见赵慈皓转身凝神静听外廊的动静，半晌方才将门闭好，顺手上了闩。他不禁愕然："治中大人，您这是……”

赵慈皓摆了摆手：“调甫暂不要多问，听我说完！”

他缓了一口气，问道：“你手上有多少兵在营？”

“一千四百八十一人！”杨岌不假思索地脱口答道。

赵慈皓点了点头：“随时都能调动么？”

杨岌立时来了精神：“只要大人下令，我立刻派兵上街，把那些混账王八蛋都抓起来！”

赵慈皓连忙摆手：“万万不可！”

他沉了沉，道：“你如此做等于打草惊蛇，你敢不经请示便抓李艺的兵，他便敢行军法立斩你于城门之外。事情不能这么办！”

杨岌疑惑道：“我们归洛州都督统辖，不归他节制。没有符节，他敢杀我？”

赵慈皓沉默半晌，轻轻叹了一口气：“调甫，情势不太对头，十有八九，燕王已经反了！”

杨岌大惊：“大人，这话怎么说？”

见赵慈皓踌躇不语，他又道：“李艺这厮虽说军纪败坏，还不至于公然造反吧？”

赵慈皓摇了摇头：“军纪不整，算不得什么大事，我说的不是这个。这几日四周各县令丞来府，我才知道他已经派兵封锁了州境，说是因军务机密，防有奸细出入。”

杨岌想了想，道：“虽说过分了些，不过他是军事主帅，这么做也无可厚非。”

赵慈皓眼中目光忽转凌厉：“可是这样一来，没有他的准许，我们的信使便连州境都出不了，更遑论飞马京城向尚书省奏报了。”

杨岌张大了嘴，半晌方才道：“大人这么想，也有道理！”

赵慈皓咬着牙道：“我为地方治中，脱不开这层干系。说不得，此番须得冒一番险了！”

他转头凝视着杨岌道：“调甫，你素来是个不怕事的，此番面对的是手握重兵的郡王，无论胜负，你我先已有罪，你怕不怕？”

杨岌一笑："大人怎么这般说话？相与这么多年，你还不清楚杨某为人？我若是怕事，今天便不会因为天节军骚扰地方的破事来你这边寻主意。大人有什么州命尽管吩咐，杨某便是拼上这条性命，也无大所谓。"

赵慈皓点了点头："如此最好，事不宜迟，你速速回营，点起兵马，吃毕晚饭后立即率兵入城，无论谁阻挡你，当机立断击杀之。别的地方不必理会，你只需直扑城北。燕王的中军设在北门处，打蛇打七寸，擒贼先擒王，只要擒得李艺，天节军军马再多也无济于事。"

杨岌一躬身，道："末将领命！"

赵慈皓又道："你人手太少，燕王又是多年的老军务，要一举成功恐怕不易。我给你批一个条子，你即刻到豳州府库调取五十桶墨汁，回营之后即刻将兵士的甲胄漆成黑色，另外我再给你一道手令，你拿着它回营，即刻去军库中调取一千四百把短臂弩出来，配备给士卒。调取此弩须朝廷敕命，如今情势紧急，只得从权，这个责任我担了，你照此办理便是。"

杨岌一愣，不解道："大人，这是……"

赵慈皓叹道："李艺征战沙场多年，是见过大场面之人，此刻放眼天下，唯一能令他稍微忌惮一些的，莫过于屈突老帅的玄甲军了。此军甲胄皆为黑色，所用兵刃皆是制式，一时间我们没办法模仿，不过短臂弩这天下第一利器目下只有玄甲军装具。此事若拖延时间一长，必然露出破绽，所以你务必速战速决，只要时辰短，一时半会燕王还反应不过来……"

此时的赵慈皓和杨岌还不知道，八天前，大唐皇帝李世民便通过尚书省诏告中外，夺去李艺国姓及燕王爵位，罢本兼各职，削去封邑，敕命吏部尚书长孙无忌及左武候大将军尉迟恭挥军进剿天节叛军，并命已在三水县待命三个月的薛万彻为前军先行进剿。这两个一心恪尽职守的州郡官吏凭着自己的本能在关键时分做出了正确的抉择。

老相襟怀

贞观元年一月廿七日，正在豳州待得愈来愈焦躁的燕王罗艺遭到了豳州州兵统军杨岌所率千余州兵的突然袭击。与罗艺所统帅的天节军相比，杨岌所率州兵无论是人数还是战力均相去甚远。也正因为此，罗艺虽知豳州文武上下及地方百姓对突然进驻的天节军几度不满，却也万没料到被他软禁在府中的赵慈皓和身居从六品统军之职的杨岌竟敢用手头那点在他看来连塞牙缝都嫌不够的兵力以卵击石。他更没有想到的是，这些胆大妄为的地方兵一上来便先声夺人，不顾环伺内外的天节大军，竟自直取他设在北门内的中军。

杨岌夺取城门几乎未费吹灰之力，同样打着唐军旗号的豳州兵几乎在守卫城门的天节军反应过来之前便已经开进了城中，高喊着整肃军纪，杨岌毫不犹豫地砍了两名天节军军官的脑袋。南门既下，豳州兵毫不迟疑便沿着城墙垛道冲向北门，罗艺刚刚接到有黑色甲胄者杀人夺门的军报，杨岌便率部杀到。

关键时候，新配备的短臂弩发挥了大作用，短短不到一刻接触，罗艺的中军卫队便死得七七八八。来袭者身穿黑色甲胄，又配备野战利器短臂弩，罗艺的第一反应便是洛阳的屈突通率玄甲军来袭，惊惶之下被弟弟罗利匆匆扶上马背，开北门狼狈逃出。罗艺一去，诸军顿时丧失了斗志，被杨岌切瓜砍菜一般屠了个干净。燕王长史陈奉死于乱军之中，罗艺留在城中的妻妾子女均被俘获。

杨岌当即回兵州署，解除了控制州署的天节军武装，将赵慈皓放出。赵慈皓连夜在城中张贴了安民告示，命所有天节军军士均到南门报到列编，同时紧闭豳州四门，在全城搜捕燕王府余党。

逃出城去的罗艺乘夜色向北连夜跑出了一百多里，最后在一个名字叫作“邵集”的小镇子停了下来，在那里歇了一日，方才派出从人去打探消息。两日后亲兵们纷纷回转，罗艺这才知道上了大当，豳州城中只有统军杨岌所率两千余人。妻子皆陷，罗艺怎肯罢休，立时向各地天节军散兵发出号令，限十日内向邵集集中，他准备回师踏平豳州。

过了七日，顺利归顺建制的天节军已然超过八千人，罗艺决定不再等，晚上他与弟弟罗利及司马杜仲达商议半宿，准备次日誓师回军豳州。

不料当夜警号四起，一彪骑兵杀进营来，狂呼："朝廷敕命，杀罗艺者赏金三百两！"却是薛万彻的兵到了。

薛万彻于四日前抵达豳州，与赵慈皓一见面，立即向赵慈皓出示了皇帝于元月十九日通过尚书省诏告中外的敕书。得知赵杨二人已经先其一步将罗艺赶走，不禁啧啧称奇，当即将被软禁在府中的罗艺家人尽数收监，随即派出兵马，四处探访罗艺下落。正好罗艺的亲兵正在周围各县张贴告示召集兵马，几乎不费吹灰之力便侦知了罗艺的中军方位及军情虚实。为防罗艺北遁，薛万彻随即点起两千轻骑直趋邵集。在距罗军十五里处隐匿行迹，一直到入夜才靠近罗营，一边放火一边杀了进来。

夜色之中罗艺一时间再难辨认敌军人数，但仅凭杀来的敌军都是骑兵一项即可知绝非地方守城部队。刚刚理顺建制疲惫不堪惊疑不定的罗军根本无心恋战，大营很快便崩溃了。司马杜仲达死于乱军之中，罗利被薛万彻活捉。罗艺单人单骑逃去，此番却是再也不肯在大河以西停留半刻了……

贞观元年三月，反叛的燕王罗艺携其弟利州都督李寿死于辽北，首级传于长安，大唐皇帝命以郡公礼葬之。

贞观元年四月，赵国公太子少傅尚书右仆射封德彝染恙，奏请辞相，大唐皇帝不允，亲往探视，并下敕抚慰令其在省静养。

六月，尚书右仆射封德彝病入膏肓，遂不治而薨。大唐皇帝大为悲痛，下敕辍朝三日，追赠司空，谥为"明"。

封德彝一死，尚书省立时便空出了一个宰相位置，朝野上下文武百官顿时便来了精神。三省之内，萧瑀居长，自他以下无论谁接任右仆射之职，都要空出一个中书令或者侍中的位子来，却不知又会由谁来填补。众人心中暗自猜测，现下奉命在政事堂"参议得失"的四位大臣，极有可能有一位要扶正。而这几位大臣当中，功劳威望排在首位的自然是位列正三品上的兵部尚书李靖。李靖万没想到，自己小心谨慎在京城待了半年多，却被封德彝的死一下子又推到了风口浪尖上。

六月十八日，皇帝在东宫显德殿召见了江国公侍中陈叔达。

"陈公，朝中大臣，都有谁可接任你的侍中一职，说来听听！"李世民开门见山地道。

陈叔达毫不迟疑地道：“魏徵、韦挺，皆是上佳人选！”

李世民想了想，摇头道：“朕总归要提拔他们上来，不过现下恐怕还不是时候。韦挺人才难得，只是做个参谋是好的，要他独自挑起一省重任，朕还不大放心。魏徵迟早是侍中一职的不二人选，只是目下朕身边许多事情还要靠他参谋议划，暂时还不能放他过去。除了这两个人，还有谁合适？”

陈叔达又躬身答道：“大理寺卿戴胄，中书令杜如晦！”

皇帝拧眉思忖半晌，微笑道：“廷尉司典天下刑狱，除了戴胄，朕还真不放心别个。克明确乎是个好人选，不过李靖专责北边军事，日常军务还需克明操心！”

陈叔达躬身道：“侍中虽无兼典兵事的先例，陛下却可立此先例！”

李世民哈哈大笑，道：“就是他吧！子聪，德彝公去了，这右仆射一职，目下朝廷之内，论资历、学识、出身、能力，恐非你莫属了！”

陈叔达看了皇帝一眼，面无表情极干脆利落地答道：“臣不是那块材料，请陛下明鉴！”

李世民一愣，诧异道：“这却是从何说起？”

陈叔达叹了口气：“臣老了，忝居相职、尸位素餐多年，愧对太上皇和陛下的厚爱！尚书右仆射主理行政，天下大至兵马钱粮、小至针头线脑均是其职责所在，这个位子要个年富力强的人才能做得好。封密明公薨在任上，年整六十，他是心力衰竭累死在这个职位上的。他这个年纪来挑这个担子本来便已经不太合适了，臣今年已六十有五，比他整整大了五岁，怎么挑得起这副重担？陛下身边，房玄龄杜如晦皆在壮年，且贤德干练朝野知名，与其让臣这样的老朽来勉为其难，何妨破例超拔？如此于国家于朝廷于陛下均相得益彰，岂不是大大的好事？”

大唐皇帝呆呆地凝视了他半晌，叹了口气道：“子聪老相国，自朕登基以来，你说话越来越少了。以前父皇当国的时候，你虽说以谨慎寡言著称于朝野，也还偶有谏言，自朕继位以来，不管是朝议还是廷议，你往往从始至终一语不发。政事堂的诸臣子里面，你的年龄最长，资望最深，说话分量最重。今日咱们君臣独对，你不妨跟朕说说心里话，你可是对朕登基以后冷落了你有所不满么？”

陈叔达起身避席跪了下来，神色坦然地道：“臣焉敢？陛下天纵英才，弱冠之年便统率百万大军驰骋疆场，而立之年便已身登大位，陛下这个皇帝不是坐享其成，是一刀一枪认认真真靠流血流汗得来。世人只道皇帝威仪万千，却哪里知道皇帝亦有皇帝的苦衷？自陛下登基以来，臣便知道陛下要做什么、要怎么做。臣不说话，正是因为臣身处高位，一言不慎，妨了自家禄位事小，若是坏了陛下的大事，臣便万死莫赎了！”

李世民静静地看着他，缓缓说道：“武德七年，父皇疑朕陷害大哥，是你陈公替朕辩白了冤屈。武德八年，父皇听信谗言，欲将知节外调，又是你在背后替我说了话，父皇才最终收回了成命。去年六月，太白经天，父皇恼怒之下欲将我锁拿问罪，又是你陈公痛切陈词，才将事情压下了。六月初四晨，在东海池畔，若非你镇定自若主持大局，父皇和我恐怕都不好收场。这些事情你陈公虽然做了，却一句也未曾在人前说过……”

陈叔达猛然抬头，正要说话，李世民却挥手止住了他，笑道：“你不必多说，朕说这些事情，没有别的意思，朕只想陈公知道，这些事你虽不说，朕心中明镜一般。同样身居相位，你与萧瑀截然不同，他生性张扬迂腐，你却生性平实内敛。政事堂六位宰相当中，朕最器重的人便是陈公你。去年一月朕被人诬陷，性命几乎不保，当时你居母丧在家，朝中为朕说话的大臣倒也不少，却没有一个人能让朕托付性命。那段时日朕整日惶惶不宁，只到那时候朕才知道，原来平日里和朕持君子之交不相往来的你才是唯一能够帮助朕渡过难关的人……”

陈叔达眼中不禁升起了一阵雾气，苦涩地笑道：“有陛下这番话，臣此生便是万死，也不枉了。陛下，臣老了，又是太上皇所用之臣，忝在中枢，不仅不能助陛下为一代圣君，恐怕久在庙堂，反而会阻塞了贤达升迁之路。新皇登基，用人行政，均要有一番新气象。陛下所用房杜王魏，此皆社稷之臣也，这些人此时虽品秩尚低，但日后必成朝廷栋梁，陛下要大治天下，务必早日令这些人出掌枢要。臣知道陛下的顾虑，房玄龄六月初四在政事堂向臣等索要印信，得罪了萧相，是以他们之间的情形势同水火，不能相容，陛下担心房某出任右仆射会令尚书省令出多门不能统一行政。”

大唐皇帝听得两眼放光，他想了多日的事情，竟然被陈叔达一语道破，心中暗自感慨此人姜桂之性老而弥辣。却听他继续说道："其实此事也不难解。皇后内兄长孙无忌追随陛下多年，卓有劳绩，论才识能力，做个宰相绰绰有余，只是限于外戚身份，不好堂而皇之入主中枢。陛下此刻可命其暂摄仆射，他与萧相没有过节，定能相安共事，待日后时机成熟，陛下再逐步将房杜二臣调入中枢，主掌行政之权可也。"

李世民苦笑道："萧相是个君子，可惜心胸不阔，连朕的账都未必买。要让他日后与玄龄和睦共事，恐怕难了！"

陈叔达抬头看了皇帝一眼，嘴角浮现出一个意味深长的微笑："陛下待老臣恩深意厚，老臣临退，便助陛下解了这个难题吧！"

六月十六日，尚书省发布上敕，册封国舅吏部尚书长孙无忌为赵国公，出任尚书省尚书右仆射。同日，命秘书少监魏徵检校尚书右丞。

八月初一，大唐皇帝下敕，杜淹以御史大夫参与朝政。自此，"参与朝政"亦成为宰相代名词。

十二月初九，为了一件平常判案，尚书左仆射萧瑀与侍中陈叔达在廷议上争执起来，两个执拗桀骜的老儿竟然也不顾大唐皇帝就在眼前，争得面红耳赤十分不堪，惹得皇帝大发雷霆拂袖而去。

翌日，兵部尚书李靖上表，弹劾二臣举止失仪君前大不敬。皇帝下敕从轻发落，免去萧瑀尚书左仆射之职，出为荆州都督；免去陈叔达侍中之职，归家养老。

十二月十一日，大唐皇帝下敕升中书令房玄龄为尚书左仆射。同日，尚书省发布明敕，中书令杜如晦检校侍中。

贞观元年，便在这一幕啼笑皆非的政治闹剧中缓缓落下了帷幕。

名将入京

便桥之盟定后，大唐与突厥之间表面上相安无事，然而暗中的较量却从未止歇。武德九年八月底，大唐皇帝李世民敕令十六卫府、十二军府各抽调二十名从军三年以上兵弁入内廷受训，名曰“御训”。让长安文武百官惶恐不安的是，皇帝竟然将训练地点设在了皇帝狩猎的御苑里。九月初四，由萧瑀、封德彝领衔，三省宰相联名上奏，请罢御训。李世民当日便召百官入朝，宣敕曰：“朕待天下臣民以诚，天下人必不负朕。突厥大军南来，掠我州县，虐我百姓，兵锋直抵畿辅，此亘古未有之奇耻大辱也。故朕决意卧薪尝胆、整军经武，岂有惧谋刺而远天下之理？王者视四海如一家，封域之内，皆朕赤子，朕一一推心置其腹中，奈何宿卫之士亦加猜忌乎？”

皇帝诏书里说得极清楚，虽然在那些大字不识半箩筐的厮杀汉看来未免有些文绉绉有些拗口，却也明白皇帝的意思是对自己推心置腹不加猜疑的意思。

贞观肇始，百废待兴，朝廷里文官们的注意力不久便被三省改制、降宗室分封、并省天下州道、精简朝廷官员名额等等震动天下的大政吸引了去，至于皇帝喜欢平日里领着一群将校侍卫在御苑中走马骑射、疏松筋骨这等鸡毛蒜皮的小事，很快便没有人再关心了。说起来这充其量不过是这位早年戎马倥偬以武事平天下的皇帝个人的一点坏习气罢了。也有人以为皇帝这一举动当中蕴含着号召全民尚武以及警醒百官边患未除、国耻未雪的意思在里面，否则那个最喜欢在皇帝面前絮絮叨叨、指摘过失差错的谏议大夫魏徵为何对此事恍如不见不闻呢？当然，最近这位古板道学的老夫子刚刚升任正四品的尚书右丞，协助右仆射长孙无忌办理精简朝廷各部寺卫司衙署官吏的事情，一天到晚忙得连家也顾不上回，恐怕确实也没精神来在这些芥菜籽大小的事情上分散精力了吧。

不过，若是文官们知道皇帝陛下连平灭突厥的方略大计都在这里讨论谋划，恐怕便不会这么好说话了。

曹国公并州都督李勣早上刚刚抵达长安驿站，便赶上了在驿站里候了一夜的左骁卫将军郭孝恪。郭孝恪是他早年任黎阳总管时的幕府长史，比他还大八岁，年初罗艺叛乱后邸报上登出郭代替刘诚道出任泾州刺史的任命，李勣便以为他放了外任，因此一下马便见到他在驿站中红着两只眼睛坐等，不由得吃了一惊。

“你调回京了？这是什么时候的事情？”年方三十出头的曹国公惊讶地问道。

郭孝恪苦笑道：“我在泾州只坐了两个月州署，天节军归建府军常制的事情一办完我便回来了，如今在左骁卫府押班宿卫。此番是受了圣命，特意来迎懋功的。”

李勣更加惊讶：“陛下如何知道我今日到京？”

郭孝恪道：“从并州到京城，一路换马总共也不过两日的路程。陛下估计尚书省的公文大约前日能够抵并州，昨日便命我来接你，接不到你不许回家睡觉……”

他说着又摇头苦笑：“陛下登了基，却还似当初在洛阳般模样，心急起来片刻都等不得。他自家精神足，便也不让别人睡觉。昨夜一时兴起，拉了国舅和魏玄成在显德殿商讨精简官吏定额的事情，十之八九又是一夜未眠。辅机相公年轻些，也还熬得住，可怜魏右丞快五十的人了，还要跟着两个年方而立的血气旺盛之人熬夜，也当真无奈！”

李勣正在换朝服，闻言一愣：“那皇帝此刻岂不是正要歇息？我下午再觐见么？”

郭孝恪连连摇头：“懋功想得倒美，我奉的圣命说得清楚，你一到京便须立即随我北苑见驾，换了衣服这便走吧。皇帝纵然此刻不在那里，李药师这个大司马也必然在的。兵部四司、鸿胪寺、卫尉寺的轮值官也在，你去了便知道了。”

李勣愕然道：“怎么跑到御苑去了，我还没到兵部缴纳兵符将印，也带到御苑去么？”

郭孝恪想了想，道：“不必了，李药师不能在那地方接你的符印，回来再交接吧！”

此刻李勣已经换上了紫色的三品官袍，双手捧着饰有金附蝉的帽子戴上，摆手道：“敬守兄请！”

两位朝廷大员乘坐着一辆普通的双轮马车缓缓行驶在长安的街市上，郭孝恪略带歉意地道："此番你回京不能招摇，只好委屈了。回头我摆酒，上好的烧羊肉，你我兄弟一醉方休！"

李勣隔着车窗扫视着长安的市景，却没留心郭孝恪的说话，自顾自道："还是京城繁华啊，毕竟是几百年的帝都。这建筑这街市，太原也算大郡，相比之下只怕连长安的穷乡僻壤都不如！"

郭孝恪冷笑道："原先人说外任再好也不如做京官，京官一旦外出，哪怕是外放权倾一方的都督刺史也视同贬斥，便是因为人们大多贪恋京师这点繁华富贵。可惜如今不同了，规矩翻转过来了，现在的长安，是人人求外放个个想离京，哪怕放到外地去做个县尉也不愿意待在长安了。人心趋利避害，自古使然，却也是没法子的事情！"

李勣惊讶地回过头看了他一眼，道："这话却怎么说？"

郭孝恪叹道："你不知目下的局面，如今长孙国舅和魏玄成两个人奉命编制京官员额，据尚书省小厮们私下里传出消息说，这两个煞神这一番要将长安城内及京畿一道的官吏员额一口气裁并到七百人以内。如今长安城内人人自危，大家都在猜测自己会不会被裁下来。外官这一遭不动，是以反倒成了炙手可热的位置。你这个并州都督的位置若能在京城内明码标价，我包你一天之内成百万巨富……"

"七百人以内？"李勣惊讶地张大了嘴巴，京师在精简机构并省官吏的事情他在并州也早有耳闻，只是却并不知道竟然如此夸张。中央三省六部、九寺、十二卫、御史台，再加上京兆府长安、万年两县如此多的衙署机构，更不要说还有东宫、太极宫、京城内各亲郡王府如许多的衙署机构，竟然要裁得只剩下七百人，那岂不是一下子有一多半的豪门权贵要回家去吃自己？新皇帝还真是不怕犯众怒啊！

郭孝恪迟疑了一下，道："懋功，其实我倒觉得，此时于你倒是个机会！"

李勣一愣："机会？敬守这话却是什么意思，我听不懂。"

郭孝恪道："此时长安城内多少官吏希图外出而不可得，懋功如今在并州设都督府，若能为那些根基深厚的高门大姓做些事情，这些人不知会有多高兴。这是得人望的事情，在朝中的权势再煊赫，郡望有亏照样走到哪里都被人轻视。我在长安日久，不知看了多少这些人的嘴脸，你若能在幕府中为这些人的子侄辈留几个晋身的位置，在京师的名望立时便不可同日而语！”

李勣这才恍然大悟，郭孝恪所谓的好机会，却是这么个广结善缘的好机会。

他厚道地笑了笑，答道：“人贵在有自知之明，我本来便是个农夫，要名望做什么？”

郭孝恪满肚子的话，被这位年轻的曹国公一句话便全顶了回去，心中暗叹可惜。虽说如此，他却熟知李勣的脾气，这个话题就此打住不再多说了。

扫北方略

郭孝恪说得不错，皇帝和兵部尚书李靖此刻都在御苑里。

李勣刚一进入后苑，就惊讶得瞠目结舌，竟有些不敢相信自己的眼睛了。

原本树木茂密郁郁葱葱的御苑里此刻除了最外面一圈林木依旧如故以外，里面的地势情形均已大变。两道直直耸起的土梁假山自南而北纵贯而去，一条水流涌动的溪水夹在中央蜿蜒流淌，两道梁子越向北便越相互靠拢，平坦的地面也越来越少，在最狭窄处交叉两座石亭耸立，隔溪相望。李勣武德五年来长安觐见的时候也曾御苑赐宴，那时节御苑里虽然没有什么楼台亭阁，然则山水相依丽色清幽，各种野物鸟兽奔行其间，真真仿佛人间仙境一般。若不是跟着郭孝恪一路行来，他几乎要怀疑自己走错了地方。

他毕竟是在战场上打磨了十几年的宿将，根本不用郭孝恪解说，转眼之间便瞧出了这御苑变化的奥妙所在。

昔年的瓦岗豪杰轻笑一声，傲然问道：“皇帝可是在并州等我么？”

郭孝恪抚掌大笑：“正是！”

这整座御苑，竟是被人力生生改造成了一幅缩减了倍数的山川河流形势图。

李勣大步前行，穿过了两座土梁硬生生挤出来的“雀鼠谷”，转过代表着并州以南战略要地介休的石亭，沿着那条象征着“汾水”的溪流径直向北行去。

大唐天子李世民着一身扎束整齐的便服，正坐在一张特制的胡床上等着他。

“臣左监门卫大将军并州刺史都督并晋璐汾忻岚石仪州诸军事李勣叩见皇

帝陛下，吾皇万岁万岁万万岁！”李勣表情严肃一丝不苟地跪倒尘埃行过了三跪九叩大礼，待李世民说到第三遍“平身”才提着袍子站了起来。

待站直了身躯，他才向盘膝坐在皇帝身侧的兵部尚书李靖躬身行礼：“李勣见过药师！”

李靖略有些局促地笑着拱手还礼：“曹国公一路风尘困顿，辛苦了！”

两位威震三军的李大将军见面倒是客气得紧，只不过皇帝却似乎没有耐性寒暄客气，劈头便问道：“懋功，你的马政进展到什么地步了？”

李勣稳了稳心神，道：“今年开春产下的四千八百匹马驹，力气还未长足，臣估计到明年春夏，应该便可以跟着运一些不甚紧要的辎重了。只是一岁口的马耐力差，走不得长途，总要到明年秋后才能正式编入军厩从征。”

李靖在一旁对皇帝道：“陛下，两岁口的马还是太嫩，即便能跟着上战场，关键的时候也是顶不住的。要能用得上，总要三年以上才好。别的都可从速，这件事情却急不得！”

李世民咬着牙思忖半晌，苦笑道：“其实三岁口的马也不过才入青壮之年，长途奔袭下来，只怕十停里要折损七八停。我担心的是今年并州只有不到五千匹新马，明年春天就算再产五千匹，到贞观三年春天也才不过两岁口，还不经用。如此我们定的三年之期，便要延后了。”

李勣抬头看了看皇帝，说道：“臣以为贞观三年动手似乎还是急切了些。我并州现在的骑兵不过一万三千之数，且装具不足。在河东作战尚且够用，若要远袭漠北却勉强得很。”

李世民看了看他，苦笑一声道：“懋功不明白，这都是计算好了的。贞观三年秋天是最佳时机，若是错过了，只怕颉利便能喘过这口气来，那时候纵然我们准备好了，打起来恐怕也会旷日持久。”

见李勣不解，李靖道：“懋功还不知道吧，右卫大将军霍国公柴嗣昌、殿中省少监薛万均昨日已经奉节离京。为了封锁消息，陛下授节符没有升显德殿，也没有设行军总管府。霍国公此番是以夏州都督的名义节制灵夏诸州兵马，为的便是不使北虏警觉生变。”

“梁师都？陛下准备明年开春便克定朔方？”李勣这一惊非同小可。

李世民点了点头，皱着眉头烦躁地自胡床上站了起来，一面走动着一面语气坚定地道："我要趁着突厥今年这场大雪打断颉利左边这条膀子。前些时候西域的统叶护遣使臣真珠，带着万钉宝钿金带和五千匹良马前来迎娶公主，却被颉利遣人威胁，又退了回去……五千匹良马啊！"

看着年轻的皇帝咬牙切齿的神情，李靖和李勣不禁面面相觑，原来这位天子最痛心的竟不是朝廷威仪有损，而是这五千匹没有到手的好马。

"梁师都一日不除，颉利的铁骑出陇右、下关中便要多方便有多方便。这颗钉子如不拔掉，西域诸国和突利契丹等部纵然对咄吉老贼再不满，也不敢向我输诚。朔方一旦在手，我们便斩断了颉利向西向南的通路，突厥骑兵再想如现在般自由往来于陇右关中便是痴人说梦。而我军主力则可通过朔方和河东分为东西两路进击漠北。幽州一线只要守紧关防，颉利老贼除了北遁阴山之外便再也没有其他的路可走！"李世民似是喃喃自语，又似是在宣泄心中的焦躁情绪。

关于北征突厥的军事方略，李勣也已经思忖许久。他的结论和皇帝及李靖的一样，若要彻底解决突厥对大唐北部边境的军事威胁，必须收复朔方和定襄这两个前隋时期的边防重镇。目前这两片地域分别由梁师都和杨政道两股割据势力占据，他们受命于颉利，岁岁南下骚扰大唐边境，当唐军北伐时，这两股割据力量又变成了挡在颉利和大唐之间的一道天然屏障。故而唐军哪怕是要实现与颉利进行战略会战的目的，都必须先敲碎这两颗钉子。

在这两颗钉子当中，定襄被颉利当作过冬的行营，几乎每年冬季都要率领部众南下来此地就食，而定襄的防务也全然是由突厥军队负责。杨政道虽然在名义上称为大隋正统，基本上便是颉利的傀儡，自己实在没什么主意；而梁师都却是希冀着能够以突厥为靠山南下中原图取关中，与已经一统的大唐争相逐鹿。从战略上看，打杨政道实际上便是直接和颉利交兵，但打梁师都，颉利会不会救援却在两可之间。春季正是草原上的牲口马匹交配繁殖生产的季节，也是一年当中突厥移动最困难的时候，在这个时候以突然的手段打击梁师都部，颉利即便想援救亦是有心无力，因此对于李世民在贞观元年即将过去的时候派柴绍和薛万钧远赴夏州筹备此事。李勣虽初时吃了一惊，随即便立刻想通了其中的关节。今年冬季突厥大雪成灾，牛羊牲口被冻死无数，元气大损，只怕要有成千上万的牧民难以活着度过这个冬天，颉利可汗自顾不暇。这时候大唐若还畏首畏尾不敢动手取朔方，待明年夏季一过突厥恢复元气，再想动手就晚了。

李靖目视着李勣道："懋功，陛下的方略便是先西后东，先打梁师都，后破杨政道，先取朔方，再破定襄。明年春天霍国公用兵成功之后，突厥对关中和陇右的威胁便可解除，那时候并州就将成为北伐前哨，无论是克定襄还是击破颉利主力，东线都是主战场。你肩上的担子不轻，这次陛下密召你进京，便是部署两年后的进军事宜。"

李勣想了片刻，答道："定襄方向虽说是突厥主力所在方向，但要击破他们倒也并不困难。只要卡好时候，定襄一举可破，然而难的是破定襄之后我军是否还有深入大漠寻找颉利主力会战的余力。若选择颉利北还牙帐的时候克定襄，则我军便要深入漠北数百里搜索敌军主力所在位置。阴山以北的地域实在太过广大，且我们在那个地方是客军，气候地理均不熟悉，敌军的机动速度优于我军，一旦陷入颉利彀中，想全军而还都难。然而若选择在定襄与颉利进行决战，则敌军有城池可以依托，且想守就守想走就走，我军未必能够抓得住。别的臣不担心，只担心颉利一旦主动北窜，我们就算拿下了定襄也还要留大兵驻守。今年突厥大雪不假，中原却也四处灾荒，百姓流离失所易子而食的事情屡有发生，颉利固然捉襟见肘，我们却也并不好过。若两年内国库仓廪没有明显改观，臣恐定襄拿得下守不住！"

"所以朕绝不会让咄吉老贼逃回漠北！"李世民冷冷接口道。

李靖点了点头："老夫已经建议陛下贞观三年年底用兵，以半年为期，半年间若不能破贼，大军便撤回并州待机。此番不必计较一城一池之得失，但以击破颉利主力为第一要务。"

"妙！"李勣不假思索地赞叹道。

"药师兄的建议也是朕的想法。"皇帝微笑接口道，"贞观三年十二月底用兵，以夏州兵驻朔方榆林之地，防颉利西窜，主力则以并州军出雁门、马邑，直逼定襄城下，贞观四年正月与突厥主力会战于定襄城下。朕料想咄吉老贼届时必驱部众牲畜南下至定襄过冬，正月用兵，一冬一春，有整整半年时间可用。届时大雪封塞，颉利若率众躲回漠北，则大部牲畜必为我所得，连大军的口粮都不用担心了。而其部即便能够全军回到牙廷，牲畜全失之下，不知有多少人要冻饿而死。那时候恐怕即使我们不动手，突利他们也不会放过这等痛打落水狗的好机会。"

“不错，陛下用兵如神，两年后这个时间卡得极准。颉利实际上是不得不和我军在定襄决一死战的，退回漠北实际上是死路一条。”李靖徐徐道。

李勣点了点头：“不过冬季用兵，对我军也是一场恶战，将士折损必不在少数。臣恐怕死于阵前的士卒还不及冻亡之士卒十分之一，更何况冬季大雪封路，道路难行，粮草转运输送恐怕也是个大问题。”

李靖容色平静地道：“所以陛下才召懋功回来，便是想向你面授机宜。你回并州之后，需在今明两年内利用时机训练士卒，特别是训练步骑在冰天雪地当中作战的能力，同时还要详细考察河东的道路情形，拟定出两年后北伐的大军进军路线和粮秣补给路线。这些事情都需要你这个并州都督亲力亲为，务求细致。到时候陛下一道诏令，便会在并州建行军总管府，这些事情到那时再做便来不及了！”

“还有定襄及漠北的消息情报！”李世民语气干脆地补充道，“天文、地理、丁亩、户口、畜牧、军力、城防等等事宜都要摸清楚，凡是来自漠北的商旅马队，一律扣住盘问，但要和和气气。所有货物一律由并州都督出面统购，事后你和兵部直接结账，对这些行走北地的人要好吃好喝好招待，如能说动其为我所用更好。只要你懋功觉得妥当，五品以下的官衔随便你封赏，京城在精简编制，你那里便是扩充出一半冗官我也不会怪罪。总之凡是有关漠北的消息，便是一个婆娘生了几个娃这样鸡毛蒜皮的琐事也不能放过。侯君集和张亮已经奉命组建了专门侦查漠北军情的斥候队，但从这个方面得来的消息毕竟有限，主要还要靠你并州这边。”

李勣浑身血液一阵喧沸，撩起袍子跪了下去：“臣定当竭尽所能，不负陛下所托！”

李世民点了点头，随即脸上又浮现出了苦恼之色，口中继续喃喃自语道：“就算再怎么拼凑，仍是不过两万匹马……就算战略上占尽上风，若是定襄城下这一仗打输了，亦是无济于事……”

李靖与李勣这两位战功赫赫的大将对视了一眼，脸上均不禁露出莞尔的神色。这个年轻的皇帝一论起军事，便半点帝王的威仪风貌都顾不得了。冒雪出兵踏冰扫北，这恐怕便是这位大唐天子此刻魂牵梦萦的念头吧！

步步紧逼

贞观初年的大唐在灾荒和外患中艰难地前行。李世民这个新皇帝的登基给天下带来的不是五谷丰登的极盛之世，而是肆虐关内关外的旱灾和蝗灾。贞观元年的大唐朝廷甚至没有能力在帝国的核心关中之地进行赈灾，不得不打开潼关的大门，允许甚至鼓励关中的百姓出关去逃荒。来势凶猛的灾荒注定了三年内朝廷非但不会有一文钱的税收，甚至还要拿出库存的粮食和缗钱来贴补农用。灾害结束之后，逃荒回来的农民还要耕种，否则下一个年度里关中的土地上仍然不会长出一粒粮食，买种子农具乃至牲口的钱要由朝廷来支付。更何况面对北方强敌的军事准备自渭水之盟后便紧锣密鼓地进行着，一天也未曾停歇。四处都要用钱，而朝廷的国库却如同没有水源的河流般日见干涸。

为了解决迫在眉睫的财政问题，李世民和他的宰相臣僚们伤透了脑筋。国家在三年内收不上钱来，只能吃皇帝末年国库里那点老底子。在庞大的财政压力下，在短时间内开源几乎是痴心妄想，问题的解决之道便只剩下节流一途了。

朝廷的第一个举措便是降封，将武德年间加封的一大批宗室郡王降封为郡公，缩减其食邑，削减其俸禄。宗室是李唐立国的根基，降封直接触及了宗室的利益，这一措施若在武德年间实施必然引发轩然大波，然而玄武门内的血却帮了新皇帝的忙。这个自幼无法无天任意妄为的李家二郎对自己的亲生兄弟都能下辣手，世间还有什么他不敢做的事情？因此降封一事虽然惹得李家族门之内怨声载道，甚至还惹出了义安郡王李孝常谋反一案，但总体而言倒也还算顺利地推行了下去。

另外一个举措便没这么轻松了，为了压缩朝廷的行政开支，自贞观元年年初开始，朝廷开始谋划并省精简中枢及京兆地区的机构和官吏员额编制。这是一件绝对吃力不讨好的差事，面对举朝的文武官员，谁又能有此魄力和能力来不避嫌疑地亲手打碎他们的饭碗？这个人若没有深厚的根基和背景，只怕精简并省官员的职差告毕之日，便是其人死无葬身之地之时。环顾当朝，又有哪个不要命的敢与整个官场为敌呢？

最终承担了这个任务的，却恰恰是一个谁也想不到的人。贞观元年六月，大唐皇帝李世民下敕拜皇后的哥哥自己的大舅子吏部尚书长孙无忌为尚书右仆射，总领并省精简官员名额编制之事，同时擢谏议大夫魏徵为尚书右丞，协助长孙无忌办理其事。一般而论，外戚拜相乃是历朝历代的忌讳，若放在平时，门下省的王珪断然不肯在这样的封拜敕文上副署用印。然而在这个敏感的时候，在这件敏感的事情上，门下省却并未提出任何异议，仅此一点便足以证明在对长孙无忌的任命上政事堂内部是达成了共识的。如此棘手的事务，确实还非得用长孙无忌这样树大根深的外戚不可。

经过半年的协商、审定和复核，贞观元年十二月十二日，长孙无忌和魏徵联名上奏，精简并省京官员额的方案正式定案。长孙无忌是武德年间朝野皆知的秦王心腹，而魏徵却是天下闻名的东宫名士，如今，在这对原本是死对头的朝廷重臣的同心协力之下，并省精简官员一事收到了令天下震惊的成效。贞观二年元月，在京官吏员额由原来的两千多名减少为六百四十三名。

同月，长孙无忌罢相，由从二品的尚书右仆射解职为从一品的开府仪同三司。开府仪同三司是唐朝散官的最高阶，非有大功劳于国家的功臣不轻授，御史台有人曾经以此为由上奏，认为皇帝给自己内兄的待遇过于优厚。李世民冷笑着在他的奏章上批示道："官职乃国家公器，岂为亲疏而予夺？九州沸腾时，百官缄口；四海清宁日，卿上弹章！"

同时，对突厥的战争准备也在一步步完成。

李世民和李靖可谓李唐的两大战略布局国手，二人联手布出的棋局丝丝入扣细密严实。

贞观元年十二月，奉命出使突厥的鸿胪寺少卿郑元寿回到长安，带回了突厥连续两年遭到特大雪灾，牛马牲畜冻毙无数的消息。据郑元寿所说，突厥内部因受灾更加不稳，颉利的威信和对诸部族的控制力均有所下降，若不出大的意外，这场雪灾将直接导致突厥的元气大伤，甚至可能引起内讧。

李世民和李靖当即意识到，一个绝好的出兵朔方、平灭梁师都的机会已经来临，李靖当即请命以兵部尚书出夏州主持用兵大计，李世民却在沉吟再三之后没有应允。两位战神级别的军事统帅在充分交换意见后，最终确定了以柴绍为主、薛万均为副的统帅人选。李世民之所以不让李靖出战，其根本原因在于李靖实在名气太大，又高居兵部尚书政事堂参政之职，一旦奉敕出京必然是地动山摇、天下震动，事将不密。故此李世民决定密授柴绍以符节，不设坛拜将，不设总管府，只命柴薛二人以夏州都督名义出边提调灵夏诸军发动击灭梁师都之战。

另外一方面，为了迷惑颉利可汗与梁师都，李世民装模作样地召开大朝会，对郑元寿带回的消息进行公开讨论。在朝会上，群臣纷纷上奏请击突厥，还在右仆射位上的长孙无忌于是站出来言词凿凿大义凛然地说了一番不可背弃信诺之类的大道理。而皇帝“斟酌再三”之后非常惋惜地下敕：“朕与突厥方盟誓不久，而即背约为失信，乘人之危而发大兵征讨为不仁，此时行天罚，虽胜亦非武。纵使其六畜皆亡，诸族皆叛，亦不可攻。非待其有罪，朕不罚也……”

然而便在此次朝会结束不到两个月，柴薛二人所统率的灵夏诸军便发动了对朔方的大举进攻，仅半月时间便迫使梁师都麾下大将军李万宝来降。随后薛万均率万骑迂回统万城，抄了梁师都的后路，也切断了突厥大军南援的必经之道。柴绍则率唐军主力包围朔方城，围城二十余日，梁师都外援断绝，为部将所杀，朔方遂破。在定襄过冬的颉利可汗直到此时方才明白上了李世民的大当。朔方落入唐军手中，等于砍断了突厥铁骑的一条手臂，自此颉利再想如武德九年般一鼓作气冲进关中便难比登天了。

克定朔方仅仅是大唐针对突厥汗国的一系列军事外交行动的开始。贞观二年年中，突利可汗领地内薛延陀、回纥两部落反，突利出兵平叛，反为所败，单骑逃往颉利牙廷请兵。不料颉利竟将其关押十数日，并加以挞责。自此貌合神离的两位可汗终于公开决裂。突利后来回到自己的领地后，当即便斩了颉利的使者。其后颉利数次向其征兵，突利均不加理睬，却暗中向唐廷上表，表示愿意归附。便在这个时候，李世民敕兵部尚书李靖转任刑部尚书，一个月后复敕李靖以刑部尚书检校中书令，并以防备薛延陀为名兼任关内道行军大总管，在万年县设大总管府，开始秘密对由原关中十二军转制而成的关中府军分批进行集结操练。

贞观三年八月，代州都督张公谨上表言突厥之可胜，表曰：“颉利纵欲逞暴，诛忠良，昵奸佞，一也；薛延陀等诸部皆叛，二也；突利、拓设、欲谷设皆得罪，无所自容，三也；塞北霜早，糇粮乏绝，四也；颉利疏其族类，亲委诸胡，胡人反复，大军一临，必生内变，五也；华人入北，其众甚多，比闻所在啸聚，保据山险，大军出塞，自然响应，六也。”

九月初一，大唐皇帝发布任命敕，以南阳郡公刑部尚书检校中书令李靖为河西道行军总管，以代州都督张公谨为行军副总管，发大兵五万征讨突厥。这一次出兵的方向并未直指定襄，而是指向了代州以北的云州和蔚州，旨在切断定襄与东部诸草原部落的联系。仗打到九月，颉利麾下九名俟斤率三千骑来降。十月，拔野古、仆骨、同罗、奚酋长等部落纷纷来降。至此定襄东、西、南三面的战略要地悉数为唐军所占领，道路也大多落入唐军掌握之中，定襄成为一个孤悬阴山之南的突出地带，进击颉利的外围障碍基本上被扫清。

十一月，颉利以大唐背约为借口，发兵进犯河西。此时秋高马肥之季已过，天气渐渐转寒，突厥骑兵初冬的最佳时机已过，因此这实际上是颉利的一次军事冒险，是在唐军逐渐收缩的绞索当中进行的一次无谓挣扎。颉利本人率数万骑兵绕过根基稳固的朔方唐军防线，迂回穿越数百里的大沙漠，进攻唐军兵力相对薄弱的陇右诸州，然而突厥大军在经过长途跋涉之后疲惫不堪，在渐渐变得寒冷的天气中处境越来越尴尬。肃州、甘州两地唐军在刘弘基节度之下鏖战月余，终于击破了来犯之敌。至此，突厥牙廷在阴山以南地区的影响力被压缩在定襄郡周围不大的一片地域内，来自大唐西面、西北、北面等几个方向的军事威胁均被消除，与突厥决战的时机终于成熟了。

良臣贤后

就在甘肃诸州遭突厥袭击的警报传来的时候，大唐皇帝李世民连续在东宫内校阅军士，整日披甲执兵。这种颇为反常的现象终于引起了朝中文臣的警觉。十一月初三，秘书监参与朝政魏徵不顾卫士拦阻，持笏着服直闯东宫。

正在显德殿内与返回长安还不到两天的李靖商讨前线军事的李世民虽然十分讨厌魏徵在这个时候来捣乱，却还是挥手命人宣其觐见。

李靖这几年一直待在京师，对朝廷的事情看得也就比较通透。开始的时候他也以为李世民重用魏徵不过是做个给天下人看的样子，以显示他这个君主胸襟广阔、不计前仇。但魏徵的胆子却是越来越大，说话谏言也越来越不给年轻的皇帝留情面。李靖自己就有十几次亲眼见他在朝堂上口若悬河侃侃而谈，将皇帝的某些言行批评得体无完肤。贞观元年为了关中军府早征中男的问题，这个前东宫洗马在殿中口说手比将皇帝及当时在御前议政的三位宰相批驳得哑口无言。李世民当即拍案大怒，怒斥魏徵越权擅权。换了别个大臣，被皇帝如此指责，除了免冠谢罪或者就此住口再无别的办法。偏偏就是这个魏玄成，在皇帝面前毫不示弱，居然用手指头点着皇帝的鼻子历数这位新天子继位以来所做的数件失信于民之事。这一说起来便滔滔不绝地自三皇五帝一直讲到隋炀帝的教训，弄得原本气恼至极的皇帝没了脾气，只好乖乖承认是自家不对立即纠正，否则还不知道这个魏徵究竟要说到什么时候。

所以今天一听说这老夫子进宫来了，李靖立时一个头涨得有两个大，看来军事问题一时恐怕是讨论不下去了……

魏徵昂然进殿，规规矩矩行礼，然后站直了身躯，劈头便道："陛下，臣有一疑，请陛下为臣解惑！"

李世民皱了皱眉头，无奈地道："玄成有话尽管说来，就不必兜圈子了吧！"

魏徵道："近日陛下连续在内宫校阅军士，所为者何？"

李世民冷冷道："怎么，你这个秘书监连军事也要插手？"

魏徵不卑不亢地道："臣既然奉旨参与朝政，凡军国大事，臣便要过问，否则便是辜负圣恩、尸位素餐，便是失职！"

李世民暗自摇了摇头，无奈地道："朕正在和药师商讨出兵漠北事宜，校阅军士是为了在出征之前给中军的将士们鼓鼓劲……"

"请问陛下，此次出兵漠北，谁为总管？"魏徵直视着皇帝道。

李世民强自按捺着心中的不快，耐着性子答道："朕已决意李药师以刑部尚书检校中书令为定襄道行军大总管，曹国公以并州都督为副总管。"

魏徵点了点头，毫不客气地道："陛下既然已经决定了前敌统帅人选，战前鼓舞士气之类的事情，便应由未来的定襄道行军大总管去做。无论是从道理上还是从上下层级统率关系上均应如此，陛下去做不但越俎代庖，还会使众将众军不知所从，对未来战事不利！”

李世民哈哈大笑，强自压抑着濒临于爆发边缘的怒气道：“魏徵，你是不是吃错了药了？连这种鸡毛蒜皮的小事你也要来朕跟前絮叨？你魏徵什么时候又懂得军事了？朕不和你生气，你趁早回去是正经，不要在这里让朕和药师兄笑话。”

魏徵毫不示弱，仰着脸对着皇帝道：“臣说的乃是正道，陛下越俎代庖，本身便是错的！”

李世民自御案后站了起来，走到丹墀的台阶之上站定，脸上似是讥讽又似是嘲笑地道：“朕为天子，大军出师之前亲自慰问鼓励将士，难道不应该么？依你魏徵的说法，朕接见一下军士便是越俎代庖？”

魏徵正容道：“若陛下真的仅仅是接见士卒鼓励士气，魏徵虽不以为然，亦不啰唣。陛下只要答应臣此番用兵绝不御驾亲征，臣这便辞驾出宫，再不多话！”

大殿中的气氛一下子凝重肃杀起来。李世民圆睁着两只眼睛恶狠狠盯着面前这位不久之前刚刚被任命为秘书省长官的东宫旧人，两道如同箭矢般锋锐的目光仿佛要将傲然站立在丹墀之下的此人在顷刻间射穿。若是目光能够杀人，此刻的魏徵早已死了千百回。

一旁的李靖心中暗自苦笑，这个比自己小了十来岁的魏玄成，还真是谏言谏上了瘾，不分场合不分时候也不分事情，连点最起码的进谏学问都不讲究。皇帝都还没说要亲征的，他便先跳出来堵皇帝的嘴，若是这位君主抓住这点破绽责问追究，这位秘书监大人却要获一个不大不小的罪名了——此刻若是有殿中侍御史在侧抑或萧瑀在场，早就跳出来弹劾他了。

尽管，皇帝此番是一定要亲征的。

对于当今皇帝这件欲说还羞始终有抱琵琶半遮面的心腹事，李靖心知肚明。昔日的秦王一旦闻到硝烟的味道，整个人便会兴奋得不能自制，在这一点上，这个人现在不过是拿天策上将军、太尉、秦王、左右十二卫大将军、雍州牧等十几个头衔换了一个皇帝的头衔而已。北方的战鼓一响起来，想要他规规矩矩待在长安等候前线将领露布报捷那简直如同痴人说梦。李靖其实早有心理准备，自己这个中书令兼任的定襄道行军大总管，打起仗来指挥权限十之八九还不如当年在赵王麾下做行军副总管兼长史的时候。

所以，别的事情或许还有商量，这件事情却是没商量的。

皇帝是一定要亲征的，谁要阻止，那无异于与虎谋皮，必然是要豁出性命的。

“陛下须向臣保证，此番绝不御驾亲征！”魏徵的声音再一次响起。

皇帝的呼吸声渐渐粗重起来。

“魏徵，你是活得不耐烦了？”李世民缓缓地咬着牙问道。

魏徵却微微笑了笑：“陛下，臣早就是将死之人，能够苟活到今天已经是异数了！”

皇帝的呼吸一滞，魏徵那笑吟吟的面容越发显得可憎，明显一副有恃无恐的神情。

下一刻，大唐天子怒容满面拂袖而去，竟将两位大臣晾在了殿上……

挺着大肚子的长孙皇后愕然望着一脸阴霾的皇帝大步闯进寝宫来，端起宫人奉上的水盏喝了没两口便扔在了地上，吓得那宫女当场便跪了下去，脸色惨白，泪珠在眼眶中打转，眼见便要哭出声来。

水盏落地的声音惊醒了摇床里本来便睡得不那么沉的晋王李治，刚满周岁不久的九皇子立刻细声细气地哭了起来。

长孙氏急忙伸手推着摇床晃了起来，使眼色暗示那宫女下去，口中却浅笑着道：“这几年你的脾气是越来越大了，今天又是哪一个惹你不快了？”

“还不是那个只配回老家种地的魏村夫！如此下去，恐怕早晚有一天我会忍不住杀了他！”李世民恨声说道。

长孙氏一愣，随即脸上浮现出会心的一笑。此时李治却还在细声哭泣，她略有些费力地支撑起身子。站在那生闷气的李世民见状急忙上前搀扶着她站起了身子，嗔道：“我不过是被那村夫顶撞得火上了头，过来你这里散散心，你这么重的身子，还非要拘这个礼数做什么？”

长孙氏摇了摇头，柔声道：“稚奴被你吵醒了，你哄哄他！”

说着，皇后推开皇帝扶着自己的手，缓步往内殿走去。

大唐皇帝呆了半晌，直到李治的哭声略响亮了些，这才醒悟过来，急忙笨手笨脚地摇起了摇床，一边摇一边口中念念有词。李世民生性好强，文治武功行政军事样样不弱于人，唯独看护婴儿却是破天荒头一遭，一时间张手支脚地颇有些不知所措。站在一边伺候的宫女宦官们见皇帝如此尴尬模样，想笑却又不敢笑，一个个绷着脸憋得极为辛苦。

“臣妾恭贺陛下如天之喜！”

不管李世民怎么弄，李治就是不肯睡，只是哭声渐渐低了下来，他正自擦着额头上的汗水冥思苦想这臭小子究竟怎样才肯入睡之际，忽听得皇后温婉柔和的声音在背后响起。

大唐皇帝愕然转身，却见长孙皇后穿着一身深青色的赤质袆衣，裨、纽、佩、绶佩戴齐全，发髻之上也戴上了金质鸟饰，正自弯着腰小心翼翼地护着肚子往下跪。

李世民这一惊可是非同小可，急忙上前搀住道：“你疯了么？七个多月的身孕还要行大礼，你不要命了？”

长孙氏也不勉强，任由丈夫搀住自己，笑道：“我是替你高兴啊！”

李世民一脸又好气又好笑的神情，恼道：“我受了一肚子气回来，你还替我高兴，什么意思嘛！”

长孙氏神情认真地道：“你不是一直立志要做个名垂千古的好皇帝么？如今上天派了孔明那样的贤人来辅佐你，你难道还不高兴？”

李世民顿时一脸欲哭无泪的表情：“那个唠唠叨叨烦死人的村夫若是能有孔明半分聪明，我也不会被他气成这样了！”

长孙氏伸手帮皇帝理了理头发，道：“孔明不就是个种地的村夫么？刘备先主为一村夫能三顾草庐，得之则喜不自胜，陛下得了个村夫，怎么反倒闷闷不乐？难道陛下不以先主为先贤？”

见李世民发愣，长孙皇后又道：“我听说主明才得臣直，魏徵每每能够直言相谏，甚至不怕触怒于陛下，这恐怕不是魏徵的胆子大，而是你这个皇帝开明聪慧、胸襟博大。你想做个明君，魏徵自然也想做个贤臣。若是你不想学明君的气度，难道他还敢这么不知死活么？就算他不惧死，巨鹿魏氏一族难道也不惧天威？”

她轻轻笑了笑：“反正你想好了，你若要做明君，这个魏徵便是上天派给你的诸葛孔明。你要想做昏君，他便是上天派给你的逢龙比干。他究竟是谁不取决于他，而是取决于你这个君王。臣妾倒是无所谓的，陛下为明君，我便做贤后；陛下为昏君，我便也做个昏后，总要配得上你才是！”

李世民凝视妻子半晌，苦笑道：“看来终此一生，我也不会再有亲冒矢石纵横沙场的机会了……”

贞观三年十一月十四，李世民在东宫显德殿设中朝，向文武百官宣示颉利十大罪状，拜刑部尚书检校中书令李靖为定襄道行军大总管，拜并州都督李勣为行军副总管，征发关中之兵两万为中军，征发并州之军七万为主力出征漠北，敕命于贞观四年元月之前在并州完成总管府的组建及大军的集结。为保障此次军事行动的后勤粮秣，李世民下敕由尚书右仆射杜如晦领衔专办大军粮秣供给事宜。尚书省民部自尚书以下堂官、兵部自侍郎以下堂官、中书省兵房舍人、门下省兵科给事中均在南省轮值办公，凡涉及北征大军所需人、财、粮、物，从兵部上呈表单到三省五花判定再到皇帝正式敕旨发出，前后竟不超过一个时辰，如此效率，自三省定制以来尚属首次。

据说，就在李靖领天子节钺离京当天，大唐天子李世民召魏徵独对，直截了当地问了一个问题：“朕与药师，能军者谁？”

魏徵从容不迫地回答道：“陛下之军略武功，天下无出右者！”

“那你为何阻朕亲征？朕为将军十余载，难道还会有什么闪失差池？”皇帝怏怏不乐地反问。

“因为陛下现在已不是将军！陛下若为天子，则臣请陛下以天下苍生为念。举国元元黎庶尚不饱暖，而陛下却欲亲猎漠北，此隋炀帝之行也！陛下若为上将，魏徵无言以谏，但请还大宝于先太子……”

据说，对于魏徵狂悖却严谨的谏言，皇帝陛下在沉思良久之后恶狠狠回答了三个字。

“朕不还！”

陈兵漠北

建定襄道行军大总管府的明诏再一次麻痹了颉利可汗，使得这位草原盟主对攻击时间的判断发生了错误。尽管几年来颉利在草原各部族之中的威信和声望不断下降，但大敌当前，颉利自认自己还有能力在两个月时间内在唐军大军压境的情况下再次将诸部族聚合起来。虽然相互之间纷争内斗不断，但毕竟同种同族，同在一个大草原上放牧，面对中原农耕王朝的进犯，颉利相信突厥各部族一定能看清形势再次联合。实际上，如果有足够的时间，他或许真的能成功。

然而李靖却没有给他这个机会。十一月底，本应在并州的李靖突然率军出现在榆林以北并迅速击破颉利一部，斩首万余，一举打通了大唐与突利可汗部落的联系通道。李靖当即代唐廷向北面盘踞的突利可汗发出劝降敕，十二月初八，突利可汗在唐军庞大的军事压力下率五万部众自缚请降。十二月，李勣率部北出蔚州，绕了老大的一个圈子迂回到乞伏泊附近，对驻扎在附近的几个部落发动突然袭击，几天内便连续击溃了两万多人，同时俘获牛羊牲畜无数。李勣毫不停留，率军一路向西，向阴山方向进击。

十二月底，由霍国公柴绍亲自护送抵京的突利可汗在东宫显德殿向大唐皇帝李世民递交了降表，称："臣本域外之民，自此归服王化，永为天子藩屏，使朝廷不复北忧！"李世民对突利归顺大唐的大义之举大加赞赏，在设宴以叙兄弟之谊的同时，正式以敕书形式册封其为突厥可汗，享郡王俸禄，食邑五千户，赏金千两、帛百匹、牛马三万头，将五原周围方圆三百里赐为其游牧场所。

突利入朝是唐军伐突厥取得的第一个阶段性胜利，而李勣在东线的频繁活动让定襄的颉利极为不安，他预感到一张致密的无形大网正在悄然张开。

贞观四年正月，李靖亲率三千轻骑，共计三千骑兵近万匹马，自云州出发北出长城，不眠不休连续行军三昼夜，于正月十一日突然出现在定襄城南八十里的恶阳岭。这支骑兵人数虽少，却公然高擎"大唐刑部尚书定襄道行军总管李"的大纛，招摇过境。

这一次颉利派出的所有斥候游骑全部都失效了，因为李靖来得实在太快了。

三千骑兵，近万匹马，每个骑兵平均配备三匹战马，一路换马而行，散布在周围的突厥探子最多也就配备两匹战马，在移动速度上自然赶不上唐军。不眠不休跑了两天，几乎所有遭遇的突厥游骑都被唐军甩在了身后。因此当这支轻骑部队兵临恶阳岭的时候，正在定襄城外巡视部落牧民的颉利可汗还懵然不知。

被唐军的突然到来惊呆了的牧民们开始驱赶着牲口四散奔逃，附近的突厥骑兵根本来不及集结便被唐军打散。颉利在定襄城下看到的，便是一幅牧民们驱赶着惊慌不安的牲畜们纷纷北逃的恐怖景象。

随即，唐军的前锋进抵定襄城下，并往城里射进了一封大唐中书令李靖写给突厥汗国颉利大可汗的劝降书信。

颉利的惊讶可想而知。他的主力大军都驻扎在定襄周围，他的巡曳游骑在方圆几百里之内自由往来广布眼线，而唐军的到来竟事先没有得到任何警报——这些游骑斥候要么已经被歼灭要么正在与敌军进行苦战。这充分说明了唐军兵力之空前强大。颉利自幼随父亲启民可汗在中原游历，对中原的官制十分熟悉，他知道，中书令是中书省的长官，是宰相。李靖以唐廷宰相北征大军统帅的身份敢于率孤军深入腹地，必是唐已倾全国之力来攻。更加令他不安的是东面的李勣大军一路扫荡迂回，自己的侧翼和后方都在其威胁之下，如今前有强兵、后路不宁，颉利几乎没有任何思考过程便做出了放弃定襄的决定。他连在定襄城停留两天集结兵力再后撤都不敢，唯恐李勣趁机去包抄自己的后路，于是在李靖兵锋抵达定襄的当天夜里仅率百余亲兵出城北逃，将定襄城和周围将近数万突厥战士牧民乃至十几万头牲畜扔给了李靖。李靖趁机轻松攻克定襄，生俘寄居于此的前朝隋炀帝皇后萧氏及皇孙杨政道。

就在李靖轻骑奔袭定襄的同时，李勣也没有让颉利失望。他先一步迂回到定襄以北，在白道设伏，将刚刚在逃窜途中收拢了些兵马准备找个地方驻扎的颉利击溃。颉利数日之内在自家腹地内连败两阵，不知唐军究竟来了多少军马，仅率数百骑仓皇北窜，最后总算在阴山东北的帻口站稳了脚跟，再设牙帐。

然而实际上这时候所谓牙帐的意义已经不大了，突厥大军的整体建制已经被李靖雷霆万钧的霹雳手段打乱了。眼见唐军将十余万失去统一指挥节度的突厥大军分割包围在定襄周围各个击破，颉利又是心痛又是恼怒。此时如果他果断率部北还，唐军的力量究竟是否足以支撑一场深入漠北的长途作战便会成为一个问题。然而对于颉利而言，此刻北还的必然结果就是放任在定襄附近过冬就食的部族和牲畜群被唐军屠杀掠夺，即便绝大多数人能够逃过唐军的扫荡回到漠北，庞大的牲畜群也回不去——回去了也会被严寒和粮荒活活饿死。无论怎么看，即便北方没有一个叫作薛延陀的部落在突厥汗国的卧榻之侧虎视眈眈，如果在这个季节强行北还，回到漠北的绝大多数突厥人都将避免不了在饥荒当中饿死的凄惨命运。为了争取时间求得一线喘息之机，为了能够将李靖的大军拖住，为了能够挨过这噩梦般的几个月时间，为了支撑到贞观元年的夏天，为了给突厥汗国多保留一份种子和元气，颉利遣使乘快马星夜向长安发出了求和的降表。

大唐皇帝李世民在七天后接到了颉利请降表章，连夜召集重臣廷议。廷议中文武臣僚发生了激烈争执：以淮安郡王太常寺卿李神通、河间郡王李孝恭、梁国公尚书左仆射房玄龄、侍中王珪、秘书监参与朝政魏徵为代表的一派势力主张接受颉利归顺，封其于榆林之北以制衡突利；而以江夏郡王左金吾卫大将军李道宗、赵国公开府仪同三司长孙无忌、右骁卫大将军侯君集、大理寺卿参与朝政戴胄为代表的一干臣子则主张乘胜追击，不给颉利以喘息恢复之机。总揽征北粮秣事的尚书右仆射蔡国公杜如晦病重，未能参与廷议。

李世民经过慎重考虑，最终召突厥使臣上殿，严厉斥责颉利可汗背盟不义、残民弃友等十大恶状，同时允其归顺，召其来朝待罪。他当殿任命皇帝旧臣唐俭为鸿胪寺卿、出使突厥使臣、假节钺。翌日，风烛残年的唐俭在一队唐军的护送下离开了长安，与突厥使臣一起赶奔千里之外的突厥牙廷宣示大唐皇帝敕旨。

然而令人臣们百思不得其解的是，唐俭一离京，皇帝似乎便把这个茬忘了，绝口不再提起此事。就是朝堂之上有臣子提及，皇帝也往往将话头岔开，顾左右而言他。更加令臣子们纳闷的是，皇帝竟然连一道暂缓进兵的敕书都不给前线发出，似乎完全忘记了前方还有将近十万大军在等待着他的最后命令。

马踏阴山

李靖在中军大帐门口跺了跺脚，又跳了几下，将浑身上下的积雪抖落，又左右扭动了一下被冻得僵硬的脖子，这才迈步走进了大帐。

偌大的中军帐内鸦雀无声，定襄道行军副总管并州都督李勣长身站在中央，大大小小十几员将弁负手跨步立在两边。李靖一进来，众将齐齐抱拳行军礼："参见大总管！"

李靖摆了摆手，直截了当地问李勣道："长安那边有消息过来么？"

李勣抬手抱了抱拳："大总管辛苦了，朝廷至今没有只字片语发来，倒是下个月的粮草按时运了过来，半日也未曾迟延！"

李靖走到帅案后坐下，口中哈着白气说道："钦使那边有消息么？"

李勣点了点头："唐俭大人的侍从几个时辰之前到大营报信，言道颉利已然答应随他赴长安面圣请罪，只是目下辖境内头绪繁多，需少待几日方能上路。这几天颉利以及突厥各部落首领特勤勋族每日均陪同天使夜宴，款待甚欢！"

"扯淡！"李靖低低骂了一句粗话，随即又笑道，"若非唐俭身入虎穴打探虚实，我们终究还不能确认颉利的牙帐位置……"

他抬头问道："定方，道路打探清楚了么？"

苏定方大步出列，拱手躬身答道："回禀大总管，打探清楚了。往帻口共两条路，由此直向东的大路有起码四五队两万多突厥骑兵巡查把守……"

"两万多？到底多多少？"李靖皱着眉头问道。

苏定方脸上一红，硬着头皮禀道："风雪实在太大，我们的斥候又不能靠近，未能确实详知"

李靖无奈地摆了摆手："另外一条路呢？"

苏定方迟疑了一下道："另外一条是小路，可直插帻口之北，只是需要穿越阴山之脊。人马本来便难以通行，现下大雪封山，走起来便更加困难了！"

李靖听毕，半晌方淡淡说道："我们困难，突厥就不困难么？这条路既然在，我们便能过去。"

李勣眼中闪过一丝讶色，语气平缓地开言问道："大总管决意要用兵了？"

李靖抬起头看了他一眼，叹道："我们拖不起呀！当初决议用兵的时候，本来便是准备速战速决，在天气转暖之前一举解决颉利部对中原的威胁。一旦等到夏天，颉利便可以毫无顾忌地率领部众直趋漠北。三年苦心经营周密布局，劳师靡饷数以百万缗，若是打出这样一个结果，不用主上降罪，你我羞也羞死了。何况如今大雪封境，大军调度机动极为不便，将士们冻伤的好多，再这么不死不活地拖下去，真要把全军的士气拖没了，就不是我们饶不饶颉利的事情了。颉利若肯放我们平平安安返回中原，你我便要叫一声侥幸了！"

李勣沉吟片刻，缓缓开口道："药师，你要三思而行才好。皇帝虽说一直未曾明敕我们罢兵，可是目下唐俭就在颉利牙帐之中，名为钦使，实际上也可以视为人质。他是太上皇时的元老重臣，侍奉三朝之人，我们这边发兵倒不打紧，若是一个不慎伤了他的性命，这个责任，你我恐怕担待不起。"

李靖认认真真听完了他的话，叹了口气道："懋功，我知道你是为了我好！可是你我如今身在前敌，敌情瞬息万变。我们虽说打散了颉利的指挥节度建制，但敌人主力尚在。颉利在这个时候讲和，摆明了是缓兵之计。这段日子仅我们截住的知会各部落族众归建的传令骑便有十几起，或许还有我们不曾截住的。颉利狡猾多智，不把他彻底打垮，他万万不会诚心归顺。我们若是拖延耽搁，贻误了战机，不仅钦使性命不保，便是我们现下统帅的这十余万人马，能有一半活着回到长城以南便不错了！只要我们打垮了颉利，他求我们饶命还来不及，又怎肯残害唐大人性命？对这些化外蛮族，礼义廉耻不管用的，他们只相信实力。只要你有实力，他们便会跪在你的马前，认你为主人！"

苏定方抬起头想说话，嘴唇动了动，却又咽了回去。

李靖摆了摆手："有什么想法尽管说，不要欲言又止的！"

苏定方小声道："话虽如此说，大总管，这毕竟太冒险了。突厥人凶狠狡诈，又历来顽劣，万一他们恼将起来，真的害了唐大人性命，纵使得胜回朝圣上不追究大总管的罪责，御史们却是万万不会放过大总管的！"

李靖沉思了一阵，冷然道："唐大人的性命重要，中原几百万户黎庶元元几十年的安宁更加重要。我是北征大军主将，现在想的是此次扫北的整体胜负之事，万不能因为一个钦使便坐失战机。将在外君命尚且有所不受，何况唐俭？

我决定了，这个局面不能再拖下去，我们须即刻发兵直捣碛口。此事由我决断，令由我出，自然不要你们负责任，我是陛下任命的持节钺大总管，有便宜行事的权力！”

李勣哈哈大笑道：“笑话，你李药师敢担责任，难道我便是没有脊梁骨的软汉子么？既然你决定了，自然是我们两人一起下令，你若把我这个副总管撇在一旁，我可不依！”

李靖笑了笑，也不再多说，简要说道：“还是老章程，你带主力向大路佯攻，吸引颉利和突厥主力的注意力，我率一万精骑，带足二十天的口粮，由小路穿越阴山，直插碛口。”

“不行！”李勣干脆利落地驳回道，“你是大军主将，又是朝廷宰相，不能再涉险了！这一遭咱们换一换，我率军奔袭，你来率主力正面佯攻！”

他顿了顿，又补了一句道：“你今年已近花甲之年，我却四十岁都不到，无论怎么说，奔袭这种苦差事都应由我来才对！”

李靖板起面孔道：“懋功，不要再争了，冰天雪地大军远袭，主帅不在军中，将士们哪里来的士气？这是我的将令，不是和你商议！”

他冷冷扫视了一眼帐中的将军们，缓缓道：“此番是天下太平的最后一战，如若不胜，我李靖上辜圣上隆恩朝廷厚望，下负苍生托付将士期盼，自无面目再回中土。诸公用命，则此战便是我们晋侯封公的最后指望，诸公懈怠，这冰天雪地万里化外便是我们的埋骨之所！”

走出帅帐，李勣跟了上来，神色踌躇地问道：“药师，有一件事情，我一直想说，帐内人多嘴杂，我便没有问。”

“懋功有话但讲无妨！”李靖爽快地道。

“我记得你我受命离京的时候，皇帝曾对药师面授机宜，还给了药师一道加了黄封的手敕，要药师在遇到难决之事时即行拆看！”李勣目光炯炯地盯视着李靖一字一顿说道。

一股不可抑制的笑意自定襄道行军大总管的胸腔之中涌动上来，他强自按捺着道：“主上手敕当中的所载方略，是李靖数十年从军生涯当中见所未见闻所未闻的奇谋大略，懋功想看？”

李勣有些诧异地看了这位号称战无不胜攻无不克的绝世名将一眼，不知道却是什么样的奇妙谋略，能得此人如许评语，更不明白他为何竟是一副笑不可遏的模样。实际上，作为久经沙场的老将，他对皇帝居然给即将临阵指挥的将军以“锦囊妙计”相授颇为不以为然。这哪像是个精通兵略的君主所为，倒似是个喜欢卖弄、自以为是的马谡赵括之流喜欢做的事情。他当下答道：“如能共观之，不胜欣慰！”

李靖倒是颇为洒脱，伸手自怀中取出了一个已然有些发黄的纸卷，递给了自己的副手。

“懋功请看，这便是主上所授临敌方略！”定襄道行军大总管李靖带着温和的笑意道。说罢，他便不再理会李勣，转身自行去做长途奔袭的准备。

“懋功务必将此手敕妥善保管，李靖回来是要以此传诸后世子孙的！”李靖一面朝自家的寝帐走着一面头也不回地说道。

李勣满心疑惑地缓缓展开了那纸卷，一行娟秀淡泊的字体随之映入眼帘：“兵事节度皆付公，吾不从中制也！敕。”

贞观名臣

自贞观元年以来，朝廷先是应对突厥二十万大军的入寇，紧接着便遇到数十年不遇的大灾。到贞观四年初，三年多时间里大事层出不穷，几乎一件接着一件。再加上自贞观三年开始大规模对外用兵，内廷三省公务异常繁忙，而专责朝廷行政之权的尚书省更是头绪繁多。随着北面的军事行动态势逐渐明朗化，分管朝廷军务仓廪马政的蔡国公尚书右仆射杜如晦再也支撑不住，终于一病不起。杜如晦身子骨向来硬朗，一开始朝野上下均以为不过偶染小恙，不日将痊愈。然而太极宫尚药局的宫医奉皇帝敕命诊了两次脉之后，这位宰相疾将大渐的消息便在长安城内不胫而走。

贞观四年二月十六日，大唐皇帝李世民在内廷禁卫的保护下亲临蔡国府，探视杜如晦的病情。

杜如晦的面色苍白，颧骨上略带几分不正常的红色，额头上带着涔涔汗水，见皇帝进来急忙挣扎着要爬起来见礼，却被李世民挥手止住了。

从杜如晦告假到此刻不过短短二十多日光景，这位勤慎能断精明干练的宰相便已经病骨支离，几乎瘦成了一把骨头。李世民呆呆望着这个与自己朝夕相处日夜参赞了近十年的人，胸中一股酸涩的滋味缓缓向全身扩散，他不愿病中的杜如晦看到自己掉泪，强打着笑容温言道："你躺着吧，朕没别的事情，就是想来看看你！"

杜如晦急促地喘息了一阵，嘴角绽开一个苦涩的笑容："臣不中用了。"

一句话又险些让李世民掉下泪来，他皱起眉头道："这些不吉利的话，你还是少说些吧。朕已经疾敕荆州刺史岑文本，要他护送江南名医赵驰星夜来京，宫医们天天有朝廷的俸米养着，其实本事不济，这个朕心里有数。你的病还没到那地步，慢慢将养，总有大好的那一天。尚书省的相位，你不要再辞了，省里的事务，好歹还有玄龄撑着，耽误不了。待李靖从前敌回来，朕即发任命，由他出任尚书左丞，参与朝政，也能替你分担些事情。"

"李药师出将入相，确是朝廷宰辅的不二人选。"杜如晦声气微弱，心思却极澄明，"陛下派遣唐俭去议和，又不给前方发敕停止用兵，聪明如二李，必能体会圣心把握战机。李靖为人圆滑世故，却绝非不敢担责任的人。臣料二十天内，定襄前敌当有捷报传来。只是他战功显赫，然则封爵却始终不显，这一层，还要主上成全。"

李世民忍着泪点头道："朕已经准备好了，北方战事一了，李靖着即晋封代国公，李勣晋封英国公，实封一千五百户，特敕爵位世袭。李靖在尚书左丞之外，另加开府仪同三司。班师还京之日，朕亲率文武百官出长安五里郊迎，恩典荣耀，世爵实职，朕都要给足他。"

"陛下圣明！"杜如晦欣慰地笑着点了点头，又道，"陛下治天下以公，不应以个人私情处置朝廷公器，臣病成这个样子，早已不能视事。大唐社稷为重，臣命不足顾矣。陛下就允了臣之所请，让李药师直接接了尚书省右仆射的印信吧！否则臣纵然身死，心亦不得安。"

皇帝再也忍耐不住，泪水夺眶而出，扑簌簌落了下来。

杜如晦微笑着道："陛下一世英雄，此刻何必又做如此儿女之态？当年臣辞去滏阳县尉之差追随陛下，陛下不以臣官职卑微而轻臣，先录为王府参军，转迁天策司马，知遇之恩旷古绝今。臣无武侯之才略，陛下却实有昭烈帝之胸怀。臣今生能侍奉陛下左右，已是了然无憾。”

李世民叹了口气：“克明，你万万不可说这等话，天下人人皆知房谋杜断，你与玄龄，是朕的左右臂膀。你若去了，臂膀一折，还有谁来辅佐世民成就一代明君、治化一朝盛世？你得好好活着，听到没有？这是朕的敕旨。”

杜如晦怅然笑道：“为君者权柄再大，却也不能起死回生。陛下不必如此悲戚。臣虽然不成了，然则玄龄玄成，皆是社稷之臣。玄龄乃是治事能臣，有他在，陛下便得免于诸多琐碎朝政。他是个谨慎小心的人，那年事机急迫，不得已对陛下用激将之计，也是为了陛下好，陛下不要放在心上。玄成虽是隐太子旧人，然则胸有谋略腹有机杼，更兼其人不畏权贵忠诚耿介，却又不似萧相国那般迂腐空谈，乃是难得的诤臣，有他在，朝风不邪。李靖和李勣，都是绝代名将，治军用兵，当世无出其右者，又都是谨慎小心深通韬晦之道的人，不用陛下去操心他们的结果。只要此二人在朝，外夷内乱，皆不足惧。”

杜如晦一口气说了这许多话，至此已是疲惫不堪，一只胳膊撑在榻上喘息不止。李世民抚着他的背温言道：“朕知道，朕知道。这些事情你就不要多想了，好生将养身体，朕还等着你痊愈再入中枢辅佐朕呢！”

杜如晦连连摇手，执拗地道：“臣还有三件大事，趁着明白，要奏明陛下！这几件事情不说清楚，臣死不瞑目。”

李世民连忙扶住他的身子，口中道：“好，好，你说，朕就在这里听着。莫说三件事，便是三十件事，我也都依得你。”

杜如晦稳了稳心神，道：“陛下去年黜落了裴寂，臣听说最近有御史弹劾他不轨，陛下欲给予重处。臣知道，因刘公的事情，陛下心中对裴玄真一直存着芥蒂，然则陛下毕竟是万乘之君，和臣子置气就堕了身份了。且陛下也要想想太上皇的感受，晚年丧子，晚景凄凉，唯一能够坐在一起聊聊天说说话的人又被赶出了京城，不好过！太上皇心中抑郁，若是因此染恙，陛下于孝道便有亏了。”

李世民缓缓点了点头：“朕听你的，不处置裴寂了，待静叔的案子大理重新审结，我就召他回来。”

杜如晦点了点头：“臣多谢陛下了！第二件事便是分封之事，陛下欲行分封，臣心里明白。周用封建之制，享祚八百余年，秦创郡县，却二世而终，此论其实不确。西周分封诸侯，数百年间天子所辖地不过京城周围百里之遥耳，如此‘天下’，岂是陛下所想见？至平王东迁，前后春秋五霸战国七雄，又有哪个将周天子放在眼里？汉初吴楚之乱，几乎颠覆天下，前车之鉴，后事之师，陛下不可不察。”

李世民点了点头：“你放心，朕一定会记得你的话！”

杜如晦脸上露出欣慰之色，道：“第三件事，便是太子！”

李世民一怔：“太子？”

杜如晦点了点头，缓缓道：“储君为社稷之本，不可轻予废立。几年前玄武门的事情，陛下和臣等实是被逼无奈，才不得不兵行险着拼死一搏。陛下是创业之君，做事情自可不拘成法。然而后世子孙不及陛下者多矣，若是没有一个规矩章程，臣恐陛下身后，大唐内乱之期不远。立嫡立长，这是古例，陛下破了这个规矩，却还得把这个规矩恢复起来，让后世的子孙遵守。当今太子聪明仁孝，远超诸王，臣本无必要多这么一句嘴，只望陛下日后能够拿定主意，不要轻撼国本。”

皇帝愕然半晌，方才诧异道：“太子诸王皆在幼冲之年，克明何必多虑？”

杜如晦无奈地摇了摇头：“臣虽出身儒门，却实是个粗率之人，或者精于理事，却疏于治家。臣的家风与玄龄不可比。臣弟楚客，生性跳脱，又于在京诸王府上走动颇多。臣若在人世，当可压制他免生事端，然则臣若是不在了，族中诸人见识浅薄，府中再也无人能制。若是陛下心意笃定，则此子德虽不彰，才或可有益于社稷；然则日后若中宫有变，臣担心他不能谨守其身，卷入帝王家事，没了结果。臣这最后一谏，既是为了国家社稷着想，却也有保全自家亲情血脉的私心在里头。臣与陛下相知多年，还望陛下能够体谅！”

李世民苦笑了一声：“克明何虑之远？朕毕竟还正当壮年，太子年纪幼小，这些事少说也是十几年以后的事情。玄武门之事，本来便是被逼无奈之举，朕是过来之人，又怎会重蹈自家覆辙？克明尽可放心，你的兄弟，朕自会着意保全。这些话说得远了，你只管安心将养身体，朕还指望着多少年后你为朕顾命托孤呢！”

杜如晦两只眼睛直勾勾盯视着皇帝，目光中透出无尽的惆怅：“臣福薄，恐怕看不到陛下威播四海、宾服诸夷的那一天了。”

皇帝的宠眷并未能够挽回这位贞观重臣的生命，二月廿二日，就在李世民亲临杜府探视之后的第六天，蔡国公、尚书右仆射杜如晦薨逝。当日显德殿中朝，杜如晦长子杜构不顾礼仪，身披重孝，闯朝报丧，当场遭到殿中侍御史孙伏伽的弹劾。大唐皇帝闻讯大悲失声，当即罢朝，随即尚书省宣敕辍朝三日，加封杜如晦莱国公，追赠司空，赏金三百两以为丧仪。次日，皇帝不顾政事堂诸宰臣劝阻，御驾再出宫门，亲往杜府祭悼，并于灵前下敕，历数如晦功绩，荫其子杜构为尚舍奉御。

二月廿四日，太常上奏，拟定杜如晦身后谥号曰“明”，被大唐皇帝驳回。次日，皇帝手敕谥如晦曰“成”，同日召虞世南，面敕其勒文于碑，遍数君臣际遇之事。

同日，皇帝以尚书省事务烦巨，敕大理寺卿戴胄为尚书左丞，兼领刑部尚书，参与朝政。至此皇帝的心意朝野均明，杜如晦所遗尚书右仆射之职，非此刻远在定襄前敌的李靖莫属了！

房玄龄自武德二年起便与杜如晦相交，十余年间同为秦王府幕僚，又同时入阁拜相，朝夕相处，既是同僚又是挚友。他多谋而杜如晦善断，朝野时常以房杜并称，视为一体。此番杜如晦远游，他心中固是别有一番滋味，奈何身在中枢，前方军事举国民政都压在他一个人身上，连睡觉都要抽空，根本无暇分心。心中悲戚睡眠不佳，每日劳碌又所餐甚少，几日下来人便瘦了整整一圈。

“相公，公务繁忙也要适当调节休养。杜相公方去，若是你再有个一病三灾，恐怕主上更加不安。”戴胄初入尚书省，看着房玄龄案头那一摞摞待理的文书案牍，也不禁咋舌。他见房玄龄一连几日连家也不回，累得形销骨立形容枯槁，本来极修边幅的一个人，此刻看起来却邋遢至极，忍不住出言劝说。

“我何尝不知自家事，只是如今朝廷正在紧要关口，度过这个关口，则盛世可期天下可治；度不过这个关口，便一切再也休提。为了这个，主上两月以来连皇后都冷落了，夜间便宿在显德殿。也是为了这个，杜克明生生搭进一条性命，我身为宰相，又怎能在这个时候偷懒？”房玄龄头也不抬地答道，一边说话，手中的笔却不停。

戴胄叹道：“尚书省历来为国家行政枢要，虽历经分权变革，权力小了，要处理的庶务却是日益增多。我在外任，一州事务便忙得焦头烂额。如今备位中枢，天下事无巨细均要汇总于此，想一想也真头大！自李药师出兵以来，几个月了，也亏相公能够撑得下来！”

房玄龄抬头看了他一眼，笑道：“玄胤久司廷尉，天下刑狱均要过手，也不能便说轻松。只是论起头绪纷繁，天下确实没有比尚书省更难处的职差。在这个位子上，没有过人的精力和耐性是万万不成的。说起来宰相之位尊崇无比，自是能多当一天便当一天，却不知这个位子能干满五年便已经油尽灯枯，不用旁人弹劾，自己就希冀着告假了。”

戴胄随手拿起一道已经五花判定的敕书，口中“咦”的一声轻呼，诧异道：“这个马周却是什么人，陛下竟然亲简监察御史里行？”

房玄龄笑了笑：“是常何的家客。去年六月圣上下敕求言，常何所上表章条理分明切中时弊，他一个武人，怎能有此见识，主上也觉诧异。于是召来一问，常何倒也老实，明白回奏是幕僚代草，圣上当即召此人显德殿奏对，数召不至。后来总算召来了，与主上论政整整一日，陛下连午膳都撤了，下来便和我说此人有宰相之才，闻其名久矣，却不知竟是这般人物，当即便超拔直门下省，许他奉使称旨。此番除监察御史里行，也不过是个进身之阶罢了。此人一笔文章惊才绝艳，主上想授他中书舍人，只不过虽是超拔，总还要一级一级升上来，否则魏玄成那张嘴却是不饶人的。”

戴胄听得连连咂舌，道：“中书清要之职，多少世家子弟仕林豪杰百求不得，此人真是好运道！”

房玄龄放下手中的笔，揉了揉腕子道：“不是好运道，此人才华出众，又通晓时务，确非一般书生可比。玄成那两只眼睛，什么人能够看得进去？对此子亦颇为赞赏，若不是陛下对其另有任用，他想荐其到秘书省历练两年，出任秘书少监。”

戴胄猛地道：“我想起来了，前一段时日听说有个大臣迎娶一个坊间寡妇为正室，闹得朝野沸沸扬扬，却不是此人？如此说来这个书生才虽堪大用，小节未免有亏。”

房玄龄看了他一眼：“玄胤不知内情，这么想也不足为奇。此人武德八年来到京城，寄居在赵家店中，多承看顾。出仕后迎娶赵氏，既是报恩也是不忘根本。陛下取士，不仅重才，德行也极为看重。此人举止虽多不合礼法，然为人却实实值得称道。”

戴胄又感叹了一阵，道：“听传闻，萧时文近期连得皇帝召见，似有复起之势，有这么回事么？”

房玄龄点了点头，道：“他毕竟是两朝老臣，又有拥立之功，人虽然迂腐些，尚可称君子。在外任磨砺了这几年，想来也应该通达些了。”

戴胄问道：“却不知这位老相公此番复起，竟居何职？”

“以太常寺少卿迁任御史大夫，参与朝政！”房玄龄面无表情地沉声答道。

“啊！”戴胄大为惊讶，旋即苦笑，“既为兰台之首，又煌煌位列政事堂，看来我等此番有的难过了！”

房玄龄冷笑道：“御史台监察百官，本来便是天经地义之理。中枢权力首倡平衡，不过此人秉性如此，恐怕他在这个位子上也坐不安稳。论说起来，仅谏言一项，他说十句话都未必有魏玄成的一句话顶用。主上命他重回政事堂，也不过是为了会议之时能多一个不同的声音罢了！”

戴胄皱起眉头道：“新老并举，主上的心思，还真是越来越难以捉摸了。”

房玄龄嘴角浮现出一丝微笑：“没什么难以捉摸的。从武德九年至今，相位更迭中枢轮变，此番大约要最后定下来了”

正说着，却见一个省内黄门手中捧着一个长长的黑色匣子气吁吁跑了进来，慌不择路间险些将站立在门内的戴胄撞了个跟头。

房玄龄皱起了眉头，板着脸道：“怎么如此没规矩？中枢禁地，举止如此张皇，成何体统？”

那黄门急忙跪下行礼：“相公恕罪，急报！”

房玄龄和戴胄对视了一眼，开口问道：“哪里来的？”

那黄门禀道：“定襄道！”

二人同时动容，房玄龄一语不发地取过匣子打开，取出内中所盛之物，却不是寻常表文，而是一幅军中报捷所用的露布。他也不展开来看便抬头对戴胄道：“是捷报，事不宜迟，你随我一道显德殿请见。”

漠北传捷

“终于结束了。”显德殿内，大唐皇帝李世民压抑不住心中的激动，站起身绕过御案，快速几步走到房玄龄身侧，伸手从这位宰相手中取过李靖、李勣两人联名领衔递来的露布，一面展开亲阅一面道，“三年来卧薪尝胆，总算熬出一个结果了！”

房玄龄笑着道：“陛下天威，两位大总管神勇睿智，上下一心将士用命，打胜了是理所当然之事。此战击破突厥精骑十余万，俘获十数万众，得羊马牲畜无数。更加难得的是，朝廷军队损失极小，如此大战，总共伤亡不过万人，省去了朝廷一大笔抚恤费用，李药师确不愧为旷世名将。”

戴胄也道：“颉利被俘，突厥元气大伤，只要遣一得力边臣，百年内大唐将再无北方边患。如此大捷，比之秦皇汉武亦毫不逊色，李靖和李勣之功，堪比李、蒙、卫、霍。”

李世民一边看奏表一边笑吟吟道：“马踏阴山，封狼居胥，戴卿这个比方确实贴切。给李靖发敕，要他押解突厥勋贵速速班师，准备承天门献俘！”

“是！”房玄龄垂头应道。

良久，李世民放下表章，负着手在殿中来回走了几步，道：“仗打完了，善后的事情，议一议吧！”

房玄龄想了想，开口道：“臣以为，首先是抚恤阵亡将士，其家属后人免去终身租调赋税，其次是嘉奖有功将士，这个要等李靖将立功将士表单呈报上来才能定下来。臣估算，这两笔费用应不少于十万金之数。国库存金恐怕不足此数，臣以为校尉以上武官可赏金，校尉以下有功者一律以贞观通宝奖励之，望陛下允准。”

“嗯！”李世民点了点头，道，“阵亡将士家眷，一律以太原元从将士家眷视之！”

“是！”房玄龄应了一声，又道，“还有便是李靖、李勣两名主将，当如何嘉奖赏赐，还请陛下示下！”

李世民想了想，道：“李勣加封英国公，实封一千三百户封勋上柱国，在并州设大都督府，备晋王出阁后遥领，以李勣为并州大都督府长史，赏金千两。至于李靖，他本已是开府柱国，加封代国公，封一千五百户，回京出任尚书省尚书右仆射，赏金千两。”

房玄龄答了一声“是”，随即问道：“药师为右相，其所任检校中书令一职循例不能再兼，以何人接任，请陛下明示。”

这是李世民早已想定的事情，当下毫不迟疑地道：“温彦博以尚书右丞检校中书令，侯君集封潞国公，任兵部尚书，参与朝政。”

房玄龄和戴胄闻言均吃了一惊。温彦博出任中书令是意料中事，侯君集出任兵部尚书倒还罢了，无功无绩骤然间封了国公，已是骇人听闻，又在兵部尚书实任之外加“参与朝政”，转眼之间赫赫然封公拜相，实在令人百思不得其解。

戴胄当即奏道：“陛下，侯君集任兵部尚书，才堪得用，然而其人并无军功实绩。封国公入政事堂，似应缓议！”

李世民笑了笑：“这件事情朕想了许久，并无不妥。此事朕已经拿定了主意，门下省的王叔玠也并无异议，按制尚书省只管发敕，不必多言。”

戴胄一怔，还是不明白皇帝的用意何在，却见房玄龄咳嗽了一声，沉声道：“陛下，臣请敕，李靖、李勣率多少军队回京，郊迎用何仪仗？”

李世民想了想，道：“着二人率三千兵马回京，郊迎用郡王仪仗。到京之日，京城各王、公以下勋贵，朝廷五品以上官员随朕出延兴门五里迎接。”

房玄龄低头应道：“是！”

皇帝舒了一口气，道：“李靖奏请迁突厥所部三万户于长城以南，并请将东突厥勋贵尽数迁来长安，你们怎么看？”

戴胄想了半晌，开口道：“臣以为夷狄之辈，其心背我，若迁入内地，恐其不安本分，又生祸端。与其如此，朝廷不如在阴山北麓设道，或曰安北督护府，驻军备边安抚地方，如此可就近监视诸族，祸乱不生，臣以为良策。”

李世民沉吟片刻，问房玄龄道：“玄龄以为呢？”

房玄龄迟疑了片刻，开口道：“臣以为此事涉及颇多，非一二人可定。陛下应就此事召开廷议，召诸王公、三公、三省宰相及政事堂参议得失参与朝政之臣共议之，此事似应待李药师回京再议，也听听他的意见！眼下臣以为最要紧的，是必须尽快决定如何处置颉利，是杀是囚，陛下总要心中有数才是。”

李世民点了点头：“也好，这些事情都不妨等李靖到京，听听他的意见再说！你们下去布置礼部准备郊迎大礼吧！”

出了显德门，戴胄方才问道：“适才侯君集之事，相公何以不发一言？”

房玄龄叹了口气：“玄胤，此事暂且不提也罢。主上此举，实是自有深意的，此事你我多言无益。”

戴胄诧异道：“相公何出此言？陛下自登基继位以来，屡下明敕鼓励臣下大胆谏言，大臣面谏无论是非均不获罪，魏玄成几次将皇帝顶得雷霆大作，官却越做越大。历朝历代，以本朝谏风最盛。如今朝廷制度，参与朝政即是宰相，中枢之地，择人任事岂可不慎？侯君集虽是皇帝藩邸旧人，却终归并无显赫军功，治庶就更加无从说起，陛下超拔其入政事堂，明显是私心作祟。明知人主处事有误，为人臣者怎可不谏？”

房玄龄苦笑了一声：“玄胤，你所言大体不错，然则此事之不妥。愚钝如你我，也能一眼看透，聪慧敏达如魏玄成者，难道反而看不透么？”

戴胄愕然，却听房玄龄款款而言道：“事实上，魏玄成在这件事情上非但没有大加拦阻，反而是他第一个在主上面前举荐侯君集，言其有宰相之才可入枢机。玄胤细想，魏玄成此举究竟真意何在？”

戴胄浑身一震，脱口道：“玄成此番可看走了眼了？”

房玄龄笑道：“玄成习的是王霸之术，非儒门正统。看人看事，自是和我们有所不同。李药师此番北疆之捷，于国家实是一件大幸事，于他个人而言却实在说不上是件好事。你想想看，自武德年间以来，在药师手中灭掉的诸侯有多少，像这种才力举手之间便可灭国兴军的统兵大将，历朝历代哪个能够得善终？李药师此番功盖天下，陛下以社稷开创之功，亦仅足与之比肩，何况他人？魏玄成不愧是当世豪杰，他这一荐，表面上看不无揣测主上心意、奉迎阿谀之嫌，实际上却是在为国家保存一良将。侯君集是天策府中主上引为腹心之将，虽无大的功勋和卓越才绩，却深得陛下信任，如今他加封国公，以兵部尚书身份参与朝政，自然可对药师这个以军功拜相的威武大将军收制衡之效。如此陛下对李药师也不必过于猜忌，朝野上下也不会有人党附药师再生事端。如此两全其美之事，你我若是硬要拦阻，不是反而害了药师，又使朝野不宁么？”

一番话说得戴胄如大梦初醒。李靖此番大捷，威震天下，如此大功不遭皇帝猜忌才是怪事。侯君集出任兵部尚书入政事堂，等于一下子就夺去了李靖的兵权，李靖虽然荣升尚书右仆射，却并不能对追随他征战多年的这些将校们加以提携关照。侯君集是皇帝信得过的人，有他以宰相身份主管兵部，皇帝心安，李靖的性命前程也都保下了，确是两全其美之事。

他长长出了一口气，道：“玄成历事李密、建德、建成数主，而陛下仍旧引为股肱，才略见识，确非我等可比。”

四夷来朝

贞观四年三月初一，南阳郡公定襄道行军大总管检校中书令李靖亲率一万骑兵越过阴山北麓，星夜进至距帻口十五里处。突厥可汗颉利因见唐俭持节钺来使，以为唐廷已中其缓兵之计，因此未加防范，待得听闻军报，李靖大军已将牙帐团团包围。颉利措手不及，仓促之间上马单骑脱围而去，其部众群龙无首，乱作一团，迅即被唐军击溃，颉利的妻子隋义成公主死于乱军之中。此役有将近一万突厥骑兵被歼，男女部众十余万人及牛羊杂畜十余万头被俘获。与此同时，李勣率唐军主力自正面出击，将失却了统一指挥的突厥大军分割包围各个歼灭，并切断了突厥北窜的道路，迫使许多部落来降，俘获五万余人。三月十五日，小部落可汗苏尼失将逃窜到其领地的颉利可汗俘获献与唐军。至此，在中国历史上曾经煊赫一时不可一世的东突厥汗国彻底灭亡。

捷报四月初传到长安，大唐皇帝李世民当即前往太极宫谒见太上皇李渊禀报佳讯。当天，太上皇发敕，召皇帝及文武百官至凌烟阁夜宴。宴上太上皇亲执琵琶，大唐皇帝当庭起舞，欢愉之情可见一斑，宴会直至深夜方才散去。

定襄之战影响深远，此战之后不长时间，唐廷便控制了自阴山至大漠的广大地区，困扰中原王朝已久的北方威胁冰消瓦解。数年之间，北方诸部落纷纷来降，大唐天威远播塞外，化外诸族于贞观四年五月上表，称大唐皇帝为“天可汗”，自此，唐廷发往域外诸族的敕旨文书上，均有“天可汗”字样。

贞观四年五月初五端午日，李靖、李勣诸将率领三千士卒押解颉利等突厥贵族抵达长安，大唐皇帝李世民亲率长安城内的王公贵戚、文武百官出城五里相迎，礼部仪仗高奏凯旋乐，迎接凯旋的将士们。当日长安城内万人空巷，盛况空前。

次日，朝廷在承天门外举行献俘大典，李世民当众历数颉利十大罪状，命其“居长安待罪”。这一天，尚书省正式发布上敕，以李靖为尚书右仆射，加封代国公，以侯君集为兵部尚书参与朝政，加封潞国公，以李勣为并州大都督府长史，加封英国公，其余北征将士，各有封赏。

五月初八，皇帝在显德殿召集廷议，议处突厥旧部。

朝堂上，朝臣们发生了较为激烈的争论。多数朝臣主张北狄自古为中原祸患，而今幸得破亡，应趁此良机，将其悉数迁入内地，使之散居各州县，教之耕织，使其逐渐改俗习农，以永空塞北之地。然而也有许多大臣反对此议，这些人以为，若将突厥迁入内地，改其习俗，非但不能教化之，反倒在中原埋下了祸患之源，得不偿失。

李世民坐在御床之上默默倾听着群臣的发言，见争吵越来越激烈，便微笑着摆了摆手：“诸公少安毋躁，近日我们有的是时辰仔细辨析此事，不必过于意气用事！”他转了目光，盯着刚从夏州被召回来的夏州都督窦静道，“窦卿，你的辖地毗邻突厥诸族，你说说看，朝廷怎么处置这些异族方能不生祸患？”

窦静泰然自若地走出班列奏道：“陛下，北方夷狄之性，几近于禽兽。华夏之刑法不能威之，中原之仁义不能教之，况且其民与罪酋事从日久，其情亦不能骤转。这些人置之中国，有损无益，恐一旦作难，犯我王略，朝廷又需发大兵平之，于天下大治不利！”

李世民看了看他，嘴角带着笑意道：“哦？那以卿之见，如何处置这些人方能不坏天下大治之局呢？”

窦静躬了躬身，道：“北方夷狄，因其本是业已破亡之地，此时其上下尊卑，均战战兢兢以望长安而待罪。若主上施以望外之恩，假以王侯之号，妻以宗室之女，分其土地，析其部落，使其权弱势分，易为羁制，可使常为藩臣，永保边塞！”

大唐皇帝听了，却也不置可否，转头道：“温卿，你在塞外待过一阵子，窦卿所言之策，你以为可行否？”

尚书右丞检校中书令温彦博从容出班奏道：“陛下，窦大人在边塞多年，其言颇合夷情。臣以为陛下可按汉之建武安置匈奴故事，使突厥留居塞下，不要改变其风土习俗，全其部落，顺其土俗。此一可充实北方边境人烟空虚之地，二可使之成为朝廷对付北方夷狄的一道天然屏障，如此则朝廷不必靡费过多钱粮便可安定北方，何乐而不为呢？”

李世民心中一动，正欲继续问下去，却听一人道：“陛下，温大人所说，臣以为切不可行，此实为误国之言也……”

群臣愕然看去，说话的却是站在左班列中的天子宠臣秘书监参与朝政魏徵。

大殿内气氛顿时紧张，魏徵在朝堂之上公然指责新任中书令“误国”，如此肆无忌惮，群臣心中均不禁惴惴不安。温彦博与魏徵平素并无恩怨，又素知此人脾气属驴，平日里连皇帝的面子也极少买，因此倒也不以为忤，只是稍微躬了躬身，谦恭地道：“愿听玄成公高见！”

魏徵也不客气，凿凿而言道：“陛下，夷狄化外之人，素来不习王化，不知礼仪，不能以常理度之。臣遍览诸史，其人弱则请服来朝，强则叛乱犯边，桀骜狡诈，绝难驯服。如今阴山一役，降者十万余众，如悉数迁入内地，则数十年间，繁衍生息，人数将倍之。其人彪悍，久而久之必为朝廷心腹之患。晋初年，诸胡与国人杂居中国，郭钦、江统皆劝晋武帝将其驱出塞外，武帝不从，二十年后，伊洛之地，竟成胡人牧马放羊之地。陛下，五胡入华殷鉴不远，大唐不可重蹈覆辙！”

李世民坐在御座之上，听了魏徵的谏言，笑着道：“温卿，玄成指你误国，你怎么说？”

温彦博不慌不忙地拱了拱手，道：“须知王者之于万物，就如上苍之于世间，天覆地载，靡有所遗。今突厥穷途末路，举族来归，我若拒而不纳，犹如上苍舍弃万民，其心何忍？化外诸族，又当如何看待我大唐？若是突厥能在中国生业安居，以为效仿，则四方之夷，不发大兵亦可平也。圣人云有教无类，难道教化还要有华夷之分么？对于突厥，将其从濒死绝境救出，教给他们礼仪和谋生的技能，若干年后，这些人便都是地地道道的大唐百姓。对其部落首领，遴选忠心者入京宿卫，以示恩宠信任，使之畏威怀德，何后患之有？”

魏徵冷冷哼了一声："温阁老此言，几近于宋襄公，阁老以仁心待夷狄，只怕日后反受夷狄之害！"

温彦博笑了笑："温某在定襄喝过两年羊奶，饱受风霜之苦，尚且不拒夷狄，玄成居于长安，怎么反而如此畏首畏尾？"

魏徵正色道："魏徵不才忝居帝侧，凡事皆以社稷为本。大唐初立，百废待举，如今立论定策，首倡实际。仁义虽美，可待后世行之，此刻孜孜以求，无异于空谈误国！"

见温彦博还要反驳，李世民笑道："罢了罢了，王道霸道，皆是治国之道，朝堂之上，诸卿各持己见，说到底都是为了国家社稷。此时不急，大可从长计议。传敕下去，颉利虽是夷狄之君，亦是一方之主，囚在京师，饮食起居，不可慢待了。"

天下长安

贞观四年八月初四，原魏国公、司空、尚书左仆射裴寂薨。这位在武德年间权势煊赫一时的"玄真相国"晚景凄凉，人生的最后几个年头里被当今皇帝贬斥得灰头土脸，先是罢司空职衔，紧接着因沙门法雅一案遭黜，爵位降为郡公，出守外郡。贞观四年初有人控其谋反，皇帝下敕严加斥责，命其回京待罪。恰与此时，裴寂的老对头，原门下纳言刘文静案宣告平反昭雪，这两件事情，预示着皇位已然稳固的新皇帝开始向武德年间的旧臣下手了。可怜裴寂为相十载，此刻朝中竟无一人肯为其说话，忧惧交加之下，这位名相终于病发不治。他的死讯传来，皇帝一反常态表示哀悼之意，下旨赦免其罪，复其国公爵位。只是人已经死了，再做这些未免有些惺惺作态之嫌。九月，太上皇李渊颁敕布告中外，正式让出太极宫大内，迁往大安宫（原先的宏义宫）居住。原本武德年间为秦王修造的养老之所，到头来反倒成为了李渊自己的养老之所。此敕一下，朝野议论纷纷，均道朝中又将有大变局。为了表示自己的孝心，大唐皇帝不顾群臣反对，于十月初一正式下敕在长安城北修造大明宫，以为太上皇李渊安居之所。

十月初四，上敕秘书监参与朝政魏徵检校侍中，正式入阁拜相，同日，御史大夫参与朝政萧瑀除参与朝政。至此，内廷三省及政事堂人事更替宣告完成。朝堂之上，尚书省左仆射房玄龄、右仆射李靖；中书省温彦博、杜淹检校中书令；门下省王珪守侍中、魏徵检校侍中；戴胄以尚书左丞刑部尚书参与朝政；侯君集以兵部尚书参与朝政，大大小小八名宰相组成了大唐贞观政府。

与此同时，还有两道人命敕便显得不那么显眼了——十月初五，尚书省敕刚刚由荆州刺史任上调回京还不到一年的秘书少监岑文本转任中书侍郎，殿中侍御史马周越级超擢中书舍人。

长安城内三公九卿比比皆是，三品以上大员也不可胜数，中书舍人是五品官，说起来也算不得多么了不起的大官。不过，因其职在知制诰草敕命，因而日日与皇帝见面，甚至可与宰相同堂而坐，品秩虽低，却是极荣耀的天子近臣。自隋以来，中书舍人一职例由当世名儒担当，因此一向被天下读书人视为清要之位。马周是寒门出身，又不曾举明经进士，布衣得任此职，当即轰动长安。官场仕林，纷纷传言文王太公、先主武侯之际遇亦不过如此。

送走了一拨又一拨前来祝贺的同僚，马周刚刚换上便衣，门人来报，阳平县男左领军卫将军常何来访，马周急忙请见。

“宾王，入中书检正兵房公事，转眼之间，昔日布衣寒士，如今已然隐隐有宰相之资了！”常何大笑着走了进来。

在常何面前，马周也不拘形迹。微笑着摆手道：“好啊，常公也来取笑穷书生！”

常何一边坐定一边继续调侃道：“我怎敢取笑于你？如今你虽说品秩比我低那么两级，可天天能见着皇帝，是名副其实的天子近臣。说起来，我这个无人问津的老长随可是万不可比了！”

马周摇着扇子笑道：“无人问津的老长随？常公，你这话若是传到主上耳朵里，可是要让陛下伤心欲绝了。武德九年为左监门卫将军，飞骑尉；贞观元年元月擢右金吾卫将军、骁骑尉；贞观二年元月为左金吾卫将军、骑都尉；贞观三年元月又擢右领军卫将军、上骑都尉；今年元月再擢左领军卫将军、阳平县开国男，实封三百户。常公，你这官升得虽不算快，却是一年一迁，稳当得紧，爵位也是一年晋一级。嘿嘿，再过两个多月，你恐怕就要升右威卫将军、封子爵了。照这么个升法，用不了几年，等你升到左卫大将军，大约爵位早已越过国公，加封郡王了……”

这一番话唬得常何连连摆手：“宾王仔细，这些话可不能乱说，这么些个龙子龙孙如今都罢了王爵，我一个外姓人何敢存此非分之想？再者说你看看，大唐这些封了王的外姓人，从杜伏威到罗艺，有哪个落了好下场？如今除了突利，我大唐竟是连一个外姓王都没有！我好心好意前来道贺，宾王怎么反倒取笑起我来了？”

马周哈哈大笑：“常公如今不觉得陛下亏待你了吧？”

常何脸上一红，叹道：“陛下待我没的说。可惜了，如今四海升平，再没有机会为主上建功了！”

他顿了顿，笑道：“我这官升得虽稳，却着实没什么意思。倒是宾王你，短短几个月之间由布衣客卿做到中书舍人，前程不可限量，宣麻拜相，不过早晚间事罢了！”

马周用扇子指着他笑道：“却又来了，常公今日是专程来取笑我的么？”

常何神情认真地道：“不是取笑，武德九年的事你还记得么？王珪由从五品的谏议大夫做到宰相，连半年时间也未曾用。宾王之才，过于王老夫子多矣。”

“情势不同，怎可一概而论？”马周哂道，“那时候皇帝老臣充斥朝堂，陛下急需新近臣子来取而代之。如今朝堂之上皆是新贵，朝局刚刚稳定，你以为换宰相好玩么？那是震动天下的大事。再者说，王珪拜相之前做了多年太子中允，又做过山东道行台的外任，论资历丝毫不亚于朝中部院台寺的大臣，他出守门下也是众望所归，我这在朝中无根无基的穷书生怎能比得？”

常何不以为然地摇了摇头：“非也非也，你看看自今上登基以来，所用大臣多是山东寒士，关陇亲贵却一个个束之高阁，就连长孙无忌以国舅之尊，也不过领个开府仪同三司的空名赋闲在家。如今摆明了陛下要大用天下出身寒庶的读书人。这两条宾王你都占全了，进政事堂做宰相，不过是迟早间事罢了！再说，嘿嘿，当年那袁先生给尊夫人相过面，是极品诰命之相，我那时候不知好歹要去迎娶，哪知夫人就是看不上我。如今我才明白，常某一介武夫，根本没有这个福分，夫人看上的，是你这个宰相之才。”

一番话将个马周说得哭笑不得，只得说道："常公，这些胡话在家里说说也就罢了，出去千万莫要乱说。仔细哪个御史多事，参上你一本，你这一年一擢的官运，恐怕就到头了。"

就在马周和常何在府中戏谑调侃之际，尚书左仆射房玄龄和门下省检校侍中魏徵却正泛舟于曲江池上。这两位宰相平日公务颇多，今日也是难得浮生半日闲，端坐在船头，将随从遣得远远的，自顾自叙话。

"主上到底还是采纳了温大临的主意，要将突厥大部安置在大河之侧了。"房玄龄叹道。

魏徵面上丝毫没有不愉之色，微笑道："阴山一战之后，突厥元气已灭，百年之内断难恢复过来，纵有小患，也不伤大局。眼下突厥之患已不再是我们应忧心的大事了。陛下如此处置，也不算错，毕竟君主抚有万方，想事情不能像我们这般小器！"

房玄龄笑道："玄成可知，到前日为止，天下州郡仓廪岁入均已核实，今年天下十二个道却有半数以上大熟，丰收在即，而天下仓廪如今皆殷实如大业初。若是现下有外敌入犯，朝廷便是一夜之间征召六十万兵马亦不在话下。自贞观元年天下大灾以来，大唐总算缓过这口气来了！"

魏徵笑道："治安也好了许多，玄胤前日跟我说，有十几个州郡刑狱空置，今年京兆一个死刑犯都没有！看来天下大治已然有望！"

房玄龄捻着胡须道："武德九年陛下刚刚登基之时，不要说你，就连我和克明也担心主上会耐不住性子大动刀兵，那时候对突厥用兵，即使大胜，中原也必然十年恢复不了元气。多亏了玄成在旁劝谏，主上这才拿定了主意，玄成功在国家，房某佩服之至！"

魏徵笑了笑："说几句真话有什么难的？陛下如此性情刚烈之人，能够听得进去不容易，听进去后又能够耐得住性子守得住寂寞，就更加不容易！今上……非寻常之主也！"

房玄龄点了点头，忽然问道："玄成，老夫心中有个疑问，不知玄成可否为我解惑？"

魏徵诧异地看了他一眼，道："玄龄但讲不妨！魏徵定然知无不言！"

房玄龄点了点头，道："玄成自大业初便奔走于四方豪杰之间，历事李密、窦建德、隐太子和今上。以你之见，这些人当中，除今上之外，还有谁能使天下大治？”

魏徵沉吟半晌，缓缓道：“蒲山公当世枭雄，其长在乱而不在治；夏王英雄不下今上，奈何时运不济，麾下堪用之才甚少，况且起自草莽，即便得了天下，百姓亦要受一番折腾苦楚！至于隐太子么……”

说到这里，他停了下来，目光中满是惆怅，淡淡道：“现在说什么都没有意义了……因为……”

“因为什么？”房玄龄追问道。

魏徵迟疑半晌，缓缓站起了身形，走到船头，远眺着太极宫的方向淡淡道：“因为玄武门，没有给他这个机会。”

尾 声

平日里繁花似锦车水马龙的棋盘大街上，此刻气氛肃杀冷峻，大小绅民无论贫富贵贱均战战兢兢闭门守望。整条街被身披黑甲、乘骑骏骥的禁军武士封锁得严严实实，连只耗子都无处遁身。帝都长安承平日久，小民百姓康宁熙乐的日子过惯了，连好多老人都记不清已经有多少年未曾见过这等阵仗。久居长安的耄耋悬车犹自战战兢兢，就更不必说仰慕帝都文明繁茂、远来定居的异国商使了。这一天，是大唐贞观十七年四月辰朔日。就在这一天，做了十七年皇太子的大唐储君李承乾在东宫居所被执，也就在这一天，大唐皇帝下敕，历数太子承乾十项大罪，废为庶人。

史青一家自开皇初年便迁来长安居住，已历经两朝风雨。史家在棋盘大街东侧开了一个绸缎庄。史青父母早亡，全仗祖父史全贵抚养成人。长安隆盛冠于天下，商贾往来络绎，更有许多外邦富户为睹上邦盛世风采慕名而来，因此祖孙俩营生虽乏善可陈，却也足保小康。

史青年方十六，好奇心盛求知欲烈，此刻正巴巴儿地把着门缝往外猛瞅。这后生边瞧边咂舌不已，喃喃自语道："天塌了，天塌了，今儿个这是怎么了？"

一个面容清癯、身材挺拔的华服老者，颈戴长枷从对面的国公府中被一队禁军押了出来，昂然怒目步上囚车。

“孙儿，外面出什么事了？”眼神不太好的史全贵颤颤巍巍问道。

“出大事了，爷爷！官兵净街，还抓了人呢，好像……好像还是个大官呢！”史青语无伦次地答道。

“咳咳！”史全贵咳了两声，慢悠悠提起茶壶倒了一杯茶，浑浊的双眼中闪过一丝异色，点了点头道，“那倒当真是个稀罕事儿，十多年来，这还是头一回吧。自打你降生，这长安城里似乎还没闹过这么大动静呢！”

史青翻过身来看着史全贵问道：“听您老的意思，长安以前还出过这等样事？”

史全贵蹙着眉头想了半晌：“说起来真是呢，上一次这么张皇，还是武德九年的事儿呢，转眼都快二十年了。”

“武德九年？爷爷，那是咋个回事？”史青的好奇心大炽。

史全贵略带嗔怪地看了孙儿一眼，慢吞吞说道：“那可说不得，官家听去了要杀头的。”

史青愕然。

“武德九年……武德九年……”老人小心翼翼地喃喃自语道，仿佛在念诵一个不可蕴藏着某种神秘魔力的魔咒一般。

在勋国公张亮缓步踱到自己面前的那一刻，侯君集真有一种再世为人的感觉。他虽落魄至此，在这老朋友面前却不肯失了尊严体面。拖着六十斤重的大枷勉力站了起来，淡淡问道：“你不是外放洛州做都督了么？”

张亮打量了一下独处木栅之内衣发凌乱的侯君集一眼，心中暗自钦佩，听他问话，淡淡一笑，应道：“主上调我回京了，另有任用，大约是去刑部。”

侯君集目光一霍，笑道：“好，好，老朋友右迁，位列部院；老夫却全家被执，身陷囹圄。二者之间，莫非有所干系？”

张亮一哂：“既然还当我是老朋友，怎会说出此等言语？若非你存私意党附庶人承乾，以君集之功，又怎会落到此等田地？”

侯君集冷笑数声，悠悠长叹道：“拥立存废之功，功即是罪，罪即是功！武德九年的事，于今上乃不世之功，于先帝即为不赦之罪；今日之事，于主上乃不赦之罪，于废太子即为不世之功。这点内情，老朋友不会看不明白吧？”

张亮摇了摇头："君集也不必哀怨，当年之事，天策府文武皆有拥立之功，若论居功莫大者，唯君集与辅机二人耳。然则主上最信任之人莫过君集，这一点连辅机尚不可比，以老兄之圣眷，若非你自外于今上，又有谁动得了你？"

侯君集转过头，死死盯着张亮的脸看，目光灼灼，看得张亮一阵心浮气躁，他语气平淡地说道："天策诸将当中，若论亲厚，原无人比得我等三人。可是贞观以来，哪一个位分不是在我等之上？老朋友，凡是参与机密事者，不可不明白这其中的道理，谁不明白这个道理，谁就要身首异处身败名裂，我便是个活生生的例子……"

张亮讪讪问道："君集有什么衷肠，不妨直言，我必会为老朋友代奏当今。"

侯君集微笑道："勋国公，年初你奏我一本，把老夫的几句酒话奏给陛下，陛下为何当时没有处置我？你明白么？"

张亮老脸一红，讷讷言道："主上宽宏，不以小过片语降罪朝臣……"

"扯淡！"侯君集冷笑着打断了他的话，"当今陛下何等英明神武，在位十七年，海内升平四夷宾服，贞观之治超迈古今、垂风万代。我侯君集追随当今皇帝三十余年，何曾做过让主上猜忌之事？纵有微言，也是腹内难平之过。当今又岂能不知？"

他强压下胸中汹涌的愤懑抑郁之情，缓了口气道："其实这里面的障眼法平常至极，临湖殿一役，你我都陷得太深了。长孙无忌是陛下骨肉至亲，当今对他的信任远远超过了房杜魏徵之流，只不过这一层情分暗藏在陛下任人唯贤、从谏如流的圣君之道深处，谁也看不出来罢了。"

张亮摇着头道："贞观肇始，陛下或许有碍于物议清流，但十七年来相位更迭中枢轮替，连你我都曾参与朝政，辅机却蹉跎至今未得拜相，饶你聪明绝顶，此番却错看了当今。"

侯君集冷冷瞥了张亮一眼："你瞧着吧，长孙辅机迟早有入主中枢的一天，既是外戚又是功臣，位列三公显耀台阁，更加难得的是身体康健、正当盛年。若非陛下碍于文德皇后生前嘱托，他早已权倾朝野。太子不肖，却绝非悖逆狂乱之人，若非辅机在旁挑唆谄污，以致一国之储君竟身置绝境，又怎会铤而走险？你看着吧，太子倒了，魏王也长不了，但凡胸有成见不易牵制操纵的皇子，咱们这位国舅爷是一个也不会加以青眼的。”

张亮心中一阵慌乱，他自己依附的便是魏王李泰，侯君集这番彻骨之言自然让他一阵阵冒虚汗。

魏王为人聪明敏达，素得当今皇帝赏识，太子承乾被执之后，皇帝也曾单独召见魏王，瞎子也能看得出来，魏王泰升座东宫已是十拿九稳。但侯君集所言却也不无道理，贞观十七年来，长孙无忌固然不喜太子，却也从来未与魏王府有所来往。此人心性深沉城府森严，着实不好揣度。

他那里兀自胡思乱想，侯君集嘶哑的声音却又在耳边响起：“陛下现在在长安吗？”

他打了个激灵，顺嘴答道：“陛下今日车驾巡检大明宫。”

春雨蒙蒙，新落成的宫殿在雨中巍然屹立，虽未完工，却已显示出巍峨磅礴之气势。

“陛下且看！”侍驾的工部侍郎阎立德一边解说道，“前面便是含元殿，正面宽二十四丈，高五丈，深约十三丈，乃朝会庆典之地。含元殿以北为宣政殿，乃陛下和宰辅们议政的地方，再往北便是紫宸殿。南宫外廷，便是以这三大殿为中心展开。北宫内廷中心乃是太掖池，西向乃麟德殿，正面宽四十丈，深约二十四丈，乃陛下接见各国使臣宣播大唐天威之地……”

端坐在乘舆上的中年人神情恍惚，对于阎立德的述说似乎片语也未曾入耳。

“宫墙有多长？”中年人心不在焉地开口问道。

“回禀陛下，宫墙四面全长十五里。”阎立德小心翼翼地回话道。

“有多少座门？”中年人的声音里带着一丝浓浓的倦意。

“回禀陛下，四面共十一门，四座角楼。”阎立德弓着身子答道。

“也设北衙南衙了么？”中年人转过脸望着北方道。

阎立德矜持着笑了一下：“陛下圣明，北门内和南门内均设了禁军屯署，仿太极宫的规制，半点未敢马虎。”

中年男子嘴角浮现出一丝苦笑：“圣明？朕若真是圣明，就不会等到魏徵身后才敢来巡视这大明宫。若是郑国公此刻在侧，朕今日恐怕就有的熬了。”

阎立德咽了口唾沫，没敢搭腔。司空郑国公门下侍中太子太师魏徵年前过世，这位两朝老臣自贞观以来一直掌管门下省印信，兼领左光禄大夫，最为皇帝器重，所上谏章，罕有驳回者，地位犹在司空尚书左仆射梁国公房玄龄之上。魏徵一生坎坷传奇，早年从魏公李密，后来依附隐太子建成，李密伏法建成被诛，竟然都没有影响到他的仕途。当今皇帝即位，立刻拔擢他到御前任詹事主簿，不久便迁为谏议大夫、尚书左丞，封男爵。没有几年，这个东宫旧人便后来居上，授秘书监，参与朝政，将许多天策府旧人撇在了后面。贞观三年之后，门下省事务悉由魏徵主理。直到去年目疾深重，今年正月病笃而逝，皇帝为其辍朝三日，叹曰："以铜为鉴，可以正衣冠；以史为鉴，可以知兴替；以人为鉴，可以明得失。朕尝保此三鉴，内防己过。今玄成远游，一鉴亡矣！"可见其人在朝中地位。

"郑国公为人，正则正矣，却未免失之迂执。陛下修大明宫，乃行孝道之举，本无甚可非议处，又何必执腐儒之论强行谏止？沽直名而陷君父于不孝，臣所不取。"随驾一旁的司徒赵国公长孙无忌一脸大不以为然地道。

坐在乘舆之上的大唐皇帝李世民回过头看了他一眼，淡淡地说道："修大明宫，魏徵还是支持的，只是竟然耗去诸多国帑，连朕也始料未及，他身为宰辅，夙夜忧心也不足奇。朕与他君臣知遇多年，器重的就是他这份为国为民不计禄位荣辱的拳拳之心。凡事不以朕的好恶为绳矩，环顾满朝文武，也唯有他魏玄成能持之始终。就这一点而言，也不算辜负了朕在凌烟阁给他留的位置。"

长孙无忌躬了躬身："陛下圣见，臣不敢置喙，然则魏徵勇于治事却拙于识人，终归称不得机枢名臣。"

大唐皇帝默默地看着这位位极人臣的大唐帝国皇室至亲，语声中带出了说不出的苦涩与寥落："辅机，你不必多言了，朕的心很痛，知道么？说魏徵识人不明，朕又何尝不是？君集是藩邸旧人，与朕君臣知遇数十年，如今竟落得如此下场，朕还能说什么呢？朕的儿子算计朕，朕不计较，皇室无孝子，天家出乱臣，这不是什么新鲜事，朕能忍，可君集不该卷进去。他是朕的手足，和朕有过命的交情，他不应该……"

长孙无忌身子微微耸动了一下，叹息着劝道："陛下也不必自责，自古功臣恃功骄主，多是自取其祸。亲信友朋，生死兄弟，情比至交，禄位可共享，社稷公器却不可共掌。人主一日为君，君臣分野俱成，若为兄弟，莫为君臣，若为君臣，莫为兄弟。为君者以四海众生为任，岂可独顾私情而罔视天下苍生？古来帝王多孤寂，皆因心系天下兼济万民。昔日汉高祖诛韩、彭，兔死狗烹鸟尽弓藏，史笔如铁固然有憾，然倘帝不杀逆臣，何来汉家四百年天下？君王之志，在于九州，岂可因小废大？”

皇帝笑了笑：“若为君臣，莫为兄弟，若为兄弟，莫为君臣。辅机这话，说得近乎睿智。不过君集乃凌烟阁画像的有功重臣，朕也不能草率处置。朕从未想过君集会叛朕，这一遭走了眼，朕很想知道，他心里是怎么想的。”

长孙无忌点了点头：“待刑部和大理寺将案情审结，陛下调来案卷一阅便知。”

皇帝摇了摇头，微笑道：“这案子不能交给御史台审，君集乃是贞观以来头等显赫重犯，非朕亲审不能定案。你去交代刑部，君集在狱中，不得刁难虐害，一应供给，仍照二品朝例。至于用刑，待朕亲审定罪之后朝会议定。”

长孙无忌愕然仰首道：“陛下，君子不近庖——”

李世民挥手打断了他的话：“辅机不必多言，这件事情朕自有定谳。你去过房府没有，玄龄相国的病究竟怎样了？”

长孙无忌躬了躬身，答道：“臣昨日去了房相府上，他和魏徵病状相仿，均是两眼不能视物，魏徵左目稍重，他却是右眼。臣宣达了陛下抚敕，玄龄伏地涕零，昏花老眼中满是泪光，犬马恋主之诚溢于言表。臣亦不胜感慨。”

长孙无忌语气沉挚，听得大唐皇帝的眼睛里也隐隐有些湿润。他叹了口气，缓缓说道：“贞观四年克明病殁，朕就伤心欲绝；十三年叔宝辞世，朕亦肝肠寸断；年前魏徵远游，朕如断一臂。如今敬德闭门韬晦，君集身在囹圄，玄龄和志玄又一病不起，武德九年的旧人，只剩下辅机与知节还在朕的身边，朕真的快成孤家寡人一个了！”

长孙无忌随着点了点头，心中却暗自纳罕，皇帝所说诸人，其他的也还罢了，都算得武德九年从龙有功之臣，魏徵在武德九年明明还是隐太子东宫旧人，皇帝将他一并算进来，究竟是褒是贬？再有，同为武德九年的心腹，同为凌烟阁画像的功臣，张亮却未列在其中，皇帝葫芦里卖的究竟是什么药？

大唐皇帝却并未注意到长孙无忌的诧异，继续问道：“高阳在房府，可还安分守礼？”

长孙无忌答道：“臣在房府并未见到公主，宣旨之时，只有老夫人和遗直、遗爱及长妇徐氏在侧。”

李世民皱了皱眉头：“这丫头越来越不像话了，公公病患在身，舅父代宣朕敕抚慰，她居然都不出来，礼法何存？看来在房府，也没人能够镇得住这刁蛮古怪的小丫头。”

长孙无忌沉吟了一下，却没有接皇帝这个茬，轻声说道：“臣刚才忘了说，玄龄老相国托臣代奏，他患病多时，实不能到省视事，请免尚书左仆射之职。”

“不准！”大唐皇帝未待长孙无忌说完便挥手说道，“你即刻再去一趟房府，转告玄龄，让他安心养病，省内事务，非关军事皆可由左右丞代理。你告诉他，朕要他稳稳当当做二十年太平宰相，左仆射这个位子，只要他不死，断没有易人之理。君臣相知二十余年，朕不弃他，他也莫要弃朕，这句话原话转达，可听明白了？”

长孙无忌顷刻间浑身上下出了一身的冷汗，再不敢多说什么，躬身领命，转身便要离去。

“回来！”李世民忽地又叫住了他。

长孙无忌急忙站住，屏着声气问道：“陛下还有何敕？”

大唐皇帝凝眉沉思半晌，说道：“你顺便到中书省走上一遭，命岑文本草诏传朕敕，司空尚书左仆射梁国公房玄龄辅朕多年、忧劳王事、勋绩卓著，着授太子太傅，兼知门下省事，总理政事堂。另外再草两道敕，洛州都督工部尚书勋国公张亮改授刑部尚书参与朝政，魏王府长史杜楚客授工部尚书，英国公李勣授太子詹事兼领左卫率，同中书门下三品。”

他顿了顿，又说道：“你唤上门下省黄门侍郎褚遂良一同前往，这三道敕旨务必今天发出。”

短短片语之间，长孙无忌的面色一变再变，好在他低着头，皇帝也瞧不出来，强自压抑着满心的惶恐与困惑，这位位列三公的当朝国舅缓缓退了开去。

房玄龄早已病重不能视事，却偏偏要在左仆射之上再加上个知门下省事，还明诏“总理政事堂”，这是自隋以来从未有过的事情。张亮调任刑部倒无所谓，偏偏还“参与朝政”，赫赫然位居宰辅。杜楚客升任工部尚书，明显是为魏王晋位东宫做个先步。太子已废，向来态度暧昧四边不靠的大将军李勣莫名其妙地出任没有太子的“太子詹事”并“同中书门下三品”。骤然间多了两个宰相一个尚书，要么是魏王的死党要么是严守中立的武将，皇帝看来是铁了心要立魏王为太子了……

大唐皇帝目送这位和自己郎舅至亲的重臣施施然步出宫门，怅怅叹了一口气，心知虽有如许处置，若是长孙无忌犯起拗脾气，自己终究不能得偿心愿。想起昨日那个江湖术士的可怕寓言，他的心再次颤抖起来。

“宣中书令马周两仪殿见驾。”他淡淡吩咐身边的内侍臣道。

抬首环顾了一下这座气势雄浑瑰伟壮丽的大明宫，皇帝苦笑一声，暗叹道：“父皇啊，朕常以为你老人家优柔善变，致有宫门惨变，如今才知道为君之难，储君之选，原来是由不得人主自专的。武德九年的事情，难道要在朕的儿子身上再重演一次么？武德九年，武德九年……”

“臣中书令马周觐见陛下！”两鬓斑白的马周一边报名一边向皇帝行跪拜大礼。

“宾王来了？平身吧！”皇帝声音略带沙哑地道。

整理袍服站起身来，马周有些忧心地看着皇帝。此番太子谋逆，似乎对李世民打击不小，他至今还显得疲惫消瘦。

“朕没事，这点事情还不至于压垮朕！”似是知道他在想些什么，李世民淡淡笑道。

“听说，有个姓袁的道士给你夫人算过命？”

“是！”马周愕然应道，不明白好端端皇帝为何突然提起此事，毕竟是多少年前的往事了。

“子不语怪力乱神，江湖术士的揣测之言，作不得准，臣一向是不信的！”马周斟酌着词句道。

皇帝笑了笑：“你是大儒嘛，你不信是对的！”

他顿了顿，道：“袁天罡有个徒弟叫李淳风，现下在司天台供职。前几日太白金星再度白日经天，朕召他来问，你猜他怎么说？哈哈，他对朕言道，以其师传秘记推算，此番太白星经天，主唐三代而亡，有女王武氏灭唐……”

“陛下，此人可诛！”马周强忍着心中的惊惧谏言道。

李世民摆了摆手：“罢了，你是宰相，这么想原是正理！只是他毕竟是史官，父皇既然不曾诛傅弈，朕自然也不能开这个先例。”

马周皱了皱眉头，道：“陛下，傅公一身铁胆，不避鬼神，此人并不能与之相提并论。”

李世民点了点头：“这却也说得是，看来，太子东宫之位虚悬，终归朝野不安！宾王，你倒是给朕说说看，诸多皇子里面，你以为由谁继承大统最佳？”

马周一愣，随即道：“臣虽为中书令，亦不当就此……”

“朕要听你说。”皇帝毫不客气地打断了他的话。

马周踌躇半晌，方道：“陛下，立嫡立长，古有成例明训，臣似乎不必赘言！”

李世民笑了笑：“今日君臣密议，不记入《起居注》，你不必如此谨慎，朝臣们的意思，朕都清楚得很。魏王泰和晋王治，到底选择哪一个，朕想听听你的看法！”

马周撩起袍子跪了下来，肃容道：“陛下，臣对诸王并无定见。陛下心中若有疑惑，臣有一言劝谏陛下！”

李世民点了点头：“你说！”

马周叩头道：“陛下旷世英伟，开创大唐贞观盛世，陛下身后之事，重在守成，守成之君，陛下却是不能以自己的样子来寻觅。类陛下者，未必能守住陛下的伟业；异陛下者，也未必便会葬送社稷江山。”

李世民一怔，随即低声笑了起来：“是么？看来，你果然比刘洎要聪明啊！”

马周惶恐地抬起头看着皇帝，道：“陛下，臣……”

“朕知道。”李世民摆了摆手，示意他安心，随即缓缓道，“放心，今天的事情，只要你不说出去自惹祸端，朕便保你全家无虞。”

他沉吟了片刻，道：“你去拟敕吧，诏卢国公程知节以左卫大将军兼领金吾卫、门监卫、千牛卫三府，统领玄武门禁军及羽林飞骑！”

马周应了一声“是”，缓缓退出了两仪殿，来到殿外凉风一激，他才发现自己的汗水已然连中衣都打透了。

大殿中，大唐皇帝思虑飘忽不定：“唐三代而亡……唐三代而亡……以辅机之能，必可让朕的江山不至于三代而亡吧。玄武门，十七年前是玄武门，如今又是玄武门，大唐的命运，似乎便离不开这玄武门了啊。不管怎么说，朕总得找个人，把这玄武门给朕看好了才是……”

远远地，亥时的钟声响彻太极宫，一队禁军羽林着装整齐地自西内苑中开了出来，两名军官高喊口令换防完毕，在一阵轧轧声中，玄武门缓缓地关上了……

附　录
本书人物最终结局简述

长孙皇后：贞观十一年病逝，谥号文德，称为历代皇后争相效仿的贤后楷模。

魏徵：贞观年间官至侍中、太子太师知门下省事，前后执掌门下省达十一年之久，封爵郑国公，贞观十七年元月病逝，追赠司空。

房玄龄：贞观年间官至司空，自贞观三年起以尚书左仆射身份执掌尚书省达二十年之久，直至去世，封爵梁国公，贞观二十三年病逝。

李靖：漠北之战后被任命为尚书右仆射，在政事堂诸相当中以小心谨慎著称，后以年老多病辞朝。李世民特许其以原职致仕，并许其“两三日至中书门下平章事”。后以悬车之龄再掌帅印，率大军征讨平灭吐谷浑，后加封卫国公，著有流传后世的兵书《唐太宗李卫公问对》，成为千古名将表率。

侯君集：贞观年间率军平灭高昌，回师后加封陈国公，任吏部尚书参与朝政，后卷入太子承乾谋反案，贞观十七年被诛。

李道宗：贞观年间改封江夏郡王，后跟随李世民出征高丽，回军后又随英国公出征薛延陀，高宗年间获罪遭遣，死于外郡。其女被李世民收为义女，封为公主，出嫁吐蕃赞普松赞干布，即历史上赫赫有名的文成公主。

长孙无忌：贞观年间主持修订《贞观律》及《唐律疏议》，官至司徒，太宗驾崩后以太尉同中书门下三品，为辅政大臣，后因反对立武则天为皇后受诬谋反，被逼自杀。

李世民：在位期间内修政治外和戎夷，使民生繁茂四夷畏惧，被诸族共尊为“天可汗”，晚年征伐高丽失利，回师后振奋精神建造海军，于贞观二十三年病逝行宫含风殿。庙谥太宗文皇帝，即历史上的唐太宗。

后　记

唐代初年的玄武门之变一直是小说和影视作品的演绎对象，这是可以理解的，毕竟这是一段始终笼罩在迷雾中的历史。目前可查的有关记载主要来自于《新唐书》《旧唐书》和《资治通鉴》，然而这三部书对于这一事件的描写均太过简略，因此而产生的诸多政治悬疑就给玄武门之变蒙上了一层神秘的面纱。按照惯例，历代皇帝不能调阅记录自己言行的《起居注》，而唐太宗却偏偏打破了这个惯例，作为一个敢冒天下之大不韪的帝王，他这一行为本身符合其性格特征，然而却不可避免地给后世的史学研究带来了极大难题。至少司马光在编纂《资治通鉴》时就很清楚他所依据的《太宗文皇帝实录》当中关于玄武门之变的部分并不全部可信，然而李世民毕竟是开创了贞观之治的一代明君，也是历代王朝和帝王所讴歌效仿的对象。因此经过一千四百年时光的冲刷洗涤之后，武德九年六月长安所发生的这场流血政变的真相早已湮没在历史的长河中了。

仔细推敲的话，史书上所描写的此次事变过程当中存在许多疑点。所谓疑点，就是指一般被认为史书描述中不尽合理的地方。比如说，按照史书描写，李世民直至最后一刻才在下属的劝说甚至胁迫下下定决心拼死一搏，然而其进入宫城伏兵临湖殿直至击杀建成和元吉的行动都顺利至极，中间似乎没有遇到任何困难。根据《常何碑》的记载，李世民推荐常何出任禁军统领驻守玄武门是在武德七年杨文干事件前后，或许当时李世民还并没有决定以政变模式登上皇位，但是很难想象他的这一举动是无意为之。另外，在政变发生当天，李建成和李元吉的十个儿子全部被杀死，一个都没有逃脱，这一点是相当令人震惊的，因为根据记载，当时李世民手中兵力远少于宫府军，在没有事先周密部署的情况下，有那么一两个漏网之鱼是相当正常的。十个皇孙之中只要逃出那么一两个去，就会给李世民的善后造成极大麻烦，然而事实是，在政变发生当天，长安城里乱作一团，这十个皇孙却一个也没有逃走，乖乖留在城中被李世民的部下砍了脑袋。这个疑点太过明显，因此我们有理由相信，在史书所描写的情景背后，实际上是一个策划完美、部署周密、执行彻底的政变方略，正是在这个方略的指导下，秦王和他的追随者们才最终击败了宫府联盟夺取了政权。

还有两个小疑点，一个是东宫鸩酒案，另外一个就是政变发生时李渊所处的地理位置以及周边环境。我确实很难想明白，李建成既然要对李世民用毒，为什么竟然没有毒死反而吐了几升血就没事了，转过天来这位食物中毒患者就在临湖殿生龙活虎地用一支箭结果了投毒者的性命。有一个很愚蠢的想法，即假如我是李建成，我起码能找到十种以上能令李世民当即毒发身亡的毒药；还有一个更加愚蠢的想法，假若我是李建成，作为名正言顺的太子，我根本没有必要去毒杀一个名不正言不顺的劣势竞争对手，从而为自己引来一大堆不必要的麻烦。在这个故事里的李建成似乎显得略有些弱智，而在他身边辅佐他的人也似乎同时感染上了这种弱智症。

根据史书记载，武德九年六月初四清晨，当李世民在临湖殿诛杀自己的亲兄弟的时候，作为皇帝并且兼任父亲的李渊正在湖上泛舟。我怎么也想象不出，究竟是什么样的闲情逸致让这位帝国的最高统治者在一大早就跑到皇宫的湖面上去划船，而这天早上他本来是安排了对建成元吉在昆明湖伏兵刺杀世民的重大刑事案件进行调查的。亲生儿子之间出了这样的事情，他居然还有心情去划船，而且是在早上六七点钟的时候，这一点实在令我百思不得其解。这个描述中的李渊不太像一个领导一方势力平定了天下的政治家，反倒像一个反应迟钝没心没肺的傻老头儿，就是这样一个傻老头推翻了隋朝并且兼并了各方诸侯开创了一个二百四十年的强盛王朝吗？面对这样的一个李渊，我开始产生了某种怀疑。

这本三十万字出头的书就是建立在以上诸多疑点的基础之上的。我毕竟不是历史学家，也不是考古学家，我所能够做的仅仅是依据现有的资料和一般道理进行猜测，当然，这种猜测并不要求准确，它所要求的仅仅是“合理”两个字而已。玄武门政变的结果是有明确记载的，而我们所要做的仅仅是进行简单的研究，研究一下用怎样的方案才能够实现这个近乎于完美的结果。

另外在研究中发现了一件很有趣的事情，由隋代创立、唐代所完善的三省制当中竟然隐约有现代政权组织模式的影子。在唐代，皇帝的诏书被门下省的官员们涂抹得一塌糊涂甚至当场驳回的情况时有发生。我在学中学历史的时候曾经学过三省六部制，但当时囫囵吞枣，完全没有理解这个制度较之于之前的三公九卿制有何先进性可言。虽然这一制度的完整性后来被横空出世的一代女皇破坏掉了，但我还是被一千四百年前我们的老祖宗所创造的这一制度当中所蕴含的深刻思想所折服。从这一点上看，我们完全有必要重新认识我们以往所熟识的历史。

玄武门这个故事或许离奇，但绝谈不上精彩。要把一个并不精彩的故事讲出一点趣味性，就不可避免地要用到一些戏剧化手法。在描述中我尽可能让故事偏离实际史实不太远，但是故事就是故事，它毕竟不是历史教科书，其中的时间偏差和事件、人物偏差都是不可避免的。尽管我尽可能从正史的角度来描述这个故事，却终归还是没能撇开“戏说”的影子，就这一点而言，这部小说并不算是一部符合我初衷的作品。

历史小说的题材很难把握，需要扎实的历史功底和文字功底，而我恰恰在这两方面都有所欠缺。作为一个费了很大力气来讲故事的人而言，我只希望这部作品能够引起更多的人对我们的历史进行关注，认真地重新审视我们的过去，才能更好地开拓我们的未来。

我所写的，不是历史！

读客®

激发个人成长

多年以来，千千万万有经验的读者，都会定期查看熊猫君家的最新书目，挑选满足自己成长需求的新书。

读客图书以“激发个人成长”为使命，在以下三个方面为您精选优质图书：

1、精神成长

熊猫君家精彩绝伦的小说文库和人文类图书，帮助你成为永远充满梦想、勇气和爱的人！

2、知识结构成长

熊猫君家的历史类、社科类图书，帮助你了解从宇宙诞生、文明演变直至今日世界之形成的方方面面。

3、工作技能成长

熊猫君家的经管类、家教类图书，指引你更好地工作、更有效率地生活，减少人生中的烦恼。

每一本读客图书都轻松好读，精彩绝伦，充满无穷阅读乐趣！